D1076095

ANDERWERELD

Uitgeverij Kramat
Hulshoutsesteenweg 24
2260 Westerlo
Tel./Fax: 016/68.05.87

ISBN: 9075212607
Wettelijk Depot: D/2005/7085/2
Nur: 335
Copyright © Johan Deseyn
Omslag: ARTrouvé, Berlaar
Foto auteur: Kris 'de Crep' Crepel
Drukwerk: Drukkerij Caers, Oud-Turnhout

Anderwereld

PSYCHO-HORROR

JOHAN DESEYN

GEMEENTELIJKE P. O. B.
ACHTERSTRAAT 2
9450 HAALTERT
TF. 053/834474

Kramat

ROMAN

Van dezelfde auteur verschenen:

Erfenis (1999)
Het Pact (2000)
Twijfelzone (2001)
Westhaven (2002)
Thanathor (2003)
Acht jaar later (2004)

Index

Proloog

Deel Een

1.   1994 - Fayetteville (North Carolina) *Elliot Bornowski*
2.   1994 - Conway (South Carolina) *Shanya Bellmer*
3.   1994 – Sasabe (Arizona) *Steven Tatakarian*
4.   1994 – Chicago (Illinois) *Darian Shadborne*

Deel Twee

5.   1979 – Rosenhelm (North Carolina) *Elliot Bornowski*
6.   1979 – Rosenhelm (North Carolina) *Shanya Bellme*r
7.   1979 – Rosenhelm (North Carolina) *Steven Tatakarian*
8.   1979 – Rosenhelm (North Carolina) *Darian Shadborne*

Deel Drie

9.   1994 - Fayetteville (North Carolina) *Elliot Bornowski*
10.   1994 - Conway (South Carolina) *Shanya Bellmer*
11.   1994 – Sasabe (Arizona) *Steven Tatakarian*
12.   1994 – Chicago (Illinois) *Darian Shadborne*

Deel Vier

13.   1994 – Fayetteville, Conway, Sasabe, Chicago *Het Contact*
14.   1994 – Rosenhelm (North Carolina) *Terug naar Rosenhelm*

Deel Vijf

15.   1994 – Rosenhelm (North Carolina) *Anderwereld*

Epiloog

Proloog

OP deze planeet wordt heel wat beweerd. Sommigen verkondigen dat Boeddha het bij het rechte eind heeft. Anderen beweren dat er een god bestaat die iedereen naar zijn eigen beeld schiep. Een almachtig wezen dat zijn creaties als een bekwame hoeder tegen elke vorm van onheil beschermt. Sommige mensen putten dan weer kracht uit de verkondigingen van de ene of de andere randmessias, zoals bijvoorbeeld de Koreaanse Sun Myung Moon, de leider van de Verenigingskerk. Gelovigen beschouwen zich als volgelingen. Waar een leider is, zijn er onderdanen. Hij of zij spreekt en wordt gevolgd. Zonder vragen te stellen of na te denken. Zijn of haar verkondigingen worden nooit in twijfel getrokken. Dat veroorzaakt namelijk breuken in het geloof, wat gelovigen absoluut niet willen. Hun soms fundamentalistische houding betekent voor sommigen de pijler waarop hun dagelijkse leven gefundeerd is. Hoe dieper en hechter hun geloof, hoe steviger de funderingen. Ook het omgekeerde is waar.

Er is leven na de dood, houden bepaalde mensen vol. Zij zijn waarschijnlijk niet tevreden met hun 'eerste' leven. Misschien hopen zij op een vervulling van hun dromen in die nieuwe status van 'bestaan'. Er zijn er die zweren dat Elvis nog leeft. Meer nog: ze hebben hem gezien. Kwade tongen roddelen dat nog nooit iemand een voet op de maan heeft gezet; alles is één grote publiciteitsstunt. Sommigen beweren zelfs dat zij hun naaste enkel het beste toewensen, terwijl hun hart in een woelige zee van haat en jaloersheid drijft. Bepaalde mensen doen hun uiterste best om iedereen te overtuigen van het feit dat zij zich goed in hun vel voelen. Anderen beweren dan weer dat het leven zelf hun ganse bestaan naar de verdoemenis heeft geholpen. Als je het zo bekijkt, heeft iedereen wel iets te zeggen. Iedereen heeft in de periode dat hij of zij hier op aarde rondloopt, wel iets naar buiten te brengen. Iets waar hij of zij achter staat, waar onverbrekelijk in wordt geloofd. Het zijn misschien zaken waar men zich aan optrekt in momenten van geestelijke vermoeidheid of emotioneel onevenwicht. Of gebeurtenissen waar men het liefst niet meer aan terugdenkt. Maar omdat ze zo'n impact hebben gehad, duiken ze op de slechtst passende tijdstippen zowaar op uit het niets. Meestal op een onplezierige en opdringerige manier.

Het valt niet te ontkennen dat de meesten onder ons iets beleefd hebben dat belastend is geweest. Het hoeft niet om een wereldschokkende gebeurtenis te gaan. Het is niet noodzakelijk een gebeurtenis waar anderen ontredderd van omvervallen. Wij dragen allemaal een vracht herinneringen met ons mee. Het zijn aspecten die niet meer uit ons zielsbestand weg te werken zijn. Het is ook vanuit die belasting dat wordt gereageerd bij nieuwe belevenissen.

Iedereen sleurt zijn verleden mee en is het gemiddelde van de optelsom van alles wat hij of zij is geweest. Foetus, baby, kleuter, kind, puber... Iedereen draagt de gevolgen van zijn of haar opvoeding. Iedereen leeft zoals het hem of haar werd aangeleerd. Wij hebben allemaal onze voorbeelden gehad. De meesten van ons filteren die overdaad aan emoties. Sommige gebeurtenissen blijven echter hangen en zorgen voor vreemde kronkels bij dagelijkse gedragingen. Excessieve vormen van sluimerende boosdoeners, van waaruit op een vreemde of overdreven manier op bepaalde situaties wordt gereageerd, worden trauma's genoemd.

Bepaalde mensen hebben dan ook problemen om met de gevolgen van zo'n dramatische ervaring om te gaan. Vooral wanneer hun ziel is geraakt. Die wonden zijn het moeilijkst te helen. Het zijn ook de toestanden waarover met de meeste schroom wordt gesproken. Soms steekt een gevoel van schaamte de kop op. Of voelen die mensen zich niet sterk genoeg om hun 'probleem' met anderen te bespreken? Misschien zijn ze bang dat de wonden worden opengehaald? Zwijgen houdt het potje gedekt, dat hopen ze toch. Of misschien vrezen ze dat ze zullen ontdekken dat zij ook een beetje verantwoordelijkheid dragen voor feiten uit het verleden. Velen van hen hebben alle reden om bang te zijn. Er bestaan namelijk mensen die toestanden hebben meegemaakt die sporen op hun ziel hebben achtergelaten. Hun gemoed is daardoor voor de rest van hun bestaan gekleurd en bepaald. Men 'beweert' er intussen vrolijk en lustig op los en bepaalde personen maken daarbij dan nog spreekwoordelijk van een mug een olifant. Personen zien drama's en problemen waar die helemaal niet zijn. Futiliteiten, triviale zaken worden tot adembenemende toestanden opgeblazen. Klagen mogen zij eigenlijk niet want ze beschikken blijkbaar over de vrijheid zich met dergelijke onbelangrijke zaken in te laten.

Sommige mensen staan daarbij niet altijd met hun voeten op de begane grond. Mensen met een heel uitgebreide fantasie gaan totaal onbestaande zaken als bestaande beschouwen.

Zij die menen dat de wereld waarin wij leven, uitsluitend bewoond wordt door mensen, dieren en planten, hebben gelijk. Hierover beginnen maar weinigen een discussie. Niemand die ook maar over een greintje gezond verstand beschikt, laat zich in met verhalen over elfen, kobolden, spoken, monsters, vampiers en meer van die kinderachtige onzin. Op het vlak van de fantasie wordt heel wat beweerd. Er zijn er die durven opperen dat er engelen, duivels en geesten bestaan, dat zij spoken hebben gezien, of dat ze door de inzittenden van een vliegende schijf zijn meegenomen. Dan dikken zij hun verhaal aan met een laagje gebeurtenissen, volledig uit de lucht gegrepen natuurlijk, over wat met hun lichaam aan boord van dat buitenaardse schip is voorgevallen. Enige tijd geleden beweerde een zwarte politieman (Choumbouka was zijn naam) in het noorden van de States dat hij betrokken was geweest in de eindstrijd tussen twee rassen die naast ons op deze planeet woonden. Zijn verhaal haalde toch enkele boulevardkranten maar niemand geloofde hem uiteraard. Dat kon ook niet anders. De man had geen enkel tastbaar bewijs over het bestaan van die rassen en niemand kon zijn verhaal staven. Hoever reikt de fantasie eigenlijk wel? Hoever gaat men om toch maar eens in de schijnwerpers te komen, om – al was het maar één enkele keer in een gans mensenleven – met kop en schouders boven de grote meute uit te steken? In 1991, nu dertien jaar geleden, deed een verhaal de ronde over een dorp in Kansas, Westhaven was de naam, dat grotendeels werd verwoest door een vuurspuwend ondier. Komaan, zeg... het idee alleen al!? Er bestaat zelfs een auteur van horrorboeken, ene William Ramditch of Ramish, van wie wordt beweerd dat zijn verhalen uit de mond van de doden komen. Als dat geen reclamestunt is. Sommige naïevelingen schenken dan nog geloof aan dergelijke nonsens. Iedereen die zich inlaat met de zuivere ratio, zal het bestaan van andere entiteiten dan mensen, dieren en planten volledig negeren en afdoen als zijnde ontsproten uit het vormgevende brein van schrijvers. Of uit de verwarde en onrealistische geest van dagdromers. Dat zijn dan allemaal *amusante* feiten die aan niemand schade toebrengen. Het zijn kinderen die met een fictieve slechterik spelen, daarbij goed en wel beseffend dat zij het spel zelf een halt kunnen toeroepen en de boze man weg kunnen drummen naar de verste uithoek van hun herinneringen. Er schuilt geen gevaar in sprookjes, hoe pervers of tegenwerelds die ook zijn. In het onderbewuste van de spelende bestaat het besef dat de realiteit altijd de bovenhand haalt. Er bestaan geen monsters. Wij zijn alleen op deze wereld.

Maar... ik heb weet van personen die daarover een andere mening hebben, alhoewel zij niet over de woorden beschikten om een bevredigende vorm te geven aan wat zich in hun onderbewustzijn afspeelde. Zij waren ook te *werelds* om verder te kijken dan hun ogen het toelieten, hoewel ze zaken hebben gezien waar hun verstand helemaal niet bij kon. Zij hadden echter een eigen overtuiging die zij stilzwijgend volhielden. Het had geen zin om er met anderen over te spreken. Anderen die niet vatten waar zij het over hadden. Die geen besef hadden van wat zij hadden meegemaakt en het waarschijnlijk ook niet wilden begrijpen. En er kon ook samen niet over gepraat worden. Het waren in het eerste stadium van het gruwelijke avontuur onbekenden voor mekaar. Niemand had er enig benul van dat de andere ook iets overkomen was. De vier waren alleen met hun ervaring. Net dat heeft hun verdere leven bepaald. Want zij hebben het overleefd, hoewel ze niet begrepen *wat* ze overleefd hadden. Dat het *waarom* nog het belangrijkste was, ontging hen volledig.

De vier waren op het moment van de eerste ervaring, in 1979, nog jong. Nauwelijks volwassen te noemen. Aan het begin van hun eigen toekomst op het moment dat zij de wegen van andere entiteiten kruisten. Vier mensen die ogenschijnlijk niets met elkaar te maken hadden, werden geconfronteerd met een fenomeen waar ze geen rationele uitleg konden voor geven. Informatie waar ze uit konden putten, bestond niet, ook geen precedenten die ze konden raadplegen. Niemand van hen had op dat moment allang genoeg geleefd om veel ervaring te hebben. Zij konden dan ook geen echte richting geven aan de gevoelens die door hun geest stroomden.

Elliot Bornowski.
Shanya Bellmer.
Steven Tatakarian.
Darian Shadborne.

Vier mensen met hun eigen verleden, hun hoop en een visie op de toekomst. Zij hebben in 1979 iets beleefd en overleefd. Het heeft wonden op hun ziel nagelaten. Het heeft hun toekomst bepaald op het moment dat zij het ondergaan hebben. Elk van hen heeft op zijn eigen manier op de beklemmende ervaring gereageerd.

De kronieken die hieronder vermeld staan, spelen zich in het jaar 1994 af. Het jaar waarin voor elk van hen de gebeurtenissen uit hun jeugd een gans stuk in het verleden lagen. Het was ook het jaar waarin zij op een verrassende manier opnieuw werden geconfronteerd met wat vroeger was gebeurd. De manier waarop zij er werden aan herinnerd, kwam pijnlijk aan. Omdat wonden opengereten werden. Omdat ze nu pas ten volle beseften dat wat ze vijftien jaar eerder meegemaakt hadden, *echt* gebeurd was. Geen droom uit een ver en volledig vervlogen verleden. Geen gebeurtenis uit hun jeugd waaraan ze twijfelden of ze al dan niet echt was voorgevallen. Na de nieuwe ontmoeting in 1994 werden alle twijfels weggenomen.

Elliot Bornowski ontmoette iemand op een plaats waar die onmogelijk kon zijn.

Shanya Bellmer hoorde een dode – iemand die haar heel dierbaar was - spreken.

Steven Tatakarian ontving het bericht uit de mond van iemand die er helemaal niet meer kon zijn.

Darian Shadborne kreeg de aanmaning van de man die hij net had neergeschoten.

In 1994 werd hen een bericht overgemaakt en op een heel indringende en onontkoombare manier gevraagd erop in te gaan.

Nu leven we in 2004. Net tien jaar nadat zij effectief op het verkregen bericht zijn ingegaan, werd ik door één van hen bezocht. Ik heb niet veel op met boeken en schrijvers, het zijn volgens mij allemaal dromers. Zeker niet met schrijvers van horrorverzinselen. Wij kennen er hier een paar in de States. Ik heb mij ooit aan een van hun boeken gewaagd, maar het boeide mij niet lang. Het handelde over een auto die door de duivel bezeten was en een meisjesnaam had. Ik geloof dat het een knalrode Plymouth Fury betrof. Goed geschreven, dat wel, maar het onderwerp was veel te ver van mijn bed. Misschien beschik ik niet over de nodige fantasie, misschien ben ik te realistisch ingesteld. Maar daar gaat het nu niet over.

Toen tien jaar geleden voor hen alles opnieuw gebeurde, beschikte ik niet over de nodige vrije tijd. Nu ben ik al zes jaar gepensioneerd. Een leraar wiskunde op rust. Mijn naam doet in deze kronieken niet ter zake. Wie of wat ik ben, is totaal onbelangrijk.

Ik heb per toeval lesgegeven aan wie mij is komen opzoeken. Die persoon heeft tien jaar over het verwerkingsproces gedaan. Tien jaar nadenken. Tien jaar overwegen. Ik noem hem of haar X, want ik wil niet – dat hebben wij afgesproken – dat de roddelpers opduikt om hem of haar tot op het bot uit te horen. Sorry dat ik een beetje vreemd en geheimzinnig doe. Wij willen niet dat alles verdraaid wordt, en we willen zeker niet belachelijk gemaakt worden.

X dus, wist blijkbaar nog van mijn bestaan af en heeft heel wat moeite gedaan om mij te vinden. Ik herinnerde mij X niet meer van toen ik lesgaf in Rosenhelm. Na de dood van mijn echtgenote heb ik Rosenhelm verlaten. Ik zocht warmere streken op – de warmte die ik van Simonne niet meer kreeg – en vestigde me in een rustig stadje aan de kust van de Atlantische Oceaan in Florida. Daar verraste X me met een bezoek. De grootste verrassing kwam echter toen ik werd verzocht te luisteren. X zei me dat ik de meest geschikte persoon was om alles op papier te zetten. Ik besefte op dat ogenblik helemaal niet waar X het zo enthousiast over had. In mijn ogen was enthousiasme niet écht de drijfveer, het was eerder een noodzakelijkheid. Misschien werd ik gekozen omdat ik me – met mijn wiskundige geest – niet vlug laat afleiden. Misschien wilde X net iemand die zijn pure verstand erbij hield, een saaie droogstoppel, een ouwe kerel zonder een greintje fantasie in z'n grijsbehaarde kop. X wilde volgens mij iemand die een nuchtere kijk op de zaken had. Hoe dan ook, volgens dat mens moesten zaken op papier worden gezet. *Hun* zaken. De dingen die zij hadden meegemaakt. Met z'n vieren. Ik luisterde inderdaad meerdere uren en dagen en – ik heb het daarnet al gezegd – ik voel me al niet goed in mijn vel wat griezel en fantasy betreft. Maar… het verhaal dat mij werd verteld, verdiende uitgeschreven te worden. Het boeide, ontroerde en fascineerde me tegelijk. Ik verklaarde me uiteindelijk akkoord. De persoon die mij bezocht, had weinig overtuigingskracht nodig. Wat had ik anders om handen dan alleen zijn en nog wat ouder worden? Ik pende het verhaal neer, redigeerde en herschreef het en deed daarenboven nog wat research. Ik heb geprobeerd er enige structuur aan te geven. Te beginnen met drie grote hoofdstukken.

Wie zijn die vier mensen, wat hebben ze in 1979 meegemaakt en hoe werden ze in 1994 gecontacteerd? Het vierde en het vijfde hoofdstuk handelen over het gevolg van het feit dat zij ingegaan zijn op wat hen werd gevraagd. Ik heb er werk van gemaakt, al zeg ik het zelf. Eén jaar lang, dagelijks. Niet zomaar alles zonder inzet neergeschreven. Ik hoefde met niemand meer rekening te houden en alle tijd waarover ik beschikte, gebruikte ik op de manier die mij het best uitkwam. Dus reisde ik na het beëindigen van de kronieken af naar Rosenhelm, de stad waar alles zich in 1994 heeft afgespeeld en zocht er in de bibliotheken naar oude kranten. Ik was dan ook heel verrast het artikel te vinden dat ik achteraan bij dit verhaal heb gevoegd. X verwonderde zich evenveel over het bestaan ervan. Het was volgens hem of haar *het* bewijs dat hij of zij niet gelogen had.

Het eenvoudige bestaan van dat artikel in een vergeelde krant in een stoffige stadsbibliotheek, zette me aan het denken. Ik heb niet kunnen nalaten een bezoek aan Meridian Road te brengen. Ook aan de oude school waar ik dertig jaar van mijn leven heb gesleten. Aan de school, en aan het huis waar Simonne en ik al die jaren (kinderloos) hebben doorgebracht. Hoewel ik nog maar vier jaar in Florida woonde, ervoer ik toch een steek van weemoed. Vreemd hoe diep de ziel van een mens aan een plaats verankerd kan zijn. Maar toen ik voorbij de plaats reed waar het huis met het nummer 36 in Meridian Road heeft gestaan, kreeg ik het koud. IJzig koud. Het was een braakliggend stuk grond. Niets meer. Geen ruïne, geen restanten. Enkel ijle lucht en een ongezond uitziend stuk grond vol kniehoog gras dat een vuilgrijze kleur had. Ik kon niet lang blijven, ik kreeg het te benauwd en reed weg. Pas enkele straten verder haalde ik rustig adem en voelde ik weer de warmte van de zon op mijn huid.

Ik heb ook op Cider Road gestaan, voor de garage van Bo 'The Viking' Vickanan. De poort was dicht, en daarachter was geen beweging merkbaar. Misschien was Bo niet thuis. Helemaal achteraan bevond zich de grote loods en vanop de straat zag ik enkel het dak. Daarin stond de Chevrolet opgeborgen. Ik heb me moeten bedwingen om… stop, ik vertel te veel!

Ik bedoel gewoon... herlees deze laatste alinea nadat je hun ganse verhaal gelezen hebt. Dan zul je begrijpen waarom ik me daar zo vreemd heb gevoeld.

Als alles wat ik heb neergeschreven, echt gebeurd is (en daar twijfel ik nu niet langer aan), dan ben ik blij dat ik een erg saai leven heb geleid. Ik heb nog enkele jaren te slijten, dat weet ik, maar durf de dood (ik geloof zelfs dat hij al om de hoek naar me loert) nog niet in de ogen kijken, want de plaats waar zij zijn geweest, wacht ons allemaal. Het neerschrijven van deze teksten was het afgelopen jaar voor mij heel belangrijk. Noem het een levenswerk, noem het een horrorboek... Ik heb lang in het gezelschap vertoefd van degene die mij alles heeft verteld en ik ben blij dat ik de emoties onder woorden heb kunnen brengen. Ik ben – behalve voor mijn bijdrage als schrijver – uit hun verhaal gebleven. Geen tussentijdse randinformatie, geen intermezzo's, geen inmenging van mijnentwege en geen opmerkingen om te besluiten. Mijn enige persoonlijke inbreng is het krantenartikel van woensdag de zevenentwintigste oktober van 1994 op het einde van dit verslag.
Maakt dat van mij nu een auteur?
Mag ik deze bladzijden op mijn palmares schrijven als zijnde een boek, die naam waardig?
Ik zie het niet echt zo, omdat dit boek niet als fictie aanvoelt. Het gaat over personen die ik nog steeds ken, één van hen toch. Het zijn echte mensen, met échte gevoelens. Geen karikaturen van iemand, uitgevonden om een boek te *kunnen* schrijven. Het zijn mijn woorden niet, het is mijn verhaal niet, het zijn mijn emoties niet. Ik heb enkel mijn uiterste best gedaan om wat mij werd verteld, in een voor iedereen leesbare vorm om te zetten. Heeft het zin? Ik weet het niet. Is er dan nood aan zin? X is blij dat het op papier staat, dat het misschien zelfs onder de ogen van anderen komt. Het verhaal zette mij aan het denken en ik hoop dat het de lezers tot enig denkwerk aanspoort. Het loont werkelijk de moeite om eens stil te staan bij de idee dat er naast de wereld die wij allemaal kennen, misschien nog een andere wereld bestaat die heel veel met die van ons te maken heeft.
Veel leesgenot voor elk van jullie.

A.C. Plunckett
Ankona (Florida) – 3.12.2004

Deel Een:

Waar die vier personen leven, wie ze zijn en wat ze doen.

1
1994 – <u>Fayetteville</u> (North Carolina)
<u>Elliot Bornowski</u>

1

ELLIOT had de actie maniakaal goed voorbereid. Hij wilde geen risico's nemen en had daardoor Dag Nul niet zonder kopzorgen voelen naderen. De branche waarin hij zijn dagelijks brood verdiende, liet geen half werk of loshangende draadjes toe. Het welslagen van de actie steunde volledig op zijn allesomvattende voorbereiding. Mensenlevens hingen van zijn goedkeuring of afwijzing af. Elliot had in zijn loopbaan als politieofficier in Fayetteville zaken meegemaakt die hem tot een wijs man hadden gemaakt omdat hij had geobserveerd. Hij had genoeg ervaring opgedaan om te beseffen dat je als gezagsdrager niet alleen *gezag* draagt, maar ook een hele hoop verdomde verantwoordelijkheid. En daar kan je niet onderuit. Dat wilde hij ook niet. Elliot Bornowski was een rechtschapen man die zijn opdrachten meer dan naar behoren uitvoerde. De manschappen op het bureau konden op hem rekenen en dat was ook omgekeerd zo. Net als vandaag.

Zaterdag, de zestiende oktober van 1994. Dag Nul. De dag waarop de levering van de gestolen goederen (allemaal zaken rond communicatie: gsm's, laptops, draagbare radiotoestellen, en dergelijke) in een van de twee blauwe loodsen op Fayetteville Regional Airport langs Bennet Road plaatsvond. De sectie Diefstallen had, onder de leiding van de heel bekwame Peter Youtta, de afgelopen maanden uitstekend werk geleverd in het observeren van de handelingen van de Skulls. Een bende puur en onversneden onbenul. Kleinschalige dieven die allemaal kaal geschoren waren, met zwarte fontanellen bovenop hun schedel getatoeëerd. Een griezelige aanblik. Het gesjoemel van de meeste van de leden was allang bekend bij de sectie Diefstallen, maar enkele maanden geleden had zich een verandering voorgedaan. Peter Youtta had het bericht ontvangen dat bepaalde leden van de Skulls zich *deftig* gedroegen. Dat op zich was al vreemd. Skulls gedroegen zich nooit deftig. Het waren marginalen die een sekte vormden met als enig doel: het kleinschalig stelen van goederen en het doorverkopen ervan. Fayetteville lag niet onmiddellijk onder het bewind van de straatbende, maar een hele lijst klachten van slachtoffers hield de politiediensten bezig. Handtasdiefstallen, winkeldiefstallen, ongewapende hold-ups en kleinere geweldplegingen. Allemaal klein grut, dat de inwoners van de stad vervelende momenten bezorgde.

En dan daalde het percentage van de moeilijkheden door het optreden van de

Skulls ineens met meer dan vijftig procent! Wat betekende dat? Niet veel goeds. Bestond er een reden waarom zij zich plotseling op de achtergrond hielden? Wilden ze niet langer opvallen? Voerden ze misschien iets anders in hun schild? Dus stuurde Peter Youtta enkele van zijn mensen op pad om een oogje in het zeil te houden. Eens over de haag gluren, in het rond snuffelen. Het luistervinken had resultaat. Het bleek namelijk dat de Skulls erop vooruit waren gegaan. Zij bevonden zich niet langer op de laagste trede van de ladder. De tijd van het petieterige gemier was voorgoed voorbij.

De leider heette Wing. Zo liet hij zich noemen. Zijn eigenlijk naam was William Wingaard, maar alleen zijn totaal gedesillusioneerde ouders en het ganse politiekorps van Fayetteville waren daarvan op de hoogte. Iedereen sprak over *Wing*. Peter Youtta's mensen hadden opgevangen dat Wing en zijn aanhangsels zich met grotere zaken wilden bezighouden. De methodes waarmee door politiemensen aan informatie werd geraakt, waren legio. Iedere flik had zo zijn eigen manier om iets uit iemand te krijgen. Wing had - opnieuw volgens tamelijk betrouwbare bronnen - zich met een van de grootste helers van North Carolina ingelaten. Die ontmoetingen hadden plaats in het voorjaar van 1994. De man in kwestie - eeuwig en altijd vergezeld van vier bodyguards - heette Fred U. Peylstone en was volgens sommigen verantwoordelijk voor het verdwijnen van negentig procent van de gestolen waar in de staat. Hij toerde rond in een bijna onmogelijk lang uitgerekte Mercedes met zwarte ramen. Die wagen stond nooit langer dan dertig seconden stil op dezelfde plaats op de openbare weg. Fred U. Peylstone was een machtig man, had heel wat invloed op bepaalde corrupte gezagsdragers, maar had ook veel vijanden. Hij was zich daar echter van bewust maar vijanden waren enkel de vervelende roos op zijn schouders.

Wing had dus enkele contacten met die donkere figuur onderhouden. Vijf afspraakjes om juist te zijn. Vijfmaal had Wing zich op de hoek van Reemer en 12th laten oppikken door de zwarte Mercedes, tussen halverwege maart en eind april. Peter Youtta en Elliot Bornowski vroegen zich af wat die twee te bespreken hadden. Wat *konden* ze eigenlijk bespreken? Wing was de leider van een dievenbende en Fred verkocht gestolen goederen. Het *vroeg* gewoon om een huwelijk tussen die twee. Peter Youtta vermoedde al dat er een samenwerking op til was, maar hij had veel te weinig informatie om zich ergens op vast te pinnen. Dan maar een beetje afwachten. Kijken naar de wolken die voorbijdreven. Wachten tot de lente nog een beetje dieper het land binnentrok. Het geduld van de politiemensen werd uiteindelijk beloond. Wing was het leiderschap dan wel gewoon, maar hij kon nog niet goed overweg met zijn eigenwaarde. De zevenentwintigjarige William Wingaard beschouwde zichzelf al als een heel grote meneer. Hij had eigenhandig de contacten met de in zijn ogen beroemde Fred U. Peylstone gelegd, en dat mochten zijn bendeleden weten. Hij had er persoonlijk voor gezorgd dat uit die besprekingen een ongeschreven overeenkomst ontstond. Dat mochten zijn bendeleden ook weten. Hij had zelfs het volledige team van de Skulls bij de zaak betrokken. Daarmee kreeg hij hun aandacht veel meer dan Wing had gehoopt. Het duurde nog enkele maanden, tot in het begin van september om precies te zijn, eer Peter Youtta te weten kwam waar al die heisa binnen de bende over handelde. Maar wat het onderzoek ook aan het licht bracht, de samenwerking tussen die twee groepen was weinig stichtend.

Dus, vond Peter Youtta, die ondertussen kapitein Elliot Bornowski had ingelicht, riepen zij beter de samenwerkingsactiviteiten van in het prille begin een halt toe. Kwaad onkruid moest in de kiem worden gesmoord. Elliot gaf Peter geen ongelijk, maar voegde iets toe aan die waarheid. Hij vermoedde dat het gestolen waar betrof. Hij meende daarenboven dat de goederen op het moment dat hij door Youtta ingelicht werd - begin september - reeds in handen van de bende waren. Daarvoor visten ze dus achter het net. Bornowski stelde daarom voor om de Skulls hun gang te laten gaan en hen te klissen met in hun ene hand de zak met het gestolen snoep en in hun andere het geld van de heler. Peter Youtta, die een stuk jonger was dan Elliot, had moeite om zich in te tomen. Hij bezat de rustige ingesteldheid van de veertiger nog niet die inzag dat iets langer wachten waarschijnlijk meer resultaat opleverde. Youtta beukte er liefst onmiddellijk op in, met het hoofd naar voren. Aanvallen. Inrekenen, opruimen. In de cel met de dieven! Maar hij was luitenant en Bornowski was niet alleen kapitein, hij was daarenboven de overste van het ganse politiekorps van Fayetteville. Daar kon Peter niet omheen. Dus legde hij zich bij het voorstel van zijn baas neer, hoewel het hem wel wat tandengeknars en binnensmonds vloeken kostte.

Bornowski aanvaardde het ongeduld van Peter Youtta, maar hield vol. Het vertrouwen dat hij in zijn collega had, was nog nooit eerder geschaad en hij had ook nu geen reden om diens integriteit in twijfel te trekken. Youtta's mannen gaarden nog wat informatie in de dagen en weken die op die afspraak volgden. Communicatiemateriaal. Daar draaide de ganse zaak rond. Elliot Bornowski kreeg gelijk. De goederen waren reeds gestolen of onderschept. Daarrond bestond nog enige verwarring, maar het was een feit dat de helft van het misdrijf reeds was gepleegd. De Skulls hadden van Fred U. Peylstone de opdracht gekregen de goederen met een onopvallende bestelwagen van *ergens* in Fayetteville naar het stedelijke vliegveld in Bennet Road te transporteren. Een fluitje van een cent, vond Wing. Wat kon daar nu verkeerd aan lopen? De spullen in de bergruimte van een anonieme camionette duwen, een toertje door de stad maken en dezelfde spullen afleveren in Loods

14 op het vliegveld. Dat kon een kind aan. Er was wel een grote som aan verbonden, dat was Wing niet ontgaan.

Wat even belangrijk was, waren de volgende opdrachten die bij de heer Fred U. Peylstone op hen lagen te wachten… indien deze eerste keer alles volgens plan verliep. Opdrachten met iets meer diepgang. Opdrachten waar durf en brein voor nodig was. Wing vond dat hij beide aspecten bezat. Hij besefte dat hij over voldoende durf beschikte om serieuze zaken op te knappen. Hij vond zichzelf slim genoeg om alles zo ongezien mogelijk te doen. Niets of niemand was volgens hem schrander genoeg om hem om de tuin te leiden.

Wing werkte net als Elliot Bornowski heel secuur en accuraat. Hij zocht naar de juiste man voor de juiste taak. Hij overwoog elke mogelijke hapering, misstap en vervorming van het vooropgestelde plan en maakte daarbij het meest verkeerd lopende scenario op. Hij zocht naar alternatieven en afleidingsmanoeuvres, bestudeerde reisschema's, voorzag reservevoertuigen, vluchtroutes en extra manschappen, stippelde controleposten uit en zorgde voor bewapening. Hij was niet van plan zich belachelijk te maken bij de eerste samenwerking. Want Wing, hij was geen domme jongen (hij had gewoon geen kansen gekregen om zich in het deftige leven te profileren), besefte heel goed dat Fred U. Peylstone en zijn kornuiten hem in zijn doen en laten in het oog hielden. Wing beschouwde deze eerste opdracht als een test. Zes lange maanden van maken van afspraken, onderhandelen, toehappen en voorbereiden. Hij rekende erop dat niets verkeerd liep. De Skulls wilden hier als de perfecte afwerkingmachine uitkomen.

Uiteindelijk werd de dag van de actie bepaald op 16 oktober van datzelfde jaar. 1994.

2

HET was een prachtige, open hemel. Elliot Bornowski keek door het halfopen raam naar het blauwe uitspansel boven dat deel van de wereld en voelde zich goed. Hij had rustig geslapen. Hij haatte regenweer. Het maakte hem een beetje depressief, waarbij een gevoel van onzekerheid de bovenhand haalde. Het feit dat die ochtend de zon scheen en geen enkel wolkje het uitspansel boven Fayetteville ontsierde, zag Elliot als een heel gunstig voorteken. Hij voelde zich opperbest, in staat alle schuld van de wereld op zijn schouders te nemen. De dagen, weken en maanden van voorbereiden waren eindelijk voorbij. Dag Nul was aangebroken. Net vijf dagen na zijn veertigste verjaardag. Peter Youtta's undercoveragenten hadden alle mogelijke informatie die in de afgelopen periode was verzameld, op tafel opengesmeerd. Uit die puzzel hadden Peter, Elliot en nog enkele andere leden van het politiekorps het plan van Fred U. Peylstone en de Skulls uitgedokterd en doorzien. De tijd die overbleef, hadden ze ingevuld met het op punt zetten van een even minutieus schema vol tegenactiviteiten.

Veel tijd om dat te verwezenlijken, was Bornowski en de zijnen niet gegund. Toen hij op 16 oktober om zeven uur dertig naar de open hemel keek en over de afgelopen dagen mijmerde, kon hem niets worden verweten. Hij had er het beste van gemaakt. Indien zijn vader nog…

"Kapitein?"

Bornowski draaide zich om. Eigenlijk was hij nog graag een tijdje alleen geweest in zijn kantoor. Om zich nog wat extra tijd te gunnen. Om naar de opkomende zon te kijken, om te genieten van de straalblauwe hemel, om moed op te doen. Maar de plicht riep. Bij de deur bemerkte hij Michael Hettson, een van de jongste deelnemers aan de operatie.

"Ja?"

"Iedereen is klaar in de vergaderzaal, kapitein."

Bornowski gaf geen verbaal antwoord. Hij griste zijn vest die over de leuning van zijn stoel hing, en zwierde die nonchalant over een schouder terwijl hij zijn kantoor verliet. Het was stil in het gebouw. De sfeer was gespannen. Iedereen besefte dat het vandaag Dag Nul was en dat er misschien zelfs gewonden zouden vallen. Mogelijk erger nog, maar daar wilde niemand aan denken. Op het grote, zilveren scherm in de bioscopen werden om het uur dergelijke acties ondernomen. Daar werd heel wat heen en weer geschoten. Maar dat was heel veilig voor alle toeschouwers en deelnemende acteurs. Vandaag werd in Fayetteville geen film gespeeld. Alles was heel pijnlijk echt. De kogels die vandaag mogelijk gebruikt zouden worden, waren echt en brachten bij een inslag aanzienlijke schade aan een menselijk lichaam toe. Iedereen in het gebouw was zich daar heel intens van bewust.

Bornowski stapte achter Michael Hettson de vergaderzaal binnen. Iedereen die werd geacht er te zijn, bevond zich in de zaal. Bornowski ging naast Peter Youtta voor een schoolbord staan. Hij drapeerde zijn vest over de leuning van een stoel en zei:

"Goedemorgen. Ik voel me goed en ik hoop dat dat gevoel me tegen het einde van deze dag niet heeft verlaten."

Niemand reageerde. Spanning deed de luchtlagen trillen. Wat normaal was. Het politiekorps van Fayetteville was ook niet alle dagen in de ban van criminaliteit. En zeker niet van een opgezette actie daartegen.

"Goed, dan alles nog voor een allerlaatste keer?!"

Peter Youtta raapte een wijsstok van de tafel op. Het overlopen van alles wat met de actie te maken had, duurde bijna een vol uur. Voertuigen, namen, wapens, radioprocedure, interventies, eventuele aanhoudingen en overbren-

gingen, back-up, medische diensten voor het geval er gewonden vielen...
De hele reutemeteut werd nogmaals door de molen gehaald. Tot vervelens toe, tot elk detail besproken was en iedereen de indruk had dat echt niets verkeerd kon lopen.

3

OPMurchison Road, in het noorden van Fayetteville, werden in een zo goed als leegstaande garage om elf uur in de voormiddag tien kisten, volgeladen met gestolen materiaal, in een zwarte, smerige Ford-bestelwagen gestapeld. Naast die goederen zaten twee Skulls, zwaarbewapend met onder andere elk een Uzi, voorzien van een lange lader en een pistool of revolver naar keuze in de broeksriem. Wing zat als passagier vooraan en Mill zat links van hem. Wing had Mill gekozen om het stuur van de bestelwagen te hanteren omdat hij de oudste van de Skulls was en tegelijk de bekwaamste chauffeur. Hij dronk nooit en bleef zijn zenuwen de baas op kritieke momenten.

De goederen waren in de voorbije weken al een paar keer verhuisd, maar de garage op Murchison Road was de laatste stek. Vanuit dat schuiloord werden ze door de Skulls verplaatst naar Loods 14 op het vliegveld langs Bennet Road om van daaruit te verdwijnen naar een voor hen onbekende eindbestemming. Fred U. Peylstone had nu pas de juiste koper gevonden – degene die het meeste geld bood – zodat de uiteindelijke overhandiging pas vandaag kon worden volbracht. Wing had zich in de afgelopen weken meermaals afgevraagd waarom zoveel heisa werd gemaakt rond de aard van de buit zelf. Communicatiemateriaal? Wie maalde vandaag de dag nu nog om een gsm of een laptopcomputer? Tien kisten vol elektronische babbelapparatuur? Wat was de waarde van alles samen? Toch niet zó groot dat daar een dergelijke actie aan moest worden gekoppeld? Maar Wing had zijn hersenen niet verder willen pijnigen. Misschien was het inderdaad enkel maar een oefening in de ogen van de heer Fred U. Peylstone. Om te kijken of de Skulls het waard waren om zijn aandacht aan te besteden. Dat resulteerde dan wel in een netelig gevoel van gewikt, gewogen en besproken worden. Wing kon de indruk dat hij die dag een examen aflegde, niet van zich afwerpen.

Skin was bestuurder van de tweede Ford. Het was net als de eerste een zwarte, onopvallende bestelwagen. Jelly zat naast hem. Zeven piercings per oor, twee door haar tong, drie in haar lippen, drie per wenkbrauw. De piercings door haar beide tepels en de metalen ringen door haar schaamlippen waren niet zichtbaar. In die tweede bestelwagen zaten slechts twee Skulls. Geen gewapende ondersteuning. Wel tien kisten gevuld met flessen bruisend water.

Beide Fords hadden achter de deuren van de bestuurder en de passagier geen ramen.

Fred U. Peylstones mensen hielden zich blijkbaar niet in de buurt op, maar volgens Wing werden zij toch in de gaten gehouden. Daar twijfelde hij niet aan. Om tien over elf werd de vuile schuifpoort van de garage geopend. Skull Loeye kreeg het bijna doorgeroest spul niet zonder moeite opzij. De eerste Ford reed naar buiten en draaide Murchison Road linksop. De tweede Ford volgde onmiddellijk en reed op een korte afstand achter de eerste aan. Een onopvallende, zwartharige vrouw die rechtover de garage aan een tafeltje in een eethuis zat, boog haar hoofd opzij en sprak slechts enkele woorden in het zendertje dat onder de kraag van haar jas verborgen zat.

"Twee zwarte Vans. Ford. Geen ramen in de laadbak. Na elkaar, nu vertrokken richting centrum."

Dat was de eerste berichtgeving van die dag betreffende de actie. Het ganse net had die woorden gehoord. Niet alleen Elliot Bornowski voelde dat zijn hart sneller sloeg. Het uitspreken van die korte zinnen betekende dat een ommekeer niet meer mogelijk was. De onderneming had een start genomen.

Twee Fords. Typisch, vond Bornowski. Afleiding. Maar dat had hij voorzien. Hij bevond zich op het vliegveld en wachtte daar de komst van de juiste bestelwagen af. Dat was het uiteindelijke doel. De juiste Ford. De rest was bijzaak. Iedereen had zijn eigen plaats en taak. Iedereen had zijn eigen adrenaline die door de aderen bruiste. De taak van de zwartharige agente in het eethuis zat er voor vandaag al op. Voor anderen begon de dag nog maar. Zo verliep het leven.

Op het kruispunt met Bragg Boulevard werd er gesplitst. Wing en Mill draaiden rechtsaf en reden daardoor eigenlijk terug in de richting vanwaar zij gekomen waren. Skin en Jelly draaiden met hun spuitwater linksop in de richting van Cape Fear Botanical Garden. Zowel Wing als Skin voelden het aan de tinteling in hun huid dat ze gevolgd werden. Maar er was veel verkeer en het was niet duidelijk welke wagen wie volgde. Wing had ook geen zekerheid dat de flikken op de hoogte waren van de plannen. Hij had alles voorzien – dat meende hij toch – en de afleidingswagen zorgde volgens hem toch voor enige verwarring. Maar ze werden gevolgd. Daar had Bornowski dan voor gezorgd. De afspraak was zo weinig mogelijk radiofonische berichtgeving door de ether te sturen, voor het geval er met scanners werd gewerkt. Bornowski had voor heel veel gezorgd. En naarmate de zon meer warmte over dat deel van North Carolina uitspreidde, werd hij steeds beter.

In alle stilte werden door de twee partijen de plannen verdergezet. Duizenden mensen zagen de twee Fords, duizenden mensen zagen de onopvallende (anonieme) wagens van de flikken. Niemand van hen had er benul van dat op dat moment reeds een zenuwslag bij de inzittenden werd gevoerd. Niemand van de brave burgerij van Fayetteville was op de hoogte van de actie die aan de gang was. Maar goed ook, vond Bornowski. Zo verliep het leven. Mensen waren met hun eigen handelingen bezig, worstelden met hun eigen gedachten, terwijl aan de overkant van de straat andere mensen een moord beraamden, een woelige vergadering voorzaten of een speech voor een verjaardagsfeest voorbereidden. Miljoenen mensen, miljoenen trajecten. Soms kruispunten.

Wing en Mill draaiden een heel stuk voorbij het Museum of Art Skibo Road linksop. Ze reden vervolgens voorbij het kruispunt met Yadkin Road, doken onder All American Freeway door en stopten voor het rode verkeerslicht op de splitsing met Morganton Road. Schuin links aan de overkant, met de neus in de tegenovergestelde richting, bevonden zich achter elkaar twee patrouillewagens van de politie. Wing keek schalks in hun richting. Een kriebeling in zijn onderbuik. Zoiets kon gebeuren.

"Mill?"

"Ik heb ze gezien."

"Niet reageren, niet kijken."

"Natuurlijk niet."

Het verkeerslicht sprong op groen. De eerste flikkenkar zette zich in beweging en reed het kruispunt over. De tweede draaide rechtsaf. Mills voet beefde een beetje op het gaspedaal, maar toch drukte hij die zacht in. De zware motor van de Ford bromde en het voertuig begon aan de overtocht. De twee inzittenden van de flikkenkar keken star voor zich uit. Geen vuiltje aan de lucht. Maar toch merkte hij dat hij pas ademhaalde toen ze het brede kruispunt volledig overgestoken waren. Mill keek wel twintig keer in de buitenspiegel. Tot zijn grote geruststelling werd de witte wagen steeds kleiner. Toen die vervolgens onder de brug van de Freeway dook, verdween die helemaal uit het zicht. Mill lachte nerveus en zei:

"Dat was dat!"

"We zijn er nog niet."

"Dat klinkt niet erg hoopvol?!"

Wing liet zich onderuitzakken en stelde nu pas vast dat hij al die tijd in een heel gespannen houding had gezeten. Klaar om in actie te schieten? Klaar om wat? Hoe hadden ze gereageerd indien de flikken hen hadden laten stoppen? De twee kerels neerknallen en verderrijden? In stilte vroeg Wing zich voor het eerst af of het wel een goed idee was om met Fred U. Peylstone in zee te gaan. Misschien was Fred dan wel een rijke reder, Wing had geen zin enkel maar de roeispanen te hanteren.

"Ik zeg gewoon, Mill… dat we er nog niet zijn. Alles is nog mogelijk!"

"Ik dacht dat je alles ingeschat had?"

De leider van de Skulls wreef met beide handen over zijn gezicht. Bovenop zijn kale hoofd golfden de getatoeëerde, zwarte lijnen.

"In het leven kan je nooit alles voorzien!"

"Het leven? Waar heb je het over? Wij vervoeren stomme computers van de ene naar de andere kant van de stad! Dit is *het* leven niet!"

Wing had geen zin om daar dieper op in te gaan. Hij kreeg de indruk dat vele van de Skulls, onder wie ook de bestuurder van de bestelwagen waarmee ze op dat moment de kruising tussen Skibo Road en Robeson Boulevard naderden, deze missie als een amusant verzetje beschouwden. Als een spannend, maar aangenaam tussendoortje. Eventjes spelen. Wings geweten vocht met de donkere indruk dat zij gevolgd werden. Hij zag hen niet, maar voelde hun aanwezigheid, en dat betekende niet veel goeds. Als er flikken aan hun staart hingen, wachtten er verderop nog meer. Misschien had hij dan alles toch nog niet zo goed voorbereid.

Skin en Jelly draaiden Interstate 301 op en volgden het stuk met de naam Eastern Boulevard. Achter hun rug klotste het water in de volle flessen. Zij ontmoetten geen flikken, en Jelly stelde zich geen vragen. Hun Ford was een afleidingsmanoeuvre en daar had het meisje geen problemen mee. Als minderjarige deel uitmaken van de befaamde Skulls was al een hele tijd haar ultieme wens en uiteindelijk was het zover. Al meer dan een jaar, toen ze bijna zestien was. Ze geloofde niet in God en niet in haar ouders. Ook niet in zichzelf, dus... wie was ze daar eigenlijk het best dankbaar voor? Het had haar wel enkele uren rug- of buikliggen gekost terwijl vrijwel iedereen van de aanwezige Skulls zijn zin met haar deed, maar zij vond het de moeite waard. Dit was haar tweede opdracht en ze koesterde daaromtrent absoluut geen ambities. Toch niet in dit stadium van haar lidmaatschap. Skin daarentegen was duidelijk verbitterd. In dat deel van Fayetteville was weinig verkeer en de spanning in zijn onderbuik zwakte af.

"Eigenlijk hoor ik hier niet te zijn."

Jelly draaide haar hoofd opzij, maar zei niets.

"Eigenlijk *wilde* ik in de andere Ford zitten, maar Wing koos Mill."

"Mill is ouder."

"Mill is ouder... en wat dan nog? Ik ben veel langer lid. Ik heb de Skulls zo goed als gesticht, samen met Wing. Ik vind dat hij me dat schuldig is!"

"Je bent een klein kind!"

"Ik meen het, Jelly!"

"Let op de weg, sukkel. Er komen nog wel acties. Waar maak jij je druk over?"

GEMEENTELIJKE P.U.B.
ACHTERSTRAAT 2
9450 HAALTERT
TF. 053/834474

25

Skin snoof.

"Omdat het de eerste keer is dat wij iets *deftig* doen! Ik wil niet achteraan op de foto staan, als je begrijpt wat ik bedoel!"

Jelly trok verveeld haar schouders op.

"Ik begrijp je, Skin, ik begrijp je!"

"De zaak lukt, iedereen wordt bejubeld en wij waren maar de afleiding, iets waar niemand naar omkijkt! Die Peylstone-kerel heeft het meest oog voor wie het belangrijkste werk heeft verricht. De rest van ons sjokt maar ergens achterop!"

"Vind je dat nu zo erg?"

Skin sloeg met de vlakke hand op het stuur.

"Ik vind het heel erg!"

"Je bent een lul!"

"Kutwijf!"

De kruising met State Road 87 naderde.

"Daar moeten we linksaf!"

"Ik weet dat wel!"

Het meisje zette zich rechtop.

"Klootzak! Wie denk je wel dat je bent? Ik probeer enkel te helpen!"

"Ik weet de weg, zeg ik!"

Skin sloeg geërgerd haastig de State Road links op. De achterwielen van de Ford gleden even weg en het kostte hem enige moeite om de bestelbus terug op het rechte spoor te krijgen. Achter hen klotste het water hevig. Jelly reageerde niet. Ze had geen zin om een opmerking te maken over Skins rijgedrag. Wing had niet voor niets Mill gekozen als bestuurder van de wagen met de gestolen goederen. Hij was zich heel goed bewust van de draagwijdte van zijn beslissingen. Skin niet. Dat was een klootzakkerig heethoofd zonder hersenen. Een lul die enkel iets kon uitvoeren als het hem opgedragen was. Doen, niet denken.

Ze reden vervolgens aan matige snelheid langs het indrukwekkende Cumberland Coliseum Complex en naderden de omgeving van het vliegveld. Skin concentreerde zich op de weg en Jelly hield het bij een verveeld stilzwijgen.

4

ZIJ werden, net als Wing en Mill, inderdaad gevolgd. Onopvallend. Meerdere doordeweekse wagens. Ongewassen en zeker niet in het oog springend. Twee man per wagen. Gewapend met handvuurwapens op het lichaam en materiaal voor zwaarder gebruik in de koffer. Beiden voorzien van de nodige radioapparatuur om verslag uit te brengen. Elliot Bornowski en Peter Youtta luisterden vanop hun verdoken plaats op het vliegveld naar wat de manschappen op de baan hen door de ether overmaakten. De volgwagens werden elk een aantal keer afgelost zodat het mogelijk nog minder opviel dat zij hun werk uitvoerden. Skin en Jelly werden niet langer dan tien minuten door een grijze Buick of door een donkerbruine Ford gevolgd. Er was communicatie. Het verliep vlot. Een vuilwitte Ford volgde de donkerbruine op om even later een straat links in te slaan en zo plaats te maken voor de grijze Buick van daarnet.

Bornowski knikte goedkeurend en zei tegen niemand in het bijzonder:
"Beide wagens naderen het vliegveld."
Het was Youtta die reageerde.
"Dat hadden we vermoed. Ik had zelfs meerdere afleidingen verwacht."
"Wees blij, Peter, ik denk niet dat wij over de nodige manschappen beschikken om een operatie die iets groter is dan deze hier, tot een goed einde te brengen. Die ene afleiding slorpt al een gigantisch deel van de mannen op. Laat staan dat er meer geweest waren."

Peter Youtta zei niets, maar beaamde Bornowski's opmerking in stilte. Ze hadden nu al alle beschikbare mensen moeten optrommelen en zelfs rustdagen moeten intrekken, tot grote ergernis van de manschappen die net díe dag om welke reden dan ook vrij hadden gevraagd. Zoiets zorgde altijd voor frustratie, wat resulteerde in een tijdelijke, mindere werkinzet. Dat kon voor een actie als deze gevaren opleveren. Niet alleen voor de man of vrouw in kwestie, maar ook voor wie aan zijn of haar zijde werkte. Voor wie op hem of haar rekende.

"Ik gok op Wing!" zei Peter.

Bornowski draaide zijn hoofd niet opzij. Hij hield zijn ogen gericht op het mooie weer, op de open hemel boven de uitgestrekte vlakte van het vliegveld van Lafayette. Alhoewel het nog geen middag was en ze toch al een ferm stuk in het herfstseizoen waren, danste de warmte in golvende luchtlagen boven de ellenlange stroken beton van de landingsbanen. Bornowski had die warmte zien bewegen en ervan genoten. Hij had naar het einde van een van de landingsstroken gekeken, naar de twee blauwe loodsen, waarvan één het in het wit geschilderde nummer 14 droeg. De andere loods was niet van een nummer voorzien. Youtta's mensen hadden pas heel laat tijdens de voorbereidingen iets opgevangen over die locatie. Daar ging dus de overhandiging van de goederen door, en daar moest opgetreden worden om iedereen op het juiste moment bij de lurven te vatten. Maar de beide loodsen lagen té ver van de *bewoonde* wereld om er op voorhand een kijkje te nemen. Elliot had er, net als Youtta, enkel het gissen naar wie en wat zich binnenin bevond. Ze hadden gedacht aan een truck, misschien zelfs een vliegtuig. Ze hadden de mogelijkheden overlopen. Een truck was geen probleem, maar een vliegtuig leverde eventueel bepaalde problemen op. Maar zelfs die mogelijkheid hadden ze in hun voorbereidingen opgenomen. Hij dacht nogmaals over de verschillende mogelijkheden na en daarom had hij de opmerking van Youtta niet gehoord.

"Ik zei dat ik op Wing gok," herhaalde die.

Bornowski knipperde met de oogleden en besefte tegelijk dat Youtta het bij het rechte eind had. Hij voelde het ook op die manier aan. Wing vervoerde de goederen, de andere Ford was de afleiding. Maar beide voertuigen kwamen deze kant uit. Niet slecht gezien, de spanning werd daardoor op punt gehouden.

"Iedereen is klaar?" vroeg hij enkel.

Die vraag was eigenlijk totaal overbodig. Iedere agent op het vliegveld *was* klaar. Zij hadden alles twintigmaal bekeken, uitgeplozen en verbeterd. Ze bevonden zich allemaal op hun voorziene plaats. Met hun wapens, hun radio of hun middel van vervoer. Iedereen kende zijn of haar taak. Iedereen was voorbereid. Zelfs de kerels van de aanhoudingssectie, speciaal voor deze interventie uit Charlotte overgekomen. De mensen die de twee blauwe loodsen helemaal achteraan het vliegveld in de gaten hielden, waren eveneens aanwezig. Iedereen was paraat en klaar voor de actie, dat besefte Peter Youtta ook. Een antwoord op de gestelde vraag hoefde niet.

Op de achtergrond klonk de stem van een inzittende van een van de wagens in de stad.

"De Wing-Ford draait nu vanuit Owen Drive rechts Interstate 301 op."

5

OP datzelfde moment draaiden Wing en Mill inderdaad de 301 rechtsop. Een ferm stuk achter hen reed een oude BMW 5-serie dezelfde kant uit.

"We naderen."

Wing knikte. Mill had gelijk. De toenemende spanning in zijn onderbuik vertelde hem dat ook. Ze naderden het vliegveld inderdaad. Nu enkel nog Doc Bennet Road oprijden om via Poort 8 de terreinen zelf te betreden. Eenmaal dat achter de rug, was geen terugweg mogelijk. Wing schatte dat Skin en Jelly zich op datzelfde moment aan de andere kant van het veld bevonden, wat in werkelijkheid ook zo was. De afleidingswagen reed stapvoets op State Road 80. Zij hadden de landingsbanen aan hun rechterkant. Jelly meende zelfs dat zij de twee blauwe loodsen in de verte reeds opmerkte.

Vanwaar zij zich bevonden, waren het kleine Lego-blokken en Jelly besefte ineens dat er toch iets van waarheid school in wat Skin daarnet zo vol verontwaardiging had geuit. Hun opdracht was inderdaad erg gering in vergelijking met wat Wing en Mill zichzelf hadden opgedragen. Hun eigen taak zat er eigenlijk bijna op. Er restte hen enkel nog wat heen en weer rijden op State Road 80 om de flikken nog op een groter dwaalspoor te brengen. Misschien deed ze er inderdaad goed aan de volgende maal (net als Skin, en heel waarschijnlijk wel door hem geruggensteund) meer op haar strepen te staan. Om een meer opzienbarende vertoning te mogen opvoeren. Jelly grijnsde bij de gedachte aan strepen. Zij haatte militairen. Haar vader was een militair geweest. Een onmens, gewoon een onmens. Zo intens als zij militairen haatte, verachtte zij elke vorm van politionele macht en hiërarchie. Dus ook strepen. Ze moest op haar ijzers staan, verwijzend naar de piercings en de ringen overal op haar lichaam.

"Wat valt er te grijnzen?"

Jelly keek Skin aan.

"Ik grijns als ik dat wil! Misschien is het wel om jouw domme kop!"

"Kutwijf!"

"Lik m'n snee!"

"Nu niet!"

Skin bedoelde daarmee niet dat hij van plan was Jelly te likken als de tijd rijp was. Hij zei enkel *nu niet* omdat er bepaalde zaken op het vliegveld naast hen gebeurden. Zaken die om aandacht vroegen. Hij wees met gestrekte arm naar het kleine, zwarte speelgoedautootje — een Ford-bestelwagen — dat volledig aan de andere kant van het vliegveld in de buurt van de openstaande Poort 8 verscheen. Jelly had veel zin om in Skins vinger te bijten die ter hoogte van haar neus hing. Maar Skin ademde gejaagd. Er gebeurde iets. Jelly volgde zijn blik en zag nu ook dat Wings Ford door Poort 8 reed.

Eigenlijk vond Jelly de locatie voor de transactie heel geslaagd. Het gedeelte vanaf Poort 8 tot en met de twee blauwe loodsen helemaal achteraan, werd niet meer gebruikt. Toch niet officieel. De grote controletoren bevond zich aan de noordzijde. Alle hangars, voortdurend gebruikte start- en landingsbanen en onderhoudsketen bevonden zich tussen die toren en Poort 8. Het gedeelte dat Wing net was opgereden, was eigenlijk braakliggend. De enige twee gebouwen waren net die twee blauwe loodsen. Wat ook in Loods 14 gebeurde, de locatie was heel inventief gekozen. Buiten hoog en tamelijk dicht struikgewas vanaf Poort 8 tot bijna aan de loodsen zelf, was er niets in de omtrek te bespeuren. Jelly besefte dat de flikken niet in staat waren op tijd te arriveren, *als* ze al iets in de mot hadden. Skin volgde stilzwijgend de zwarte bestelwagen die door de golvende warmte over het beton steeds verder zuidwaarts reed. Alles verliep volgens het plan.

6

"GEEN probleem, alles verloopt volgens planning!" zei Bornowski.

Peter Youtta was een andere mening toegedaan.

"Ik voel mij duidelijk minder op mijn gemak, Elliot."

"En waarom is dat zo?"

Bornowski liet de verrekijker zakken. Vanwaar hij zich in de controletoren bevond, had hij net de Ford van Wing door Poort 8 zien rijden. Vervolgens had hij zijn blik naar de linkerkant verplaatst. Op State Road 80 bevond zich de andere Ford. Tot nu toe deden zich geen problemen voor. Waar maakte Youtta zich dan druk om?

"Weet jij wel hoever het van hier tot aan die loodsen is?"

"Ik ben altijd slecht geweest in het schatten van afstanden. Ik heb geen flauw idee."

Peter Youtta wreef over zijn gezicht.

"Elliot! We weten niet wat er in de loodsen gebeurt. We weten niet hoe we moeten reageren. Als wij dat van hieruit moeten doen, geraken wij daar nooit op tijd."

Bornowski draaide zich naar Peter Youtta. Hij had een zorgelijke blik.

"Peter… wordt er iets van ons – jij en ik, bedoel ik – verwacht? Bekijk de omgeving. Je ziet ze niet, maar onze mannen zitten op hun plaats. Het feit dat jij ze niet ziet, betekent ook dat *zij* ze niet zien. Begrijp je me? Het moet een verrassing zijn. Zowel voor de Skulls als voor ons. Alles is tot in de puntjes voorbereid, Peter. We hebben alles duizendmaal overlopen. Als je iets doet, doe je het goed, anders begin je er gewoon niet aan. Wij hebben het goed gedaan. Ik ben zeker dat we straks met een mooi resultaat terug naar huis gaan."

"Jezus…"

Youtta wreef opnieuw over zijn gezicht als wilde hij de zorgrimpels vlak strijken.

"Jezus? Die is hier niet, Peter! Deze keer is het aan ons om het te redden."

"Maar hoe denk je van…"

Elliot Bornowski hief een hand op. Youtta zweeg onmiddellijk. Elliot trok vervolgens met beide handen de verrekijker tot voor zijn ogen en glimlachte.

"Wat? Wat is er?" vroeg Youtta nerveus.

"Ze zijn er!"

"Jezus…"

Youtta viel in herhaling en vervloekte het feit dat hij geen kijker had meegebracht. Hij was dan ook dolblij dat iemand van de toren er hem een overhandigde. Hij haastte zich tot naast Bornowski en was net op tijd om de blauwe schuifpoort van Loods 14 achter de Ford-bestelwagen dicht te zien schuiven. Hij was te laat en vloekte.

"Waarom dat vloeken?" vroeg Elliot.

"Ik heb niets gezien! Wat heb ik gemist?"

"De poort was maar gedeeltelijk open. Werd aan de binnenkant geopend, dus bevinden zich daar kerels. Er viel anders niet veel te zien. Maar zij zijn op tijd! Wij zijn allemaal samen op tijd, dat telt hier. De show gaat verder."

"Mooi, de buit is geleverd."

Skin sloeg op de kromming van het stuur. Jelly haalde verveeld haar schouders op. Met gekromde rug en afhangende schouders zat ze op de passagierszetel.

"Dat klopt… de buit is geleverd. Wat nu?"

Skin keek haar vol minachting aan.

"Nu wachten we!"

"Leuk!"

Jelly liet zich onderuitzakken, trok haar knieën op en plaatste haar doortrapte schoenen op het vuile dashboard. Door die beweging gleden de ringen door haar schaamlippen over elkaar.

"Leuk!"

Binnenin Loods 14 verlieten Wing en Mill hun vervoermiddel. In de laadruimte ontvouwden zich de twee andere Skulls. Na het uitstappen rekten zij kreunend en vloekend hun verkrampte spieren. Het was er halfdonker en daardoor even wennen.

"Op tijd!"

Wing keek in de richting van het stemgeluid. Iemand naderde hem. Een chique, geklede kerel. Het was Fred U. Peylstone niet. Fred nam zelf nooit deel aan zijn opgezette acties. De man die zijn richting uitkwam, was waarschijnlijk een van zijn dure hulpjes.

"Fijn. De baas apprecieert dat."

Dat hoorde Wing graag.

"We hebben geen problemen gehad onderweg."

De man knikte.

"Dat weten we, we hebben u laten volgen."

"Ah?"

"Dat hoort erbij. Wij hebben ons ook voorbereid. Het vliegtuig staat hier al drie dagen. Deze loods heeft aan de achterkant een tweede ingang. Via die kant zijn wijzelf enkele uren geleden met de wagens binnengekomen. Meneer Peylstone kent enkele mensen in de toren. Hij kreeg de toestemming om het vliegtuigje hier te plaatsen, zogezegd voor onderhoud. Niemand is op de hoogte van onze aanwezigheid vandaag. Wij nemen straks wel de gewone route om te vertrekken."

Wing besefte dat hij tot op dit punt van alle plannen op de hoogte was gebracht. Tot nu toe klopte alles.

"Wat nu?"

"Nu wordt alles overgeladen en wordt het weggebracht. Eigenlijk eindigt jullie opdracht hier!"

Wings ogen hadden zich aan de schaarse klaarte aangepast. Naast twee zware Audi's kreeg hij zicht op een tweemotorig sportvliegtuig. Een zwarte vrouw zat achter de stuurknuppel. Ze had een koptelefoon op en ontfermde zich over de boordapparatuur. Uit de twee Audi's stapten nog drie kerels. Twee uit de ene en de bestuurder uit de eerste.

"Alles moet in het vliegtuig. Indien jullie zin hebben om te helpen, ben ik de eerste om het toe te laten. Ik draag graag zelf een koffertje, maar ik heb de laatste tijd een beetje last in de onderrug."

De gladde kerel grijnsde. Wing mocht hem niet. Hij had de kerel nooit eerder gezien. Mill hield zich op de achtergrond en had nog geen woord gesproken. De onsympathieke kerel lag hem ook niet. Hij was niet meer dan een hulpje, maar hij kleedde en gedroeg zich wel als een baron.

"Geen probleem, we hebben tijd," zei Wing.

De twee gewapende Skulls zetten een stap opzij. Mill schoof de zijdeur van de bestelwagen verder open en overhandigde de eerste doos aan Wing. Achter hem wachtten in totaal stilzwijgen de drie nog dommere hulpjes. Debiele stoottroepen. Wing droeg de doos naar het vliegtuig. Hij deponeerde zijn last voorzichtig in de laadruimte. De zwarte pilote draaide haar fraaie hoofd in zijn richting en schonk hem een brede, witte glimlach. Hij schatte haar dertig jaar oud, ze deed hem ineens aan Pam Grier in haar jonge jaren denken. Onder haar witte blouse huisden enorme borsten. Dat had hij ook gemerkt. Wing glimlachte terug. Vreemd dat een man zoiets altijd opmerkt, vond hij, zelfs in de meest extreme situaties. Blijkbaar manifesteerde die elementaire behoefte zich bij een man op elk ogenblik, en in alle omstandigheden.

Het laden verliep vlug en zonder problemen. Alle dozen en kisten werden in de grote laadruimte van het vliegtuig gestockeerd. Een van de dommekrachten nam naast de ebonieten schoonheid plaats. Zij drukte op enkele knoppen en de twee schroeven begonnen te draaien.

"Tijd om te vertrekken, jongens!" riep de gladde aal in het maatpak. Hij wees naar de bestelwagen en bedoelde daarmee dat Wing en Mill maar best maakten dat ze wegkwamen. Hijzelf stapte als passagier in een van de Audi's A8 en trok de deur dicht. Een domme jongen liep tot bij de verste schuifpoort en opende die niet zonder de nodige kracht. Het lawaaierige vliegtuig taxiede naar de uitgang. Omdat de twee Audi's ondertussen gevuld waren met Freds hulpjes, restte Wing en Mill weinig meer dan weer hun bestelwagen op te zoeken. Mill haalde zijn schouders op. Hij stak zijn ontevredenheid niet onder stoelen of banken. Het had geen zin Wing daarover aan te spreken, want het klimmende toerental van de twee razende vliegtuigmotoren overstemde alles. Wing zette zich op de passagierszetel en Mill nam weer achter het stuur plaats. Enkel met beide deuren dicht, begrepen ze elkaar. Achter hen namen de twee anderen ook opnieuw plaats in de laadruimte.

"Dat ging vlug… wat nu?"

Wing haalde net als Mill daarnet zijn schouders op. Dat was het dus?! Al die voorbereidingen en kopzorgen voor zoiets?

"Tja… het zit erop, Mill, zo te zien."

In Wings stem klonk duidelijk een ondertoon van ontgoocheling. Hij had meer van deze dag verwacht. Veel meer! Maar *wat* juist, dat ontging Wing. Het had iets te maken met een tekort aan bevestiging. Net dát knaagde. Hij wou dat Fred U. Peylstone hem persoonlijk feliciteerde met de perfecte afloop van de transactie. Maar de man liet zich niet zien. Niemand zei hem dat hij het goed had gedaan. Niemand zei hem dat het dankzij zijn inzet en vernuft was dat alles tot een goed einde was gebracht. Het bezorgde hem een irriterend gevoel dat beelden uit zijn kindertijd opflikkerden. Gelijkaardige situaties waarbij hij identieke gevoelens had ervaren. Die keer bijvoorbeeld toen zijn vader hem gewoon links liet liggen wanneer hij eigenhandig de defecte grasmachine had hersteld. Een klauwende pijn in zijn borst. Nu was die terug.

"Wing? Gaat het?"

Wing rechtte zijn rug en besefte nu pas dat zijn houding die was van iemand met hevige maagpijn. Voorovergebogen, het hoofd tegen het dashboard.

"Geen probleem, Mill."

"Wegwezen dan maar?"

Wing keek op. De laatste Audi vertrok net uit Loods 14. Niemand had hem verteld waar de gestolen goederen naartoe werden gebracht. Niemand gaf hem meer uitleg. Wing voelde zich maar een heel kleine schakel in het grote netwerk van de misdadige opzet. Dat idee bezorgde hem een wrange nasmaak.

"Rij maar, Mill, het heeft toch geen zin om hier te blijven."

Mill knikte, startte de motor en zette de Ford in beweging.

"**WAT**denk je, Elliot?" Elliot Bornowski besefte goed wat Peter Youtta bedoelde. Ze tuurden beiden met de verrekijker in de richting van de nog gesloten Loods 14. Youtta wilde nu optreden. Zonder te weten waar het daarbinnen echt om ging. Toen daarnet de loodsdeur gedeeltelijk was geopend om de Ford met Mill achter het stuur binnen te laten, had Bornowski zijn best gedaan om iets op te merken van wat zich binnen bevond. Het was er donker en hij meende dat hij de zijkant van een groot voertuig gezien had. Glanzend. Koffermodel. Glimmende velgen. Een dure, snelle wagen. Nu was Loods 14 nog potdicht. De goederen werden overgeladen. Waarschijnlijk in een vliegtuig. Die mogelijkheid hadden ze in de loop van de besprekingen als de meest plausibele voor ogen gehouden en ze hadden zich daar ook volledig op voorbereid, zowel op het vlak van materiaal, manschappen als interventietechnieken. Om die reden hadden ze de hulp ingeroepen van het speciale team van Charlotte. Het ging Elliot Bornowski niet om de goederen die werden versast, des te meer echter om het klissen van de trafikanten terwijl ze met de daad bezig waren. De Skulls én een hoop van Freds mannen voor de rechtbank brengen. Twee vliegen in één klap. Dat was belangrijk. Hij wilde om die reden zijn plannen niet laten dwarsbomen door de gejaagdheid van een veel jongere Peter Youtta die als een overjarige puber van het ene op het andere been huppelde om tot (een overhaaste) actie over te gaan.

"We wachten nog even."

"Ze zijn daar allemaal samen binnen, ik…"

"Nog even, Peter, tot we zekerheid hebben! Staat onze wagen beneden klaar?"

"Die is klaar! Ik bedoel, zekerheid?! Waarover?"

"Ik wil zien wat er gebeurt! Dan pas gaan we erop af. Omdat we dan weten waar we mee te maken hebben. Dat speelt altijd in ons voordeel. Ik tast niet graag in het duister, je weet maar nooit wat daar op je wacht!"

Youtta had geen andere keuze dan zich neer te leggen bij wat kapitein Elliot Bornowski beval. Hij was de baas van de ganse actie en trok dus aan de touwtjes. Maar het viel hem verdomd moeilijk te aanvaarden. Hijzelf – daar was Peter zelf van overtuigd – was er allang op afgegaan. Het had volgens hem geen enkele zin nog langer te wachten, temeer dat…

"Daar zijn ze!" schreeuwde Skin.

Jelly schrok op. Haar zweterige voeten die in de zware schoenen verscholen zaten, gleden van het dashboard en belandden met een doffe bons op de vloer van de cabine.

"Jezus!"

"Kijk dan toch!"

"Schreeuw niet zo!"

"Ik schreeuw als ik wil! Kijk!"

Skin wees naar rechts. Uit Loods 14 verscheen een klein, tweemotorig vliegtuig. Daarachteraan kwam twee donkerkleurige voertuigen. Vanop die afstand had Skin enkel het raden naar het merk. Ze glansden in het zonlicht. Blinkende, chique karren. Een tijdje daarna verliet ook de zwarte bestelbus de loods.

"Het is met een vliegtuig!" schreeuwde Skin, "de verdomde klootzakken vervoeren de stukken met een vliegtuig!"

"Stop met schreeuwen!" gilde Jelly.

"Prachtig, ik had daar zelf niet aan gedacht!"

"Ben jij een oetlul, Skin. Dit is een vliegveld aan onze rechterkant. Wat had je gedacht? Dat ze van plan waren de metro te gebruiken?"

Jelly keek nu ook naar rechts en was blij dat domme Skin was gestopt met gillen. Straks deed ie nog in zijn broek van opwinding. Zij vond er niets aan en vond het heel lullig om naar een vliegtuig te kijken dat zich klaarmaakte om snelheid te halen.

"Ze komen deze kant uit…"

"Dat zie ik ook, we staan hier bijna op het einde van de startstrook die zij gebruiken!"

"Ze zullen boven ons vliegen!"

"Ben jij me een kind, zeg!"

"Ik vind het gewoon goed, gewoon goed!" glunderde Skin.

"Ik vind het oersaai!"

"Tijd om te dansen!"

Youtta begreep wat Elliot Bornowski daarmee bedoelde. Dat waren de woorden waar hij al uren op wachtte. Tijd om te dansen! Daarnet was de poort van Loods 14 opengegleden en was een klein vliegtuig naar buiten komen rijden. Op dat moment had Bornowski dus besloten om tot actie over te gaan.

De gebolsterde energie barstte uit zijn lichaam los toen Peter zijn radio greep en het voor iedereen langverwachte sein gaf. Het was heel kort, maar iedereen die aan de interventie deelnam, wist wat van hem of haar werd verlangd.

"Aan iedereen, hier Alfa! Actie NU! Ik herhaal: actie NU!!"

Onderaan de toren startte hun chauffeur de wagen. Bornowski en Youtta repten zich langs de metalen trap naar beneden en wipten in de wachtende

Buick. Niemand hoefde te schreeuwen, de bestuurder gaf plankgas en de wagen reed met gierende banden uit de grote ruimte onder de toren weg. Ondertussen, en dat was zo voorzien, hadden de twee scherpschutters reeds hun werk gedaan. Gedeeltelijk toch. Daar liep het tijdens die o zo punctueel voorbereide actie eventjes mis. Schutter A die onderaan de toren lag, slaagde er niet in de wielen van het vliegtuig kapot te schieten. Zenuwen? Onnauwkeurigheid? Onbekwaamheid? Hoe dan ook, het vliegtuig reed verder in de richting van de omheining, met daarachter de tweede Ford-bestelwagen vol flessen water.

Van in de controletoren reed een grijze wagen tegen hoge snelheid in de richting van het zuidelijkste gedeelte van het veld. Schutter A had dus gefaald. Het vliegtuig haalde snelheid. Maar Schutter B had meer geluk. Zijn kogels troffen doel. Het eerste projectiel liet het rechtervoorlicht van de ene Audi uit elkaar spatten. De tweede kogel boorde zich onmiddellijk daarna in de voorbumper, maar de derde trof het eigenlijke doel. De voorste van de twee Audi's kwam slippend tot stilstand, nadat de rechtervoorband met een luide klap aan flarden was gesprongen. De wagen die achteropkwam, maakte een slippende beweging om de eerste heen, en vervolgde met rokende banden zijn weg.

Op datzelfde moment gebeurde er heel veel. Allemaal zaken waar Wing en Mill en de hulpjes van Fred U. Peylstone niet op hadden gerekend. Hoewel de omgeving rond de twee blauwe loodsen er verlaten uitzag, kwamen van overal voertuigen tevoorschijn. Ze hadden zich schuilgehouden in het hoge struikgewas langs de landingsbanen, achter of in halfvergane schuren en in grachten, overdekt met groen. Het werd een gebulder van jewelste. Bornowski had op het element verrassing gerekend. Hij had alle zware kanonnen tot op het laatste moment bewaard. Nu kwam alles goed van pas. Hij mengde zich niet in de drukke berichtgeving op het overvolle radionet. Hij vertrouwde de mannen. Zij wisten waar ze mee bezig waren. Vooral het team uit Charlotte, dat als dagelijkse taak had mensen aan te houden in de meest extreme situaties.

Het was hun voertuig, een klein soort pantser op gigantische wielen, dat vanuit de gracht op de startbaan dook en achter het vliegtuigje aan reed. Twee wagens stoven op de gestrande Audi af en voordat de enige inzittende van de Duitse wagen besefte wat hem overkwam, lag die al op zijn buik op het beton, met zijn eigen vest over zijn hoofd getrokken. Drie seconden later klikten de handboeien zijn beide armen muurvast op zijn rug. Het was zijn kompaan die aan boord van het vliegtuig zat.

"De flikken!" schreeuwde Wing.

Mill sleurde aan het stuur, waardoor de Ford-bestelbus gevaarlijk naar rechts kantelde. De linkerwielen verhieven zich van de grond om onmiddellijk daarna met een harde bons terug op aarde neer te komen. De twee kompanen in de laadruimte werden heen en weer geslingerd. Ze vloekten brullend. Wing was overdonderd door wat hij zag. Het vliegtuigje probeerde snelheid te halen, maar werd heel vlug ingehaald door die gigantische, zwarte kever op wielen. De slijmhulp uit de gestrande Audi lag grommend voorover, met drie of vier flikken op zijn rug. De andere Audi – met daarin die gladde vetvlek - probeerde weg te rijden. Vanuit de richting van de Toren in de verte haastten nog enkele wagens zich hun richting uit.

De radioberichtgeving was overrompelend. Iedereen riep of schreeuwde. Bornowski trachtte zich te concentreren op de donkere Ford-bestelbus die zich in alle stilte uit de voeten wilde maken. De anderen hielden zich wel met de tweede Audi bezig. Hij tikte de bestuurder op de schouder en wees naar het wegrijdende voertuig met Mill achter het stuur.

"Volg die Ford!"

Jelly en Skin begrepen aanvankelijk niet goed wat er aan de hand was. Er gebeurde vanalles, veel te veel eigenlijk. Het vliegtuig kwam nog steeds hun kant uit, gevolgd door een vreemd voertuig dat verduiveld heel snel reed. Een Audi was gestrand en de andere vluchtte doelloos over de startbaan weg en in de verte zag Jelly dat Wing en Mill probeerden Poort 8 te vinden. Overal holden, sprongen of reden flikken rond.

"Dit gaat mis! Dit gaat helemaal mis!" jankte ze.

"Zwijg!"

"Zwijg zelf!"

"We maken dat we hier wegkomen!" brulde Skin.

Hij draaide de contactsleutel om.

De tweede Audi hotste van de betonnen strook op het grasplein ernaast. Het voertuig werd daartoe zo goed als verplicht door twee grote bestelwagens vol zwaarbewapende agenten die de dure limousine op dat moment al lelijke schade hadden toegebracht. Het kofferdeksel was een verfrommeld aanhangsel dat luid klepperend op de koffer zelf sloeg en de linkerzijkant van de Audi was volledig geschaafd. De paniekerige bestuurder probeerde nog toeren met de 4x4 uit te halen, maar moest uiteindelijk toch het onderspit delven. Hij hield halt en stapte met opgeheven handen uit. Drie seconden later lag hij in de modder, met de vest over het hoofd en de handboeien op de rug. De gladde aal was ook uitgestapt. Hij probeerde nog te onderhandelen, maar dat beviel hem slecht. Omhuld door zijn dure maatpak, kwam ook hij in de modder terecht.

"We halen het niet!" siste Mill.

"Blijf rijden! Ik wil niet in hun klauwen terechtkomen!"

Wing legde beide handen op het dashboard. De spieren in zijn schouders spanden zich. Hij wilde inderdaad niet geklist worden, niet deze eerste keer. Hij had vertrouwen in Mills rijkunsten. De twee Audi's waren al tot staan gebracht en het vliegtuig was bijna ingehaald. Maar dat kon Wing geen ene moer schelen. Nu kwam het er enkel nog op aan zijn eigen vel - en dat van de andere Skulls - te redden.

"Als ze buitengeraken, blijf je hen volgen!" zei Bornowski.

In de Buick gespte hij de gordel om. Hij schatte de afstand en besefte dat Wing er heel waarschijnlijk in slaagde het vliegveld te verlaten. Wat dan nog?! Een beetje actie kon geen kwaad. Het zorgde voor wat bruisende adrenaline. Tot zover was alles al goed geslaagd. Twee Audi's aan de kant, nu nog het vliegtuig en hijzelf zorgde voor de vluchtende Skulls. Wat was het leven mooi! Achter hem gromde Youtta. Volgens Peter liep alles gewoon verkeerd. Hij had zich ook vastgegespt.

"Stijg op! Stijg verdomme op!"

De zwarte pilote probeerde het allerbeste uit de kist te krijgen. Rechts van haar reed dat vreemde voertuig met de grote wielen. Het glansde in het zonlicht en reed verbazingwekkend hard. Waarom hield de domme man naast haar zijn mond niet? Ze wilde zich op haar vlucht concentreren. Het betrof hier geen simpel toeristisch opstijgen op een rustige zondagnamiddag.

"Trek dat spul omhoog!" gilde de man, wijzend naar de besturingsorganen in haar handen.

"Wil je je klep dichthouden, mens?! Heb jij een vliegbrevet? Neen? Goed dan! We hebben nog niet genoeg snelheid!"

De man zweeg en staarde voor zich uit. Een flink eind verderop was het einde van de startbaan, die overging in een brede strook gras begrensd door een ijzeren afsluiting. Daarachter een zwarte Ford-bestelbus. Rechts van hem denderde de pantserwagen, die opeens nog snelheid meerderde, een kort manoeuvre naar links maakte en daardoor voor hen kwam rijden.

"Godverd..." vloekte de vrouw.

De motoren van het vliegtuig gierden luid toen ze wilde optrekken. Zoals ze had gezegd, hadden ze nog niet genoeg snelheid. Daardoor dook het vliegtuig terug naar beneden nadat het zich slechts een halve meter van de aardbodem verheven had. De angstige man vloekte met een Zuid-Amerikaans accent. Het klonk bijna mooi. De pantserwagen zigzagde ineens voor hun neus over het beton.

"Klootzakken!" gilde de man, "smerige, rotte klootzakken!"

Ineens haalde hij een pistool uit een schouderholster en stak de loop in de rechterzij van de zwarte pilote. Ter hoogte van haar lever.

"De motor wil niet starten!"
"Wat?" gilde Jelly.
Ze keek met grote ogen naar wat zich aan hun rechterkant afspeelde. Het was haar daardoor ontgaan dat Skin reeds vijfmaal zonder resultaat had geprobeerd de motor van de bestelwagen te starten.
"De rotmotor wil niet starten!"
"Rotzak!" tierde Jelly nu en wees naar rechts.
De afstand tussen het naderende vliegtuig en de plaats waar zij zich bevonden, werd met de seconde kleiner. Skin vloekte en sloeg op het stuur. Maar daarmee startte de bestelbus nog niet.
"Spring eruit, Jelly!"
"Rotzak! Rotzak!!"
"Stop met leuteren en spring eruit!"
Skin wachtte niet langer op een reactie en ramde zijn linkerschouder tegen de deur. Die zwaaide open en Skin liet zich uit de bestuurderscabine vallen. Hij rolde onhandig over het wegdek, sprong paniekerig op en holde naar de andere kant van State Road 80. Nadat hij in het gras naast de weg gevallen was, richtte hij zich weer op en keek in de richting vanwaar hij gekomen was. Jelly zat nog steeds in de bestelbus. Ze kon haar spieren niet meer bewegen. Beide voeten op de grond en met de handen het dashboard vastklemmend. Met open mond en steeds groter wordende ogen staarde het meisje naar het naderende vliegtuig, dat maar niet wilde - of kon - opstijgen.

Wing en Mill bereikten op datzelfde moment Poort 8 en raasden erdoor, zo goed als op de voet gevolgd door een Buick, een oude Dodge en een Ford. Veel hotsende voertuigen, veel gieren van banden, grote wolken opwaaiend stof en veel gedempt vloeken. De ganse rij schuivende, dansende en glijdende voertuigen reed Doc Bennet Road op in de richting van het centrum van Fayetteville.

"Als je niet onmiddellijk opstijgt, knal ik je darmen uit je lijf!" siste de man.
De zwarte pilote ademde zwaar. Zweet parelde op haar donkere huid.
"Ik kan nie.."
De man porde de loop hard tegen haar rechterborst. Het gezicht van de vrouw vertrok.
"Hola... rustig maar..."
"Dat dacht ik net!" grijnsde hij.

De vrouw haalde diep adem, bereidde zich voor en trok de stuurknuppel naar zich toe. Op datzelfde moment trapte de chauffeur van de pantserwagen met beide voeten bovenop de rem. Witte rook wolkte uit de vier wielkassen omhoog. De wagen kwam in een verrassend korte tijdspanne tot stilstand. Het vliegtuig was nog niet hoog genoeg en kon het zwarte obstakel onmogelijk ontwijken. De pilote gilde het uit en probeerde nog naar links te zwenken. Het volgende ogenblik sloeg de rechtervleugel tegen de bovenkant van de pantser. Een onmogelijk krijsen van scheurend ijzer weerklonk toen de vleugel gedeeltelijk van de romp afscheurde. Het vliegtuig stopte met een enorme schok. Zij droeg haar gordels, de man niet. Ze zag nog net zijn gezicht - verrast en verschrikt - toen hij door de voorste ramen naar buiten werd geslingerd wanneer het vliegtuig over kop sloeg. Het glas trok diepe voren in zijn buik en in een wolk van bloed en uitpuilende ingewanden tuimelde de man over de zwarte pantserwagen op het beton. Versplinterende ramen, scheurend en verwringend ijzer, een hels kabaal. De rechterrotor was uitgevallen, maar de linker- draaide nog. Toen het vliegtuig op zijn kop op het beton terechtkwam, bovenop de gillende, bloedende man, sloeg de maaiende schroef zichzelf kapot. Het janken van het stervende vliegtuig overstemde het versplinterende gekraak van de botten en het openspatten van de schedel. Metaalsplinters spatten in het rond en de motor brak uiteindelijk uit de houders. De linkervleugel brak ook af en kwam bovenop de pantserwagen terecht. De losgeslagen motor hotste en botste over het beton in de richting van de Ford-bestelwagen, tien meter verder op State-Road 80. Overal vlogen scherven metaal en glas in het rond en Jelly zag de ijzeren dood als een op hol geslagen moordmachine op zich afkomen. *Ik moet hier weg*, gilde een stem in haar hoofd. Buiten haar hoofd gilde dat nog iemand. *Skin*? Denderend, grommend en rondtollend barstte de rokende en sputterende motor door de aanvankelijk weerspannige omheining en donderde op haar af. Het meisje was totaal verlamd, haar ogen op het naderende gevaarte gericht. Het immense stuk metaal kwam in de gracht terecht, veerde er weer uit en rolde over de grasstrook, nu trager dan daarnet. Blazend, krijsend, wringend. De metalen dood rolde verder, maar had geen snelheid meer, geen kracht. Het verwoestende object maakte nog enkele omwentelingen om zijn eigen lengteas en kwam uiteindelijk met een nauwelijks hoorbare klap tegen de passagiersdeur van de bestelwagen tot stilstand. Vlak naast het meisje gaf die uiteindelijk sissend, tikkend en rokend de geest. Jelly voelde de klap niet. De bestelwagen had nauwelijks bewogen. Jelly durfde niet naar rechts kijken, hoewel ze haar ogen op geen enkel moment had gesloten. Ze had haar ogen niet dichtgeknepen en haar hoofd niet tussen haar schouders getrokken. Jelly had de dood zien aankomen, in volle overtuiging dat er toch geen ontkomen aan was. Maar het draaide anders uit. Het meisje probeerde haar hartslag opnieuw tot een normaal menselijk ritme te brengen en schoof voorzichtig over de bank naar de openstaande bestuurdersdeur. Pas op dat moment besefte ze dat ze heel wat urine had verloren. Ze schaamde zich niet. Op wankele benen stapte ze uit de bestelwagen. Haar knieën knikten. Maar ze leefde nog.

Skin richtte zich op omdat het ineens heel stil was geworden. Hij had de rondtollende motor ook zien aankomen en had zich zo plat mogelijk in het gras verborgen gehouden. Maar nu keek hij op. Jelly kwam op trillende benen zijn richting uit. Verderop werd de zwarte pilote uit het totaal vernielde vliegtuigwrak geholpen door de flikken die uit de pantserwagen waren verschenen. De vrouw had blijkbaar slechts lichte verwondingen opgelopen.

Meerdere sirenes loeiden. Nog meer flikkenwagens en nu ook ambulances naderden de plaats waar het vliegtuig ondersteboven lag. Tijd om naar huis te gaan, vond Skin. Hij trok een naar adem snakkende Jelly bij haar arm naast zich op de grond. Even op adem komen... en dan wegwezen.

Elliot Bornowski, die de radioberichtgeving had gevolgd en daardoor wist dat het vliegtuig 'tot staan' was gebracht, hoopte dat de goederen niet al te veel beschadigd waren. Hij hoopte dat een degelijke recuperatie nog mogelijk was. Tot nu toe was alles verlopen zonder het gebruik van vuurwapens. *Behalve de sluipschutters*, bedacht hij. Eigenlijk vond hij het maar goed zo. In de films knalden zowel de flikken als de gangsters er duchtig op los. In werkelijkheid verliep alles veel minder indrukwekkend. Niet iedereen liep met de vinger om de trekker rond. Hij hoopte dat de Skulls in de bestelwagen niet dachten aan het gebruik van hun wapens. Op de voorste bank, naast de bestuurder, hanteerde Peter Youtta de radio. Hij sproeide zijn stem de ether in en verwittigde alle geüniformeerde patrouilles op de baan dat zij in aantocht waren.

De Doc Bennet Road verlieten Wing en Mill door als een gek Interstate 301 op te rijden, het stuk dat als Eastern Boulevard bekend stond. Waar zij geen zicht op hadden, was het feit dat op het kruispunt met State Road 87 de doorgang door patrouillevoertuigen was afgezet. Daar had de berichtgeving van Peter Youtta voor gezorgd. De achtervolging duurde dus ook niet lang.

"Blokkering!" schreeuwde Wing toen hij de tientallen wagens bemerkte die de weg versperden.

Een horizontale strook blauw flikkerlicht. Ontelbaar veel politiemensen. Allemaal gewapend. Klaar om te vuren. Voor hen de flikken, achter hen de flikken. Wing hamerde met beide vuisten op het dashboard.

"Probeer uiterst links!' riep hij.

"Wat?" gilde Mill terwijl hijzelf twijfelde tussen het gaspedaal en de rem.

"Probeer links te rammen! Die kar staat schuin!"

De vloekende mannen in de laadruimte hadden geen houvast. Mill rukte aan het stuur. Achteraan rommelde veel en vloekten de twee Skulls nog meer. Gierende banden. Op de voorste zitbank van de Buick was Peter Youtta nauwelijks te houden. Bornowski raadde wat Wing van plan was toen de bestelwagen ineens naar de linkerkant van de weg uitweek. Adrenaline barstte door zijn lichaam. Hij ritste de hoorn van het toestel uit Peters handen en riep: "De bestelwagen moet tot staan gebracht worden! Koste wat het kost!"

Mill moest proberen door de versperring te komen, het was hun enige kans. Hij verhoogde zijn snelheid, en zette zich schrap, net als Wing. Wing plantte beide handen op het dashboard. Mill kneep in het stuur en beiden schreeuwden de longen uit het lijf. De bestelwagen knalde met een luide klap tegen de zijkant van de politiewagen. Verkreukelend metaal, versplinterend glas. Agenten doken weg. Enkele luttele schoten weerklonken. Korte, droge inslagen in de zijkant van de bestelwagen. Gevloek in de laadruimte. Iemand gilde. De aangereden politiewagen sloeg tegen het langszij geparkeerde voertuig. Daardoor veerde die terug en kwam tegen de drummende voorkant van de bestelwagen terecht, die met een korte schok tot stilstand kwam. Wing gilde, Mill vloekte. Hij ramde de versnellingspook onhandig in de R-stand en gaf plankgas. Nog enkele schoten. De voorruit barstte uiteen. Wing dook voor het rondvliegende glas weg en greep naar zijn wapen. Met rokende banden die een ijselijk gillen veroorzaakten, reed de bestelwagen achteruit. Hij trok de aangereden politiewagen die aan zijn voorkant zat vastgehaakt, met zich mee. Schokkerig, haperend en met een loeiende motor schoof de bestelwagen wanhopig achteruit. Wolken witte rook van onder de wielkassen. Mill gilde als bezeten. Uiteindelijk trok de bestelwagen zich los van zijn last vooraan. Gierend reed Mill achteruit. Schokkend hotste de Ford over het wegdek en reed achterwaarts tegen de achteropkomende Dodge aan. Einde van de rit. Nauwelijks drie seconden later was de bestelwagen omgeven door tientallen agenten met getrokken wapens. Elliot Bornowski stapte uit de Buick die achter de gestrande Dodge tot stilstand was gekomen en liep tot bij de vier mannen die naast de bestelwagen languit op hun buik lagen, de handen op de rug geboeid. De kerel die hij als Wing kende, trilde. Een van de anderen bloedde uit zijn dij.

Pure adrenaline - vloeibare blijdschap - bruiste door Elliots lichaam. Door zijn hoofd, aderen en borstkas. Hij had zin om het op een gillen te zetten en als een klein kind op en neer te huppelen. Maar hij hield zich in, zij het met heel veel moeite en met nog meer tegenzin. Hij keek opzij naar Peter Youtta en beperkte zich tot een beheerste glimlach.

Hij wenste dat zijn vader dit nog had kunnen meemaken.

1994 – Conway (South Carolina)
Shanya Bellmer

1

HET rode lichtje boven bel nummer drie brandde. Dat ging gepaard met een zacht maar aanhoudend en doordringend gezoem. Onmogelijk te negeren. Betty Saunders reageerde onmiddellijk op de oproep. Hoewel het eigenlijk Shanya's deel van de afdeling was, kreeg zij het niet over haar hart niet op de wenken van de stervende vrouw in te gaan. Shanya had zich net teruggetrokken voor een sanitaire pauze zoals het plasmoment officieel werd omschreven, en zou zich straks toch vertonen. Dus zag Betty er niet tegenop de oude mevrouw Laura te bezoeken. Ze klapte het vrouwenmagazine dicht, schoof haar stoel geluidloos achteruit en stond op. Ze strekte haar stramme ledematen en liep de stille, donkere gang op. Op de bovenste verdieping van het Conway Sunflower Home in Conway, South Carolina, was het nooit felverlicht. De eerste drie verdiepingen waren bezet door ouderlingen die nog van het daglicht genoten en af en toe bezoekers ontvingen. Dat waren mensen die hun bejaarde familieleden of vrienden met hun aanwezigheid wilden begroeten.

De bovenste verdieping van het rusthuis was voorbehouden voor degenen die de laatste dagen van hun aardse bestaan doorbrachten. Iedereen die in het Home werkte of verbleef, was ervan op de hoogte. De ouderlingen ervoeren het zo, men hoefde het niet te verzwijgen. Hoe hoger je naar een verdieping verhuisde, hoe dichter je bij de hemel werd gebracht. Hoe hoger, hoe dichter bij de dood. En als je eenmaal onder het dak terechtkwam, was een afdaling heel eenvoudig niet meer mogelijk. De bovenste verdieping had in de wandelgangen dan ook de erg toepasselijke bijnaam: *Deathfloor*. Verdieping van de Dood. De inrichtende macht van het Home verkoos *Last Rest*. Laatste rustplaats. Maar *Deathfloor* was zelfs bij het verplegend personeel een goed ingeburgerde naam.

De stilte was iets wat uiteraard gerespecteerd werd. De zieke patiënten waren al in een veel vroeger stadium naar een nabijgelegen ziekenhuis overgebracht, zodat de mensen die op de vierde verdieping van het Home op de komst van Magere Hein wachtten, degenen waren die echt van 'ouderdom' stierven. Geen zoemende machines, geen verwarrende bedradingen, geen infuus, geen naalden. Enkel stilte in een rustgevend halfduister. De directie van het Home had die verdieping zó ingericht dat alles een sfeer uitstraalde van: *zo staan de zaken: hier breng je je laatste levensdagen in totale rust door. Hier krijg je alle noodzakelijke tijd om op jouw heel persoonlijke manier afscheid van desnoods jezelf te nemen. Hier word je niet gestoord door rondrijdende karren, piepende wielen, muziek, het hoesten of roepen van andere patiënten, bezoekende dokters, opdringerige verpleegsters. Hier kun je in alle stilte en rust wachten tot je voelt dat je klaar bent om te gaan.*

Op de muren en plafonds was geluidsabsorberende stof aangebracht en de vloeren waren voorzien van een lawaaidempende kurkbekleding. Op vraag van de familie konden de stervenden bezocht worden of zelfs naar een kamer op een lagere verdieping overgebracht worden. Zodat zij op hun beurt en hun eigen manier afscheid konden nemen, zonder de anderen op de vierde verdieping te storen.

Iedereen had respect voor Deathfloor. Iedereen die in het Home verbleef of werkte, was zich bewust van het feit dat hij of zij daar ooit zelf terechtkwam. Enkel indien het leven dat toeliet. Want eigenlijk was Deathfloor een afdeling voor de gelukkigen. Enkel mensen die geen dodelijke ziekte hadden opgelopen, die niet waren omvergereden of neergeknald, kwamen er terecht. Het waren allemaal individuen die eerlijk oud waren geworden en op een moment waren aangekomen dat hun lichaam het voor bekeken hield. Genoeg geleefd, het hart had genoeg gepompt om het bloed door de aderen te jagen. De hersenen hadden genoeg geregeld. Tijd voor algehele rust. Uiteraard - en dit om zuiver financiële redenen - was Conway Sunflower Home hoofdzakelijk toegankelijk voor mensen die er warmpjes bij zaten. Het was een laatste rustplaats voor degenen van Conway en omstreken die de nodige dollars op tafel legden. Of lieten leggen. Het was een comfortabele, maar dure manier om te sterven.

Betty Saunders en Shanya Bellmer waren nachtverpleegsters op Deathfloor. Zij werkten altijd samen. Betty werkte er vier jaar en Shanya was halverwege haar derde dienstjaar. Zij hadden samen een uitgebreide cursus palliatieve zorgen gevolgd. Niet echt een doorgedreven opleiding, maar zij hadden een aantal zaken geleerd waardoor ze het leven door een andere (ruimere) bril bekeken. Hun taak omvatte hoofdzakelijk het ingaan op de behoeften en vragen van wie op de verdieping verbleef. Sommige patiënten waren nog in staat op een knopje te duwen als ze iemand nodig hadden. Het knopje bevond zich op een dunne plaat die met een zacht licht rond hun nek was bevestigd. Omdat zij meestal op hun rug lagen, rustte de plaat bovenop hun borst.

Nummer 3 had nu gebruikgemaakt van de knop.

Betty Saunders stapte geruisloos door de donkere gang, keek vluchtig achterom in de richting van de toiletten (nog niemand op de terugweg...) en duwde vervolgens de deur van kamer 3 open. De vrouw op het bed hoestte en met haar magere hand wenkte ze de verpleegster. Betty stapte tot bij het bed. De vrouw draaide haar gelige gezicht in haar richting, keek even verward en vroeg dan met een krassende stem:

"Waar is Shanya?"

"Naar het toilet, Laura."

"Toilet."

"Waarom heb je gebeld?"

"Ik moet op de pan."

"Dat is niet nodig, Laura, je draagt een pamper. Je hoeft je niet in te spannen."

Een traan rolde over de gerimpelde wang van de stervende vrouw.

"Ik wil een pan. Ik wil Shanya. Waar is ze?"

"Op het toilet... ze komt onmiddellijk."

"Toilet."

Dat woord klonk als een zucht. Een straaltje speeksel droop uit haar rechtermondhoek. Betty wreef het met een servetje weg. Het was schemerdonker in de kamer, net als overal op de verdieping. Net klaar genoeg voor Betty om te zien dat Laura's dagen geteld waren. Ze merkte het aan de ogen. Die verrieden het altijd. Laura's borst rees met moeite op en neer. Onder de lakens was nauwelijks de vorm van een lichaam te zien. Laura woog nog hooguit vijfendertig kilo.

"Ik wil de pan. Ik wil Shanya."

Op dat moment ving Betty een zacht geritsel op. Een hand werd op haar schouder gelegd. De stem van haar collega klonk bijna verlossend in haar oor.

"Dank u, Betty, ik neem wel over."

Betty Saunders schonk haar vriendin een glimlach en verliet kamer 3. Shanya Bellmer schoof een stoel geruisloos dichterbij en nam naast het bed plaats. Ze liet de drie horizontale, metalen baren aan de ene zijkant van het bed naar beneden, zodat ze de vrouw gemakkelijk kon aanraken. Shanya schoof vervolgens haar eigen hand in die van de vrouw.

"Hallo, Laura."

De vrouw probeerde haar hoofd nog meer opzij te draaien. Het lukte haar nauwelijks.

"Shanya?"

"Ja, ik ben het."

Laura produceerde een bevende glimlach. Shanya meende zelfs dat zij een lichte druk omheen haar vingers gewaarwerd.

"Je was naar het toilet?"

"Ja... nu ben ik terug."

Opnieuw een speekselsliert. Shanya depte die met een droge doek.

"Betty wil mij de pan niet geven."

Laura hoestte. Een bijna onhoorbaar gekuch. Maar voor de vrouw was het alsof ze haar eigen longen uitspuwde. Tranen welden in haar ogen op.

"P... pijn..."

Nu werd Shanya druk op haar vingers gewaar. Het hoesten bezorgde de vrouw pijn. Haar gezicht was vertrokken. De ogen halfdichtgeknepen en de lippen teruggetrokken van de kleine, gele tanden. Shanya had geduld met de mensen die zij begeleidde. Het behoorde tot haar taak. De voorbije dienstjaren hadden haar geleerd niet over *verplegen* te spreken, maar over *begeleiden*. Behalve de meest noodzakelijke zorgen hadden hun patiënten geen nood meer aan verpleging. Zij aten nauwelijks nog, er was bijna geen ontlasting meer en de meesten waren te zwak om hun knopje te gebruiken. De taak van Betty en Shanya bestond er hoofdzakelijk in op regelmatige tijdstippen de kamers binnen te gaan. De horizontale omheining rondom het bed was eigenlijk overbodig want niemand van de aanwezigen had voldoende kracht om zich op te richten, laat staan om zich uit het bed te manoeuvreren. De directie liep geen enkel risico, de metalen schuifbaren moesten gehanteerd worden.

"Probeer nog wat te slapen, Laura."

"Ik heb geen slaap."

Shanya stond op en veegde de weinige haren van het voorhoofd van Laura Calloway weg. De gevlekte hoofdhuid was bijna volledig ontbloot. Met een zacht gebaar streelde Shanya Bellmer het gerimpelde voorhoofd. Ze had zich met de jaren meer en meer verhard tegen het afscheid nemen van de mensen die zij persoonlijk had begeleid. In de eerste weken nadat zij in die afdeling was terechtgekomen (op haar eigen vraag, trouwens), had ze merkelijk moeite met de beklemmende gevoelens die haar ziel teisterden. Die wezen haar op onbekwaamheid en schuldgevoelens: *het is jouw schuld dat hij of zij is gestorven, als je beter je best had gedaan, als je beter naar hem of haar had geluisterd, dan had hij of zij misschien nog een dag langer kunnen leven.* Het duurde een ganse periode - in de vorming had men er de cursisten nochtans voor gewaarschuwd en opgeleid - voor zij met zichzelf in het reine kwam. Het was haar schuld niet. Het was nooit haar schuld. Dat verlossende besef weerhield er haar niet van haar best te doen. Dat kleine beetje inzet dat ze extra aan de dag legde, bezorgde haar een warm gevoel. Shanya besefte dat de mensen niet langer leefden of minder bevreesd waren om de overstap te maken omdat zij net dat iets meer van zichzelf gaf. Zij deed het ook *voor* zichzelf. Ze wilde haar patiënten een 'gelukkige' dood laten sterven, geflankeerd door iemand die respect voor hen had.

"Probeer toch maar wat te slapen, Laura, ik kom straks terug."
"Jaaa... doe dat."
Shanya verliet de kamer in stilte.

2

"HET is erg rustig vannacht."
Shanya nipte nog eerst van haar koffie en zei toen:
"Wees blij! Het moet niet altijd een hectische bedoening zijn. Herinner je je
verleden week woensdag nog? Die nacht hadden we twee sterfgevallen. We
hadden toen bijna te weinig tijd! Ik haat het me te moeten opjagen."
Betty knikte, maar keek niet van haar tijdschrift op. Zij herinnerde het zich
heel goed. Hun nachtdiensten vingen om tien uur 's avonds aan en liepen tot
zes uur in de ochtend. Verleden week woensdag hield de ouwe Joshua het om
half elf reeds voor bekeken en Willy gaf er om drie uur de brui aan. De twee
ontzielde lichamen brachten ze naar het mortuarium op het einde van de
gang op Deathfloor. Bij een overlijden dienden zij de administratie daarrond
bij te houden en de lichamen te wassen en te kleden. Kortom: de overledene
proper en toonbaar maken voor de familie die door de ochtendploeg werd
verwittigd. Diezelfde ploeg zorgde eerst nog voor de meer gedetailleerde pre-
sentatie van de afgestorvene.
Per nacht stierf gelukkig niet altijd iemand. Soms vulden Betty en Shanya
hun diensten met de korte, gebruikelijke bezoekjes, het reageren op de zachte
belgeluiden en het lezen van boeken of tijdschriften. De nacht die ze nu af-
werkten, die van 15 op 16 oktober, beloofde rustig te zijn. Enkel kamer nummer 3 was bezet. Eén patiënt. Twee verpleegsters. Een onvoorstelbare luxe.
Maar daar had Laura Calloway weinig oog voor. Deathfloor telde tien kamers, de eerste vijf voor Betty en de vijf die het dichtst bij het mortuarium
lagen, vielen onder de bevoegdheid van Shanya. Het viel hen op dat in de
heel korte periode dat de mensen op Deathfloor verbleven, zij zich ongelooflijk vlug aan één specifieke persoon hechtten. De verpleegster die ze voor de
eerste maal zagen, was *hun* verpleegster. Zij wilden niemand anders meer om
zich over hen te ontfermen. De bewoners van de lagere verdiepingen – de
gezonde – kenden Betty, Shanya en alle andere verpleegsters van de bovenste
verdieping heel goed. Iedereen behandelde hen op een opvallend attentie-
volle en vriendelijke manier. Iedereen besefte trouwens dat zij in de komende
maanden of jaren daarboven door één van hen naar het definitieve einde
werden begeleid.
"Trouwens, Betty... hoe staat het nu met Rush?"
Betty Saunders draaide haar blik van het blad weg. Wanneer ze aan Rush

dacht, blonk er een aangename glans in haar ogen. Ze keek naar Shanya die rechtop tegen het aanrecht in de kleine keuken leunde. De muziek uit een kleine transistorradio was nauwelijks hoorbaar. Het gepruttel van de koffiezet overstemde meestal de zingende stemmen.

"Rush is… in orde."

Shanya's ogen openden zich vol verwondering.

"In orde? Is dat alles?"

"Ja… wil je meer details?"

Shanya grijnsde.

"Komaan, ik ken je. Normaal ben je niet te stuiten en babbel je de ganse nacht door. Je hebt vanavond nog geen tien woorden gezegd. Je duikt weg in dat tijdschrift."

Betty zuchtte.

"We gaan samenwonen!"

Shanya's grijns verbreedde zich tot een heel aantrekkelijke glimlach.

"Ik ben blij dat te horen."

"Ik heb een flat, hij heeft een flat. We zien elkaar bijna elke dag, nu al…"

"Zes maanden lang!"

Betty knikte.

"Zes maanden, dat klopt. Het was zijn voorstel. Ik bedoel, wat heeft het voor zin om tweemaal huur te betalen?"

"Mooi… eindelijk!" zei Shanya.

Betty rechtte haar rug.

"Wat bedoel je daarmee?"

Shanya Bellmers gezicht liep ineens rood op. Ze probeerde het te verbergen achter de kleine tas die ze met beide handen vasthield, maar slaagde daar nauwelijks in.

"Ik… eh… bedoel daar eigenlijk niets mee. Enkel… ik hoop voor jou dat Rush *echt* in orde is… als je begrijpt wat ik bedoel."

Betty's gezicht vertrok even. Dat betekende voor Shanya dat zij heel goed wist wat zij had bedoeld.

"Ik hoop, en dat heb ik hem ook gezegd, dat hij mij ten volle respecteert. Dave was een dronkaard en Hence sloeg mij. Ik weet heel goed waar je naartoe wilt, Shanya. Ik ben zevenentwintig en na Dave en Hence ben ik bang. Begrijp je me?"

Shanya knikte.

"Ik ben bang om mezelf opnieuw te bedriegen. Dave was mijn god, dat weet je nog wel! Ik wilde niets slechts over hem horen. Ik vond werkelijk niets aan hem waar ik mij aan ergerde. Ik sloot zelfs mijn ogen toen zijn drankprobleem naar boven kwam… alles kwam wel op z'n pootjes terecht. Ik was gewoon blind, Shanya, stekeblind door verliefdheid."

Shanya had Betty's verhaal al tientallen malen aanhoord. Dat betekende echter niet dat ze die nacht geen aandacht aan haar vriendin wilde schenken. Ze leunde tegen het aanrecht en luisterde naar wat Betty haar vertelde.

"Uiteindelijk werd hij opgenomen. Ik heb hem nooit meer teruggezien. Dan kwam Hence in mijn leven… net hetzelfde liedje. Mijn nieuwe god. Onverwoestbaar, onverslijtbaar. Ik schonk hem alles wat ik had. Ik verwende hem, ik zorgde ervoor dat hij echt niets tekortkwam, op geen enkel vlak. Ik wilde hem niet kwijt. Hij dronk niet. Nooit. Tot… tja… tot hij nors werd. Door de druk op het werk. Problemen omtrent futiliteiten met de collega's, aanvaringen met de bazen. Hij kon de stress niet aan en werkte die op mij uit. Aanvankelijk met woorden. Daar kon ik nog mee overweg. In bed vreeën we niet meer, hij beukte mij gewoon kapot. Hij reageerde alles in bed af. Tot ik dat niet meer wilde. Daarna sloeg hij me. Ik…"

Shanya legde zich neer bij wat daarop volgde. Tranen. Een huilpartij. Ze had het allemaal al meerdere malen meegemaakt. Betty – die het duidelijk nog niet had verwerkt - viste een zakdoek uit haar stofjas op, veegde de tranen uit haar ogen en snoot haar neus. Het klonk als een bulderende lawine in de geluidloze omgeving van Deathfloor.

"Ik… ben naar de politie gegaan. Niet onmiddellijk. Ik dacht nog dat alles goed kwam. Ik verborg de blauwe plekken onder mijn kledij. Hence sloeg nooit in mijn gezicht, gelukkig maar. Altijd op mijn armen. Of hij schopte op mijn benen. Maar uiteindelijk werd het me te veel. Hij werd het huis uitgezet en ook hem heb ik nooit meer teruggezien. Ik heb onlangs gehoord dat hij naar Seattle is vertrokken."

Betty zweeg en staarde met vochtige ogen voor zich uit. Ze keek waarschijnlijk naar de film van haar verleden. Twee mislukte verhoudingen. Niet om over naar huis te schrijven, maar toch ook niet erg genoeg om te besluiten dat haar ganse leven tot op de dag van vandaag een totale mislukking was.

"En nu is er Rush," zei Shanya.

Betty schokte met de schouders. Ze uitte een korte snik die haar uit haar verdoving haalde en keek glimlachend op.

"Nu is er Rush. Hij is jonger en veel rustiger dan Dave en Hence ooit waren. Veel liever in bed ook. Hij houdt van wandelen, huisdieren, kaarslicht en…"

"Betty…!"

Betty Saunders zweeg. Ze zette haar nieuwe vriend opnieuw in een heel positief daglicht. Door Shanya's reactie besefte ze dat ze in haar oude patroon verviel. Hij is goed, hij zorgt goed voor haar, hij is lief, hij is dit… hij is dat…

"Ik hoop enkel dat…"

De bel van kamer nummer 3 zoemde. Dat betekende het einde van het gesprek. Shanya keek op het uurwerk boven de ingangsdeur. Vier uur in de morgen. Zaterdag, de zestiende oktober. Niet zo heel ver daarvandaan, in Fayetteville, bracht Elliot Bornowski op dat moment een rustige nacht door ondanks het vooruitzicht van een belangrijke actie. Shanya zette haar kop koffie neer en verliet de keuken.

3

"LARA?" Het meisje kreeg niet onmiddellijk reactie. Shanya stapte de donkere kamer binnen. Tussen de horizontale tralies bemerkte zij de lichte oneffenheid onder de lakens. Geen beweging (meer?).

"Laura?"

Een lichte kuch. Shanya zuchtte.

"Waarom heb je gebeld?"

Laura zei iets, maar de nachtverpleegster was nog te veraf. Shanya liep tot bij de stoel en ging naast het bed zitten. Ze schoof, net als daarnet en net als altijd, haar vingers onder die van de magere, gevlekte hand van de stervende vrouw. Een zuiver lenitieve handeling.

"Laura. Ik ben het, Shanya."

Heel langzaam draaide Laura Calloway haar hoofd in de richting van het geluid dat ze ongetwijfeld opving. Het duurde uren eer de doffe ogen vol staar haar vonden. De stem van Laura klonk gorgelend, alsof grote klonters slijm haar keel dichtkleefden.

"Ik belde…"

"Ik ben gekomen."

Stilte. De vrouw ademde nauwelijks.

"Ik ben op… Deathfloor?"

Het had geen zin om te liegen. Waarschijnlijk besefte Laura – in een goed moment – dat zij niet meer op haar vertrouwde kamer was. In het Home was slechts één plaats waar je, buiten je eigen plekje, uiteindelijk belandde. Bedriegen leverde enkel wantrouwen en afstand op.

"Inderdaad, Laura, dit is Deathfloor."

Een lichte druk op haar hand.

"Dus… ga ik sterven?"

"Dat is zo, Laura."

Shanya probeerde haar stem zo zacht mogelijk te laten klinken. Sommige van haar patiënten stierven zonder dat ze in de laatste vijf dagen van hun leven nog gesproken hadden, anderen praatten tot net voor het einde door. Ze vermoedde dat Laura Calloway tot de laatste soort behoorde.

"Ik heb…daarnet… anderen gezien."

"Wat?"

"Anderen… hier in de kamer."

Shanya begreep niet goed wat de vrouw bedoelde.

"In de kamer?"

"Jaaa… anderen, daarnet, daarom… belde ik."

"We zijn hier alleen, Laura, alleen jij en ik."

Laura had de kracht niet meer om met haar hoofd te schudden. Haar allerlaatste provisie werd gebruikt om haar verzwakkende hart kloppende te houden. Weer een druk op haar hand.

"Ik heb ze gezien. Ze… wandelden door de kamer en ze… wezen mij aan."

"Ik denk dat je gedroomd hebt, Laura."

"Neen… ik zei toch dat ik geen slaap had. Ik heb… niet geslapen. Ik zag hen. Mannen, vrouwen en kinderen, hadden een hemd aan, ze wezen naar mij…"

"Probeer jezelf niet op stang te jagen, Laura… nu zijn ze weg."

"Ze stapten op een weide… met rood gras… ze wezen naar mij… ze lieten mij zien dat mijn tijd… gekomen is."

Shanya realiseerde zich dat dit een gans nieuw gegeven was. Nooit eerder had iemand een dergelijk aspect aangesneden. Ze vroeg zich af hoe zij daar best op reageerde. Zijzelf was in een christelijk gezin opgevoed, maar geloofde niet langer in de kracht van het gebed of het geloof zelf. Zij had ook geen affiniteit met waanbeelden als het hiernamaals of andere imaginaire plaatsen als de hel of de hemel. Wat had Laura dan gezien? Of had ze helemaal niets gezien? Projecties in haar hoofd? Waanbeelden?

"Shanya?"

"Ja?"

De verpleegster liet haar gedachten varen.

"Ik wil je bedanken," klonk het zacht.

"Bedanken? Ik doe mijn werk met plezier, Laura, ik doe mijn best."

"Ja... maar jij hebt dat… beetje *meer*… dan de anderen."

Lichte druk op haar hand.

"Waar ik ook terechtkom… zal ik zeggen dat jij een heel goed mens bent."

Shanya ervoer een echt warm gevoel. Die woorden vertederden haar. Nog maar weinig mensen hadden met een dergelijke oprechtheid zo positief over haar gesproken.

"Ik ben… niet bang."

"Je *hoeft* niet bang te zijn, Laura."

Shanya ving het voor haar herkenbare gezoem van de binnentelefoon in de keuken op. Iemand belde Deathfloor. Betty Saunders nam op en startte met een gedempte stem een gesprek. Shanya keek op haar uurwerk. Kwart over vier in de morgen. Als ze het eerlijk aan zichzelf durfde toegeven, verlangde zij naar het rustgevende omhulsel van haar donsdeken. De vermoeidheid overviel haar lichaam met heel herkenbare kenmerken. Het geeuwen onderdrukte ze niet langer. Tranen welden achter haar ogen op en haar hart pompte aan een trager tempo. Ze had moeite om haar hoofd rechtop te houden.

"Kijk... daar is weer iemand."

Shanya schrok op. Ze sloeg haar ogen op en zocht naar beweging naast het bed. De jonge vrouw zag een vluchtige schim in de donkerste hoek van de kamer. Een golvende schaduw maar. Donker tegen een nog donkerder achtergrond. Aderen klopten in haar keel. Ze meende het, maar ze had het zichzelf ingebeeld. Of niet soms? Was daar echt iemand voorbijgekomen? Iemand uit een andere wereld?

"Er is niemand, Laura."

Haar stem trilde een beetje.

"Toch wel... een man."

"Hij is nu weg."

"Hij is weg... hij wees naar mij, net zoals de rest... maar..."

Shanya's ademhaling ging opeens sneller.

"Maar wat?"

Laura kuchte.

"Maar wat, Laura?"

"Hij keek lang in jouw richting."

4

"**WIE** was het?"
Betty keek op toen Shanya de keuken binnenstapte.

"Tony van hieronder. Hij vroeg of wij liever hadden dat hij tot na zes uur wachtte om iemand naar boven te brengen. Kamer 12."

Shanya ging aan het kleine tafeltje zitten.

"Het is vier uur dertig in de morgen. Dat kan toch wel tot straks wachten."

"Dat heb ik hem ook verteld. Wat scheelt er?"

Shanya keek Betty aan.

"Wat bedoel je?"

"Hoe zie je eruit, meid?! Je bent lijkbleek!"

Shanya werd inderdaad misselijk. *Lijkbleek*. Een omschrijving die op Deathfloor wel van toepassing was. Toch kon ze niet glimlachen.

"Ik… voel me doodmoe!"

Ze loog niet, ze zei alleen niet de volle waarheid. Shanya schoof de stoel achteruit, vouwde haar armen op het tafelblad en legde haar hoofd daarbovenop. Betty sloot het tijdschrift.

"Ik ken jou! Wat scheelt er?"

"Niets."

"Typisch! Komaan, meid. Je kan mij vertrouwen. Zijn het specifieke vrouwenproblemen?"

Shanya kon weer glimlachen. Ze had Betty graag, het was een toffe meid om in de buurt te hebben.

"Heb je problemen thuis? Ruzie gehad?"

"Helemaal niet. Alles is thuis piekfijn in orde. Het is alleen…"

Betty wachtte even.

"Alleen wat?"

Shanya wreef haar gezicht over haar armen tot het bloed net onder de huid tintelde en maakte dat ze weer iets meer bij haar positieven kwam.

"Alleen wat, Shanya?"

Het meisje richtte haar hoofd op.

"Is er leven na de dood?"

Betty Saunders zocht in gedachten naar een manier om op die vraag het best te reageren. Beginnen lachen of de zaak serieus opnemen? Ze wachtte even, keek in Shanya's ogen (de ogen vertellen alles) en koos voor het laatste.

"Waarom die vraag?"

"Omdat ik…"

Shanya hield zich in. Ze twijfelde of ze Betty kon inlaten met wat Laura Calloway haar daarnet had verteld en wat ze zopas zelf had gezien. Of meende te hebben gezien. Of dacht dat… Shanya voelde zich verward.

"Omdat ik… me dingen afvraag."

"Dat is duidelijk."

"Komaan, Betty. Ik werk hier nu al bijna drie jaar – stage inbegrepen. Jij werkt hier één jaar langer. Ik heb zeker al meer dan tweehonderd mensen zien sterven. Jij nog veel meer."

Betty knikte. Zij hield geen boekhouding bij, maar wist dat Shanya het bij het rechte eind had.

"Ik vraag me soms af…"

"'s Nachts?"

"Overdag slaap ik en heb ik dingen te doen!"

"Sorry, 's nachts dan maar… dan heb je inderdaad tijd om na te denken!"

Betty besteedde liever niet al te veel tijd aan nadenken. Zij nam het leven graag zoals het zich aan haar voordeur aanbood. Zij bekeek het op die manier, anderen waren anders. De ene niet beter dan de andere, enkel anders.

"Goed… en wat vraag je je af?"

"Oh, zomaar… dingen!" zei Shanya en ging rechtop zitten.

"Dingen?"

"Iemand sterft. Goed. Het lichaam geeft al z'n functies op en binnenin valt het ganse raderwerk stil. Geen hartkloppingen meer, geen hersenactiviteiten meer, niets."

"Dat komt overeen met de werkelijkheid, het staat zo in de boeken… je had dokter moeten worden!"

"Lach niet!" grijnsde Shanya.

"Ik bedoel… het lichaam sterft af, maar wat gebeurt er met de persoonlijkheid die zich ontplooid en ontwikkeld heeft? Het bestaat toch niet dat wij hier enkele jaren op deze wereld rondscharrelen, vanalles proberen te verwezenlijken om uiteindelijk zomaar de hoek om te gaan? Zomaar?! Ik bedoel… het is toch niet mogelijk dat iemand sterft en dat er niets van zijn of haar identiteit achterblijft? Mijn vraag is dan: waarom zijn wij op de wereld gekomen? Hoeveel mensen sleuren zich door een leven vol mislukkingen, tegenslagen en ziektes? Wat is het doel van hun verblijf op aarde dan?"

"Dokter… of filosoof!"

"Stop het!"

"Sorry, ik kan het niet laten. Ik ben niet de vrouw om over zoiets te praten. Voor mij hebben al die oudjes die naar het einde van de gang worden gebracht, het definitieve einde bereikt. Daarna is er niets meer. Het einde van de dienst op deze aardkloot. Gedaan met het plezier, maar ook met de beslommeringen. Geen lichaam en geen ziel meer, maar ook geen… *persoonlijkheid* meer zoals jij het noemt."

Betty was nuchter. Heel realistisch. Shanya daarentegen was een denker.

"Goed. Maar…"

"Daar gaan we weer… zijn dat nu zaken om 's nachts te bespreken?!"

"Luister… maar als iets een einde heeft, volgt altijd iets anders."

"Wat? Waar heb je het over?" vroeg Betty.

"Als de weg stopt, volgt een stuk grond. Achter dat stuk grond is er een weide, daarachter het strand en dan de zee, met daarachter weer land, straten, gronden, weiden, stranden en zeeën. Alles volgt mekaar op, ik heb het gevoel dat nergens een einde aan komt. De toestand… de *vorm* van het zijn verandert enkel."

"Dit wordt moeilijk. Het is kwart voor vijf in de ochtend, wil je werkelijk dergelijke…"

Shanya schonk geen aandacht aan Betty's opmerking.

"Na de nacht komt de dag, en dan opnieuw de nacht met daarna weer een nieuwe dag. Na regen komt altijd zonneschijn, wat later weer regen. De maan volgt de zon op. Wolken komen en gaan. Gevolgd door nieuwe wolken. Er is altijd *iets*!"

"Shanya... ik begrijp..."

Shanya Bellmer zat ondertussen strak rechtop en sprak niet echt meer tegen Betty. Zij gesticuleerde met haar handen en zag er niet langer moe uit. Ze sprak met verve alsof ze net inzichten had verworven die haar leven een andere wending gaven.

"Vlieg omhoog. Boven de atmosfeer is de ruimte die niet ophoudt wanneer je een ander sterrenstelsel met ontelbare planeten tegenkomt. En *als* de ruimte ooit ophoudt, moet er ook iets daarachter zijn. Ik denk... ik vermoed... dat ons na ons leven ook *iets* wacht."

"Mooi, wil je nog wat koffie?"

Shanya reageerde niet op Betty's vraag.

"Het leven van de oudjes stopt hier op Deathfloor, maar gaat ergens anders verder."

Nu rechtte Betty ineens haar schouders.

"Wacht even!"

Shanya keek haar verbaasd aan. Had het meisje dan toch gehoord wat zij had verteld?

"Je hebt het daar even mis. Jouw bedenkingen zijn allemaal wel heel mooi en logisch, maar je vergeet één ding."

"En dat is?"

"Je zei: ...als de weide ophoudt, volgt een strand..."

"Ik gaf een voorbeeld, misschien een slecht, maar..."

"Neen, helemaal niet... het is een heel goed voorbeeld. De weide gaat in een strand over, daarmee probeer je te bewijzen dat er altijd iets is of zal zijn."

Shanya verbaasde zich over Betty's uitlating. Het meisje had daarnet de indruk gegeven dat ze helemaal niet geïnteresseerd was.

"Dat klopt... dat is toch ook zo. Er is altijd iets, volgens mij bestaat de inhoud *niets* niet."

"Goed... maar wat het leven betreft, heb je het volgens mij verkeerd voor."

"Hoezo?"

"Als de weide stopt, begint het strand. Als het strand stopt, begint de zee. Heel juist. Maar als de weide stopt en het strand begint, is er op die plaats *geen* weide meer. Er is inderdaad iets anders, maar het vorige, dat wat ophoudt, stopt met bestaan."

Shanya liet de woorden van Betty tot zich doordringen in de stilte die daarop volgde. Ze staarde een tijdje voor zich uit.

"Dus, wat jij bedoelt, is... na het leven komt inderdaad iets... de dood."

Betty knikte en zei:

"Volgens mij wel. Na de zee komt het land. Maar dan is de zee weg. Na het leven van iemand volgt de dood, maar dan is het leven voorbij. Bekijk het anders: je hebt een straat. Die straat bestaat tot op de plaats waar die opengebroken werd voor werken. Dan is het inderdaad een andere toestand, de ondergrond situeert zich nog, maar de straat zelf bestaat daar niet meer."

Opnieuw een stilte. Beide meisjes lieten de woorden tot zich doordringen. Betty ontnuchterde niet, maar voor Shanya schiep de situatie problemen. Laura zei dat zij mensen had gezien. En zijzelf, oh… heel even, vluchtig, in die donkere hoek, maar dat was waarschijnlijk wel te wijten aan haar vermoeidheid. Shanya vond het prettiger in haar jeugd, toen van haar niet werd verwacht in te gaan op een vraagstelling over existentiële aspecten zoals leven en sterven. Als kind leefde je gewoon je leven, nam je aan wat op je afkwam. Je onderging het of je verzette je ertegen. De dood was nog zo veraf, het was een verwarrende toestand waar enkel de volwassenen over praatten. Kinderen hielden zich hoofdzakelijk met aangename dingen bezig.

"Wil je nu nog wat koffie?"

Shanya glimlachte. Het was de vermoeidheid daarnet. Zeker.

"Graag."

5

TIJD om af te sluiten. Uiteindelijk brak het moment aan om nog een allerlaatste rondgang te doen, vooraleer in te pakken en de zaak aan het verplegend personeel van de voormiddagshift over te laten. Aangezien geen enkele andere kamer van Deathfloor bezet was, hield Betty zich in de keuken op. Het was vijf uur dertig in de ochtend op de zestiende oktober. Shanya Bellmer duwde de deur van kamer 3 open en liep tot bij het bed. Laura Calloway sliep niet.

"Laura? Mijn dienst zit erop. Ik ga slapen."

"Uhh…"

"Ik ben het, Shanya…"

Laura bewoog haar hoofd opzij en speeksel droop uit de rechtermondhoek. Shanya depte de gele klodder.

"Ik ga nu slapen, Laura, we zien elkaar vanavond opnieuw."

"Uhh… uhh…"

"Is er iets?"

Het duurde even, maar Laura wees uiteindelijk met een trillende vinger naar de donkerste hoek van de kamer. Het vroeg enorm veel energie. Een rilling trok door haar heen, maar toch keek ze in de richting die haar werd aangewezen. Donker, de vorm van een zetel, de muur. Verder niets.

"Wat is er, Laura?"

"Uhh... hij is... teruggekomen..." fluisterde de vrouw.

Shanya boog zich over het bed om te horen wat Laura wilde zeggen.

"Ik hoor je bijna niet."

"De man..."

"Welke man?"

Shanya besefte heel goed welke man Laura bedoelde. Ze wilde er gewoon niet dieper op ingaan. Ze wilde niet toegeven dat ze getwijfeld had.

"De man die jou aankeek... is teruggekomen..."

Haar benen werden weke pulp. Een brok vormde zich in haar keel. Ze keek nogmaals naar de donkere hoek en werd bang. Onvoorstelbaar, beangstigend ijzig bang. Het liefst was ze de kamer halsoverkop uitgevlucht. Maar ze beheerste zich en greep met beide handen de horizontale omheining rond het bed vast. Ze kneep tot haar handen pijn deden.

"Wat... waarom is hij teruggekomen, Laura?"

Haar stem trilde, maar dat viel de oude vrouw niet op.

"Hij is teruggekomen... hij had naar jou gekeken en zei..."

"Heeft hij gesproken?"

"Ja..."

Laura Calloway's ogen draaiden weg alsof ze pardoes in slaap viel. Haar mond zakte open.

"Laura?"

De oude vrouw keerde terug.

"Ja?"

"Wat zei de man?"

"Hij zei... dat hij blij was... jou terug te zien. Hij zei ook dat... je niet mag teruggaan."

1

STEVEN Tatakarian was sinds zijn zeventiende levensjaar op de vlucht. Hij hield zich voor de wet en voor zijn eigen verleden verborgen. Hij meende dat hij daar een meer dan geldige reden voor had. Een onwerkelijke gebeurtenis in zijn jeugdjaren liet hem niet toe langer dan een week op ééenzelfde plaats te blijven. Hij kon het gewoon niet aan. Hij voelde zich te vlug begluurd. Hij vond na enkele dagen dat iedereen hem aankeek met een blik van - *ik ken jou, ik weet wel wat je gedaan hebt, maar ik durf daar niet voor uitkomen omdat ik bang van je ben* - in hun ogen. Na een kort verblijf in eenzelfde stad of dorp was het zijn overtuiging dat om het even wie in zijn richting keek, hem herkende. Steven werd namelijk gezocht voor moord. Dat vermoedde hij tenminste. Rosenhelm lag een gans stuk in het verleden, vijftien jaar om precies te zijn. Maar die lange periode was nog steeds niet genoeg om zijn gemoed tot bedaren te brengen. Steven Tatakarian was ervan overtuigd dat hij verantwoordelijk zou worden gesteld voor het lijk van Lipp dat in de cellen op het politiekantoor in Rosenhelm werd gevonden. Of toch, wat van de man overbleef. Het feit dat hij al die tijd erin slaagde uit de klauwen van de flikken te blijven, deed hem niet vermoeden dat men hem *niet* aansprakelijk stelde. Maar het lijk lag in de cel, en hij was uit het gebouw verdwenen. Die flikken legden de link toch heel vlug. Of niet soms?

Steven dacht van wel, en was daarom op de vlucht. Voor de wet, maar ook voor wat er in die cellen was gebeurd. Niemand nam hem kwalijk dat hij ergens op een plaats aankwam, de sfeer opsnoof en weer vertrok. Hij was een zwerver, een drifter, een nomade. Hij was door meerdere staten getrokken, had talloze steden aangedaan en nog meer dorpen bezocht. Telkens een sprankeltje hoop dat het toch ooit goed kwam. Het verlangen was intens aanwezig om eindelijk een plek te vinden waar hij zich te slapen kon leggen zonder bij het minste zuchtje wind wakker te veren. Want eigenlijk - en dat gaf Steven grif toe - was hij al die tijd op de vlucht voor twee concrete zaken.

Ten eerste, uiteraard, de flikken. Maar ten tweede, en dat was – hij besefte het maar al te goed - veel belangrijker en vreselijker om steeds opnieuw maar achterom te kijken: het ding dat hem uit de cellen had verjaagd. Hij wilde daar niet aan denken, maar dacht er verduiveld veel aan. De afgelopen jaren was het beeld niet uit zijn hoofd en dromen weg te branden. Het ding kwam achter hem aan. Wanneer vond het hem en wat was het van plan?

In 1979 ging het, onmiddellijk na de feiten, vanuit Rosenhelm naar Fayetteville, en vandaar naar Charlotte. Maar dat was volgens zijn gevoel niet ver genoeg. Hij was nog steeds in North Carolina. Hij moest de staat uit. Ver van die verdoemde plek verwijderd. Noordwaarts, zover mogelijk van de invloed van de flikken en dat andere ding vandaan. Daarom begon hij zijn reis door de Verenigde Staten en trok naar Virginia. Vervolgens reisde hij over de Appalachian Mountains naar West Virginia. Maar dat schonk hem nog steeds geen veilig gevoel. De adem van de flikken blies in zijn nek. Zijn beschrijving was ongetwijfeld over alle staten verspreid, zodat iedere flik hem op hetzelfde moment in het vizier had. Verder! Hij wilde nergens ter plaatse blijven. Naar links. Tot in Minnesota. Steven Tatakarian had ondertussen de nare ervaring opgedaan dat hij het niet in zich had zich ergens te vestigen. Hij moest er na een tijdje vandoor en reisde onder de grens van Canada tot in Montana. Die staat met z'n enorm uitgestrekte vlakten sprak hem nog het meest aan. Hij kreeg daar voldoende ruimte om sinds lang vrij te ademen. Om die reden zwierf hij vijf jaar in Montana rond en bracht zelfs een volledig jaar in het Fort Peck Indian Reservate in het noordoosten door. Steven was er relatief op zijn gemak. Ver van Rosenhelm. Ver van de flikken. Maar uiteindelijk haalde het verleden hem toch mentaal in. Waar hij al een tijdje voor had gevreesd, gebeurde onvermijdelijk. Montana moest er uiteindelijk ook aan geloven. Met veel pijn in zijn hart verliet hij zijn favoriete staat en trok zuidwaarts.

Dwars door Wyoming. Hij liet de Rocky Mountains links liggen, trok door het stoffige Utah en kwam uiteindelijk in Arizona terecht. Veertien jaar na Rosenhelm reisde Steven Tatakarian per Greyhound Bus in 1993 The Grand Canyon State Arizona binnen via Interstate 89 naar de stad Fredonia. Vervolgens deed hij Flagstaff, hoofdstad Phoenix, Eloy en Tucson aan om uiteindelijk (begin september 1994) in het dorp Sasabe via State Road 286 vanuit Three Points aan te komen. Sasabe, een dorp van om en bij de twintigduizend inwoners dat net op de grens met Mexico lag. Links rezen de bescheiden Baboquivari Mountains en rechts grensde het dorp aan het Buenos Aires National Wild Resort, een klein maar intens bebost nationaal park.

In al de jaren die hij op pad was, heeft hij geen ander dan oppervlakkig contact met andere mensen gezocht. Hij was een eenzaat en hield het daar het liefst bij. Bij de hoertjes vond hij wat vleselijk vertier en voor een maaltijd per dag werkte hij. Maar praten... dat liet hij het liefst achterwege. Vrienden wilde hij niet. Hij had geen vertrouwen meer in mensen. Net zij waren de reden waarom hij in Rosenhelm in de cel was geraakt. Mensen hadden hem op zwerftocht gejaagd.

Sasabe was voor hem de laatste plaats in de States waar hij iets of wat op zijn gemak was. Steven was iemand die tamelijk vlug werk vond, hoewel hij niet inging op alles wat men hem zomaar aanbood. Hij had tijd nodig om over bepaalde aspecten na te denken en gaf daarom niet onmiddellijk zijn ja-woord. Te dicht bij mensen, te veel personen in de buurt, te opzichtig, te veel in de kijker lopen... hij hield er allemaal rekening mee. Terwijl hij door de straten slenterde, kreeg hij echter wel de indruk dat in de kijker lopen in dit stadje niet van tel was. Trouwens, de wijk die het dichtst bij de grens lag - Pecon City - was bevolkt met mensen die zichzelf net als Steven naar de uiterste rand van de maatschappij hadden verbannen. Letterlijk en figuurlijk dan wel, want Pecon City lag mathematisch exact tegen Mexico. Sluipwegen genoeg om ongezien de grens over te steken en voor altijd uit de Verenigde Staten van het grote, vrije Amerika te verdwijnen. Steven vroeg zich af waarom hij daar de afgelopen jaren nog niet eerder aan had gedacht. Mexico binnenvluchten was volgens hem uiteindelijk de allerbeste manier om van de dreiging van de smerissen af te geraken. Daar golden hun regels niet, daar was hij voor hen veilig.

Maar niet voor dat andere... *ding*. Steven Tatakarian droeg de overtuiging met zich mee dat wat hem de schrik van zijn leven had bezorgd, hem overal kon bereiken. Zelfs op de Zuidpool. Maar Sasabe lag ver van beide polen en in dat grensstadje zag Steven niet veel kwaads. De mensen die er woonden - of verbleven - hielden zich meestal met zichzelf bezig en dat appreciëerde Steven enorm. Vragen werden niet gesteld. Naar redenen werd niet gepeild. Niemand maakte zich zorgen om de verschijning van een kerel met een draagtas op de rug.

Niemand had interesse voor de slordige en onverzorgde dertiger die in de eerste dagen van de maand september 1994 *Marrion's Snack* op Pecon Main Street binnenstapte. Steven liep recht op de toonbank af, schoof zijn draagtas van zijn schouders en liet die op de grond zakken. Hij nam op een van de barkrukken plaats. Het was elf uur in de voormiddag en zijn maag brandde van de honger. Marrion McKelly, net dertig geworden, maar met een gezicht getekend door het harde leven dat ze achter de rug had, kwam voor hem staan. Haar warrige haar hing gedeeltelijk voor haar linkeroog. Ze deed geen moeite om het weg te vegen. Misschien probeerde ze daarmee de vermoeidheidskringen te verdoezelen.

"'Morgen."

"Hallo," zei Steven.

"Nieuw?"

Steven knikte.

"Honger?"

Steven knikte opnieuw. Dat ene woord zorgde voor nog meer protest in zijn maag.

"Heb je geld?"

"Genoeg voor koffie, toast en ei."

Marrion glimlachte.

"Komt eraan!"

Even later verorberde Steven Tatakarian – het leek hem vier dagen geleden - iets warms, hoewel hij de dag voordien in Three Points twee vette hamburgers door zijn strot had geduwd. Het gaf hem niet alleen een warm, maar ook een rijk gevoel. De toast en het ei waren lekker en de koffie was vers. Zijn maag protesteerde niet langer. Marrion stapte tijdens zijn maaltijd tussen de keuken en de gelagzaal heen en weer en verscheen opeens terug voor hem.

"Zoek je werk?"

Steven keek op. Normaal was hij degene die de mensen aansprak met de vraag of zij zijn diensten konden gebruiken. Hij keek haar aan alsof ze naar de grootte van zijn voeten had gevraagd.

"Ja... ik heb het tegen jou. Zoek je werk?"

"Waarom vraag je me dat?"

"Omdat je hier nieuw bent. Je lijkt niet op een toerist, je bent geen handelsreiziger. Je hebt niet veel bagage mee, je hebt weinig geld en ik heb de indruk dat je een bad kunt gebruiken. Dus, voor de derde maal... zoek je werk?"

Steven glimlachte.

"Je hebt een lieve glimlach... geef eens antwoord. Zoek je werk?"

"Ja."

"Je kunt onmiddellijk beginnen. Ik heb dringend iemand in de keuken nodig."

Steven haalde zijn schouders op.

"Ik zie mezelf nog niet direct als keukenmeid bezig."

Teleurstelling flitste in haar ogen op, en deinde weg.

"Tja... jouw beslissing..."

Steven at de rest van het eten op, betaalde en verliet *Marrion's Snack*. Hij droeg de tas over zijn ene schouder en tijdens het wandelen vervloekte hij voor de miljoenste keer zijn verleden. Dat dametje had hem verdomme werk aangeboden, misschien zelfs een bed. Waarom... waarom ging hij dan niet onmiddellijk op haar aanbod in? Hij zocht inderdaad werk, hij had zeker een bad nodig, zijn maag schreeuwde niet meer, maar hield zich ongetwijfeld niet lang gedeisd. Eén kop koffie, twee toasten, twee gebakken eieren waren niet genoeg. O ja... daar had je het weer: geen relaties aanmaken, geen vertrouwen in mensen hebben, jezelf niet binden en zeker niet in de kijker lopen. Hij wreef zich over het gezicht en zuchtte diep. Hoe moest dit in godsnaam verder?

HALVERWEGE

Mexic Street liep hij de vuile terreinen van een garage op. *Milo's CRS*. Onregelmatige letters op een verweerd uithangbord. CRS stond voor Car Repair Shop. Milo herstelde dus voertuigen. Het eerste levende wezen dat hem snuffelend benaderde toen hij vijf meter ver was, was een volwassen Pitbull. Steven bleef onbeweeglijk staan. Hij was niet bang, maar had geen zin om een beweging te maken waar de hond niet gelukkig mee was, waardoor hij zijn tanden in zijn vlees zette. De Pitbull kwam huppelend zijn richting uit, deed een toertje om hen heen en snuffelde de geur op. Diep in zijn keel klonk een onheilspellend grommen. Steven Tatakarian had genoeg ervaring met honden – hij had in de afgelopen jaren meerdere malen een beet opgelopen nadat hij privé-terreinen was betreden – om zich stil te houden. Niet reageren, niet proberen strelen (zeker je hand niet in zijn richting uitsteken), niet weglopen. Steven verroerde zich niet. De Pitbull zette enkele stappen achteruit, bekeek hem met een schuinhangende kop en blafte vervolgens tweemaal kort.

"Shaft?"

De krassende stem klonk vanuit de donkere garage. De beide poorten waren open, maar binnen heerste de duisternis van de hel. Steven herkende de vormen van voertuigen.

"Shaft?"

De hond blafte nog twee keer. Kort en krachtig. Steven reageerde niet.

"Het is in orde, Shaft, de meneer mag komen."

De hond liet zijn zware kop zakken, draaide zich om en met een wiegende kont liep hij de garage binnen. Steven had de stem gehoord en de reactie van de hond gezien. Dus vermande hij zich en stapte achter de hond de garage binnen. Dit *was* de hel. De hel voor dode voertuigen. Steven had nog nooit zo'n smerige toestand gezien. De wagens waren wrakken, het vuile materiaal lag overal verspreid en de grond was een kleverige vlakte van gemorste olie en plakkend vet. Steven zag nauwelijks lichtbronnen. Achteraan in die spelonk bevond zich bovenop een doorgezakte plank een transistorradio waaruit nog nauwelijks lawaai kwam, laat staan herkenbare muziek. Links was een bureau. Dat was even smerig en wanordelijk als de werkplaats zelf. Op een tafel bevond zich zelfs een computerscherm. De screensaver toverde draaiende lijnen tevoorschijn. Alles, maar dan ook alles zat vol zwarte vegen. De muren, de ene stoel zonder rugleuning, het beeldscherm, de telefoon, papieren. Een heel klodderige bedoening.

"Hallo?" zei Steven.

Hij stapte niet verder dan de poortopening. Shaft was nergens meer te bekennen en de eigenaar van de stem evenmin.

"Hallo?"

"Minuutje, ik kom eraan!"

Uiteindelijk verscheen de man toch. Hij dook vanachter een Ford uit het
begin van de zeventiger jaren op en veegde zijn handen aan een met olie
doordrenkte vod af. Steven bedacht dat het afvegen van zijn handen eerder
een gewoontehandeling was. Hij had onmogelijk de bedoeling die effectief
proper te krijgen. Dat moest dus Milo zijn. Gelukkig voor Steven stak de
man zijn hand niet uit. Hij schatte hem begin van de vijftig, maar hij was
zowaar zestig. Enkele resterende plukken haar op een schedel vol vlekken.
Kleine ronde, dicht bij elkaar staande oogjes. Een scheve neus en een dikke
hangbuik. Net als zijn bureau en de rest van zijn workshop, zat hij onder de
vuile vegen.

"'Gedag!"

"Middag."

"Wat scheelt er? Auto kapot? Shaft zei me dat je er was."

Steven knikte.

"De hond."

"Shaft, ja… niemand komt binnen zonder dat ik het weet. Ik heb geen bel
nodig. Hij blaft tweemaal om te melden dat iemand de oprit opgekomen is.
Ik roep hem, en dan blaft hij nogmaals. Eén keer als het een vrouw is, twee
keer als het om een kerel gaat en drie keer als er stront aan de knikker is. Dan
kom ik buiten met m'n tweeloop in m'n pollen. De grens is hier vlakbij en dat
Mexicaans gespuis probeert hier soms m'n spullen te jatten. Ofwel bijt Shaft
hun kloten af, ofwel blaas ik hun kont vol lood."

"Leuk."

"Leuk is anders, zoon. Maar… je staat hier waarschijnlijk niet om mij te bezoeken en een praatje te slaan. Auto in panne? Of in de prak gereden?"

Steven vervloekte het feit dat hij Marrion's aanbod had afgewezen. Hij zocht
werk, hij had geld nodig. Maar in dit vetkot? Hoewel het nog geen middag
was, brandde de zon ongenadig hard in zijn nek. Hij had geen zin om daar
nog lang te blijven staan. Maar Milo blijkbaar ook niet.

"Hallo… zeg! Ik heb niet alle tijd!"

"Sorry… ik… zoek werk."

Milo bekeek hem van onder tot boven en terug.

"Wat kun je allemaal?"

"Vanalles. Olie verversen, lassen, plaatwerk, banden vervangen… geen mo-
tortechniek."

"Heb je een rijbewijs?"

"Heb ik."

Nu stak Milo toch zijn rechterhand uit en zei:

"Dan heb je geluk, zoon. Ik heb iemand nodig om met de pickup rond te hotsen. Spullen en reserveonderdelen ophalen en allerhande andere boodschappen doen. Mensen die bellen dat hun wagen kaduuk is. Takelen… met de pickup. Herstelde wagen dan later terugbrengen. Zo'n zaken. Ik doe de garage, dat is mijn terrein. Jij gaat de baan op. Ik betaal je om de veertien dagen. Beginnen om acht uur 's morgens en stoppen als ik het zeg. Zaterdag werken, zondag vrij. Geen klodden met de flikken, boetes zijn voor jou. En blijf met je handen uit mijn kassa, want Shaft weet dan wat hij moet doen."

Steven Tatakarian schudde de vuile, uitgestoken hand.

"Goed, wanneer kan je beginnen?"

"Ik ben pas aangekomen. Ik heb nog geen plaats om te slapen."

Milo gromde.

"Luister, zoon. Ik ben een lelijke, oude duvel, maar ik heb mensenkennis. Je ziet er als een zwerver uit, waarschijnlijk op de loop voor iets. Het gaat me allemaal geen reet aan. Wat je vroeger hebt uitgevreten, laat me koud…"

"Ik.."

"Luister, zeg ik. Je hebt een eerlijke smoel. Dat spreekt in jouw voordeel. Ga naar *Marrion's Snack* op Pecon Main. Ze is een toffe meid. Heeft altijd een kamertje over. Ik betaal je een week op voorhand. Maar als je mij belazert, dan bijt Shaft een stuk uit jouw dijbeen. Afgesproken?"

"Ik…"

"Shaft!!"

Trippel, trippel, trippel. De hond dook met opgeheven kop van tussen de wrakken op en liep tot naast Steven. Milo keek het dier aan en zei:

"Deze kerel komt bij ons werken, dus laat je hem met rust. Als hij de zaak verkloot, mag je hem bijten waar je wilt, goed?"

Shaft keek van Milo naar Steven, snoof enkele malen luidruchtig in diens kruis, blafte één keer en trippelde weg.

"Shaft heeft het begrepen. Jij ook?"

"Geen probleem, ik ben een hondenliefhebber."

Milo grijnsde enkele gele tanden bloot.

"Goed dan… Shaft is namelijk geen *mensen*liefhebber."

3

IN de bar zaten twee lastige klanten aan een tafel dichtbij het raam. Hun halfdronken gebral en dwaas gelul werkten op haar zenuwen. Ze had net de radio wat stiller gezet, maar nu speet het haar. De muziek was een uitstekende buffer. Marrion keek van haar bezigheden achter de toonbank op toen de bel luchtig klingelde. Het terugzien van de jonge kerel toverde ongewild een korte glimlach op haar lippen. Hij stapte tot bij dezelfde barkruk als daarnet, liet zijn draagtas zakken en nam plaats. Marrion hoopte heimelijk dat hij van idee veranderd was. Ze meende toch dat het heimelijk was.

"Al terug?"

Steven knikte.

"Nog steeds op zoek naar werk?"

Zeg ja, zeg ja... zeg asjeblief ja...

Steven veegde zijn gezicht met zijn handen af. De hitte had zijn lichaam geen plezierige momenten bezorgd. Hij stapte van de kruk af, deed zijn lange jas van zijn schouders en legde die op de draagtas. Vervolgens nam hij weer plaats.

"En?" vroeg Marrion.

"Sorry... ik heb daarnet werk gevonden."

Ontgoocheling. Een kortstondig, maar duidelijk gevoel van ontgoocheling. Dat ervoer ze. Als een kleine naald binnenin haar borstkas. Eén kleine prik. En... *hij had 'sorry' gezegd?! Bedoelde hij dat het hem speet... ben ik dan zo doorzichtig... merkte hij dat ik graag...?*

"Bij Milo."

"Milo... de garage."

"Klopt, maar *garage*? Nou ja... er staan auto's, dat wel!"

"Milo is nors, maar vriendelijk. Hij eet hier bijna iedere avond."

"Hij heeft mij naar jou verwezen."

"Ah?"

Steven Tatakarian keek Marrion aan. Ze had haar haarpieken van voor haar gezicht weggeveegd. Hij vond dat ze mooie ogen had. Het lag op zijn tong het haar te zeggen, maar hij hield zich in. De vrouw had nood aan gezelschap, maar om de bekende redenen onthield hij zich van een relatie die meer dan louter oppervlakkig was. Marrion had in haar leven genoeg hannes gehad met mannen die haar onheus behandelden. Door de ene of de andere reden wist ze dat de jongeman niet op die verderfelijke manier in mekaar stak. Ze zag het aan zijn glimlach. Ze vond het in zijn ogen en houding. Marrion vond het niet erg dat hij daarnet haar ontgoocheling had gemerkt. Ze schaamde zich niet langer om haar gevoelens. Hij had niet denigrerend gereageerd en had haar laten zijn wie ze op dat moment was. De kerel had een heel lieve glimlach. Ze merkte dat voor de tweede maal op. Waarschijnlijk had hij een zachtaardig karakter.

"Hij zei me dat jij kamers verhuurt."

Marrions gelaat klaarde op. Ze had verdomme kriebels in haar buik. Nu al?

Eigenlijk vond zij haar puberale gedrag ongepast. Het was pas de tweede maal dat ze hem zag. Hoe heette hij eigenlijk?

"Hoe heet je?"

"Steven. Steven Tatakarian."

"Ik ben Marrion."

"Dat weet ik."

Marrion keek hem verbaasd aan.

"Hoe weet..."

Steven lachte haar niet uit. Hij schonk haar opnieuw een hartverwarmende glimlach.

"Jouw naam prijkt boven de deur van dit etablissement. Op een groot uithangbord."

Het bloed steeg naar haar gezicht. Waarom dit haar overkwam, drong niet tot haar door, maar ze was tot over haar oren verliefd op een voor haar totaal vreemde man. Ze hadden elkaar hooguit een halfuur eerder voor het eerst ontmoet. Hoewel ze had gezworen nooit meer dezelfde fout te maken. Nooit meer te smelten voor de vriendelijke (verraderlijke?) glimlach van een man. Nooit meer haar gevoelens de overhand te laten halen op haar gezond verstand. Ze had na haar allerlaatste vernedering kordaat het besluit genomen dat geen enkele man het waard was dat ze zich tekort deed. Marrion begreep daarom haar gedragingen niet. Wat had die Steven dat ze zo reageerde? Behalve zijn glimlach en zijn ogen?

Toen hij de eerste maal in haar gezichtsveld was verschenen, vond ze dat hij een bad nodig had. Ze had in hem een wat troosteloze, onverzorgde zwerver gezien. Eén van de vele zwervers die zich in de buurt van de grens ophielden, klaar om de oversteek te maken. Eén van hen die vonden dat ze een meer dan geldige reden hadden om de States voor altijd de rug toe te keren. Maar hij had met haar gesproken, had haar niet bevolen. Hij had naar haar *gekeken*, had haar niet *bekeken*.

"Inderdaad. Marrion. Marrion McKelly, voluit."

"Dat klinkt... Iers?!"

"Daar niet ver vandaan. Mijn voorouders zijn in het begin van deze eeuw vanuit Schotland overgewaaid. Naar het schijnt was mijn overgrootvader achttien jaar toen hij hier, samen met een hoop familieleden, in 1904 aankwam. Waarschijnlijk op zoek naar het Beloofde Land."

"Net zoals velen. Hopelijk werd die belofte waargemaakt, het is hier tamelijk ver van Schotland om hét geluk te zoeken. Maar goed, we kennen nu elkaars naam. Dat betekent nog niet dat we verloofd zijn."

Marrion besefte ineens dat haar wereld uit meer personen bestond dan die ene vriendelijke man. De gelagzaal zat niet eivol, maar de twee andere klanten die aan de tafel bij het raam zaten, kregen het op de heupen. Ze vonden dat ze al heel lang wachtten en lieten dat ook met veel bravoure merken.

"Hela daar... achter de toonbank?! Kunnen wij nog bediend worden, of hoe staan de zaken hier eigenlijk? Moeten we zelf ons brood bakken?" riep een van hen.

Marrion tuimelde uit een droomwereld. De dikke, onverzorgde trucker wenkte haar. Ze wilde haar hand op die van Steven leggen om hem ter plaatse te houden, maar hield zich in. Ze zei wel:

"Waag het niet weg te lopen!"

"Geen enkele kans, ik blijf."

Marrion had moeite om haar ogen van de zijne los te trekken. De wederzijdse aantrekkingskracht was onvoorstelbaar. Ze herinnerde zich niet dat zij de afgelopen jaren iets dergelijks had meegemaakt. Eigenlijk had zij dat nog nooit ervaren. Steven gebaarde met een knik van zijn hoofd in de richting van de tafel met wachtende klanten. Marrion grijnsde schaapachtig en liep ernaartoe. De ogen van de trucker waren op haar borststreek gericht.

"Ik zit hier al tien minuten met mijn arm te zwaaien."

"Sorry, ik was bezig..."

"Met die kerel op te vrijen, dat ja..."

Marrion reageerde daar niet op. Waarschijnlijk was haar gezicht bloedrood. Onhandig frommelde ze het stukje papier uit de zak van haar schort op en viste met haar andere hand een potlood uit dezelfde opbergruimte. Ze mompelde nog iets in de aard van 'sorry, ik...' maar de man onderbrak haar.

"Ik wil koffie. Heet en vers. Zoals de vrouwen moeten zijn."

Marrion noteerde de bestelling, maar negeerde de opmerking. Ze richtte zich tot de andere man.

"En voor u, meneer?"

De man richtte zijn hoofd traag in haar richting en vroeg:

"Heb ik jou geroepen?"

"Eh... neen."

"Waarom denk je dan dat ik iets moet hebben?"

Haar maag trok samen. Ze haatte dergelijke situaties. Ze haatte dergelijke klootzakkerige mannen.

"Ik dacht...eh..."

"Als je neukt zoals je denkt, ben ik blij dat ik jou niet aan mijn laars hangen heb!"

Beide mannen barstten in een bulderend lachen uit. Marrion bedwong zich, hoewel kwaadheid in haar maag opborrelde. Ze wierp een vlugge blik opzij. Steven keek nog steeds voor zich uit. Hij trok zich van de ganse situatie blijkbaar niets aan, hoewel hij het gesprek zeker moet hebben opgevangen. Het plezier van de dikste van de twee ging vlug over in een gorgelend hoesten. Schuimende spuug spatte over de tafel. Haar maag draaide zich bij die wansmakelijke vertoning om. Ze liep van de tafel weg.

"Hey... stuk!" gorgelde de hoestende man.

Marrion bleef wel staan, haar gezicht naar de toonbank gericht. Steven Tatakarian draaide nog steeds niet om. Haar ogen waren op zijn rug gericht. Zijn beide armen rustten op de toonbank. Marrion merkte het niet, maar de zenuwen in zijn maag trokken op dat moment pijnlijk samen. Hij beet op zijn onderlip en bedwong zich nog net. Het liefst was hij van de kruk opgestaan en was hij... was hij... was hij wat? De held gaan uithangen? De reddende ridder van de belaagde maagd gaan spelen? Was hij op de vuist gegaan met die twee kerels? Met wat als gevolg? Schade aan het meubilair van de zaak en schade aan zichzelf? Twee feiten waar Marrion niets aan had. Misschien zelfs de flikken op zijn dak. Dat kon hij missen, dat *wilde* hij vooral missen. Dus kneep hij zijn ogen hard dicht en probeerde zijn geest af te sluiten voor het machotoneeltje dat de twee Neanderthalers opvoerden.

"Hela... ik riep je!"

Het hoesten was opgehouden. Marrion had zich nog niet omgedraaid.

"Je hebt een prachtige kont, maar ik zie liever jouw voorkant. Draai je eens om, ik wil nog iets bijbestellen."

"Ja, draai je om. Doe een paar rondjes, zodat ik je aan alle kanten kan bekijken," zei de andere.

Heel traag draaide Marrion zich om. Steven bewoog zich niet. Ze moest zich bedwingen om niet in tranen uit te barsten. De zenuwen in haar maag trokken zich samen. Een vloeibare woede vormde zich in haar buik.

"Ik wil een stuk taart," zei de dikke.

Marrion zoog adem en haar stem piepte een beetje toen ze vroeg:

"Welke taart?"

"Eender welke."

De andere vond dat hij ook nog iets te zeggen had.

"Eender welk stuk, schat. Als we maar geen veertien dagen moeten wachten."

Marrion liep naar de toonbank. Wat ze had verwacht van de jongeman op de barkruk, besefte ze niet. *Had* zij in de eerste plaats iets verwacht van Steven? Had zij het *recht* iets van hem te verwachten? Ze liep om de toonbank heen en kwam voor hem staan. Haar handen trilden. Nu lekte één enkele traan over haar wang.

"Ik ben er nog... zoals beloofd."

Zijn stem klonk als een hemels geluid en had een helende invloed op haar belabberde toestand.

"Heb je... heb je dat... gehoord?" snikte ze.

Steven knikte, maar hield zijn ogen op de hare gericht. Nu trilde haar onderlip.

"Onbeschofte klootzakken!"

"Dat zijn ze, Marrion..."

"Waarom ben je..."

Steven besefte wat Marrion hem wilde vragen. Hij besefte ook waarom ze het hem *niet* vroeg. Gelukkig waren weinig woorden nodig. Als antwoord op de afgebroken en daardoor ongestelde vraag strekte hij zijn arm en legde zijn hand voorzichtig om haar beide handen die zich aan het potlood en het stukje papier vastklampten. Steven oefende een beetje druk uit. Zijn vingers omsloten haar trillende handen. Ze koesterde zijn lichaamswarmte. Door die gewaarwording vloeide een aangenaam en rustgevend gevoel door haar lichaam. Steven toonde respect. Dat apprecieerde ze enorm. Zij verwachtte geen excuses van hem. Hij hoefde zich niet te verdedigen waarom hij iets of niets had gedaan. Zijn hand die de hare bedekte, betekende op zich al veel voor haar. Steven liet zijn stem zacht klinken. Hij wilde haar absoluut geen bevelen geven.

"Breng hem zijn spullen en kom terug. Wij moeten iets bespreken."

Marrion glimlachte bij die gedachte. Ze trok haar handen met tegenzin terug, snoot haar neus en maakte de bestelling klaar. Ze werd Stevens blik op haar rug gewaar. Het sterkte haar, en ze voelde zich zeker niet begluurd. Met nog meer tegenzin bracht Marrion de gevraagde waren naar de tafel en haastte zich terug achter de veiligheid van de toonbank. Ze hoopte dat niemand de zaak binnenkwam, zodat ze zich een tijdje ongestoord in Stevens buurt kon ophouden.

"Ik ben terug. Wat moeten we bespreken?"

Het vernederende voorval van daarnet was waarschijnlijk ergens in haar gemoed opgeborgen, want haar gezicht straalde op een halve meter van het zijne.

"Je zei dat je vond dat ik een bad kon gebruiken."

Haar glimlach werd nog breder. Nu lachten ook haar ogen.

"Goed. Kan ik dan hier een kamer met een bad huren?"

Nu lachte haar ganse lichaam.

4

STEVEN'S eerste opdracht bij *Milo's CRS* was heel eenvoudig. De batterij van de ouwe Buick van mevrouw Heather Peterson die op Bacron Creek woonde, weigerde alle me-

dewerking en dat was waarschijnlijk waarom haar wagen die ochtend niet wilde starten. Milo gaf hem de opdracht met de pickup naar Bacron Creek te rijden en met behulp van startkabels de Buick weer aan de praat te krijgen. Steven kreeg die taak op het moment dat hij zijn eerste voet in de donkere garage binnenzette op de ochtend van zijn tweede dag in Sasabe.

Hij zwierf na zijn ontmoeting met Marrion de rest van de eerste dag door Pecon City, en zette zelfs enkele stappen op Mexicaans grondgebied. Even aarzelde hij. *Nog niet, nu nog niet. Hier ben ik nog niet klaar voor.* Marrion McKelly begeleidde hem 's avonds naar zijn kamer. Ze liet hem alles zien en nodigde hem uiteindelijk na sluitingstijd op een avondmaal uit... op haar kosten. Steven weigerde niet. Omdat een nieuw stel holbewoners beneden in de gelagzaal om aandacht schreeuwde, liet Marrion hem (overduidelijk met tegenzin) alleen. Steven liet zich op het bed zakken, vlijde zich achterover en liet zijn hoofd in het kussen vallen. Hij stelde zich geen vragen over wat beneden was gebeurd. Hij stelde zich geen vragen waarom hij zich zo verduiveld goed in haar gezelschap voelde. Het was de eerste maal in de jaren dat hij op de vlucht was, dat iemand iets dergelijks in hem teweeg had gebracht. Tien minuten nadat hij zich had neergelegd, dommelde Steven weg. Veel tijd om na te denken, kreeg hij niet. Van het beloofde avondmaal kwam ook niets in huis. Hij sliep dwars door de rest van de avond en de nacht en werd om zes uur in de ochtend onder een deken wakker. Hij worstelde enkele momenten met een gevoel van totale desoriëntatie vooraleer hij goed en wel besefte waar hij was. Douchen. Eindelijk. Enorm verkwikkend. Net als de vele uren slaap die hij achter de rug had. Een scheerbeurt. Subliem. Beneden wachtte Marrion hem in de keuken op. De begroeting was hartelijk. Ze zei dat hij er gewassen en geschoren nog beter uitzag en vertelde honderduit over het feit dat ze hem op zijn kamer had opgezocht voor het avondmaal, maar dat ze had gemerkt dat hij in een diepe slaap weggezakt was. Een slaap die te mooi was om te storen. Daarom had ze een deken over hem gelegd en hem verder laten rusten. Het ontbijt was ongetwijfeld even smakelijk als het gemiste avondmaal. Steven bedankte Marrion voor haar gastvrijheid en haastte zich naar Milo's CRS. Afspraak om acht uur. Niet te missen.

"Goeie morgen, Shaft!"
De pitbull keek hem aan, dacht even na en draaide vervolgens ongeïnteresseerd zijn kop weg. Hij draaide zijn kont in Stevens richting, liep de garage uit en vlijde zich in de ochtendzon.
"Slecht geslapen?"
De Dodge Ram-pickup had een V8 - 7,8 liter benzinemotor. Het zwarte ve-

hikel was even belabberd als de werkplaats en de eigenaar zelf, maar over de motor geen kwaad woord. Steven had geen vingers om aan motoren te werken, maar hij hield van prestaties die konden worden gewaardeerd. Milo had dan wel geen vierkante meter onbesmeurde huid meer over, maar van het onderhoud en het opvoeren van motoren had de kerel duidelijk extreem veel verstand. De ouwe kerel had hem op het hart gedrukt voorzichtig met het gaspedaal te zijn, want de 590 pk vielen moeilijk onder controle te houden. En gelijk kreeg hij. Toen Steven de contactsleutel omdraaide, kwam in het vooronder een monster tot leven. Een grommend, brommend en sluimerend beest met een ingehouden, onwereldse oerkracht. De trillingen zinderden door zijn benen en ruggengraat. Zijn scrotum trok samen. Het geluid dat door de acht pompende cilinders werd veroorzaakt en via de vier speciale uitlaatpijpen voor bijna adembenemende vibraties zorgde, deed zijn hart fladderen.

Shaft keek niet op toen Steven de pickup van onder het afdak Mexic Street opreed. De hond kende het geluid. Steven moest er inderdaad aan wennen. Een dergelijke kracht viel niet zonder ervaring in bedwang te houden. De wagen had veel meer in zijn mouw zitten dan het enerverende slakkengangetje waarmee hij zich door het dorp verplaatste. Een kleine duw op het gaspedaal - een stootje, niet meer dan dat - deed het monster onder de motorkap brullen en het voertuig naar voren springen. Aanvallen! Dat was het juiste woord. Steven was enorm onder de indruk. Uiterlijk was de pickup een geblutst en afschilferend wrak, maar binnenin loerde een kwaadaardig en heel krachtig beest. Dat werd wennen.

Bacron Creek was hooguit een halfuur verwijderd van de Milo's garage en Steven genoot van het rijden. Het landschap was prachtig, de mensen die hij in Sasabe had ontmoet, bevielen hem en het voertuig waarin hij zich verplaatste, viel zeker mee. Zijn keel snoerde dicht toen een politievoertuig hem kruiste en de agent achter het stuur zijn hand naar hem opstak. Steven vermoedde dat de man dacht dat het Milo zelf was, want in zijn ganse leven had nog geen enkele agent naar hem gewuifd. Hij keek in zijn achteruitkijkspiegel en verwachtte elk moment dat de flikkenkar zich met loeiende sirene zou draaien en met hoge snelheid achter hem aan komen. Maar niets van dat alles. De flikkenkar reed tegen een toeristensnelheid de andere kant uit. Misschien kenden ze hem hier nog niet, misschien was zijn beschrijving nog niet tot deze uithoek van de States doorgedrongen. Het nare gevoel dat eerst zijn keel en vervolgens zijn maag had aangevallen, ebde weg en maakte plaats voor een heel ander gevoel: opluchting. Om hetzelfde feit. Een flik had verdomme zijn hand naar hem opgestoken?! Had hij nadat hij reeds een half leven op de vlucht was, eindelijk rust gevonden?

71

De afslag naar Bacron Creek beloofde niet veel goeds. Gelukkig was de Dodge voorzien van een sterke vering, want de weg die blijkbaar enkel naar het grote huis van Heather Peterson leidde, was dringend aan herstel toe. Steven werd door elkaar gehotst, hoewel zijn rechtervoet het rempedaal lichtelijk ingeduwd hield, terwijl de versnellingspook in de 'D'-stand stond. De pickup gromde om het onrecht dat hem werd aangedaan en haastte zich om uit dat mijnenveld te geraken. Heather wachtte hem naast haar gestrande Buick op. Toen Steven de contactsleutel omdraaide en het gigantische motorblok van de Dodge Ram rust gunde, trad een onwerkelijke stilte in. Hij had het even moeilijk met het wegvallen van de trillingen in zijn handen en onderarmen. De stilte werd heel vlug verbroken toen hij uitstapte.

"Zo... helemaal nieuw?" vroeg de mollige vrouw.

Ze was twee meter van hem verwijderd. Ze was zeker vijftig. De handen op de brede heupen. Steven glimlachte.

"Inderdaad. Dit is mijn eerste opdracht bij Milo."

"En dan nog hier."

"Toeval... puur toeval."

"Ben je van plan te blijven?" vroeg de vrouw.

"Bij Milo?"

"In Sasabe."

Steven vroeg zich af wat zij daarmee bedoelde. Vermoedde zij iets? *Neen, Steven, stop daarmee. Niemand kent jou hier. Zeker deze vrouw niet. Herinner je je de flik van daarnet? Die stak zijn hand op! Stop daarmee! De wereld draait niet om jouw lijf heen! Stop met te denken dat iedereen het merkteken op jouw voorhoofd ziet! Je hebt werk te doen. Concentratie!!*

Hij haalde zijn schouders op en zei:

"Zolang ik het nodig acht, mevrouw."

Zij glimlachte.

"Jong, mooi en beleefd op de koop toe. Het is lang geleden dat me nog iemand met 'mevrouw' aansprak."

Steven Tatakarian reageerde daar niet op.

"De Buick?"

"Ja, mijn Buick. Ik had Milo verwacht. Daarom... hoe heet je eigenlijk?"

"Steven, mevrouw."

"Ik ben Heather."

"Aangenaam... de Buick?"

"Wilde vanmorgen niet starten. Ik heb Milo gebeld en die zei dat er waarschijnlijk iets met de batterij aan de hand was. Hij heeft me wel niet verteld dat hij niet zelf kwam. Normaal werkt hij alleen aan mijn wagen."

Steven had ondertussen de startkabels uit de laadruimte van de pickup gehaald. Hij liet Heather nog een beetje babbelen. Haar stem overtrof het grommen van de motor van de Dodge Ram toch niet toen hij die naast de gestrande Buick manoeuvreerde. De vrouw opende de motorkap en kakelde over hoe goed haar wagen het in de afgelopen tien jaar had gedaan. Het was pas de laatste maanden dat hij overduidelijke tekenen van slijtage vertoonde. Niet willen starten, het produceren van vreemde motorgeluiden, remmen die niet onmiddellijk aanpakten, het verbruik en overduidelijk verlies van olie. Steven vroeg zich af of Heather niet beter investeerde in de aankoop van een ander, minder bejaard voertuig, want de Buick dateerde van 1977 en had er dus zeventien jaar op zitten. Hij had geen zin om haar die optie voor te stellen, want Steven vermoedde dat het haar waterval van woorden alleen maar aanmoedigde.

In plaats daarvan deed hij wat van hem werd verlangd. Hij deed op die manier ook wat hij van zichzelf verlangde. Zo weinig mogelijk opvallen, niet iemand zijn die men zich naderhand herinnerde. Hij koppelde de batterijen van de beide voertuigen aan elkaar en startte als eerste de Dodge. Heather startte vervolgens de motor van de Buick en had onmiddellijk resultaat. Het volledige genezingsproces van Heather's Buick nam nauwelijks vijf minuten in beslag. Steven kreeg de motor van de Buick zonder problemen aan de praat. Hij ontkoppelde vervolgens de startkabels, laadde alles in de laadruimte en had de intentie de plek zo vlug mogelijk te verlaten.

"Dat was het dan, mevrouw."

Ze had een vreemde glimlach op haar lippen toen ze hem naar binnen vroeg.

"Heb je zin... in verse koffie?"

Steven had geen zin in verse koffie. Hij had absoluut geen zin in nog meer communicatie in welke vorm dan ook met Heather Peterson. Hij wilde gewoon niet langer in de buurt van dat vrouwmens zijn.

"Milo komt altijd binnen. Elke keer, hij heeft nog nooit overgeslagen."

"Ik vrees dat ik moet weigeren, mevrouw. Ik heb nog enkele opdrachten die ik deze voormiddag geklaard wil zien. Het is mijn eerste werkdag en ik wil Milo niet ontgoochelen."

Zijn antwoord beviel haar duidelijk niet. Ze haalde haar vlezige schouders op en zei:

"Nu ja... als je van mening verandert, moet je maar aanbellen. Ik ben bijna altijd thuis... je hebt heel mooie ogen, weet je dat?"

Steven had opnieuw zin om te glimlachen. Maar dat zette Heather waarschijnlijk op het verkeerde been.

"U betaalt Milo?"

Het veranderen van onderwerp verzuurde haar gezicht nog een beetje meer.

"Geen probleem. Bedankt."

Heather Peterson draaide zich abrupt om en draafde in de richting van het huis. Ze liet de motor van de Buick draaien. Steven Tatakarian staarde nog even naar haar dikke, woestwiegende kont en kroop dan grijnzend achter het stuur van de Dodge Ram.

"En?"

Milo wachtte op de oprit tot Steven uit het voertuig was gestapt.

"De motor startte onmiddellijk. Het was de batterij."

"Goed. Wat is jouw eerste mening over haar?"

"Maakt ze écht lekkere koffie?"

Milo grijnsde.

"Geen tijd voor koffie, zoon. Hier is je volgende opdracht...."

5

"VIND je me leuk?"

Het liefst was Steven opgestaan, had hij het gezicht van Marrion McKelly tussen zijn beide handen genomen en een oprechte zoen op haar wang gedrukt. Hij verlangde om van de tafel op te staan, haar mee te nemen naar haar of zijn kamer om samen de liefde te bedrijven. Echte liefde. Strelen uit eerbied en ontvangen uit verlangen, geven in de hoop te behagen, te krijgen en te genieten. Niet het instinctieve stoten dat hij bij de hoertjes pleegde. Maar in tegenstelling tot zijn verlangens, bleef Steven zitten. Gezicht naar het tafelblad gericht, afhangende schouders. Marrion had hem nogmaals uitgenodigd om het avondmaal in haar gezelschap te nuttigen. Veertien dagen waren verstreken sinds zijn aankomst in Sasabe. Hij kende de wijk Pecon City nu al een beetje beter en wist waar hij kon komen of het best wegbleef. In Marrion's gezelschap was hij veilig. In de afgelopen twee weken had zij hem zeker driemaal uitgenodigd. Zij had hem nog nooit op zijn kamer opgezocht, waarmee ze zijn privacy respecteerde. Tijdens zijn afwezigheid had zij zijn kamer wel opgeruimd en hij vermoedde dat ze vermoedelijk in zijn weinige spullen had gesnuffeld, hoewel er daaromtrent geen enkele zekerheid bestond. Steven had niets om zijn vermoeden op dat gebied te staven. Het kon hem trouwens niet eens schelen. Niets in die kamer was hem dierbaar. Behalve de weinige bezittingen die hij daar overdag achterliet, was alles in de kamer haar eigendom. Marrion's gezicht klaarde op wanneer hij in haar omgeving kwam. Steven was niet achterlijk en besefte dat de vrouw op iets meer dan een gezellige babbel aan tafel hoopte. Maar... maar... de afgelopen jaren van doelloos dolen hadden een stempel op hem gedrukt. Bang om zich te binden. Bang om de andere verdriet aan te doen.

"Waarom ben je zo stil? Heb ik iets verkeerds gezegd?"

Steven Tatakarian schudde het hoofd. Hij wilde haar alles vertellen. Hij had een grote nood om wat hij al die tijd met zich meesleurde, van zich af te werpen. Misschien was het moment daar om het vluchten op te geven. Misschien brak Steven best definitief met zijn verleden en gedroeg hij zich als een vrij man. Maar de kans bestond dat de vrouw aan de andere kant van de tafel hem op slag kierewiet verklaarde. Dat wilde hij niet. Hij vond Marrion McKelly heel sympathiek, erg aantrekkelijk en hij worstelde met gevoelens waarvan hij dacht dat hij die nooit meer zou ervaren. Het had geen zin haar bij zijn leven te betrekken.

"Wat scheelt er dan?"

"Ik..."

Doe het niet!!

"Ja?"

Steven schraapte zijn keel.

"Er zijn.... zaken gebeurd die..."

Hou op! Ze verklaart je voor gek! Ze zal je verraden.

Die laatste gedachte deed pijn. Weer een moment van stilte. Het was tien uur dertig in de avond op het einde van de maand september. Het zou nog ongeveer drie weken duren eer zich in Sasabe een gebeurtenis zou voordoen waar hij tegen zijn wil in bij betrokken zou worden. Door de vele gelijkenissen zorgde die gebeurtenis voor een confrontatie met wat in 1979 in Rosenhelm was gebeurd. Marrion strekte haar armen over de tafel in zijn richting. Haar handen omvatten die van hem. Hij voelde haar warmte, haar verlangen. De zijne trilden.

"Is het iets wat je niet kan zeggen?"

Haar stem klonk zacht. Uitnodigend. Zo verdomd aanlokkelijk eerlijk. Steven durfde niet in haar ogen kijken. In plaats daarvan staarde hij naar zijn leeg bord.

"Steven?"

"Hm?"

"Vind je me leuk?"

"Marrion... ik vind jou heel leuk. Twijfel daar maar niet aan."

"Maar? Er is een maar. Ik voel het!"

Steven schudde het hoofd.

"Er is inderdaad een 'maar'. Jij bent het aangenaamste wat me in de afgelopen jaren is overkomen. De 'maar' heeft helemaal niets met jou te maken. Het is iets... waar ik..."

Stop het daar! Hang de kwijlbal niet uit!

"Ik luister!"

"Iets waar ik niet..."

Je bent een huilebalk! Leg je hoofd in haar schoot en jank een potje over hoe lastig je het hebt! Slijmbal! Jankkikker!

"Over kan spreken?" vroeg Marrion.

Haar handen omvatten nog steeds die van hem. Ze moest ongetwijfeld voelen dat die trilden.

"Goed, ik begrijp dat. Laat me dan iets over mezelf vertellen."

Met haar woorden gleed een onvoorstelbare last van zijn schouders. Nu moest hij enkel luisteren. Daar was hij goed in. De aandacht van zijn persoon afleiden. Hij richtte zijn bovenlichaam op en besefte nú pas dat hij al die tijd met afhangende schouders aan de tafel had gezeten. Een in elkaar gezakt lijf en ogen die op zijn bord gericht waren. Een heel leuk gezelschap voor de gastvrouw. Nu zat hij weer rechtop en keek haar aan. Marrion was een verrassend mooie vrouw. Ze had de woonruimte achter de gelagzaal eigenhandig ingericht en bleek over een al even verrassend goede smaak te beschikken. Niets overdadigs, geen kitsch. Het was oergezellig in die woonkamer. Buiten was het donker en koud. Binnen brandden kaarsen, smaakte het eten hem enorm, was de wijn meer dan voortreffelijk geweest en was het gezelschap opmerkelijk aangenaam.

"Goed... ik luister."

Marrion liet haar handen waar die waren.

"Weet je wat het betekent om altijd alleen te zijn? Weet je wat het betekent om aan te voelen dat niemand om je geeft?"

Die twee vragen waren onmiddellijk raak. Zijn maag trok samen. Hij wees haar af, en ging niet op haar welgemeende avances in. Die afwijzing deed haar pijn en bezorgde haar een enorm slecht gevoel. Eigenlijk wilde hij dat allemaal niet. Diep in hem brandde een verlangen om aan haar vraag om lichamelijke aandacht te voldoen. Maar... geen bindingen, niet ter plaatse blijven, geen vertrouwen hebben...

"Het spijt me dat..." begon hij.

Marrion kneep lichtelijk in zijn handen.

"Je hoeft je niet te verontschuldigen, Steven. Ik voel me enorm goed in jouw nabijheid. Ik voel me... aangetrokken. Ik wil je geen dingen laten doen waar je later spijt van hebt."

"Het gaat daar niet over, Marrion... ik..."

"Sst... ik was van plan over mezelf te vertellen."

Steven zuchtte. De spanning die hij weer had voelen opkomen, ebde weg. Hij liet haar aan het woord omdat hij ineens het inzicht kreeg dat bij haar het lichamelijke niet langer de overhand had. Blijkbaar had zij ook iets wat haar dwarszat.

"Ik heb in de afgelopen twee jaar mijn bed met niemand gedeeld. Twee jaar. Ik hield dat aanvankelijk niet voor mogelijk. Ik krijg kerels genoeg over de vloer, dat merk je wel, en de meesten lopen met een voorbroek vol kwellende goesting rond. Maar... mag ik eerlijk zijn?"

"Tuurlijk."

"Jij... jij bent de eerste in een heel lange tijd die bij mij het verlangen opwekt om opnieuw 'vrouw' te zijn, als je begrijpt wat ik bedoel."

"Ik begrijp het, het is enkel dat ik..."

"Sst. Ik hoef het niet te weten, Steven. Ik ben al heel blij dat je naar me luistert. "

"Marrion, ik..."

"Sst, zeg ik. Ik verlang niet dat je zomaar met mij tussen de lakens duikt. Ik ben al heel blij dat ik kan zeggen hoe ik mij in jouw aanwezigheid voel. Zo komt toch een deel van de echte Marrion McKelly terug naar boven. Ik heb me twee jaar lang mentaal van de buitenwereld afgesloten."

In de stilte die volgde, draaide Steven zijn handen om en nam die van haar vast. Hij had dus gelijk. Marrion zat met iets en ze wilde het hem vertellen.

"Had je een reden om dat te doen?"

Haar ogen waren ineens erg vochtig.

"Ja," piepte ze.

"Wil je erover praten?"

"Ja."

Maar Marrion zei niet onmiddellijk iets. Tranen bolden op, tuimelden over de randen en rolden over haar wangen. Tranen, bekroond met de weerspiegeling van het dansende licht van de kaarsen op tafel. Steven vond van zichzelf dat hij het niet slecht deed. In de voorbije helft van zijn leven had hij het nog maar weinig zolang in het gezelschap van éé/nzelfde persoon uitgehouden. Nu schaatste hijzelf op glad ijs. Hij liet zichzelf toe de intieme wereld van een voor hem tamelijk onbekende persoon te betreden. Hij wist dat - als zij uitgepraat was - zij van plan was vragen te stellen. Over wie hij was, waar hij vandaan kwam, hoe het leven hem had bejegend. Wat de reden van zijn rondzwerven was. En wat dan? Hij kon het haar niet vertellen. Hij durfde het niet.

"Ik baat dit eethuisje al uit van toen ik achttien was. Twaalf jaar geleden, in maart van het jaar 1982, kwamen mijn ouders samen om in een verkeersongeval. Een kettingbotsing. Zes doden. Ik erfde de ganse zaak. Gelukkig had ik de werking ervan onder de knie, want ik hielp mijn ouders hier al van mijn twaalfde, na schooltijd en in het weekend natuurlijk. Het waren harde werkers en ze hadden weinig tijd voor hun enige dochter. Ik was zo'n beetje op mijn eigenste ikje aangewezen. Zij hadden de zaak, zij hadden zichzelf en elkaar. Maar ik, ik had enkel mezelf. Kom ik zielig over?"

Ze keek hem als een schuldig kind aan. Steven Tatakarian schudde als reactie enkel met zijn hoofd.

"Ik heb weinig fantasie. Ik besloot mijn best te doen door hen niet voor de voeten te lopen en besefte dat een handje toesteken ervoor zorgde dat ze zich nog van mijn bestaan bewust bleven. Ik had mijn eerste 'relatie' toen ik veertien was. Mijn eerste seksuele ervaring zorgde ervoor dat ik de ervaringen van een verkrachte vrouw voor de rest van mijn leven met me meedroeg. Het was afschuwelijk. Ik had het gevoel dat ik vanaf dat moment met een stempel op mijn voorhoofd rondliep. *Kijk, dit is de trut van de eettent, ze heeft een sappige kut waar je hem zomaar mag inlappen. Als je zin hebt, dan leg je haar op haar rug en doe je maar je zin! Het geeft niet in welk gaatje! Ze heeft het overal even graag en even diep.* Dat ging door me heen."

Woede ontwikkelde zich in haar lichaam. Haar wangen werden bloedrood. De tranen droogden op.

"Marrion... je hoeft niet..."

"Maar ik *wil* het, Steven. Ik wil dat je weet dat het leven geen lachertje is geweest. Ik weet niet waarom ik over jou mijn gal uitstort. Ik begrijp mezelf niet. Ik vind jou sympathiek en wat doe ik dan? Ik verveel je met verhalen uit mijn rotleven. Is dat niet ironisch? De eerste sympathieke knul die ik in jaren ontmoet, moet er verdomme aan geloven."

"Ik ben blij dat je me een sympathieke knul noemt. Ik voel me niet gebruikt. Je mag gerust vertellen wat op je lever ligt."

Een korte stilte. Het kaarslicht danste in hun ogen.

"Dank je. Je bent echt lief."

"Met plezier, Marrion. Met plezier."

"Ik kon het aan niemand vertellen. De jongen die me had verkracht - zo noem ik het - was de negentienjarige zoon van een gemeenteraadslid van Sasabe. Ik geef toe... we begonnen er samen aan, we waren jong en we experimenteerden. Vooral hij toch. Mijn ouders waren die avond het huis uit. Het was de enige avond van de week dat de tent gesloten was. Dan gingen ze graag samen weg. Het gebeurde boven in mijn kamer. Het begon allemaal heel leuk, opwindend. Maar toen ik wilde ophouden, ging hij verder. Ik had geen verweer, hij ging veel verder dan ik ooit had gefantaseerd!"

Steven hield Marrion's handen nog steeds vast. Ze trilden. Of liever, ze bewogen. Alsof ze met het verleden vochten. Korte, krampachtige trekken. Vingers die elkaar kruisten. Vuisten die werden gebald. Hij liet haar begaan, het waren tekens die uiting gaven aan haar frustratie. Steven liet haar met haar gevoelens omgaan.

"Hij liet me achter. Hij verkrachtte me en liet me gewoon achter. Toen ik hem enkele dagen daarna zei dat ik hem nooit meer wilde zien, zei hij me gewoon dat het goed was. Het leverde hem geen problemen op. Hij was weg, maar ik zat ermee. Veertien. Gepijnigd en getekend voor de rest van mijn leven. Ik was ervan overtuigd dat iedereen dat aan mij zag. Ik meende dat iedereen me als een slet beschouwde. Ik dacht dat ik voor iedere man te grabbel liep. Ik weet niet hoe andere vrouwen die verkracht zijn, dat aanvoelen, maar zo was het bij mij. Iedere kerel deed met mij waar hij zin in had. Maar dat wilde ik dus niet. Gevolg: ik sloot me af. Ik had een eigen begrensde wereld waarin ik leefde. Werken, helpen en ten dienste staan. Mijn ouders - die helemaal niets van de zaak afwisten (ik had te veel schaamte om het aan iemand te vertellen) - waren blij dat zij zo'n gedienstige dochter in huis hadden. Maar ik was mezelf niet. De werkende, helpende en hulpvaardige Marrion die daar rondhuppelde, was de echte Marrion McKelly niet. Innerlijk weende, schreeuwde en vloekte ik. Uiterlijk was ik kalm, *bleef* ik kalm. Ik was vriendelijk en toonde me luisterbereid voor alles wat die stomme klanten me vertelden. Hun dwaze praatjes, hun schunnige opmerkingen, hun idioot brabbelen. Maar in mij woedde een wervelstorm. Ik was een tijdbom. Ik heb aan zelfmoord gedacht, kun je je dat inbeelden?"

Steven knikte. Dat kon hij inderdaad.

"Mezelf van kant maken. Dat was verdomme nog de beste oplossing. Dan was ik van alles verlost. Weet je wat me daarvan heeft weerhouden?"

"Neen, dat weet ik niet."

"De dood van mijn ouders."

"Ik was achttien, en plotseling stond ik er alleen voor. Het was een koude douche. Twee agenten belden die avond aan. Het goot water. Ik liet hen binnen. Ze begonnen te spreken... en toen ik mijn ogen weer opende, lag ik in de zetel in de woonkamer. Het eerste wat in mij opkwam, was natuurlijk dat de agenten mij verkracht hadden en dat ik daarom in de zetel lag. Maar ze hadden me enkel opgevangen omdat ik flauw was gevallen nadat ik het bericht van het ongeval had gehoord. Ik was op slag volwassen. Ik had vroeger al niemand om op terug te vallen, en nu waren mijn ouders - met wie ik het allerlaatste beetje contact had - ook verdwenen."

"Het spijt me."

Marrion produceerde een glimlach.

"Dank je, Steven. Begrijp je waar ik heen wil?"

"Eenzaamheid?"

Opnieuw traanvocht in haar oogranden. Een spontane reactie op dat ene woord.

"J... ja. Precies. Ik verviel in een staat van totale eenzaamheid. Ik had afstand genomen van de ganse wereld omdat ik dacht dat ik bestempeld was en nu zij er niet meer waren, was mij alles afgenomen. De zelfmoordneigingen waren ineens verdwenen. Alsof ik zelfs daar het nut niet meer van inzag. Soms begrijp ik het zelf niet. Het overlijden van mijn ouders bracht me ineens op het punt waar ik mezelf had verloren: terug bij mezelf. Ik werd overladen met allerhande opdrachten. Het huis, de zaak, de centen, de erfenis. In mij ontwikkelde zich een aspect dat ik tot op dat moment nog niet had ontdekt. Ik had het zakendoen in mij. Zie jij mij als zakenvrouw?"

"Ik ben blij dat ik je weer zie glimlachen."

"Je bent lief voor me."

"Ik wou dat ik meer kon doen."

"Later?"

"Misschien."

Marrion McKelly trok haar handen weg, viste vanop haar knieën een servet en snoot haar neus.

"Ik nam de zaak over en was weer *iemand*. Men bekeek me opnieuw met wat meer eerbied. Ik was niet langer de dochter van de uitbater. Ik was ineens de uitbater zelf. Maar dat bedekte niet alle wonden. De zon was maar een klein beetje tevoorschijn gekomen. Begrijp je me?"

"Heel zeker. Aan de ene kant keek men naar je op, maar aan de andere kant voelde je je nog steeds *bekeken*."

Steven Tatakarian deed zijn best om als klankbord te fungeren. Hij vermoedde dat de grote nood om haar hart te luchten, ervoor had gezorgd dat hij aan die kant van de tafel zat. Hij wilde haar dan ook niet teleurstellen.

"Juist. Ik was nu wel een zaakvoerster, maar ik was nog steeds beschikbaar voor iedere kerel met een stijve. Toen ik bijna negentien was, leerde ik opnieuw iemand kennen. Het werd een flop. Ik had geen vertrouwen in hem. Ik kon hem niet laten doen waar hij naar verlangde. Ik wilde zijn voetveeg niet zijn. Dat wilde hij ook niet, maar dat besefte ik toen nog niet. Ik zat met mijn trauma. Het klikte gewoon niet. Daar haakte hij op af. Ik ga jou nu niet vervelen met het verhaal van alle kerels die aan mijn lijf hebben gefrunnikt. Het waren er een paar in de jaren die daarop volgden. Ik bouwde deze zaak uit tot wat ze nu is. Ik ben er tevreden over. De laatste kerel met wie ik het bed gedeeld heb, was getrouwd. Hij hield het niet uit bij zijn vrouw, klaagde de ganse tijd over hoe ze zijn leven vergalde en domineerde en zo... en uiteindelijk, tja, liet ik me gaan. Maar ik werd weer *gebruikt*. Hij had me nodig als opvulling voor de leegte die hij thuis ervoer. Dat was twee jaar geleden. Begrijp je nu waarom ik het moeilijk heb om relaties aan te knopen? Ik kan niet met nuchtere ogen naar iemand kijken. Ik vrees, vermoed en denk altijd dat de anderen in mij een lekker stuk zien, of iemand die ze weleens kunnen gebruiken om de ene of de andere zaak aan te vullen. Ik zie mezelf als een gebruiksvoorwerp, als iemand die niet echt wordt gewaardeerd voor wat zij in werkelijkheid is."

Marrion zweeg. Ze was uitverteld. Ze had haar hel aan Steven verteld. Hij wandelde erin rond. Hij ervoer hoe ze zichzelf zag, maar besefte tegelijk dat hij haar niet kon helpen. Marrion bezat ook die kennis. Alleen zij kon zichzelf van haar dwanggedachten afhelpen. Maar ze was opgelucht dat zij haar verhaal had kunnen vertellen.

"Ik ben blij dat je geluisterd hebt, Steven."

"Met plezier."

"Weinigen kunnen de tijd opbrengen om te luisteren."

Marrion stond op, liep om de tafel heen, boog zich naar hem toe en drukte een zachte zoen op zijn mond. Zijn lichaam rilde.

"Sorry. Ik wilde gewoon lief zijn."

Steven probeerde zijn hamerend hart te kalmeren. Op dat moment vroeg het heel wat kracht om zich ter plaatse te houden, om zich gedeisd te houden. Marrion had niet de indruk dat zij afgewezen was. Deze keer niet. De jonge man aan de andere kant van de tafel bezat duidelijk een beetje zielsverwantschap met haar. Hij begreep haar heel goed, zo kwam het haar toch over. Misschien betrof het identieke problemen. Betrof het ook die tergende eenzaamheid? Het was duidelijk dat hij ook met iets worstelde, een belemmering waardoor hij moeilijk een relatie aan kon gaan. Iets waar hij zelfs niet kon over praten. Later. Praten. Misschien.

6

"ALWEER?" Milo grijnsde. De resten van zijn gele tanden verschenen achter zijn droge lippen.

"Ja... alweer."

"Maar het is de vierde keer in drie weken?"

"En dan? Ze betaalt elke keer. Klanten zijn koningen. Vooral als rekeningen niet open blijven staan. Vooruit. Ze wacht op jou."

Steven draaide zich van Milo weg en stapte in de Dodge. Hij trok de deur met een schurend en piepend janken dicht. Door het open raam vroeg hij:

"Op mij?"

Weer die weinig appetijtelijke grijns.

"Jawel. Ze vraagt naar jou! Ze heeft blijkbaar iets met jonge kerels."

"Grappig!"

Milo zei nog iets, maar zijn stemgeluid ging verloren in het gebrom van de motor van de pickup. Steven draaide Mexic Street op. De septembermaand van dat jaar had ondertussen opgehouden te bestaan en de eerste dagen van de maand oktober waren ook al voorbij. Hij was eigenlijk verbaasd over zichzelf. Sasabe was de eerste plek op de aarde waar hij het langer dan een week uithield. Milo was de eerste werkgever die hij na vijf dagen niet in de steek liet en Marrion was een meid wier glimlach hem nog steeds verwarmde. Het gesprek dat zij enkele dagen geleden bij kaarslicht hadden gevoerd, had hen nog dichter bij elkaar gebracht. Het respect was wederzijds. Hij had eerbied voor haar eigenheid en zij respecteerde zijn stilzwijgen omtrent zijn verleden. Hij was nu al een maand in het broeierige grensdorp en beschouwde het verdomme als een nieuwe thuis. Wanneer werd het hier eigenlijk winter? Steven vroeg zich af hoe hij van plan was te reageren als dat andere gevoel de kop op stak.

Heather Peterson wachtte hem op Bacron Creek op. De batterij van haar Buick had het opnieuw voor bekeken gehouden. Vier keer in drie weken? Steven hobbelde de oprit op, stopte naast de Buick en stapte uit. Zijn aankomst werd gevierd met een overdreven brede glimlach. Onder de spannende T-shirt duwden immense borsten tegen de stof. Zijdelings staken onderaan de grote tepels naar buiten. Heather droeg duidelijk geen beha.

"Hallo, Steven."

"Dag, mevrouw."

"Heather. Mijn naam is Heather."

Steven viste de startkabels uit de laadbak van de Dodge. Drie minuten werk. Aankoppelen, starten, ontkoppelen en weer wegwezen. Zij had de motorkap van de Buick al voor zijn aankomst geopend. Steven had geen zin om een gesprek met de mollige vrouw aan te knopen. Hij boog zich onder de openstaande kap en koppelde de kabels aan de defecte batterij. Het grind kraakte. Steven richtte zich een beetje op, en plotseling greep een hand in zijn naar achteren gestoken kont. Als reactie richtte hij zich veel te vlug op, knalde met zijn hoofd tegen de openstaande motorkap wat een galmend lawaai veroorzaakte, en wankelde vloekend achteruit. Heather keek hem beteuterd aan.

"Jezus! M'n kop."

"Sorry... sorry..."

Steven leunde tegen de Buick. Het gezicht van de vrouw was vuurrood.

"Mevrouw! Asjeblieft!"

"Sorry... ik kon het niet laten... ik ben al zolang alleen... je hebt een prachtige kont en ik..."

"Laat maar..."

Steven wreef over de pijnlijke plek op zijn achterhoofd en had eigenlijk zin om te lachen. Maar hij wilde de indruk nalaten dat hij vernederd was.

"Sorry... ik... ik..."

"Het gaat... laat maar... vergeet het!"

Steven wachtte tot de vrouw naar achter was gestapt en werkte zijn taak af. Pas op de weg terug naar *Milo's CRS*, liet hij een glimlach toe. Het leven was nog zo slecht niet. Terug bij Milo, deed hij zijn verhaal.

"En?" vroeg Milo.

"Wat... en? Wat bedoel je?"

"Was het lekker? Dat bedoel ik!"

"Perverseling! Het kon mijn moeder zijn!"

Milo grinnikte snuivend. Shaft keek naar de schuddende buik van zijn baasje.

"Ik trek mij nooit weg als ze met haar handen aan m'n kont zit."

"Heb jij even geluk, zeg!"

"Op mijn leeftijd kijk je niet op een kilootje meer of minder. Een of meerdere vetranden is ook al geen beletsel meer. Ik meen het, zoon!"

"Ik ook! Ga jij de volgende keer maar!" lachte Steven.

7

DE ommekeer in het goede gevoel rond zijn aanwezigheid in Sasabe kwam bij Steven Tatakarian niet door wat hij gevreesd had. Hij voelde zich daar perfect thuis. Voor de eerste maal in die ellendig lange periode van twijfel was hij ergens veilig. Het gevoel dat hij werd aangekeken, dat iedereen hem herkende en de dreiging om elk moment te worden opgepakt, was verdwenen. Op dat moment meer dan een volle maand. Het was bijna te mooi om waar te zijn.

Het was echter waar en daarom was wat in de nacht van de vijftiende op de zestiende oktober van 1994 gebeurde, zo verdomd omverwerpend. De overgang van de vrijdag naar de zaterdag. De nacht dat Elliot Bornowski in Fayetteville een rustige nacht doorbracht en Shanya Bellmer een vreemd gesprek met haar enige patiënte in Conway had. Het werd een erg deprimerende ontwikkeling in Stevens bestaan. Alles liep nu goed. Hij had zijn eigen plaats tussen Milo, Marrion, (zelfs Heather) en de anderen. Er deden zich zaken voor waar hij zonder vrije wil bij betrokken werd. Zaken die hij liever niet had meegemaakt en die zijn rustige, veilige leventje in het grensstadje grondig door elkaar schudden.

8

HIJ had het nochtans moeten weten. Hij had aandacht moeten schenken aan de overduidelijke facetten die hem wezen op het feit dat zich iets abnormaals ontwikkelde. De donkere Trans Am verderop in de straat. De afwezigheid van Shaft toen hij de Dodge onder het afdak stalde. Het licht binnenin de garage zelf. Steven verweet het zich op het moment dat hij in de politiecel zat en wachtte op wat onvermijdelijk kwam. Hij verweet zich dat hij geen rekening had gehouden met de tekens die hem voor een verdachte situatie probeerden te waarschuwen. Hij had aandachtiger moeten zijn, maar Steven herinnerde zich de locatie van zijn gedachten op het moment dat hij de sleutels van de Dodge binnen wilde leggen. Hij *zag* de Trans Am. Hij *vond* het vreemd dat Shaft hem niet kwam begroeten en hij *stelde* zich vragen bij het licht dat door de gebarsten ramen boven de schuifpoort van de garage scheen. Maar hij ging nergens op in. Als hij... indien hij... *als* en *indien* kwam altijd te laat. Net als spijt en sorry.

Het avondfeest in Sells, een kleine tachtig kilometer van Sasabe verwijderd, was een groot uur eerder afgelopen. Sells was qua oppervlakte en inwoners groter dan Sasabe en lag in het zuidoostelijke deel van het immens uitgestrekte Tohono O'Odham Indian Reservation. Het was even voor middernacht toen Steven in het gezelschap van Marrion McKelly de uitlopers van de Baboquivari Mountains verliet en de laatste twintig kilometer naar Sasabe met de Dodge aflegde. Een oom van Marrion had haar een maand eerder uitgenodigd op het trouwfeest van zijn dochter. Hij had haar opgebeld en op het hart gedrukt dat zij (minstens voor die ene avond) voor aangenaam gezelschap moest zorgen. Marrion had op haar beurt Steven uitgenodigd en die was, zij het met enige aarzeling, op haar uitnodiging ingegaan. Howard McKelly had de hand van zijn dochter Elly afgestaan aan een eerlijke zakenman uit een stad in het noorden van Arizona. Het feest verliep zoals gepland en zonder problemen. Steven had zich in lange tijd niet zo goed gevoeld. Niemand stelde hem vragen, iedereen liet hem zichzelf zijn. Marrion stelde hem als haar vriend voor en Steven vond dat hij die omschrijving best vond. Men lachte, dronk en danste. Marrion week niet van zijn zijde en tijdens het dansen drukte zij haar lichaam tegen het zijne. Op een bepaald moment, later op de avond en na enkele glazen alcohol, wilde zij één geheel met hem worden, een fusie van beide entiteiten. Ze klampte zich aan hem vast en van dansen was geen sprake meer. Ze stonden stil tegen elkaar. Haar armen rond zijn nek, die van hem rond haar heupen. Haar onderlichaam duwde zachtjes tegen het zijne. *Ik wil straks met jou naar bed, Steven.* Die woorden fluisterde zij plotseling in zijn linkeroor. Haar wang tegen de zijkant van zijn hoofd. Haar haar, haar geur. De zachte druk van haar borsten tegen zijn hartstreek. Voor Steven Tatakarian kwam het allemaal erg bevreemdend over. Alsof het niet *echt* gebeurde. Hij had het jarenlang anders gekend. Hij had andere mensen ontmoet, mensen die het niet zo goed met hem meenden. Mensen die het niet zo nauw met zijn gevoelens namen. Op dat moment verbleef hij reeds meer dan een maand in een dorp waar de inwoners hem accepteerden. Hij had onderdak gevonden. Hij voerde een job uit. Hij lachte, maakte grappen, deed flauw en... werd zelfs verliefd. Alles was toegelaten. Niemand stelde vragen. Hij had al tientallen bestuurders of bestuursters van wagens geholpen en niemand van hen had hem met een scheef oog bekeken. Hij was in vele huizen binnengegaan en had versnaperingen en koffie aangeboden gekregen. Milo was tevreden over zijn arbeid. Zijn gezelschap bezorgde Marrion een goed gevoel. Dat was trouwens wederzijds. Wat wilde hij nog meer? Het monster uit zijn verleden kwijtspelen?

"Waar denk je aan?"

Steven dwarrelde uit zijn gedachten los.

"Je was aan het dromen!"

"Sorry!"

"Je hebt toch niet te veel gedronken?"

Steven keek opzij. In de verte lag Sasabe. Duister tegen een donkere nacht en een nog donkerder woud. Marrion was nog niet volledig ontnuchterd en was slaperig. Het monotone gebrom van de Dodge Ram speelde daar zeker een doorslaggevende rol in. Milo had voorgesteld om de Dodge naar Sells mee te nemen. De lange afstand bezorgde de motor geen slechte tijden, integendeel. Hij wilde enkel de sleutels terug tegen de ochtend die daarop volgde. Hoewel het zaterdag was en Steven toch om acht uur verwacht werd, had Milo gevraagd de sleutels en de pickup zeker om zes uur te hebben. Hij was kennelijk van plan heel vroeg te vertrekken. Meer uitleg had hij niet gegeven. Steven had hem bedankt en hem verzekerd dat hij de sleutels op tijd aan de ring in het bureeltje zou hangen.

"Ik heb niet te veel gedronken, ik drink nooit veel."

"Ik ben zoooo moe. Te veel wijn!"

"We zijn bijna thuis."

"Steven... ik meen wat ik heb gezegd. Ik wil vanavond niet alleen slapen."

"Ik zet je af, rij de pickup naar de garage en kom terug."

Marrion zette zich rechtop.

"Je komt toch terug, nietwaar? Ik ben nog een beetje dronken, ik ben wel heel moe, maar ik wil met je vrijen."

Steven worstelde met zichzelf. Hoe aanlokkelijk dat voorstel ook was, toch twijfelde hij nog, hoewel hij zich nu toch geen enkele reden meer kon indenken. Hij wilde niet langer spartelen om ongebonden te blijven. Misschien was Sasabe wel de plaats om zich sinds lange tijd *thuis* te voelen. Waarom niet? Steven Tatakarian wreef met de ene hand over zijn gezicht, zuchtte diep en zei glimlachend:

"Ik kom terug , Marrion, en... ik... deel vanavond met plezier jouw bed!"

"Joepie!" kraaide ze.

Marrion schoof over de brede zetel naar hem toe en zoende hem op de wang. Ze glunderde als een kind dat een nieuw stuk speelgoed was beloofd. Een warme gloed golfde door zijn lichaam. Zijn toekomst was ineens veel roos-kleuriger. Toen haar borsten tegen zijn arm drukten, werd zijn mannelijkheid zich ook bewust van het feit dat er werk aan de winkel was.

Steven reed, met Marrion tegen zich aangeleund, door de lege straten van Sasabe. Het was halfeen in de ochtend van zaterdag, de zestiende oktober. Hij reed tot voor de deur van *Marrion's Snack* op Pecon Main Street en liet de motor draaien. De vrouw wrong zich tussen zijn armen, drukte haar mond op de zijne en gaf hem een heel intense zoen. Steven gaf toe. Voor de eerste maal. Hij liet alles varen. De last van de voorbije jaren viel van hem af. Hij sloeg zijn armen om haar heen en beantwoordde haar zoen. Marrion verslond hem bijna. Zij geraakte zó opgewonden dat ze aan zijn kleren friemelde.

"Ik dacht dat je moe was?" lachte Steven.

"Zwijg... ik wil je voelen!"

Marrion veerde van hem weg. Ze zette zich op haar knieën op de voorbank, trok haar blouse van haar lichaam en ontdeed zich van haar beha. Steven had geen tijd om te reageren. Ze schoof dichter naar hem toe, greep zijn hoofd met beide handen vast en trok zijn gezicht tussen haar naakte borsten. Stevens erectie was pijnlijk hard.

Ineens verdween de relatieve duisternis in de bestuurderscabine. Een wagen die vanuit de tegenovergestelde richting kwam, scheen met de grootlichten naar binnen.

"Jezus!" siste Marrion en liet zich tussen zijn lichaam en het stuur op zijn schoot vallen. De aanraking met haar zachte borsten bracht heel wat reactie tussen zijn benen teweeg. Plagerig beet ze door zijn broek heen in zijn harde penis. Daarna viste ze haar blouse op, drapeerde die om haar schouders, greep haar beha en werkte zich uit de Dodge.

"Ik ga naar binnen... kom zo vlug als je kan!"

Steven had geen zin meer om nog langer te wachten, maar hij had het Milo beloofd.

"Ga maar, ik kom onmiddellijk!"

Marrion haastte zich haar zaak binnen en Steven zette de versnellingspook in de 'D'-stand. Hij liet de motor beheerst grommen in de hoop niet alle sla-pende in de straat wakker te maken en reed van de stoep weg. Zijn erectie wilde niet slinken. Hij zag (verdomd erg enthousiast) uit naar wat nog te verwachten viel. Met zijn tong proefde hij nog de huid van haar borsten op zijn lippen. Zijn beide wangen gloeiden na van de warmte van haar zachte vlees. Steven draaide Mexic Street op en reed in de richting van *Milo's CRS.* Hij ontmoette geen ander verkeer. Iets voorbij de garage stond een voertuig aan de kant. Een donkerkleurige Pontiac Trans Am, bejaard model. Zeker twintig jaar oud. Het maanlicht weerkaatste op het glanzende koetswerk. Het was een voertuig dat hij nog niet eerder in Pecon City had opgemerkt. Niet erg. Steven grijnsde toen hij het beeld opriep van Marrion die haar beha uitdeed. Hij reed de oprit van de garage op en manoeuvreerde de pickup onder het afdak. Voor hij uitstapte, bevoelde hij zijn erectie. Nog steeds meer dan paraat. Dan stapte hij uit. Dat Shaft hem niet kwam besnuffelen en begroeten, vond hij ook al niet erg. De reden van de stijve in zijn broek spookte onophoudelijk door zijn hoofd. Hij zag zichzelf al op zijn rug in haar bed liggen, terwijl zij bovenop hem zat. Zijn harde penis lag plat op zijn buik en zij gleed met haar vochtige... Hij stak de contactsleutels in zijn broekzak en stapte in het donker naar de ingang. De schuifpoort was dicht, zoals altijd 's nachts, maar bovenaan scheen licht door het vuile, gebarsten glas. Helemaal niet erg. In zijn gedachten gleden haar handen over zijn borstkas, over zijn buik en zochten vervolgens tussen haar eigen benen naar dat kloppende lid dat om aanraking schreeuwde. Ze greep het beet, drukte het tegen haar gezwollen schaamlippen en bewoog zich...

Steven schoof de deur open. In normale omstandigheden gromde Shaft nu. Maar het bleef stil. Alles lag nog altijd even smerig. De bestofte wrakken bevonden zich nog steeds waar hij ze de namiddag voordien had achtergelaten. Niets was veranderd. Behalve dat het licht brandde.

"Hallo?"

Geen reactie.

"Milo? Shaft?"

Hij kreeg geen enkele reactie. De omvang van zijn penis nam af. Het beeld van de naakte Marrion verdween en maakte plaats voor een gevoel van onbehagen. Nu pas besefte hij dat het verkeerd liep.

"Milo?"

Iets luider. Nog steeds geen reactie. Steven stapte de garage verder binnen. Het zien van de dode hond voelde aan als een hamerslag op zijn borstkas. Naast het wrak van een Plymouth uit '74 lag Shaft op zijn rechterzijkant op de grond. De zijkant van zijn kop was verbrijzeld. De gescheurde hersenen puilden samen met het ene oog door de gebarsten linkeroogkas naar buiten. De muil was geopend en de tong lag tussen de scherpe tanden in een grote plas bloed.

"Shaft? Wat is hier gebeurd?"

Op rubberen benen stapte hij tot bij het lijk. Van een erectie was niet langer sprake. Iemand had het dier de kop ingeslagen. Waarschijnlijk had het geen pijn geleden, want zo te zien moest Shaft onmiddellijk bezweken zijn.

"Jezus! Wat... Milo?!"

Zijn mond was ineens gortdroog. Hij dacht niet langer aan seks met Marrion. Hij wist niet echt waaraan hij *wel* best dacht. Milo zoeken? De dader zoeken? Was Milo de dader? Net toen hij van plan was iets vast te grijpen om zich te verdedigen indien... klonk de zware mannenstem.

"Hallo, daar!"

Steven draaide zich vliegensvlug om. Zijn hart dreunde, hij haalde gejaagd adem. De deuropening van Milo's bureeltje werd volledig in beslag genomen door een grove kerel. Duidelijk een Mexicaan. Zwart haar, zware snor. Een zwarte stoppelbaard van drie dagen. Hij had een ijzeren pijp in zijn ene hand. Het uiteinde was met bloed besmeurd. Steven had de dader gevonden. Of de dader hem. Hoe dan ook. Milo had Shaft niet gedood.

"Wie ben jij?" vroeg de man.

Steven was geen straatvechter. De donkere man was veel groter en zwaarder en absoluut geen partij voor hem. Woede kneep zijn maag dicht.

"Gaat je geen reet aan. Wat doe jij hier?"

Nu klonk een andere stem.

"Dat gaat *jou* geen reet aan."

Zijn hartkloppingen hadden zijn keel bereikt. Hij keek opzij en tussen twee wrakken bevond zich nog een Mexicaan. Even groot als de eerste. Zwart haar, geen snor. Beiden waren rond de vijftig.

"Waar is Milo?"

"Die slaapt!" zei de ene.

De andere brulde van het lachen. Opeens kwamen ze beiden in beweging. Ze naderden Steven. Ze hadden Shaft gedood. Waarschijnlijk omdat hij hen had aangevallen. Maar waar was Milo? Wat hadden ze hem aangedaan, wat zochten ze?

"Waar is het geld?" vroeg de eerste, die met de snor.

Steven wilde tijd winnen. De enige telefoon in het ganse gebouw bevond zich in het bureeltje. Achter de brede rug van de Snor.

"Geld? Zijn jullie ordinaire dieven? Hier is geen geld."

Zonder Snor spreidde zijn armen. Hij droeg geen wapen.

"We hebben al eens om ons heen gekeken. Hier is inderdaad geen geld, hier is zelfs niets van waarde. Waarmee betaalt Milo ons dan?"

"Ik heb geld... als het dat is wat jullie willen. Jezus, maar Shaft, jullie hoefden de hond toch niet..."

Zonder Snor draaide zich om en stak zijn kont uit naar Steven. Aan zijn broekriem was een houder met een groot mes bevestigd. De man was dus toch bewapend. Uit de linkerpijp van zijn broek en uit zijn linkerbeen zelf was net onder z'n reet een ferme hap genomen. De huid hing aan flarden en in het vlees waren duidelijk de indrukken van Shafts tanden. Het dier had voren getrokken. Het bloed zorgde voor een gigantische plek. *Goed zo, Shaft, goed gebeten*, dacht Steven. Zonder Snor rechtte zijn rug en draaide zich naar Steven.

"Daarom! Mijn broer heeft 'm z'n kladder ingeslagen. Een makkie. Een goeie tik en gedaan met het hondje! Janken dat ie deed!!"

"Rotzakken."

Snor wees naar hem met de pijp.

"Muil houden. Jij bent aangekomen met de Dodge. Dus, jij kent Milo. Waar is het geld?"

"Luister, kerels. Ik werk hier nu iets meer dan een maand, ik weet van geen geld af en ik weet hoegenaamd niet waar jullie het over hebben."

"Zal wel!"

Steven voorzag serieuze problemen. Milo was nog steeds niet opgedaagd. Die twee kerels wogen samen zeker 250 kilogram. Hij zag het nut er niet van in hen aan te vallen. Ze blokkeerden de uitgang. Steven kreeg een beetje tijd om na te denken. Het waren babbelaars.

"Ik meen het, ik weet van niets."

"Rot op!" zei Snor.

"Luister, broer. Dat kereltje vertelt misschien de waarheid. Je kent Milo ook. Hij licht zo'n idioot toch nooit in."

Snor dacht na. Wat zijn broer zei, drong tot hem door en bevatte blijkbaar genoeg waarheid om er verder op in te gaan.

"Heeft Milo je iets verteld?" vroeg hij vervolgens.

Steven haalde zijn schouders op en spreidde beide armen.

"Ik weet niet waar jullie over bezig zijn! Ik rij met de pickup rond, doe herstellingen en haal spullen op. Meer doe ik niet, ik ben hier bijna nooit. Altijd onderweg!"

Snor en Zonder Snor keken elkaar een ogenblik in stilte aan, alsof telepathie tussen hen mogelijk was. Dan zei Snor:

"Naast zijn officiële bezigheden in de garage hier, zorgt Milo ook voor het verdwijnen van gestolen voertuigen. Hij verwerkt stukken in andere wagens. Een soort puzzel- en plakwerk. Wij leveren daarvoor de gestolen onderdelen. Maar je werkt hier nog niet lang genoeg. Jij kunt het niet weten. Eer hij iemand op dat gebied vertrouwt, moet hij heel zeker van die kerel zijn. Wij leveren, hij betaalt. Of hij *moet* betalen. Of liever: hij betaalt *niet*. Heeft al vier maanden niet betaald. Daar kunnen wij niet mee leven."

"Goed, geen probleem... ik betaal. Hoeveel... Milo betaalt het me wel terug," zei Steven.

"Dat denk ik niet," repliceerde Zonder Snor.

Door Stevens ruggengraat trok een ijzige koude.

"Hij... betaalt me terug."

"Dat zal hij niet. We hebben daarnet ons contract met hem stopgezet."

Snor grijnsde. Steven kreeg het nu koud over zijn ganse lichaam. Zijn ogen speurden wanhopig de omgeving af naar iets wat als wapen kon dienen. Hij kon die kerels onmogelijk met de blote hand te lijf gaan. Ze zouden zijn botten breken met twee van hun vingers. *Jachtgeweer*! Milo had er Steven tijdens hun eerste ontmoeting over gesproken, de dag dat Shaft hem op de oprit besnuffelde. Hij herinnerde zich dat ineens. Maar waar hield Milo dat wapen verborgen? In het bureel? Waarschijnlijk. Misschien maakte hij met die dubbelloop nog een kans.

"Wij werken niet graag met wanbetalers. Milo heeft ons verleden jaar op een ander vlak ook al eens te kakken gezet. Dat betekent dat het nu al de tweede keer is. En nu weigert hij te betalen? Twee feiten op één jaar? Zien wij er stommelingen uit?"

"Ik betaal jullie. Zeg me hoeveel!"

"Je kunt een jaar lang achtenveertig uur per dag werken en je komt nog geld tekort."

"Milo zal..."

"Die doet niets meer! Kijk zelf maar!" riep Snor opeens.

Hij stond - verrassend vlug voor iemand van zijn gewicht - ineens naast Steven en gaf hem een por tegen zijn borstkas. Een klein duwtje maar, maar Steven schoof zeker twee meter achteruit. Hij gleed in het gemorste vet uit en kwam op beide knieën terecht.

"Daar... de werkbank!"

Steven wist niet welk beeld hem te wachten stond. Met ogen vol vrees keek hij naar de plaats die Snor aanwees. De adem stokte in zijn keel. Hij hief zijn beide handen tot voor zijn mond met de bedoeling een kreet te smoren. Maar de kreet brak niet door. De brok in zijn keel belette dat. Vanuit zijn geknielde positie bekeek hij met tranende ogen wat de twee kerels de garagehouder hadden aangedaan.

"Hij wilde niet spreken, hij wilde ons niet zeggen waar zijn geld stak. Dus had hij zijn mond niet langer nodig!" zei Zonder Snor achter hem.

Milo lag voorover op de werkbank. Onder zijn hoofd lagen enkele losse tanden in een kleine plas bloed met vleesresten. Over het feit dat de man dood was, bestond geen twijfel. De kerels hadden hem bij het hoofd gegrepen en de voorkant van zijn gezicht tot net onder de neus in de bankschroef op de werkbank geduwd. Vervolgens hadden ze de schroef dichtgedraaid. Milo's ogen puilden nu nog steeds uit hun kassen. Steven probeerde zijn oren te sluiten toen hij zich ongewild het gekraak van de kin en het bovenste tandbeen en het scheuren van het tandvlees voorstelde. Hij wilde het schreeuwen van Milo niet aanhoren toen die onvoorstelbare pijn moest hebben geleden wanneer de tanden uit het tandvlees braken. De man moest onmiddellijk om het leven gekomen zijn toen ze de lange, roestige spijker in zijn hoofd hadden geslagen. De hamer waarmee ze de slag hadden toegediend, lag nog op zijn rug. Nu pas zag Steven het stroompje dik, donker bloed dat uit het kleine gat bovenop Milo's hoofd langs zijn linkeroor naar beneden liep. De spijker stak in het gat waaruit ook grijsrode hersenpulp naar buiten puilde.

"God... Milo..."

"Gedaan met het amusement! Wij blijven hier niet eeuwig. Wat nemen we mee?"

Steven besefte dat die laatste vraag aan Zonder Snor gericht was. Hij slaagde er nauwelijks in zijn ogen van het levenloze lichaam van Milo weg te trekken. Maar gelukkig herpakte hij zich vlug. Nu was hij een getuige. Een nieuwe last voor die kerels. Een tegenvaller. Een oponthoud dat voor problemen zorgde. Ze lieten hem niet in leven. Dat besefte Steven net op tijd. Als hij niets ondernam, kwam hij daar niet levend uit. Waar was dat jachtgeweer?

"Meenemen? Niets nemen we mee, we steken de ganse boel in de fik!" zei Zonder Snor.

Snor liet zijn ogen over de omgeving glijden.

"Goed idee. Dan zijn we ineens alles kwijt."

Hij wees naar Steven en zei:

"Jij bent de geknipte persoon om de benzine uit te gieten."

Steven wilde enkel tijd winnen, zij dreven toch hun zin door. Hij stond op, haalde twee ijzeren bidons vol benzine vanop de onderste plank tegen de muur en kipte het slot open. Zonder Snor had ondertussen het mes tevoorschijn gehaald en wees met dat wapen in zijn richting.

"Geen stoten uithalen, jong. Giet de benzine in het rond en ook over Milo daar. Hij mag nog braden op de koop toe. Als je dom doet, steek ik dit mes in je keel. Vooruit, begin maar."

Het mes had een heel scherpe punt en een gekarteld lemmet. Erg dodelijk. Steven sproeide de benzine in het rond. Het scherpruikende vocht klotste uit de bidons. Hij goot het over Milo en probeerde zijn ogen van de vermalen mond en uitpuilende ogen weg te richten. De benzine kwam op de wrakken terecht, op de laadplanken en ook in het bureel. Hij bevochtigde het kantoormeubel, de computer en de kast met papieren. Snor hield zich in zijn buurt op. Hij bemerkte het wapen nergens. Ineens kreeg hij een idee. Het was het proberen waard. Hij stopte met het uitgieten van de benzine en richtte zich op.

"De Dodge Ram!" zei hij.

Snor keek hem kwaad aan.

"Waarom stop je?"

"Je vroeg wat waarde had. Om mee te nemen."

"Alles is hier waardeloos!" brieste Snor.

Zijn brullen zorgde ervoor dat Zonder Snor naderbij kwam.

"De Dodge Ram die buiten staat."

Beiden brulden van het lachen. Zonder Snor kwam het eerst tot bedaren.

"Dat is een wrak, net als de rest hier."

"Een wrak aan de buitenkant, maar met een pracht van een motor."

"O ja?"

"V8. Opgevoerd, 590 pk. Perfecte staat."

Even stilte. Oogcontact tussen de twee broers. Telepathie.

"590?" vroeg Snor.

"Ziet er als een wrak uit, rijdt als een moordmachine! Die motor is veel geld waard."

Stilte. Weer telepathie. Misschien een kans. Stoere mannen vallen op stoere wagens.

"De sleutels?" vroeg Snor.

"Zitten op het contact," loog Steven.

Zonder Snor borg zijn mes weg in de houder aan zijn broeksriem op zijn rug, draaide zich om en stapte in de richting van de schuifpoort. Steven besefte dat dit zijn enige kans was. Er restte hem niet veel tijd. Hij greep bij het verlaten van het bureel een kleine rekenmachine die op de tafel lag en hoopte dat Snor het niet had gemerkt. Ondertussen had Zonder Snor de poort bereikt en duwde die een stukje open. Steven grijnsde toen hij het gat in zijn broek en been zag. *Goed zo, Shaft!*

"Giet de rest van de benzine over jezelf," zei Snor.

Het grijnzen verging hem. Buiten vloekte de andere. Snor keek die kant op. Steven wierp de rekenmachine over zijn schouder naar achteren. Het toestel kwam op de schappen tegen de muur terecht. Het maakte niet veel lawaai, maar genoeg om de aandacht van Snor te trekken. Hij draaide zijn hoofd van de ene naar de andere kant van de garage en was niet snel genoeg om de aankomende, ijzeren bidon te ontwijken. Steven liet de onderste hoek vlak in het gezicht van Snor terechtkomen. Hij gebruikte daarbij alle macht die hij in die beweging kon steken. De knal was dof. Iets kraakte. Een neus? Tanden? De pijp viel uit Snors handen. Steven ving een gesmoord brullen op. Hij liet de bidon vallen en liep zonder nog een seconde te aarzelen in de richting van de poort die nog steeds op een kier stond. Buiten was Zonder Snor op de terugweg, grommend dat hij de sleutels niet vond. Steven schatte de afstand nog op twee meter. Hij bukte zich, raapte een moersleutel van de grond op en liep door. Hij had juist geschat. Met opgeheven arm dook hij door de kier naar buiten. Zonder Snor had hem niet verwacht. Hij had de aanval niet verwacht. Maar schreeuwde toen de sleutel in zijn gezicht terechtkwam. Bloed spatte tegelijk uit zijn neus. Grauwend van de pijn graaide hij met zijn monsterlijke armen in het rond. En kreeg de jas van Steven te pakken. Deze gilde, haalde uit en sloeg nogmaals met de moersleutel. In het wilde weg. Nu tegen de linkerzijkant van de dikke kop. Deze keer liet de brullende man los. Achter hem dook een gillende Snor uit de garage op. Steven zette het op een lopen. De twee reuzen uitten oergeluiden. Niet meer omkijken. Zwoegende longen, benen van boter. Hij wilde gillen, maar slikte zijn kreten in. Steven was bang, doodsbang. Als zij hem te pakken kregen, dan braken ze elk botje in zijn lijf. Dus holde hij. Tot hij de smaak van bloed in zijn keel proefde. Tot hij bijna omviel van de stekende pijn in zijn zij. Hij had in het donker gehold, straat in, straat uit. Zonder te weten waar hij heen ging. Maar het had resultaat. Ze zaten hem niet op de hielen.

Steven liet zich compleet buiten adem in een donkere steeg met zijn rug tegen de muur aanknallen. Veel tijd om te recupereren kreeg hij niet. Stemmen! Niet ver bij hem vandaan. *Hun* stemmen.

"Laat hem!"

"Hij heeft ons gezien!"

"Wat dan nog? Hij kent ons niet."

"Ik wil hem villen!"

"Laat hem! We vinden hem nooit!"

"Ik wil zijn ogen uitsteken!"

"Laat ons teruggaan. We steken de boel in de fik en we maken dat we wegkomen."

"Ooohh! Ik... zijn kloten!"

Na nog wat mompelen meende Steven dat de twee zich van hem verwijderden toen hij ineens weer woorden opving.

"Wacht even!"

"Wat?"

"Ik ken die kerel!"

"Daar kom je nu mee op de proppen?"

"Hou je bek! Het zat al een tijdje in m'n kop. Ik ken zijn naam niet maar ik herinnerde me zijn smoel. Ik heb hem eerder gezien. Het is de kloothommel die met die meid uit de snackbar op Main Street rondscharrelt. Hij zal die richting uit zijn!"

Stilte. Steven meende dat ze zijn hart hoorden hameren. Hij had zich tot op dat moment rustig gehouden. Hij had zijn ademhaling tot bedaren laten komen. Maar de laatste woorden die hij had opgevangen, bezorgden hem krampen in de maag. Waar zijn de flikken als je ze nodig hebt? Omdat hij geen zin had om in dat smerige steegje te blijven waar het naar urine en andere wansmakelijke zaken stonk, begaf Steven zich omzichtig naar de straat en kwam tot de ontdekking dat hij in cirkels had gelopen. Vanwaar hij zich bevond, zich nog steeds uit het licht van de straatlampen houdend, zag hij de Dodge Ram staan. Hij zag ook dat een van de twee broers achter het stuur van de donkerkleurige Trans Am plaatsnam. De tweede verliet even later *Milo's CRS*. Het was Snor. Onmiddellijk daarna scheen er veel licht in Milo's garage. Het licht bewoog. Het brandde.

Steven werd razend. De achterlichten van de Trans Am floepten aan. In de garage ontplofte iets. Een doffe knal weerklonk. Een deel van het dak kreeg het te verduren. De golfplaten bolden op, plooiden open of versplinterden en werden in het rond gesproeid. Het laaiende vuur kreeg daardoor nog meer zuurstof. Het viel de garage als een grommend monster aan. In enkele naburige huizen werden lichten aangeknipt. Tijd om in actie te komen. Hij liet niet toe dat zij de snackbar bereikten en Marrion iets aandeden.

Hij haalde de sleutels van de pickup uit zijn broekzak en holde Mexic Street over. De deuren waren nog ontsloten. Zonder aarzelen sprong hij achter het stuur. Op die plaats had hij een halfuur geleden Marrion's borsten rond zijn gezicht gevoeld. Dat beeld leverde hem een glimlach op. Het bezorgde hem ook een beetje nieuwe kracht. Net op het moment dat hij de motor liet aanslaan, passeerde de Trans Am voor hem op de weg. Zonder Snors gezicht droop van het bloed. Uit zijn gebroken neus, uit zijn ene oor. Hij keek star voor zich uit terwijl hij het stuur hanteerde. De achterkant van de Trans Am slipte een beetje toen het tweetal zich overhaast uit de voeten probeerde te maken. Rechts van Steven ontploften nog meer zaken in de garage. Alle ramen barstten kapot. Vuurwolken bolden uit de ontstane gaten en spleten naar buiten

Steven trapte het gaspedaal in. De Dodge grauwde en sprong vooruit.

"Komaan! Je hebt er 590. Bewijs nu eens waartoe je in staat bent!"

Twee straten verder, maar nog geen minuut later, reed hij op de achterkant van de Trans Am in. De zware, metalen stootbaar die aan de voorkant van de pickup bevestigd was, verkreukelde het kofferdeksel en deed de schuine achterruit in scherven uiteenspatten. Op dat moment reden ze al op Pecon Main Street. De lage sportwagen slipte en gleed van links naar rechts en terug. Steven hield hen zonder problemen bij. En ramde nogmaals hun kont. Hij liet de Dodge Ram brullen en loeien. Het zware motorblok schoof met een schurend krijsen over het koffergedeelte van de Trans en het grote rechtervoorwiel denderde op het reeds vernielde deksel. Het wiel toerde rond en vermaalde het glas en het metaal, het raakte bijna de zetels van de twee inzittenden. Steven meende hen te horen schreeuwen. Maar de V8 van de Dodge overstemde alle andere geluiden. Ook het loeien van een sirene.

Zonder Snor schreeuwde zijn keel kapot en schakelde een versnelling lager. Hij trapte het pedaal tot op de grond en de Trans Am schoot slippend en met witte rook producerende banden vooruit. De wagen gleed onder het wiel van de pickup vandaan en vervolgde slippend zijn weg. De gedeeltelijk afgerukte achterbumper sleepte over het wegdek. De Dodge volgde zonder probleem. En achter Steven kwamen twee politiewagens aan. Die had hij in zijn laaiend enthousiasme nog niet opgemerkt. Ze reden voorbij *Marrion's Snack*. Steven kwam zonder enige moeite links langsheen de Trans Am en trok zijn stuur naar rechts over. Het geluid van krijsend en scheurend metaal klonk hem hemels in de oren. Hij wilde het hen betaald zetten. Voor Milo... voor Shaft...

Verderop draaide Pecon Main naar links weg, maar je kon ook de parking van een grootwarenhuis rechtdoor oprijden. Behalve enkele trucks met oplegger was de parking leeg. Steven gaf de Trans Am af en toe een kusje. Vuurglinsters spatten tussen de twee naast elkaar rijdende voertuigen op en verlichtten daarbij vluchtig de omgeving. Hij wachtte nog even, registreerde vaag het geluid van de achteropkomende sirenes, wachtte nog even... nog even... en minderde snelheid. De Trans Am schoot vooruit. Maar niet rap genoeg. Steven trok het stuur terug naar rechts en knalde tegen de linkerzijkant van de wagen. Net achter het wiel. De achterkant van de Trans Am werd daardoor naar rechts geslingerd, waardoor de wagen dwars over de weg tot stilstand kwam. Steven ervoer voldoening bij het zien van Zonder Snors bebloede gezicht. Wijdopengesperde ogen vol angst. Hij liet de Dodge brullen en ramde de linkerzijkant van de Trans Am. Nu ving hij wel hun gillen op. De pickup had geen moeite om de wagen vooruit te duwen, de parking van het grootwarenhuis op. De beide rechterwielen van de sportwagen knalden kapot toen de Dodge hem op de stoep duwde. De politiewagens volgden. Wat Zonder Snor ook probeerde, de Pontiac Trans Am was volledig in de ban van de oerkracht. Vuurglinsters, rokende banden, versplinterende sierstroken, barstende ramen. Samen doken ze de parking op. Snor keek opzij en gilde toen hij zag waar de Dodge Ram hen naartoe duwde. Van ontsnappen was geen sprake.

Steven tierde triomfantelijk toen hij de Trans Am met inzittenden onder de oplegger duwde van een Freightliner die langs de muur van het warenhuis geparkeerd stond. De wagen paste net tussen de achterste wielen van de trekker en die van de oplegger zelf. Snor en zijn broer probeerden zich tierend zo klein mogelijk te maken omdat het dak van hun wagen ingeduwd werd. Steven wilde niet ophouden. Het gekraak van plooiend ijzer en kapotknallende ramen klonk als engelenzang in zijn oren. Hij dramde het wrak tot tegen de muur en bleef duwen. De stootbaar drong in het chassis van de Trans Am. Zijn motor loeide, rook kolkte uit de wielkassen.

Iemand schreeuwde aan zijn linkerkant! Steven Tatakarian keek opzij. *Dat is het dan*, ging het door hem heen, *na al dat vluchten hebben ze mij nu toch te pakken*! Twee geüniformeerde politiemannen met gespreide benen naast zijn deur. Beiden hadden een revolver op schouderhoogte waarvan de loop in zijn richting wees. Rechts van de Dodge liepen nog meer politiemensen. Enkele van hen droegen een riotgun.

Steven liet een zucht ontsnappen. Sasabe, Milo en Marrion. Te mooi om waar te zijn. Hij had het kunnen weten. Hij draaide de sleutel in het contact om. Een bijna onwerkelijke stilte daalde neer. Een smeris kwam dichterbij.

"Uitstappen, handen boven het hoofd!"

Steven deed wat van hem werd gevraagd. Een halve minuut later lag hij op zijn buik op de koude grond. Een geluid weerklonk dat hij nooit meer had willen horen: dat van dichtklikkende handboeien. Met dat geluid begon het verdomme vijftien jaar geleden ook allemaal. Flikken en handboeien. Niet opnieuw. Toch niet alles *opnieuw*?!

4
1994 – Chicago (Illinois)
Darian Shadborne

1

DE foto die hij in zijn handen hield, had hij eigenlijk niet meer nodig. Het gezicht van de man die hij zocht, - nee, die hij enkele dagen daarvoor reeds had gevonden - kende hij. Omdat hij de foto had bestudeerd. Omdat hij zich de ogen, de mond, de rimpels en de kuiltjes had ingeprent. Hij had zich voorgesteld hoe het gezicht van de man was als hij lachte. Hoe de stand van zijn mondhoeken was als hij droevig was. Hoe de stand van de wenkbrauwen was als hij zich over iets verwonderde. Trouwens, het moment was nu toch aangebroken. Darian Shadborne borg de foto weg in het handschoenvakje van zijn donkergroene Plymouth. Hij controleerde een laatste keer of hij alles bij zich had, of alles in orde was en naar behoren werkte en stapte vervolgens uit. Hij sloot zijn voertuig zorgvuldig af, en liep de immense parking van het Ford City Shopping Center op 79th Street af. Hij stapte door de drukke Pulaski Road, genietend van de gulle zomerzon en draaide op Marquette Road rechtsaf. Dan stak Darian de straat over en stapte een restaurant binnen. Het was donderdagmiddag, de veertiende augustus van het jaar 1994. De man die hij nodig had, heette Bruce Lleyland. Bruce zat met een aantal mensen aan een tafel en had blijkbaar al heel wat drank naar binnen gegoten. Zo te zien was iedereen aan de tafel met het hoofdgerecht bezig. Twee vrouwen en drie mannen, Bruce Lleyland was een van hen. De vrouwen waren eind van de dertig, goed verzorgd, heel mooi om naar te kijken en rijkelijk (bijna overdadig) van juwelen voorzien. Ze lachten onbeschaamd luid. De mannen grapten met gedempte stemmen. Niet alleen Bruce had te veel gedronken.

Darian merkte niet veel klanten in de gelagzaal op. Een bejaard paar in een hoek, stil en met elkaar bezig. Herinneringen ophalend, over de schouder kijkend hoe het leven hen bejegend had. Een eenzame eter in een andere hoek. Zwijgend. Niemand om mee te praten. Nadenkend. Niemand aan de toonbank. Darian zocht een plaatsje van waaruit hij een goed zicht op de tafel van Bruce Lleyland had. Observeren. Heel belangrijk. Kijken hoe de mensen in mekaar staken. Kijken hoe de mensen op situaties reageerden. De bezigheid die het best bij hem paste, was het observeren van mensen. Hij deed het terwijl hij werkte en hij deed het als hij niets te doen had. Darians ogen speurden de handelingen van de mensen af in het park, op straat, in eethuizen, in ziekenhuizen. Hij was de mening toegedaan dat de gedragingen hem veel over de eigenaar van het lichaam leerden. Het was gewoon een kwestie van interpreteren. Een kwestie van inzien en begrijpen.

Darian Shadborne had weinig op met mensen die in gezelschap veel van zich lieten horen en zien. Hijzelf was een stil persoon. Iemand die het liefst niet opviel. Dit in tegenstelling met Bruce Lleyland en zijn tafelgenoten. Het kauwen en drinken werden afgewisseld met gierend lachen, belachelijk luid proesten en onbeschaafd boertig brullen. Darian had geen interesse in het onderwerp van hun gesprek. De twee mannen geilden duidelijk op de twee vrouwen. Bruce hield zich op dat gebied wat afzijdig. Hij lachte mee, maar vrat en zoop onophoudelijk. Een van de anderen hield zijn handen niet van de dijen van een van de vrouwen en de tweede gluurde constant in de wijdopenstaande blouse van de andere vrouw.

Darian hield ook niet zo van mensen die naar zich lieten kijken. De eerste vrouw kon haar dij wegtrekken, maar ze deed het niet. De aanrakingen, die steeds dichter in de buurt van haar kut kwamen, wonden haar duidelijk op. Ze had waarschijnlijk de idee dat ze aantrekkelijk was. De andere vrouw kon een paar knopjes van haar blouse dichtdoen. Maar ze deed het niet. Ze vond het dus prettig dat de kerel naar haar borsten gluurde. Darian was heel proper gekleed in een donker maatpak. Zwarte kousen en zwarte schoenen. Heel verzorgde handen. Rolex-uurwerk. Geen ringen. Zoals hij daar rechtop zat, vond je hem een heel gedistingeerde man van in de dertig, die daarbij een intelligente en bedaarde indruk uitstraalde. Een rustige man die respect afdwong. Een in het oog springende tegenstelling met het Bruce-gezelschap.

"Meneer?"

Darian keek op. Een ober was naast zijn tafel verschenen. Een kleine Chinees.

"Goedemiddag. Kan ik de kaart krijgen?"

"Natuurlijk, meneer, zeker."

De ober verdween. Darian keek ondertussen onopvallend in de richting van de oudjes. Die hielden zich nog steeds met elkaar en hun verleden bezig. De eenzaat scharrelde afwezig in zijn eten, maar keek tegelijk naar de strelende bewegingen van de handen op de vrouwendij onder Bruces tafel.

"Asjeblieft, meneer."

De kleine ober overhandigde Darian de kaart. Een dikke omslag van leder. Darian sloeg die open en overliep de menukaart. Hij had eigenlijk geen zin om iets te bestellen, hoewel het middag was en hij die dag, behalve één banaan, nog niets gegeten had. Darian at niet veel als hij werkte. Te veel voedsel was nefast. Het maakte hem traag. Het verteringsproces bezorgde hem een loom gevoel. Dat kon niet tijdens het werken. Dan was alertheid noodzakelijk, zelfs van levensbelang. Hij wilde op alles voorbereid zijn en in staat elke vorm van actie te ondernemen. Dus, één banaan om het knorren van zijn maag tegen te gaan. Vanavond, na het werk, verorberde hij wel een pizza.

Toen de ober terugkwam, bestelde hij toch een kleinigheid, iets met vis, en een halve liter zoete, witte wijn. De ober schreef alles op, knikte en verwijderde zich. De oude vrouw in de hoek hoestte. De muziek klonk niet luid. Het gebral van Bruces gezelschap overtrof het toch. De vrouw giechelde toen de grijnzende man zijn vingers uiteindelijk tegen haar kut duwde. Ze deed haar benen niet dicht, integendeel. Hij fluisterde iets in haar oor. Ze knikte met haar hoofd. Afspraken, beloftes. De drank vloeide welig aan hun tafel. Hun ober, een lange, magere man, had reeds meerdere lege flessen wijn weggenomen.

Darian hoefde niet lang te wachten. De ober bracht het vispannetje en een karafje wijn. Hij schonk een beetje in het glas en Darian nipte aan de rand. "Uitstekend."

De ober knikte.

"Dank u. Smakelijk."

Darian schonk hem een vriendelijke glimlach. De ober verdween. Bruces gezelschap had het hoofdmaal beëindigd. Darian genoot van het eten. Geluidloos en geheel rustig. Hij kauwde de vis en genoot van de smakelijke, lekker gekruide saus. Zelfs de wijn was voortreffelijk.

Bruces tafelgenoot die niet genoeg kreeg van het blanke vlees van de bijna ontblote borsten, stond op. Hij waggelde van de tafel weg en stapte naar de toiletten. Hij keek bewust voor zich uit, zijn ogen op de toiletdeur gefocust. Zijn gang was wankel, maar hij bereikte zijn doel zonder iets omver te lopen. Het bejaarde tweetal bekeek zijn handelingen met afkeuring. Darian keek de man niet rechtstreeks aan. Hij genoot van zijn bescheiden maaltijd. Twee vrouwen stapten het restaurant binnen. Eind van de vijftig. Dure kleren. Juwelen. Opgesmukt. Ze kozen voor een vrije tafel bij het voorste raam. De gluurder kwam terug van zijn toiletbezoek. Hij nam plaats aan Bruces tafel. Tijdens het wachten op het dessert werden nog enkele glazen wijn genuttigd. Darian at smakelijk verder en wachtte af.

Tot op het moment dat Bruce Lleyland zijn stoel achteruitschoof. De bloteborstenvrouw had zich opzijgedraaid zodat de gluurder nog een beter zicht op zijn doel had. De wriemelaar hield zijn handen nu boven de tafel. De vrouw knabbelde aan zijn oor. Werd me dat een nummertje tussen die twee, misschien ook wel tussen die andere twee. Misschien wel met z'n vieren tezamen. Bruce Lleyland vertelde nog een korte mop terwijl hij voorover met beide handen op de leuning van zijn stoel stond. Hoog gegiechel van de vrouwen en diep grommen van de mannen. Het was een schuine mop. Iets over aftrekken en hot chilipepers. Bruce Lleyland richtte zich op en volgde dezelfde weg die de gluurder even daarvoor had gevolgd. Darian keek niet op toen de man hem boerend passeerde. Toen Bruce achter de deur verdwenen was, nam Darian een teug van de witte wijn en spoelde daarmee zijn mond. Hij had zijn maaltijd nog niet volledig beëindigd. Toch stond hij op en liep ook naar de toiletten. De twee vrouwen aan de voorkant van het restaurant merkten hem niet op, ze zaten te ver van hem verwijderd. De twee ouderlingen telden hun geld. De ogen van de eenzaat keken dwars door hem heen naar de steeds verder openstaande blouse van de vrouw. Hij had nu zelfs zicht op haar goedgevulde beha.

Darian deed de deur van de toiletten open. De frisse geur was het eerste wat hij gewaarwerd. Men gebruikte geurverstuiver. Dennen. Het rook naar een dennenbos, vlak na een regenbui. Fris en proper. Het was een deftig restaurant. Niemand bij de piskuipen. Darian liep naar de lavabo's en plaatste er zich met zijn rug tegen. Hij keek naar de drie naast elkaar staande deuren van de toiletten aan de andere kant van de ruimte. Bruce had de middelste pot gekozen. Darian merkte zijn dure schoenen op die een beetje uit elkaar, de toppen een hoek van bijna negentig graden vormend, in de spleet onder de deur te zien waren. Hij glimlachte. Darian Shadborne nam het toilet rechts van Bruce. Hij ging op de porseleinen pot staan en plaatste vervolgens zijn ene been op de waterbak. Net voor hij over het dunne, houten muurtje keek, haalde hij het pistool uit de holster die op zijn borst bevestigd was. Een pistool van Israëlische makelij, voorzien van een geluiddemper. Hij rekte zich uit, legde het wapen ter hoogte van zijn borstkas tegen het hout en leunde zover mogelijk over de rand.

Bruce Lleyland zat voorovergebogen op de toiletpot te persen. Hij schrok op toen boven hem een stem klonk.

"Meneer Bruce Lleyland?"

Lleyland keek op. Zijn mond viel open toen hij de onbekende man opmerkte die over de rand van het toilet hing. Hij zei niet onmiddellijk iets. Darian herhaalde zijn vraag.

"Bruce?"

"Ja... maar..."

Darian duwde het pistool over de rand en schoot van dichtbij een kogel door het linkeroog dat hem aanstaarde. Het geluid dat het vuurwapen maakte, was nauwelijks hoorbaar. Bruce Lleyland kuchte, liet een enorme scheet en zakte achterover op de pot. Hij gleed niet over de rand, het was alsof hij onderuitgeschoven op een stoel zat. Het linkeroog was verdwenen en uit het rode gat borrelden bloed en klodderende hersenen. De kogel had binnenin het hoofd voor de noodzakelijke vernieling gezorgd, maar had de schedel zelf niet verlaten. Bruces mond hing open. Speeksel droop overvloedig op het maatpak.

Het rechteroog staarde naar het houten plafond. Zijn armen hingen nutteloos langs zijn lichaam. Dat wat hij daarnet uit zijn lichaam wilde persen, borrelde nu zomaar uit het aarsgat.

Darian trok zich voor de opstijgende stank terug en stapte uit zijn cabine. Het ganse voorval had iets meer dan één minuut geduurd. Bedaard, efficiënt en zonder veel spektakel. Hij liep terug naar de gelagzaal en nam plaats. De oudjes waren ondertussen vertrokken. De twee vrouwen babbelden honderduit en de eenzaat hield zijn ogen niet van de lichtgroene beha af. Aan Bruces tafel werd ferm gelachen. Darian deed teken naar de ober dat hij wilde afrekenen. Intussen at hij met smaak - alhoewel het een beetje koel was geworden – het kleine restje van het vispannetje uit. Hij dronk de karaf wijn helemaal uit. Vervolgens betaalde hij de som die op het ticketje vermeld was en verliet vier minuten na het voor Bruce fatale schot het restaurant. De beha van de vrouw was met kant omzoomd. Dat merkte hij in het voorbijgaan. Niemand van Bruces tafel keek naar hem op. Het duurde zeker nog tien minuten eer zij zich afvroegen waar hun tafelgenoot bleef. De twee vrouwen waren te diep in hun geamuseerd gesprek verwikkeld om aandacht aan hem te schenken.

Darian Shadborne stapte in het zonlicht. Hij haastte zich niet. Hij hoefde zich niet te reppen. Darian genoot van de gespannen gezichten van de mensen die hij op zijn terugweg ontmoette. Mannen die zich door Pulaski Road begaven alsof de duivel zelf hen op de hielen zat. Vrouwen, met drukke gezichten, vertrokken door problemen en overpeinzingen. Eten halen, strubbelingen op het werk, de kleine op school, geldzaken, geldzorgen. Darian had geen zorgen. Hij slenterde door Pulaski Road en betrad even later de nog steeds overvolle parking van het Ford City Shopping Center op 79th Street. In het restaurant vroeg zich op dat moment nog niemand af waar Bruce Lleyland bleef. De twee vrouwen waren té opgezet met de aandacht die hen toekwam, de twee mannen té bezig met het intomen van hun seksuele energie. Darian ontsloot de deuren van zijn Plymouth en stapte in. In de achteruitkijkspiegel keek hem een tevreden man aan.

Hij haalde de foto van wijlen heer Bruce Lleyland uit het handschoenvakje, glimlachte en verscheurde die in tientallen snippers. Daarna mengde hij zich, onopvallend als altijd, in het drukke verkeer van Chicago.

2

OPeen avond op het einde van diezelfde maand zoemde de telefoon. Darian zat knus in de brede zetel op zijn appartement op Arlington Heights Road langsheen Ned Brown Forest Preserve en had weinig zin om op te nemen. Op het brede scherm voor hem hanteerde Harrison Ford met vlotte bewegingen een zweep. Na drie zoemtonen hield het opdringerige lawaai op om onmiddellijk daarna te herbeginnen. Darian zette zich rechtop. Het zoemen stopte weer na drie tonen en herbegon. Darian veerde op. Wat Ford verder uitspookte, ontging hem. Hij nam de hoorn van het toestel.

"Hallo, met Davy!"

"Morgenvoormiddag, negen uur. McEllen Park, de fontein."

Beide partijen legden dicht.

Darian grijnsde. Geen probleem. Hij wist wie belde en wat die persoon van hem verlangde.

3

DE dag erop was Darian Shadborne waar hij werd verwacht. Hij kende de codes en wachtte op de komst van Max Henderson op de parking van Chicago Botanic Garden. Hij was om tien uur dertig via Green Bay Road de parking opgereden. Hij verliet zijn Plymouth niet. Vanwaar hij zich bevond, had hij een adembenemend zicht op Lake Michigan. Om kwart voor elf reed de rode Pontiac GTO met Henderson aan het stuur via dezelfde inrit op. Darian stapte uit, sloot zijn voertuig af, wachtte tot de Pontiac bij hem aankwam en stapte vervolgens via de passagiersdeur in. De man achter het stuur was klein van gestalte. Hij kwam nauwelijks boven het stuur uit. Hij loodste zijn wagen de parking af en sloeg Green Bay Road linksop richting Highland Park.

"Hallo."

Henderson knikte enkel.

"Wat scheelt er?"

"Slecht geslapen," gromde de man.

"Wat houdt jou wakker? Jij hebt toch geen zorgen?!"

Max keek niet echt vriendelijk naar zijn passagier.

"Wat bedoel je daar nu mee?"

Net tegenover het hospitaal reden ze Interstate 41 op.

"Niets kwaads, Max. Ik bedoel enkel dat alle zaken goed verlopen zijn. Niets om je zorgen over te maken."

Max haalde zijn schouders op.

"Daar maal ik niet om, Darian, dat weet je wel. Ik heb het volste vertrouwen in jou. Het gaat over Daureen. Ik vermoed dat ze iemand anders heeft."

Darian bedwong de opkomende glimlach niet. Hij keek door zijn raam naar buiten in de hoop dat Max zijn gezicht niet zag.

"Lach maar!"

Niet gelukt.

"Sorry, maar…"

"Klootzak!!"

Max vloekte tegen een taxi die hem de pas afsneed. Hij trapte op de rem waardoor de neus van de Pontiac naar beneden dook.

"Rotte klootzak!"

Max sloeg met beide handen op het stuur. Darian hield zich gedeisd. Hij kende Max Henderson lang genoeg om te weten wanneer hij de man best liet uitrazen. Dit was zo'n moment. Slecht geslapen. Vermoeden van een ontrouwe echtgenote en een rukker van een chauffeur voor zijn neus. Redenen genoeg voor Max om razend te worden. Op de kruising met State Road 60 sloeg hij linksaf, waardoor ze steeds verder noordwaarts reden, weg van het centrum van de stad.

"Waar gaan we heen?" vroeg Darian na enige tijd.

"Nergens, dat weet je wel. Gewoon een toertje rijden!"

"Dus valt er iets te bespreken."

"Klopt."

"Gaat het weer?"

Max haalde weer de schouders op waardoor hij waarschijnlijk even net boven het stuur uitkwam. Darian begreep niet hoe iemand met een dergelijke lichaamsbouw op een veilige manier een voertuig bestuurde. Hij zag verdomme de neus van zijn wagen niet.

"Het gaat niet… Daureen…."

"Maar, Max… jij bent een detective. Jij bent toch de meest geschikte persoon om alles op een totaal onopgemerkte manier te weten te komen?"

"Dat gaat zomaar niet. Dit gaat over mijn eigen vrouw. Niet over een stomme opdracht. Hier zijn gevoelens mee gemoeid. Werk is werk. Dat is iets anders. De ene of de andere rijke stinkerd die denkt dat zijn wijvetje met een andere klootzak scharrelt en alles op papier en foto wil eer hij een advocaat raadpleegt. Dat is werk, dat is voor mij gemakkelijk. Dit hier, het lijkt er wel op, maar het is anders."

Darian dacht dat hij Max begreep. Hij was zelf niet getrouwd, had geen vriendin en had eigenlijk geen relaties meer. Maar toch kon hij er inkomen wanneer Max uitlegde dat het hetzelfde was, maar dat het anders aanvoelde.

"En, als ik vragen mag? Waarom heb je die vermoedens?"

Max antwoordde niet direct. Hij draaide State Road 83 naar links op en reed op die manier Indian Creek binnen.

"Omdat ze… vreemd doet."

"Vreemd?"

"Vriendelijk. Overdreven vriendelijk. Ze kookt de afgelopen weken. Stel je dat voor. Vrijen deden we allang niet meer, daar is nog niets aan veranderd."

Darian glimlachte opnieuw. Ditmaal keerde hij z'n gezicht niet weg.
"Je lacht alweer?!"
"Ik had er geen benul van dat jullie niet meer vreeën."
"Oh, komaan zeg! We zijn volgende maand veertien jaar getrouwd, wat wil je?"
"Ik ben niet getrouwd."
"Gelukzak! Neem dit gratis advies met beide handen van me aan, als een vriend. Trouw nooit! Wat ze je ook wijsmaakt, hoe goed ze ook neukt, doe het nooit! Ik zeg het je, ze is veranderd. Ze maakt zichzelf op, loopt zelfs te neuriën en gaat 's avonds veel weg. Vroeger zat ze ganse avonden voor de kast te zappen. Ze heeft zelfs nieuw ondergoed gekocht."
"Niets verdachts. Dat doe ik ook soms," zei Darian met een brede glimlach.
"Lach me niet uit!"
"Doe ik niet, Max, ik ben jouw vriend, niet vergeten…"
"Je bent een klootzak!"
"Ik weet het."
De 83 leidde hen via Wheeling en Mount Prospect steeds verder naar beneden, terug het drukke stadsgedeelte binnen. Ze reden aan de achterzijde van Chicago O'Hare International Airport op York Road.
"Volgens mij ziet ze een andere kerel. Dat houdt me al enkele dagen bezig. Ik slaap slecht. Ik denk na, ik pieker, ik draai en keer mij tussen de lakens…"
"Misschien wil ze daarom weg? Je houdt haar wakker met je wringen."
"Stop met me voor de gek te houden. Ik meen het, sufferd! Je weet niet wat ik doormaak. Scheiden? Jezus… al dat geharrewar. Wat loopt er eigenlijk mis? Waar klaagt Daureen over?"
"*Ik* weet het niet," zei Darian schouderophalend.
"Ik stelde je geen vraag, idioot. Ze mag doen en laten wat ze wil. Ik laat haar met rust, zij laat mij met rust. We doen onze eigen zaken. We lopen niet in elkaars weg. Waar gaat het dan in 's hemelsnaam over?"
Darian probeerde nu oprecht te zijn.
"Heb je al eens met haar gesproken?"
Max keek Darian aan alsof hij net had gezegd dat zijn linkerbeen van witte chocolade was gemaakt.
"Jezus? Wat heb jij gegeten vanmorgen? Spreken, met Daureen? Dat gaat niet. Ze spreekt enkel met haar vriendinnen. Het is allang geleden dat wij nog met elkaar gesproken hebben."
"Dat bedoel ik nu juist, Max. Misschien vindt ze dat niet leuk."
Opnieuw die blik van wat-zeg-jij-daar-nu?
"We spreken al vijf jaar niet met elkaar. We vrijen al vijf jaar niet meer met elkaar. We eten nooit samen en doen eigenlijk nooit iets samen. Zij heeft haar

vriendinnen of de televisie om naar te kijken en ik heb mijn job. Maar is dat nu een reden om bij een andere gozer te gaan?"

"Tja, Max, ik ben nu eenmaal geen relatietherapeut, maar als jullie maar zo weinig bij elkaar zijn, wat houdt jullie dan eigenlijk nog samen?"

Max hield zijn handen op zijn stuur en bekeek Darian alsof hij een vies, klein voorwerp was dat naast hem op de passagiersstoel lag.

"Heb ik jou iets gevraagd? Waarom vertel ik je dat eigenlijk allemaal?"

"Weet ik veel?!"

"Ben jij me een klootzak!"

"Dat weet ik."

Het verkeer werd drukker. Men reed trager. Op het kruispunt met State Road 34 sloeg Max linksaf. Ze reden langsheen Brookfield Zoo in de richting van Ogden Avenue die hen tot aan de kustlijn leidde.

"Genoeg gepalaverd. Ik red mijn eigen zaken wel. Ik hou je op de hoogte."

"Ik ben benieuwd."

"Nu... waarom we hier zijn."

"Ik luister."

"De vorige zaak in het restaurant op Marquette Road is perfect verlopen. Iedereen is tevreden. Afgehandeld dus. Iemand die helemaal niet tevreden is, heeft nu contact opgenomen. Ik heb haar gescand en zij is in orde. Zij kan het betalen."

Ze passeerden MacNeal Hospital.

"Goed. Ik blijf luisteren."

"Haar naam is Margie Woodridge. Veertig, gescheiden. Zakenvrouw. Doet iets met klassewagens in de buurt van Dolton. Mercedes, denk ik. Ik heb haar enkele malen ontmoet. Kwam bij mij op het bureel. Wilde dat ik een zaak voor haar deed. Heb de zaak gedaan, maar zij was niet tevreden met het resultaat."

"Bedoel je dat je haar geen bevredigend resultaat kon voorleggen? Dat ben ik van jou niet gewoon, Max. Je bent nochtans een van de beste privé-detectives die ik ken."

"Wat ben je toch grappig vandaag! Het onderzoek werd uitstekend uitgevoerd. Ik loste alles op, kwam alles te weten wat ik moest weten, maar dat ietsje méér kon ik niet doen. Daardoor beviel het eindresultaat haar niet. Zij wil een onomkeerbare regeling. Zij wil een voor haar opbeurende afwerking van de zaak zien."

"Ah!"

"Ja... ondertussen was ik te weten gekomen wie zij was en wie ze kende. Ik besefte ook wat er gebeurde als ik haar het voorstel niet deed, dus deed ik het wel. Ze bekeek me eerst op een vreemde manier - een reactie die ik van de meesten gewoon ben - maar dan luisterde ze. Ze wil jou ontmoeten. Ze wil jou zien en zelf haar verhaal doen."

"Net zoals altijd. Ze hebben een opdracht maar willen mij eerst zien. Net alsof ze met een ganse hoop redenen zichzelf in mijn bijzijn willen overtuigen dat ze het bij het rechte eind hebben. Dat hun vraag die ze mij stellen, gerechtvaardigd is. Soms heb ik het gevoel dat ze hun geweten op voorhand willen veiligstellen."

"Margie Woodridge is niet anders."

"Mij goed. Jij kiest, jij regelt, ik luister."

"Ik bel jou nog wel."

State Road 41 leidde hen vervolgens dwars door het oude gedeelte van Chicago met Lake Michigan aan hun rechterzijde. Op die manier passeerden ze Burnham Park en Chicago Harbour. Max was op de terugweg, terug naar boven. De 41 ging over in Sheridan Road die hen door Evanston, vervolgens door Winnetka naar Glencoe leidde. Tijdens het rijden werd niet meer over het nieuwe contact gesproken. Onderwerpen als *opdracht* en *werk* kwamen niet meer aan de orde. Max Henderson herviel in zijn verdachtmakingen ten laste van zijn vrouw en Darian keek afwisselend van het grote meer aan zijn rechterzijde naar de onophoudelijk babbelende bestuurder van de Pontiac GTO.

Terug op de parking van Chicago Botanic Garden, namen ze afscheid met de belofte mekaar op de hoogte te houden. Darian Shadborne stapte in zijn Plymouth. Het was ondertussen een ferm stuk na het middaguur en zijn maag rammelde. Tijd voor een kleinigheid. Matig, iets met vis.

4

DE ontmoeting met Margie Woodridge vond twee dagen later plaats. Begin september. Max had als locatie Grant Park langs Columbus Drive uitgekozen. Vier uur in de namiddag. Mooi weer. Een woensdag. Veel spelende kinderen, veel bezorgde moeders op té weinig banken. Veel oudjes die nog van de laatste dagen zonneschijn wilden genieten eer ze zich voor een lange, koude winter in hun huizen opsloten. Veel geharrewar en lawaai. Een uitstekende plaats om iets te regelen.

Darian hield zich in de buurt van de krantenkiosk op. Max hield hem, zoals altijd, vanop een afstand in het oog. Dit was niet de eerste maal dat een dergelijke ontmoeting doorging. Max regelde alles, hij was een uitstekende kerel om mee samen te werken. Hij zorgde voor de eerste contacten, woog af, scande en screende de mogelijke opdrachtgevers en besloot uiteindelijk of Darian met hem of haar een gesprek aan kon gaan. Margie Woodridge voldeed en had heel waarschijnlijk een deftige reden om met hem in contact te komen. Darian wachtte af. Hij had nog nooit een samenwerking met Max Henderson geweigerd en had er nog nooit een tot een slecht einde gebracht. Hij keek naar de mensen om zich heen. Opvallend veel vrouwen en ouderlingen. De meeste mannen zaten, lagen of hingen op hun werk. De vrouwen hielden zich met de kroost bezig.

"Meneer… Davy?"

Darian Shadborne draaide zich om. Voor hem stond een erg aantrekkelijke vrouw. Zij was modieus gekleed en droeg daarbij een kleurrijke hoofddoek. Ze keek hem enigszins verbaasd aan.

"Bent u Davy?"

"Ik denk dat u het verkeerd voorhebt, mevrouw."

"Mijn naam is Margie Woodridge."

"Dag, mevrouw Woodridge. Ik ben Davy."

Ze schudden elkaar de hand.

"De zon schijnt, we leven in een mooi land, laten we wandelen."

Darian toonde haar de weg langs de kiosk. Ze glimlachte nerveus en ging op stap. Max volgde hen nog steeds onopgemerkt.

"Mevrouw… ik begrijp dat dit een heel moeilijke fase is. Het feit dat u zich bij mij bevindt, betekent dat Max u heeft toegelaten hier te zijn."

"Ik… ik had iemand helemaal anders verwacht."

"Hoezo?"

Margie haalde haar schouders op.

"Tja… u ziet er zo deftig uit… ik had eerder een ruwer iemand verwacht."

"Ruwer?!"

"Robuuster, grover, kwader kijkend… lelijker. Ouder."

Darian glimlachte.

"Ik beschouw dat allemaal als een heus compliment. Ik probeer u op uw gemak te stellen, mevrouw. Heeft Max u de nodige uitleg verschaft omtrent onze organisatie?"

"Ik… hij zei me dat u… eh… zaken *opknapt*."

"Dat is ook zo. U zit blijkbaar met zo'n zaak."

Margie Woodridge hield halt. Ze draaide haar fraaie gezicht naar het zijne en zei:

"Luister, Davy… het heeft me maanden gekost om tot deze beslissing te komen. Ik begrijp dat u vriendelijk wilt zijn, maar daar gaat het nu niet om. Ik heb lak aan hoe u eruitziet. Ik heb lak aan hoe u zich tegenover mij gedraagt of wat uw eerste indrukken van mij zijn. Ik wil een einde aan de ganse ellende zien. Ik heb alles geprobeerd. Ik heb het gerecht ingeschakeld, ik heb mij bijna bankroet betaald aan advocaten, ik heb detectives aangesproken.

Niets heeft geholpen. De hulp die Max mij heeft aangeboden, is zelfs nooit in mijn gedachten opgekomen. Het is onwettelijk. Helemaal iets anders dan ik aanvankelijk voor ogen hield. Maar… als niets helpt, waarom dan niet *dat net iets anders* proberen?"

Darian antwoordde niet onmiddellijk. Hij las de woede in de ogen van de vrouw en besefte dat het geen acteren was. Max had de scan goed uitgevoerd.

"Laten we wandelen, mevrouw, ik sta niet graag lang op dezelfde plaats stil."

"Margie, zeg asjeblieft Margie."

"Ik ben Davy."

"Niet waar. Je hebt geen gezicht om Davy te heten."

"Klopt ook. Maar we houden het bij Davy, goed?"

"Het gaat om mijn dochter, Helen."

"Hoe oud is Helen?"

Darian herinnerde zich net te laat dat Max had verteld dat haar dochter was overleden. Maar de vrouw gaf zonder enig vertoon van emotie een antwoord op zijn vraag.

"Zestien."

"Moeilijke leeftijd."

Margie reageerde niet op zijn opmerking. Een groep spelende kinderen liep rond hen. Hun leven bestond nog uit het maken van plezier. Eenmaal volwassen *zochten* diezelfde mensen naar plezier.

"Margie, ik luister. Max heeft me nog niets verteld."

"Dat heb ik hem gevraagd. Ik wilde eerst jou ontmoeten. Ik wil zien wie ik moet betalen als alles doorgaat."

"Je kunt niet meer terug, Margie. Het feit dat je je hier naast mij bevindt, betekent dat je deel uitmaakt van een moord in ontwikkeling."

"Je hoeft mij dat niet zo cru in herinnering te brengen."

"Dat zijn de feiten, Margie. Feiten waar je niet omheen kan."

"Ik weet het, ik weet het. Denk je dat ik de afgelopen twee maanden één oog heb dichtgedaan? Ik zag mezelf al in een cel opgesloten als opdrachtgever voor een moord."

"Ik begrijp je angst."

"Max verzekerde me dat je tot de beste huurdoders behoort."

De vrouw bedekte haar ogen met een hand. Ze schaamde zich blijkbaar om iets.

"Waar ben ik mee bezig? Dit lijkt wel zo'n ouwe misdaadfilm!"

"Geen film, Margie. Pure werkelijkheid. Met jou of iemand van wie jij heel veel houdt, is er iets gebeurd. Iets ergs. Niemand kan jou helpen en nu wens je dat ik degene die de schuld draagt, om zeep help. Pure logica."

"Ho ja. Voor jou misschien. Mijn wereld bestaat uit kopzorgen, migraineaanvallen, opgekochte of onverkochte wagens, boekhouders, venten die hun poten niet kunnen thuishouden en… mijn verleden met Helen. Ik heb nooit iets met misdaad te maken gehad. Ik baalde van misdaadromans of dergelijke films. De goeie, de kwade en wie heeft het gedaan? Jezus… jij *leeft* in zo'n wereld. Ik hoor daar niet thuis. Ik heb al spijt van het feit dat ik hier ben."

"Niets gaat verkeerd."

"Blijkbaar ben jij heel zeker van je zaak?"

"Ik probeer je enkel maar in te lichten over de wetenschap dat jij niets te vrezen hebt."

Een jonge kerel reed hen op een felgekleurde, éénwielige fiets voorbij. Hij zwaaide met zijn armen om in evenwicht te blijven. Op zijn hoofd droeg hij een koptelefoontje.

Margie volgde de jongen een ogenblik en richtte haar blik op de blauwe uitgestrektheid van Lake Michigan. Een groot, wit zeiljacht was net uit Chicago Yacht Harbour vertrokken en stevende op het midden van het meer af. De horizon was een laag lichtgrijze mist.

"Ik weet niet meer wat ik moet doen," zei Margie met gedempte stem. Darian besefte goed dat de vrouw zowel tegen hem als tegen zichzelf sprak.

"Misschien kan ik je een beetje helpen."

Margie draaide haar gezicht naar hem toe. Haar ogen waren vochtig. Het waren de ogen van een vrouw die veel had meegemaakt.

"En hoe dan wel?"

"Ik omschrijf wie wij zijn en hoe wij werken. Dan vertel je me jouw verhaal. Of omgekeerd."

"Mag ik eerst? Dan zul je misschien - hopelijk - begrijpen waarom ik me tot jullie richt?"

"Je hoeft je niet te verdedigen in mijn bijzijn. Het feit dat je hier bent, betekent dat Max alles heeft gecheckt. Je hebt blijkbaar een goede reden om mij op te zoeken. Ga je gang, ik luister."

Omdat ze werden omzwermd door een groot aantal jonge meisjes op skeelers, wachtte Margie Woodridge eer ze van wal stak. Ze keek dan nog even in de richting van het varende zeilschip alsof ze alles nog eens op een rijtje wilde zetten. Voor zichzelf uitmaken hoe ze aan zoiets best begon. Dan haalde ze adem en vertelde Darian Shadborne waarom ze uiteindelijk voor zijn organisatie koos.

"HELEN was aanvankelijk een prachtkind. Laat me daarmee beginnen. Mark en ik hebben maar één dochter. Net dát maakt de zaak nog veel erger. Ze was mooi, heel mooi zelfs. Intelligent. Rustig en begaafd. Een waarachtig beeld. Als kind stelde zij ons nooit voor problemen. Ik ben reeds zes jaar gescheiden. Helen was toen elf. Mark hield ons huwelijk en onze zaak voor bekeken en koos voor de vrijheid. Dat zei hij toch, maar zijn vrijheid bestond uit verschillende relaties met meisjes die de leeftijd van zijn eigen dochter met moeite overschreden. Hij liep uiteindelijk, anderhalf jaar na onze scheiding, tegen de lamp, werd veroordeeld en zit nu nog steeds in de gevangenis. Hij kreeg wat hij verdiende. Helen heeft veel geleden onder het gedrag van haar vader, want eigenlijk heeft zij alles meegemaakt. De ruzies, het gillen en schreeuwen, het slaan. Ik geef toe dat wij geen perfecte ouders waren. Toen ze veertien was, kreeg Helen te maken met een opstoot van puberteit. Ze gedroeg zich zoals elke puber zich meestal gedraagt, maar op bepaalde vlakken was zij haar leeftijd ver vooruit. Ik spreek dan vooral over haar lichamelijkheid. Blijkbaar was dat meisje haar eigen lichaam niet meester. Op school botste ze met alle onderwijsmensen. Ik ben meerdere keren bij de directie gevraagd om over haar gedrag te praten. Ik kon haar niet verdedigen, ik kon haar niet helpen. Helen was van een heel deftig meisje in een paar maanden veranderd in een goedkope slet. Ik kan het maar op die vieze manier uitdrukken. Het viel enorm moeilijk voor mij om met haar over iets dergelijks te praten. Ik stond er namelijk alleen voor. Ik had de zaak 'geërfd'. Ik had mezelf voorgenomen om die goed te leiden, weliswaar op m'n eentje, dit zowel in mijn voordeel als in dat van Helen zelf. Daar ben ik in geslaagd. Die heb ik op een korte tijd uitgebouwd. Maar daardoor ben ik het opgroeien van Helen uit het oog verloren. Blijkbaar kan men maar één ding tegelijk goed doen.

Door haar gedrag trok Helen de aandacht van het soort mensen dat ze probeerde te zijn, de marginalen die ze uitbeeldde. Helen was niet écht zo. Ze eigende zich enkel dat voorkomen toe om zich af te zetten tegen... tegen... wat, ja? Ik heb het me dikwijls afgevraagd, ik heb mezelf verweten dat ik geen goede moeder was, dat ik te veel met de zaak bezig was. Ik stuurde haar nochtans naar psychologen. Ik gaf wanhopig bergen geld uit om haar terug op het juiste pad te krijgen, maar - zoals een van die hersendokters mij zei - Helen is *Helen*. En wat ze toen meemaakte, was een tijdsmoment waarin zij ook *Helen* was. Weliswaar een heel harde en onprettige periode voor de ouders, maar de puberteit, die in vele gradaties voorkomt, had Helen dus erg goed in haar greep. De man zei me dat het zou voorbijgaan, maar daar had ik geen boodschap aan. Ze deed steeds meer haar zin, luisterde niet langer naar wat ik haar wilde zeggen en had lak aan regels. Ze gleed steeds verder van me weg. Ik had niet langer vat op haar. Ze noemde het *greep* hebben en verweet me dat ik haar leven probeerde te leiden, dat ik moest stoppen met invloed op haar te willen uitoefenen, dat ik haar haar eigen leven moest laten leiden.

En... na ettelijke maanden van vechten, werd ik moe. Kapot! Ik kon niet meer strijden. Want dat was het wat ik al die tijd heb gedaan: een strijd met haar geleverd. Ik wilde dat ze de Helen was zoals *ik* haar voor ogen had. Zij wilde daarentegen *zichzelf* zijn. Die twee vormen van Helen waren op dat moment niet op elkaar afgestemd. Vandaar die strijd. Ik gaf het uiteindelijk op. Moegestreden. Ik bedoel niet dat ik haar volledig haar gang liet gaan, dat niet. Ik ging minder op alles in. De ruzies bleven achterwege, het roepen en tieren viel weg en we zagen elkaar steeds minder. Over haar studies wil ik het hier niet hebben, dat was een grote ramp. Ik concentreerde mij volledig op de zaak en liet haar los wat kledij, vrienden en uitgaan betrof.

Net dáár is het verkeerd gelopen. Door haar ontluikende lichamelijkheid liet ze zich op jeugdige leeftijd al met seks in. Veel seks. Ze trok zich niet veel aan van de jongen wiens bed of wagen ze deelde. Blijkbaar... werd ze... heel bedreven. Ze was veertien! Men praatte over haar, begrijp je dat? Ik had een zaak, ik bouwde die nog steeds op. Mijn man was opgepakt voor zedenfeiten met minderjarigen en mijn dochter liep over de tong ter wille van haar seksuele escapades. Niemand zei het me rechtstreeks in m'n gezicht. Maar ik wist dat de anderen het wisten. Helen hield namelijk haar mond niet. Ze strooide met veel plezier rond dat haar vader in de gevangenis opgesloten zat en dat haar 'rijke' moeder de Mercedesgarage in Dolton openhield. Ik schaamde me over de daden van mijn eigen kroost... en ik kon niets meer doen om het te verhelpen.

Uiteindelijk verzuimde Helen ook het schoolgaan en kwam niet meer naar huis. Ik schakelde de politie in, maar ze werd enkel op de lijst van de vermiste kinderen gezet. Eén van de velen. *Chicago is groot*, zeiden ze. *Dagelijks lopen kinderen van huis weg*, werd me verteld. *We hebben enkele grote zaken lopende, maar we kijken naar haar uit*, maakten ze me wijs. Ik besefte heel goed dat haar foto op 'maar' de lijst stond en dat de kous daarmee voor hen af was. Eén van de velen. Maar ze was net één van mij. En die velen hadden allemaal ouders. Gewone mensen die hun zenuwen opvraten telkens wanneer er een politiewagen in hun straat verscheen. Ik besef dat de politie niet alles kan oplossen en zeker niet elke weggelopen minderjarige kan terugvinden. Maar het deed verdomd pijn. Heel veel pijn.

Het leven vergde in die periode een beetje te veel van mij. Mijn man, mijn zaak, mijn dochter. Ikzelf bestond niet langer. Ik zag enkel nog gapende af-

gronden waar ik dreigde in te storten. Mijn toekomst bestond uit diepe klo-
ven die mij wenkten.

Helen raakte ondertussen van de regen in de drop. Ik heb dit allemaal achteraf uit haar eigen mond gehoord. Al die tijd dat de zaken - die ik straks
vertel - zich hebben afgespeeld, verbleef ik in een soort droomwereld. De
zaak, mijn kennissen, mijn vriendenkring... alles bestond om mij heen, maar
ook niet echt. Begrijp je dat? Ik leefde mijn leven, maar mijn geest was verward. Ik dacht voortdurend aan Helen. Ik droomde en fantaseerde wat, ik
wond mezelf nutteloos op, ik hield mezelf voor de gek. Lichamelijk was ik op
de wereld, maar mijn geest zocht vruchteloos contact met mijn dochter. Toen
alles voorbij was en zij weer thuis was, heeft ze het allemaal verteld.

Door haar 'open' gedrag maakte ze kennis met de slechtst mogelijke personen
die zij als vrienden beschouwde. Ze misbruikten haar, maar zij *ervoer* het niet
zo. Het maakte deel uit van haar dagelijkse leven. Het kwam zelfs zover dat
zij haar prezen om wat ze verrichtte in of naast het bed. Helen - ondertussen
ook al onder de invloed van verdovende middelen - meende dat zij het *echt*
apprecieerden. Ze zag dat als een bevestiging. Eindelijk deed ze eens iets
goeds. Eindelijk merkte iemand haar op. Het kwam uiteindelijk zover dat
iemand haar vertelde dat ze daar geld mee kon verdienen. Helen - ze beschikte dan toch nog over een sprankeltje zelfrespect - zei dat ze geen straathoer was. De man lachte vriendelijk en zei haar dat ze het bij het verkeerde
eind had. Hij had het woord straathoer niet uitgesproken. Hij had het woord
hoer zelfs niet uitgesproken. Hij zei haar dat ze jong, mooi en heel bedreven
was in het liefdesspel. Haar bezig zien bezorgde heel wat mannen enkele momenten van opperste opwinding. Hij zei haar dat ze eigenlijk voor het scherm
geboren was. *In mijn ogen ben jij een filmster, meisje. Jouw lichaam op het
scherm zorgt voor explosies. Jouw handigheid met wat de man het dierbaarst is,
brengt tonnen geld op.*

Helen liet zich ompraten en trok met de man mee. Alles speelde zich hier in
Chicago af. Hij stelde haar voor aan een grote, zwarte kerel, die Mute B.
Berrie heet. Hij was - is - een kleine pornokoning. Hij draait seksfilms waarin
vooral minderjarigen de 'sterren' zijn. Helen kreeg drank en drugs. Hij zorgde
zelfs voor een kleine studio waar nog een ander meisje verbleef. Baker was
haar naam. Helen en Baker (die ook pas aangenomen was) kwamen uiteindelijk voor de camera terecht. Alle films die werden opgenomen, kwamen in het
videocircuit terecht. Helen heeft me geen details verteld. Toen ze weer thuis
was, werd ze maandenlang door psychologen onder handen genomen. Ik had
geld genoeg. Ik was blij dat ze thuis was en wilde haar helpen. Ik wilde er
opnieuw de oude Helen van maken. Tegen die mensen verklaarde ze dat ze in

de eerste weken van de opnames tot tien vrijpartijen per dag meemaakte. Mannen en vrouwen. Het maakte geen verschil uit. Gelukkig geen bestialiteiten. Het was... eh... 'gewone' porno. Haar artiestennaam was BB. Geen Brigitte Bardot, maar Blond Bitch. Mute B. Berrie zei haar wat ze moest doen, haar medespeler of medespeelster wat *die* moest doen. Hij keek bijna altijd toe en gebruikte hen af en toe als het hem uitkwam. De opnames duurden weken, en bleven duren. Dagelijks. Uiteindelijk werd het Helen te veel. Mute B. Berrie kwam hen 's avonds soms in hun studio opzoeken. Af en toe had hij vrienden of vriendinnen mee. Die deden dan hun zin met de meisjes. Voor Helen werd dat te veel, Baker durfde zich niet verzetten. Mute werd kwaad en naarmate Helen zijn bevelen steeds minder wilde opvolgen, werd ze door hem geslagen. Geslagen, geschopt en verkracht. Ze was toen nog geen zestien jaar en het ging een erg verkeerde kant voor haar op. Baker waagde het nog steeds niet zich te verzetten. Helen verdroeg de slagen en de vernedering nog enkele dagen. Ze weigerden haar (waar ze eigenlijk blij voor was) voor de camera en ze was verplicht op de studio te blijven tot de schrammen genezen waren en de blauwe plekken waren weggetrokken. Maar ik ken Helen. Eén moment van onoplettendheid en ze holde er vandoor.

Op een ochtend stond ze aan mijn voordeur. Een taxi had haar gebracht. Ik herkende haar nauwelijks. Ze was geschaafd, gekneusd. Ze stonk en zag er verschrikkelijk uit. Het weerzien was een mengeling van woede, verdriet en geluk. Aan beide kanten. Ik liet haar verzorgen en probeerde haar uit te horen. Ik wilde weten wat haar overkomen was. Ze zweeg aanvankelijk halsstarrig en keerde zich in zichzelf. De lichamelijke letsels genazen vlug, maar haar geest sloot zich meer en meer af. Aan de psychiaters vertelde ze af en toe een vleugje van haar gevoelens, en uiteindelijk - maar dat duurde nog een groot aantal weken - kwam ze bij mij terecht met haar ganse verhaal. Dit verhaal! Kun je je voorstellen wat door mij, als moeder, heenging? Kun je je voorstellen hoe ik me heb gevoeld? De woede, de frustratie. Nachten heb ik geweend, dagen heb ik in bed gelegen, niet in staat onder de ogen van de mensen te komen. Ik was er op bepaalde momenten even erg aan toe als Helen. Maar de tijd heelt. Dat weten we.

Helen bleef, alhoewel ze mij alles had verteld en nog steeds in behandeling was, in zichzelf gekeerd. Zij verzoende zich blijkbaar niet met het feit dat ik haar haar misstap vergeven had (elke rechtschapen moeder zou dat doen) en haar heel graag weer in huis wilde opnemen. *Bevuild, smerig...* dat waren woorden die ze veel uitsprak. Ze was net zestien geworden toen ze op een avond uiteindelijk eens naar buiten ging. Ze had zich maanden in haar kamer opgesloten en was enkel aanspreekbaar voor mij of de psychiater. Om de ene of de andere reden die enkel zij kent, besloot ze die avond weg te gaan. Ik weet nog dat zij zich niet speciaal had opgemaakt of aangekleed. Ze verliet de woning en zei dat ze voor middernacht thuis was.

En ze was voor middernacht thuis. Om tien uur reeds. Huilend en schreeuwend. De taxibestuurder die haar naar huis had gebracht, had haar aanvankelijk naar het ziekenhuis willen brengen. Volgens hem had zij zich in zijn taxi geworpen, schreeuwend dat hij haar naar huis moest brengen. Ze had de ganse rit getierd, gehuild en zichzelf geslagen. De arme man was blij dat hij bij onze woning was aangekomen.

Wat bleek uiteindelijk? Tijdens haar wandeling door de stad, ontmoette ze enkele mensen die ze vroeger kende. Vroeger, daarmee bedoel ik voor de inzet van haar puberteit. Ze gingen samen op stap. Ze bezochten een bar, dronken en knabbelden wat en zetten hun wandeltocht verder. Met z'n vijven waren ze. Helen heeft me dit ook verteld, gelukkig, zo weet ik wat de reden is van… van…

Goed, ze wandelden dus door de straten. Veel mensen, veel beweging. Op een bepaald ogenblik liepen ze langs een zaak waar video's werden verhuurd. Eén van de kerels liep naar binnen en omdat het was beginnen regenen, dook uiteindelijk het ganse gezelschap de winkel binnen die niet veel klanten telde. Meestal betrof het jongeren. De uitgestalde video's werden bekeken. De jongen die als eerste de zaak had betreden, vonden ze in de porno-afdeling terug. Blijkt dat hij op een bepaald ogenblik de ganse bende erbij riep om te zeggen dat hij een film had gevonden waar die ferme, blonde griet BB in meedraaide. Hij grijnsde nog dat hij een aantal andere films had bekeken en dat BB werkelijk een klassebak van een sloerie was. Helen was niet natuurlijk blond, ze hadden haar haar voor de opnames gekleurd en volledig opgemaakt. Toen ze weer thuis was, droeg ze zelfs opnieuw haar bril. Kortom, de kerel die over de video's sprak, kon haar onmogelijk herkend hebben. Voor hem was BB misschien inderdaad een 'klassebak van een sloerie'. Maar dat Helens hart meerdere malen oversloeg, daar was hij zich niet van bewust. Hem treft geen schuld.

Helen vertelde mij dat zij in die zaak was beginnen schreeuwen en tieren en dat zij de winkel was uitgerend. Ik begrijp haar. Ik begrijp haar volledig. Ik begrijp wat op dat moment in haar hoofd en geest omging. Die uiterste vernedering. Alles was uiteindelijk voorbij en dan… staat ze zomaar te huur?!

Ik vermoed dat dat de doorslag heeft gegeven. Ikzelf was radeloos. De psychiater probeerde haar nog te helpen, maar twee dagen na die avond heeft Helen zelfmoord gepleegd. Ik… heb haar gevonden in haar kamer toen ik thuiskwam. Ze had onmogelijk veel pillen ingenomen en had daarboven een volledige fles whisky leeggedronken. Geen afscheidsbriefje. Mijn enige kind, zestien jaar oud. Het werd nooit ouder.

Toen ik haar vond… overwoog ik haar onmiddellijk in die zwarte afgrond te volgen.

Ik heb het niet gedaan. Ik weet niet waarom ik er vanaf heb gezien. Nu spijt het me soms. Toen had ik de moed nog, nu niet meer. Nu ben ik bang. Helen noch ik verdienen dit. Ik begrijp het leven niet altijd. We leven in een waanzinnige wereld."

6

HET grote zeilschip was nauwelijks nog een stip op Lake Michigan. Iemand met lang, blond haar wierp een frisbee naast hen en verderop sprong een Golden Retriever hoog op en klapte zijn tanden om de zwevende schijf dicht.

"Laten we teruggaan."

Darian Shadborne liet het verhaal zich in zijn geest verspreiden. Hij begreep haar woede, hij begreep haar verdriet. Toch moesten bepaalde zaken verteld worden. Ze draaiden zich beiden om. Nu lag Lake Michigan aan hun linkerzijde.

"Wat denk je van dat alles?"

"Ik denk dat je een goede reden hebt om bij ons aan te kloppen."

"Ik wil Mute B. Berrie dood."

Haar stem was hard en koud. Pure haat. Wraakgevoelens haalden de bovenhand.

"Dat begrijp ik."

"Ik kan niet meer wenen, Davy. Na de begrafenis van Helen ben ik ingestort. Ik heb de zaak tijdelijk aan iemand anders overgelaten en heb me teruggetrokken in mijn bed, in mijzelf. Ik heb het verdriet van een getormenteerde moeder toegelaten. Ik heb geweend, geschreeuwd, gedronken en gekotst. Ik heb dingen kapotgesmeten en mezelf geslagen. Ik ben uitzinnig van woede geweest en gek van verdriet. Tot er geen tranen meer kwamen, tot ik geen stem meer had om te krijsen. Tot ik als een totaal wrak voor de spiegel in de badkamer stond en me afvroeg wie dat daar in godsnaam was! Tot ik tot het besef kwam dat niets van wat ik deed, Helen terugbracht."

"Het doden van Mute brengt haar evenmin terug."

Margie ontweek een fietster die voor een kind uitweek en tegen Darian aanbotste.

"Sorry."

"Geen probleem."

"Ik heb geld, Davy. Veel geld. Het klinkt misselijk in mijn eigen oren, maar dankzij dat geld geraakte ik er bovenop. Ik zorgde opnieuw voor mezelf.

Dokters, psychiaters, schoonheidszorgen. Alles samen had een ongelooflijk resultaat. Uiterlijk ben ik weer de oude. Maar binnen... binnen heeft mij nog niemand geholpen. Diep in mijn borst brandt dat hellevuur van een gepijnigde moeder die haar kind heeft verloren."

Het had geen zin rond de pot te draaien.

"Mag ik vrij zijn, Margie?"

"Ik luister."

"Ik kan mezelf niet van de indruk ontdoen dat je je schuldig voelt voor zowat alles wat Helen is overkomen. Je had de zaak – iets waar je vol overtuiging over spreekt – waardoor je niet genoeg aandacht aan haar besteedde. Je hoopt nu dat het ombrengen van Mute B. Berrie een pleister op jouw ziel zal betekenen?"

Margie gaf niet onmiddellijk antwoord. Ze wandelden rustig verder, naast elkaar, met de najaarszon op hun gezicht.

"Je hebt gelijk."

"Daar gaat het niet over, Margie. Ik ben bang dat, als ik het doe, je je nog niet bevrijd zal voelen van dat schuldgevoel. Daarom zeg ik dat."

De vrouw liet een diepe zucht ontsnappen.

"Davy, luister... ik probeer een doder in te huren, niet nog maar eens een psychiater. Ik *weet* dat ik me beter zal voelen. Ik weet dat Mute B. Berrie een slechte man is. Hij handelt in minderjarigen, hij verkracht hen, hij verdient veel geld door kinderen van anderen, net als mijn eigen dochter, te misbruiken. Zoiets moet gestopt worden. Ik stel me in de plaats van alle ouders van de kinderen die hij al in zijn handen heeft gehad. Misschien is het inderdaad een pleister op de wonde, maar... ik zal toch het gevoel hebben dat ik *iets* heb gedaan. Het brengt haar niet terug, goed. Dat weet ik ook. Maar het stopt misschien de ellende voor heel wat kinderen en hun ouders. Ik zal tenminste het gevoel met me meedragen dat ik die mensen heb geholpen, al kon ik het voor mezelf of Helen niet."

"Mute is niet de enige."

"Verdomme, dat weet ik ook! Dat zeiden de flikken mij ook. Maar waarom reageert dan niemand?! Hoeveel kinderen moeten nog sterven ter wille van dat smerig winstbejag? Als Mute niet meer bestaat, is er toch één klootzak verdwenen. Daar wil ik geld aan spenderen. Al is het om mijn eigen geweten te sussen. Begrijp je dat? Of gaat dat jouw petje te boven?"

"Margie... rustig. Om die reden bestaan mensen zoals Max en ik."

De vrouw hield halt en bedekte haar gezicht met beide handen.

"Sorry... het was niet mijn bedoeling..."

"Geen probleem... maar, eh... kunnen we verder wandelen?"

Margie blies nogmaals stoom af, keek hem met een wrange glimlach aan en vroeg:

"Dus, je doet het?"

"Ben je met die specifieke informatie naar de politie gegaan?"

"Je ontwijkt mijn vraag, Davy."

"Nog niet, ik houd het antwoord in beraad. De politie?"

Margie zuchtte. Ze wilde de man naast zich niet in het harnas jagen. Ze begonnen weer te wandelen.

"Ik ben naar de politie geweest. Ze hebben mij aanhoord, maar ik besefte van bij mijn eerste gesprek reeds dat ik best weinig of geen resultaat verwachtte, wenste ik niet ontgoocheld te worden. Men vertelde mij dat Mute B. Berrie altijd alles ontkende. Niemand kon bewijzen tegen hem op tafel leggen. Tussen zijn activiteiten en de zelfmoord van Helen bestonden zogezegd geen linken. Ik sprak hen over de video's. Geen zin, zeiden ze me. Zijn echte naam staat nergens op vermeld en de gelijkenis tussen de 'actrice' BB en mijn dochter, van wie ik enkele foto's voorlegde, werd verwaarloosd. Foto's van toen ze nog thuis was, toen ze nog geen puberstreken had."

"Geen hulp dus?"

"Ik was verschopt! Niemand wilde me helpen. Ik schakelde een privé-detective in. Opnieuw geen resultaat. Hij legde uiteraard wel de link tussen Helen en de bestaande video's, maar het bracht volgens hem niet genoeg tastbaars op om Mute te nagelen."

"Te nagelen?"

"Ik gebruik de woorden die hij heeft gebruikt. Ik probeerde nog enkele andere mensen en kwam op die manier uiteindelijk bij Max Henderson terecht. In mijn ogen nog maar eens een privé-detective."

"Dat is hij ook."

"Dat… en blijkbaar nog iets anders ook."

7

"WIJ vormen een grote groep mensen die overtuigd zijn dat de politie en het gerecht op bepaalde punten ferm tekortschiet. Begrijp me goed, wij staan volledig achter wat de politie en de rechters trachten te verwezenlijken. Wij hebben hetzelfde doel: de misdadigers straffen. Onze middelen daartoe verschillen in hoge mate. Zij kunnen niet alles aan en veel te veel achterdeurtjes staan open voor wie de weg kent. Net daar wachten wij. Wij beschouwen onszelf als een hulp. Max is een observator, ikzelf beschouw me als een opruimer, een schoonmaker."

"Probeer je de wereld op die manier te redden?"

Darian keek naar de kleurrijke ballonnen die een wenend kind aan zijn handje vasthield. De mama hield de andere hand vast. Haar gezicht was gespannen. Blijkbaar had zij problemen, misschien een gebrek aan tijd. Gebrek aan vrijheid. Gebrek aan ik-ben-mezelf-toestanden.

"Helemaal niet, Margie. De wereld gaat zijn gangetje, die heeft ons niet nodig. Wij ruimen alleen slechte mensen op. Wij werken nooit aan een politieke moord mee, bijvoorbeeld. Wij ruimen geen tegenstanders van klanten op. Mute B. Berrie is – als alles klopt wat je vertelt – een slechte mens. Hij misbruikt kinderen uit winstbejag. Hij heeft de dood van jouw dochter op zijn geweten, en misschien niet alleen die van Helen. Dergelijke mensen verdienen het om achter tralies te zitten. Sommigen slagen erin tussen de mazen van het net door te glippen. Als zij het echt verdienen, ruimen wij hen op. Onze groep bestaat uit mensen uit alle lagen van de bevolking. Onze klanten zijn meestal mensen die gerechtigheid wensen en dit niet via de gewone weg hebben verkregen. Wij hebben arbeiders gehad, maar ook rechters. Politiemensen uit de hoogste toppen van de hiërarchische ladder… en advocaten."

"Dus, je doet het?"

"Wij veroorloven ons inderdaad de vrijheid voor rechter en beul tegelijkertijd te spelen. Wij beslissen en wij voeren uit. Echter niet zomaar, maar omdat iemand het ons vraagt. Max doet de nodige opzoekingen of laat die doen. Hij spreekt de nodige mensen aan. Onze mensen. Mensen die zwijgen. Tussen ons komt – als alles doorgaat – niets op papier. Betalingen zijn in cash. Geen overschrijvingen, geen cheques. Niets wat kan worden getraceerd. Pas als wij alles als gerechtvaardigd beschouwen, ga ik – of iemand anders – erop af."

"Davy! Doe je het nu of niet?"

Margie stond stil. Darian stopte ook en draaide zich om.

"Als alles klopt en het kan zonder veel risico's worden uitgevoerd, ben ik absoluut bereid te handelen."

"Alles wat ik heb gezegd, is de waarheid."

"Dan moet Max enkel nog nagaan of het mogelijk is."

"Dat hoop ik."

"Ik hoop het evenzeer voor jou, Margie."

8

"DE zaterdag. Telkens in de vooravond. Hoe voorzichtig een mens ook is, toch is hij afhankelijk van gewoontes. Op dat gebied vinden wij velen die zich verborgen houden. Voor hem is het zijn zaterdags uitje. Dan zoekt Mute zijn meisjes op."

Max keek van de papieren op de tafel naar degene die hij aansprak. Darian haalde zijn schouders op.

"Goed… dus een zaterdag?"

"Het is het enige moment dat hij alleen is. Als hij dan al geen vrienden meeneemt. Margie heeft de volledige waarheid verteld. Ik meen dat je hem op dat moment het best kunt nemen."

Max had uitstekend werk geleverd, net zoals bij elke klus. Het was een voordeel dat Mute zich in Chicago ophield. Max had mensen ingeschakeld die zich zowat in de wereld van de porno-industrie wentelden. Als Darian de groep waartoe hij behoorde, vanop een afstand – als een onschuldige buitenstaander – bekeek, dan had die veel weg van een ondergrondse sekte. Een hele groep mensen die dingen uitvoerden die beter het daglicht niet zagen. Niets op papier, geen brieven, geen rekeningnummers, geen adressen. Enkel gesprekken. Max had na Darians conversatie met Margie in Grant Park nog enkele gesprekken met de vrouw gevoerd. Ze had een ongelooflijk lange zucht laten ontsnappen toen ze vernam dat haar zaak werd aangenomen. Ze weende zelfs op het moment dat Max haar vertelde dat niet alleen zij, maar ook de maatschappij er wel bij vaarde als mensen zoals Mute uit de weg geruimd waren. Hij had het ook heel duidelijk alleen over de mondelinge afspraken met haar gehad. Margie Woodridge ging met alles akkoord.

"Mij goed. Een zaterdag. Je hebt het adres van de studio waar de meisjes verblijven? Je hebt foto's?"

"Ik heb alles. Wat denk je van de veertiende september? Dat geeft jou de tijd om de omgeving te bekijken."

Darian keek op een kalender die op de tafel van Max lag.

"Bijna twee weken. Goed."

9

H E T stuk van de wijk Little Italy tussen Interstate 90 en de oever van South Branch Chicago River was nu niet bepaald Beverly Hills. Het zootje van Chicago woonde daar, hokte daar samen, smeedde daar plannen tegen dat deel van de wereld. Op de hoek van 14th Street en de iets grotere Normal Avenue stond een vuil, smerig gebouw dat in een groot aantal veel te kleine studio's was onderverdeeld. De muren waren zwart, de ramen dichtgemetseld. Bruine en groene schimmels persten zich uit alle spleten. Het weinige hout dat zichtbaar was, was doorrot. Onofficieel eigendom van de 'filmstudio' van Mute B. Berrie. Eigenlijk verdiende het bouwsel enkel nog uit zijn lijden te worden verlost. Het moest eigenlijk ter plaatse afgebroken worden.

Maar Darian hield zich niet daarom al een ganse week in de buurt op. Hij hield het komen en gaan van Mute en zijn kerels in het oog. Verleden zaterdag – Max had zijn huiswerk uitstekend gedaan – arriveerde de dikke, zwarte man omstreeks halfzeven. Hij stapte uit een oude Cadillac. De man was ouder dan op de foto die hij van Max had gekregen. Hij was heel opvallend opgesmukt met wijde kleren en veel juwelen en leek daardoor op een overjarige hippie uit de zeventiger jaren. Net voordat hij het gebouw – zijn gebouw – binnenstapte, rochelde hij een klonterende fluim uit zijn keel en spuwde die op het voetpad te pletter, Darian hield alles vanop een veilige afstand in het oog. Hij wilde niet opvallen. Hij had zich dagenlang niet geschoren, zijn haar niet gewassen en zich in vuile, loshangende kleren gestoken.

Mute werkte zijn ding binnen het kwartier af. Hij kwam naar buiten, trok zijn broek op en stapte in zijn roestbruine Cadillac. De motor wilde niet onmiddellijk starten en de man sloeg heftig op het grote stuur. Mute B. Berrie had blijkbaar een opvliegende persoonlijkheid. De man hamerde onophoudelijk op het stuurwiel. Dan mormelde hij weer met de sleutel en ineens brak een zwarte wolk uit de uitlaat. De zware motor gromde en het donkere gevaarte zette zich vanuit zijn standplaats in beweging. Met gierende banden draaide Mute Normal Avenue rechtsop en verdween in het verkeer.

Max was te weten gekomen dat de man inderdaad minderjarigen voor zijn porno-industrie gebruikte. Hij keek niet op een grove scène en hield weinig of geen rekening met de gevoelens van wie voor de camera stond. Integendeel, wat Margie waarschijnlijk niet wist, was dat Mute deel uitmaakte van een soort beweging die minderjarige meisjes en jongens lokte, gebruikte en daarna verkocht voor andere al even wansmakelijke toestanden. Mute was een leverancier van misbruikte kinderen voor behoeftige pooiers. Ondertussen liet hij hen nog even voor de camera opdraven. Daar verdiende hij geld mee.

In het krot op 15th Street woonden twee van zijn meiden. Eén ervan was Baker. Nog steeds… Baker. Waarschijnlijk wist dat meisje niets van de dood van Helen af. Waarschijnlijk liet zij zich nog steeds mishandelen, te bang om te reageren.

De veertiende september regende het. De zomer gaf zich dat jaar blijkbaar vlug gewonnen. Darian Shadborne was het beu om als een landloper gekleed te zijn en voelde zich smerig. Zijn baard jeukte, zijn haar stonk en hij meende dat hij diezelfde stank zelfs op zijn tong proefde. Maar als hij zich niet had aangepast aan de omgeving, was hij allang door de mand gevallen. Hij hield zich in de buurt van een uitgebrande pizzazaak op. Vanuit zijn schuilplaats had hij een prachtig zicht op de ingang van Mutes stee.

Om kwart over vijf in de avond verliet een hipgekleed meisje het gebouw. Ze huppelde over het voetpad weg en had geen oog voor de omgeving.

Om halfzes kwam de sinistere Cadillac de straat ingedraaid. Precies op tijd. *Dank je, Max, je bent een schat.* Maar... hola, wacht even... een klein, onvoorzien probleem?! Mute was niet alleen. Hij was vergezeld van een chauffeur. Darian merkte dat tot zijn grote ontsteltenis op. Wat nu? De Cadillac hield naast de stoep halt. Enkel Mute B. Berrie stapte via de passagiersdeur uit. Nu begreep Darian het. De rechterarm van Mute stak in het gips. Hij droeg die in een mitella om zijn nek. Mute brulde iets naar de bestuurder die terugzwaaide. De grote neger waggelde de donkere hall van het smerige gebouw binnen. Darian besefte dat hij niet veel tijd had om na te denken. De week daarvoor had het Mute maar dertien minuten gevraagd om klaar te komen. Hij besefte wel dat hij best niet zomaar achter de man aan ging. De bestuurder van de Cadillac had waarschijnlijk de taak onmiddellijk te reageren bij de kleinste anomalie.

Cal Derry vloekte toen hij opkeek. Zijn baas was meestal zo'n twintig minuten bezig. Hij had een seksblaadje meegenomen om de tijd te doden. Cal had pas de eerste bladen omgeslagen toen hij zijn ogen opsloeg. De dronkaard stak net de straat over. Hij haatte zuipschuiten. De kerel stond even midden op de straat stil om tegen de ganse wereld te brabbelen. Hij stak de fles die hij vasthield, omhoog. Indien die smerige kerel tot bij de Cadillac kwam, vermoedde Cal dat er problemen konden volgen. Maar de lallende zuipschuit stak de straat verder over, struikelde het voetpad op en viel bijna met z'n smikkel tegen de muur aan.

"Klootzak... zatte klootzak!" murmelde Cal.

Hij legde het blaadje naast zich neer. Met beide handen bovenop het grote stuur keek hij met een gevoel van zich ontwikkelende woede naar de onvaste handelingen van de zatlap. De kerel leunde met z'n rug tegen de muur, duwde zich af en stapte over het voetpad in de richting van de grote wagen.

"Daar komt ie... ik..."

Maar de dronkaard veranderde van idee. Hij bleef op het voetpad staan, waggelde voor- en achteruit, brabbelde tegen zijn eigen voeten en gesticuleerde met zijn vuile handen. Speeksel droop over zijn onderlip en rekte in lange slierten tot op z'n borstkas. Cal Derry kotste van dergelijk gespuis. De dronkaard keerde op zijn stappen terug. Lallend en lachend draaide hij opeens het gebouw in waar Mute in was verdwenen.

"De klootzak! De rotzak!"

Cal Derry stapte inwendig vloekend uit de wagen, sloot die niet af en liep naar de ingang van het gebouw. Hij wilde niet dat Mute in zijn handelingen gestoord werd. Het behoorde trouwens tot zijn opdrachtenpakket. Tegelijk chauffeur en kinderjuffrouw spelen.

"Hey… klootzak!"

Cal haastte zich de donkere hall binnen. De dronkaard was nergens te zien.

"Godverd… waar ben je?"

Cal registreerde het geluid van de vlugge beweging net iets te laat. Hij wilde zich nog omdraaien, maar was niet vlug genoeg. Het pistool ging zo goed als geluidloos af. Hij ervoer de inslag in de onderkant van zijn achterhoofd niet en was al dood voor hij als een zak vodden in mekaar zakte.

Darian ving het lijk op. Hij trok het in de donkerste hoek van de hall naast de lege fles die hij daar ook achterliet en haastte zich vervolgens de trappen op. Veel deuren hoefde hij niet te proberen. De meeste waren verrot, geopend of *bestonden* gewoon niet. De geur die overheerste, was die van vochtige schimmel. De eerste verdieping was verder onbewoond. Darian liep de trappen verder op. Het pistool, in Duitsland gemaakt en voorzien van een geluiddemper, hield hij voor zich uit. Geluiden. Gestommel. Darian liep de gang op. De eerste deuren was kapot. Geen probleem. Niemand aanwezig. Verder. Nog meer gestommel. Geen tijd meer verliezen.

Een deur op een kier. Daarachter klonken de geluiden. Gesmoord mompelen, stommelen, zuchten. Darian sloop langs de smerige, vochtige muren tot bij de openstaande deur. Hij zakte op één knie en hield zijn wapen naast zijn hoofd. Heel voorzichtig liet hij zijn gezicht langs de rotte deurlijst glijden tot hij naar binnen kon kijken.

Geen prettig beeld. Mute B. Berrie, zeker honderddertig kilogram puur maar waardeloos vet, stond rechtop, met z'n harige, blote kont naar de deur gericht. Zijn broek en onderbroek waren tot op zijn enkels naar beneden gestroopt. Vóór hem zat een meisje op haar knieën. Darian werd bijna misselijk bij de gedachte. Het meisje pijpte hem niet… Mute neukte haar mond. Een klein verschil. Haar dunne armen hingen langs haar magere lichaam. Lusteloos. Zonder kracht. Zijn ene arm zat in het gips, maar met zijn linkerhand had hij haar lange haar achterop haar hoofd in een dikke, warrige streng vastgegrepen. Hij schoof zijn dikke lul steeds opnieuw in en uit haar mond, daarbij kort met zijn heupen stotend. Het meisje kokhalsde telkens wanneer de gezwollen eikel tot diep in haar keel doordrong. Bij elke stoot sperden haar ogen zich wijdopen. Mute gromde. Zijn eigen hart trommelde tegen zijn strottenhoofd.

Darian stond op. Met zijn vrije hand veegde hij het zweet onder zijn ogen weg. Tijd om tot actie over te gaan, tijd om op te ruimen.

Zonder enige aarzeling stapte Darian de kamer binnen. Heel vlug en uiterst geconcentreerd stapte hij over de versleten linoleum naar het tweetal. Het meisje merkte hem uiteraard het eerst op. Haar ogen werden nog groter toen ze naar zijn gestrekte arm keek. Mute was in de zevende hemel. Hij had zijn dikke kop in de nek geslagen en hield zijn ogen gesloten. Darian keek niet naar het meisje. Hij haalde de trekker over, net op het moment dat Mute B. Berrie blijkbaar onraad rook. Misschien had hij iets gehoord. Misschien had hij iets gevoeld aan de handelingen van het meisje, een korte ruk, een verstarring. Hij opende de ogen. De kogel trof zijn hoofd net onder het linkeroor.

"Urrh...."

Dat was alles wat de dikke man uitbracht. Een klein gat verscheen. Heel weinig bloed. Mute liet het meisje los en sloeg zijn vrije hand tegen de wonde. Het verschrikte kind scharrelde met schuivende benen en graaiende handen achteruit. De ogen opengesperd. De lippen verkrampt op elkaar geperst. Mute kon zijn benen niet verplaatsen. Hij had zijn broek en onderbroek rond de enkels. Zijn stijve lul wipte op en neer op het ritme van het kloppende bloed. Darian hield het pistool met beide handen voor zich uitgestrekt. Hij ademde rustig, wachtte af. Hield zijn blik op zijn slachtoffer gericht.

"Urrh... urrgggg..."

Mute keek met grote ogen naar Darian, zich tegelijk afvragend wat eigenlijk met hem gebeurde. Maar sterven was hij blijkbaar niet van plan. De kogel was dan wel zijn hoofd binnengedrongen, maar had blijkbaar niet genoeg schade aangericht. De grote, zware man stond wankelend rechtop. Hij hield zijn ene hand tegen zijn nek en probeerde met de arm in het gips in Darians richting te zwaaien. Speeksel spatte in lange kloddeers uit zijn mond. De niet langer volledig rechtopstaande penis zwaaide heen en weer toen Mute vooruitstrompelde. Enkele krakende scheten weerklonken.

Darian deed een vlugge stap naar voren. Hij duwde de loop van het pistool in een hoek van ongeveer vijfenveertig graden tegen Mutes neusgaten. De man stonk. Ineens was er oogcontact. Mute keek hem aan. Dat deerde Darian niet. Dat betekende geen probleem en zorgde niet voor een moment van aarzeling. Geen oponthoud. Hij glimlachte zelfs toen hij de trekker overhaalde. Een doffe klop. Mutes ogen puilden even uit hun kassen en zakten vervolgens terug. Nu viel zijn vadsige lichaam wel achterover en kwam met een zware plof op de gescheurde linoleum terecht. De ogen bleven open. Zijn ene been trilde even en de urine stroomde vrijelijk uit zijn slappe penis over zijn dijen. Behalve een stroom bloed die het linkeroor verliet, viel er weinig aan wijlen Mute B. Berrie op te merken. Hij leek op een gestrande walrus. Een totaal gebrek aan verfijnde grazioso. Dik, vet, vadsig. Op de rug. Beide benen een beetje naar buiten geplooid, als bij een kikker. De ene arm in het gips, de andere losjes naast zijn dikke kop. Net in het voorhoofd van die dikke kop, schoot Darian nog twee kogels. Geen half werk, geen risico.

Darian draaide zich naar het meisje om. Hij liet de arm met het pistool zakken.

"Ben jij Baker?" vroeg hij.

Zijn stem klonk niet dreigend. Eerder rustgevend.

"Baker?"

Een trillend stemmetje.

"Ja? Baker. Ben jij dat?"

"Is hij dood?"

Darian keek naar de op zijn rug liggende Mute.

"Mute is dood. Wees gerust. Kom, we gaan weg."

"Ik ben Baker niet."

Het meisje had zich tussen de muur en de zetel teruggetrokken.

"Wie ben je dan?"

"Ally."

"Goed, Ally. We gaan weg."

Ally vroeg zich af wat ze best deed. Hij zag het in haar zoekende ogen.

"Baker is daarnet weggegaan."

"Jammer voor haar. Ik kan hier niet blijven. Als ze terugkomt en ziet wat er is gebeurd, zal ze hopelijk wel zo slim zijn zich uit de voeten te maken."

"Baker wilde allang weglopen, maar durfde niet. Mute vindt ons toch."

"Nu niet meer."

Darian meende dat het meisje glimlachte.

"Hoe oud ben je?"

"Veertien."

"Kom, Ally... ik herhaal, we moeten hier weg. Ik geloof wel dat je dat begrijpt?"

Darian draaide zich om en stapte naar de deur. Hij schonk Mute geen blik meer.

"Meneer, wacht..."

Hij draaide zich om. Ally werkte zich uit haar schuilplaats en verplaatste zich voetje voor voetje tot bij het lijk van Mute. Ze boog zich over hem heen.

"Hij is dood, Ally. Absolute zekerheid!"

Het meisje trok ineens haar rechterbeen op en liet haar voet keihard in het scrotum van het lijk neerkomen. Daarna spuwde ze de dode Mute in het bebloede gezicht. Toen ze vervolgens in Darians richting keek, zag hij een mengeling van pure haat en overwinning in haar blik.

10

SAMEN verlieten ze het gore gebouw. Zo onopvallend mogelijk liepen ze Normal Avenue in stilte op. Het was reeds flink donker. Ally droeg een jeansbroek en had net op tijd een jas weten mee te grabbelen. Darian had haar nog gevraagd waar Baker naartoe was, maar Ally had gezegd dat ze het niet wist. Ook niet hoelang ze wegbleef. Daar kon niets meer worden aan gedaan. Trouwens, Baker was niet officieel ingeschreven in dat hok. Dus, als ze slim was, holde ze na het zien van de dode Mute terug naar huis. Een tweede kans als deze kreeg ze nooit. Het tweetal haastte zich tot op het kruispunt met Roosevelt Road. Daar leidde Darian het meisje naar links. Iets verder was een warenhuis. Van een grijze Ford tussen de vele andere voertuigen op de parking gromde de motor ineens. De lichten werden aangeknipt en het voertuig zette zich in beweging. Darian wandelde nog tot op het kruispunt met Michigan Avenue. Daar wachtte hij tot de Ford naast hem tot stilstand kwam.

"Instappen, Ally. Dat is onze taxi."

Hij trok de linkerachterdeur open, liet het meisje instappen en zei haar door te schuiven. Hij stapte daarna zelf in en trok de deur dicht.

"Ralf… rijden maar!"

Max Henderson keek niet achterom, maar hield zijn ogen op het verkeer gericht. Hij stuurde zijn oude Ford tussen de glanzende wagens op Michigan Avenue en vertrok in noordelijke richting.

"En?"

"Alles in orde. Baker was er niet. Ik stel je Ally voor."

"Dag, Ally… ik ben Ralf," zei Max.

"Hallo… en nu? Zijn jullie van de politie?"

Dat lokte een glimlach bij zowel Max als Darian uit. Het was Max die antwoordde.

"Helemaal niet, Ally. Geen politie. Maar stel niet veel vragen, meisje, antwoorden krijg je van ons toch niet."

"Maar, wat gebeurt er nu?"

"Wij stoppen in de buurt van een ziekenhuis. Je gaat daar binnen en laat je verzorgen. Daarna bel je van daaruit naar je ouders. Ze komen je halen."

"Ik heb geen geld."

Darian nam enkele dollars van Max over die hem het geld over de leuning van de voorste zetels aanreikte. Hij gaf het aan Ally.

"Om je te laten verzorgen. Om te bellen. Meer kunnen we niet doen. Ik hoop wel dat je nog ouders hebt?"

"Ja. Enkel mijn vader. Mijn moeder is dood."

"Kan jouw vader je komen ophalen?"

Ally haalde haar magere schouders op.

"Waarschijnlijk wel, als hij niet te dronken is om te rijden."

"We hebben je uit de vuiligheid gehaald, meisje, meer kunnen we niet doen. Probeer eruit te blijven. Je krijgt geen tweede kans als deze."

"Mijn vader... zal... kwaad worden."

"Dat weet je niet, Ally. Je weet niet hoe hij zal reageren. Misschien is hij blij dat je nog leeft. Hoelang is het geleden dat je hem hebt gezien?"

"Zes maanden."

Ally was nog maar veertien, maar schrander genoeg om het te begrijpen. Ze stelde geen verdere vragen en keek de rest van de rit in stilte door het raam. Beide knieën tegen elkaar, de handen zedig in haar schoot. De twee mannen bedoelden het goed. Meer dan haar uit de klauwen van Mute halen, konden ze inderdaad niet doen. De rest lag in haar eigen handen. Max bestuurde het voertuig steeds verder noordwaarts op Michigan Avenue. Even voorbij de brug boven Chicago River zette hij zich aan de kant. Hij wees een bord aan dat vertelde dat het Northwestern Memorial Hospital, een afdeling van de Chicago University, die kant uit was.

"Twee minuten wandelen."

"Is dit alles?"

"Dit is alles, Ally. Wij zien elkaar nooit terug."

Het meisje twijfelde.

"Moet... moet ik jou bedanken?"

Darian glimlachte.

"Ben je blij dat je vrij bent, dat alles achter de rug is?"

"Ik ben heel blij."

"Dan ben ik ook tevreden. Meer hoef ik niet."

Ally schonk hem nog een vriendelijke glimlach met haar grote kinderogen en stapte uit.

Max wachtte tot het meisje in de juiste richting vertrokken was en reed vervolgens van de stoep weg.

"Is alles naar verwachting verlopen?"

"Margie zal tevreden zijn. Mute was niet alleen. Hij was in het gezelschap van een chauffeur. Hij had zijn rechterarm in het gips."

"En?"

"Geen probleem."

"Dat dacht ik ook niet."

"Ik wil dringend in de douche. Ik stink, verdomme."

"Ik dacht al dat ik iets rook."

Deel Twee:

Wat zij vijftien jaar daarvoor hebben meegemaakt.

5
1979 – Rosenhelm (North Carolina)
Elliot Bornowski

1

ELLIOT Bornowski had tijdens zijn jeugdjaren nooit onder stoelen of banken gestoken dat hij later deel wilde uitmaken van een politionele macht. Hij kwam als volwassene tot de ontdekking dat zijn jeugd in dat opzicht misschien wel de belangrijkste en meest doorslaggevende periode was geweest. De grondvesten voor het latere leven werden daar gelegd. Onder andere wat Elliot in 1979 als jonge snaak meemaakte, zorgde voor de vorming van de latere volwassene. Elliot had veel eerbied voor wat zijn vader Edward Bornowski tot aan zijn dood in 1972 had verricht. Hij had zichzelf opgelegd in zijn voetsporen te treden, tot grote ergernis van zijn moeder. Vader Edward startte namelijk zijn loopbaan bij de politie van Rosenhelm in 1952. Twintig jaar lang stond hij ten dienste van de stadsbevolking en het was uiteindelijk een van de leden van diezelfde inwoners die ervoor zorgde dat hij op tweeënveertigjarige leeftijd tijdens het uitoefenen van zijn dienst aan zijn einde kwam. Elliot was toen net achttien geworden. De wintermaanden die volgden op het bericht van de dood van zijn vader, zorgden voor een nog somberder stemming in het huis waar hij en zijn moeder alleen achterbleven. De eerste echte stappen die Elliot zelf in het politiekader zette, kwamen in 1979, vijf jaar na het overlijden van zijn vader.

In januari van datzelfde jaar stierven twee heel rijke mensen. Hun fenomenale rijkdom had hen niet van de dood gered, hopelijk hadden ze van hun geld genoten tijdens hun leven. Het waren Nelson Rockefeller en de hotelmagnaat Conrad Hilton. En in de vroege ochtenduren van de zeventiende februari trokken verschillende eenheden van het Chinese leger vanuit de provincies Guangxi en Yunnan Vietnam binnen. Elliot was toen vierentwintig. Een jeugdige, energieke en ondernemende kerel. Iemand die meende dat hij het oprukkende onrecht in de wereld een hoofd kon bieden. De opdracht waar zijn vader aan begonnen was, wilde hij verderzetten, zoniet afwerken. Op dat ogenblik in zijn leven had Elliot namelijk veel goede vooruitzichten.

In Rosenhelm, North Carolina, een kleine stad (waar hij en zijn moeder woonachtig waren) die net op het samenvloeien van Provincial 130 en de 905 in het uiterste zuiden van de staat ligt, ontstond begin september van dat jaar emotionele commotie na het bericht dat de zevenjarige Sandy Wheeler verdwenen was. Vermoedelijk ontvoerd. Het bloed kolkte door zijn aderen.

Onrecht, zo dicht in zijn buurt?! Dat kon niet, dat moest ophouden. Hij eiste dat de schuldige gegrepen werd. Hij hoopte dat Sandy gezond en wel werd teruggevonden. Hij schreeuwde om gerechtigheid. Hij wou… dat zijn vader er nog was.
Hij zette zijn eerste stappen.
Elliot Bornowski hielp zoeken.

Sandy Wheeler verdween zoals ze in Rosenhelm aankwam. Zonder enig spoor. Niemand heeft ooit geweten waar ze vandaan kwam, niemand is ooit te weten gekomen waar ze naartoe was getrokken. De persoon die haar het laatst in levende lijve heeft gezien, is Elliot Bornowski. Het werd een ontmoeting die een onuitwisbare stempel op de rest van zijn leven zette.

2

AGENT Deke schrok op toen het telefoontoestel naast zijn hoofd ineens rinkelde. Hij had binnendienst in de Afdeling Oost. Een van de drie afdelingen die het volledige korps van de stad rijk was. Hij haatte binnendienst. Het liefst reed hij patrouille door de straten van hun deel (het oostelijke) van Rosenhelm. Maar op de avond van de zesde mei 1978 was het anders. De baas had beslist. Deke had geen zin om een gevecht met de overste van het kantoor aan te gaan. Hij nam de hoorn van het toestel. Het was kwart over acht.
"Politiekantoor van Rosenhelm. Goedenavond. Met Deke."
"Deke?"
"Ja.... Oom Gregory?"
"Deke, jongen, kun je een wagen naar hier sturen? We hebben een probleempje en ik vond dat naar jou bellen de beste oplossing was. Een meisje kwam hier aan. Een klein kind, maar wel volledig naakt. Ze ziet er gezond uit en zegt dat ze Sandy heet. Komt er iemand?"
Deke deed wat hem opgedragen was, zoals hem aangeleerd was. Hij noteerde het uur van de oproep. Hij hoefde de naam van de oproeper niet te vragen, het was toevallig een familielid.
"Wat vertelt ze?"
"Vertellen?"
"Ja… wat zegt ze dat ze daar doet?"
"Jezus, Deke… zorg dat er een wagen komt. Dan praten we wel!"
"Goed."
Aan beide kanten legde men dicht. Deke Mahler wreef met beide handen over zijn gezicht. Hij had voorover op de tafel liggen dutten. Hij wreef beide

ogen uit en keek niet zonder een gevoel van schaamte naar de vochtige plek op zijn linkermouw en op het vloeiblad waar het speeksel uit zijn mond was gesijpeld. *Dat komt ervan*, dacht hij, *dat is de reden waarom ik liever buitenrijd. Binnen word ik zo loom.*

Hij duwde zichzelf van de schrijftafel weg en reed met de stoel naar de andere tafel. Hij greep de hoorn van het radiotoestel vast en duwde de knop in.

"Centrale voor Charly."

"Die luistert!"

"Charly, Deke hier. Wil je naar Gemster Street rijden, de kruidenierswinkel van mijn oom? Hij belt me net dat daar een klein meisje is aangekomen. Over."

"Verloren gelopen?"

"Gregory zal meer uitleg geven, Charly. Hij kent het kind niet. Over."

Het bleef even stil, als overwoog Charly Boldon de gewichtigheid van de zaak.

"Begrepen, we rijden."

Deke was tevreden. Charly Boldon en zijn collega Evy Urblanski waren op weg naar Gemster Street. Het uur noteren. Twintig over acht. Niet vergeten. Belangrijk voor het proces-verbaal. Maar dat was een zorg voor Charly en Evy. Het was nu *hun* zaak. Voor Deke was de kous af. Hij had gedaan wat nodig was.

"Dag, Charly, dag, Evy. Kom binnen."

Gregory Mahler hield de deur van zijn winkel open en liet de twee politiemensen binnen. Charly nam het woord.

"'n Avond, Gregory. Deke vertelde ons dat je met een probleempje zit?"

Gregory deed de deur dicht en wees in de richting van de woonkamer.

"Het kind zit aan tafel. Marie heeft het een kamerjas gegeven."

"We zien eerst..."

Charly en Evy stapten voor Gregory de woonkamer binnen. Marie trok zich schuchter van bij de tafel achteruit hoewel ze in haar eigen woning was. Ze toonde duidelijke eerbied voor de twee geüniformeerde mensen van wie de aanwezigheid de helft van de ruimte in beslag nam. Aan tafel zat inderdaad een klein kind. Het had een kamerjas om de tengere schouders. Een kledingstuk waar het zeker driemaal in paste. Enkel haar hoofd was onbedekt. Evy Urblanski stapte tot bij de stoel, liet zich door de knieën zakken zodat haar gezicht ter hoogte van dat van het meisje kwam en probeerde haar stem vriendelijk, moederlijk zelfs, te laten klinken. Ze had zelf een zoontje van acht.

"Hallo, ik ben Evy. Wie ben jij?"

Het meisje draaide haar gezicht in Evy's richting en zei:

"Sandy."

Voorzichtig, bang. Ze heeft zachte ogen, vond de politieagente.

"Sandy. Sandy hoe?"

"Sandy… Wheeler."

"Mooi. Hoe oud ben je?"

"Zes jaar."

"Ik heb een zoontje van acht. Zijn naam is Kevin. Waar zijn jouw ouders?"

Sandy haalde haar schouders op.

"Weet je het niet?"

Sandy reageerde niet meer. Haar ogen waren van Evy's gezicht afgegleden, ze staarde naar een leeg punt tussen de twee politiemensen in. Evy stond op. Ze streek over het hoofdje van het meisje en keerde zich naar haar collega.

"We nemen haar mee naar het kantoor, Charly. Hier kan ze niet blijven."

"Geen probleem."

Gregory en zijn vrouw Maria bedankten de twee politiemensen. Sandy reageerde heel spontaan op Evy's vraag om mee te komen. Ze liet zich van de stoel afglijden, schonk Maria een vlugge glimlach en liep achter Evy naar buiten. Het meisje nam op de achterbank in de wagen plaats. Charly reed. Evy greep de spreekknop van het radiotoestel vast, trok een vies gezicht en zei:

"Jakkes, ik plak!"

"Wat?"

"Mijn hand. Kijk!"

Evy toonde hem de binnenkant van haar rechterhand.

"Waar heb jij gezeten?"

"Nergens! Bekijk me dat!"

De palm was volledig bedekt met een dunne laag kleverige gelei. Terwijl ze keek, verdorde het laagje tot glinsterende kristallen die, toen ze haar hand omkeerde, gewoon op haar broek dwarrelden. Daar werden het immens kleine sneeuwvlokken die in het niets oplosten. Alles speelde zich in een halve minuut af. Het was de hand waarmee ze over het haar van het meisje had gestreken. Maar dat was Evy ontgaan.

"Wat was dat?"

"Geen idee... het is weg. Roep Deke op."

Evy drukte de knop in.

"Evy vraagt Deke. Over."

"Deke luistert."

"We komen met het meisje naar het bureel. Over."

"Begrepen."

3

DE nacht die volgde op het aantreffen van Sandy Wheeler, betekende geen enkel moment van rust voor Deke (die uiteindelijk toch niet om tien uur naar huis kon), Charly, Evy en Ronny Bahl. Ronny werd erbij geroepen nadat het drietal op het kantoor niet veel wijzer was geraakt uit het weinige dat het meisje hen vertelde. Ronny Bahl was de deputy. Hij appreci-eerde dat hij verwittigd werd voor activiteiten die voor problemen zorgden. Ronny had vrouw noch kind en zat altijd op werk te wachten. Ondertussen was Evy bij haar zus langs geweest. Daar had ze gebruikte kleren van haar jongste dochter opgehaald en daarmee Sandy aangekleed. Het meisje liet niet veel los. Ofwel *wou* ze niets zeggen, ofwel *kon* ze niets zeggen. De nachtploeg startte om tien uur en hield zich bezig met de nieuwe zaken die zich aanbo-den. Charly, Evy, Deke en Ronny ontfermden zich die avond en nacht over het meisje. Sandy zelf sliep in een van de cellen. Evy had voor een extra deken gezorgd en de celdeur bleef uiteraard open.

Het viertal pleegde tientallen telefoontjes naar naburige steden en dorpen, maar niemand meldde een vermist kind. Ronny besloot, even na midder-nacht - Sandy sliep nog niet - een dokter te vorderen. De oude huisarts Ralph Hemmeier kwam langs. Hij onderwierp het meisje aan een tamelijk uitge-breid – maar oppervlakkig - onderzoek en leverde een attest af dat vermeldde dat het kind in uitstekende gezondheid was. Volgens de arts scheelde er wer-kelijk niets. Oren, ogen, keel... alles was in orde. *Ze was naakt*, zei hij nog, *op blote voeten. Geen verwondingen op de voetzolen, zelfs geen sneetje; dit meisje heeft niet ver moeten wandelen. Iemand moet haar in de buurt afgezet hebben.* Evy zag op een bepaald ogenblik dat hij zijn handen overdadig in een lavabo in de toiletten waste. Hij bleef maar wrijven, handen bekijken, wrijven, han-den bekijken, wrijven. Opeens was het voorbij. Hij haalde de schouders op, droogde de handen af en was van plan weg te gaan. Toen Evy hem vroeg wat er scheelde, zei de dokter enkel dat zijn handen kleverig hadden aangevoeld, alsof er een laagje plakkende pasta op lag. Maar het gleed ineens van zijn handen af. Noch de dokter, noch Evy gingen er verder op in.

Het kind stelde het politiekorps van Rosenhelm voor een probleem. Het was namelijk onmogelijk na te gaan waar het vandaan kwam. De kruideniersswin-kel van Gregory Mahler bevond zich langsheen Provincial Route 130. De tuin van het huis liep zonder omheining of afsluiting over in een weiland, dat op z'n beurt overging in een groot, moerasachtig gebied dat iedereen als The Green Swamp kende. De Waccamaw River stroomde door die onherbergza-me streek die zo'n twaalfhonderd vierkante kilometer groot was. Gregory had gezegd dat het meisje ineens op zijn achterdeur klopte. Ronny Bahl geloofde niet dat het meisje 's avonds zomaar naakt uit The Green Swamp was komen wandelen. Maar welke andere mogelijkheden had hij nog om in overweging te nemen? In dat drassige gebied was - zeker als je de weg niet kende - nauwelijks vervoer mogelijk. Op welke manier was Sandy Wheeler daar terechtgekomen? Misschien had de oude dokter Hemmeier gelijk. Maar wie liet nu een naakt, zesjarig kind achter?

De vragen bleven rijzen. Antwoorden bleven uit.

De dagen die volgden op de aankomst van Sandy in Rosenhelm, waren gevuld met tal van gissingen. Iedereen die het te weten was gekomen, had een uitleg klaar. Jammer genoeg was geen van die veronderstellingen bruikbaar. De verklaringen varieerden van *het achtergelaten zijn door de ouders* tot *het neergepoot zijn na ontleed en weer samengepuzzeld te zijn door aliens*. Ronny en Evy hadden zich ondertussen op de zaak vastgepind. Charly had ander werk waar hij verantwoordelijk voor was en Deke was blij dat hij er zijn vingers vanaf kon houden. Ronny had ondertussen contact opgenomen met de burgemeester van Rosenhelm en die had voor opvang bij een pleeggezin gezorgd. Sandy werd met open armen ontvangen door Pete en Jelly Andrews. Zij woonden op Anthon Road en hadden het jaar daarvoor hun dochter van vijf aan de gevolgen van leukemie verloren. Ze beseften heel goed waar zij aan begonnen. Sandy Wheeler - *was dat haar echte naam?* vroeg Ronny zich af - kon niet bij hen blijven. Ooit vond men haar ouders. Dan volgde een pijnlijk afscheid. Maar daar hadden Pete en Jelly op dat moment nog geen oren naar. Zij waren overgelukkig en Sandy kon zich geen betere thuis indenken. Van verwennerij gesproken.

Ronny en Evy probeerden zich nog dieper in de zaak vast te bijten. Ver geraakten ze echter niet. Sandy Wheeler was de avond van de zesde mei zowel uit de grond gekomen, als uit de lucht gevallen. Hoe zij ook probeerden, zij vonden niets terug. Ontelbare telefoontjes en faxen naar politiediensten, bevolkingsregisters en vluchthuizen. De perimeter waarin ze belden, breidde steeds verder uit. Niemand kende Sandy Wheeler, niemand was een kind verloren. De naam kwam op geen enkele lijst voor. Nergens werd ook melding gemaakt van het feit dat ouders navraag deden of iemand hun dochtertje had opgemerkt.

Rosenhelm was na enkele weken niet langer in de ban van het meisje. Het kind verbleef bij de Andrews en werd met open armen aanvaard. Sandy was gelukkig, de pleegouders waren gelukkig. Ronny en Evy gaven na enkele weken van speurwerk hun zoektocht op. Sandy was een raadsel. Wie was zij en waar kwam ze vandaan? Niemand kende de antwoorden op die vragen.

Weken werden maanden. Niemand maalde er nog om. Sandy werd één van de kinderen van Rosenhelm. Ze groeide op en bloeide open. Maar gaf nooit meer info dan ze al had gegeven. Pete en Jelly probeerden in het begin concretere gegevens uit haar te krijgen, maar ze haalde alleen haar magere schouders op. Sandy hield vol dat ze Sandy Wheeler heette, dat ze niet wist waar haar ouders waren of waar ze vandaan kwam… en ook niet hoe ze kon terugkeren.

Het meisje maakte de overgang naar het nieuwe jaar mee. 1979. Een koude winter, veel hartverwarmende gezelligheid. Glinsterende slingers en veelkleurige bollen. Brandende kaarsen. Gebak. Ouderwetse gezinstaferelen. Het gezin Andrews op Anthon Road was fier een meisje als Sandy in huis te hebben. *Een voorbeeldig kind,* lieten ze aan iedereen weten. De lente volgde de winter op. Fleurig, aangenaam. Sandy maakte kennis met andere kinderen en werd niet gemeden. Haar speelkameraadjes waren niet op de hoogte van de vreemde manier waarop ze in Rosenhelm was gearriveerd. Vervolgens kwam de zomer eraan. Broeierig. Speels. Vele uitstappen. Heel wat ritten met de wagen. Onder andere naar Oak Island en Sunset Beach, op de stranden langs de Atlantische Oceaan. Ouders met een guitig kind, stoeiend in het zand. Een prentje.

4

DE zesenvijftigjarige Willy H. Kleihner was een pedofiel. Hij werd reeds in 1963 en 1969 voor feiten van aanranding veroordeeld. Hij had zijn tijd tweemaal uitgezeten. De eerste keer, in '63, kreeg hij drie jaar en de tweede keer, in 1969, vloog hij voor zes jaar achter de tralies. De psychiater verklaarde de man in 1972 genezen en begin 1973 verliet hij de gevangenis. Maar hij was niet genezen. Willy H. Kleihner was niet in staat zichzelf in de hand te houden. Tijdens de zomermaanden van 1977 werd hij weer opgemerkt in de buurt van openbare speelpleinen en zwembaden. Maar hij raakte geen enkel kind meer aan. Hij hield zijn handen thuis. Kijken was toegelaten. Aankomen niet. Willy hield zich daaraan. Hij was er zich van bewust dat men hem in het oog hield. Hij was zich er terdege van bewust dat de mensen van zijn voorliefde voor kinderen op de hoogte waren. Zeker meisjes. Minder dan tien. Ongeschonden. Gewillig. Bang om hem op stang te jagen als ze niet deden wat hij van hen vroeg. Bang om hem kwaad te maken als ze verklapten wat hij met hen deed, of wat hij bij zich liet doen.

In de zomer van 1978 had hij dat vreemde kind voor het eerst opgemerkt op één van de speelpleinen van Rosenhelm. Men zei dat het meisje Sandy heette. Men zei dat niemand wist waar het vandaan kwam. Men zei dat de politie geen enkele informatie over haar vond. Men zei veel te veel in Rosenhelm. Willy vond dat iedereen zich beter met z'n eigen zaken bemoeide. Zelf was hij geen spraakzaam persoon. Hij had weinig sociale contacten en verkreeg alle informatie die hij wilde hebben aan de toonbank van zijn stamkroeg *Black Beer*. Een ongure tent vol mensen die zich om de ene of de andere reden uit de maatschappij geweerd voelden. Maar ze hadden gelijk. De werkelijkheid was effectief zo. Verschopt. Verbannen. Elk van hen had een reden die volgens de geldende regels in de samenleving voldoende was om hen op een zijspoor te zetten. *Trek je plan!* Willy had zich daar al jaren geleden bij neergelegd. Hij leefde aan de rand, letterlijk en figuurlijk. Willy woonde namelijk niet ver uit de buurt van de kruidenierswinkel van Gregory Mahler, de man die het kind had aangetroffen in zijn tuin, naar het schijnt. Men zei ook dat het kind naakt was toen het werd gevonden. Willy maakte zich graag opwindende voorstellingen bij een naakt kind van zes in een tuin. Maar wat men ook over haar vertelde, Willy vond het een schoonheid. Hij begluurde haar op het speelplein waar ze dagelijks naartoe kwam. Hij volgde haar wanneer ze wegging en kwam zo te weten dat zijn verkregen informatie klopte. Het meisje verbleef bij Pete en Jelly Andrews.

Willy H. Kleihner besefte dat hij verkeerd bezig was. Hij had al tweemaal een stuk van zijn leven in de gevangenis doorgebracht. Hij was nu zesenvijftig. Hij wilde niet opnieuw tegen de lamp lopen, maar de drang om dat meisje aan te raken, was te sterk. Het overheerste alle angst om gesnapt te worden. Willy verzette zich nog een hele tijd, een vol jaar lang zelfs, tegen wat in zijn borst, hoofd en lendenen bruiste, maar liet zich uiteindelijk toch door zijn onbeheersbare drang overmeesteren. Hij gaf aan zichzelf toe in het begin van de maand september van het jaar dat volgde. 1979.

5

"JELLY?" "Hmm?"
Nu met meer aandrang.

"Jelly. Het is reeds vijf uur," riep Pete vanuit de ruimte naast de keuken.

Jelly Andrews keek van haar handelingen op. Ze bakte brood en Pete was in de koele berging bezig. Hij herstelde iets in de elektricteitskast. Jelly wist niet dat er iets stuk was. Pete was een peuteraar, hij hield niet van stilzitten.

"Vijf uur? Dat kan niet."

"Toch wel!"

Jelly stopte met kneden. Sandy had al een halfuur geleden thuis moeten zijn. Het viel haar op dat Pete ook met zijn handelingen ophield. Hij kwam in de keuken en even keken ze in complete stilte naar elkaar.

"Misschien is ze op school gebleven. Ze speelt nog even op de speelplaats."

Het timbre in haar stem verried haar beleving. Ze twijfelde aan haar eigen woorden.

"Jelly, het is vrijdag. De school sluit om halfvijf. Het is twee straten ver. Vijf minuten te voet."

Haar ogen werden ineens groot, het bloed trok uit haar gezicht weg. Die aanblik bezorgde Pete een beangstigend gevoel in zijn borststreek. Hij had het zo cru niet mogen omschrijven. *Niet nog eens! God, nee, niet nog eens.*

"Rustig blijven, Jelly, ik ga onmiddellijk op zoek."

Hij was zelf niet rustig. Pete zei het maar omdat hij van zijn vrouw hield. Ze hadden samen al een kind verloren. Dat afgrijselijke voorval had hen bijna uit mekaar gescheurd. Bijna, net niet. Maar nu dit? Sandy? Lieve, kleine, onschuldige Sandy? *Niet panikeren. Er is nog niets gebeurd.* Nog *niets.* Jelly snikte toen ze de woning uitrenden. *God, nee. Niet nog eens! Dat overleven we niet.*

Vijf minuten later was Pete Andrews terug thuis. Zijn benen trilden. De schoolpoort was dicht, gesloten zelfs. Er was niemand meer aanwezig. Niemand om te vragen of ze Sandy Wheeler hadden gezien. Niemand die hen hielp. Jelly barstte in een langgerekt huilen uit. Pete vloekte.

"We zoeken haar, komaan, Jelly... er is nog niets gebeurd!"

Zijn hersenen zwollen van de danige druk op. Hij was zelf een inzinking nabij en probeerde zijn vrouw nog steeds goede hoop te geven. De zenuwen spanden zich rond zijn maag samen. Zelfs zijn darmen bewogen uit zichzelf in zijn onderbuik. Jenny bleek snikken. Ze wreef haar handen aan de vaatdoek schoon, trok haar jas aan en volgde haar man naar buiten. Samen liepen ze de onmiddellijke omgeving van de school af. Een halfuur later, terug voor hun huis, woedde een storm door Petes borstkas. Ze hadden alle straten in de nabije omgeving uitgekamd en verscheidene mensen aangeklampt. Niemand had het meisje opgemerkt. Niemand kon hen helpen. Iedereen begreep hun angst en verdriet. Uiteindelijk werd besloten de politie in te lichten. Sandy was vermist. Dat was nu een zekerheid.

Charly en Evy waren toevallig van dienst. Deke maakte al twee maanden geen deel meer uit van het politiekorps van Rosenhelm. Hij had voor een veiliger job gekozen. Pete en Jelly werden op het bureel opgevangen en konden daar hun verhaal kwijt. Ze hadden enkele foto's van Sandy meegebracht en gaven een uitgebreide verklaring omtrent de kledij die het meisje droeg op het ogenblik van haar verdwijning. Charly, die nu de leiding van het onderzoek in handen had, beloofde dat het korps het zoeken onmiddellijk zou starten. Pete en Jelly werden terug naar huis begeleid en Charly zorgde ondertussen voor het verspreiden van de beschrijving van Sandy Wheeler naar de Afdelingen Noord en West. Hij nam ook contact op met de directie van de school.

De avond van de verdwijning werd door alle beschikbare politiemensen gezocht. Aanvankelijk werd aangenomen dat het meisje zelf op pad was gegaan en uiteindelijk verdwaald was. Maar toen er om tien uur dertig diezelfde avond nog steeds geen nieuws was, besloot Charly het over een andere boeg te gooien. Pete en Jelly waren in alle staten.

Charly Boldon legde zijn voorstel aan zijn collega Evy Urblanski voor, die tot haar grote angst toegaf dat hij weleens gelijk kon hebben.

Beiden kenden ze namelijk het verleden van Willy H. Kleihner.

6

"**IK** zoek mee. Ze kunnen iedereen gebruiken."
"Wees voorzichtig."
"Ja, ma."
"Ik meen het!"
"Het is een zoektocht naar een verdwenen meisje. Dat is alles!"

De moeder van Elliot Bornowski liet een langgerekte zucht ontsnappen. *Voorzichtigheid.* Dat was het enige waar zij aan dacht sedert haar man om het leven was gekomen. Volgens haar was het een gebrek aan voorzichtigheid die ervoor had gezorgd dat zij nu weduwe was. Dat en het feit dat haar man als politieman werkzaam was geweest.

"Iedereen die kan helpen zoeken, wordt om negen uur in het gemeentehuis verwacht."
"Het gaat over dat meisje dat bij de Andrews woont?"
"Sandy Wheeler. Ze is reeds sedert gisterenmiddag, na school, verdwenen."
"Ik weet wat iedereen denkt."
"Ma... laat de mensen hun werk doen. Ik ben ook op de hoogte van Willy's reputatie."
"Je bent reeds op het bureel geweest?"

Elliots moeder besefte goed dat haar zoon zich veelvuldig op het politiebureel ophield. Het was de plaats waar zijn vader dienst had 'geklopt'. Ze koesterde dat eerlijke gevoel van fierheid, maar tegelijk was daar die ongelooflijke schrik dat ze een diep verdriet als het verlies van haar eigen man nog eens moest meemaken. Elliot hield van zijn vader en was fier op wat die had uitgevoerd om zijn dagelijks brood op tafel te brengen. De jongen was een kind aan huis in het bureel en nu hij ouder was - net geen vijfentwintig (*nog zo jong en onervaren - wees toch voorzichtig!!!*) - liep hij daar bijna dagelijks binnen. Hij was dus van de verdwijning van het meisje op de hoogte van zodra het bericht het bureel had verlaten.

"Ik ben er vanmorgen al geweest, ma. Charly is reeds bij Willy langs geweest. Die doet niet open. Ze hopen dat hij op reis is."

Ma haalde haar schouders op.

"Willy gaat nooit op reis. Hij is iemand die zijn driften niet kan bedwingen. Je weet toch ook dat hij weer in de buurt van de speelpleinen is opgemerkt. Waarom doet men daar niets aan? Als er een meisje verdwenen is, wordt automatisch aan hem gedacht. Vonden ze misschien dat ze dat spoor niet in de eerste plaats moesten volgen? Ze hebben een pedofiel in de stad, een kind verdwijnt, maar... nee... eerst nog wat rondscharrelen en kijken of het niet verkeerd is gelopen."

Elliot had geen zin om met zijn moeder een discussie aan te gaan omtrent het werk van een politieman. Hij had honderden dergelijke discussies tussen zijn vader en moeder bijgewoond. Edward deed alles volgens de wet en het boekje, zijn vrouw hield er meer radicale en directe ideeën op na. Soms zorgde zo'n gesprek voor verbaal vuurwerk. Maar nu had Elliot geen zin, en zeker geen tijd.

"Ma, ik ga nu weg."

"Wees voorzichtig."

"Ik weet niet wanneer ik terug zal zijn."

"Dat zie ik dan wel, nietwaar?"

Elliot verliet zijn ouderlijke woning op Green Street, vast van plan zijn steentje bij te dragen.

Om negen uur verzamelden zich een twintigtal mensen in het gemeentehuis. Charly Boldon nam het woord en legde aan de groep uit wat ze van plan waren. Hij nam geen blad voor de mond en zei rechtuit dat het korps vermoedde dat de hen allen welbekende Willy H. Kleihner bij de zaak betrokken was. Charly sprak zelfs zijn mond voorbij en gaf details betreffende het onderzoek. Elliot vond dat dit niet volgens het boekje was, maar gezien de situatie besloot hij dat deze ongebruikelijke handelwijze wel door de beugel kon.

Agent Boldon zei namelijk dat de stand van zaken als volgt was:

... het meisje is gisterenavond na school verdwenen...

... niemand heeft haar zien weggaan...

... politie en ouders hebben een speuractie ondernomen, maar het kind werd niet teruggevonden...

... we hebben een vermoeden naar Willy H. Kleihner, gezien zijn gerechtelijk verleden.

... onderzoek leert dat Willy niet thuis is. Buren hebben gezien dat hij gisteren om kwart voor vier zijn woning verliet, en hij is op heden nog niet teruggekomen...

... zijn wagen - een Pontiac Lemans - staat niet in zijn garage...

... de pleegouders van Sandy Wheeler lijden enorm ten gevolge van de ontwikkelingen...

... de eerste zoekactie werd afgelopen nacht om drie uur stopgezet...

... vanmorgen om zeven uur werd de hulp van de bevolking van Rosenhelm inge-
roepen en een nieuwe zoekactie wordt op touw gezet...
... groepen worden gevormd...
... elke groep krijgt een sector toegewezen...

Elliot Bornowski luisterde vol aandacht naar wat Charly nog allemaal vertelde. Het boeide hem, het intrigeerde en fascineerde hem. Was dit het werk dat zijn vader twintig jaar lang had uitgeoefend? Gewoon subliem. Elliot besefte dat het ook *zijn* roeping was. Hij *wou* en *zou* net als zijn vader politieman worden. Hij besefte heel goed dat zijn moeder het ook wist, maar doodsbang was. Hij had al enkele jobs gehad, maar niets had hem het gevoel gegeven dat hij op zijn plaats zat. Elliot was voor iets anders in de wieg gelegd.

Het regende de ochtend van de zevende september 1979. Het goot water. Slechts twintig mensen boden zich aan. Elliot vond dat een grove schande. Hij had verwacht dat minstens de helft van de stad op zoek ging. Twintig burgers, de twee ouders en vijf politiemensen. Zevenentwintig zielen. Door Charly verdeeld in negen groepen van drie. Elliot kreeg twee bejaarde vrienden als teamgenoten. De ene heette Arnie, de andere George. Samen kregen ze het noordelijke deel van The Green Swamp voor hun rekening. Arnie en George vloekten en ketterden, maar gingen niettemin op stap. The Swamp was heel groot. Volgens hen veel te groot om een deftige zoektocht te organiseren.

Gekleed in gele jekkers trokken de meesten om halftien naar de hun aangewezen plaatsen. De afspraak was dat ze ten laatste om dertien uur een eerste verslag zouden uitbrengen. Evy Urblanski bleef in het politiekantoor en ontfermde zich over de radioberichtgeving.

7

ARNIE was de eerste die klaagde. Het was pas elf uur. Ze hadden nog twee uur te gaan eer ze terug konden. Het regende werkelijk pijpenstelen en ondanks de regenkledij waren de twee oudjes al tot op het bot doorweekt. Elliot had een dikke vest meegenomen, met daarboven nog een extra regenjas. Het weer deerde hem niet, het gezaag van de oudjes wel. Blijkbaar had het tweetal zich opgegeven met de bedoeling een paar leuk uurtjes door te brengen, maar het beviel hen blijkbaar niet.

"Ik heb het koud."

"Ik ook... ik ben nat tot op m'n kloten!"

"George... we vinden dat kind niet. Het is hier veel te groot. Wat denk jij ervan, jochie?"

Elliot Bornowski had nog niet veel gesproken. Hij spaarde het liefst zijn adem. The Green Swamp was nu niet onmiddellijk de meest geschikte plaats om in rond te dolen, zeker niet bij regenweer. Het braakliggende terrein strekte zich onmogelijk ver uit en was op bepaalde plaatsen nauwelijks begaanbaar, laat staan berijdbaar. Arnie had zijn trouwe, groene jeep van stal gehaald en daarmee waren ze een flink stuk de onherbergzame streek ingetrokken. Uiteindelijk hadden ze het voertuig achtergelaten en waren ze te voet op pad gegaan. Eén uur. Slechts een vol uur hielden de oudjes het uit. Dan startten de klaagzangen. *De grond is te vochtig, slecht voor de reuma. Het regent te erg, straks krijgen we een verkoudheid.* Arnie en George joegen elkaar op stang en de veel jongere Elliot was blij te horen dat het tweetal het ineens voor bekeken hield. Het was twintig over elf.

"Ik stop ermee!" zei Arnie.

"Ik ook!"

Elliot stopte en draaide zich om. Het regenwater stroomde over zijn gezicht. Hij was tegelijk woedend en opgelucht.

"Dan ga ik alleen nog wat verder," zei hij.

"Je bent dom, jochie. Wij gaan terug naar de jeep."

"Ik ben niet dom. Ik doe graag mijn..."

Arnie en George kenden Elliot als de zoon van de overleden politieagent Edward Bornowski. Ze wisten goed welke zin de jongen had afgebroken. Maar gingen daar wijselijk en uit respect voor de doden niet op in. De droge en veel warmere omgeving van het interieur van de jeep speelde hen parten.

"Doe wat je niet laten kunt, jochie. We wachten op jou. Je weet toch nog waar de jeep staat? Om kwart voor één vertrekken we. Zorg dat je op tijd bent."

"Om twintig voor."

"Goed dan. Pas op je tellen!"

Arnie en George draaiden zich om en liepen terug in de richting vanwaar zij gekomen waren. Elliot stapte verder. Hij vond het niet erg dat het regende. Hij deerde hem niet dat de omgeving niet herbergzaam was. De grond was inderdaad drassig, vuil en bemodderd, de lage struiken doornat. De weinige bomen waren bedekt met welig tierende klimop. Bepaalde stukken vormden één grote, open, oneffen grasvlakte, terwijl delen op een jungle uit het warme zuiden leken. Elliot had zich als kind veelvuldig in de rand van The Swamp opgehouden. Nooit verder. De idee dat hij zich dan op de rand van een immens moeras bevond, bezorgde hem rillingen maar ook een gevoel van pure opwinding. Iedereen was er zich van bewust dat zich daar gevaarlijke stukken bevonden: drijfzand, putten en kuilen. Geen enkele ouder die een greintje gezond verstand in zijn of haar hoofd had steken, liet zijn kind daar ronddwalen. Zelfs de meeste kinderen voelden instinctief aan dat daar gevaar dreigde. Soms was er daarbij dan nog die vuile, grijze mist die tot ongeveer een meter boven de begane grond rees. Nooit hoger.

Om iets voor twaalf uur kwam hij bij de vervallen schuur aan. Het moest ooit een stockeerruimte voor verzaagd hout geweest zijn. Nu was het niet meer dan een hoop rechtopstaande stenen muren, deels vergaan, met daarboven iets wat de indruk gaf dat het ooit als een dak dienst gedaan had. Het onkruid en de klimop hadden het jaren geleden al aangevallen en overwonnen. Hoe het kwam dat zijn hart bij de aanblik van die ruïne ineens harder hamerde, wist Elliot niet. Hij zat gewoon op het juiste spoor. Iets in zijn binnenste zei hem dat hij zijn doel had bereikt.

Hij stopte en spitste zijn oren. Behalve de natuurlijke geluiden van het neerplenzende water en het geritsel van de bladeren, viel hem niets op. Elliot Bornowski was een van de vier mensen die die dag iets dramatisch en onwerkelijks meemaakten. Voor Elliot speelde zich alles op The Green Swamp af, in de vervallen loods die hij had bereikt.

Hij duwde het weerbarstige struikgewas opzij en zocht inwendig vloekend naar een manier om wat van het oorspronkelijke gebouw overbleef, te betreden. Lang hoefde hij echter niet te zoeken. Het grootste gedeelte van de voorkant was volledig vernield. Ingevallen, verpulverd en overwoekerd. Zenuwen gierden door zijn keel toen hij de naar vochtige schimmel stinkende loods betrad. Toen hij al na enkele meters het meisje tegen de tegenovergestelde muur opmerkte, kon hij nauwelijks ademhalen. Sandy Wheeler was naakt. Een kind van zeven jaar oud. Het goot water. Ze zat met haar rug naar hem gericht. De regen sloeg op haar kleine, gekromde rug in duizenden kleine druppels te pletter. Haar haar hing in druipende pieken langs haar wangen. Opluchting, opwinding en een gevoel van onversneden fierheid maakten zich van hem meester. Opnieuw - en dit zeker niet voor de eerste maal - wou Elliot Bornowski dat zijn vader nog leefde. Dat zijn vader zijn grote hand op zijn schouder legde (hoewel hij nu zelf volwassen was) en hem proficiat wenste met zijn doorzettingsvermogen en zijn vondst. Maar Edward kon hem niet bezig zien. Niet *meer*. Elliot was alleen met het meisje. Dat vermoedde hij toch. Hij schraapte zijn keel en herkende nauwelijks zijn eigen stem toen hij vroeg:

"Sandy?"

Natuurlijk, sukkel? Wie kan het anders zijn? Elliot grijnsde om zijn eigen grapje. Maar het meisje reageerde niet. Ze zat onbeweeglijk op de grond, knieën tegen haar borst getrokken, armen rond de knieën. Het gezicht naar de groenbeschimmelde muur voor haar.

"Sandy Wheeler?"

Nu volgde wel reactie. Elliot zette enkele stappen in haar richting toen hij merkte dat ze haar armen losmaakte en haar handen naast zich op de vuile grond plaatste. Hij was twee meter van haar verwijderd toen ze zich heel soepel (duidelijk zonder enige vorm van vrees) oprichtte en zich naar hem omdraaide. Elliot heeft later honderden malen aan dat moment teruggedacht. Ontelbare keren heeft die ontmoeting door zijn hoofd gespookt. Hij bleef zich haar vreemde glimlach herinneren. Dat dat meisje helemaal niet bevreesd was, verwarde hem. Dat was nog maar het begin. Wat volgde, was veel erger.

Sandy stond nu rechtop en keek hem glimlachend aan. Smalend bijna, alsof ze wou zeggen: *denk je misschien dat ik het niet alleen kan redden? Denk je nu werkelijk dat je een held bent?* Omdat hij de situatie zo bevreemdend vond, wilde hij de bijna-beangstigende stilte doorbreken. De regen trommelde op zijn rug.

"Sandy, wat is er gebeurd?"

Sandy zei niets en draaide enkel haar hoofd traag naar rechts. Elliot volgde haar blik en opnieuw stokte de adem in zijn keel. Iets verderop, gedeeltelijk verborgen achter een stapel rottende planken, lag een persoon op de grond. Een man. Een scheut van paniek trok door zijn buikstreek. De kerel achter de planken bewoog niet. Maar goed ook. Elliot had daar niet echt op gerekend. Het meisje vinden, dat wel, maar een confrontatie met haar ontvoerder aangaan, had hij niet ingecalculeerd. Een duidelijk gebrek aan ervaring. Hij gebaarde naar Sandy en zei fluisterend:

"Sandy… kom hier… kom bij mij…"

In gedachten rende hij met het meisje in zijn armen door de plenzende regen, slippend en struikelend. Naar de jeep met de twee wachtende en grappenmakende ouderlingen. De kerel merkte de ontsnapping op, werd daardoor razend kwaad, startte de achtervolging, vast van plan hen beiden te…

Niets van dat alles. Sandy Wheeler bleef gewoon staan. De koude regen die over haar lichaam stroomde, deerde haar blijkbaar niet. Omdat zij niet reageerde, zei Elliot nogmaals:

"Sandy… kom hier!"

Wat hem tegenhield om tot bij haar te gaan, kwam Elliot nooit te weten. Was het onzekerheid? Angst? Werd hij onbewust gewaar dat dit geen 'normale' situatie was? Sandy bleef echter in de richting van de kerel achter de planken kijken. Elliot zette toch een stap in haar richting, waardoor hij een beter zicht op de man kreeg. Die lag op zijn rug. Zijn broek en onderbroek waren tot op zijn enkels afgestroopt en hij had enkel nog een onderhemdje, kousen en schoenen aan. Het kon alleen maar Willy H. Kleihner zijn. Elliot zag dat de borstkas van de man op en neer rees. Lag die kerel te slapen? Lag die verdomde kinderverkrachter te maffen? Een orkaan van woede kronkelde zich door zijn hersenen. Hij wilde dan ook reageren toen gebeurde wat hij aan niemand kon vertellen. Toen gebeurde wat van Elliot Bornowski een ander mens maakte. Hij kon zijn verhaal slechts aan één iemand kwijt, maar daarna besprak hij het met niemand meer. Omdat hij vreesde (hij *wist* het gewoon) dat niemand hem geloofde. Hij is die dag tot laat in de avond op het politiebureel gebleven en heeft steeds opnieuw hetzelfde, korte verzinsel verteld. Elliot heeft even na het middaguur in het begin van september van het jaar 1979 een ervaring opgedaan waar hij niet omheen kon.

"Smerige rotzak!"

Elliot balde zijn vuisten en wilde op de liggende Willy H. Kleihner afstevenen. Maar uit zijn ene ooghoek zag hij het meisje opgloeien. Onmiddellijk maakte alle woede plaats voor verwarring, gevolgd door angst.

Sandy Wheelers huid verkleurde eerst naar lichtroze, vervolgens naar rood en dan naar felrood. Elliot deinsde achteruit. Door de verandering in kleur, door de hitte die het meisje uitstraalde. Ze stond nog steeds rechtop en hield haar gezicht naar de liggende Kleihner gericht. Haar armen hingen langs haar kleine lijfje. De regen die op haar viel, verdampte onmiddellijk, zodat zich een wolk van sissende stoom om het meisje vormde. Elliot deinsde nog verder achteruit. Hij haperde tegen het ene of het andere uitsteeksel, struikelde en viel op zijn kont achterover. Met beide armen achter zijn rug op de vochtige grond, keek hij vol afgrijzen naar wat volgde. Hij hield zijn ogen open, hij ademde moeilijk, zijn keel snoerde dicht.

Sandy Wheeler smolt. Het kwam hem op die manier over. Haar lichaam werd heel langzaam vloeibaar. De gelaatstrekken werden druipende slierten die op haar borstkas lekten. Niet alleen haar huid smolt, haar ganse lichaam vervormde zich vervolgens tot een rechtopstaande klomp rode, papperige en stomende massa vloeibare pulp. Elliot hoorde zichzelf gillen. Maar hij bleef waar hij was. Te bang om weg te rennen, te verbouwereerd om op gelijk welke manier te reageren.

De vorm van een klein, vrouwelijk mensje was nu volledig verdwenen. Zeker toen alles langzaam, sissend en sputterend, in elkaar zakte en één grote brijplas op de grond vormde. De regen die erop terechtkwam, werd onmiddellijk in stoom omgezet. Er gebeurde even niets, maar plotseling flitste een gedeelte van de vlek in de richting van de op de grond liggende Kleihner. Het was alsof de brij vliegensvlug een ellenlange arm uitstak en de man bij zijn ene been greep. Drie meter lang, het was een vuurrode tentakel. Willy reageerde. Had die kerel dan toch liggen slapen? Dat kon toch niet. Hij bewoog zijn hoofd en knipperde met de oogleden. Zijn ogen zochten naar herkenningspunten. Hij wilde het door de brij aangeraakte been lostrekken. Dat lukte niet. Integendeel. De vloeibare, bloedrode en blijkbaar gloeiende pap schoof over het onderbeen tot tegen de knie en klemde zich krachtig aan het gewricht vast.

"God… nee… help me…"

Dat waren de eerste woorden die Elliot opving. Het meisje (dat er nu niet meer was) had niet gesproken. Hij vond het vreemd dat een viespeuk als Willy H. Kleihner hulp durfde vragen aan een almachtige instantie als God. Elliot hoopte dat God niet luisterde naar iemand met een verleden als die klootzak. Een rotzooier die zoveel verdriet had veroorzaakt, die zoveel ouders pijn had gedaan, die al zijn jonge slachtoffers gruwelijke trauma's had bezorgd. De arm vanuit de borrelende brij werd korter, trok zich terug. De liggende man schokte. Hij werd van tussen de planken in de richting getrokken van de plaats waar zich de grote 'Sandy'-plas bevond. Nu besefte Willy pas wat hem overkwam. Hij probeerde zich aan alles vast te houden en jammerde onophoudelijk.

"O, God… het brandt… mijn been… help me… God… nee…"

Hoe vastberaden de man ook was, hij slaagde er niet in zich op een deftige manier te verzetten. Hoe sterk zijn wil om te overleven ook was, hij kon zich aan niets genoeg vastklampen op zijn weg naar zijn dood. Zijn graaiende handen haakten zich aan alles wat ze te pakken kregen. Nagels krasten in het hout en scheurden af. De huid trok wit van de inspanning, hij verloor de greep op de dingen. De gillende, graaiende en maaiende Willy H. Kleihner werd steeds dichter bij zijn ondergang getrokken, en blijkbaar besefte hij dat ook. Elliot las de doodsangst in de opengesperde ogen van de kerel, in de vertrokken stand van zijn mond en in de krampachtige handelingen. Niets baatte.

De jonge Elliot Bornowski keek vol ongeloof toe hoe de krijsende man in het midden van de dikke, papperige poel werd getrokken. Hij schopte met zijn benen en sloeg nutteloos met zijn armen op de grond. Zijn kleine penis zwaaide heen en weer. De huid verkleurde onmiddellijk rood waar die werd aangeraakt. Brandwonden. Eenmaal Willy volledig door de poel omgeven was, werd hij door de brij bekropen. Op een andere manier kon Elliot het niet uitdrukken. Hij had maar één woord voor de beweging die de bloedrode, sissende en stomende brij uitvoerde. Willy's schuddende lichaam werd op alle plaatsen door de pap bestookt. Die kroop over zijn benen, zijn lendenen en schouders, werkte zich tussen zijn benen, over zijn scrotum en penis naar zijn buik en borstkas toe. De regen viel in bakken op het spektakel. Steeds meer stoom verspreidde zich in de omgeving. Die bereikte de onbeweeglijke Elliot en hij snoof daardoor de stank van gebraden vlees op. Willy H. Kleihner verzette zich niet langer. Zijn beide armen en benen waren volledig in de poel weggezakt, of liever, hij was op die plaatsen op zijn lichaam reeds volledig bedekt, en kon enkel nog zijn hoofd bewegen. Dat sloeg hij wild heen en weer, als wilde hij daarmee aan eventuele toeschouwers een teken geven dat hij niet akkoord ging met wat hem overkwam. Hoewel het helemaal niet baatte. Elliot werd bijna misselijk toen Willy gorgelde omdat de brij ook nog zijn gezicht bedekte.

Volledig omgeven door de rode, pulserende brij lag Willy op de grond. Elliot merkte details op, hoe vreemd het ook mag klinken. De massa had zich volledig om de man heen gesloten. Op de grond niets meer. Willy zat omsloten in een cocon van wat daarnet een plas vettige, rode pap had geleken. Elliot merkte dat zijn borstkas nog steeds gejaagd op en neer rees, zijn armen en benen spastisch vertrokken... maar ze bewogen toch nog.

Daarop gebeurde dan het vervolg van het gruwelverhaal dat Elliot Bornowski voor de rest van zijn leven met zich meedroeg.

De brij drong Willy H. Kleihners lichaam binnen. Elliot merkte dat de dikke vloeistof zich in elke voorziene opening van het menselijke lichaam wrong. Het maakte het geluid van water dat in de afvoer van de afwasbak wegloopt. Rondtollend en uiteindelijk gorgelend. De pap vloeide in Willy's mond, neusgaten, oren en ogen. Luchtbellen spatten rond beide neusgaten open. Dezelfde verrichtingen ontplooiden zich in zijn aars en zelfs in het kleine gaatje van de urinebuis. Maar Willy leefde nog steeds. Hij ademde. Zijn ogen waren onder de doorzichtige laag opengesperd. Elliot keek vol onbegrip toe hoe het lichaam van de man de volledige massa uiteindelijk via de poriën van zijn lichaam in zich opnam. Aanvankelijk dacht de jongen dat de brij op Willy's huid oploste, maar hij had het verkeerd voor. Alles drong binnenin tot even later niets meer van de brij, die daarnet nog Sandy Wheeler was, overbleef. Op dat moment lag enkel nog de gedeeltelijk naakte Willy H. Kleihner op de vuile grond. Zijn huid had een dieproze kleur, brandwonden over zijn ganse lichaam. Maar hij ademde nog steeds. De borstkas van de man deinde nu – zij het niet regelmatig meer – op en neer. Zijn ogen waren opengesperd. Wijdopengesperd. Een speekselvlok droop over zijn kin.

Ineens schreeuwde de man het uit van de pijn. Hij kromde zijn ruggengraat en steunde nu enkel nog met beide schouders en achterwerk op de grond. De regen plensde onophoudelijk en met bakken neer. Elliot zette zich verschrikt rechtop en wreef het wolkenvocht uit zijn ogen. Willy gilde aanhoudend en ijselijk pijnlijk. Net boven zijn rechterheup verscheen een enorme uitstulping onder de huid. Zeker ter grootte van een vuist. Verscheen... en verdween. Om in de buurt van de navel opnieuw voor een ferme pijnscheut te zorgen, want Willy bewoog nu spastisch over de vuile grond. Meerdere uitstulpingen verschenen onder de huid, de ene al groter dan de andere. Binnenin Elliot bevond zich duidelijk iets wat een weg naar buiten zocht. Willy H. Kleihner maaide met beide armen en spartelde met de benen alsof hij op die manier hoopte te ontsnappen aan de entiteit die zijn lichaam vanbinnen kapotvrat. Hij kneep zijn ogen hard dicht en hield zijn tanden op elkaar geklemd. De lippen waren van boven de tanden weggetrokken. Willy's lichaam kronkelde zich in onmogelijke vormen, maar wat er ook in hem zat, het zorgde voor groter en frequenter wordende uitstulpingen onder de huid.

Elliot schrok toen een eerste gulp bloed tussen de opeengeklemde tanden doorspoot. Het was donkerrood bloed, kleverig en warm. Willy opende zijn mond om te gillen, maar enkel nog meer bloed was het enige resultaat. Geen gillen, wel een verstikkend gorgelen. Het ding dat zich in de buik van Willy ophield, ging vervolgens als een razende tekeer. Elliot besefte dat het er helemaal *niet* uit wilde. Het was binnenin met iets bezig. Met... alles te vernielen. Alles te vermalen, alles tot pulp te herleiden. Willy's lichaam kronkelde over de vloer, wipte op, viel neer, kronkelde opnieuw, schoof, wreef... Nog meer bloed spatte uit zijn mond. Nu ook uit beide oren en de aarsopening. Elliot deinsde steeds verder achteruit, tot hij met de rug tegen de vernielde buitenwand van de loods terechtkwam. Hij kon niet meer achteruit.

Ineens viel Willy plat op zijn rug en bleef onbeweeglijk liggen. Hij ademde nu niet meer. De in het niets starende ogen bleven open. Zijn mond had een O-vorm, de randen gevormd door vochtige, bloedrode, verkrampte lippen.

Elliot Bornowski hoopte dat alles nu eindelijk voorbij was. Hij hoopte oprecht dat hij nu naar huis kon. Dat hij ontheven was van de hem eigenhandig opgelegde taak het verdwenen meisje te vinden. Elliot probeerde zich te ontspannen, maar hield zijn ogen op het onbeweeglijke lichaam van Willy H. Kleihner. Zijn groezelig onderhemdje was nu tot onder de oksels gegleden, maar de broek en onderbroek hingen nog steeds rond de schoenen gewrongen. Beide kledingstukken waren nauwelijks als dusdanig herkenbaar. Het was een wanordelijke, vochtige en met bloed en modder besmeurde hoop vodden die om zijn voeten gevlochten waren.

De jongen wilde net opstaan, toen er weer beweging in het lichaam van Willy H. Kleihner kwam. Elliot onderbrak zijn beweging en keek vol afgrijzen naar wat er gebeurde. Het was voor hem duidelijk dat Willy niet verantwoordelijk was voor wat hem overkwam. Elliot besefte verdomd goed dat de man dood was. Maar toch bewoog zijn overleden lichaam. Het zette zich rechtop. Niet zoals een liggende (levende) man rechtop gaat zitten. De rug, schouders, armen en hoofd richtten zich allemaal tegelijkertijd op, alsof alles uit een deel bestond. De romp zat nu in een hoek van negentig graden met beide benen. Willy's hoofd knakte wel voorover, tot de kin op de borst rustte. Bloed rekte in lange slierten in zijn schoot. Elliot gilde toen de benen zich van de vochtige grond verhieven. Enkel de hielen van beide schoenen raakten op de grond, de rest van de benen tot aan het staartbeentje kwamen in één keer omhoog. *Onmogelijk…* ging het door de jongen heen, *dit kan niet, dit is tegennatuurlijk.* Maar dan besefte hij dat alles wat hij in de vernielde loods had meegemaakt, tegennatuurlijk was. De romp richtte zich op, tot het lichaam van Willy H. Kleihner volledig rechtop stond. De beide armen hingen lusteloos langs het dode lichaam, het hoofd voorover op de borst geknakt. Donkerrood bloed droop nog steeds uit de mond, en nu ook uit de beide neusgaten. De striemende regen maakte alles heel vloeibaar.

Elliot wilde daar weg. Maar iets belette het hem. Iets in hem weerhield zijn lichaam ervan halsoverkop door The Green Swamp te rennen op zoek naar de jeep en de twee ouderlingen. Om een reden die hij dus zelf niet begreep, keek de jongen naar het wansmakelijke spektakel dat volgde.

Willy bleef flink rechtop staan, op die manier gebeeldhouwd door een voor Elliot onbekende kracht. Het was waarschijnlijk diezelfde kracht die ervoor zorgde dat Willy's aars zich ineens opende. Zijn maag keerde zich om toen hij merkte dat alles wat ooit netjes gerangschikt en opgeborgen *in* Willy's lichaam zat, nu via het grote aarsgat naar buiten spoot. Alles verliet zijn lichaam in een vermangelde, met bloed doordrenkte, brokkelige vorm. Een ononderbroken stroom van gemalen darmen, longen, hart, lever en andere ingewanden. Dampend, rokend, stinkend. Kleurrijk gulpende geluiden producerend. Alles kledderde op de grond open en spatte terug omhoog, op Willy's benen. Zijn hoofd hing voorovergeknakt, zijn armen bungelden zachtjes. Misschien door de wind en de regen.

Elliot klapte dubbel en braakte zijn maaginhoud naar buiten toen de afschuwelijke geur van de vrijgekomen lichaamsinhoud zijn neusgaten bereikte. Hij zakte op z'n knieën en gaf een tweede golf braaksel over. Z'n ogen traanden. Z'n maag deed pijn, z'n keel trok samen. Afschuwelijke stank om hem heen. Bijna voelbaar, bijtend.

De brokkelige vloed stroomde uit Willy's kont tot hij helemaal leeggespoten was. Dan droop het nog een tijdje. Nog een stukje roodpurperen long, langgerekt… misschien een beetje maagwand, een uitgerekt, paars vlies. Niets meer? Toch, nog enkele druppels donkerrood bloed. Willy's aarsopening was een gat van zeker tien centimeter in doorsnede.

Elliot zat nog steeds dubbel voorovergebogen, met beide armen tegen zijn buik geklemd toen Willy uiteindelijk achteroverviel en bleef liggen. Zijn buikwand zakte tot tegen de ruggengraat. Gelukkig voor de jonge Elliot Bornowski verjoeg de wind de stank heel vlug uit de omgeving. Hij veegde zijn mond af aan zijn druipnatte vest, veegde de tranen en regen uit zijn ogen weg en richtte zich niet zonder nieuwe krampen in zijn maag op.

Het was nog niet voorbij. Wel voor Willy H. Kleihner. Die had zijn bekomst gehad. Vanuit de massa vernielde ingewanden waarin het lijk van Kleihner lag, steeg een roze, gekleurde vorm op. Elliot dacht nog steeds niet aan weglopen. Een gedeelte van de brij, datgene wat zich in Willy's lichaam had gewerkt, maakte zich weer van de pap op de grond los. Hij steeg van tussen de gespreide benen van het lijk op en nam de ruwe vorm van het meisje aan. Sandy Wheeler. Ruw, nauwelijks als volwaardige mens herkenbaar. Maar voor Elliot was ze terug. Sandy had geen gelaatstrekken meer. Haar hoofd was een eivormige klomp op een rudimentair geboetseerd lichaam. Twee niet even lange slierten vormden haar armen en enkel omdat een spleet in het onderste gedeelte van 'het lichaam' verscheen, herkende Elliot de twee aparte delen als benen. De brij bewoog over het ganse oppervlak en waar de regen neerviel, ontstond onmiddellijk stoom.

Voor Elliot kwam de verlossing eindelijk toen Sandy van deze wereld verdween. De vorm van het meisje stond onbeweeglijk tot de omgeving achter haar veranderde. Het benam Elliot de adem en bezorgde hem een beklemmend gevoel van angst. Na alles wat hij het afgelopen halfuur had meegemaakt... nu dat ook nog? De jongen zag dat de Sandy-golem haar hoofd traag opzijdraaide en probeerde achterom te kijken. Want daar gleed de ene verticale luchtlaag voor de andere. Elliot vond geen andere woorden om het op die manier in zich op te nemen. Het leken immens hoge uit lucht geweven gordijnen die voor elkaar schoven, alsof de lucht zelf een vaste maar toch doorschijnende substantie had aangenomen. Het was een erg bevreemdende toestand. Sandy draaide haar klompvormige lichaam in de richting van het natuurfenomeen en stapte zelfs in die richting. Elliot vroeg zich helemaal niet af of het voor haar veilig was. Het was voor hem intussen wel duidelijk geworden dat Sandy niet het doodgewone schoolkind was naar wie hij op zoek was gegaan. Wat zij dan wel was, daar vond hij geen antwoord op, hoever hij ook over de grenzen van zijn fantasie ging. De twee luchtgordijnen namen een beetje afstand van elkaar, zodat er ongeveer een meter ruimte tussen was. Daar strompelde Sandy op af. Elliot haalde gejaagd adem en gaf zijn ogen de kost. Hij was niet langer bang. Wel enorm opgewonden. Sandy liep van hem weg en het fenomeen van de luchtlagen leek hem niet erg gevaarlijk. Toch niet voor hem. Hij probeerde tussen de lagen door te kijken en kreeg een vluchtige impressie van een grote, groene, golvende vlakte met een zwarte bergketen aan de horizon. Heel kort, maar krachtig en lang genoeg om zich op zijn netvlies te branden. Vreemde bomen op de vlakte, verspreid. Of waren het geen bomen? En was die groene vlakte wel een stuk grond? Of was het een zee? Elliot merkte dat het Sandy-schepsel zich zonder aarzelen tussen de 'luchtgordijnen' verder bewoog, tot ze volledig verdwenen was. Daarop gleden de twee lagen terug over elkaar en verdween het schouwspel van daarnet.

Elliot bleef alleen achter. Alleen met een lijk. Alleen in de gutsende regen en de striemende wind. Nu pas besefte hij weer dat het fel regende en hevig waaide. Nu pas ving hij opnieuw het lawaai van het neerplenzende water op. De grote regendruppels sloegen als kogels op het lijk en de wansmakelijke, vrijgekomen brij in. Luchtbellen barstten bijna tegelijkertijd met het ontstaan open.

De jongen meende nu pas dat hij met zekerheid kon zeggen dat het *niet* regende op de plaats waar Sandy naartoe was gegaan. De openbaring van die vreemde plaats, die andere wereld, had ervoor gezorgd dat Elliot afgesneden was van de meeste zintuiglijke waarnemingen. Hij had een tijdje niets kunnen horen, niets kunnen voelen. Vandaar dat de regen en de wind hem zo overrompelend overkwamen. Hij probeerde nog iets op te merken van de breuk in de lucht waar Sandy doorheen was gegaan, maar daar viel niets meer van te zien. Alles was weer normaal. Behalve de restanten van Willy H. Kleihner.

8

ELLIOT kwam net terug bij zijn positieven en overwoog wat hem het beste uitkwam toen de stem weerklonk. Een warme, menselijke stem. Herkenbaar als die van een mens, een vrouw waarschijnlijk, en vooral… vertrouwd.

"Hallo, daar?!"

Elliot schrok niettemin op. Door alles wat hij had meegemaakt, kreeg hij de indruk dat hij alleen in een totaal vreemde en zelfs bedreigende omgeving was. Belaagd door allerhande tegennatuurlijke toestanden. Vandaar dat het horen van de stem hem dermate verheugde.

"Hallo… jij daar, met je regenjas aan… is alles in orde?"

Elliot draaide zich om, hoewel hij moeite had om zijn ogen weg te trekken van het lijk en de plaats waar het meisje verdwenen was. Pas toen hij probeerde antwoord te geven, stak een brok in zijn keel. Doorslikken. Keel schrapen. Opnieuw proberen. Hij keek om de rand van verbrokkelde muur van de loods heen, maar zag niets anders dan het wiegende struikgewas en de vallende regen.

"H… hallo… ik… mijn naam is Elliot."

"Blijf daar, jongen, ik kom tot bij jou," riep de vrouw.

Elliot bleef waar hij was. Tot zijn grote vreugde werkte een gezette politievrouw zich tussen de struiken door. De jongen had zich lang genoeg in politiemiddens opgehouden om aan de broek alleen te kunnen zien dat het om een uniform ging. De rest zat verborgen onder een glanzende regenjas. Enkel haar handen en gezicht waren onbedekt. De zwarte vrouw vloekte en vocht zich een weg door de struiken en over de brokstukken tot bij Elliot.

"Hallo, Elliot... zei je?"

"Elliot Bornowski, mevrouw, kijk eens naar..."

Zij stak haar hand in zijn richting uit. De jongen wou haar het lijk tonen, formaliteiten waren voor straks. Maar Elliot zweeg, nam de kletsnatte hand met zijn al even vochtige hand vast en schudde die.

"Mijn naam is Elma Choshakian. Ik maak deel uit van de afdeling Noord. Wat doe jij hier?"

"Ik heb me opgegeven voor de zoekoperatie naar het verdwenen meisje, ik heb..."

"Alleen?"

"Neen, ik ben met twee bejaarde mannen gestart. Zij hielden het vlug voor bekeken en ik ben op m'n eentje verder getrokken."

"Moedig, maar gevaarlijk. En... resultaat?"

Eindelijk!! Een kracht ontwikkelde zich in zijn borst en stroomde onder de vorm van een ontoombare woordenvloed naar buiten.

"Ja... ik heb eerst het meisje gevonden, maar ze was niet alleen, de man van wie wij allemaal vermoedden dat..."

Elliot Bornowski vertelde zijn ganse verhaal tot zijn mond droog was en hij bijna buiten adem was. Hij wees over zijn schouder naar wat van Willy H. Kleihner overbleef. De politieagente keek langs hem heen, beklom een kleine stapel met mos begroeide stenen, keek over de rand en liet een sissend geluid horen. Ze daalde terug af naar de plaats waar Elliot zich bevond en zei:

"Luister, Elliot. Verderop, nauwelijks vijfhonderd meter hiervandaan, op de landweg, staat mijn wagen. Ga erheen en stap gerust in. Wacht daar op mij. Ik heb m'n draagbare radio bij me en ik zal de nodige diensten ter plaatse vragen. Jij hoeft hier niet langer aanwezig te zijn."

De zwarte vrouw klopte met haar vlakke hand tegen een riem die onder de regenjas verborgen zat. Elliot bemerkte meerdere uitstulpingen. Radio, handboeientas, pistool, toortslampje. Misschien een pepperspray. Hij knikte en na nog een vluchtige blik op het lijk, verliet Elliot Bornowski de plaats. Hij was in stilte verheugd dat hij niet langer in de buurt van de plaats hoefde te zijn waar die vreemde wereld de zijne had geraakt.

9

ELLIOT lette niet op het verloop van de tijd, maar het duurde zeker nog tien minuten eer de zwarte politievrouw bij haar voertuig aankwam. Ze trok de deur open en liet zich achter het stuur op de zetel neervallen. De jongen had intussen zijn doorweekte regenjas op de achterbank gelegd. Hij vroeg zich af waarom de vrouw hem niet vertelde wat ze daar nog gedaan had. Ze zat een tijdje onbeweeglijk achter het stuur van de Ford Station. Elma keek voor zich uit en ademde zwaar. Misschien had ze veel last van haar overgewicht. Misschien had ze zich gehaast en was ze uitgeput. Of wilde ze enkel op adem komen. Uiteindelijk sprak ze. Elma draaide haar gezicht niet in zijn richting. Elliot vroeg zich af of ze haar woorden wel tot hem richtte.

"Het is... afschuwelijk. Die man moet onvoorstelbare pijnen geleden hebben. Al zijn ingewanden liggen verbrokkeld en vermalen om hem heen. Wat is daar in 's hemelsnaam gebeurd?"

Verwachtte zij nu een antwoord? Hij had haar toch zijn verhaal verteld?!

Elma draaide zich uiteindelijk toch naar hem. Elliot schrok van haar gezicht. Het was vertrokken, alsof ze een deeltje van Willy's pijn ervoer. De vrouw had haar hoofd gedeeltelijk tussen haar schouders getrokken, als wilde ze zich voor die ervaring verbergen.

"Elliot... ik heb je jouw verhaal laten vertellen. Ik geloofde je niet, ik ben eerlijk. Zo ben ik. Eerlijk. Het meisje is nergens meer te bespeuren, waar zijn haar kleren? Het lijk... dat is.... wel degelijk in de vorm zoals je me hebt verteld... Ik kan me onmogelijk iets inbeelden wat dat kan veroorzaken."

"Ik zweer het je, mevrouw, het is gebeurd zoals ik het heb verte..."

"*Dat* is het nu juist, jongen!" onderbrak Elma hem fel.

Elliot deinsde achteruit. Elma zag zijn reactie.

"Sorry...ik had niet de bedoeling jou te laten schrikken. Je hebt al genoeg meegemaakt."

"Geeft niet. Maar... wat bedoelde je daarnet?"

Elma Choshakian liet een diepe zucht horen. Ze wreef met de beide handen over haar zwarte gezicht, zuchtte nogmaals en zei toen op een erg moederlijke toon:

"Luister, Elliot. Je weet hoe politiemensen zijn. Jij kunt het zeker weten, jouw vader maakte ook deel van hen uit. Ik heb hem niet persoonlijk gekend, wel veel over horen praten. Niets dan goede dingen, geloof me. Jouw familienaam liet daarnet al een belletje rinkelen. Politiemensen zijn nuchter. Logische, rationele en bloednuchtere redenaars. In de wereld van wetsdienaars, onderzoekers en mensen van het gerecht is geen plaats voor smeltende meisjes, moordende klonters en in de lucht verdwijnende vormeloze hompen. Zij - wij - staan echt niet voor zulke verhalen open. Elliot, hier verderop ligt een lijk. Het meisje is nog niet terecht, maar heel waarschijnlijk heb je wel de dader van de ontvoering teruggevonden. Hij is dood, misschien maar goed ook. Maar hoe hij aan zijn einde is gekomen, moet een wetsdokter uitmaken. Waar het meisje naartoe is, moet verder onderzoek uitwijzen. Jouw taak zit er eigenlijk op."

"Maar... wat moet ik dan met..."

De mollige, zwarte hand van Elma Choshakian kwam zacht op het dijbeen in zijn doorweekte jeansbroek terecht. Haar gezicht was niet langer vertrokken. Haar ogen keken hem nu vriendelijk aan en om haar lippen speelde een oprechte, warme glimlach.

"Elliot... laat me je een welgemeende raad geven!"

"Natuurlijk!"

Elma knikte en zei:

"Zwijg erover."

Elliot worstelde even met een beklemmend gevoel in zijn borst. Hij keek haar met gefronste wenkbrauwen aan en begreep niet dat iets dergelijks uit de mond van een agente kon komen. De waarheid moest toch altijd aan het licht komen?! De tijd om naar uitleg te vragen, werd hem ontzegd door Elma die haar opdracht herhaalde.

"Zwijg als een graf over wat je denkt hier te hebben gezien."

"Dat meen je niet."

"Meer dan mijn leven me lief is, Elliot. Bedenk nu zelf: niemand, maar ook niemand zal enige waarde aan jouw verhaal hechten. Niemand gelooft jou."

"Maar... maar... het meisje... het lijk..." stamelde Elliot ongelovig.

"Het meisje is hier niet, niemand neemt jou dat kwalijk. Het lijk? Dat wordt op een koude, ijzeren laboratoriumtafel onderzocht en opengesneden door een al even nuchtere patholoog. Die komt ongetwijfeld met een heel correcte en algemeen aanvaardbare reden voor de dag waarom de heer Willy H. Kleihner niet meer in leven is. Zijn officiële bevindingen komen op papier, het lijk verdwijnt onder de grond en niemand die er nog om maalt. Dit onderzoek gaat niet om Kleihner. Het gaat om de kleine Sandy Wheeler, het meisje dat verdwenen is. Dat de gemeenschap een kinderverkrachter kwijt is, wie maakt zich daar zorgen om? Maar het meisje? Nog steeds verdwenen? Dat is pas een echt probleem."

"Maar... ik weet waar ze..."

"Elliot!"

Elma had haar stem hard laten klinken. De jongen keek haar met grote ogen aan.

"Elliot, luister naar me. Neem jij het op je schouders om de ouders - of de pleegouders - van Sandy Wheeler te vertellen dat ze niet langer moeten zoeken naar hun verdwenen dochter omdat jij haar tussen twee luchtlagen naar een andere wereld hebt zien vertrekken?"

Elliot keek haar kwaad, verward en beschaamd aan. Elma had gelijk. Hij maakte zich enkel maar belachelijk.

"Als je je aan jouw verhaal - je hebt trouwens niets om het te staven - vasthoudt, riskeer je gek te worden verklaard. Iedereen zal de spot met je drijven, Elliot. Ik zweer het je, als je je mond niet houdt, weet je niet waar je aan begint. Ik vermoed dat je geen zin hebt om de rest van je leven met een stempel van dorpsgek op je voorhoofd te slijten?"

De jonge Elliot worstelde met gevoelens van vernedering en agressie. Wat had zij daar nu over te beslissen? Hij had toch zijn best gedaan, hij loog niet, hij vertelde alleen maar wat hij had gezien en meegemaakt en dat was de waarheid. Maar anderzijds waren er ongetwijfeld mensen die, zoals Elma zei, *zijn* waarheid in twijfel trokken.

"Luister, Elliot. Ga naar huis. Je hebt je goede daad voor vandaag gedaan, je hebt de dader van de ontvoering gevonden, als het al om een ontvoering gaat. Misschien heeft hij het meisje meegelokt, dat moet het onderzoek uitwijzen."

Welk onderzoek, vroeg Elliot zich af. Willy is zo dood als een lege pier en het meisje is nog steeds verdwenen. Elliot had de indruk dat Sandy niet van plan was terug te keren uit de wereld waar ze in verdwenen was.

"Wat denk je ervan, Elliot? Hou het bij een simpel verhaal. Jij bent in je eentje in de regen blijven zoeken nadat de anderen het allang hadden opgegeven. Jij hebt aangetroffen wat van Willy overbleef. Het meisje heb je nergens gezien. Dat is het. Niets anders, geen details. Dat is voor jou het veiligste."

Elliot zuchtte. Hij zei het met tegenzin. Hij wilde andere dingen zeggen, maar besefte ook dat het voor zijn bestwil was.

"Misschien wel."

Elma glimlachte.

"*Zeker* wel! Op die manier wordt jouw naam met respect uitgesproken, Elliot. In het andere geval ben je voor de rest van je leven de pineut. Jij én jouw familie."

Elliot knikte. Hij schudde nogmaals haar uitgestoken hand en stapte uit haar wagen. Hij trok de regenjas weer aan, hoewel het bijna opgehouden was met plenzen. Terwijl hij terug in de richting stapte vanwaar hij gekomen was, was het heel warrig binnen de benen bekleding van zijn hersenpan. Hij vocht met allerlei hypothesen, vooroordelen en overtuigingen. Hij voelde aan dat hij verkeerd bezig was, maar tegelijk besefte hij dat Elma Cheshokian, of hoe haar naam ook was, gelijk had. Het probleem bezorgde hem een mentaal dilemma. De belangrijkste reden om alles gedeisd te houden, was het feit dat hij de naam van zijn vader niet wilde bezoedelen.

10

HET verdraaien van de werkelijkheid legde Elliot Bornowski geen windeieren, hoewel hij in latere jaren over enkele zaken intens nadacht. Het handelde over de ontdekking van het lijk van Willy H. Kleihner. Over wat hij in Rosenhelm vertelde, en wat daarop het antwoord was. De woorden van de zwarte politieagente Elma Choshakian in acht nemend, zweeg de jongen over wat Sandy Wheeler was overkomen. Hij zweeg ook over hoe het Willy zelf was vergaan.

Elliot liep te voet terug naar het gemeentehuis van Rosenhelm van waaruit hij diezelfde ochtend was vertrokken. Arnie en George hadden dus niet op hem gewacht. Maar Elliot genoot nog van de jeugd en de kracht van zijn lichaam. De wandeling door The Green Swamp deed hem deugd. Het gaf hem ruim de tijd om na te denken over wat er gebeurd was en waar hij met Elma over had gesproken. Het was iets na twee uur in de namiddag toen hij aankwam op de plaats vanwaar hij vertrokken was. Charly Boldon bevond zich daar ook nog, samen met een aantal mensen die aan de zoeking hadden deelgenomen. Niemand had Sandy gevonden (*natuurlijk niet*, bedacht Elliot) en niemand had Willy gezien (*ik wel*, ging het door hem heen). Hoewel hij had verwacht dat iedereen intussen op de hoogte was van de vondst van het lijk, viel er een stilte in de kleine ruimte toen Elliot kort na zijn aankomst aan Charly bekendmaakte waar de resten van Willy H. Kleihner zich bevonden. Hij vertelde ook in korte bewoordingen over zijn ontmoetingen met Elma. De eerste reactie van de politieman baarde hem reeds zorgen: totale verrassing.

“Wat?”

Charly keek hem vanuit zijn zittende positie met grote ogen aan. Ogen vol ongeloof en verwondering.

“Net wat ik heb gezegd, Charly, ze heeft gezegd dat ze de nodige diensten zou verwittigen. Jullie weten nog van niets?”

“Helemaal niet! Wie heeft dat gezegd?”

Elliot keek om zich heen. De andere aanwezigen, verkleumd en nukkig, gaapten hem aan. *Wat vertelt die snotaap daar nu weer?*

“Dat heb ik je toch verteld, Charly. Bijna onmiddellijk nadat ik Willy in de ruïne heb zien liggen, kwam die politieagente daar aan. Ik wachtte in haar voertuig en zij heeft iedereen verwittigd. Ze zei toch dat ze van plan was dat

te doen."
"Van Afdeling Noord?"
Elliot knikte.
"Dat zei ze me toch."
Charly keek bedrukt naar de plannen die voor hem op de tafel opengespreid lagen. Daarbovenop lagen lijsten met namen en plaatsen. En nog eens daarop enkele koppen koffie die donkere kringen op het papier achterlieten. Charly had er zijn werk van gemaakt. Hij greep de telefoon, duwde enkele toetsen in en voerde een kort gesprek, waarbij hij zich van de nieuwsgierige menigte wegdraaide. De meesten, nieuwsgierig naar de reden waarom Charly zich zo verwonderd gedroeg, waren tegelijk opgelucht (om het aantreffen van de dader) en een beetje jaloers omdat zij geen positief resultaat konden voorleggen. Zij hadden ook al die uren door de regen geploeterd. Zij hadden ook hun best gedaan om hun steentje bij te dragen.
Na het telefoongesprek dat niet lang had geduurd, stond Charly op. Hij trok zijn vest aan, gespte zijn wapenriem rond zijn middel en trok boven dat alles nog een lange regenjas aan. Hij wees naar Elliot en zei:
"Jij gaat met me mee, de rest blijft hier."

Elliot reed met Charly mee. De man zat zwijgzaam achter zijn stuur en reed waar Elliot hem opdracht gaf te rijden. Hij ging Charly voor door The Swamp en wees hem de plaats aan waar het lijk van Willy H. Kleihner nog steeds lag. In dezelfde positie, in dezelfde drab die nu bijna een egale kleur had, in dezelfde omstandigheden. Elliot speurde de omgeving af naar tekens van de aanwezigheid van die andere wereld, maar kon (tot zijn grote opluchting) niets ontdekken. Charly vroeg hem terug tot bij het voertuig te gaan en daar op hem te wachten. Elliot vond de identieke situatie bevreemdend, maar deed wat hem gevraagd werd en hoorde dat Charly gebruikmaakte van zijn draagbare radio. Hij riep Evy op het bureel op. Elliot begreep haar antwoord niet, maar de nodige contacten waren gelegd.
Dat zei Charly hem enkele ogenblikken later ook, toen ze zich samen bij het voertuig bevonden. De zware wolken trokken nog aan een sneltreintempo boven hun hoofden voorbij, maar stortten niet langer water over hen uit.
"Alles is in orde, Elliot. Ik heb via Evy iedereen laten verwittigen die moet verwittigd worden. Het gaat daar inderdaad om Willy. Ik begrijp nog steeds niet hoe die kerel aan zijn einde is gekomen, maar dat behoort dan ook niet tot mijn takenpakket. Andere mensen komen die zaken doen. Ik heb wel twee andere kleine probleempjes."
Elliot zei niets. Hij vroeg zich af waarom Elma dan niemand had verwittigd en keek de politieman vragend aan.

"Ten eerste: waar is Sandy Wheeler?"

Elliot hoopte dat zijn wangen niet bloosden. Hij haalde enkel zijn schouders op.

"En ten tweede: ik weet niet wie je hier hebt ontmoet, Elliot, maar op de Afdeling Noord werkt niemand die Elma heet."

De jonge Elliot Bornowski wist aanvankelijk niet goed waar hij het had.

"Wat? Wat bedoel je?"

"Net wat ik zei, Elliot."

"Maar ze zei me dat..."

"Ik heb daarnet met Noord gebeld, voor we naar hier vertrokken. Daar werkt geen Elma. Daar werkt zelfs geen zwarte politievrouw. Zij hebben vandaag ook geen enkel bericht binnengekregen inzake deze plaats hier of over wat hier te vinden is."

Daarmee werd het mysterie voor Elliot alleen maar groter. Eerst de ganse bedoening rond Sandy met haar vreemde verdwijning achteraf, dan het wansmakelijke toneel van de vernieling van Willy's binnenwerk en nu dat ook nog?

11

ELLIOT'S vader, Edward, liet het leven door een ongelukkig toeval in 1972. Het was het gevolg van het onvoorwaardelijk geloven in de goedheid van de mens, in combinatie met het onderschatten van de gevaren van routineus tewerkgaan. Het gebeurde kort nadat de Afdeling Noord aan de reeds bestaande twee andere afdelingen van het politiekorps van Rosenhelm werd toegevoegd. Tot enkele jaren daarvoor hadden Oost en West volstaan om het hoofd aan de criminaliteit te bieden. Tot dan waren er genoeg politiemensen op de baan om te voldoen aan de vraag van de bevolking om zich veilig en beschermd te voelen. Noord werd opgericht omdat zich in de laatste jaren een gevoel van groeiende onrust onder de inwoners van Rosenhelm ontwikkelde. Het einde van de jaren zestig, de hippies met hun drugs en vrije seks. Vooral het aanvechten van de gevestigde waarden en geldende regels van het establishment schoot bij sommige conservatieven in het verkeerde keelgat. Het was volgens die brave mensen goed zoals het al jaren was, waarom het dan willen veranderen? Ontevredenheid stak overal de kop op en steeds meer onlusten ontvouwden zich. Mensen waren niet langer tevreden met de manier waarop hen werd opgedrongen hoe ze moesten leven. Meer sociale onvrede bracht een groter gevoel van onveiligheid teweeg. Met als reactie daarop het oprichten van een derde afdeling van het politiekorps, dat officieel voor de werknemers en het publiek halverwege de oktobermaand van 1971 werd opengesteld.

Op dat moment werkte Edward Bornowski reeds gedurende een periode van bijna twintig jaar in Oost. Een man met veel ervaring dus. Op een avond in het prille begin van de koude februarimaand van 1972 voerde hij samen met zijn toenmalige collega Oliver Lohwland een controle uit van een dronken bestuurder op Freedom Avenue. Oliver stierf in 1981 aan de gevolgen van een erg kwalijke leveraandoening. Hij was net vijftig geworden. Maar die avond hadden ze samen dienst. Edwards zoon Elliot was op dat moment zeventien. Waarschijnlijk had hij er wel weet van dat Elliot's stille dromen om zelf politieman te worden, steeds concretere vormen aannamen. Hij heeft met zijn zoon nooit over dat onderwerp gesproken, hij wilde namelijk niets forceren. Volgens Edward ging alles wel z'n eigen gangetje. Hij heeft zijn zoon ooit gezegd dat er naast dieven en misdadigers nog veel ergere dingen bestonden. Dingen, erg vreemde zaken, waar zelfs een politieman – of zelfs een ganse hoop politiemensen wat hem betrof - geen verweer tegen hadden. De jonge Elliot stelde daar geen verdere vragen bij. Hij treurde later om het verlies van zijn vader. Hij treurde omdat hij hem nooit had kunnen zeggen hoeveel pijn hij hem had gedaan door hem in het zwembad uit te lachen toen hij heel klein was, terwijl zijn kameraadjes vanop de kant toekeken hoe slecht hij het er vanaf bracht.

Omdat de bestuurder van een rode Ford-pickup duidelijk dronken was, besloten Edward en Oliver die avond in 1972 de wagen aan de kant te zetten. Het grote voertuig slingerde van links naar rechts over het wegdek en had op bepaalde plaatsen meer dan de volledige rijweg nodig om zich verder te verplaatsen. Hij hotste op een bepaald moment zelfs over het voetpad, reed een vuilnisbak omver en schampte net *niet* langs geparkeerde wagens en afsluitingen. De wagen moest zo rap mogelijk tot staan worden gebracht eer hij nog meer schade toebracht of iemand aanreed. Oliver riep de dienstdoende dispatcher op om te vertellen wat zij van plan waren en die gaf zijn akkoord. Het in werking stellen van de zwaailichten op hun dak was reeds genoeg om de Ford aan de kant te krijgen. De wagen hield bijna onmiddellijk halt, zij het in het midden van de rijbaan. Het eerste probleem was toch al opgelost. Beide politiemensen beschermden elkaar bij het naderen van de bestuurderscabine waaruit een lachend geschal klonk.

Het overmeesteren van de chauffeur was ook al geen probleem, want het was iemand die zij kenden. Het betrof Chen Di Yeung, de uitbater van het bescheiden Chinese restaurant op hooguit tweehonderd meter van de kantoren van afdeling Oost. Het was de eerste keer dat de agenten de man in dronken toestand ontmoetten. Zij wisten zelfs niet dat hij over een eigen voertuig beschikte. Chen was een heel vriendelijke, behulpzame en zorgzame man. Klein, halverwege de vijftig en een enorme werkkracht. Hij had zijn restaurant op een te waarderen manier uitgebouwd. Kortom, iedereen kende hem, iedereen respecteerde hem. De agenten apprecieerden zijn job, want de man was af en toe leverancier van draagbare porties voedsel die hij persoonlijk tot bij de dienstdoende agenten in Oost bracht. Toen Oliver hem vroeg waarom hij zich in die toestand bevond, antwoordde hij in zijn typisch gebroken Engels dat hij de eerste stappen van zijn vrijheid vierde. De kleine kerel was in een opperste staat van gelukzaligheid. Hij droeg een brede glimlach, had een dromerige blik in de ogen, maar was straalbezopen. Toen Oliver hem vroeg uit de wagen te stappen, liet Chen zich uit de bestuurderscabine vallen. Oliver ving hem op, begeleidde hem naar hun dienstvoertuig en liet hem achteraan plaatsnemen. De kleine man straalde - ondanks zijn overduidelijke dronkenschap - een gevoel van opperste geluk uit. Eigenlijk hadden ze hem nog nooit zo ontspannen gezien. Hij lachte onophoudelijk en herkende de twee agenten uiteindelijk. Oliver en Edward bespraken wat ze best met de man aanvingen. De zaak volgens het boekje regelen kostte Chen heel wat geld, en eigenlijk hadden zij weinig zin om alles officieel te doen. De schade (aan de vuilnisbak) was miniem, en behalve zichzelf had Chen Di Yeung eigenlijk nog niemand in gevaar gebracht. Na wat overleg besloten zij zijn voertuig aan de kant te plaatsen en de man naar huis te brengen.

Chen bedankte hen honderduit voor hun bereidwillige hulp en herhaalde die bedankingen tot vervelens toe tot ze het restaurant bereikten. Daar liep het verkeerd. Op dat moment had Edward niet mogen toegeven aan wat routine hem voorstelde te doen. Hij zei dat hij wel alleen met Chen naar binnen ging. Lee Ben Eunyin, de vrouw van Chen, was altijd thuis en Edward lachte dat hij groot genoeg was om Chen samen met zijn vrouw in bed te stoppen. Oliver had daar geen problemen mee en bleef in het voertuig achter. Boven het restaurant brandde in één van de kamers licht. Chen giechelde toen Edward hem uit de wagen hielp. Op het voetpad werd heel wat gelachen. Oliver was eigenlijk blij dat hij in het voertuig kon wachten, want hij haatte dronken kerels, zelfs al kende hij hen. Edward was daarvan op de hoogte en stelde daarom voor het simpele zaakje alleen af te handelen. Later, na het onderzoek, heeft Oliver het zich duizendmaal verweten. Toen was het echter te laat.

Hij merkte hoe Edward de dronken Chinees ondersteunde en naar binnen droeg. Achter de twee mannen sloeg de voordeur dicht. Dan richtte hij zijn blik op het verlichte venster op de eerste verdieping.

Het koppel woonde boven de eetzaal van het restaurant. Chen zag ook geen kwaad in het feit dat de politieman hem naar boven vergezelde, want zonder zijn steun haalde de dronkeman nooit de eerste drie treden van de trap. De kleine Chinees brabbelde en giechelde ononderbroken en halverwege de trap hield hij halt. Hij zei dat hij zich heel blij voelde dat hij vrij was, maar dat hij ook triestig was.

Op dat moment deden zich drie feitelijkheden voor waar Edward rekening had moeten mee houden. Ten eerste was er de verandering in de houding van Chen. De man stopte ineens en het gevoel van tevredenheid dat daarnet als een bijna-waarneembaar waas om hem heen hing, verdween. In de ogen lag nu een droevige blik. De mondhoeken hingen naar beneden. De onderlip trilde zelfs een beetje. Ten tweede bereikte een ranzige geur Edward van boven. Hij rook die wel, maar schonk daar niet de nodige aandacht aan. Het was de geur van vrijgekomen bloed. En ten derde: Lee Ben had zich nog niet laten zien. Het was kwart over negen in de avond. Drie belangrijke zaken die Edward Bornowski om reden van gewoonte en ondoordachtzaamheid negeerde.

Edward zei Chen dat alles in orde zou komen na een nachtje slapen en porde hem aan de trap verder op te gaan. De geur die hem aan papperige brij deed denken, werd opdringeriger naarmate hij de trappen verder beklom. Nog steeds negeerde hij het koude gevoel in zijn borstkas. Waarschijnlijk wist hij op dat moment instinctief wat volgde, hij had niet voor niets twintig jaar ervaring. Maar net die ervaring speelde hem parten. Toch niet met Chen? Iedereen kende hem. *Een vriendelijke kerel die niemand kwaad deed.*

Edward Bornowski besefte te laat dat hij beter had moeten weten. Toen ze de overloop bereikten, liep een in zichzelf mompelende Chen door de gang. Hij waggelde niet meer zo erg als daarnet en ging vastberaden op een doel af. Edward vroeg hem nog of alles in orde was en grapte dat hij de weg naar zijn bed wel alleen vond. Maar omdat Chens houding volledig veranderd was - hij had zijn hoofd tussen zijn gekromde schouders getrokken - liep Edward enigszins verrast achter hem aan. De kleverige geur sloeg hem als een bijna-voelbare substantie in de neus toen hij achter de zich haastende Chinees een kamer binnenstapte.

Hier liep het opnieuw verkeerd. Omdat het hem duidelijk werd waarom Chen Di Yeung zich die avond had bezopen, verloor Edward de man uit het oog. Het gruwelijke beeld in de verlichte slaapkamer biologeerde hem zodanig dat hij de handelingen van de Chinees negeerde. Hij had het niet verwacht. De aanwezige stank halverwege de trap had hem daar nochtans op gewezen. Hij had dat én de verandering in Chens gemoed genegeerd.

De muur achter het bed was bijna volledig rood. Het papier had een lichtgroene kleur. Iemand had meerdere emmers rode verf vanop een korte afstand tegen de wand uitgegoten. De verf was aan alle kanten opengespat, zelfs tot tegen het plafond, en droop in dikke, klonterende lagen naar beneden. Dat was Edwards allereerste idee. Hij weigerde nog steeds de realiteit te zien en te aanvaarden. Pas toen hij het verhakkelde lijk op het bed opmerkte, gaf hij toe dat hij zichzelf voor de gek had gehouden. Chen Di Yeung had zijn vrouw overhoopgeknald. Haar lichaam zat nog gedeeltelijk onder de lakens, maar de bovenkant van haar hoofd was verdwenen. Alles boven de kin was weg en achter het bed tegen de wand opengesmeerd. Geen rode verf. Wel dik, druipend bloed vol botscherven met samenklittende haarstrengen en klonterende hersenpulp. De impact van de munitie moet enorm geweest zijn.

Edwards keel slibde dicht. Chen was rechts van hem met iets bezig. De man boog zich onophoudelijk mompelend over iets wat op een nachtkastje lag. Edward stapte de kamer verder binnen en legde zijn vrije hand op de kolf van zijn revolver. Allerhande voorstellingen raasden door zijn hoofd, aan Oliver oproepen dacht hij niet. Hij had het ook niet gekund, want hij had nagelaten zijn draagbare radio mee te nemen. Dat was toch niet nodig? Een dronken kerel die iedereen kende, in zijn bed helpen? Was daar nu iets gevaarlijk aan? Toen Chen zich naar hem omdraaide, had hij een wapen vast. Het bloed trok uit Edwards gezicht weg. Een jachtgeweer met een afgezaagde, dubbele loop. Hagelpatronen. Daarmee was Chen daarnet bezig geweest! Edward had nooit geweten dat Chen zoiets in huis had. Chens gezicht was nu van rubber. De ogen hadden een harde blik, de mond was enkel nog een smalle streep. Geen gelukzaligheid meer. Geen gevoel van volslagen vrijheid meer. Zijn hand sloot zich vaster om de kolf, hij trok het wapen uit de holster. Hij besefte nog dat Chen zei dat het hem speet, maar dat het niet anders kon. Daarna stopte het leven van Edward Bornowski heel abrupt.

Het geluid van het schot drong niet tot Oliver door omdat de muziekradio in de wagen opstond. Maar zijn hart sloeg wel enkele malen over toen het verlichte raam op de eerste verdieping boven het restaurant aan diggelen vloog. Hij keek met steeds groter wordende ogen naar de uitdijende wolk van bloed, glasscherven en versplinterd hout, die samen met het achterwaarts vallende lichaam (in politie-uniform? *Edward*?) naar buiten werd geslingerd. Oliver kon het niet weten, maar Edwards ene been haakte achter de reling van een zware fauteuil, zodat zijn lichaam niet naar beneden viel, maar ruggelings en ondersteboven uit het aan flarden gerukte raam hing. Alles werd met gulpend bloed doordrenkt. De thorax was volledig opengereten. Zijn maag draaide om toen hij de gebroken ribben, de gescheurde longen en het opengespatte hart opmerkte. Hij was intussen op benen van verkreukeld papier uit de wagen geraakt. Nog steeds vol ongeloof keek hij naar de muur waartegen het lijk van zijn collega ondersteboven hing. Bloed droop uit de gruwelijke, gigantische wonde en stroomde over het hangende hoofd van Edward naar beneden.

Zijn beide armen bengelden werkeloos in de richting waar het vergoten bloed naartoe vloeide. Dezelfde donkerrode vloeistof droop zelfs uit de rug van Edward, want Oliver zag de langgerekte, afdalende lijnen tussen Edward en de muur neerwaarts druipen. In schemerlicht was de kleur van de stromen bijna zwart.

Oliver kwam in actie. Hij dook terug de wagen binnen en schreeuwde door de radio om bijstand en een ziekenwagen, hoewel hij vermoedde dat die mensen maar weinig meer konden doen. Ook politieagent Oliver Lohwland maakte dan een fout die hem gelukkig niet fataal werd. Hij trok de riotgun uit de houder en rende met een verhit hoofd de woning binnen, hoewel hij op versterking moest wachten. Grommend ramde hij de voordeur open en liep de trap naar boven op, het wapen schietensklaar voor zich uit houdend. Toen hij even later in de slaapkamer van Chen en zijn dode vrouw Lee Ben binnenstormde, besefte hij dat hij heel domme dingen deed. Uit frustratie omdat hij Edward alleen naar binnen had laten gaan. Uit woede om de dood van zijn collega.

Chen bevond zich nog steeds op de plaats vanwaar hij op Edward Bornowski had gevuurd. Hij keek van het versplinterde raam naar de politieman en richtte zijn wapen nu op hem. Oliver liet zich op zijn ene knie vallen en hief zijn riotgun op. Beide mannen keken elkaar in de ogen. Niemand vuurde. Oliver ademde diep maar gehaast. Zijn hart trommelde als bezeten. Zijn handen waren klam. Chen bleef heel stoïcijns. Het wapen hield hij losjes in beide handen. Hij had een verdrietige blik in de ogen.

Oliver zag in een flits de slachting op het bed. Een seconde maar, daarop keek hij terug naar Chen. Niemand vuurde. Zware ademhaling. Wat nu?

Chens ogen keerden zich naar het raam, en hoorde blijkbaar iets. Oliver hoorde het onmiddellijk daarna ook. Sirenes. Naderende politiewagens. Chen keek even naar voren, niet langer in Olivers richting. Wel naar een onbepaald punt ergens tussen hen in. Even maar. Verslagen. Overgave? De volgende reactie van Chen Di Yeung overtrof zijn eerste met zowat duizend procent. Hij keek dof voor zich uit toen hij zijn wapen traag oprichtte en de uiteinden van de beide lopen tegen de onderkant van zijn kin duwde. Oliver schreeuwde en deinsde achteruit toen Chen vervolgens de trekker overhaalde.

12

DE vijf jaar oude bordeauxkleurige Pontiac Lemans van Willy Kleihner vond men terug op driehonderd meter van de houtloods. Hij had die tussen het manshoge struikgewas verborgen nadat hij met zijn 'slachtoffer' vanuit Rosenhelm was vertrokken en via een kleine omweg tot bij de ruine was gekomen. Sandy Wheeler werd nooit teruggevonden. Het echtpaar Pete en Jelly Andrews ging bijna kapot aan het verlies van hun dochter. Zij begrepen niet hoe het mogelijk was dat het meisje nergens opdook. Het was het tweede kind dat hen werd ontnomen. De gemeenschap van Rosenhelm voelde met hen mee en deelde in hun verdriet, maar voorkwam toch niet dat zij nauwelijks een jaar later, in 1980, de stad verlieten. Zij konden daar niet blijven. Te veel kwade dromen en slechte herinneringen. Enkel de beambten van de bevolkingsdienst wisten waar het koppel naartoe vertrok. Voor jan-met-de-pet van Rosenhelm waren het ontroostbare personen die het in de stad niet meer waarmaakten en hun geluk ergens anders op de wereld wilden proberen.

1980 was ook het jaar waarin Elliot Bornowski zichzelf oplegde om de taak van volwaardige politieman op zijn schouders te nemen. Acht jaar na de dood van zijn vader. Hij besefte dat zijn moeder zich daartegen verzette, maar hij had zijn eigen idee en naar zijn gevoel was het goed. Elliot was toen zesentwintig. Hij volgde een opleiding, slaagde met grote onderscheiding en startte als stagiair in de Afdeling Oost in Rosenhelm. Hij werkte een tijdje met de mensen die ook met zijn vader dienst hadden geklopt. Elliot vond dat hij meer verantwoordelijkheid aankon. Hij volgde een bijkomende opleiding en cursussen, slaagde in examens en werd in 1987 tot officier gepromoveerd. Ma Bornowski was trots. Elliot ook. Hij had het voor zichzelf gedaan, maar ook voor zijn vader.

Hij verliet Rosenhelm en werd in 1989 als kapitein bij het korps in Fayetteville aangesteld. Nooit heeft hij met iemand gesproken over de ware toedracht van de vondst van de pedofiel Willy H. Kleihner. Niemand heeft hem ooit kunnen vertellen wie de zwarte politievrouw was die hem bij de ruïne in The Green Swamp had aangetroffen. Vele malen heeft hij in de jaren die volgden op die dag, met zichzelf in zijn dromen geworsteld. Het was een traumatische ervaring, dat gaf hij toe. Maar hij kon bij niemand terecht. Elliot had zijn probleem, dat af en toe van zich liet horen in de vorm van nachtmerries over smeltende kinderen of doorgangen naar andere plaatsen. Hij leefde met vele vragen, en was altijd op zoek naar antwoorden.

Altijd op zoek naar gerechtigheid.

Gerechtigheid geschiedde volgens hem ondermeer vijf jaar later, toen hij als functionele overste deelnam aan een door hemzelf op touw gezette actie inzake het overmeesteren van een aantal Skulls (waaronder de leider 'Wing') en leden van een niet onbelangrijke gangsterbende onder de leiding van ene Fred U. Peylstone in de buurt van het vliegveld aan Bennet Road in Fayetteville. Diezelfde dag werd Elliot Bornowski op totaal onverwachte en erg aangrijpende manier geconfronteerd met dat onverklaarde aspect uit zijn verleden.

6
1979 – Rosenhelm (North Carolina)
Shanya Bellmer

1

IN 1979 leerde de vijftienjarige Shanya Bellmer dat haar toekomst niet zo zorgeloos was als zij zich had voorgesteld. Ze werd namelijk met een aspect van het leven geconfronteerd waar ze nog nooit eerder rekening had mee gehouden. Opgegroeid in een luxueuze omgeving, was het meisje de veronderstelling toegedaan dat enkel maar goede zaken voor haar en haar ouders in het vooruitzicht lagen. Shanya leidde tot op dat ogenblik een gelukkig en onbekommerd leven. Iedereen had het beste met haar voor en alles liep op perfect gesmeerde wieltjes. Haar leven was één en al glimlach. Eeuwig en altijd verwarmende zonneschijn.

Ze woonde samen met haar ouders in een van de chiquere wijken in het zuiden van Rosenhelm, meer bepaald in een grote, witte villa op Pilrow Avenue. Haar moeder werkte fulltime als bibliothecaresse en haar vader oefende de hoog aangeschreven functie van schooldirecteur van de Rosenhelm Elementary School, afdeling Zuid, uit. Het gezin kende absoluut geen geldproblemen. Ze had goede vriendinnen en ging met de juiste mensen om. Haar ouders waren enorm meegaand en de verstandhouding met Shanya - die niettemin reeds met de gevolgen van een zich ontwikkelende puberteit worstelde - verliep tot haar veertiende zonder noemenswaardige problemen.

Eigenlijk was Shanya een pracht van een dochter. Het was ook het enige kind van de Bellmers. Het was een plezier in hun schoenen te staan. Shanya's moeder kreeg het werk als bibliothecaresse aangeboden omdat haar man een belangrijke functie binnen de gemeenschap uitoefende. Haar vader werkte zich in een heel korte periode op van schoolmeester tot directeur van de school waar ook zijn dochter op de banken had gezeten. Shanya had schitterende resultaten en straalde daarbij dan nog een kordate zelfzekerheid uit die samen met haar rayonante schoonheid voor een verrukkelijke verschijning zorgde.

Maar de zich ontwikkelende puberteit zorgde in het afgelopen jaar voor problemen binnen het gezin. De eerste woorden tussen dochter en vader vielen omtrent haar muziekkeuze. Hij verkondigde graag zijn onverstoorbare mening dat klassieke muziek de muziek *van* en *door* goden was. Zij vond dat The Rolling Stones *tof* waren. Zij hield ervan losjes gekleed te lopen, hij hield het bij het strakke maatpak met das. De kledij was dus het volgende onderwerp waarover woorden vielen. Dan volgden haar (ongepaste) vrienden, haar (overdreven) manier van zich op te tutten en haar (verkwistende) koopgedrag.

Ook viel Gabriel meermaals over haar verbale uitingen naar aanleiding van haar visie over het ouderlijke gezag in het algemeen. Shanya was gelukkig een relatief gematigde puber. De discussies liepen nooit uit de hand, daarvoor was haar vader veel te gedisciplineerd, maar toch ontstonden er ongewild wrijvingen. Voor het eerst in haar leven deelde Shanya niet de mening van haar vader en liep ze niet in zijn voetsporen. Hij werd er niet kwaad door, hij was eerder verrast en verward. Onwennig. Hij had het ook niet in zich met woorden aan zijn dochter kenbaar te maken dat hij goedkeurde wat ze deed. Iedereen apprecieerde *hem*, daarom vergat hij soms dat er ook *andere* mensen in zijn nabijheid woonden die steun vonden in een goed woordje van *zijn* kant. Zeker zijn vrouw en dochter. Gabe Bellmer was iemand naar wie iedereen opkeek en hij was dan ook geen enkele vorm van tegenspraak gewoon. Dat was zo in een provinciestad als Rosenhelm. Naast de burgemeester, de politiechef en bepaalde leden van de politieke wereld stond een schooldirecteur in hoog aanzien bij de *gewone* mensen. Shanya had indertijd problemen met haar vriendinnen die haar wezen op het feit dat het maar normaal was dat zij goede punten had. Haar vader was toch directeur van de school?! Shanya vond dat helemaal niet normaal, want zij moest hard voor haar punten werken, net als de anderen. Meer nog, thuis was zij de dochter van haar vader, maar als het op studies aankwam, was zij thuis de leerling van haar leraar, iets wat andere schoolkinderen dan niet waren. Shanya besefte als kind heel goed dat haar vader geen gezichtsverlies wilde lijden door een minder goed presterende dochter.

Haar moeder, Ellen, was een heel brave huisvrouw, volledig opgeslokt door de overweldigende schaduw van haar omnipresente man. Haar werk als bibliothecaresse hield eigenlijk maar de schijn op. Haar belangrijkste taak bestond erin te zijn waar haar echtgenoot was. Het overduidelijke rollenpatroon waarin het gezin Bellmer verstrengeld was geraakt, zorgde eigenlijk voor een verstikkende ervaring bij het jonge meisje. Haar vader die alles wist, die alles kon, naar wie iedereen opkeek, die in Rosenhelm respect van elkeen afdwong en dan... haar moeder. Braaf, onderdanig, huiselijk, gemoedelijk en vooral nederig en jaknikkend. Gabriel Bellmer werd door zijn vrouw als een god beschouwd. Als iemand die het altijd bij het rechte eind had en op alles het passende antwoord had. Personen die met problemen worstelden, kwamen (soms zelfs thuis) bij hem om advies. Ellen Bellmer's taak bestond er dan in voor koffie of thee te zorgen. Haar mening werd nooit gevraagd. Haar werk in de bibliotheek had zij uiteraard verkregen door haar man die belangrijke personen had gesproken en bepaalde contacten had gebruikt. Kortom, zonder haar man was zij eigenlijk niets. Die indruk hield Gabriel staande.

Hoe jong Shanya ook was, zij voelde toen reeds de verstikking waar haar moeder mee af te rekenen had. Haar ma wilde meer zijn dan alleen maar de trouwe, volgzame echtgenote van een schooldirecteur. Ellen Bellmer wilde dat met Ellen Bellmer rekening werd gehouden, dat zij op dezelfde hoogte van haar man werd geplaatst, dat de mensen haar met evenveel respect behandelden als zijnde *iemand*, niet enkel de *vrouw* van iemand. Shanya ervoer de onderhuidse spanningen in het gezin. Die verlieten het huis uiteraard nooit, zagen het daglicht nooit en werden door anderen absoluut niet opgemerkt. Haar moeder voelde zich in die onderdanige rol helemaal niet goed. Het was alsof slechts een heel klein gedeelte van haar persoonlijkheid aan bod kwam, terwijl bij die eeuwige oprecht vriendelijke glimlach eigenlijk een heel inventieve en verrassend ontwikkelde vrouw paste.

Maar Shanya had weet van verscheurende wanhoop achter die glimlach. De wanhoop van een vrouw die tot het besef kwam dat de jaren zomaar aan haar voorbijgleden en dat ze daardoor een half leven in de schaduw van iemand anders had geleefd. Misschien welden tranen van onmacht achter die altijd glimlachende ogen op. Misschien wilde Ellen tijdens de receptie op de school van haar man, temidden honderden vooraanstaande inwoners van dat zuidelijke gedeelte van Rosenhelm, ooit wel schreeuwen: "Allemaal goed en wel, mijn man is goed en mijn man is dit en mijn man is dat... maar weet *iemand* wie *IK* ben?" Shanya besefte toen reeds dat zij niet van plan was zich met een dergelijke 'persoonlijkheidsverstikkende' man-vrouw - meester-slaaf - relatie in te laten.

Pilrow Avenue werd door de meeste bewoners van Rosenhelm beschouwd als de wijk van de heel rijken. Degenen die meer waren dan de anderen. Degenen die meer hadden bereikt dan de anderen, door hun kennis of hun geld. Eigenlijk was dat ook zo. Pilrow lag in het gedeelte van de stad waar de invloeden van The Green Swamp of de Provincials 130 en 905 duidelijk minder aanwezig waren. Daar bevonden zich heel opzichtige, grote, dure huizen. Onmogelijk groene gazons die door duurbetaalde tuiniers werden onderhouden. Overal chique wagens, glimmend in de zon.

Net die zon verdween uit het gezin Bellmer op de avond van de derde dag van september van datzelfde jaar.

2

DAT moment viel tijdens de voorbereidingen voor het grootouderfeest dat op de vierde september in de turnzaal van de Rosenhelm Elementary School op Wilmington Avenue gepland was. Gabriel Bellmer had als directeur uiteraard graag de touwtjes in handen en was die avond de coördinator van de werkzaamheden. In de loop van de dag waren vanuit het stedelijk cultureel centrum een groot aantal stoelen overgebracht die in hoge stapels op de gang wachtten om te worden geplaatst. De directeur had een heuse geste gedaan door de laatste twee leerjaren in de namiddag geen lessen te laten volgen. Ouders en kinderen werden gevraagd te assisteren bij de opbouw van het spektakel. Iedereen kreeg de opdracht bij te springen om de stoffige turnzaal klaar te stomen en taken werden verdeeld. De vloer, bestaande uit houten planken, werd geschrobd. De ramen werden gelapt en het stof werd verwijderd vanop elke plaats waar het zich had verzameld. Klimrekken, klimkoorden en andere onderdelen van de sportuitrusting werden verdoezeld met langwerpige, door de kinderen beschilderde doeken. Toen de vloerplanken compleet droog waren, werden de stoelen in concertzaalstijl geplaatst. Alles onder het nauwkeurig toeziende oog van Gabriel Bellmer.

Ellen Bellmer kreeg die namiddag een enorme aanval van migraine te verwerken en vertrok even over zessen naar huis. Shanya bleef. Om te helpen, om haar vader te behagen. Het was ongeveer kwart voor acht toen ze iets merkte dat ze niet voor mogelijk achtte: hij trok zich terug.

De man, hij was nog maar veertig jaar, werd heel bleek en ging op een van de stoelen van de eerste rij zitten. Shanya stopte haar bezigheden - het ophangen van gekleurde ballonnen - en liep tot bij haar vader. Ze nam naast hem plaats en zag een laagje zweet op zijn bovenlip. Zijn mond hing een beetje open en hij staarde voor zich uit.

"Pa... gaat het?"

De man schrok op en draaide zijn hoofd in haar richting. Nu was het haar beurt om te schrikken.

"Pa... je bent zo bleek!!"

"Ik... kreeg het daarnet een beetje benauwd. Het gaat zó over."

De directeur had blijkbaar te veel hooi op z'n vork genomen. Druk, druk, druk.... verder doen, wat er ook gebeurt. Maar dat zijn hart daarnet fladderde, dat alles zwart voor zijn ogen werd en dat hij geen lucht meer kon inademen, verzweeg hij. Dat was zeker niet zijn manier om de aandacht te trekken. Trouwens, aandacht had hij al genoeg. Iedereen in de school besefte heel goed dat er best niets ondernomen werd zonder zijn fiat. Over alles had hij het laatste woord. Het liep tijdens de voorbereidingen trouwens net zoals Shanya had verwacht. Alles wat er gebeurde, veroorzaakte blijkbaar bijkomende problemen. Zowel grote als kleine. Met al die moeilijkheden kwamen ze bij hem terecht. Hij was de heiland, hij nam de zorgen van hun schouders.

"Ga je niet beter naar huis, pa?"

Gabriel Bellmer zat zoals hij nog nooit eerder op een stoel had gezeten. Normaal zat hij mooi rechtop, het ene been over het andere. Die avond, naast zijn bezorgde dochter, zat hij met gespreide benen, met de ellebogen op de knieën voorovergeleund. Als een dronkeman, als iemand die het eventjes niet echt goed meer zag zitten. Omdat hij wist dat zijn ondergeschikten schalkse blikken in zijn richting wierpen, richtte hij zijn bovenlichaam langzaam op. Hij wilde niet toegeven, hoewel het in zijn hoofd borrelde. Luchtbellen? Twinkelende sterren? Gabriel Bellmer, hooggeachte schooldirecteur, wilde niet dat anderen hem in die toestand zagen: zichzelf niet meester. Daarom stond hij op, het protest van zijn dochter en alle symptomen compleet negerend.

"Pa... blijf zitten, je bent ziek..."

"Laat me, Shanya, ik weet wat ik doe... ga maar terug naar de ballonnen."

"Maar.."

"Genoeg. Doe wat ik zeg!"

Shanya, gehoorzaam als altijd, richtte zich op en liep naar de plaats in de turnzaal die ze daarnet had verlaten. Ze hervatte haar werkzaamheden, maar keek vanonder haar wimpers naar wat haar vader uithaalde. De man masseerde zijn gezicht met beide handen, streek door zijn haar en schikte zijn kledij. Daarna stortte hij zich terug in de drukte van de turnzaal.

Het podium, waarop de volgende dag de kinderen van plan waren hun dingetje voor de grootouders te doen, rees één meter tachtig boven de vloer van de turnzaal en was aan beide kanten geflankeerd door naar boven toe versmallende trappen. Deze liepen vanop de plankenvloer tot op het podium zelf. Een vijftal kinderen speelden verstoppertje achter de coulissen en werden door de directeur berispt toen hij het podium had beklommen. Giechelend holden ze de trappen af en mengden zich tussen de andere kinderen. Shanya keek naar hun glunderende gezichten en herkende de naïeve blijheid waarmee ze opgegroeid was. Haar vader werd op het podium benaderd door mensen die hem dingen wilden vragen. Hij zwaaide met beide armen en deelde bevelen uit. Gabriel was weer in zijn gewone doen. Achter haar werden stoelen met een ferm storend gerammel naar achteren geschoven. Een kind weende toen haar ballon openspatte. Overal klonk lachen en gedempt babbelen. De turnzaal was vol geluiden die wezen op intens menselijke activiteiten. Een ruimte vol bruisend leven.

Daarom kwam de ontmoeting met de dood voor de meesten zo hard aan. Zeker voor Shanya Bellmer.

3

"MENEER de directeur, net zoals u zegt, kunnen wij..." "Is het mogelijk dat..."

"De voorbehouden stoelen moeten nog..."

"Wat moeten wij met..."

"Meneer de directeur, Lisa zegt me net dat er geen..."

Gabriel Bellmer besefte dat hij toch beter naar de goede raad van zijn dochter had geluisterd. Nadat hij van de stoel was opgestaan, kostte het hem moeite om rechtop te blijven staan. Zijn linkerarm deed hevig pijn en binnenin zijn borstkas voelde alles als één keihard geheel aan.

"Meneer, zou het soms niet beter zijn indien..."

Maar hij hield zich rechtop. Hij was een integer en doortastend man die zich niet door een appelflauwte liet doen.

"De oudsten van de groep, meneer, die wensen..."

Dus wreef hij met beide handen over zijn gezicht en streek vervolgens door zijn haar. Gabe probeerde zijn longen vol lucht te trekken en perste zijn lichaam voetje voor voetje tot bij de rechtertrap naast het podium. Nu nog die klim?! Die onmogelijke, slopende klim van acht treden?

"Meneer, ik verneem hier net dat de kinderen van de laatste klas..."

Het kostte hem moeite, maar de man besteeg de trappen, goed wetende dat ontelbare ogen op hem gericht waren. Het omhoogheffen van zijn benen bezorgde hem een pijnlijk gevoel in de hartstreek. Hij wilde zijn hand niet uitsteken om steun te zoeken. Niet laten zien dat hij het even moeilijk had.

Waar was Shanya?

"Wat de toiletten betreft, ik stel voor, meneer, om..."

Eén trede. Twee treden. Drie, vier, vijf... acht. Eindelijk! Duizenden grote, zwarte vliegen zwermden voor zijn ogen. Pijn. In de linkerarm, in de hartstreek. In de longen. In zijn hoofd. Hersenen. Stekende pijn achter zijn ogen. Niet toegeven.

"Alle vazen met bloemen, meneer, moeten nog vanavond..."

Okee, eindelijk bovenop het podium. Uitblazen. Even maar. Enkele kinderen maakten een afschuwelijk kabaal in zijn buurt. Ze hielden zich op tussen de donkere gordijnen.

"Hé daar... jullie! Naar beneden!" riep hij.

Het was alsof iemand anders zijn stembanden gebruikte. De kinderen gilden toen ze langs hem heen de trappen afliepen. Het was een donderende stampede die zijn hersenen teisterde. Hij snakte naar adem. Zijn krampachtig sidderende hart deed vreemde dingen met zijn lichaam. Gabe probeerde rechtop te blijven en te luisteren naar wat hem allemaal werd gezegd. Hij wilde hen allemaal leiden, hen allemaal bevelen geven, hij wilde ervoor zorgen dat alles volgens zijn zorgvuldig uitgekiende plan verliep.

"Meneer, de tapijten van..."

Stak iemand een mes in zijn borst? Zo'n helse pijn!! Hij hief zijn armen op...

"Meneer? Meneer de directeur? Jezus... help me..."
...maar zag ineens niets meer. Alle beelden gleden weg en hij staarde in een peilloze, diepe zwartheid. Iemand schreeuwde.

Shanya keek op toen van op het podium een schreeuw weerklonk. Heel wat mensen bevonden zich daarboven. Ze keek net op het moment dat haar vader steil achterover van het podium viel en zwaar op de plankenvloer terechtkwam. Het stof dwarrelde in het licht omhoog. Iedereen had de dreun van het vallende lichaam gehoord. De stilte die volgde, duurde hooguit twee seconden. Daarna ontplooide de chaos zich in de turnzaal. Shanya schreeuwde. Iedereen schreeuwde. Kinderen schrokken van het schreeuwen en startten een huilconcert. Mensen verplaatsten zich, stoelen werden omvergeworpen. De voorbereidingen van het feest waren ineens naar een tweede plaats verschoven. Een andere gebeurtenis had zich op de voorgrond gedrumd. Iemand sprong van het podium af op het moment dat Shanya bij haar vader aankwam. Ze zakte op haar knieën en toen ze haar vader wilde vastnemen, werd haar dat door die andere man belet.

"Neen, Shanya, niet doen."

Ze kende de man als Marc Norris, een onderwijzer die ook ambulancier was. Om die reden volgde ze zijn raad op. Niet verplaatsen. Haar vader lag op zijn rug. Zijn hoofd stond in een vreemde, bijna tegennatuurlijke houding op de schouders. Niet verplaatsen, geen bijkomende kneuzingen of breuken veroorzaken. Ze volgde zijn raad op, maar het liefst had ze haar armen rond haar vader geslagen om hem rechtop te helpen. Zijn ogen waren gesloten, maar de kleur van zijn gezicht was asgrauw.

Iemand nam haar bij de schouders en trok haar met lichte dwang achteruit. Tranen rolden over haar wangen. Achter haar klonk gejammer. Kinderen weenden. Onderwijzers susten die of leidden ze weg. Het was een onbekende vrouw die haar onder haar hoede nam. Troostende woorden naast haar rechteroor. Marc Norris rende weg, waarschijnlijk om te telefoneren.

Shanya nam op een van de stoelen plaats. Een van de vele stoelen die nu niet langer ordentelijk opgesteld waren. Haar tranende ogen bleven gefixeerd op haar vader die ruggelings op de plankenvloer lag. Ze had hem willen aanraken. Ze had hem willen troosten. Ze had hem willen zeggen dat alles wel in orde kwam.

Alle kinderen waren uit de zaal naar een benedenverdieping geleid. Nu waren alleen nog enkele onderwijzers en de onderdirectrice aanwezig. Shanya had geen benul waarop ze wachtte. Ze vocht met een beklemmend gevoel in haar borst dat haar de opdracht gaf haar vader op welke manier dan ook te helpen. De andere mensen praatten, maar ze begreep hun woorden niet. Op de trappen, net buiten de zaal, klonk gestommel en opeens holden drie ambulanciers naar binnen. Marc Norris had inderdaad om hulp gebeld. Hoe Shanya ook wilde blijven kijken, iets in haar beval haar weg te gaan. Het was niet langer haar vader die daar lag. Hij liet zich nooit op een dergelijke manier behandelen. Het was een andere man die door die behulpzame mensen werd behandeld. Toen ze zijn kledij van zijn lichaam wegsneden en allerhande materiaal uit koffers en dozen haalden, draaide Shanya haar ogen weg. Het was waarschijnlijk dezelfde vrouw van daarnet die haar uit de turnzaal leidde.

4

DIRECTEUR Gabriel Bellmer stierf door toedoen van twee zaken. Allereerst deed zich

een hartaderbreuk voor, waardoor zijn lichaam achterwaarts van het podium viel. Vervolgens braken de bovenste nekwervels bij het neerkomen op de plankenvloer. Beide voorvallen waren dodelijk. Indien hij het ene had overleefd, was het andere hem fataal geworden. Het overbrengen van zijn lichaam vanuit de turnzaal van de Rosenhelm Elementary School naar het dichtstbijzijnde ziekenhuis gebeurde enkel pro forma. Shanya merkte niet dat de ambulanciers in de turnzaal na enige tijd hoofdschuddend hun handelingen stopzetten. Iemand legde een wit laken, verwijderd van een klimrek en beschilderd met bloemen, over hem heen. Ze ervoer de bedrukte sfeer niet meer die na het vertrek van de hulpdiensten heerste.

Nadat de vrouw, wier naam ze nooit is te weten gekomen, haar naar huis had gevoerd, nam Shanya voor het televisietoestel plaats. Omdat ze star voor zich uitkeek en verder sprakeloos was, lichtte die vrouw Ellen Bellmer in over het feit dat haar man iets overkomen was en dat ze beter telefonisch contact met het Melmer Hospital opnam. Shanya volgde het gesprek niet. Haar geest was vervangen door een groot spinnenweb vol verwarrende vragen. Haar moeder weende, telefoneerde vervolgens met een gedempte stem om daarna in een onvoorstelbare huilbui uit te barsten. Shanya kon die uitbarsting van emotie niet aan en liet zich, net als haar moeder, overweldigen door de vloedgolf van verdriet die uit haar ziel naar buiten vloeide.

Ellen was niet in staat een voertuig te besturen. Daarom bracht diezelfde vrouw, waarschijnlijk iemand die op het secretariaat van de school werkte, haar en Shanya naar het Melmer Hospitaal. Daar lichtte de dokter van wacht hen officieel in over het overlijden van Gabe, echtgenoot en vader.

Die avond kwamen er geen tranen meer. De vrouw bracht na een kort maar heel pijnlijk afscheid van Gabe, Ellen en Shanya terug naar huis. Shanya vluchtte naar haar kamer en wierp zich op het bed. Beneden pleegde haar moeder enkele telefoontjes. Kort daarna kwamen meerdere mensen bij hun woning aan. Shanya wilde niet naar beneden gaan. Bepaalde van de stemmen meende ze te herkennen, andere klonken vreemd. Sommige weenden, andere troostten.

De slaap nam het meisje uiteindelijk mee naar een uitgestrekt land waar dromen als vormeloze vlekken net boven de grond zweefden. Het waren flarden uit haar jeugd. Beelden van gelukkige momenten. Haar vader stond centraal. Zelfs in haar dromen was het verdriet binnenin haar lichaam prominent aanwezig.

5

DE dagen die volgden op het overlijden van Gabriel Bellmer, zorgden voor een schokgolf in de samenleving van het zuidelijke deel van Rosenhelm. Iedereen die het slechte nieuws vernam, was oprecht aangeslagen. *Dat net* hem *dat moest overkomen. Zo'n krachtige man. Jammer voor zijn vrouw. Jammer voor zijn dochter. Ik voel met jullie mee. Ik deel in jullie verdriet. Hij was een prachtig mens. Het had niet mogen zijn, hij was nog zo jong, nog zo vitaal. Het is onrechtvaardig, hij had nog zoveel in z'n mars.*

Seth Withman, Ellens broer, kwam vanuit Fayetteville over. Hij hielp haar met het regelen van de begrafenis en de administratie die gepaard ging met het overlijden van een naast familielid. Ellen voelde zich in zijn gezelschap optimaal en prees hem om zijn inzet.

Shanya dwaalde die dagen door het huis alsof ze een ongeziene toeschouwer was. Iemand die alles bekeek, maar zelf geen deel van de scène uitmaakte. Ze hoefde niet naar school en bracht de meeste tijd op haar kamer door. Ze probeerde een film te volgen of een boek te lezen, maar haar aandacht dwaalde af. Steeds opnieuw zag ze haar vader achterover van het podium vallen. Steeds opnieuw weerklonk de knal waarmee hij op de plankenvloer terechtkwam. Hoewel ze zijn koppigheid en vastberadenheid kende, was er dat schuldgevoel. Ze wilde dat ze meer had aangedrongen om hem op de stoel te houden nadat zij het sein had ontvangen dat er iets verkeerd liep. Af en toe kwam er een traan. Ze bekeek veel foto's. Die had ze uit een oude, groene schoenendoos bovenop haar kleerkast opgevist. Een reeks prenten waar ze de afgelopen vijf jaar nauwelijks naar had gekeken, waren nu plotseling van het allergrootste belang. Foto's van toen ze baby was, op de arm van een trotse vader. Samen vissend op de oever van een meer, waarvan ze zich de naam niet meer herinnerde. Foto's van toen ze kind was, op een rood fietsje, aan de zijde van haar moeder. Vader toekijkend, de situatie overschouwend. Hun eerste wagen, vader zo fier als een gieter. Als tiener, met vriendinnen, op een strand... tientallen foto's die haar wezen op een gelukkige jeugd. Op alle afbeeldingen was een glunderend kind te zien. Iemand die van het leven niets dan goede dingen verwachtte. Haar vader was telkens afgebeeld zoals ze hem in werkelijkheid kende. Flink rechtop, verzorgd, zelfzeker. Altijd glimlachend, maar nooit overdreven.

Steeds opnieuw maakte zich een verse golf verdriet klaar toen ze nadacht over alle kansen die ze door zijn vroegtijdig overlijden moest missen. Nu was het te laat - dat besef deed haar pijn - maar ze had hem willen zeggen dat ze eigenlijk wel van hem hield. Ze had hem nog één keer willen vastnemen, haar armen om hem slaan, warm knuffelen en zeggen dat ze een jonge meid was geworden met een eigen mening. Ze had hem toch zeker nog willen bedanken voor het leven dat ze van hem en haar moeder had gekregen. Nu pas besefte ze - *het is te laat, Shanya, veel te laat nu* - dat ze hem eigenlijk veel dingen had willen vertellen, maar omdat haar puberteit haar dat verbood, had ze dat achterwege gelaten. Ze had aan hem een luisterend oor gehad, daar was ze zeker van. Gabriel Bellmer was geen boeman. Stuurs en praktisch ingesteld, dat wel, maar zeker niet onmenselijk. Het meisje verweet zichzelf haar koppigheid (die ze waarschijnlijk van hem had geërfd) die haar belette om in te zien dat hij ook van haar hield, maar dat misschien nooit onder woorden kon brengen. Ze weende om de gemiste kansen. Ze weende om de voor altijd verloren mogelijkheid om dichter bij hem te komen. Ze vervloekte de ruzies die nooit waren bijgelegd. Ze had hem zeker nog willen verklappen dat zij altijd alles *goed* voor hem wilde doen om door hem bevestigd te worden. Het is de hoop van ieder kind om door zijn of haar ouders te worden geaccepteerd. Shanya was niet anders. Hoe erg zij op dat moment ook in de greep van de puberteit gevangen zat, zij had altijd die nood om vooral door haar vader te worden aanvaard zoals zij eigenlijk was. De goedkeuring van haar eigenheid liet haar toe verder te gaan. Dat beschouwde ze als een soort zegen, als een soort: *doe zo verder, Shanya, ik ben blij dat je goed bezig bent.* Dat had ze nodig om zich te ontwikkelen. Appreciatie. Het warme gevoel van totale aanvaarding waar iedereen naar smacht.

Ze koesterde de foto's. Ze rangschikte ze in chronologische volgorde. Ze stak ze volgens grootte, of plaatste ze volgens de emotie die de prent bij haar teweegbracht. Het plotse sterven van haar vader betekende voor Shanya veel meer dan afscheid voor altijd moeten nemen. Het was een koude en pijnlijke confrontatie met de manier waarop zij de afgelopen jaren als dochter met hem in relatie had geleefd. Hun werelden bevonden zich naast elkaar. Hij had zijn directeurschap, zij had haar eigen ikje. Wanneer ze elkaar op toevallige kruispunten ontmoetten, volgde bijna altijd een botsing. Meningsverschillen. Woorden, soms hard, soms pijnlijk. Nooit kwetsend. Maar klijvend, en daardoor blijvend.

Ineens dook een welbepaald item uit haar herinneringen naar boven. Het bezorgde haar een koud en een warm gevoel. Haar vader noemde zichzelf de beste 'insteker'. Ze glimlachte bij die verwarmende gedachte, maar gaf tegelijk toe dat ze zijn handelingen daaromtrent al jaren miste. In haar kindertijd, tot bij de start van haar puberteit, nestelde hij haar 's avonds op zijn persoonlijke manier in bed. Hij stak haar diep onder de donsdeken, en dichtte alle overgebleven gaatjes nauwkeurig. Haar vader was een oprechte meester in het 'insteken' en de titel die hij zichzelf toe-eigende, was dan ook terecht. Ze beschouwde het als een vaderlijke bescherming. Hij wilde niet dat ze het koud kreeg, hij wilde dat ze een rustige nacht doorbracht. Het was ook zo. De donsdeken diende als bescherming tegen alles wat haar slaap kwam storen. De keren dat hij haar er niet 'in stak', sliep ze slecht, had ze het koud. Tranen rolden over haar wangen toen ze besefte dat zij die ervaringen onmogelijk nog opnieuw kon beleven. Het deed haar pijn dat hij er jaren geleden al mee opgehouden was. Als puber was ze daar te groot voor, ze had zijn knuffels niet meer nodig.

Terwijl Shanya Bellmer in stilte, eenzaamheid en verdriet de niet al te positieve balans van de laatste jaren aan de zijde van haar vader maakte, werden één verdieping lager alle voorbereidingen voor de begrafenis getroffen.

6

DE eerste maal dat Shanya het lichaam van haar vader bij de begrafenisondernemer bezocht, barstte ze in een onbedwingbare vloed van tranen uit. Ze was in het gezelschap van haar ma en Seth Withman, haar oom. Ze weende tranen met tuiten en ging de kille, witte kamer waar het lichaam opgebaard lag, niet binnen. Seth probeerde haar gerust te stellen, maar niets hielp. Shanya besefte wat haar overkwam, maar kon het gewoon niet aan. Ze wachtte in de gestoffeerde gang op de stoelen tot haar moeder met roodomrande ogen naar buiten kwam.

Zeven september, rond de klok van tienen. Op datzelfde moment zocht Elliot Bornowski in The Green Swamp in gezelschap van twee oude knakkers naar een verdwenen meisje. De zevende september, vier dagen na het overlijden en slechts een dag na haar eerste poging, bevond Shanya Bellmer zich alleen in de gang van het uitvaartcentrum van Methias Plunckett. Ze vond dat ze zich de dag ervoor belachelijk had gedragen en kwam daarom alleen. Ze vond dat haar vader het waard was dat zij zich toch een beetje in bedwang hield.

"J'ffrouw?"

Shanya keek op. Methias Plunckett was de begrafenisondernemer op Lemon Avenue, hooguit vijf minuten te voet van hun eigen woning. Het was een vriendelijke, gedrongen man van rond de vijftig. Hij had een aangenaam gezicht, niet het verwrongen lijkbiddergezicht van sommigen die hetzelfde beroep uitoefenen en meenden daarmee aan te tonen dat ze in het verdriet van de bezoeker deelden. Het was een luxefunerarium voor de rijken, net als de woningen in de buurt. Een inkomsthall met twee fonteinen stond voor een adembenemende ontvangst en een immense binnentuin liet toe adem te halen. Alles was tot in de puntjes (duurzaam en rijkelijk) verzorgd en geen enkele werknemer gaf blijk van onkunde.

"J'ffrouw Bellmer?"

"Jawel... ik kom mijn vader bezoeken."

"Geen enkel probleem, j'ffrouw. U volgt me?"

Methias ging haar voor. Hun stappen waren door de dikke tapijten niet hoorbaar. Zelfs de muren waren met stof bekleed. Alles verliep in een serene stilte. Respect voor de doden, respect voor de lijdenden.

"U bent alleen?" fluisterde de man tijdens het gaan.

"Ja... ik wilde alleen komen. Gisteren, eh... gisteren..."

"Had u het even moeilijk."

"Inderdaad."

"Begrijpelijk, j'ffrouw. Heel begrijpelijk. Uw vader moet veel voor u betekend hebben."

Shanya verbeet de tranen die achter haar ogen opwelden. *Natuurlijk betekende hij veel voor mij, hij was mijn vader, ik keek naar hem op, ik kon het hem niet zeggen, ik* wilde *het hem niet zeggen.*

De man hield halt bij een deur. Hij duwde die een beetje open en gebaarde dat ze naar binnen kon gaan.

"Als u weggaat... ik ben vooraan in het kantoor."

Methias knikte nogmaals en liet haar alleen. Shanya keek hem na tot hij uit het zicht verdwenen was en liet pas dan een langgerekte zucht ontsnappen. Nu rolden toch enkele tranen over de oogranden. Even besloop de twijfel van de dag voordien haar gemoed, maar ze kneep haar ogen hard dicht, wreef met een zakdoek het kringelende vocht op haar wangen weg en duwde de deur open.

Wijlen Gabriel Bellmer lag prachtig opgebaard. Methias Plunckett had subliem werk geleverd. Ellen had de dag voordien gezegd dat het was alsof pa lag te slapen. Die indruk kreeg Shanya ook. Het lichaam lag in een halfopen kist, geflankeerd door enkele vazen waarin veelkleurige bloemen kundig geschikt waren. Gabe was gekleed in een donker kostuum, met wit hemd en zwarte das. De vingers in elkaar verstrengeld als rustte hij na een gezonde maaltijd, of misschien bad hij. De ogen gesloten. De kleine kamer voorzag in twee stoelen. Shanya verwerkte het koude, beklemmende gevoel in haar borstkas bij de eerste aanblik van haar vader, en nam vervolgens op een van de stoelen plaats. Ze had zich de voorbije nacht afgevraagd hoe ze zou reageren en wat ze hem wilde vertellen. Maar nu ze naast de kist zat, ontnuchterde ze. Alle bedenkingen die ze de afgelopen nacht had gemaakt, waren nu overbodig en belachelijk. Haar vader was overleden, niets van wat ze zei, hoorde hij. Niets van wat ze dacht, ontving hij.

Shanya plaatste haar handtas naast zich op het dikke tapijt. Wat kwam ze hier dan eigenlijk doen? Afscheid nemen? Doen wat van je verwacht werd in een dergelijke situatie? Luidop zeggen dat het haar speet dat ze hem de laatste jaren van zijn leven een beetje negeerde ten voordele van zichzelf? Of was het bezoek eigenlijk nog maar eens het zich voorhouden van een spiegel? Om te kijken of je - terwijl je nog in leven bent - goed bezig bent?

Opnieuw tranen over haar wangen. Toch emotie. Toch verdriet. Ze boog zich opzij en zocht in haar handtas naar een tweede zakdoek. Ze had er zeker vier meegenomen. Iets ritselde. Shanya richtte zich op. Haar vader zat rechtop in de kist.

Haar hart veranderde in een ijsklomp. Gabriel Bellmer zat rechtop. Zijn handen lagen met nog steeds verstrengelde vingers in zijn schoot. Met gesloten ogen keek hij haar aan, want hij had zijn hoofd in haar richting gedraaid. Shanya's mond zakte open, haar ogen werden steeds groter. Ze *voelde* haar darmen in haar buik, nooit eerder was ze daarbinnen iets gewaargeworden. De mond van Gabriel Bellmer opende zich gedeeltelijk. Waar Methias Plunckett de lippen met een drupje lijm had dichtgekleefd, bleef de mond gesloten, zodat slechts een paar openingen ontstonden. Shanya ving woorden op. Niet gesproken, wel in haar hoofd. Het was haar vaders stem. Onmiskenbaar.

"Ga niet terug!"

Haar knieën knikten. De zakdoek tuimelde uit haar handen en kwam tussen haar voeten terecht.

"Ga niet terug!"

In haar maag vormde zich een angstkreet die, opgepompt door opgeslagen lucht in de longen, via de slokdarm naar boven werd gestuwd. Haar borstkas zwol op en tegelijk met het uiten van een schreeuw, sprong ze van haar stoel op en holde naar de deur van het kleine lokaal. Daar ving ze voor de derde maal dezelfde woorden op:

"Ga niet terug!"

Haar vaders stem. Ongetwijfeld. Shanya keek niet meer achterom. In pure paniek rende ze de gang in en botste tegen een mollige, zwarte vrouw aan. Opnieuw gilde Shanya en kwam bijna ten val. De vrouw droeg hetzelfde uniform als Methias Plunckett.

"Hola... dat was een botsing!"

Paniekerig scharrelde Shanya overeind. Met grote ogen staarde ze naar de geopende deur en probeerde op blubberbenen en met krachteloze armen uit de greep van de vrouw te geraken. Die belette eigenlijk dat ze volledig ten val kwam en hield haar bij de armen vast.

"Help... help me..."

Shanya herkende haar eigen stem niet. Het was een schor kakelen.

"Juffrouw! Beheers u."

De mollige vrouw schudde het meisje lichtelijk door elkaar, waardoor Shanya ineens besefte dat ze niet alleen was. Ze keek met opengesperde ogen in het gezicht van de vrouw, verstarde even en zakte als een pudding in elkaar. De vrouw had weinig moeite om het lichtgewicht tot bij de rij stoelen te brengen en haar in een ervan neer te plaatsen. Shanya kwam onmiddellijk bij haar positieven, maar haar gezicht tintelde. Het bloed stroomde door alle aderen in haar hoofdhuid. Ze keek van de vrouw naar de open deur. De paniek dreigde opnieuw de overhand te halen op haar emoties. Maar de mollige dame legde haar hand op de hare in haar schoot en zei:

"Juffrouw, u bent heel bleek. U bent geschrokken."

"Het is onmogelijk..."

"*Wat* is onmogelijk?"

"Mijn vader..."

Shanya zag dat de hand waarmee ze naar de deur wees, trilde.

"Juffrouw, mijn naam is Elma Choshakian. Ik ben hier allang werkzaam. Veel mensen beweren dat ze iets gezien hebben."

"Maar..."

Shanya's ogen waren groot, ze kreeg haar mond niet dicht. Te veel emotie wilde naar buiten. In een paar korte zinnen vertelde ze de vrouw wat ze had meegemaakt. De zwarte Elma Choshakian glimlachte en bleef rustig. Ze kneep een paar keren in Shanya's handen en stond op. Ze liep tot bij de deur. Shanya's ogen traanden. Elma duwde de deur verder open, keek naar binnen en haalde haar schouders op.

"Alles is heel normaal, juffrouw, kijk zelf maar."

"Nee!!"

Net iets te luid, vond het meisje zelf. Omdat de zwarte vrouw bij de deur bleef staan en nogmaals gebaarde dat ze kon komen, stond Shanya op onvaste benen op. Haar lichaam behoorde niet langer bij haar benen. De samenwerking liep niet echt perfect. Bij de deur aarzelde ze. Maar omdat Elma Choshakian zo rustig en zelfzeker was, waagde ze toch een blik om de hoek. Vlug, zich haastig terugtrekkend. Maar ze had genoeg gezien. Haar vader lag

zoals toen ze daarnet het zaaltje binnenkwam. Zoals het een opgebaarde overledene paste.

"Maar... ik begrijp het niet... ik ben zeker..."

"Ik haal jouw spullen, wacht even."

Elma verdween achter de deur en kwam onmiddellijk terug met Shanya's
handtas en de zakdoek die ze in haar vlucht had achtergelaten. Even later
zaten de twee vrouwen weer naast elkaar in de gang. Shanya was nu veel rustiger. Ze sprak met Elma over de relatie met haar vader. Ze liet stoom af en
was kwaad. Ze toonde zelfs verdriet. Elma bleek een uitstekende luisteraar-
ster. De mollige, zwarte vrouw liet het meisje zolang als nodig spreken, zonder haar te onderbreken, zonder enig opmerking te geven. Shanya eindigde
haar uiteenzetting met:

"... en daarom wilde ik vandaag hier alleen zijn. En dan overkomt me dat!"

Elma schonk haar een oprecht warme glimlach.

"Ik ben ervan overtuigd dat jouw vader altijd heel fier op jou is geweest,
Shanya. Maar zoals de meeste vaders met dochters, was hij niet in staat het te
vertellen."

Opnieuw bijna tranen.

"Maar waarom? Ik.... ik had..."

"Jij had die woorden nodig. Net als iedereen, Shanya. Iedereen wenst geaccepteerd te worden. Elke mens heeft af en toe een steuntje in de rug nodig om
verder te kunnen. Maar mannen zijn nu eenmaal geen praters. Converseren
over hun gevoelens bezorgt hen een onwennig gevoel. Wij, vrouwen, wij zijn
anders. Praten helpt bij ons, het uitspreken van woorden werkt als een ventiel
op onze emoties. Bij hen werkt dat net andersom. Het praten over gevoelens
maakt hen kregelig, want het betekent dat zij het allemaal nóg eens meemaken. Als een vrouw van haar werk thuiskomt, babbelt zij honderduit over wat
ze allemaal heeft meegemaakt. Alsof ze alles heeft opgespaard om het daar los
te laten. Voor haar betekent het stoom afblazen. Als een man thuiskomt, wil
hij vooral zwijgen over wat is voorgevallen. Het is voorbij, geen hernemingen
van al die irritante zaken."

"Maar tevreden zijn over wie ik ben, is toch geen irritante zaak?"

Elma glimlachte.

"Erover praten wel. Maar, wees gerust, Shanya, er niet kunnen over praten,
bezorgde jouw vader ook een vervelend gevoel. Hij was fier op jou, maar
kreeg de woorden van appreciatie niet over zijn lippen. Hij besefte waarschijnlijk wel dat hij je daardoor tekortdeed, maar kon dat niet uiten. Mannen
vrezen dat over gevoelens praten deuken veroorzaakt in hun stevig harnas dat
ze met veel moeite om zich heen hebben opgebouwd. Maar daardoor laten ze
ook niemand binnen dat omhulsel toe, en net daar leven zij. Conversaties

over gevoelens zijn niet *mannelijk*, niet macho."

Shanya's gezicht glimlachte. Mond, wangen en ogen.

"Ik zie mijn vader niet als een macho, Elma. Maar... ik vraag me af wat ik daarnet heb meegemaakt."

Elma haalde haar schouders op.

"Probeer daar niet te veel achter te zoeken, Shanya. Ik vermoed dat je overmeesterd bent geweest door verdriet en allerhande andere emoties die jou de laatste dagen hebben overspoeld. Het is normaal dat je het erg vindt dat hij overleden is. Misschien wilde je hem weer levend, lang genoeg om hem alles te vertellen. Misschien heeft jouw geestesoog hem gedurende een ogenblik zo gezien, wie weet..."

"Maar ik hoorde zijn stem, hij zei... ."

"Wat zei hij?"

"Dat ik niet... mag teruggaan?"

Elma fronste nauwelijks merkbaar de wenkbrauwen.

"Wat betekent dat?"

"Ik weet het niet, Shanya. Maar, zoals ik al heb gezegd, probeer het uit je hoofd te bannen."

Elma Choshakian stond op. Shanya volgde haar voorbeeld.

"Ik vermoed dat je niet van plan bent nogmaals binnen te gaan?"

"Nee... ik ga naar huis. Eh, bedankt voor het gesprek. Ik vond het fijn."

Elma schonk haar opnieuw een warme glimlach en kneep zachtjes in haar onderarm.

"Ik ruim hier nog even op, je vindt de weg terug?"

"Geen probleem. Nogmaals bedankt."

Shanya Bellmer was helemaal opgelucht. Het gesprek met Elma Choshakian bezorgde haar een goed gevoel. Ze stapte door de gang en kwam voorbij het kantoor van de begrafenisondernemer. Shanya zag dat hij de hoorn op het telefoontoestel neerlegde en vanachter zijn eikenhouten bureautafel vol papieren tot bij haar spurtte.

"J'ffrouw, hebt u even?"

"Ja?"

"Is alles... in orde?"

Shanya fronste de wenkbrauwen.

"Nu ja, waarom die vraag?"

"Eh... u was de enige in die afdeling en ik meende dat zopas iemand riep. Maar het kan ook mijn verbeelding geweest zijn. Ik was aan de telefoon en ik was net van plan..."

"*Zopas* zegt u?"

Shanya herinnerde zich uiteraard haar eigen schreeuw die als een golf gloeiend magma vanuit haar maag naar boven was gerezen. Zij had geschreeuwd. Natuurlijk. Maar niet 'zopas', zoals de man zei. Ze had Elma ontmoet, en ze meende dat ze minstens twintig minuten gepraat hadden. Ze had trouwens geen zin om opnieuw alles te bespreken. Het gesprek met Elma had haar voldoende bij haar positieven gebracht.

"Jawel... nu, hooguit tien seconden geleden."

"Nee, ik heb niet geschreeuwd."

De man keek haar niet erg overtuigd aan, maar besloot de zaak te laten rusten. Het meisje zag er inderdaad in orde uit.

"Eh... sorry dan, j'ffrouw, excuseer mij. Mijn vergissing."

Shanya Bellmer knikte en verliet het gebouw. De ontmoeting met de zon was een aangename afwisseling met de stoffige omgeving van daarnet. Wat die vriendelijke mevrouw Elma ook beweerde, het beeld van haar vader die recht-op in zijn doodskist zat, was voor eeuwig op haar netvlies gegrift. De vrouw probeerde haar natuurlijk te troosten en gerust te stellen. Ze wilde er daarom met de zwarte vrouw niet verder op ingaan. Shanya had het zich niet ver-beeld, dat was een absolute zekerheid. De woorden die ze van haar vader opving, uitte hij met zijn eigen stem. De woorden klonken als een waarschu-wing. Niet als een verbod.

7

DE dag daarna ging Shanya terug, nu samen met haar moeder. Het betekende het allerlaatste afscheid. Tijdens de begrafenis van de ge-wezen schooldirecteur, nog een dag later, stond het complete zuidelijke ge-deelte van Rosenhelm in rep en roer. Iedereen die meende tussen de twee Provincial Roads van belang te zijn of tot de notoiren van de stad behoorde, zorgde dat hij gezien werd.

Shanya bracht die dag in een roes van 'onbewust zijn' door. Ze maakte alles mee, maar aanschouwde de taferelen vanop een onpersoonlijke en niet-mee-werkende afstand. Voor haar waren haar ogen een camera die op drie meter boven de drukke bedoening zweefde en de geregistreerde beelden naar haar hersenen transfereerde. De lijkstoet vanuit het uitvaartcentrum naar de kerk, de dienst zelf, het overbrengen van de kist naar het kerkhof op Solid Boulevard, de korte gebedsdienst bij het graf, het neerlaten van de kist en het werpen van een bloem. Als laatste volgde het strooien van een schepje aarde. Het defini-tieve afscheid. Op die manier droegen alle aanwezigen symbolisch bij tot de inhumatie van Gabriel Bellmer. Shanya en haar moeder werden duizendmaal gecondoleerd. Een slopende bedoening waar niemand eigenlijk iets aan had. Handjes schudden en onverstaanbaar mompelen. Maar het was voorzien, het moest zo, de etiquette wenste dat alles op die manier verliep.

Een feit dat Shanya wél bijbleef, was de vreemde reactie van Methias Plunckett toen die hen na het neerlaten van de kist terug naar de wachtende wagens begeleidde. Shanya vroeg de man iets, waarop hij een antwoord gaf dat haar koude rillingen bezorgde.

"Meneer?"

"J'ffrouw? Wat kan ik nog voor u doen?"

"Kunt u mijn groeten aan uw assistente overbrengen? Ik vond het jammer dat ze vandaag niet aanwezig was. Ik had haar graag nog eens ontmoet."

De man keek haar glimlachend en verbaasd aan.

"Mijn assistente?"

"Ja, een mollige, zwarte vrouw. Elma is haar voornaam. De familienaam ben ik vergeten."

"Ik vermoed dat u het verkeerd voorhebt, j'ffrouw."

"Helemaal niet, meneer. Ik heb haar eergisteren ontmoet, toen ik mijn vader bezocht. U dacht dat ik had geschreeuwd."

Methias Plunckett keek haar aan alsof zij hem verklapte dat zij van Venus afkomstig was.

"J'ffrouw, ik denk toch dat u zich vergist. Ik ken niemand met Elma als voornaam. Mijn enige kantoorassistent is blank en heet Greg. Mijn onderneming heeft een bezetting van veertien mensen, onder wie zes blanke vrouwen, maar niemand heet Elma."

Omdat haar moeder haar aanmaande voort te maken, ging Shanya daar niet verder op in. Ze stapte in de wagen en keek in het gezicht van de man. Omdat haar ogen om een antwoord smeekten, haalde Methias Plunckett zijn schouders op en schudde met zijn hoofd.

8

ZELFS zonder de aanwezigheid van Gabriel Bellmer, liep het leven in Rosenhelm z'n gangetje. Noodgedwongen werd voor een opvolger voor de functie van directeur van de Rosenhelm Elementary School, afdeling Zuid, gezorgd. Ellen Bellmer gaf een jaar na het overlijden van haar man haar taak als bibliothecaresse op en besloot van de rest van haar leven te profiteren.

Shanya Bellmer groeide op, de puberteit leek ineens verdwenen. Het was alsof het overlijden van haar vader haar op slag een stuk volwassener had gemaakt. De school leverde geen enkel probleem op. Vriendjes had ze niet, want ze vond de jongens die zich aan haar opdrongen, veel te... 'opdringerig'. Wat ze had meegemaakt in dat begroetingskamertje in het chique funerarium op Lemon Avenue, zorgde ervoor dat zich bij haar een grote interesse ontwikkelde voor het fenomeen van sterven, dood-zijn en het eventuele leven na de dood. Zij behield de overtuiging dat zij het zich niet had verbeeld.

Shanya koos voor een verpleegstersopleiding. Ze toonde een enorme inzet (had veel interesse voor palliatieve zorgen) en slaagde met grote onderscheiding. Slechts één jaar na haar benoeming vond zij werk in Conway Memorial Hospital (waar ze haar stages had gelopen) en na enkele jaren verhuisde ze naar het Conway Sunflower Home in Conway, South Carolina, waar ze in het begin van de negentiger jaren aankwam.

Hoewel zij het van zichzelf aanvankelijk vreemd vond en zij er zich een tijdje tegen verzette, koos Shanya - na enkele afschuwelijk deprimerende *relaties* met knullen - voor het veilige en meer tedere gezelschap van een vriendin. Ze stond met een andere vrouw meer op gelijke voet. Er was gelijkwaardigheid. Een vriendin bij wie ze best paste - een gevoel dat wederzijds was - was Gwen. Ze leerden elkaar in 1989 kennen op een cursus 'omgaan met hoogbejaarden'. Uit die kennismaking groeide een vriendschap, waaruit vervolgens een liefdesrelatie ontstond. Ze besloten in 1991 in Conway op Gwens appartement samen te wonen.

Ze hadden het goed samen. Ze koesterden beiden het aangename en geruststellende gevoel dat ze evenwaardig waren.

Op de zestiende oktober van 1994 deed zich een vreemd voorval op Deathfloor voor, de afdeling in het rusthuis waar Shanya werkzaam was. Het betekende een totale ommekeer in haar leven. Het was niet de eerste keer dat haar wereld door elkaar werd geworpen. Maar die dag was het wel héél ingrijpend.

1979 – Rosenhelm (North Carolina)
Steven Tatakarian

1

WAS het zuidelijke gedeelte van Rosenhelm voorbehouden voor wie er warmpjes bij zat, dan was het noordelijke gedeelte een schuilplaats voor de mensen die door die zuiderlingen bestempeld werden als *het gewone werkvolk*. Men had het niet over een getto, maar de zuidelijken hielden zich het liefst in hun eigen omgeving op, terwijl de noordelijken zich niet naar beneden begaven. Ze hadden daar niets te zoeken en werden daar ook niet echt geduld. Noordelijken herkende men onmiddellijk, en hun aanwezigheid betekende alleen maar op hand zijnde problemen. Hun kledij viel op en hun wagens waren oud. Zij spraken een speciaal taaltje en hadden een eigen en aparte manier om hun levens te slijten. Ruzies werden weinig of nooit uitgepraat, altijd uitgevochten. Zij woonden in het nauwste gebied tussen de twee Provincial Roads, de 130 en de 905.

In die buurt groeide Steven Tatakarian op. Hij werd er eind 1962 geboren en liep daar zo goed mogelijk school. Zijn vader Richard vond af en toe werk, maar speelde dat even vlug weer kwijt. Zijn moeder dronk en verwaarloosde het volledige huishouden, haar man en zoon. Als kind kreeg hij thuis op regelmatige basis een pak slaag zonder dat daar een reden werd voor gegeven. Ze hadden altijd geldtekort, maar zijn ouders hadden ook altijd af te rekenen met emotionele en relationele problemen. Eigenlijk hadden zijn ouders redenen genoeg om verbitterd door het leven te gaan. Soms werd het hen te veel, en werkten ze hun frustraties op hem af. Dat was het gemakkelijkste, Steven reageerde namelijk niet. Daarvoor was hij nog te jong. Als hij een klein (naar zijn gevoel) beetje verkeerd handelde, werd hij onmenselijk hard gestraft. De school leerde hem verstandelijk met de dingen om te gaan, de straat leerde hem zichzelf te zijn.

Hij was pas tien toen zijn moeder uit zijn leven verdween. Weg, voorgoed. Naar de andere kant van de States. Blijkbaar had ze iemand anders gevonden. Steven bleef alleen met zijn vader die zijn ontrouwe vrouw vervloekte. Een totaal gebroken man die zich vijf jaar later, in 1977, op de bovenste verdieping van hun kleine rijwoning op Milder Road aan een halfrotte dwarsbalk met zijn broeksriem verhing. Op zijn vijfendertigste verjaardag. Op de smerige keukentafel lag een vuil stuk papier met daarop in een slordig handschrift een korte tekst: "Geen tweede keer!"

Een pracht van een afscheidsbriefje. Een mooie en hartversterkende boodschap voor zijn nu totaal verweesde zoon. Die werd echter geen enkele emotie gewaar bij het lezen van die woorden. Op dat moment nog niet. Niemand had eigenlijk iets aan dat bericht. De jongen zocht niet naar een betekenis in wat zijn vader had geschreven. De woorden bleven daardoor niet lang hangen en werden vlug naar de minstbezochte hoeken van Stevens onderbewuste verbannen.

Steven Tatakarian was nog geen zestien. Hij werd toegewezen aan de zus van zijn moeder op Sultan Street. Bij tante Maud. Vriendelijk, maar niet écht. Hij werd enkel toegelaten, niet aanvaard. Steven had uiteindelijk enkel nog op straat een goed gevoel. In het gezelschap van anderen die zijn lot deelden: dat van de mentaal verweesden.

Zoals meestal het geval was, ontstonden er op die manier bondgenoten. Verwenste zielen die elkaar in de leegte van hun bestaan aantroffen, die elkaars pijn ervoeren. Aanvankelijk een paar, een kleine groep, maar steeds meer. Tot er grotere groepen ontstonden. Mensen die elkaars restje kracht opzochten om die samen te bundelen. Het werden straatbendes. Zij deden dingen waarmee ze hoopten te bewijzen dat zij ook nog *iemand* waren. Het was hun verwrongen manier om toch deel te nemen aan de maatschappij waar ze eerder waren uitgeschopt. Het was ook de enige - zij het een totaal verkeerde - manier om hun ontevredenheid over diezelfde maatschappij te uiten.

2

"**WIL** je erbij horen, moet je je bewijzen."
Steven keek de negerjongen aan. Zestien jaar oud, net als hij. Bijna zeventien. Wel een ferm stuk groter en zwaardergebouwd. Eigenlijk een reus, vergeleken bij hem.

"Wat moet ik bewijzen?"

De jongen grijnsde een wansmakelijk onverzorgd gebit bloot.

"*Moed...* sul! We moeten weten wat je aankan, wat je aandurft!"

"Wie zegt dat ik erbij wil horen?"

De grijns stierf weg.

"Omdat je hier bent. Daarom. Kerels die niet geïnteresseerd zijn, komen hier niet."

De jonge Steven Tatakarian keek om zich heen. Het was eind augustus van 1979, op een weekdag, om halfzeven in de avond. Het was verrassend koud voor de tijd van het jaar. Een frisse wind uit het noorden belaagde de stad al dagen. Steven bevond zich op een binnenkoertje van een vervallen restaurant op Bill Avenue. Waarschijnlijk was het daar vroeger wel gezellig geweest.

Waarschijnlijk hadden jonge paartjes elkaar bij kaarslicht hier ooit trouw en eeuwige liefde beloofd. Oprechte beloftes, nauwelijks waar te maken. Waarschijnlijk hadden kerels hier met hun minnaressen afgesproken om verdere plannen voor diezelfde avond te maken. Steven had zo zijn eigen ideetje. Hoe dan ook, nu was het een smerige en stinkende stortplaats vol welig tierend onkruid met vanalles wat zelfs het stelen niet langer waard was.

De negerjongen had gelijk. Mo was zijn naam. Mo had gelijk. Als je er niet bij wilde horen, kwam je hier niet. Het clubje van verdwaalde zielen noemde zich The Scumbags. Een belachelijke naam, maar daar ging het Steven niet om. Hij was het beu alleen door de straten van Rosenhelm te dwalen, hij was het beu zijn dagen te slijten met rondhangen en nergens bijhoren. Het huis van tante Maud was geen thuis. Dat eenzaamheid hem kwelde, begreep hij niet. Nog niet. Hij kon nog niet in zichzelf kijken om de oorsprong van dat wrange gevoel in zijn maag te erkennen. Hij wilde die knagende worm kwijt en meende dat op te vullen door deel uit te maken van een groepje mensen die net zoals hijzelf op de rand van de maatschappij leefden.

Steven was niet iemand die zelf alle initiatieven nam, maar hij had op straat gehoord dat The Scumbags goed waren. Als je erin slaagde binnen hun rangen te geraken, was je veilig. Naar het schijnt, was je er beschermd, omdat iedereen het voor iedereen opnam. De leider – aan het hoofd van elke groep mensen staat een leider (en als er geen leider is, posteert iemand zichzelf automatisch op die positie) – werd met Sir John aangesproken. Kon het nog idioter? Mo, de negerjongen, was hun spreekbuis.

"Dus?" vroeg Mo.

Steven haalde zijn schouders op. Hij kon onmogelijk iets anders doen dan toegeven.

"Ik moet dus mijn moed bewijzen?"

Weer die walgelijke grijns.

"Klopt... Steven is de naam?"

De jongen knikte enkel.

"Hoe weet ik dat jij geen flik bent... of een van hun loopjongens?"

Steven keek Mo verontwaardigd aan.

"Zie ik er als een flik uit? Ruik ik als een flik?"

"Neen!"

"Waarom die vraag dan?"

"Dat was een eerste testje."

"En?"

Rotte tanden achter dikke lippen.

"Geslaagd."

Nu was het Stevens beurt om te glimlachen.

"Goed dan... wat moet ik doen om mijn moed te bewijzen?"

ZEVEN september. Iets over vier in de ochtend. In zijn ouderlijke woning op Beach Boulevard in het zuidelijke deel van Rosenhelm werd Darian Shadborne op dat moment gewekt door het geluid van brekend glas. Het was ook een kleine week na Stevens eerste contactname met Mo. Ze waren met z'n drieën op stap. Lipp, Cunt en Steven. Het doel van hun nachtelijke excursie was het stelen van een wagen. Lipp, een achttienjarige boom van een kerel, had volgens Mo de gave zich veilig met een gestolen wagen uit de voeten te maken. Lipp was een *stuurman*. Cunt was zestien. Zij was klein van gestalte en bewoog zich als een slang. Ze was volgens Mo heel handig met allerhande instrumenten om zich een toegang tot iets te verschaffen. Gebouw of wagen. Zij kreeg de Mercedes zonder problemen open, die Lipp daarna van plan was te besturen. Steven had de taak als uitkijk te fungeren. Mo zette hen om vijf over vier op het vooraf afgesproken punt af. De hoek van Island Road en Carolina Boulevard.

"Vanhier zijn jullie alleen. Alles in orde?"

De drie jongeren knikten heel bewust. Het was Stevens vuurdoop. Lipp en Cunt waren al zeker een halfjaar bij The Scumbags. Aan hun moed werd niet langer getwijfeld. Het drietal stapte uit en de blauwe Ford Torino met Mo aan het stuur reed weg. In de nachtelijke uren zag de omgeving er heel anders uit dan bij daglicht. Ze hadden de omgeving een aantal keren bezocht. De witte Mercedes 500 SEL stond iedere keer op de oprit van de woning. Nooit in de garage. Dat was om problemen vragen. En problemen kreeg de kerel ongetwijfeld.

Het drietal hield zich in de schaduw van de huizen op. Even wachten. Kijken en afwachten. Niet onmiddellijk in actie willen schieten. Terwijl zij zich in alle stilte en in totale duisternis tegen een woning ophielden, vond Steven dat hij recht had op meer informatie.

"Wie is de kerel?"

"Wat?!"

"De eigenaar van de Mercedes. Wie is dat?"

Cunt keek naar hem op. Zo klein was ze. Een kind eigenlijk nog.

"Waarom wil je dat weten?"

"Zomaar," zei Steven schouderophalend.

"Dan kan ik je *zomaar* zeggen dat het een rijke pief is. Anders kocht hij geen poepchique Mercedes. Het is een sullig ventje."

"Wat doet ie?"

Het meisje maakte een verveeld gebaar.

"Bankdirecteur. Jongens, ben je nerveus of zoiets? Waarom al die vragen?"

"Eh... sorry... zomaar. Ik ken niet veel rijke kerels. Ik ben nooit eerder in deze buurt geweest."

"Maar goed ook. Luister. Eigenlijk doen we die kerel een gunst. De wagen op z'n oprit is twee jaar oud. Goed verzekerd. Ook tegen diefstal. Dus, als z'n kar gejat wordt, krijgt ie van de verzekering een splinternieuwe. Voel je je nu beter?"

"Daar gaat het niet over."

"Waarover dan wel?"

Steven Tatakarian wilde zeggen dat hij i.v.m. deze missie eigenlijk met gemengde gevoelens zat. Maar zover kwam hij niet. Vooraleer hij kon antwoorden op Cunts vraag, kreeg hij van Lipp een stomp op de schouder.

"Komaan. Tijd om te spelen. Straks kunnen jullie verder keuvelen."

Steven reageerde door diep te ademen. Dit was zijn eerste klus. Gemengde gevoelens. Hij wilde het tot een goed einde brengen, maar hij wilde eigenlijk ook niemand last bezorgen. Een bedroevend dilemma. Ze holden achter elkaar in de beschutting van de duisternis, langs de huizen op Carolina Boulevard, tot ze tussen de struiken in de voortuin van de tegenoverliggende woning van nummer 16 terechtkwamen. Zijn hartslag pulseerde tot in zijn keel en oren. Dit was verdomd spannend. Opnieuw afwachten. Tussen de takken van de struik door de omgeving bekijken. Geen beweging.

"Cunt... jouw beurt."

Lipp kneep het meisje in de kont. Zoals afgesproken, stond ze op, stak de straat over en verdween in de duisternis op de oprit naast de Mercedes. Lipp en Steven bleven waar ze waren. Tot Steven opnieuw een stomp kreeg. Hij besefte dat er nu iets van *hem* werd verwacht. Hij werkte zich uit het struikgewas, hield zich aan hun kant van de straat en liep naar het punt van waarop hij een globaal zicht had op een groot stuk van Carolina Boulevard. Vanwaar hij weggedoken zat, zag hij het eventuele verkeer in beide richtingen. Dat terwijl Lipp geduldig afwachtte en Cunt haar peuterwerk verrichtte. Alles liep zoals gepland, zoals ingeoefend, zoals voorzien. Tot op dat moment.

Cunt trippelde even later over de straat en dook achter de struiken bij Lipp. De grote man maakte zich langzaam uit zijn verdoken positie vrij. Nu was het zijn beurt. Cunt had haar werk naar behoren verricht. Ze overhandigde hem zaken die waarschijnlijk sleutels waren en trok zich tussen de struiken terug. Lipp stak de straat over en zette zich zonder veel omhaal achter het stuur van de Mercedes. Steven vroeg zich net af waarom er geen alarm was afgegaan toen drie smerissenkarren om de hoek verschenen. Twee van links, een van rechts.

"Jezus!!"

Dat was Stevens eerste reactie. De flikken gebruikten hun sirenes of lichtbalken niet en stoven totaal onverwachts om de hoek. Op datzelfde moment gebeurde er heel veel. Stevens inbreng was dan nog de minste. Cunt gilde luid, sprong op en liep de straat over. Lipps gezicht werd lijkbleek toen hij door de zijruit de flikken zag aankomen. De motor van de Mercedes loeide. Cunt trok de passagiersdeur open en dook in het voertuig. Steven liep op rubberen benen in de richting van het huis nummer 16. Hij wilde niet alleen achterblijven, maar zoals de toestand nu was, liep de ganse bedoening in zijn nadeel af. Dit was een situatie waar zij zich niet op hadden voorbereid. Hij besefte dat zij eigenlijk heel amateuristisch tewerk waren gegaan. Om daar dieper op in te gaan, kreeg hij geen tijd. Hij besefte evenmin dat hij zich beter onmiddellijk uit de voeten maakte. Met gierende en rokende banden scheurde de Mercedes achterwaarts van de oprit, maar kwam onmiddellijk in aanrijding met de voorkant van de eerste smerissenkar. Dan maar vooruit. Steven holde naar de Mercedes. Het verwrongen metaal van de witte wagen krijste toen die zich uit de verscheurde grille van de flikkenkar losmaakte. Opnieuw rokende banden. Wild en luid gieren. Cunt klampte zich aan het dashboard vast en Lipp wrong als een woesteling aan het stuur. In nummer 16 werd licht aangeknipt. Een deur werd geopend. Iemand vloekte luid.

De tweede flikkenkar gleed op gillende banden om de eerste heen en blokkeerde daardoor de vrije doorgang van de Mercedes. Einde van de rit. Het avontuur had nauwelijks dertig seconden geduurd. Plotseling renden zes potige smerissen door elkaar over de straat. Iedereen schreeuwde en zwaaide met een dienstwapen. De deuren van de Mercedes werden opengetrokken. Nog meer mensen die schreeuwden. Nog meer wagens reden aan. Net als in de film. *De hoogste tijd om weg te wezen*, besefte Steven eindelijk.

Vast van plan als bezeten te rennen en nooit meer met The Scumbags in contact te komen, draaide hij zich om en keek in de twee zwarte gaten van het dubbelloopsjachtgeweer dat de 'sullige' eigenaar van de Mercedes op zijn hoofd gericht hield.

Vijf seconden later lag hij voorover op de koude grond. Het schreeuwen was opgehouden. Zijn hoofd was naar links gedraaid. Verderop, naast de Mercedes, lagen Cunt en Lipp, omringd door geüniformeerde mannen. Het bliksemde onophoudelijk boven zijn hoofd. Blauwe en oranje lichten, afkomstig van de lichtbalken op de daken van de politiewagens. Een immens zware knie verbrijzelde zijn nek. Zijn armen werden met ongemeen brutale kracht op zijn rug gewrongen. Het gerinkel van gemanipuleerde handboeien weerklonk en onmiddellijk daarna ervoer hij voor de eerste maal hoe het aanvoelde vastgeklonken te zitten.

4

AFDELING Noord van het politiekorps van Rosenhelm bevond zich in Newer Avenue. Het was ooit een pakhuis dat een eeuwigheid geleden werd gerestaureerd. Naar die plaats werden Lipp, Cunt en Steven in aparte smerissenkarren overgebracht. Ze werden elk in een afzonderlijk lokaal ondergebracht. Geen mogelijkheid tot contact met elkaar. Steven zat op een stoel aan een tafel. Zijn bewegingen werden nog steeds gestremd door de handboeien op zijn rug. Voor hem zat een grijzende kerel van rond de vijfenveertig in burgerkleren. Achter hem manifesteerde zich een reus van een neger. Hij droeg ook gewone burgerkledij. Het was de ouwe die sprak.

"Naam?"

"Tatakarian."

"Voornaam?"

"Steven."

"Geboortedatum?"

"Drie december 1962."

"Woonplaats?"

"Sultan Street 27"

De ouwe schreef alles op en overhandigde het blaadje met zijn gekrabbel aan de reus. Die gromde en verliet het lokaal. De ouwe wreef langdurig over zijn neus en zei toen:

"Noem me Morgan. Meer niet. De zaken staan er zó voor: je bent samen met de anderen betrapt op het stelen van een wagen. Doe geen moeite om te ontkennen. Je gaat voor vijf jaar achter de tralies. Behalve als je meewerkt. Is dit jouw eerste keer?"

Steven had geen zin om de macho uit te hangen. Hij wilde geen stoere bink zijn. Het had geen zin. Eigenlijk besefte hij toen reeds dat hij helemaal geen stoere bink was, en zich ook niet zo wilde voordoen.

"Het is mijn eerste keer... Morgan, meneer."

"Goed, dat zien we onmiddellijk. Dat was misschien jouw eerste leugen tegen mij."

"Ik lieg niet."

"Ik zei dat ik dat straks zal zien. Wil je meewerken?"

"Wat is *meewerken*?"

"Niet dom doen, kerel. Lipp en Cunt behoren tot The Scumbags. Dat weten we allang. Het is de eerste maal dat we hen klissen. Met wat meer informatie halen we Sir John op. Jij kunt mij die informatie geven."

Steven haalde de schouders op.

"Ik heb hem nog nooit gezien. Ik heb in de afgelopen veertien dagen enkel met Mo gesproken."

"Je liegt?!"

"Neen... ik zeg je dat ik niet weet hoe die John... of Sir John... eruitziet. Ik heb contact opgenomen met Mo en ik heb sinds die eerste keer met niemand anders dan met Mo gesproken. Behalve met Lipp en het meisje dan."

De ouwe grijnsde. De reus kwam het lokaal terug binnen en overhandigde zijn collega een blad vol gedrukte tekst. De ouwe bekeek de tekst oppervlakkig. Hij had blijkbaar aan weinig genoeg om veel te weten.

"Goed, Steven. Je hebt inderdaad niet gelogen wat je gerechtelijk verleden betreft. En je hebt inderdaad niet gelogen wat Sir John betreft."

"Dat zei ik toch."

"Ik bedoel dat ik weet dat je niet gelogen hebt."

Steven keek de man verbaasd aan.

"Wij vermoeden dat Sir John helemaal niet bestaat. Mo is de echte leider. Mo Goustier. Een kleine crimineel. Een grote in wording als wij hem niet stoppen."

"Ah zo?"

"Inderdaad. Niet alles verloopt zo eerlijk als je denkt, Steven. Weet je hoe het komt dat je hier zit?"

"Eh... de autodiefstal?"

"Natuurlijk. Mo doet zelf niets. Hij *laat* het werk doen. Niets wordt met hem gelinkt. Hij gaat vrijuit zolang niemand spreekt, zolang de getuigen wegblijven. Het stelen van die Mercedes was heel riskant. Caroline Boulevard is een chique wijk. Jullie moeten toch beseffen dat er zoiets als alarmsystemen bestaan?"

"Ik heb niets gehoord."

"Stille systemen. De melding komt op het transmissiecentrum bij ons toe. De patrouilles haasten even stil naar het opgegeven adres. Op die manier leveren wij soms goed werk. De dief hoort niets, weet van geen alarm in werking af, en denkt dat hij veilig bezig is."

Steven dacht aan Tante Maud. Hij dacht aan haar reactie. Prachtig! Hij had zich flink in de nesten gewerkt. Hoe moest het nu verder?

"Wat scheelt er?"

Viel zijn gemoedstoestand dan zomaar van zijn gezicht af te lezen?

"Ik... wou dat ik er nooit aan begonnen was."

De negerreus gromde. De ouwe grijnsde.

"Geef ons de info die we straks vragen en alles valt nog mee. Maar eerst mag je een beetje in de cel filosoferen."

IN die cel gebeurde datgene wat Steven op de vlucht joeg. Het was gruwelijk, totaal onverwacht en ongemeen overrompelend. Steven zat samen met Lipp in die cel. Blijkbaar was het verbod tot contact opgegeven. Cunt viel nergens te bekennen, misschien namen zij haar op datzelfde moment onder handen. Hun kooi met tralies was een van de twee cellen op het einde van de gang. Het andere einde, zo'n twintig meter verder, gaf in de burelen uit. Steven heeft zich het tafereel in de weken, maanden en jaren die volgden, honderden malen voor zijn geestesoog laten afspelen. Het begon in die wandelgang. Hij heeft ook meer dan eens gedacht dat indien hij niet om hulp had geroepen, het misschien niet was gebeurd. Maar het gebeurde wel. Het viel niet te ontkennen, net als de gevolgen.

"Ik haat het."

Daarmee begon alles.

"Ik haat het, verdomme," herhaalde Lipp.

Steven zei niets. Hij wilde Lipp niet nog kwader maken.

"Ik ben de beste stuurman. Ik heb verdomme geen tien meter gereden. Indien ik eerder uit die grille was losgeraakt, hadden ze m'n poepje kunnen ruiken. Die Mercedes, da's keet van m'n reet!"

"Jammer," probeerde Steven voorzichtig.

Volledig verkeerd geprobeerd. Met dat ene woord lokte Steven ongewild een reactie uit die hij liever had vermeden. Lipp draaide zijn grove lijf naar hem toe, zette enkele stappen in zijn richting en schreeuwde de woorden vanop vijf centimeter in Stevens gezicht. Zijn adem stonk naar rot fruit.

"Jammer?! Jammer?! Dat is nu net wat *jij* moet zeggen!"

"Sorry, maar..."

"Sorry?!! Nu een sorry? Door jouw schuld zitten we hier, klootzak!"

"Wat?"

Weer verkeerd.

"Je bent een klootzak, jij was de uitkijk, jij was verantwoordelijk voor de ogen. Jij de ogen, Cunt de deuren en ik het stuur. Zo moest het zijn. Cunt heeft haar werk gedaan, ik kreeg de bak aan de gang. Alleen jij hebt de boel verkloot."

"Ik heb..."

"Jij hebt je werk niet gedaan! Je had ze moeten horen aankomen. Drie smerissenkarren, verduiveld, die maken toch genoeg lawaai!"

Steven zocht wanhopig naar woorden. Lipp werd steeds woester. Hij wilde zich verbaal verdedigen, waarom wist hij niet, maar hij wilde niet vals beschuldigd worden.

"Ze hadden geen sirenes, geen zwaailichten. Ik hoorde hen niet aankomen."

"Ze waren hier verdomd snel, de rotzakken!"

"Het was een stil alarm."

Verkeerd!! Voor de derde maal op rij.

"Een wat?"

"Een stil alarm, dat gaat enkel op het commissariaat af en da..."

Lipp was al kwaad, maar nu zwol zijn lichaam op. Zijn gezicht werd bloed-rood.

"Hoe weet jij dat allemaal... smerige, rotte klootzak?"

"Die... ouwe... heeft het me verteld."

"O ja... en wat heb jij *hem* verteld?"

"Niets. Lipp, niets, ik zweer het!"

"Smerige rat! Ik ruk de ballen uit je zak!"

Twee zware handen grepen ineens zijn gezicht vast. Hij had die niet zien aan-komen. De vingers klauwden naar zijn ogen. Een gevecht in regel kwam er niet, daarvoor was de ruimte veel te klein. Hoewel Lipp sterker en grover gebouwd was, was Steven leniger. Hij slaagde uit de greep te geraken en ver-kocht hem onmiddellijk enkele rake vuistslagen in de maagstreek. Met wei-nig effect, want hij werd onmiddellijk weer vastgegrepen. Lipp en Steven vloekten en kermden. Beiden sloegen, schopten en deelden kniestoten uit. Ineens spatte bloed uit Stevens neus en bovenlip. Hij zag alles in een waas en merkte de aankomende vuist daardoor pas toen het te laat was. In zijn nieren. Verblindende pijn. Verschroeiend. Steven zakte in elkaar en schreeuwde het uit. Hij schreeuwde om hulp. Die bood zich vlug aan. Uit twee verschillende werelden dan nog.

Lipp deelde in een oncontroleerbare vlaag van woede slagen en schoppen uit op de gevloerde Steven. Daardoor merkte hij niet dat de deur aan het andere einde van de gang opengesmeten werd. Een jonge agent, gewapend met een wapenstok, stormde de gang in. Achter hem rende nog een collega vanuit de burelen in hun richting. Steven merkte hen door een waas van tranen en bloed op. Hij hield het niet voor mogelijk dat er ooit een moment zou komen dat er flikken op hem afkwamen en hij daar blij om was.

De eerste smeris, een stevig gebouwde kerel met gitzwart haar, was halver-wege de gang toen op die plaats de lucht tussen de vloer en het plafond verti-caal openscheurde. Steven heeft het zich in de jaren die volgden, honderden malen opnieuw proberen voor te stellen, maar het is hem nooit gelukt. De flik liep door de scheur of luchtplooi heen, alsof die niet bestond. Maar tege-lijk kwam er iets uit de wereld achter die scheur en trad die van hen binnen. Het vorderde met dezelfde snelheid op dezelfde plaats als de lopende flik en nam enkele uiterlijke aspecten van de man over. En toen het een seconde later de cel bereikte, viel van de flik of van de collega die achter hem kwam, niets meer te bespeuren.

Steven trok zich in een foetushouding samen en probeerde zijn lichaam te beschermen tegen de onophoudelijke aanvallen van Lipp. Maar wat hij zag naderen, deed hem alle pijn en andere indrukken vergeten. Hoe beschreef men iets dergelijks? Iets wat men nog nooit eerder had gezien, iets wat niet van deze wereld afkomstig kon zijn? Giet een vat inkt op de vloer uit. Je krijgt een grote vlek met tentakelvormige uitsteeksels in alle richtingen. Geef het geheel een dikte van ongeveer dertig centimeter en je bent bijna zover. Op een van de uitsteeksels plaats je het verwrongen gezicht van de eerste flik uit de gang en het uniform hang je aan flarden aan de andere uitsteeksels. Vergroot het geheel tienmaal en je hebt ongeveer het juiste beeld. Het ding bewoog zich vliegensvlug. Alle langwerpige uitstulpingen gleden elk afzonderlijk over de vloer, de muren en het plafond. Het gleed, schoof, schuifelde en kroop. Het maakte geen enkel ander geluid.

Lipp hield op met hameren. De man richtte zich op en gaapte met openhangende mond naar wat hun cel naderde.

"Wat is..."

Dat waren zijn laatste woorden.

Steven drukte zich zo plat mogelijk tegen de grond toen het ding zich zonder snelheid te minderen, over de tralies opensmeerde. Hij registreerde een smerig, kleverig kletsen. Het ding gleed - als een op zichzelf bestaande vloeibare (en steeds van vorm veranderende) massa - naar boven en vloeide tussen het plafond en de bovenkant van de tralies hun cel binnen. Steven bleef liggen, maar Lipp kroop tot tegen de muur aan. De massa werd weer vaster van vorm. De uitstulpsels kregen de vorm van poten en het ding kroop over de muur, de tralies en het bed als een gigantische blauwe en haarloze spin in Lipps richting. Speeksel droop uit zijn mond. Hij duwde zich met zijn rug tegen de muur aan. Het ding bewoog zijn 'lijf' tot het het zijne bijna volledig bedekte. De 'poten' kleefden rondom hem aan de muur. De parodie van het hoofd van de flik was nu op nauwelijks drie centimeter afstand van Lipps vertrokken smoelwerk. Het gezicht van de smeris was gruwelijk vervormd. Nauwelijks nog menselijk te noemen.

Een van de uitstulpingen maakte zich van de muur los en bewoog zich tussen de twee gezichten. Nu bibberde Lipp. Nog steeds reageerde hij niet. Hij verdedigde zich niet en liet alles begaan. Steven keek toe en bewoog niet. Hij durfde niet. Hij wilde niet de aandacht van dat onmogelijke ding trekken.

Tussen de twee gezichten ontstond een soort vork in de uitstulping, iets wat de vorm van twee middelvingers had. Lipp kreunde hoorbaar toen die twee 'vingers' zich elk onder één oog tegen zijn huid duwden. De massa liet zich daarop volledig tegen Lipp aanglijden, waardoor hij zich niet meer kon bewegen. De 'vingers' duwden vervolgens tegen de onderkant van de ogen. Aanvankelijk zonder veel druk uit te oefenen. Lipps pupillen draaiden naar boven weg. Hij schreeuwde van pijn, van onmacht. Grommen, vettig, nat kletsen. De druk werd opgevoerd. Lipps ogen puilden grotesk uit de kassen. Zijn voeten maakten spastische bewegingen onder de druk van de blauwe massa uit. Nog meer druk.

Tot tweemaal toe volgde een misselijkmakende *plop*, waarbij de oogballen uit de kassen plopten. Lipp huilde van de onmenselijke pijn. De ogen bengelden aan pezen en aders tegen de beide wangen. Maar de blauwe vingers gleden de bloederige oogkassen naar binnen. Naar de hersenen.

Ineens, na een korte snik, hing Lipp stil. De blauwe massa bewoog en wreef zich als het ware volledig over Lipp uit. Steven ving vervolgens een kortstondig sissen op en snoof de geur van verbrand vlees op. Even was Lipp uit het gezicht verdwenen. Volledig door de blauwe massa met zwiepende tentakels omgeven. Toen het ding zich terugtrok en zich van zijn slachtoffer verwijderde, waren de restanten van Lipp afgrijselijk toegetakeld. Het was alsof het ding het grootste gedeelte van de huid en de spieren in die heel korte periode had verteerd. Wat naast de verschrikte Steven op de grond viel, was nauwelijks nog van menselijke aard. Een onsamenhangend, dampend geheel van verbrijzelde botten en ingewanden dat zich als een gescheurde, smerige, doorweekte zak vol stinkende afval op de grond naast hem uitsmeerde. Het ding (zo bleef Steven het noemen) had blijkbaar geen zin om de terugweg via het plafond aan te vatten. Het schonk geen verdere aandacht aan wat van Lipp overbleef. Echter wel aan de ineengekrompen en over zijn ganse lijf trillende Steven Tatakarian die zich zo mogelijk nog kleiner probeerde te maken. Het wrong zichzelf met dat smerige, kleverige kletsen om de tralies die plooiden als waren ze van plastiek. Het hing aan het plafond en het vernielde traliewerk maar de tentakel met het verminkte flikkengezicht daalde tot op enkele centimeters boven zijn trillende lichaam. De jongen begroef zijn geschaafde gezicht tussen zijn armen. Hij wist dat het 'gezicht' boven hem zweefde... snuivend en smakkend. Alsof het zijn geur opsnoof, twijfelend of het nog honger had of niet. Plotseling verdween dat beangstigende gevoel. Toen Steven het waagde op te kijken, was de bovenste helft van de tralies verdwenen. Gesmolten? Opgevreten? Het ding schoof, gleed en slijmerde over het plafond en langs de muren uit de cel in de richting van de luchtscheur die nog steeds ter plaatse was. Ver daarachter ontwaarde hij, als in een mist, de openstaande deur naar de burelen. Van de twee flikken viel geen spoor te bekennen. In de scheur stormde het. In de wereld waar het ding vandaan kwam, woedde een heus onweer. Bliksemschichten scheurden de donkere hemel aan

flarden. Draakachtige vogels klapwiekten op hun dooie gemak door de striemende regen. Het onweer deerde hen niet.

Het ding gleed even daarna de scheur binnen. De luchtplooi bleef open.
Steven staarde er vol ontzag naar, want hij wist niet wat het was. Ontzag voor
het onbekende lag aan de grondslag van het ontdekken van de kracht van het
vuur. Voor wat men niet begrijpt, ervaart men angst. Uit angst ontstaat nede-
righeid en eerbied. Steven hield het bij angst. Hij durfde zich niet bewegen.
Toch niet onmiddellijk. Van tussen zijn handen die hij voor zijn gezicht ge-
vouwen hield, keek hij naar het adembenemende fenomeen verderop in de
gang. Het bleef ter plaatse. Het was de toegang naar een andere wereld, dat
was hem reeds duidelijk. Die toegang zelf baarde hem geen zorgen, wel de
dingen die daar bewogen, vluchtig in de schijnwerpers gezet door de klaarte
van een bliksemschicht.

Maar omdat Steven Tatakarian iemand was die zijn verstandelijke vermogens
niet vlug liet overheersen door zijn gevoelens, besefte hij dat hij daar niet op
die manier kon blijven liggen. Het ding had een uitweg uit de cel gemaakt,
het had het bovenste gedeelte van de tralies gewoon vernield. De eerste deur
links in de gang leidde naar de toiletten. Steven twijfelde niet lang over een
beslissing. Hij ontplooide zich voorzichtig uit zijn foetushouding en ervoer
nu pas wat het slag- en schopwerk van Lipp aan zijn lichaam had veroorzaakt.
Overal kneuzingen, alsof hij door de mangel was gehaald. Zijn neus bloedde
niet langer, maar de bovenlip was aan de binnenkant gescheurd en zwol op.
Hij proefde nog steeds zijn eigen bloed. Terwijl hij zich rechtop probeerde te
wringen, voelde hij enorme pijn in de nierstreek. Steven vond het plotseling
niet meer erg dat Lipp kapot was gemaakt.

De jongen wierp een blik achter de trillende luchtplooi en zag dat de deur
naar de burelen nog steeds openstond. Niemand kwam de gang in. Steven
had zelfs de indruk dat hij alleen in het gebouw was. Het kostte hem weinig
moeite om zich uit de cel te werken en de gang op te lopen. Het gevoel dat
hij ervoer bij het naderen van de scheur in de smalle ruimte vóór hem, grensde aan een bijna-gekmakende angst. Maar als hij de toiletten wilde betreden,
kon Steven niet anders dan die richting uitgaan. Hij hield zich dicht tegen de
muur aangedrukt. Nauwelijks vijf meter, maar wel een hel van een opdracht.
In de andere wereld barstte het onweer op volle kracht los. Het bliksemde
daar onophoudelijk, maar het geluid van de donder drong niet tot in Stevens
wereld door. Gutsende regen plensde op een bosrijke streek neer. Donkere
wolken joegen door een nog zwartere hemel.

Net voor hij zich de toiletten binnen haastte, merkte hij de traag bewegende
figuren. Sommige liepen rechtop, andere voorovergebogen. Groteske paro-
dieën van menselijke entiteiten. Nauwelijks als mens herkenbaar. Ze stapten

vastberaden door regen en wind, alsof ze een welbepaald doel hadden. Enkele figuren draaiden zich naar de scheur, keken even met hun blauw opgloeiende ogen naar de bevreesde Steven Tatakarian maar stapten blijkbaar ongeïnteresseerd verder.

Steven wrong zich de toiletten binnen en duwde de deur dicht. Hij leunde een korte tijd met zijn rug tegen de muur, zich afvragend wat hij daarnet eigenlijk had gezien. Maar nu hij er niet meer mee geconfronteerd werd, kwam het besef terug dat hij voor zichzelf moest zorgen. Wegkomen uit dit gebouw, was zijn volgende doel. Hij wreef over zijn gezicht en kreunde bij de aanraking van zijn bovenlip. Rustig blijven. Observeren. Vensters in de tegenovergestelde muur. Geen tralies. Steven liep daarnaartoe. Dubbellagig glas. Ramen die geen ontsluitingssysteem hadden, die niet konden worden geopend. Het roostertje aan de bovenkant was net breed genoeg om een hand door te steken. Meer niet. Geen mogelijkheid om zich via die weg naar buiten te begeven. Steven besefte dat hij maar één kans had: het raam aan diggelen slaan. Hij had geen zin om terug de gang op te gaan. Hij zag het niet echt zitten om zich langs de scheur in de lucht te wringen om de burelen te bereiken. Trouwens, wie hij daar mogelijk ontmoette, wist hij niet. Het glas breken was dus het enige wat hem restte.

Omdat er niets losstond, opende Steven het dichtstbijzijnde toilet. Het duurde even, het kostte hem veel energie en afgrijselijke pijnscheuten in de nierstreek, maar toch slaagde Steven erin het lege waterreservoir van het toilet te verwijderen. Het vroeg dan nog veel van zijn kracht om de porseleinen pot tot viermaal toe tegen het raam te werpen om een gat te slaan. Steven vreesde dat het kabaal over gans Rosenhelm hoorbaar was, maar niemand stormde de toiletruimte binnen om hem voor een tweede maal in de boeien te slaan. De dag was echter nog jong, alles was nog mogelijk.

Steven Tatakarian verschafte zich door het gebroken raam een uitweg uit het politiekantoor op Newer Avenue. Hij brak de opening verder open en kroop naar buiten, de uitstekende glassplinters zorgvuldig mijdend.

Hij was dus nu een voortvluchtige, waarschijnlijk verdacht van moord, want hij was het met wie Lipp opgesloten zat. Lipp was dood en hij was verdwenen. Steven had genoeg films gezien om te weten dat hij verdachte nummer één was.

6

STEVEN had geen besef van de tijd, maar hij had de indruk dat Rosenhelm ontwaakte. Ze hadden hun slag om vier uur proberen te slaan, een twintigtal minuten later was het avontuur al voorbij en om kwart voor vijf had hij dat eerste gesprek met de ouwe rechercheur. Het was dus ongeveer halfzes in de ochtend toen hij de hoek van Newer Street omsloeg.

Als bij wonder stond daar een taxi. Een knalgroene Buick. Steven had die firma nog niet eerder opgemerkt, maar gezien zijn situatie kon hem dat geen ene moer schelen. Tot bij zijn woning lopen, bezorgde hem ongetwijfeld te veel pijn, daarom trok hij de rechterachterdeur van de taxi open en liet zich op de achterzetel vallen. Er zat een vrouw achter het stuur. Ze keek niet achterom en vroeg enkel:

"Waarheen leidt de reis?"

"Sultan Street, nummer 27."

De taxi reed soepel van de stoeprand weg. Steven keek door de achterruit naar het verdwijnende politiegebouw en vroeg zich af of de scheur in de lucht reeds gedicht was. Het was alsof de tijd in die gang voor iedereen behalve voor hemzelf en Lipp had stilgestaan. Het was niet normaal dat niemand op het tumult was afgekomen. Of toch... waar waren die twee aanstormende agenten gebleven? Hoe kwam het dat zij de cel niet hadden bereikt en het ding uit die andere wereld wel? Dat waren een paar van de vragen die Steven zich stelde. Het waren de eerste van een ganse reeks vragen die zich tijdens zijn vluchtroute door de Verenigde Staten steeds opnieuw herhaalden. Enigma's waarop hij geen antwoorden vond, omdat hij gewoon niet over genoeg informatie beschikte. Een stem? Had de taxibestuurster hem aangesproken? Hij had zitten duizelen.

"Sorry..."

"Ik vroeg... heb je een dokter nodig? Je bent gewond."

De zwarte vrouw, klein en mollig, tikte tegen haar bovenlip. Steven schudde het hoofd. De gebarsten lip was het enige wat zichtbaar was. Zijn nieren brandden nog steeds. Het aantal plaatsen waar Lipps knuisten, voeten en knieën hem hadden geraakt en verpulverd, viel niet te bepalen. De gekloofde lip was het minste van zijn zorgen.

"Het gaat, enkel een tand door mijn lip. Alles groeit weer dicht."

"Jij beslist. Het is jouw bloed. Normaal doe ik dit niet."

Steven begreep niet waar ze het over had.

"Doen? Wat doe je niet?"

De zwarte vrouw keek vluchtig achterom.

"Iemand meepakken die op de vlucht is."

De volledige inhoud van zijn borstkas veranderde in een klomp ijs.

"Wat... bedoel je?"

Nu keek de vrouw hem in haar achteruitkijkspiegel aan.

"Ik reed net voorbij toen het waterreservoir door dat raam duikelde. Ik stopte iets verderop en zag hoe jij je door de opening wrong. Daarna reed ik de hoek om. Nu zit jij op mijn achterbank. Ik denk niet dat je je per toeval zelf in de toiletten van het politiebureel hebt opgesloten?"

Steven hield het bij een povere glimlach. Zijn gekloven lip liet niet meer toe. Ontkennen had geen zin. Tot zover zijn perfecte en ongeziene ontsnappings-avontuur.

"Ik dacht dat niemand me had gezien."

"Er is altijd iemand in de buurt, zelfs al zie jij niemand."

"Wat ben je van plan? Mij terug naar het kantoor brengen?"

Een oprechte blik van verontwaardiging verscheen in de weerspiegelde ogen. Dat gaf Steven hoop. Hij zag het niet onmiddellijk zitten om zichzelf uit de rijdende taxi te werpen.

"Jongen... hoe heet je eigenlijk?"

"Steven."

"Steven, ik ben maar een taxibestuurster. Jij vroeg mij je naar Sultan Street te brengen. Ik breng je naar Sultan Street. Daarmee uit."

Steven zuchtte.

"Dank je."

"Geen probleem. Wat je uitgevreten hebt, gaat me geen reet aan. Iedereen kookt zijn eigen potje. Als het overkookt, heeft ie niets. Ik laat me zo weinig mogelijk met problemen van anderen in."

Steven kwam steeds meer tot rust op de brede achterzetel van de groene Buick. Hij probeerde de naam op het kaartje te lezen, maar het was te donker in het bestuurdersgedeelte.

"Mag ik jouw naam weten?"

"Tuurlijk. Ik ben Elma. Elma Choshakian."

"Aangenaam."

"Insgelijks."

"Wil je weten waarom ik uit het politiekantoor ben gevlucht?"

Steven begreep niet waarom hij de zwarte vrouw zomaar in vertrouwen nam. Binnenin zijn borstkas schreeuwde een verhaal om te worden verteld. Hij wilde zijn belevenissen in de cel gewoon aan iemand kwijt, op het gevaar af voor kierewiet te worden verklaard.

"Wil je het vertellen?"

"Als je het wilt horen."

"Ik gebruik het later misschien tegen jou. Je loopt een risico."

De vrouw keek hem in de spiegel aan. Steven keek haar in de ogen.

"Denk je dat? Ik zal je zeggen wat ik heb meegemaakt, dan mag je beslissen of het vertellen van het verhaal een risico inhoudt."

"Je maakt me nieuwsgierig."

"Nauwelijks twee uren geleden was ik van plan samen met Lipp en Cunt..."
Steven vertelde zijn verhaal. Elma onderbrak hem niet. Hij lette niet op de weg, daarvoor ging hij veel te intens in zijn woorden op. Hij merkte ook niet dat de wagen stapvoets vooruitrolde en dat zij nog geen enkel ander voertuig op hun weg hadden ontmoet. Steven was gewoon blij dat hij zijn last kon spuien. Hij verhaalde, vertelde en *schreeuwde* bijna zijn gevoelens naar buiten. Hij vertelde Elma alles. Van de poging van autodiefstal tot en met het kapotwerpen van het toiletraam. Uiteindelijk was hij uitverteld.
"... en nu zit ik hier."
Een korte stilte volgde. Steven merkte nu pas dat hij de ganse tijd tegen de afscheiding met de bestuurdersruimte had gezeten, waarschijnlijk om zijn woorden kracht bij te zetten. Hij liet zich terug achterwaarts vallen.
"Als ik mezelf bezig hoor, twijfel ik verdomme aan mezelf."
"Waarom doe je dat, Steven?"
"Jezus... heb je eigenlijk wel geluisterd? Wie zal me ooit geloven? Waar moet ik terecht? Het lijk van Lipp ligt nog in de cel, ik ben eruit verdwenen. Naar wie gaan ze op zoek, denk je?"
"Daar heb je even gelijk. Flikken denken niet verder dan hun neus lang is."
"Maar ik ben de pineut. Wat ik jou heb verteld, is de waarheid, maar daarmee geraak ik bij hen niet ver. Ik kan namelijk niets anders vertellen, iets wat hen minder zwaar op de maag ligt. Iets wat geloofwaardiger overkomt. Ik wil ook niets verzinnen. Gevolg: ik word als moordenaar van Lipp doorgeseind naar alle andere politiediensten."
"Dan zit er maar één mogelijkheid op."
"En die is?"
"Wegwezen."
"Wat?!"
"Wegwezen. Weglopen. Maak je uit de voeten. Ga weg uit Rosenhelm. Zorg dat ze je niet vinden."
"Maar... ik heb..."
Nu lag er een eerder vastberaden blik in haar ogen.
"Wat heb je? Wat houdt je hier vastgenageld?"
"Niets... maar..."
"Daar heb je het. Je zegt het zelf: *niets*. Grabbel je spullen bijeen en zorg dat je hier nooit meer terugkomt."
Steven zag zijn toekomst ineens tamelijk bedroevend in. Hij had Rosenhelm nog nooit verlaten. Een reis had hij nooit gemaakt, daarvoor had hij niet genoeg geld. Het beeld van Steven Tatakarian die door de wereld trok, stond hem niet onmiddellijk aan. Maar het dreigende zoeklicht van de flikken die dag en nacht naar hem speurden, boeide hem nog minder. En dan was er nog

dat andere... ding. Het had hem gezien, het had zijn geur opgesnoven. Hij was dus getuige en leefde nog steeds! Wat als dat *ding* nu eens - net als de flikken - achter hem aan kwam? Als die scheur in de lucht daar in de gang verscheen, verscheen ze volgens hem zonder problemen overal. Had vluchten dan zin? Misschien niet, misschien wel. Als hij niet te lang op dezelfde plaats bleef. Als hij...

"Je zit te dromen!"

"Ik heb geen geld."

"Daar kun je voor werken."

"Om jou te betalen. Dat bedoel ik."

De ogen in de spiegel lachten.

"We zijn in Sultan Street. Haal je spullen, zeg tegen niemand iets en kom terug."

"Maar..."

"Ik wacht tien minuten. Dan rij ik weg. Jouw keuze."

Elma Choshakian meende wat ze met aandrang zei. Hij wipte uit de wagen en holde tot bij de woning van tante Maud. Iedereen sliep nog. Hij betrad het huis zo stil mogelijk, vulde een draagtas met zijn weinige kleren en sloop terug naar buiten. Er was geen spijt of verdriet toen hij de deur van de taxi dichttrok. Het kon Tante Maud waarschijnlijk helemaal niets schelen. Ze was van een last af. Ze was een aanbrenger van problemen kwijt. Zij maalde er niet om. Heel waarschijnlijk kreeg ze de flikken over de drempel. Op zoek naar Steven Tatakarian, verdacht van moord en ontvluchting. Misschien snoof ze en zei daarna: *ik heb altijd gezien dat er niets goeds in die jongen school en ik ben eigenlijk blij dat ik van hem af ben. U wilt zijn kamer zien? Tuurlijk, neem alles mee wat nog te vinden is, ik heb liever geen herinneringen meer aan hem. O ja, en als je hem vindt, zeg hem dan dat hij niet meer terug mag komen, de liefde is over. Hij is hier niet meer welkom. Jawel, als ik hem zie of iets van hem hoor, verwittig ik u onmiddellijk. Geen dank, met plezier zelfs.*

Elma Choshakian reed de taxi in alle stilte door de lege straten van Rosenhelm. Steven was nu volledig het uur uit het oog verloren. Nadat ze een gans stuk op State Road 130 noordwaarts, richting Whiteville, hadden gereden, was het klaar. Nu was er wel verkeer. Vooral vrachtwagens. De taxi zette zich aan de kant.

"Zo... verder rij ik niet."

Steven werd een vreemd gevoel in zijn maag gewaar. Hij kon het niet onmiddellijk definiëren, maar het had veel weg van onzekerheid.

"Goed... wat nu?"

"Nu stap je uit, steek je je duim uit en probeer je een ritje met een trucker te versieren. Het begin van een trekkerscarrière."

Onzekerheid. Absoluut. Nu aangevuld met *schrik.* Schrik voor het onbekende, voor de toekomst.

"Ik heb enkele dollars gevonden thuis. Ik kan je..."

"Steven, doe geen moeite. Hou het geld. Je zal het nodig hebben."

"Waarom doe je dat allemaal?"

"Als iemand iets heeft meegemaakt zoals jij vannacht, verdien je wel een beetje extra aandacht. Een supersteuntje in de rug doet wonderen."

"Dus... je gelooft me? Ik bedoel... wat betreft het *ding*?"

Elma lachte een dubbele rij witte tanden bloot.

"Ik vermoed niet dat je hebt gelogen, Steven."

Een gevoel van onwennigheid drong zich op. Hij had moeite met het nemen van afscheid.

"Hoe kan ik jou ooit bedanken?"

"Daar zeg je iets. *Ooit.* Ooit kom je dat wel te weten."

"Wat bedoel je daarmee?"

"Niets... ga nu maar. Ik moet terug."

Steven knikte en stapte uit de taxi. Hij wierp de deur dicht en de Buick maakte rechtsomkeer. Elma liet de toeter enkele malen overgaan en haastte zich terug richting Rosenhelm. Steven liet zijn draagtas op de grond zakken. Het wenen stond hem nader dan het lachen. Hij had geen enkel benul van wat de toekomst voor hem in petto hield of wat van hem werd verwacht. Iets zat hem vanaf nu op de hielen. Twee donkere wolken bleven hem volgen, waar hij ook ging. De schaduw van de flikken en de schaduw van dat *ding*. Het was zijn opdracht net buiten de grenzen van die schaduwen te blijven.

Steven Tatakarian bevond zich op de rand van State Road 130 en stak zijn duim omhoog omdat er een truck naderde. Weg van Rosenhelm. Voor altijd.

Steven zag op dat moment de rest van zijn leven heel somber in.

1979 – <u>Rosenhelm</u> (North Carolina)
<u>Darian Shadborne</u>

1

DARIAN was twintig in 1979. Net als Shanya Bellmer woonde hij met zijn ouders en jongere broer Allan in het zuidelijke gedeelte van Rosenhelm, de omgeving voorbehouden voor de rijken. Zijn vader, William, was tandarts en zijn moeder behandelde het papierwerk in de thuispraktijk op Beach Boulevard. Darian was voorbestemd om het ook tot tandarts te schoppen. Zoveel was duidelijk. Dat was toch de bedoeling van zijn ouders. Het lot bepaalde echter dat hij een huurmoordenaar werd, en dat heeft alles te maken met enerzijds het onvoorziene contact met iets wat hem totaal onbekend was én de dood van zijn drie gezinsleden. Beide zaken deden zich tijdens dezelfde nacht voor, die van 6 op 7 september, drie dagen na zijn verjaardag. Maar de aanleiding tot het drama was bijna een week voordien te zoeken.

2

DARIAN schonk geen aandacht aan de krakkemikkige wagen aan de kant van de weg. Achteraf kwam het besef dat hij, voordat hij de steeg indraaide, de oude Buick met daarin de twee donkerbruingekleurde inzittenden wel degelijk had opgemerkt. Het was elf uur 's avonds op de dertigste augustus van 1979. Hij was jong (bijna twintig) en miste de maturiteit om in te zien dat het leven niet altijd één en al plezier was. Om die reden had hij er geen erg in dat een versleten Buick, met twee negers aan boord, op een donkere plaats in Sun Avenue geparkeerd stond. Dat een dergelijk voertuig op dat avondlijke uur daar totaal misplaatst was, kwam gewoon niet in hem op. Hij was een erg joviale kerel, die altijd (enkel) het goede in alle medemensen zag. Hij was in een beschermde kring opgevoed, ver weg van de slechteriken, de misdaad... de schaduwkant van de mensheid. Darian Shadborne had nog geen ervaring opgedaan met mensen die bedoelingen hadden die niet in overeenstemming waren met wat hij als normaal beschouwde.

Darian stalde zijn Honda-motorfiets in de steeg achter de nachtwinkel op Sun Avenue. *24 Hoursnack* was de enige winkel in dat gedeelte van Rosenhelm die een dergelijke dienst aan de (jongere) inwoners bood. Dat viel echter niet in goede aarde bij de begoede burgers. Zij – onder wie ook zijn eigen ouders

- beschouwden het nachtelijke openblijven van een winkel - hoe kleinschalig ook – als een aantrekkingspunt voor personen met minder goede intenties. Darian lachte zulke beweringen gewoon weg en vond het uitstekend dat hij om elf uur in de avond daar nog kon binnenspringen om iets te kopen. Iets kleins, iets onbenulligs, iets wat zijn knorrende maag vulde. Al was het maar een reep chocolade, of een blik frisdrank. Hij verwierp de idiote mening van zijn ouders, maar wilde toch niet in de buurt van die winkel opgemerkt worden. Om die reden parkeerde hij zijn motorfiets niet vooraan op Sun Avenue zelf, wel aan de achterkant. De uitbater was een heel vriendelijke Chinees. Mei Ng Nyung. Iedereen noemde hem Mei. De rest was onuitspreekbaar. Als je daar binnenwipte - langer dan de tijd nodig om *binnen te wippen* bleef je daar niet - stond Mei achter de toonbank. Iedereen vroeg zich af wanneer dat ventje eigenlijk sliep.

Het feit dat Darian de winkel via de achteringang betrad, betekende dat hij een graag geziene klant was. Veel jongeren stapten gewoon via Sun Avenue binnen, maar de kroost van de 'belangrijke mensen met wat meer aanzien' verkozen nog steeds de beschutting van een duistere steeg. Mei sprak Engels. Geen verkapt Engels zoals de Chinezen in films altijd doen.

"Hallo, Darian."

"Goeienavond, Mei. Alles rustig?"

"Veel te rustig. Slecht voor de verkoop."

"Ik help je onmiddellijk uit de nood. Ik snak naar suiker!"

Mei lachte twee rijen grote, gele tanden bloot.

"Je moet naar de dokter, jongeman. Je zit duidelijk met een tekort."

"Ik vul liever mijn maag met chocolade dan mijn lever met pillen."

"Het is jouw leven, het is mijn kassa. De klant is toch koning."

"Zo mag ik het horen."

Mei en Darian bevonden zich achteraan het bescheiden complex in een kleine stapelruimte toen de bel van de voordeur haar klingelende geluid liet horen.

"Nog klanten, Mei, het wordt druk."

Darian wachtte in de ruimte en Mei haastte zich naar de winkel vooraan. Even later weerklonk een gedempt gesprek. Dan werd er spottend gelachen. Niet door Mei. Mei spotte niet met anderen. Darian verwerkte met moeite een onbehaaglijk gevoel. Hij stapte tussen de gestapelde dozen tot hij het gesprek achter een verhullend gordijn kon volgen. Hij zag niets, maar werd zelf ook niet gezien. Wat hij hoorde, zon hem niet.

"Komaan, ouwe. Wij betalen niet. Dat weet je toch wel."

"Wat moet ik daarop zeggen?"

"Niets! Dat is toch duidelijk! Wij nemen wat wij willen."

"Dat is al drie maanden zo. Het is niet prettig meer."

"Voor ons wel!!"

Bulderend lachen. Darian wierp een blik op de winkelruimte tussen de deurstijl en het gordijn. De kleine Mei bevond zich achter de toonbank. Tussen de uitgestalde waren bevonden zich twee negers. Geen grote, geblokte kerels, maar eerder kleine, venijnige drollen. Darian zag niet of ze al dan niet gewapend waren. Ze droegen toch niets in hun handen, behalve de goederen die ze van plan waren onbetaald mee te nemen. Mei's gezicht vertoonde een ongelukkige uitdrukking. De oudere man hield zijn handen voor zijn lichaam. Zijn vingers wriemelden in de stofjas die hij altijd droeg. Woede kwam als opborrelende lava op. Voor hij besefte wat hij deed, duwde hij het gordijn opzij en stapte achter de toonbank. Hij nam naast Mei plaats, die op zijn plotse verschijning reageerde.

"Darian... ga terug…"

De twee negers keken de nieuwkomer eerst verbaasd aan. Maar ze herpakten zich vlug.

"Hé, ouwe, krijg je hulp?" lachte de ene.

"Of ben je nu ook kinderoppas?" vroeg de andere.

Mei draaide zich naar Darian en herhaalde zijn mededeling.

"Darian, ga terug naar achteren. Ik handel dit wel af."

"Ja, snotneus... bemoei je hier niet mee!"

Een van de negers droeg een gebreide muts. De andere was getooid met een rastakapsel. Het waren kerels van achter in de dertig.

"Darian... ga weg..." fluisterde Mei.

Darian Shadborne, net geen twintig en nog zeker van zijn jeugdige kracht, bleef staan. Hoewel hij op boterbenen achter de toonbank bleef, hoopte hij dat zijn aanwezigheid (die zij blijkbaar niet hadden verwacht) Mei wat ondersteuning gaf. Hij hoopte dat zijn stem niet piepte toen hij sprak.

"Jullie betalen die goederen, net zoals iedereen!"

"Darian…"

"Luister naar die snotbol! Wij zijn niet *iedereen*, wij doen wat wij willen!"

"Laat hen…" fluisterde Mei.

"Nee! Zij hebben het recht niet!"

De neger met het rastakapsel draaide zich om en liep naar de voordeur.

"Komaan... we hebben nog dingen te doen, dit wordt vervelend!"

De kerel met de gebreide, veelkleurige muts grijnsde het tweetal achter de toonbank toe.

"Zoals hij zegt... het wordt hier vervelend... tot de volgende keer!"

Hij liep achter zijn kompaan aan. De woede kolkte als een vlam door zijn borstkas. Hij wilde opspringen en achter het tweetal gaan. In hun nek sprin-

gen, hen op hun bek slaan. Maar Mei legde zijn oude hand op zijn arm.
"Rustig blijven... geweld lost niets op."
De jongen barstte bijna uit zijn voegen.
"Wat? Rustig!? Ik..."
Hij trok zijn arm weg, liep om de toonbank heen en holde door de winkelruimte naar buiten. Net toen hij op de straat aankwam, reed de wrakkige
Buick aan de overkant van het voetpad weg. De bestuurder stak zijn rechter-
middelvinger op.
"Rotzakken!" schreeuwde hij hen na. Hij ving hun honend lachen op, boven
het geluid van de zware motor uit. Darian liep nog enkele meters achter het
traag wegrijdende voertuig aan, en kreeg plotseling een ingeving. In de weken
daarna heeft hij dikwijls daaraan teruggedacht, vooral na de dood van zijn
ouders en broer. Want als hij de nummerplaat van de Buick niet had geno-
teerd - met alle gevolgen vandien - waren zij misschien nog in leven. Maar op
het moment dat hij als een razende op het wegdek stond, had hij geen glazen
bol om te kijken wat de toekomst in petto had. Pas toen de Buick een hon-
derdtal meter verder Flower Avenue links opdraaide, slaagde de jonge Darian
erin te kalmeren. Hij memoriseerde de nummerplaat en haastte zich de winkel terug binnen. Op de toonbank greep hij een balpen, scheurde een stuk
papier van een notablokje en krabbelde er letters en cijfers op. Mei bekeek
hem en vroeg:
"Wat ben je daarmee van plan?"
Darian sloeg met zijn vlakke hand op de toonbank. Mei verkrampte niet.
"Jezus, Mei... hoe kun jij zo kalm blijven? Dit is de nummerplaat van hun
auto. Ga hiermee naar de politie. Leg klacht neer."
"Darian..."
"Wat!?"
Mei bleef rustig. Hij legde zijn handen op de toonbank en wachtte tot Darian
kalmer was.
"Het heeft geen zin."
"Dat is onzin, Mei. Hoelang bestelen die kerels jou al?"
"Drie, vier maanden."
"En jij laat dat toe? Ga naar de flikken, laat die kerels oppakken!"
Mei glimlachte om Darians gebrek aan wijsheid.
"Zo werkt dat niet, Darian... niet met dergelijke groepen."
"Groepen? Twee kerels... dat is geen groep!"
"Het is een feit waar ik - en veel andere winkeliers - zich lang geleden hebben
bij neergelegd. Het is een harde noot om te kraken, maar als je je verzet, ko-
men ze terug. Of anderen worden gestuurd om wraak te nemen. Die wraak is
dan veel erger dat wat jij hen hebt aangedaan. De politie kan die kerels niet

opsluiten voor een kleine winkeldiefstal. Als ze vernemen dat ik hen heb aangegeven, komen ze terug en slaan de boel kort en klein. Ik heb het allemaal al meegemaakt omdat ik dacht dat de gerechtelijke instanties mij konden helpen. Het was niet zo. Ik heb me erbij neergelegd. Van de twee slechte zaken, kies ik de minst slechte. Liever wat snoep en drank weg dan mijn volledige winkel. Wat ze meenemen, is het vernoemen niet waard, ze komen om de week eens langs. Een soort maffiatoestanden. Ze raken mij met geen vinger aan."

"Ik kan niet verdragen dat ze geen klop verrichten en dan gaan stelen bij mensen die dag en nacht werken."

"Dat is het leven. Niet alle mensen hebben dezelfde instelling en waarden. Net daardoor ontstaan kortsluitingen en botsingen."

"Jij hoeft geen klacht neer te leggen, Mei. *Ik* doe het. Als getuige, zo blijf jij buiten schot."

"Niet aan te raden, Darian."

"God... Mei, waarom niet?"

"Omdat jij dan de boter opeet. En na jou komen ze achter mij aan."

"Dat zien we dan wel!"

Mei's glimlach was niet echt gemeend. Hoofdschuddend mompelde hij:

"Je bent nog jong."

3

DARIAN
Shadborne liet er geen gras over groeien. De dag nadien stapte hij het politiebureel, afdeling Noord, binnen omdat hij vermoedde dat de twee kerels uit die omgeving afkomstig waren. Waar hijzelf woonde, werden mensen van dat allooi niet vlug opgemerkt. Hij had zijn ouders eerder al over de verschillende lagen van de bevolking en hun habitat horen praten. Daarom was hij op de hoogte van het noorden en het zuiden van Rosenhelm, en wat wonen in een van die regionen betekende. Hij ging daar (op dat moment althans) niet mee akkoord. Toch bood hij zich om negen uur in de ochtend van de éénendertigste augustus op het noordelijke kantoor aan. Hij werd naar een beangstigend klein wachtzaaltje doorverwezen, waar hij naast rokende, hoestende, brallende en ruziënde mensen op krakkemikkige stoelen wachtte tot hij aan de beurt was. Pas om halfelf, met een hoofd dat bijna barstte, werd hij bij een dikbuikige - duidelijk ongeïnteresseerde - agent gebracht. Die zat achter een bureeltafel, waarschijnlijk met de bedoeling daar voor de rest van de dag (misschien zelfs van zijn leven) niet meer vandaan te komen. Men had hem daar waarschijnlijk 'geplant'. De man en de bureeltafel leken één in het rokerige lokaal dat naar oud

zweet stonk. Er bevond zich een typemachine op de tafel. Naast die oude tokkelwagen lagen stapels papier. Een overvolle asbak net op de rand. Een onaangestoken sigaret bengelde tussen zijn lippen. Onder de oksels tekenden zich grote zweetkringen af. De mouwen van zijn hemd waren tot halverwege de vlezige onderarmen geplooid.

"Dag meneertje... wat scheelt er?"

"Ik kom een klacht indienen."

"Wie heeft jou wat gedaan?"

"Mij niemand. Ik was getuige."

"Getuige? Goed. Wat is waar gebeurd?"

"*24 Hoursnack* op Sun Avenue, gisterenavond. Ik was..."

"Sun Avenue? Dat is ons district niet!"

"Dat is best mogelijk. Maar ik vermoed dat de daders van hier afkomstig zijn!"

De agent verhief zijn gigantische paddenlichaam en zette zich op de andere bil. Hij wiste het zweet van zijn voorhoofd, was duidelijk niet opgezet met de situatie en liet dat onmiddellijk blijken.

"Luister, dat wordt moeilijk. Ken je de kerels die het gedaan hebben? En waarover hebben we het eigenlijk?"

"Diefstal van goederen uit een winkel."

"Ho, zware zaak! Leg uit."

De man dreef de spot met hem, maar niettemin vertelde hij zijn verhaal.

"... heb ik hun nummerplaat."

De agent leunde - voorzover zijn volumineuze buik het toeliet - voorover en plaatste zijn grote handen links en rechts van de typemachine. Op zijn linkerarm verzonk het polsuurwerk bijna volledig in het mollige vlees.

"Twee zaken. Het is ons district niet, dus kunnen wij niet optreden. Ik moet een officiële klacht hebben van het slachtoffer, ingediend bij het kantoor van zijn woonplaats. Trouwens, mag ik eerlijk zijn?"

"Tuurlijk, meneer!"

"Meneer me niet, jongen. Ik heb tijd noch zin om vriendelijk te zijn. We zitten strop van het werk. Hier krijgen we andere kost te verteren. Voor zo'n prutsen verrichten we nooit onderzoek. Wat jij gezien hebt, gebeurt hier alleen al zo'n honderdmaal per dag."

Darian werd kwaad. Met 'hier' bedoelde de zwetende man duidelijk het noordelijke deel. Het zuiden van de stad interesseerde hem hoegenaamd niet. Hun diensten waren overbelast en het ergerde de agent mateloos dat men hem daarenboven vanuit die andere (veel chiquere) zone lastigviel. Konden ze hun klodden daar zelf niet oplossen? Darian voelde de noodzaak zich te bedwingen eer hij domme dingen zei.

"Gaan die kerels dan gewoon vrijuit?"

"Ik vraag hun nummerplaat op, kijk om wie het gaat en dan zien we nog wel."

Darian viste het stukje papier uit een jaszak en schoof het naast de typemachine in de richting van de zwaar ademende agent. Het blaadje verdween volledig onder de druk van twee van zijn vingers. Hij liet er zijn kleine varkensoogjes over glijden en keek bijna onmiddellijk daarna naar Darian Shadborne, blijkbaar verwonderd dat de jongen nog steeds aanwezig was.

"Meer kan ik niet doen!"

Darian had wel *meer* verwacht. Het beeld dat hij van het politieapparaat had, was verstoord. Wat hij zopas had meegemaakt, had hij niet verwacht. De dikke kerel schreef niets op, vroeg zijn identiteit of telefoonnummer niet en maakte geen enkele aantekening. Hij zag er nu ook niet als een levende encyclopedie uit. Darian vermoedde dat hij niet in staat was alles foutloos te memoriseren.

"Wat zijn jullie van plan te doen?"

"Wat we *moeten* doen, goed?"

4

"MAAR daar ga ik niet mee akkoord, Mei. Wat is dit voor een rotmaatschappij? Jij wordt bestolen en niemand doet er iets aan?"

Het gesprek werd in de loop van de namiddag van diezelfde dag gevoerd. Darian had met een geïrriteerd gevoel het politiekantoor verlaten en vol frustratie een hele tijd op zijn motorfiets in de buurt rondgereden. Zomaar. Om stoom af te blazen. Zelfs een klein beetje hopend dat hij de Buick met de negers aantrof. Hij besefte nochtans dat hij ondoordacht en onvoorzichtig reageerde. Zonder enige voorbereiding. Wat hield zijn gedachten tijdens het rondtoeren bezig!? Achteraf was hij blij dat die confrontatie niet had plaatsgevonden. Maar hij kon niet nalaten Mei op de hoogte te brengen van zijn mislukte onderneming. Er waren geen andere klanten en Mei en Darian bevonden zich, net als de avond daarvoor, in de ruimte achterin de winkel. Mei bleef zoals altijd verbazingwekkend kalm en nam de situatie heel nuchter en verstandelijk op.

"Ik denk dat sommige politiemensen ook gefrustreerd zijn. Hun werk levert niet altijd het gewenste resultaat op. Ik vermoed dat zij soms de indruk krijgen dat zij nutteloos werk leveren."

"Je had die kerel moeten zien, Mei. Die weegt zeker honderdvijftig kilo."

"Dat is geen enkele reden om te veronderstellen dat hij zijn werk niet goed doet."

"Dat bedoel ik niet... ik ben gewoon kwaad..."

"Het is jouw kwaadheid die ervoor zorgt dat je je verstand uitschakelt. Je laat het gevoel de bovenhand nemen. Daarom reed je rond, op zoek naar de wagen. Gevoelsmatig valt een dergelijke reactie te begrijpen, maar verstandelijk is zoiets niet goed te keuren."

"Komaan, Mei, maakt die situatie jou niet pisnijdig? Ik heb verduiveld veel problemen met zo'n onrechtvaardigheid."

"Dat wel. Maar heeft het zin pisnijdig te worden als dat geen oplossing voor het probleem oplevert? *Gewoon* pisnijdig zijn lost niets op. Gevoelens zijn er, en moeten worden verwerkt. Je moet die beleven en bekijken, zodat ze geen invloed op je gedrag hebben. Gevoelens zorgen niet voor oplossingen, wel voor richtingen. Daarin verder nuchter nadenken helpt wel."

"Uit kwaadheid heb ik de politie ingeschakeld! Ik probeerde voor een oplossing te zorgen. Zij weigeren mee te werken."

"Dus is dat geen goede oplossing!"

"Heb jij dan een andere?"

Mei glimlachte om het ongeduld van de jonge Darian.

"Ik heb inderdaad al enkele mogelijkheden van naderbij bekeken. Ik heb zelfs met de idee gespeeld om te verhuizen. Opkrassen en wegwezen."

"En?"

"Ik heb geen enkele zekerheid dat het probleem zich ergens anders niet opnieuw voordoet. Dat betekent dan enkel dat ik het probleem verschuif. Een slechte oplossing dus."

Darian snoof luid. Hij kon zijn woede nog steeds niet kanaliseren. Er was niet alleen de diefstal die op zijn heupen werkte, maar nu ook de laksheid van het politieapparaat. Hoever kon dit gaan?

Het ging ver. Heel ver. Veel verder dan Darian Shadborne had durven hopen. Want na die dag gebeurde er heel wat. De dikke politieman spoorde de eigenaar van de verkregen nummerplaat op. Een patrouilleagent reed langs en vroeg hem nonchalant wat hij die welbepaalde avond in Sun Avenue zocht. Op dat uur hield je je toch niet in het zuiden van de stad op!? De neger antwoordde heel verontwaardigd dat hij heilig was en van niets wist. Het ging ongetwijfeld om een vergissing. Onmogelijk was hij - met wie dan ook - in de buurt van een nachtwinkel geweest. *Op Sun Avenue dan nog? Waar ligt dat in 's hemelsnaam? Misschien heeft iemand van de broeders die avond een ritje met mijn wagen gemaakt.* Met een engelengezicht zei hij dat hij heel vrijgevig was. Zijn voertuig was ter beschikking van iedereen. Een generositeit waar volgens hem heel frequent gebruik werd van gemaakt. De zwarte man met de gebreide muts veinsde verontwaardiging waar de geroutineerde agent uiteraard niet in trapte. Maar hij wist te weinig van de juiste toedracht om hem het vuur aan de schenen te leggen. Men vroeg hem enkel de eigenaar van de Buick op te sporen en wat meer uitleg te vragen. Daar bleef het bij. De dikke politieman vermoedde dat enkel het nemen van contact met de eigenaar zorgde voor de irriterende wetenschap dat men hem in de mot hield. Of dat hij dat tenminste dacht. Op die manier zouden hij en zijn kompaan zich wel wat kalmer houden.

Maar de man had het compleet verkeerd voor. Zijn goedbedoelde actie lokte een volledig andere reactie uit.

In de nacht van twee op drie september werd de *24 Hoursnack* van Mei Ng Nyung opnieuw door de beide negers bezocht. De gebreide muts en het rastakapsel. Deze keer stalen ze geen snoepgoed en drank. Die met de muts uitte zijn ongenoegen over het feit dat Mei met de flikken had gepraat. Hij verklaarde dat hij het niet prettig vond door de flikken te worden benaderd, dat dat niet in de afspraak zat en dat er daarom best maatregelen volgden. Mei zei niets, wat hem deed vermoeden dat hij het verkeerd voorhad. Hoe die andere het merkte, wist hij zelf niet, maar ineens zei die met het rastakapsel dat het de oude kerel niet was die er hen had bijgelapt. Mei was door die opmerking zelf verrast en net die uitdrukking op zijn verweerde gezicht verried de waarheid. Daardoor beseften de twee dat het de jongen was die Mei die avond gezelschap hield. De jongen die gereageerd had en hen naar buiten was gevolgd. Ze zouden Mei niet langer lastigvallen. Ze zeiden dat ze zo hun eigen maniertjes hadden om te weten te komen wie dat kereltje was, want ze vermoedden dat Mei niet van plan was dat te verklappen.

De dag daarop verscheen Darian niet in de winkel (hij vierde thuis zijn verjaardag), zodat Mei hem niet op de hoogte kon brengen van wat was voorgevallen. Het was pas de avond daarna dat hij Darian waarschuwde. Maar de jongen verzekerde hem dat hij niets te vrezen had. Hij woonde in een veilige buurt waar bijna nooit iets gebeurde. Met een bezorgde blik in de ogen, vroeg Mei hem toch maar voorzichtig te zijn.

5

IN de nacht van zes op zeven september sliep Darian gelukkig niet vast. Het geluid van het brekende glas klonk door het donkere huis, op hetzelfde moment dat Steven Tatakarian op Carolina Boulevard deelnam aan de diefstal van een dure Mercedes. Het was iets over vier in de ochtend. Darian had het lawaai duidelijk gehoord, maar had geen besef van tijd. Ook niet van wat er juist gebeurde. Hij wipte uit zijn bed en liep naar het raam dat op Beach Boulevard uitgaf. Aan de overkant stond een Buick. Dé Buick. De kerel met de felgekleurde muts zat achter het stuur. Hij keek in de richting van hun woning. De andere, het rastakapsel, haastte zich van deze kant van de straat naar de overkant. Een oncontroleerbare woede maakte zich van hem meester. Hij sleurde vloekend een broek over zijn onderbroek, trok zijn lederen motorvest boven zijn ontblote bovenlijf en schoof zijn voeten in zware schoenen. Geen kousen. Daarvoor was er geen tijd genoeg. Hij ritste de sleutels van zijn nachttafel en holde naar beneden.

Indien hij naar de voorkant van het huis holde, liep hij door de woonkamer. Dan merkte hij wat de kerel had achtergelaten, en reed hij hen zeker niet achterna. Zijn ouders en broer Allan bleven dan misschien (waarschijnlijk) in leven. Veel *indien* en *dan*, te veel om op terug te keren. Darian dacht er later wel over na. Toen alles voorbij was, besefte hij heel vlug dat hij veel goed te maken had.

Darian Shadborne liep door de keuken naar de achterkant van de woning. De garage waar zijn motorfiets stond, was zijn doel. Hij sprong erop, wrong zijn hoofd in zijn helm, startte het voertuig en reed in volle vaart de garage uit. Toen hij op Beach Boulevard was, versnelde de Buick en sloeg de hoek om. Misschien kon hij aan de voorkant van zijn woning de vlammen zien, maar hij concentreerde zich op de weg vóór hem en scheurde als een razende achter de verdwijnende Buick aan. Vast van plan hen deze keer niet te laten gaan.

De man met het rastakapsel gooide een met benzine gevulde fles door het raam de woonkamer binnen. Het stopsel had hij vervangen door een brandende vod die gedeeltelijk in de vloeibare inhoud gedrenkt was. De fles brak niet aan stukken, maar de brandende benzine gutste over de tapijten. Terwijl Darian op Beach Boulevard voorbijscheurde, zochten de vlammen reeds hun weg over de tapijten naar het tafelkleed, de stoffen zetels en de gordijnen, vervolgens over de bibliotheekkast met de boeken. Het duurde hooguit tien minuten eer de helft van de benedenverdieping door het vuur was aangetast. De traphal volgde. Er ontwikkelde zich een hevige en verstikkende rook. De andere bewoners van het huis, Darians ouders en zijn broer Allan, werden door die rook bevangen. De ouders stikten in hun slaap, alleen Allan werd wakker. Hoestend probeerde hij nog de kamer van zijn ouders te bereiken, maar zakte op de overloop in elkaar. Zijn vlees was het eerste brokje waar de lekkende vlammen zich vijf minuten later aan te goed deden.

Het was een voorbijrijdende taxichauffeur die de vlammen in de woning opmerkte. Hij verwittigde de dispatching van zijn bedrijf, die op zijn beurt de brandweer inlichtte. Tien minuten later waren die ter plaatse. Het blussen vatte onmiddellijk aan, maar voor de ouders en de broer van Darian Shadborne was het ondertussen veel te laat.

Op het moment dat Darian tegen hoge snelheid de Buick zuidwaarts volgde, wist hij niet dat hij wees was geworden.

6

HET was op de weg naar de kust, op Freeman Avenue, dat zich die nacht dat tweede aspect voordeed. Het werd een gebeurtenis die (net als de vorige) een enorme stempel op de rest van Darian Shadbornes leven drukte.

De Buick raasde over het wegdek. Het voertuig had de ganse breedte van de rijbaan nodig, zwalpte daarbij van links naar rechts, zodat Darian het niet kon inhalen. Hij maakte niet langer gebruik van zijn gezonde verstand. Indien het anders was, stelde hij zich vragen. Dat wilde hij niet. Hij wilde niet ontnuchteren. *Inhalen: ja, en wat dan? Laten stoppen? Hoe moet ik dat doen? Hen overmeesteren? Er is niemand in de buurt, geen getuigen. Zij zijn met z'n tweeën, misschien zelfs gewapend. Ik ben alleen. Wat doe ik hier eigenlijk?*

Dat kwam niet in zijn hoofd op. Het waren vragen die ervoor zorgden dat hij misschien snelheid zou minderen en rechtsomkeer maken. Darian was bevangen door een oncontroleerbare woede die hem tot het uiterste dreef. Hij hoorde het tweetal lachen, want de ramen van de Buick waren naar omlaag, hoewel het fris was. Misschien waren ze onder de invloed van verdovende middelen en voelden ze de koude niet. De Buick slingerde met gillende banden over het asfalt. Ze hadden het meeste plezier daarbinnen.

Tot de wereld voor hen spleet. Darian merkte het niet. Hij concentreerde zich te veel op de wild bewegende auto vóór hem. Een tiental meter vóór de neus van de zwalpende Buick gleed de lucht in meerdere verticale lagen uiteen. Hij merkte niet dat het lachen van de twee kerels in een schril krijsen overging. Darian omklemde zijn stuur en fixeerde de achterkant van de wagen.

Voordat hij goed en wel besefte wat er aan de hand was, volgde hij het slippende voertuig dat de luchtscheuren aan flarden reet. Het was alsof de Buick een mistbank inreed, alleen was de mist lucht. Zuivere, pure lucht in rechtopstaande, zichtbare lagen.

Ze bevonden zich nog steeds op Freeman Avenue, maar niet langer in hun eigen wereld. De bestuurder van de oude Buick verloor alle controle over het voertuig dat nu pas écht slipte. Darian was helemaal verrast door de plotse ommekeer in de bewegingen vóór hem. Hij remde, waardoor nu ook zijn motorfiets vreemde slippartijen uithaalde. Darian probeerde zijn zware toestel onder controle te houden, maar het gevaarte leefde een eigen bestaan. Het stuur rukte zich uit zijn handen. Darian viel zijdelings op de weg toen zijn motorfiets omkantelde. Vanuit zijn ene ooghoek bemerkte hij de Buick dwars over het ene rijvak, hooguit tien meter verderop. Paniek! Zijn lichaam gleed achter de schreeuwende motor aan, recht op het stilstaande voertuig af. Hij trappelde met de benen en probeerde zich aan wat dan ook vast te grijpen. Vuurglinsters spatten vanonder de voortglijdende motor in het rond en kwamen op zijn lichaam terecht. Uiteindelijk gleed de motorfiets tegen de linkerzijkant van de Buick. Darian volgde en rolde tegen het zitgedeelte aan. De schok was niet hevig, de motorfiets had al veel van z'n snelheid verloren. Toch botste zijn gehelmde hoofd tegen het stuur.

Al bij al viel het nog mee. Meer versuft en geschrokken dan gewond stond Darian Shadborne op. De twee inzittenden van de Buick probeerden zich aan de passagierskant uit het voertuig te werken. Hun bewegingen waren helemaal niet gecontroleerd. Ze gedroegen zich als gekken, ze schreeuwden en huilden zonder ophouden. Ze beukten en hamerden op elkaar in. Darian had er plezier in hen op die manier bezig te zien. Laat ze maar doen, dat zij mekaar maar om zeep helpen! Darian bevond zich naast zijn gevallen motorfiets, die niet al te erg beschadigd was. Hooguit enkele schaafwonden. De twee kerels rolden uiteindelijk over elkaar uit de wagen en kwamen op het wegdek terecht. Daar wachtte Darian een verrassing. De twee mannen vochten niet met elkaar, zoals hij aanvankelijk had gedacht. Ze tierden van de pijn en rolden blindelings over elkaar heen. Dat ze schreeuwden en pijn leden, had dezelfde oorzaak: waar normaal hun ogen zaten, waren nu enkel nog zwarte gaten. Op hun verwrongen gezicht lagen strepen wit smeersel, alsof hun ogen gesmolten waren en als stroperig slijm over hun wangen waren uitgelopen.

Darian Shadborne kon onmogelijk definiëren wat hen overkwam. Hij besefte ook niet dat zij niet langer in hun eigen wereld waren. Zij bevonden zich nog steeds op Freeman Avenue, richting kust... of niet soms? Trouwens, waren er redenen om iets anders te vermoeden? Omdat de lucht wat donkerder was dan daarnet? Omdat de horizon er anders uitzag dan daarnet? Waar de zee had moeten zijn, was nu een volwassen bergketen! Om die redenen? Helemaal niet, Darian schonk zelfs geen aandacht aan die onbelangrijke details. Hij had te veel om handen met het kronkelende, blinde tweetal. Wat was er in godsnaam met hun ogen gebeurd?

Veel tijd om op die vraag in te gaan, kreeg hij niet. Uit de tegenovergestelde richting naderde een voertuig. Een imposante, gitzwarte Chevrolet Impala uit 1959. Een ellenlange, met chroomstroken beslagen wagen, voorzien van gigantische, horizontale vleugels die de volledige breedte van het kofferdeksel besloegen. Het was nog een cabriolet ook. Het voertuig dook uit een grijze mistbank op, reed traag in hun richting en had slechts de bestuurder aan boord. Darian wist niet wat hem te doen stond met betrekking tot de twee mannen die vier meter bij hem vandaan nog steeds krijsten van de pijn. Er was iets weerzinwekkends aan hun toestand. Veel meer dan het feit van hun vernielde ogen. Darian vreesde dat ze besmet waren, vergeven van een dodelijk virus dat bij de minste aanraking enorm pijnlijke reacties veroorzaakte.

De Chevrolet rolde met een zwaargrommende motor tot naast de gestrande Buick en gevallen motorfiets. Aan het stuur zat een zwarte, eerder zwaarlijvige vrouw. Het voertuig stopte. Het complete interieur was knalrood. Zetels, dashboard, stuur… zelfs de vloermatten. De vrouw keek zonder enige emotie over haar schouder van de twee gillende mannen naar Darian.

"Gelukkig draag je je helm. Anders had je naast hen gelegen."

Darian wist niet goed hoe hij moest reageren. Blijkbaar was zij ook niet van plan hulp te bieden.

"Ben je van plan daar te blijven staan?" vroeg de vrouw.

Darian haalde zijn schouders op.

"Als ik in jouw schoenen stond, deed ik dat niet!"

Darian wilde het vizier van zijn helm omhoogklappen, maar de zwarte vrouw stak haar ene hand vlug op.

"Ook niet doen. Hou je helm aan en stap in. Doe wat ik zeg!"

Darian wierp een laatste blik op zijn motorfiets en de twee mannen die nog steeds over het asfalt kronkelden. Hij keek op toen hem het grommen bereikte vanuit de mistlaag waaruit de zwarte Chevrolet verschenen was. De mist bewoog, golfde.

"Komaan, jongen, ik raad je aan daar niet te blijven!"

Een ijzige koude bevroor zijn maag toen hij naar de golvende mistbank keek die verderop Freeman Avenue aan het zicht onttrok. Er naderde iets. Zijn maag vertelde hem dat wat er ook hun richting uitkwam, niet echt vriendschappelijke bedoelingen had.

"Komaan!" beval de vrouw hem.

Darian moest om de dwarsstaande Buick heen lopen, tussen het voertuig en de twee stuiptrekkende kerels. Net toen de mistlaag heel donker werd. Verkeerd! Iets zwarts gleed uit de mistlaag in zijn richting. Het vloog met een trage vleugelslag laag boven het wegdek. Zwartlederen vleugels die meer dan de volledige breedte van de weg bestreken. De vrouw riep hem nogmaals. Aandringend. Darian keek versteld naar het naderende ding. Hij had zijn ene hand op het dak van de Buick gelegd. Om steun te zoeken, in de hoop dat hij niet zou flauwvallen. Het wezen kon gewoon niet bestaan. Het had geen kop. Enkel een harig lichaam, dat hem aan een dikke, zwarte worst deed denken, gedragen door die brede vleugels. Aan de achterzijde sleepte een soort net over de grond dat uit wriemelende tentakels bestond. Nu zag Darian de ogen. Zes zwarte bollen. Twee op de voorkant van het lichaam, vier aan de onderkant.

Darian schrok op uit een beangstigende verdoving toen hij het heftige toeteren van het geluidstoestel van de Impala hoorde. Hij keek om. De vrouw zwaaide naar hem. Uiteindelijk nam hij een besluit. Darian holde om de Buick heen, rende naar de passagiersdeur van de Chevrolet, maar gebruikte die niet. Terwijl hij als een echte jongleur over de deur in het rode binnenste van de wagen sprong, zette deze zich al in beweging. Als een heus slagschip gleed de gigantische wagen over het wegdek. Darian manoeuvreerde zich tot hij achterom kon kijken. Nog steeds had hij zijn helm op. Het zwarte beest dook op dat moment boven de Buick op, het net van wriemelende vangarmen over de grond meeslepend. De onderste oogbollen draaiden in de richting van de twee mannen, de tentakels strekten zich uit en *plukten* hen van de grond op. De zuignappen zogen zich in hun vel en vlees wat nog meer hels schreeuwen uitlokte. De tentakels rolden zich op, de twee lichamen daarbij volledig omwindend. Verstikkend, plettend. Darian meende dat de beenderen kraakten, meende dat hij het nu gedempte schreeuwen nog steeds opving.

Voorbij de Buick maakte het grote, zwevende wezen een ruime bocht naar links. Het maakte eigenlijk volledig rechtsomkeer en klapwiekte langzaam terug in de richting vanwaar het gekomen was. Toen het door de mistlaag omsloten werd, draaide Darian zich naar voor en gleed in een rustiger houding in de passagierszetel van de Chevrolet.

Hij keek in een totaal stilzwijgen voor zich uit. Naast hem bestuurde de zwarte, mollige vrouw de grote wagen met het grootste gemak. Zij bleef ook heel rustig toen zich een heel eind voor de wagen, in het midden van Freeman Avenue, verticale zwarte lijnen in de lucht aftekenden. Darian had er geen benul van hoe hij dat kon inschatten. Het was alsof iemand met een potlood een smalle lijn in de lucht tekende. Toen de lijnen dikker en lichter van kleur werden, wilde Darian zijn helm afzetten. De vrouw legde haar ene hand op zijn linkerarm. Haar huid was aangenaam warm.

"Niet doen, nog even wachten."

De kleuren binnenin de lijnen namen vormen aan, werden heuvels, bomen, een weg. Het verlengde van de weg waar zij op reden. Darian had geen zin om tegen de vrouw in te gaan. Hij wachtte. De Chevrolet gleed zonder enige weerstand te ontmoeten dwars door de lagen heen en reed verder. Het werd ineens een heel stuk frisser. Het verschil drong zich enorm op. Het was alsof ze in een koude luchtstroom terechtgekomen waren. De vrouw keek opzij en zei:

"Nu is het veilig, je kan je helm afzetten."

Darian klikte de veiligheid los, zette de helm af en liet die tussen zijn voeten op de rode vloermat rollen. Hij keek achterom en merkte dat de luchtlagen dichtgleden. De wereld waarin de Buick en zijn motorfiets de weg versper-den, verdween en de wereld waarin zij nu reden, gleed eroverheen. De berg-keten aan de horizon was er niet meer. Hij begreep hoegenaamd niet wat hij had gezien en nog minder wat hij had meegemaakt. Hij zoog de frisse lucht naar binnen en wreef met beide handen over zijn gezicht. Na enkele ferme zuchten richtte hij zich tot de bestuurster.

"Kan er iemand mij wat uitleg geven?"

Zijn stem beefde een beetje.

"Sta me toe dat ik mezelf even voorstel. Mijn naam is Elma Choshakian."

Ze stak haar ene hand in zijn richting uit en Darian schudde die.

"Darian Shadborne."

Elma knikte.

"Goed, Darian. Ik vermoed dat je niet weet wat je daarnet hebt gezien. Ik vermoed zelfs dat je niet zeker weet of je het wel allemaal écht beleefd hebt."

"Je haalt me de woorden uit de mond. Mijn motorfiets?"

"Sorry, die is verloren."

"Die twee kerels?"

"Idem."

Zijn maag trok samen. Hij herinnerde zich het gekraak van hun botten en wervels.

"Waarom mocht ik de helm niet afnemen?"

Elma antwoordde niet onmiddellijk. Ze zette de wagen aan de kant en liet de zware achtcilinder stationair draaien. Ze staarde nog even naar de eerste hui-zen van Rosenhelm verderop, draaide zich in Darians richting en zei:

"Luister, jongen. Momenteel kan ik jou niet veel vertellen, niet op dit mo-ment in je leven. Het dragen van de motorhelm heeft voorkomen dat je ogen, net als die van hen, tot vloeibare pulp werden herleid bij het binnengaan. Enkel wie *gevraagd* of *uitgenodigd* wordt, hoeft niets te vrezen."

"Het binnengaan… het *betreden* van wat? Waar heb je het over?"

Darian herinnerde zich niet dat hij ergens was binnengegaan. Hij herinnerde zich dat de Buick slipte en dwars over de weg tot stilstand kwam. Vervolgens was daar zijn eigen sliding.

"En dat… dat beest… het is…"

Darian keek nogmaals om. Er was uiteraard niets meer te zien.

"Darian… ik weet dat het heel moeilijk is, maar je moet nog enkele jaren met vragen zonder antwoorden leven. Ooit kom je alles te weten. Laat me enkel dit zeggen: wees blij dat ik daar voorbijkwam. De Zweefgrijper had je zonder enige aarzeling meegenomen. Geen ontkomen aan. Eigenlijk heb ik je leven gered."

"Eh… bedankt!"

"Dat is het allerminste wat ik verwachtte," lachte Elma.

"Maar... mijn Honda... ik..."

Elma Choshakian keek de jongen begrijpend aan.

"Probeer nu nog geen verklaringen te vinden, Darian. Spreek er met niemand over. Je hebt geen enkel bewijs dat je kan voorleggen. Ga naar huis, leef je leven. Later komt alles wel tot z'n recht."

"Maar.."

"Later, Darian... enkele jaren wachten. Er zijn nu andere zaken waar je je hoofd moet over breken."

Elma hield het gesprek blijkbaar voor bekeken. Ze reed uit haar standplaats aan de rand van Freeman Avenue weg. Ze reed tot ze de eerste huizen van de stad bereikte en stopte.

"Hier scheiden onze wegen, Darian."

"Je bedoelt dat..."

"Juist. Stap hier uit. Ik moet terug de andere kant op."

Darian raapte zijn helm op en stapte uit. Elma knikte nog even en liet de jongen vervolgens met een hoofd vol vragen achter. Hij keek de wegrijdende wagen nog even na, draaide zich toen om en ging op weg naar huis... of wat ervan restte.

7

DE nacht van zes op zeven september betekende voor Darian Shadborne een totale ommekeer in zijn jonge leven. Hij verloor zijn ouders en broer en maakte tegelijk ongewild kennis met een inwoner van Anderwereld. Het ontbrak hem echter aan het vermogen om te vatten *wat* hij exact had meegemaakt. Hoe definieerde je zoiets? Zijn relatief beschermde rijkeluisleventje kreeg een ongemeen harde opdonder, maar financieel geraakte hij er enkel op vooruit. Hij erfde niet alleen de restanten van de riante woning op Beach Avenue. De verzekeringsmakelaar (die trouwens een lid van de vooraanstaande familie Shadborne was) kon er bovendien nog voor zorgen dat Darian een immense som uitbetaald kreeg. Niet alleen voor de woning, maar ook voor de tandartsenpraktijk. Darian kreeg zoveel geld op zijn rekening gestort dat hij eigenlijk de rest van zijn leven niet meer hoefde te werken. Maar dat idee kwam in die periode helemaal niet in hem op. Het enige wat hij wilde, was gerechtigheid. Om reden van het verlies van zijn ouders en zijn broer en het vernielen van de eigendommen. Hij kende de daders. Hij had nog steeds hun nummerplaat en hielp daarmee de flikken een heel eind op weg. Hij wist ook dat hij best niet op de getuigenis van Mei rekende. Die man had zijn eigen leven om op te passen. Mei besefte heel goed dat na die twee kerels er anderen kwamen. Hij hield zich gedeisd. Darian was zó geobsedeerd door zijn drang om de twee brandstichters en dus ook moordenaars aan de galg te helpen, dat hij zijn belevenissen in de nacht van zes op zeven september in zijn geest naar achteren schoof. Wat hem betrof, was dat beest met de slepende tentakels er nooit geweest. Wat hem betrof, had hij die mollige, zwarte vrouw die zich Elma en nog iets noemde, nooit ontmoet. Soms, op momenten dat hij wat rustiger was, doken weer flitsen op. Fragmentarische herbelevingen van het verkeersongeval, van de angst die hij ervoer bij het opmerken van de golvende bewegingen in de mist en het opdoemen van het gruwelijke ondier. Misschien had hij bij de val zijn hoofd te hard gestoten, misschien doolde hij een beetje op dat moment. Misschien zag hij dingen die er helemaal niet waren. Maar de realiteit was hard.

De dag na de feiten bracht hij de politiemensen naar de locatie op Freeman Avenue waar zijn motorfiets en de Buick van de daders in aanrijding waren gekomen. Naar zijn aanvoelen bevonden die voertuigen zich daar nog. Hij vroeg zich af waarom nog niemand die aanrijding had gesignaleerd. Was daar misschien nog niemand voorbijgekomen? Samen met de flikken reed hij de weg op en af, tot tweemaal toe, maar trof noch de Buick, noch de motorfiets aan. Onverrichter zake keerden ze terug. De agenten waren verveeld met de situatie. De vreemde situatie verwarde Darian.

Uiteindelijk werd een navolgend onderzoek verricht. De nummerplaat werd opnieuw gecheckt, de eigenaar werd weer gecontacteerd. Ditmaal niet door een wijkagent, maar door een team van de gerechtelijke sectie, afdeling Moord. Uit het onderzoek dat op de dag van de feiten zelf werd uitgevoerd, bleek dat de twee mannen, wier naam Darian nooit te weten kwam, nog steeds niet waren opgedoken. Het betrof twee neven die meestal samen optrokken. Het onderzoek bleef openstaan. Er werd (uiteraard) niemand aangehouden. Het tweetal dook niet op. De eerste dag niet, de vierde niet en de dagen die daarop volgden evenmin. Eigenlijk heeft niemand ooit nog iets van die twee mensen vernomen. In Rosenhelm zat men dus met enkele serieuze zaken. Een opzettelijke brandstichting met de dood van drie mensen tot gevolg en het verdwijnen van de twee vermoedelijke daders. Seiningen, zelfs internationaal, leverden niets op. Eigenlijk kwam nergens antwoord op, en Darian kon daar niets aan doen.

Die machteloosheid frustreerde hem enorm. Vooral over het politieapparaat en het gerecht in het algemeen was hij uitermate ontevreden. De daders werden nooit gevat, hij bleef met de pijn van de herinnering over. Uiteindelijk dwong diezelfde ontevredenheid hem er later toe het recht in eigen handen te nemen. Wat men zelf doet, doet men meestal goed.

Darian leerde zijn verdriet en frustraties kanaliseren. Negatieve gevoelens werden in positieve, leergierige energie omgezet. Enorm gemotiveerd koos hij voor doorgedreven opleidingen in gevechts- en verdedigingstechnieken en hij leerde ook met wapens omgaan. Handelingen waar hij heel bedreven in werd, er waren stimulansen genoeg aanwezig. Er was hem veel geld ter beschikking gesteld en daardoor kon hij zich bepaalde extravagante zaken veroorloven. Darian kwam in kringen waar anderen van zijn leeftijd enkel maar van droomden. Genootschappen die luisterden naar wat hij te zeggen had. Mensen die dat *iets* in hem zagen wat zij apprecieerden en voor hun doel konden gebruiken (dat eigenlijk ook het zijne was). Hij leefde met heel wat wroeging en schuldgevoelens. Toen hij uiteindelijk door iemand werd gecontacteerd die hem met nog iemand anders in contact bracht, twijfelde Darian Shadborne niet lang. Ene Max Henderson informeerde hem dat bepaalde mensen op een onofficiële basis werkten en daarbij toch *deftig* werk verrichtten. Werk dat onweerlegbaar resultaat opleverde en veel mensen *onmiddellijk* tevreden stelde.

8

IN 1989, tien jaar na die twee voorvallen, was Darian Shadborne dertig jaar. Hij was dan al drie jaar één van de meest gevraagde huurdoders in Chicago. Het beeld van het zwevende ondier had hij nooit helemaal uit zijn dromen weggewerkt. Hij beschouwde het als een aspect uit een donker verleden, iets waar hij liever niet aan terugdacht.

Darian probeerde het verdriet dat hem tijdens zijn slaap belaagde, van zich af te zetten. Overdag voerde hij werk uit dat totale concentratie eiste. Maar 's nachts of tijdens de momenten dat hij die mentale inspanning achterwege liet, slopen die pijnlijke herinneringen zijn geest binnen. Zijn ma... vriendelijk, behulpzaam, enorm teder. Zijn broer... een pestkop van wie hij verdomd veel hield. En zijn vader... een harde werker, heel consequent en een totale realist. Het verbaasde hem dan ook dat de man hem ooit zei – het was op het dansfeest van een bepaalde lokale politieke partij en hij had iets te veel rode wijn gedronken – dat hij van plan was ooit nog op reis te gaan. Naar die vreemde plaats uit zijn dromen waar het gras bloedrood was en de bomen zwart of blauw. Darian, toen twaalf, bekeek zijn vader met vreemde ogen, verbaasd eigenlijk, want hij besefte dat de man het meende.

Er blonk iets dromerigs in zijn ogen terwijl hij het hem vertelde. Omdat zijn zoon hem vol verbazing aankeek, schonk hij hem een brede, witte tandartsenglimlach en zei: "Niet op letten, zoon, te veel wijn naar binnen. Dan ziet een mens de dingen niet zo goed meer! Trouwens, we wilden enkel kattenkwaad uithalen, we waren jong en heel onverstandig. Maar het was er zo...

218

mooi!"

Dat vreemde moment is Darian lang bijgebleven, hoewel hij helemaal niet begreep waarover zijn vader het had. Hij had hem nooit eerder zo gezien of zoiets weinig steekhoudends horen zeggen. Darian kwam er zelf niet meer op terug.

Er waren nu andere zaken om zich op toe te leggen.

Darian slaagde daar goed in. Hij concentreerde zich volledig op de hem op-gelegde taken. Tot in oktober van het jaar 1994. Darian werd dan op een heel beklemmende manier gewezen op het niet te negeren feit dat men het verle-den niet zomaar van zich kan afschudden. Darian Shadborne ontdekte die nacht dat het verleden *hem* zelfs had achterhaald, en niet omgekeerd.

Het werd een kennismaking met zaken die hij liever achterwege had gelaten. Er werden wonden opgereten en vragen (diezelfde van weleer, nu nog steeds onbeantwoord) rezen weer op. Er werd hem tevens een manier aangeboden om – na al die jaren – *eindelijk* antwoorden te vinden.

Deel Drie:

De manier waarop ze werden gecontacteerd.

9
1994 – Fayetteville (North Carolina)
Elliot Bornowski

1

"**IK**zeg niets. Ik wil mijn advocaat zien. Ik heb recht op een telefoongesprek."

"Heb je echt geen enkel ander zinnetje?"

De gehandboeide kerel op de stoel keek de spreker aan de andere kant van de tafel smalend aan en zei nogmaals:

"Ik zeg niets. Ik wil mijn advocaat zien. Ik heb recht op een telefoongesprek."

Peter Youtta keek op naar de man die tegen de muur leunde. Elliot schokte kort met zijn schouders. Peter stond op en beiden verlieten ze het verhoorlokaal. William Wingaard, alias 'Wing', leider van de Skulls, bleef alleen achter. Het was de zestiende oktober van 1994, bijna zes uur in de avond. De actie die eerder die dag was begonnen en tot de arrestatie van Wing en zijn kompaan Mill had geleid, was nog volop aan de gang. Skin en Jelly slaagden erin te voet weg te geraken eer de politiemensen hen inrekenden, maar Mill had ondertussen hun namen verklapt. Voor hen was het dus maar een kwestie van tijd voordat ze werden opgepakt. Mill viel zonder veel aandringen door de mand en biechtte alles spontaan op. Hij gaf alle namen door en presenteerde eigenlijk alles op een blaadje aan de onderzoekers. Hij haalde daarmee de woede van Wing op zijn schouders, maar Mill was nuchter. Als het meewerken voor strafvermindering zorgde, dan wedde hij graag op dat paard. Veel liever dan vluchtige woorden over een zogezegde broederschap die door het minste zuchtje wind vervlogen.

Op het vliegveld was er de ganse namiddag een drukke bedoening rond het opruimen van het vernielde vliegtuig en de twee Audi's, eigendom van de heer Fred U. Peylstone. De bestelbus vol waterflessen, nog steeds op State Road 80, werd getakeld. Het was er een drukte van jewelste. De pers had ondertussen ook al onraad geroken en kwam er met man en macht op af. Er werd een groot aantal politiemensen ingeschakeld om alle toegangen tot het vliegveld af te sluiten. Enkel de personen die er nodig waren, werden toegelaten. Alles wat zich op het vliegveld bevond, werd in beslag genomen. Het lijk van het hulpje van Peylstone werd vanonder het verongelukte vliegtuig geschraapt. Wat nog van hem overbleef en herkenbaar was, werd in aparte plastieken zakken gepropt. De rest kwam in een afvalkoker van de brandweer terecht. Het grootste deel van de gestolen goederen werd gerecupereerd.

Iedereen die zich in de buurt bevond en enigszins verdacht was, werd aangehouden en naar het politiebureel overgebracht.

Niet alleen Mill had zijn mond voorbijgepraat. Ook de zwarte pilote had erg spontaan een verklaring afgelegd. De gladde aal en de hulpjes van Fred U. Peylstone hielden hun mond en wilden helemaal niets zeggen. Alleen 'Wing' vroeg om een advocaat.

"Hij vraagt om een advocaat," zei Peter Youtta in de gang.

Elliot Bornowski glimlachte. Hij keek van Peter door de speciale beglazing naar het verhoorlokaal. Wing zat voorovergebogen aan de tafel. Zijn handen waren geboeid, net als zijn enkels. Hij hield zich sedert zijn aankomst bij dat ene zinnetje. Verderop in de gang hielden zich drie geüniformeerde politiemannen op. Zij stonden voor de bewaking van de gearresteerden in.

"Onze Wing heeft zich blijkbaar verrijkt met kennis inzake het verloop van gerechtelijke zaken."

"Het is een klootzak, Elliot."

"Dat weten wij. Dat weet *hij* ook. Maar daarmee komen wij niet te weten wat hij weet."

Peter Youtta keek Elliot vreemd aan.

"Jezus, Elliot, spreek duidelijke taal."

"Grapje, Peter... luister, ik probeer nog een laatste gesprek. Ondertussen hebben we meer troeven die we kunnen uitspelen. Misschien valt hij door de mand. Als het niet lukt, mag ie zijn advocaat bellen. Ik vermoed dat de man Wing zal trachten vrij te krijgen op grond van een vermoeden van onwetendheid. Hij zal Wing hulpmiddelen influisteren. *Je moet zeggen dat je erin geluisd bent, dat je helemaal niet wist waar je mee bezig was, dat je enkel aangesproken bent om een voor jou onbekende lading naar het vliegveld over te brengen.* Ik geef de advocaat geen schijn van kans. Wij hebben te veel tegen Wing."

"Advocaten zijn ook klootzakken!"

"De hele wereld is vol klootzakken, Peter."

"Rottige klootzakken als Wing verdienen geen advocaten!"

2

ELLIOT Bornowski liet de sputterende Peter Youtta in de gang achter. De jongen zag graag alles veel te vlug opgelost. Misschien bereikten ze met wat meer praten en overredingskracht wat ze eigenlijk wilden: bekentenissen. Redenen om de Skulls achter de tralies te krijgen. Maar voordat ze zover waren, moest Wing ervan overtuigd worden dat spreken het enige middel was om een gedeelte van zijn hachje te redden. Elliot stapte het verhoorlokaal binnen en nam plaats op de stoel waar daarnet Peter zat. Wing reageerde niet onmiddellijk.

"Mijn naam is Elliot Bornowski. Ik ben kapitein en ik heb de actie deze voormiddag geleid. Ik heb die tevens voorbereid. U bent William Wingaard, beter bekend als 'Wing', leider - aanvoerder - van de Skulls. We hebben dus iets gemeenschappelijk."

Wing keek op en snoof minachtend.

"En wat mag dat dan wel zijn?"

Achter het glas zakte een mateloos gefrustreerde Peter bijna door de knieën. Elliot was een halve seconde binnen en die rottige kankerbol sprak sinds uren zijn eerste andere zin uit. Hoe was dat in godsnaam toch mogelijk? Hijzelf had de afgelopen twee uur geprobeerd - eerst met dreigen, bedreigen, vernederen, bluffen en vervolgens met roepen en verwijten - iets uit Wing te krijgen. Zonder resultaat. Het was eigenlijk bijna het scenario: slechte flik, gevolgd door goede flik. Slechte flik krijgt geen resultaat, goede flik krijgt de verdachte aan de praat. Maar Elliot wilde de beste niet zijn, hij streefde enkel gerechtigheid na. Dat was het belangrijkste. Al vele jaren.

"Wat denk je dat het is, Wing?"

"Ik weet niet waar je het over hebt."

"Ik spreek over het hebben van leiding."

"Wat dan nog?"

"De verantwoordelijkheid dragen om in naam van een groep andere mensen met wie je samenwerkt, zaken tot een goed einde te brengen. Regelen, zorgen dat alles goed loopt, dat niets de mist ingaat."

"Wat is daar verkeerd aan?"

"Niets, Wing! Helemaal niets. Het siert degene die het aandurft verantwoordelijkheden op te nemen. Het siert iemand die een project op touw zet en er zelf aan meewerkt, in de hoop dat zijn medewerkers even diep in het ganse opzet geloven."

"Ik weet niet waar jij heen wilt. Ik wil mijn advocaat zien."

"Wat ik bedoel, Wing, is het volgende: ik heb mijn actie vandaag minstens even goed voorbereid als jij die van jou. Dat betekent dat ik meer over jou ben te weten gekomen dan me lief is. Ik spreek hier over maanden van observatie, voorbereiding en afwegen hoe en wanneer we de Skulls het best zouden aanpakken. Ik heb alle gegevens opgeslagen. Ik heb ondertussen de namen en bijnamen van alle leden. Ik ken niet alleen het volledige verloop van hun leven, maar ook dat van hun ganse familie. Ik weet waar iedereen woont en ik ken het verleden van elk van hen, strafdossier uiteraard inbegrepen. Skin en Jelly zijn onder onze begeleiding op komst naar hier. Zelfs het water dat ze vervoerden, werd in beslag afgenomen. Mill heeft daarnet alles opgebiecht, tot en met de contacten met Peylstone. De zwarte pilote werkte ook enorm mee. Indien nodig geef ik nog enkele voorbeelden. Het gerecht is in deze zaak op een niveau ingeschakeld dat jij niet voor mogelijk houdt."

"Jullie hebben niets tegen mij. Ik wil mijn advocaat."

"En wat denk jij dat een advocaat tegen een dossier als dat van ons - ondersteund door het Openbaar Ministerie - kan beginnen? Tegen alles wat vanmiddag is gebeurd? Ik kan zomaar, zonder een snippertje papier voor mijn neus, minstens tien zaken opnoemen waar jij en je kornuiten jullie vanmiddag schuldig aan hebben gemaakt. Je vliegt voor die zaken alleen al zeker vijf jaar achter de tralies, en ik hoef mijn best nog niet te doen. Iedereen heeft je bezig gezien, alles is in beslag genomen. Waar wou je dan met je advocaat heen?"

Wing zweeg. Elliot vermoedde dat hij inzag dat de Skulls door de weledele heer Fred U. Peylstone bij de kloten waren gegrepen. Misschien werd hij met nog enkele goede zetten over de streep getrokken. Wing staarde lang naar een plaats tussen zijn knieën. Elliot liet hem begaan. *Laat hem nadenken, laat hem overwegen, laat hem inzien dat hij verkeerd bezig is.*

Na een periode die volgens de wachtende en toekijkende Peter Youtta veel te lang duurde, richtte Wing zijn hoofd op. Er lag een verslagen uitdrukking op zijn gezicht.

3

ELLIOT Bornowski besefte niet echt goed waar hij naar keek. Vaag zag hij dat William Wingaard traag zijn neerhangende hoofd oprichtte. Maar eigenlijk richtte Elliot zijn gefronste blik op een plek, net achter de zittende Wing. Bijna in de linkerhoek van de kamer. Peter Youtta merkte aanvankelijk niets vreemds in Elliots houding op. De politieman bleef rustig zitten en keek volgens hem de verdachte aan. Maar Elliot was helemaal niet rustig. Het vel van zijn scrotum trok samen. Ineens sloot een vuist zich om zijn maag en wilde dat orgaan vermorzelen. Een bron van hitte vlamde achter het dikke been van zijn voorhoofd op.

Achter een nietsvermoedende Wing bewoog de lucht. Elliot keek met grote ogen naar de kronkelende, verticale lijn die zich in de hoek geluidloos manifesteerde. Tegelijk sprak de man aan de andere kant van de tafel (*hoe is zijn naam ook weer?*) hem aan. Elliot kon zich daar echter niet op concentreren. In zijn hoofd opende zich namelijk een boek. Een prentenboek. De verticale lijn verbreedde zich achter Wing. *Merkt die kerel dan niets?! Hij blijft zomaar babbelen! Waarom hoor ik zijn stem dan niet? Waarom hoor ik helemaal niets?* De lijn werd een vlak. Een donkergroen vlak van een meter breed en twee meter hoog, door onregelmatige randen omzoomd. Het prentenboek opende zich verder en bepaalde foto's flitsten in Elliots hoofd open. *The Green Swamp. Een ruïne. Gutsende regen.* Net onder zijn haargrens vormden zich de eerste zweetdruppels. Wing babbelde zichzelf de gevangenis in, maar de politieman merkte het niet langer. Peter Youtta zag enkel een pratende Wing en een onbeweeglijke Elliot.

De ruïne. Zolang geleden. Een lijk in de regen.

Elliots hart nam een onvoorstelbaar tempo aan toen zich de grove lijnen van een andere wereld in het groene vlak aftekenden. Donkere heuvels als horizon. Groene velden. Elliot Bornowski's mond viel gewoon open toen het naakte meisje van tussen de golvende luchtlagen in het vlak verscheen. Zonder waarschuwing stapte het uit die andere wereld de verhoorkamer binnen. Achter haar bleef de luchtspleet open. Elliot ving het schuivende geluid van haar voetjes op de koude linoleum op. Hij snoof de geur op van dennenbomen.

"Sandy?"

Elliots stem beefde. Een straal speeksel droop over zijn lippen. Hij zat nog steeds op de stoel, de benen licht gespreid, maar hield met beide handen de tafelrand vast. Het bestaan van Wing merkte hij niet langer nog op. Elliots wereld was op dat moment enkel een confrontatie met de verschijning achter de rug van de aangehoudene. Hij zag dan ook niet dat Wing hem vreemd aankeek en zweeg.

"S... Sandy Wheeler?"

William Wingaard merkte nu pas dat de politieman hem niet langer aankeek. De ogen van de kerel waren opengesperd. Hij keek langs hem heen. Zijn mond hing open en speeksel droop op z'n hemd. Die ogen! Wing keek achterom naar wat de man zo'n schrik aanjoeg, maar zag enkel de hoek, gevormd door twee muren.

"Sandy?"

Het was nu al de derde maal dat de man die naam uitsprak. Wing begreep niet waarover de kerel sprak, hijzelf had het nog niet over een Sandy gehad.

"Wie is Sandy?" vroeg hij domweg.

Elliot reageerde niet meer. Wat hem betrof, bestonden Wing, het verhoorlokaal of zelfs het ganse politiegebouw niet langer. Alleen was daar de naakte Sandy Wheeler en de groene wereld achter haar. Het was alsof hij zich in een nauwe, donkere gang bevond. Hoge, duistere muren links en rechts van hem. Niets dan een bedreigende zwartheid achter hem en de toegang tot die andere wereld voor hem.

Peter Youtta, nog steeds achter de glazen afscheiding, schrok zich een aap toen Wing opstond. Elliot zat daar maar aan die tafel voor zich uit te kijken en liet de man naar het raam lopen. Blijkbaar wist Wing heel goed waar dat grote, weerspiegelende raam voor diende. Hij zag weliswaar niet waar Peter Youtta zich juist bevond, maar hij tikte met zijn gehandboeide polsen tegen het glas, probeerde er iets door te zien en riep:

"Hey... ik weet niet wat die kerel hier heeft..."

"Jezus..." siste Peter.

Hij haastte zich uit de smalle doorgang en liep de brede gang in.

"Hela, hierheen!" riep hij naar de agenten.

Het drietal repte zich en samen holden ze de verhoorkamer binnen. Wing leunde rustig tegen het raam aan.

"Breng hem weg!" snauwde Peter.

Elliot reageerde niet. Hij keek onverstoorbaar voor zich uit. De drie geüniformeerde agenten leidden Wing het lokaal uit en Peter stapte tot bij de tafel. Elliots gezicht was spierwit. De ogen opengesperd. Steeds meer speeksel droop op z'n hemd.

"Elliot?"

Geen reactie.

"Elliot? Hoor je me? Wat scheelt er?"

4

"ELLIOT Bornowski... hoor je me?" Elliot knikte. De stem van het kind bereikte hem, hoewel haar lippen niet bewogen. Het was de stem van een zevenjarig meisje. Hij had Sandy Wheeler nooit horen spreken, maar wist gewoon dat zij het was. Even was hij terug in de ruïne in The Green Swamp. Het lijk van Willy H. Kleihner. De losgeslagen ingewanden, dampend in de neerplenzende regen. Zij verdween daar in een spleet in de lucht. Naar een andere wereld. Nu was ze hier terug... en sprak hem aan.

"Elliot? Ik merk dat je me herkent!"

"Sandy Wheeler."

Het meisje bewoog niet. Ze stond in Elliots wereld, net voorbij de grens met die van haar.

"Ik droeg die naam, dat klopt."

"Wie ben je?"

"Laten we het bij *Sandy* houden, goed?"

"Mij goed."

Elliot was door puur mysterie omgeven. Onbeklimbare, zwarte muren naast hem. Niets dan die beklemmende duisternis achter hem. En voor hem het meisje en de toegang tot die vreemde, andere wereld. Was er daarnet een tweede persoon in zijn buurt? Riep iemand anders zijn naam? Dat waren problemen voor later. Wat nu primeerde, was de verschijning van Sandy Wheeler. *Sandy*, zoals zijzelf verkoos.

"Je herinnert je alles nog?"

Elliot produceerde nu zelfs een glimlach.

"Natuurlijk. Net alsof ik het opnieuw meemaak. Alles is me heel levendig bijgebleven."

"Je weet niet wat je hebt gezien."

"Dat is waar, het heeft me mijn ganse..."

"Wil je het weten?"

"Wat?"

"Wil je weten wat er toen is gebeurd?"

"Ik zie het zó voor mijn ogen, Sandy. Jij smolt en kroop in Kleihners lichaam. Hij scheet zijn eigen ingewanden uit en stierf. Dan verdween jij of die vorm die van jou overbleef, naar... in..."

"Dat zijn de feiten, Elliot, dat heb je inderdaad gezien. Wil je weten waar dat allemaal voor staat?"

"Eigenlijk wel, ja!"

"Dat voorval heeft jouw leven bepaald. Het bleef vanaf die dag in je hoofd spoken. Het is er nooit uit weggegaan. Jij hebt er je suf over nagedacht. Je hebt naar oplossingen gezocht... maar je was alleen. Je kon er met niemand over spreken."

"Ik was alleen..."

"Dat denk je maar, Elliot."

"Wat bedoel je daarmee?"

"Dat er nog anderen zijn."

"Die dat alles hebben gezien?"

"Die *andere* dingen hebben gezien. Zij waren net als jij getuige van iets wat hun petje te boven ging."

"Waar zijn die mensen?"

"Op dit moment is dat nog niet van tel, Elliot. Er primeren nu andere dingen."

"Ben je daarom teruggekomen?"

"Ik ben gekomen om je een kans te bieden."

"Een kans? Waarop?"

"Op genezing."

"Moet ik genezen? Ben ik dan ziek?"

"Zit je niet al jaren met een kwelling?"

Elliot antwoordde niet. Hij keek naar het onbeweeglijke meisje aan de andere kant van de tafel. Achter haar bewogen zich onduidelijke vormen over het groene veld. De wolken die door de hemel trokken, hadden een vreemde kleur. Of waren het geen wolken?

"Indien je van het spookbeeld dat je bij de ruïne hebt opgedaan, wil afgeraken, moet je het herbeleven. Maar dan met kennis van oorzaak, achtergrond en redenen. Pas dan kun je weer rustig slapen. Pas dan laten de nachtmerries je geest met rust".

Het resterende restje bloed trok uit zijn gezicht weg.

"Herbeleven?"

"Je moet terug naar Rosenhelm."

"Maar... om welke reden?"

"Ik heb het je toch verteld?!"

"Maar ik heb..."

"Je wordt er verwacht."

"Oh, God...."

"Neen, Elliot, niet door God. Ga erheen, beleef wat er te beleven valt en kom totaal ongeschonden terug."

"Maar... ik kan toch... ik ben hier..."

"Rosenhelm. Daar moet je zijn. Ik laat jou later meer weten. We spreken verder af."

Sandy Wheeler zette enkele stappen achteruit en stapte op die manier haar eigen wereld terug binnen. De twee lagen gleden geluidloos over elkaar tot er een smalle, zwarte lijn in de lucht overbleef. Er scheurde een rilling door die verticale streep heen, die vervolgens verdween. Elliot staarde naar de lege hoek van de verhoorkamer. Hij hield nog steeds de beide randen van de tafel vast. Riep daar iemand?

"Elliot?"

5

"WAT?"

"Elliot... wat scheelt er?"

Elliot liet de tafelranden los. Het bloed stroomde eensklaps zijn handen terug binnen waardoor zijn onderarmen tintelden. Hij klapte zijn openhangende mond dicht en draaide zijn hoofd naar links. Daar bevond zich iemand. De gewrichten in zijn nek kraakten. Langzaam nam de figuur naast de tafel vorm aan. Details werden duidelijk. Elliot herkende de kerel als Peter Youtta. Een collega. Zijn ogen hadden een bezorgde blik.

"Peter?"

Er klonk een enorme zucht.

"Jezus... wat was dat?"

Politiekapitein Elliot Bornowski bracht langzaam beide handen naar zijn gezicht. Met een lichte druk van de vingertoppen masseerde hij vervolgens zijn voorhoofd.

"Waar is Wing?"

"Ik liet hem wegbrengen. Voel je je wel goed?"

"Wat heb je gezien?" vroeg Elliot achter zijn handen.

"Gezien? Wat bedoel je?"

"Net wat ik vraag, Peter. Je was achter het glas aanwezig. Wat heb je gezien?"

"Niets speciaals! Jij zat aan tafel en ineens stond Wing op. Hij kwam tot bij het glas en klopte erop. Hij riep dat er met jou iets aan de hand was. Ik ben binnengekomen, heb Wing laten wegbrengen en nu... nu, ja... ben je er terug."

Elliot liet zijn handen op de tafel vallen. Zijn gezicht had al een roze kleur, iets wat Peter minder paniekerig stemde.

"Wat bedoel je met 'ben je er terug'? Ben ik weg geweest?"

Peter Youtta vroeg zich af hoe hij daarop het best reageerde. Maakte Elliot met die laatste vraag een grapje of meende hij wat hij vroeg? Peter besloot dat een brave glimlach en een direct antwoord geen kwaad konden.

"Je bent fysisch niet weggeweest, nee... maar even was jouw... eh... brein, jouw geest, ergens anders. Je reageerde niet toen ik riep. Je keek zo raar... je keek naar niets en... jouw hemd."

Elliot keek hem verbaasd aan.

"Mijn hemd?"

"Kijk maar."

Elliot richtte zijn blik naar omlaag en zag dat het hemd tot aan de navel doorweekt was. Nu pas werd hij de zure geur van het vochtige speeksel gewaar. Een pijnlijk gevoel van schaamte kroop langs zijn nek en keel omhoog en kleurde zijn gezicht rood.

"Jezus... hoelang... ben ik... heb ik je niet gehoord?"

"Hooguit dertig seconden! Maar dat is verduiveld lang voor iets wat niet normaal is. Nog even en ik had er een ambulance bij gehaald."

Elliot vreesde dat Peter het over meerdere minuten zou hebben. Dat was volgens hem de duur van zijn gesprek met de verschijning van Sandy Wheeler. Zij was even tastbaar aanwezig als de stoel aan de overkant van de tafel. Het meisje, met de toegang naar die onbekende wereld achter haar.

"Ik neem het verder over, Elliot. Misschien kun je..."

Elliot schoof de stoel achteruit en stond op. Hij werd onmiddellijk duizelig en steunde weer met beide handen voorover op het tafelblad.

"Peter... eh... ik denk dat ik beter naar huis ga. Ik bel je vanavond nog."

"Goed, geen probleem."

Peter keek hoe Elliot zich met moeite rechtop hield. Er waren enorme zweet-kringen onder de oksels. Ook op de rug vertoonde zich een donkere vlek. Een plotse griepaanval? Elliot liep onvast tot bij de deur, keek niet meer om en verdween in de gang erachter.

6

ELLIOT Bornowski was een workaholic. Een echte en uit het juiste hout gesneden freak die op arbeidsvreugde kickte. Iemand die zichzelf en zijn noden opzijzette ten voordele van zijn werk. Om die reden liepen al zijn relaties spaak. Hij verbleef al enkele jaren op zijn ruime flat in Hollow Avenue in Fayetteville, maar woonde er altijd alleen. Van zodra de vrouwen die hij ontmoette, ontdekten dat hij zijn werk als minnares had, liep het verkeerd. Zij kregen niet de aandacht waar ze naar verlangden en zetten hun zoektocht naar geluk op een andere plaats verder. Hij hield zich vele uren op het kantoor op, ook op de momenten dat hij er niet werd geacht te zijn. Recuperatiedagen, bijvoorbeeld. Er ging geen enkele dag voorbij, weekend inbegrepen, dat hij zich niet op het kantoor liet zien. Afwezig zijn door een ziekte was hem onbekend. Een langdurig verlof was niet aan hem besteed. Hij wenste ook op de hoogte te worden gebracht van elke onregelmatigheid. Hij was er voor iedereen, als het maar met z'n werk te maken had. Om die redenen viel de plotse verandering in zijn houding des te meer op.

De eerste dagen na de zestiende oktober koos hij noodgedwongen voor zich-zelf. Hij belde die avond niet meer terug naar Peter Youtta. Noch om te melden hoe het met hem ging, noch om de stand van het onderzoek rond de Skulls te weten. Hij weigerde de telefoon op te nemen en reageerde niet op de deurbel. Hij lag op zijn bed, dwaalde door zijn flat of nam een douche en kroop terug in zijn bed. Niet om te slapen. Maar om na te denken. Nadenken en vechten met het spook uit zijn verleden dat teruggekeerd was. Elliot deed verwoede pogingen om de beelden uit zijn jeugd uit zijn geest te bannen, maar slaagde daar niet in. De verschijning van Sandy in het verhoorlokaal trok alles gewoon open. De dramatische ervaring die hij in 1979 had meege-maakt, veegde hij zomaar niet uit zijn geest weg, zoals hij met het roos op zijn schouders wel deed. Wegvegen niet, verborgen houden wel. Dat deed Elliot al die jaren. Hij wierp zich op zijn werk als een uitgehongerde op een bord warm eten. Elliot Bornowski besefte nu dat hij zich de afgelopen jaren gefor-ceerd heeft. De reden was heel eenvoudig. Hij wilde niet aan de zaken denken die in de kom van zijn geheugen verborgen zaten. Zijn overdreven inzet voor zijn werk betekende enkel een deksel.

Maar Sandy had hem gevonden. Zij nam het beschermende deksel weg. De ballon was doorprikt. Sandy wees er hem op dat hij nog steeds met een ervaring uit zijn jeugd te maken had. Ze had hem er iets bij verteld. Iets wat mogelijk een verlichting van zijn bezwaarde geest betekende. Mogelijk... niet zeker. Het kon van hem opnieuw een vrij mens maken. Maar was het echt noodzakelijk dat hij daarvoor terug naar Rosenhelm reisde? Om alles opnieuw te beleven? Hoe was zoiets mogelijk? Maar hoe was *alles* mogelijk wat hij tot op dat moment i.v.m. Sandy Wheeler had meegemaakt?

Terwijl Elliot Bornowski als een stille schaduw door zijn eigen donkere flat sloop, op zoek naar antwoorden, besefte hij – hoe intens hij zich ook verzette - dat hij noodgedwongen aan haar oproep moest toegeven.

Het verleden haalde hem uit het heden weg. Aanvankelijk was er oppositie. *Laat me doen wat ik wil, laat me mijn eigen leven leiden!* Maar naarmate de dagen en nachten vorderden en hij inzag dat daar, in Rosenhelm, waarschijnlijk de oplossing voor zijn probleem lag, besefte hij dat hij pas na dat bezoek effectief vrij was. Pas dan kon hij doen wat hij wilde.

Hij moest teruggaan, er restte hem geen andere mogelijkheid.

10
1994 – Conway (South Carolina)
Shanya Bellmer

1

"**IK** denk niet dat ze het nog lang uithoudt."
Betty Saunders keek van haar eeuwige 'tijdschriftdoorbladeren' op.
Shanya leunde tegen het aanrecht in de keuken.
"De nieuwe?"
"Neen, ik bedoel Laura."
"Je kunt gelijk hebben, maar ik denk dat voor de nieuwe het einde ook niet ver meer af is."
Het was net de zestiende oktober geworden. Halfeen in de ochtend. In Chicago stapte Darian Shadborne over de parking langsheen de jachthaven op Wacker Drive terug in de richting van de Honda die hij voor die avond had gehuurd. Betty en Shanya waren aan hun nachtdienst in het Conway Sunflower Home bezig. De laatste shift in een rij van vier. Laura Calloway, de vrouw die Shanya bedoelde, hield het de afgelopen dag uit, maar de namiddagverpleegster waarschuwde hen ervoor dat ze heel waarschijnlijk de volgende ochtend niet haalde. In de loop van de dag had men ook de bewoonster van kamer 12 naar Deathfloor overgebracht. Laura had sedert het middaguur geen enkele maal de bel gebruikt. Shanya had de gewoonte niet zich het lot van de ouderlingen persoonlijk aan te trekken, maar wat de nacht voordien gebeurd was, had haar de ganse dag niet losgelaten. Laura beweerde dat ze figuren in de kamer had gezien. Een van hen had volgens Laura naar haar gekeken. Een van die figuren had gezegd dat hij blij was Shanya nog eens te zien en... dat zij niet terug mocht gaan.

Shanya kreeg die eerste boodschap even voor het afsluiten van haar dienst op kamer 3. Ze vertelde er Betty Saunders niets over en reed met een hoofd vol dwarrelende vragen naar haar appartement. Daar liet ze zich tussen de lakens naast het warme lichaam van Gwen glijden. Normaal sliep ze na een nachtdienst onmiddellijk in, maar de ochtend van de vijftiende was het anders. Shanya woelde, draaide en keerde zich. Ze zette haar gevecht met de donsdeken stop omdat ze haar vriendin wakker maakte. Gwen knorde iets over 'laten slapen', en Shanya probeerde stil te liggen. Op haar rug, haar ogen naar het duistere plafond gericht. Buiten ontwaakte Conway. Hoewel de geluiden die haar bereikten, heel herkenbaar waren, drongen die niet echt tot haar door. Ze had opnieuw het verbod gekregen terug te gaan.

Dezelfde boodschap. Heel wat jaren verschil. Shanya probeerde zo stil mogelijk te blijven, maar toen de beelden van haar vader die rechtop in zijn doodskist zat, voor haar geestesoog verschenen, slaagde zij er niet in het trillen van haar spieren te bedwingen. Ze had de indruk dat ze beefde als een kind met hoge koorts. Gwen reageerde er niet op, misschien was het dan toch niet zo erg. Het had geen zin haar handen voor haar ogen te houden. Het enge beeld bleef bestaan. Binnenin haar hoofd. Haar dode vader. Die met gesloten ogen in haar richting keek en tot driemaal toe zei dat ze best niet terugging.

En nu... dat van vorige nacht daar nog bij? Wie heeft Laura gezien? Waarom gebruikte ze diezelfde woorden? Was er een andere kant, een andere wereld? Het meisje probeerde de slaap te vatten, wat helemaal niet lukte. Toen ze weer woelde, liet haar vriendin zich uit het bed glijden. Gwen knipte een lampje op haar nachttafel aan en rekte zich uit. De huid op haar naakte lichaam vertoonde op verschillende plaatsen indrukken van de plooien in het onderlaken. Men had haar als het ware gegeseld.

"Je bent zo onrustig?"

"Sorry, Gwen... ik weet niet wat er scheelt."

"Geeft niet, ik was toch van plan vroeg op te staan. Ik zet verse koffie. Tot straks?"

"Zoentje?"

Gwen drentelde rond het bed, boog zich voorover en gaf Shanya een vlugge zoen op de mond. Ineens veerde Shanya een beetje omhoog en sloeg haar armen om haar vriendin heen. Ze trok Gwen tegen zich aan en verborg haar gezicht tussen haar nog nagloeiende, naakte borsten.

"Hey... dat is lief..."

Shanya's stem klonk gedempt van tussen het zachte vlees.

"Sorry, Gwen... ik heb je nodig."

Gwen liet haar armen om Shanya heen glijden en liefkoosde haar rug.

"Wat scheelt er?"

"Ik weet het niet... het is allemaal zo verwarrend."

"Heb je iets meegemaakt?"

Shanya had haar belevenis nooit eerder aan Gwen verteld. Zij had haar levensvriendin eigenlijk nog geen deelgenoot gemaakt in de ervaring die haar voor de rest van haar leven was bijgebleven. Op het moment dat zij haar gezicht tussen de borsten van haar vriendin verborg en genoot van de warmte, speet haar dat.

"Ik ben te moe om erover te spreken."

"Wil je dat ik blijf slapen?"

"Moet je niet naar school?"

Gwen Holden was onderwijzeres.

"Vannamiddag pas... ik blijf graag..."
Shanya richtte haar gezicht op.
"Dat lijkt me fijn."
Gwen knikte en wrong zich voorzichtig uit Shanya's armen.
"Eerst even plassen..."
Gwen trippelde terug rond het bed en liep naar de badkamer. Ze deed een heel bevrijdende plas en poetste daarna nog haar tanden. Ze bleef hooguit vier minuten weg, en toen ze weer bij het bed kwam, was Shanya net dromenland binnengestapt. Glimlachend schoof Gwen onder de donsdeken en gleed tegen haar naakte vriendin aan. Beiden lagen op hun linkerzijde. Gwen liet haar arm voorzichtig over Shanya's heup glijden en omvatte met haar hand haar rechterborst. De tepel werd onmiddellijk hard. Shanya liet een kleine kreun horen, bewoog met haar kontje in Gwens schoot, maar blijkbaar eisten de nachtelijke werkuren uiteindelijk toch hun tol. Gwen drukte haar borsten tegen Shanya's rug en liefkoosde de schouder met haar lippen. Samen vielen ze in slaap. Gwen, gelukzalig, met een uitdijende seksuele energie, haar ene hand rond Shanya's borst, de andere tussen haar eigen benen geklemd. Shanya, worstelend met opdringerige beelden uit haar verleden.

2

"IK ga nog even langs."
Betty Saunders liet een overduidelijke zucht horen.
"Shanya... ik weet niet wat er met jou aan de hand is."
Shanya bleef dralen in de keuken van Deathfloor. Ze draaide zich naar haar collega om.
"Met mij aan de hand? Niets. Waarom zeg je dat?"
"Komaan, zeg... je bent hypernerveus. Ik heb je nog nooit zo gezien. Je kan geen vijf minuten stilzitten, je prutst voortdurend aan alles. Je bent zo verdomd *actief!*"
"Ah?"
"Is alles in orde thuis? Met Gwen?"
Shanya dacht vluchtig terug aan die ochtend. Toen Gwen zich tegen haar aandrukte met een onbetwistbare drang om te vrijen. Toen ze merkte dat ze zich wilde verzetten tegen de slaap en toegeven aan het verlangen van Gwen, dat eigenlijk ook haar eigen verlangen was. Toen ze zich uiteindelijk liet overmannen... door de slaap.
"Met Gwen is alles in orde."
"Wat scheelt er dan?"
"Eh... ik weet het... niet."

"Dat is pas een bevredigend antwoord."

Shanya grijnsde.

"Dat is het, Betty... er spoken dingen door mijn hoofd. Dingen van vroeger, dingen van nu... ik begrijp het verband niet. Het houdt me bezig. Ik heb er niet goed van geslapen."

"Dan ben jij de enige niet."

"Jij ook al?"

"Ik werd om halftien wakker van een ruzie bij de buren. En zo ben ik. De ogen open... die zijn dan niet meer dicht te krijgen. Ik ben dus op van kwart voor tien vanmorgen."

"Dodelijk."

"Moordend!"

"Eigenlijk maken wij onze lichamen op die manier kapot. Dat nachtwerk is gewoon desastreus. Wij matten ons lichaam nodeloos af. Het is een marteling. Wij zijn onderbetaald!"

"Ik ben hypernerveus, maar jij bent verdomd strijdvaardig vannacht."

"Ik ben een vechter."

"Goed, vecht dan maar tegen de slaap. Ik ga op ronde! Ik spring in 6 binnen."

Shanya verliet de keuken en Betty dook terug in haar damesblad vol verdraaide werkelijkheden.

De patiënte van kamer 12 werd op kamer 6 op Deathfloor ondergebracht. Hoewel dat Betty's kant van de afdeling was, liep Shanya er toch binnen. Het was kwart voor een. De vrouw was een zwarte dame van heel rijke afkomst. Maar sterven moest ze toch. Shanya controleerde haar pols, schikte haar hoofdkussen en trok de deken tot tegen haar kin op. De vrouw sliep. Het had geen zin haar wakker te maken om te vragen of alles in orde was. De vrouw was nog in staat de knop te gebruiken. Shanya sloot voorzichtig de deur en stapte door de gang naar de kamer van Laura Calloway. Nummer 3.

Van zodra zij de deur openduwde, wist Shanya dat er iets niet pluis was. Het was er kouder dan op de gang, wat niet normaal was. De temperatuur was op Deathfloor overal even hoog, behalve in het mortuarium. Shanya stapte met knikkende knieën binnen en richtte haar blik onmiddellijk op de donkerste hoek. De hoek met de zetel. De hoek waar Laura de mensen had gezien. Plotse ademnood! Niemand. Enkel een donkere hoek met een donkere zetel. Het meisje vermande zich, slikte een brok door en liep tot bij het bed.

Laura Calloway was niet meer. Daar was Shanya zeker van. Nog voor ze de breekbare pols van de roerloze vrouw vastnam, vertelde de omgeving haar dat Laura gestorven was. Shanya vroeg zich niet af waarom. Het was gewoon zo.

De onwerkelijke temperatuur. De vreemde vibraties om haar heen. De trillingen van de kleine spieren onder de huid op haar ganse lichaam. Het hameren van haar eigen hart. Toch sprak ze nog de naam van de vrouw uit.

"Laura?"

Er volgde geen reactie. Shanya had er ook geen meer verwacht. Het lichaam was koud. Er was geen polsslag meer. De frêle borstkas rees niet langer op en neer. Laura's mond hing open. Er droop geen speeksel meer uit de mondhoek. De ogen waren gesloten. Zij was in haar slaap gestorven. Het weinige leven dat nog in haar zat, was eruit verdwenen.

"Sorry..."

Shanya sprak dat ene woord heel stil uit. Het was lang geleden dat ze zich op die manier had gevoeld. Ze ervoer geen verdriet, enkel spijt. Als ze het durfde toegeven, was de oorzaak van de spijt tweeledig. Omdat er iemand was overleden die iets in haar had losgeweekt dat al jaren geleden in haar geest vastgekoekt zat. Maar ook omdat de vrouw haar met een hele hoop vragen achterliet. Ze besefte dat zij niet langer een deftig gesprek met die vrouw kon hebben. Laura Calloway had iets veroorzaakt, maar nam er door haar dood afstand van, daarbij een twijfelende en verwarde Shanya Bellmer achterlatend. Ze legde de arm, enkel nog vel over been, terug op de borstkas. De gevlekte hand, met vingers als dunne spinnenpoten, bengelde lusteloos aan de magere pols. Heel voorzichtig, met veel eerbied, ontdeed ze Laura van het plaatje met de oproepknop. Shanya wist niet waarom ze het deed, maar net voor ze de kamer verliet, wierp ze nog een blik naar de donkere hoek. Ze beeldde zich in dat daar anderen op Laura wachtten. Met een beklemmend gevoel in de buik trok ze haastig de deur dicht.

3

"GAAT het?" Betty Saunders merkte onmiddellijk dat er iets scheelde toen Shanya de kleine keuken binnenkwam.

"Is alles in orde?"

Shanya zette zich aan de tafel en schonk zich een kop warme koffie in. Een uitstekend middel om wakker te blijven.

"Laura is gestorven."

Betty zei niets. Ze schonk Shanya niet meer dan een welgemeende glimlach en een kneepje in haar hand. Er waren geen woorden van troost tussen hen nodig. Het sterven van een patiënt was altijd een beetje moeilijk, om het even hoelang je die mens onder je hoede had. Het deed je iets. Een klein beetje begrip van iemand die wist wat op dat moment in je omging, was welkom.

Betty en Shanya begrepen elkaar op dat gebied volkomen. Een glimlach en een kneepje. Meer was er niet nodig. Shanya dronk de koffie bijna in een keer op en zei daarna:
"Beginnen we eraan!?"

Dat bestond in het uitvoeren van een reeks administratieve handelingen en het overbrengen van de overledene naar het mortuarium op het einde van Deathfloor. Daar werd het lichaam gewassen en opgebaard voor de volgende ochtend. Een andere dienst zorgde dan, naast het volledig opmaken van het lichaam op de presentatietafel, voor het verwittigen van familieleden. Nooit werden de naasten op het moment van het overlijden tijdens de nachtelijke uren opgebeld. Zeker niet bij een natuurlijk (en verwacht) overlijden. De directeur had het zo geformuleerd: "Als iemand 's nachts sterft, is die persoon 's morgens ook nog dood. Laat de levenden van hun nachtrust genieten. Met hen pas 's morgens te verwittigen doen wij niemand kwaad."
Betty Saunders vulde het overlijdensattest in, terwijl Shanya het bed (voorzien van rubberen wieltjes) uit kamer 3 reed. Zij had die met enige aarzeling betreden, maar dat koude gevoel van daarnet was er niet langer. Ook was zij niet langer bang om naar de donkere hoek te kijken. Als zich daar iets had bevonden (*wat onmogelijk is, Shanya, waar ben jij toch met je gedachten?),* was het nu verdwenen. Het kon ook moeilijk anders, want Shanya had het licht aangeknipt. Er was geen enkele reden meer om in het schemerdonker te werken. De volledige kamer moest worden geruimd. Shanya besefte dat ze met veel plezier de schakelaar overhaalde. Ze wist dat licht het donker verjoeg en daarmee tegelijk alles wat zich mogelijk in die duisternis verborgen hield.
De wieltjes van het bed piepten niet. Het aluminiumframe gaf geen kik. De verplaatsing van de recent overleden Laura Calloway naar het ijskoude mortuarium gebeurde in volslagen stilte. Shanya duwde het bed tot tegen de verste muur. Daar schoof ze een zwaar gordijn (van tegen het plafond tot op de vloer) weg waardoor een muur vrijkwam. Door de schuifdeur die in de wand ingewerkt zat, open te schuiven, bereikte Shanya een kleine ruimte, waar ze het verder afkoelende lichaam schoonmaakte. Betty hielp haar Laura op de wastafel te leggen. Samen - zoals altijd - bereidden zij de dode voor. Toen ze die karwei hadden afgewerkt, kleedden zij Laura met een elementair wit hemd, legden haar terug op het bed, drapeerden haar lichaam met een laken en reden het naar de andere kant van de ruimte. Shanya schoof het gordijn weer dicht, knipte het licht uit en verliet als laatste de zaal. Het einde van een hoofdstuk.

DE rest van de nachtdienst verliep zonder problemen. Nu kamer 3 ver-laten was, was Betty's patiënte in kamer 6 de enige reden om zich uit de keuken op de gang te verplaatsen. Het was even voor vijf uur dertig in de ochtend toen Betty haar 'klant' bezocht en Shanya naar het mortuarium stapte. Nog even kijken of daar alles in orde was. *Natuurlijk is alles in orde, Shanya, wat kan er nu verkeerd gaan in een lijkenhuisje? Als dat zo is, waarom ga je daar dan nog heen? Ruim je spullen op, raap alles samen en maak je klaar om naar huis te gaan. Wat zoek je daar dan nog? Laat dat wat rond Laura is gebeurd, je misschien niet los?*

Shanya Bellmer wist opnieuw dat er iets verkeerd en *abnormaal* was, van zo-dra ze de kruk van de brede deur vastnam. Het ganse gebouw had brede deuren, om de doorgang van bedden te vergemakkelijken. De ijskoude kruk beet in haar hand. Het metaal voelde veel kouder aan dan normaal. Maar dat negeerde Shanya nog, temeer omdat haar de adem benomen werd toen ze de deur openduwde. Het licht was nog steeds uit. Maar er ritselde iets in de ruimte. Er bewogen dingen in het donker. Haar benen werden weke stom-pen. In haar borstkas ontstond een kille holte. Het liefst had ze de deur haas-tig dichtgetrokken en was ze naar de keuken teruggerend.

Maar ze duwde de deur verder open en reikte met haar vrije hand over de muur op zoek naar de lichtschakelaar. Er was niets dat haar hand vastgreep - wat ze gedurende een ijselijk moment vreesde - maar toen ze de schakelaar overhaalde, bleef het donker in de ijskoude ruimte. Het geritsel had opgehou-den. Het weinige licht van de gang drong de kamer niet ver genoeg binnen om het bed met Laura te bereiken.

Shanya keek achterom, maar Betty was in kamer 6 bezig. Een gevoel van schaamte weerhield haar ervan haar collega te roepen. Zichzelf vermannend, stapte ze het donkere mortuarium binnen. Ineens flitste het licht aan. Het meisje schrok op. Laura lag nog steeds op het bed waar zij haar had achterge-laten, tegen de verste muur. *Natuurlijk, wat had je gedacht?*

Maar toen Shanya Bellmer zich omdraaide om terug naar de keuken te gaan, kwam dat holle gevoel in haar borstkas terug. Haar benen waren opnieuw uit boter vervaardigd en haar darmen leidden een eigen leven. In de hoek achter de deur die ze daarnet had opengeduwd, bewoog zich iemand. Shanya's mond zakte open. Ze wilde schreeuwen, maar haar keel was dichtgeslibd. Het was Laura Calloway. Shanya keek achterom. Laura lag op het bed, onder het dun-ne laken. Shanya keek weer voor zich, Laura bevond zich rechtop in de hoek naast de deur. Armen naast het lichaam, kin tegen de borst.

De urine stroomde langs Shanya's benen naar beneden. Laura hief haar dode

hoofd op en keek naar het bevreesde meisje dat bijna instortte. Achter Laura bewoog de muur zich. Het was alsof het behang op de muur golfde.
"Shanya..."
Iemand sprak haar aan, noemde haar naam.
"Shanya?"
Het geluid kwam van de figuur in de hoek. De dode, witte ogen waren op haar gericht. Achter de vrouw in het lange, witte hemd ontstonden steeds meer verticale golvingen op de muur.
"Shanya Bellmer... ik probeer contact met jou te maken..."
De stem drong diep in Shanya's hoofd binnen. Haar knieën knikten. Het zweet parelde over haar gezicht, droop uit haar oksels.
"J... ja...?"
"Je bent verward... je bent bang..."
Laura's armen hingen lusteloos langs haar dode lichaam. Haar mond hing open, maar haar witte ogen waren naar Shanya opgericht.
"Ik..."
"Je hoeft niet bevreesd te zijn, Shanya... ik maak gewoon de overgang."
"De overg..."
"Later zul je dat wel begrijpen. Je bent altijd al door de dood gefascineerd geweest, nietwaar?"
Shanya knikte. Vluchtig keek ze over haar schouder. Laura Calloway lag op het bed. Overleden en alleen maar kouder wordend.
"Op het bed ligt mijn omhulsel, Shanya. Er is *iets* na het afsterven van dat omhulsel, Shanya. Heel zeker. Maar niet wat men ons wil laten geloven. Je hebt er reeds kennis mee gemaakt, meisje... vijftien jaar geleden."
Nu zakte Shanya op haar knieën. Er rolden tranen over haar wangen. Maar toch keek ze naar de rechtopstaande Laura naast de deur. Achter de vrouw was het behang opengespleten. Er was zelfs een smalle opening in de muur ontstaan.
"Wil je weten waar wij naartoe gaan nadat wij gestorven zijn? Wil je weten waar jouw vader zich bevindt? Hij heeft jou vanuit die wereld trachten te bereiken. Vorige nacht... weet je het nog? De anderen die in mijn kamer waren? Hij was één van hen."
"Ohhh..."
"Je moet teruggaan, Shanya. Terug naar Rosenhelm. Daar ligt het antwoord op je vragen."
Er verscheen een frons op Shanya's gezicht.
"Maar..."
"Maar wat?"
"Mijn vader... zei me dat ik... *niet* mocht teruggaan."

Nog meer tranen rolden over Shanya's wangen.

"Jij zei me dat er een man was ..."

"Als je wenst te weten waar wij zijn - waar jouw vader is - dan ga je terug naar Rosenhelm. Daar ligt de bron."

Verwarring maakte zich van Shanya meester. Tegenstrijdige boodschappen.

"Ga terug. Ontdek er de waarheid!"

De muur achter Laura opende zich nog meer. Er bevond zich een andere wereld achter de muur... *in* de muur? Nog meer verwarring. Shanya keek met tranende ogen toe hoe Laura achteruitstapte en op die manier die wereld betrad. Zware regenwolken joegen door een donkerblauwe lucht. Op een rode vlakte dwaalden mensen rond. Sommigen in groepen, anderen alleen.

"Ga terug op het moment dat het je gevraagd wordt."

Dat waren Laura's laatste woorden vooraleer ze compleet door het golvende behang werd opgeslokt. Haar nieuwe wereld sloot zijn vluchtige luiken van zodra Laura volledig verdwenen was. Het meisje was opnieuw alleen in de kamer. Ze zat nog steeds op haar knieën, met onder haar een grote plas felruikende urine.

"Shanya?"

Betty's ogen flitsten open toen ze haar collega in die positie in het midden van het mortuarium aantrof. Ze stapte daarnet de gang in en zag het licht in de dodenruimte branden. Omdat Shanya niet op haar roepen antwoordde, liep ze zelf tot daar. Nu haastte ze zich de kamer binnen en liet zich voor Shanya op de grond zakken. Het meisje was één hoop ellende. Een gezicht vol tranen. Ogen die dwars door haar heen staarden, en waarschijnlijk toch niets zagen. Slaphangende armen langs een trillend lichaam. Urine om haar heen.

"Jezus, Shanya... wat is er gebeurd?"

Pas toen Betty haar schouders stevig vastgreep en het meisje door elkaar schudde, kwam Shanya Bellmer terug in haar eigen wereld. Ze keek geschokt naar Betty die voor haar zat.

"Shanya... wat is er verdomme gebeurd?"

Shanya hief haar beide armen op en wreef met twee handen over haar gezicht.

"Ik moet terug," mompelde ze.

"Wat?"

Ze liet haar armen in haar schoot vallen en keek met ogen vol nieuwe tranen Betty Saunders angstig aan.

"Ik moet terug... naar huis."

BETTY hielp haar rechtop en ondersteunde haar tot in de keuken. Daar gaf zij Shanya kordaat de opdracht zich te ontkleden. Het meisje trilde als een espenblad. Haar tanden rammelden onophoudelijk tegen elkaar, als bij een plotse koortsaanval. Shanya leunde aanvankelijk bewegingloos tegen het aanrecht, steunend met de handen achter haar op het blad. Betty ontdeed haar van haar doorweekte broek en onderbroek. Nu was zij de patiënt, half hersendood. Betty maakte er korte metten mee. Ze liet Shanya in verwarde gedachten rondzwerven terwijl zij haar proper maakte. Ze zorgde voor verse kledij en schonk een verse kop koffie in. Shanya's ogen zagen de koffie niet. Haar neus snoof de lekkere geur niet op. Haar geest was nog steeds gedeeltelijk in het mortuarium, kijkend naar de in de muur verdwijnende Laura Calloway.

Toen het aflossende team er om even voor zes aankwam, gaf Betty weinig uitleg. Ze vermeldde het overlijden van Laura, zei erbij dat Shanya onwel was geworden en dat zij haar naar huis bracht. Voor haar wagen kon later wel gezorgd worden. Tijdens de rit naar haar appartement zei Shanya geen woord. Betty vroeg zich af wat daar gebeurd was, maar besefte dat het niet het moment was om haar vriendin en collega extra te belasten. Ze zette Shanya thuis af.

"Moet ik mee naar binnen?"

"Nee... het gaat wel. Ik voel me al een stuk beter.

"Zeker?"

"Zeker, Betty.... eh... bedankt. Voor alles. Ik schaam me zo..."

"Nu niet over praten, Shan... wip in bed, knuffel je tegen Gwen aan. We spreken elkaar later wel."

Shanya slaagde er slechts in een flauwe glimlach te produceren, alsof een zwaardere poging haar spieren pijn zou bezorgen. Betty wachtte niet langer. Ze gaf haar collega een knipoog, trok de openstaande passagiersdeur van haar VW Golf dicht en vertrok.

De ochtend van de zestiende oktober kroop Shanya Bellmer naast haar vriendin Gwen in bed, nadat zij door Betty thuis was gebracht. Hoewel ze vermoedde dat ze geen oog dicht zou doen, overviel de vermoeidheid haar bijna onmiddellijk. Het naakte, warme lichaam van haar partner bezorgde haar een extreem veilig *thuis*gevoel. Ze rolde zich gedeeltelijk in de donsdeken en wurmde zich tegen Gwen Holden aan. *Laat de slaap komen, laat de dromen komen. Ik ben thuis.*

Er kwamen geen dromen, geen nachtmerries. Shanya sliep tot drie uur in de namiddag en was bij het opstaan heel ontspannen.

De dagen na wat zij ervoer als een totaal beschamende ervaring, had Shanya Bellmer vrijaf. Ze had tijd nodig om te bekomen, hoewel ze het gelukzalige gevoel bij het ontwaken helemaal niet begreep. Toch niet onmiddellijk. Het begrip kwam er pas na een gesprek met haar levensvriendin.

Het speet Shanya dat zij Gwen niet eerder over haar emotionele ervaring uit haar jeugdjaren had gesproken. Zeker toen ze merkte hoe zij erop reageerde. Volwassen, zonder terughoudendheid, zonder haar het gevoel te geven dat het verkeerd was. Het gesprek hield die avond van de twintigste oktober lang aan. Gwen had uiteraard gemerkt dat haar vriendin niet in haar gewone doen was en had haar eerst zichzelf laten terugvinden. Zonder te vragen wat er aan de hand was, liet ze Shanya toe eerst alles voor zichzelf uit te maken. Zaken op een rijtje zetten, weer bewust worden van de realiteit, opnieuw *aarden*... Twee dagen later vroeg ze haar of ze bereid was erover te praten. Shanya barstte aanvankelijk in een hartstochtelijk wenen uit en vroeg om nog een beetje tijd. Eén dag later had zij voor zichzelf uitgemaakt dat het delen van het probleem misschien een eerste stap was. Als zij terugging, was Gwen er toch bij betrokken. Dus, het gesprek dat er al jaren had moeten zijn, kwam er uiteindelijk.

Eerst in een Italiaans restaurant op de hoek van Tender Road en 14th. Daar vertelde Shanya voor het eerst aan Gwen de gebeurtenissen die zich in de turnzaal van Rosenhelm Elementary School in 1979 hadden afgespeeld. Haar getuigenis van het overlijden van haar vader. Tamelijk nuchter, zonder veel vertoon van emotie. Vervolgens vertelde ze - daar had ze meer problemen mee – wat later in het chique uitvaartcentrum van Methias Plunckett op Lemon Avenue voorgevallen was. Shanya probeerde zo gedetailleerd mogelijk weer te geven wat ze daar had meegemaakt en hoe ze zich had gevoeld. Ze vertelde vervolgens hoe die gebeurtenis zich in de daaropvolgende jaren in haar geest nestelde en eigenlijk de volledige loop van haar bestaan had bepaald. Gwen Holden veroordeelde haar niet. Ze luisterde. Vroeg om uitleg waar ze die voor zichzelf nodig achtte.

Na het restaurant volgde een wandeling door het ruime McElton Park. Het verhaal dat zich pas enkele dagen daarvoor had afgespeeld, vond zijn weg niet zo gemakkelijk naar buiten. Shanya ervoer veel meer terughoudendheid. Ook schaamte. Maar Gwen hielp er haar overheen. Ze knuffelde en zoende haar vriendin en liet haar eigenlijk op geen enkel moment los. De twee jonge vrouwen wandelden arm in arm door het park en juist die steun gaf Shanya moed om alles naar buiten te werpen.

Het gesprek eindigde in een conversatie tussen Gwen en Shanya over weggaan. Over pijnlijke aspecten. Over jezelf zijn, over doen wat moet gedaan worden om verder te kunnen. Over het leven zelf. Ze zaten knus tegen elkaar op een groene bank aan de rand van een meertje. Kwakende eenden, maanlicht golvend op het water en andere mensen in de buurt die zich met hun eigen zaken bemoeiden. Een romantisch tafereeltje.

"Waarom twijfel je dan nog?"

"Gwen... je weet heel goed waarom!"

"Ik vermoed dat het... om mij gaat?"

"Natuurlijk! Ik hou van je... ik wil terug naar Rosenhelm, maar ik sterf als ik jou moet achterlaten."

"Mijn school... ik kan niet..."

"Maar ik begrijp dat, schat. Ik wil terug, maar ik wil ook blijven. Ik ben bang, maar ook nieuwsgierig. Ik wil alles te weten komen, maar ik wil er eigenlijk niets meer mee te maken hebben! Alles slaat gewoon dubbel en dwars in mijn hoofd. Ik wil niet dat je meekomt, maar tegelijk had ik jou dolgraag in mijn buurt!"

"Je hebt het moeilijk om een beslissing te nemen... ik zie er ook tegenop om alleen achter te blijven en niet te weten wat jou ginds overkomt."

"Ik besef gewoon dat er iets abnormaals gebeurd is. Zowel vroeger als een paar dagen geleden. En het heeft met mekaar te maken. Ik ben er té intens bij betrokken om alles zomaar zijn eigen gangetje te laten gaan. Ik moet gewoon weten waar het allemaal om draait."

"Dus... doen!"

Shanya wierp haar armen in de lucht.

"Maar ik durf niet!"

"Goed... niet doen!"

"Ik kan dat niet! Ik wil de rest van mijn leven niet met mijn hoofd in de donkere wolken lopen. Ik wil de juiste toedracht weten."

"Dus...doen..."

Shanya besefte ineens dat Gwen er haar door haar domme antwoorden op wees dat enkel zijzelf een beslissing kon nemen. Aan alles zijn pro's en contra's. Bij het maken van een keuze win je iets, maar verlies je iets anders.

"Hoe kom je te weten wanneer je *kunt* teruggaan?"

"Ik krijg een bericht."

"Wanneer?"

Shanya haalde haar schouders op.

"Dus heb je nog even de tijd?"

"Ik zal die nodig hebben!"

1

MARRION McKelly trof Steven aan zoals ze hem nooit eerder had gezien. Zijn gezicht en zelfs zijn handen waren lijkbleek. Hij klemde zich krampachtig aan de tralies van zijn cel vast. De handen ter hoogte van zijn hoofd. Hij drukte zich tegen de spijlen aan, duwde er als het ware zijn gezicht tussen en zweette overvloedig. Zijn ogen staarden wijdopen in het niets. Slierten speeksel dropen uit zijn mond tot op de vloer van de cel waarin hij was ondergebracht door de agenten van Sasabe.

2

NA een vluchtige fouille sloten ze hem op de parking van het grootwarenhuis op Pecon Main in hun voertuig op. Met een zwaar gevoel in de maag keek hij naar de rest van hun handelingen. Dit was zowat de meest heldhaftige handeling die hij in zijn ganse leven had gesteld. In normale omstandigheden was hij helemaal niet zo heroïsch ingesteld. Maar het idee dat die twee bruten achter Marrion aangingen, of zelfs maar in haar buurt kwamen, had de duivel in hem doen losbarsten. Hij vroeg zich af hoe het mogelijk was dat hij zo'n energie aan de dag kon leggen. Waar haalde hij zoiets vandaan? Wat was de drijfveer? Was het de sympathie die hij voor het meisje voelde? Of was het de instinctieve drang om als eerlijk mens te willen beschermen wie onrecht wordt aangedaan? Steven kon er niet dieper op ingaan. Er reden nog twee andere wagens met loeiende sirenes de parking op. Nu waren ze met z'n zessen. Net als die keer in Rosenhelm. Toen waren ook zes smerissen aanwezig. Een gelijkaardige situatie dus. Steven hoopte dat de vergelijking met de vorige keer hier ophield. Snor en Zonder Snor werden uit hun wrak vanonder de oplegger bevrijd, maar onmiddellijk in de boeien geslagen. Ze verzetten zich op geen enkel ogenblik, daarvoor waren ze te veel gedeukt. Ze protesteerden zelfs niet. Noch met gebaren, noch met taal. Gelaten namen ze elk in één wagen plaats.
Een van de flikken reed vervolgens de Dodge Ram Charger een stuk achteruit - hij ving het krijsen van scheurend metaal op - zodat de schade aan de toegetakelde en bijna samengeperste Pontiac Trans Am kon worden opgenomen. De brandweer werd erbij gehaald om alle brandgevaar uit te sluiten. Er heers-

te een woelige drukte op die parking. Heel wat toeschouwers waren op het geweld afgekomen en werden nu op een veilige afstand gehouden door rood-met-wit lint. Er waren ondertussen nog meer agenten gearriveerd, van wie sommige in burgerkledij.

Voor Steven Tatakarian was de nabije toekomst erg duidelijk. Zijn identiteit zou gevraagd worden, zou worden gecheckt en de moord op Lipp zou naar boven drijven. Hij liet zich onderuitzakken. De handboeien om zijn polsen beletten hem het lekker op z'n gemak zitten, iets wat hem trouwens toch niet zou lukken. Een van de burgerkledijflikken nam vooraan op de passagierszetel plaats, viste een notaboekje uit zijn vest en rolde een pen tussen duim en wijsvinger.

"Hallo. Ik ben luitenant Peter Build. Zoals de vrachtwagens, ja... ik kon zelf niet kiezen. Ik wil niet dat iemand met mijn naam lacht. Begrepen?"

"Ik heb geen zin om te lachen."

"Ik zie in jouw geval weinig redenen daartoe, kerel. Naam?"

Steven gaf zijn naam en geboortedatum op. Hij dacht, sinds hij die avond de garage van Milo betrad, voor het eerst op een andere manier aan Marrion. Hij wilde haar zien, knuffelen. De nacht had zich volledig anders afgespeeld dan zij zich samen hadden voorgesteld. Steven hoopte intens dat hij haar straks nog telefonisch zou kunnen bereiken.

"Dat wordt gecheckt. Vertel eens *jouw* verhaal."

Steven wilde niets dan de waarheid vertellen en gaf de man dan ook een gedetailleerd verslag over die avond en nacht. Hij ontleedde voluit zijn tijdsverbruik van de afgelopen uren. Hij had het over het trouwfeest in Sells, de aangename rit terug, de veelbelovende afspraak met Marrion (niet in detail), het terugbrengen van de Ram Charger naar *Milo's CRS*, de ontmoeting met de twee misdadigers in de garage en de erge gevolgen daarvan. De luitenant maakte een ganse resem nota's en vroeg Marrions naam en adres. Steven gaf die gegevens zonder aarzelen.

"Steven, als dat zo zit, valt jou weinig te verwijten. Er moeten wel enkele gegevens nagegaan worden. Dat van die brand klopt, want de brandweer is daar ter plaatse. Ik heb daarvan bevestiging van hun collega's die hier aan het werk zijn. Ondertussen brengen we je in een cel op het bureel onder. Wil je iemand opbellen? Heb je een advocaat?"

Stevens hart fladderde.

"Marrion! Ik wil Marrion opbellen!"

Build trok de wenkbrauwen op en glimlachte breed.

"Kijk eens aan. Grote liefde? Dat kan vanop het bureel. De rest zien we later wel. Alles wat je hebt gezegd, wordt nagetrokken, ben je je daar bewust van?"

"Natuurlijk... ik hoop het! Het zal mij helpen uit de problemen te blijven."

"Als je problemen hebt, zijn die nu al voor vijftig procent opgelost indien je de waarheid hebt verteld."

Steven was daar nog niet zo zeker van. Ondertussen waren er twee ambulances aangekomen. Snor en Zonder Snor werden uit de politiewagens gehaald en elk naar één ambulance gebracht. Met loeiende sirenes vertrokken die even later, gevolgd door een politiewagen. Luitenant Build gaf teken aan de geüniformeerde agent bij de wagen waar Steven in zat, dat hij ook kon vertrekken. De agent stapte in, manoeuvreerde de wagen tussen de nieuwsgierige toeschouwers door en reed weg. Ze reden voorbij de brandweer aan Milo's garage. Ook daar vierde het ramptoerisme hoogtij. Op dat moment kreeg Steven het koud. Nog wat later kwamen ze bij het politiekantoor van Sasabe aan. Het was een oud, slecht onderhouden gebouw. De muren waren vochtig en het rook er naar woekerende schimmel. Op weg naar de cellen, hield Steven halt bij een bureautafel.

"Ik heb de toestemming om te bellen!"

De potige agent gaf hem een stomp op de schouder en zei met een zware stem:

"Rustig, kerel."

"Hey... de luitenant heeft gezegd dat..."

"Wil je dat met je handen op je rug doen?"

Hij viste de sleutels van de handboeien uit een tasje aan zijn riem op en maakte één pols vrij. Steven meende dat men in films altijd rond de polsen wreef nadat de handboeien waren verwijderd, omdat de regisseur meende dat het zo hoorde. Maar nu deed hij het zonder er bij na te denken. Het hoorde inderdaad zo. Met zijn ene hand wreef hij hard op zijn vrije pols tot het bloed door de aderen zinderde.

"Wat denk je ervan, kerel, ga je bellen of niet? Ik heb niet de ganse nacht!"

De agent wees hem het toestel aan. Steven duwde Marrions nummer in. Er werd onmiddellijk opgenomen, alsof het meisje haar hand boven de hoorn hield.

"Hallo... Steven?" Haar stem klonk gejaagd.

"Ja... ik ben het, er..."

"Is er iets? Ben je gewond?"

Steven keek op naar de agent. De brede, harige armen voor de borst gekruist. Hij was niet van plan te wijken.

"Ik... eh... kan niet veel zeggen. Kun je naar het politiebureel komen?"

"Het politiebureel? Wat is er gebeurd?"

De agent grijnsde.

"Marrion... probeer kalm te blijven en kom naar hier, gaat dat?"

"Zeker, ik kom... ik zal..."

Terwijl ze sprak, legde Marrion de hoorn dicht. Steven hing ook op. De agent wees hem zwijgend de weg naar de cellen, helemaal achteraan het oude gebouw. Daar werden hem de handboeien afgedaan. Met een droge klik smeet de agent de deur van de cel dicht. Steven verwerkte een déjà vu-ervaring. Het geluid van de dichtslaande celdeur bezorgde hem wrange kronkels in zijn maag. Enkel het vooruitzicht dat Marrion er straks aankwam, bezorgde hem dan weer een gans ander gevoel.

"Hou je kalm daarbinnen, ik heb geen zin om mij met jou bezig te houden."

"Ik hou me wel met mezelf bezig."

"Beleefd blijven, kerel. *Jij* zit in de cel, vergeet het niet!"

De agent wierp hem nog een venijnige blik toe en stampte de gang naar de burelen door. Steven wachtte tot de irritante kerel achter de deur verdwenen was en ging toen met z'n rug tegen de tralies staan.

"Prachtig... wat nu?"

In Conway opende Shanya Bellmer de deur van kamer 3. Laura Calloway was er tien minuten eerder gestorven.

Elliot Bornowski bracht in Fayetteville een heel rustige nacht door, ondanks de actie die hem de volgende uren op het vliegveld te wachten stond.

3

STEVEN Tatakarian vroeg zich af hoelang het nog kon duren eer die luitenant Build naar hem kwam, zwaaiend met papieren, hem smalend aankijkend en zegevierend zeggend dat hij eindelijk tegen de lamp was gelopen. Hij zag het scenario al voor zijn ogen. *Misschien* zonder problemen uit deze zaak gerakend, maar in alle zekerheid aangehouden worden voor de moord op Lipp en de ontvluchting uit het politiekantoor in 1979. Uiteraard gevolgd door een overbrenging naar Rosenhelm. Slopende verhoren, voorleiding voor een onderzoeksrechter, een rechtszaak en een uiteindelijke veroordeling. Met als onvermijdelijke apotheose van de ganse zaak: een opsluiting in de ene of de andere mensonterende gevangenis. Wat hem nog het meeste pijn deed, was het feit dat hij daardoor afscheid van Marrion moest nemen. Waarschijnlijk voor altijd. Hij vermoedde dat het meisje heel vlug haar interesse verloor voor een misdadiger die aan de andere kant van de States voor moord in de cel zat. Uit het oog, uit het hart. Dat ondervond hij de komende maanden wel aan de lijve.

Terwijl Steven met zijn rug tegen de tralies leunde, en de ronde, metalen vormen tegen de achterkant van zijn hoofd drukten, beroerde een koude tocht zijn rechterzijde. Er trok een rilling door zijn ganse lichaam. Enerzijds om het plotse, kille gevoel dat hem kippenvel bezorgde, anderzijds om de enge herinnering die werd opgeroepen. Zijn ademhaling ging sneller. Hij had weinig zin om zijn hoofd opzij te draaien. Terwijl de angstworm door zijn borst woelde, vreesde Steven namelijk dat de geschiedenis zich inderdaad herhaalde. De koude was er toch al. Nu nog de rest?

Steven Tatakarian draaide zijn hoofd toch naar rechts. Het had geen zin het lot te willen ontlopen. Nauwelijks twee meter van hem verwijderd, was de lucht opengescheurd. Ditmaal niet in de gang, maar *in* zijn cel zelf. Het geluid dat hij uitte, hield het midden tussen een schreeuw en een kreun. Zijn hersenen raasden als een bundel gevangen, wilde katten in een kleine kooi. Er bevond zich plotseling geen druppel speeksel meer in zijn mond. Steven zocht steun, terwijl zijn angstige ogen naar de rechtopstaande gleuf staarden. Het *ding* had hem gevonden. Niemand in de buurt om hem hulp te bieden. Het zou uit de spleet tevoorschijn komen en hem aanvallen. Nu was het zijn beurt. Koude wind sloeg in zijn gezicht. Hij rook vochtig en beschimmeld hout. Hij zag gigantisch grote wouden die zich door diepe dalen en over glooiende heuvels uitstrekten. *Blauwe* wouden!?

Wat uit de gleuf gleed, was niet het *ding* dat Steven had verwacht. Schrik en verrassing tegelijk. Wat van een man overbleef nadat zijn huid en het grootste deel van zijn spieren was verdwenen en zijn botten verbrijzeld waren, glibberde Stevens wereld binnen. Het zakte er als een hoop afval op de grond in elkaar. Alles verspreidde zich over de koude tegels in alle richtingen. Het was alsof iemand een kleine container slachtafval had uitgegoten. Bovenop de smurrie keek hem een gezicht aan. Het dreef tot net op de rand. Steven duwde zichzelf mogelijk nog dichter tegen de tralies aan om niet in aanraking met de uitdijende brij te komen. Het gezicht grijnsde. De ogen draaiden in zijn richting. Het was Lipp. Steven wist niet of zijn zenuwen dit nog langer aankonden. Met tranende ogen keek hij naar het vleesloze gezicht dat hem als een drijvende huidlap vanop de stinkende brokkelpap aankeek. Het sprak hem zelfs aan. De lippen bewogen niet, maar Lipps stem klonk wel binnen de wanden van zijn verhitte schedel.

"Hallo daar! Blij je nog eens terug te zien."

Steven dacht dat hij gek werd. Hij draaide zijn hoofd verder naar achteren in de hoop de gang te zien. In de hoop dat die knullige agent van daarnet naderde. In de hoop dat Marrion dit niet zag.

"Er komt niemand, Steven. Toch niet onmiddellijk."

Lipp las zijn gedachten, dat was duidelijk.

"L... Lipp?"

"Ah, je kan toch nog praten."

"Wat… gebeurt er?"

Er trok een golf door de brij op de grond. In de wereld achter de scheur flitsten geluidloze bliksems.

"Ik kom je bezoeken. Vind je dat niet fijn?"

"Fijn?"

"Ja… Ik dacht dat je blij zou zijn."

"Blij?"

"Fijn. Blij. Ja… wat scheelt er? Ben jij mijn echo?"

Klonk daar nu humor in de stem van wat ooit Lipp was geweest?

"Dus… ik herhaal mijn vraag. Ben je blij mij terug te zien?"

"Ik… begrijp het niet."

Stevens stem klonk klein en haperend. De man kreeg het moeilijk om mentaal overeind te blijven. Het zweet parelde over zijn ganse lichaam door de poriën naar buiten. Hij had de indruk dat zijn lijf uit z'n voegen barstte.

"Natuurlijk is dat zo. Je kunt het onmogelijk begrijpen. Nu nog niet. Maar oplossingen liggen in het verschiet. Ik ben teruggekomen om jou een tip te geven."

Steven verbaasde zich over zijn gedragingen. Hij forceerde namelijk zijn nekspieren en draaide zijn hoofd naar beneden, zodat hij de bewegende, golvende brij zag. Het gezicht gleed traag bovenop de wansmakelijke massa. Het donderde in de wereld achter de gleuf.

"Ah? Toch interesse?"

"Wat wil je van me?"

"Ik? Niets! Ik zei net dat ik wat bruikbare informatie voor je heb."

"Ik dacht dat je…"

"Niet denken, Steven! Luisteren. Als je wilt weten waar het allemaal om draait, moet je terug naar Rosenhelm."

Stevens hart maakte zowaar nog meer bokkensprongen. Hij achtte het niet mogelijk, toch gebeurde het.

"Ik kan niet terug."

"Dan blijf je de rest van je leven vluchten… nooit wetende waarom!"

Steven drukte zijn achterhoofd weer tegen de tralies. Waarom kwam er niemand de gang in? Waar bleef Marrion?

"Ik kan niet terug!!"

"Toch wel!"

"Neen! Ik word gezocht voor moord en ontvluchting!"

Nu klonk er een schorre lach die overging in een gorgelend geluid.

"Daar ben je even verkeerd, Steven!"

"Lach me niet uit."

"Doe ik niet. Er zijn twee zaken waar je je even moet op concentreren. Ik weet dat je op de vlucht bent voor de flikken... en voor het *ding* dat uit die gleuf in de gang is gekomen. Ik was erbij, weet je het nog!?"

"Het heeft je gedood!" piepte Steven. Hij kneep zijn ogen dicht. Het beeld doemde voor hem op.

"Dat wel... maar dat is het eerste feit. Je kunt je voor Anderwereld niet verbergen. Die vindt jou overal, zoals nu... hier. Vluchten is nutteloos. Trouwens, indien dat ding niet was opgedoken, had ik je daar gewoon aan flarden geschopt. Eigenlijk betekende het jouw redding. Je bent dus belangrijk voor Anderwereld, want waarom denk je dat het juist op dat moment en op die plaats aankwam?"

"Laat me.."

"Ten tweede! Luister, stommeling! Ik vertel dit allemaal in jouw voordeel! Luister!"

Steven kreunde, maar zweeg.

"Een tweede zaak is het feit dat in Anderwereld de zaken niet als in jouw wereld verlopen. Wat er gebeurt als Anderwereld zich manifesteert, gebeurt niet noodzakelijk ook in jouw wereld. Daarmee bedoel ik: in Rosenhelm werd ik inderdaad door dat wezen gedood. Het heeft de tralies laten smelten, waardoor jij uit de cel kon. Je hebt een raam in de toiletten kapotgeslagen en je bent op die manier uit het politiekantoor gevlucht."

"Daarom kan ik niet terug."

"Mis! Helemaal mis! De flikken hebben mijn lichaam gevonden, dat wel. Maar niet in de staat zoals het hier en nu is, niet zoals jij het daar hebt gezien. Zij vonden de tralies ongeschonden en het vensterraam in de toiletten intact. Ik ben 'officieel' aan een hersenbloeding gestorven. Mijn lichaam lag 'gewoon' dood in de cel. Het enige probleem waar de flikken lang mee geworsteld hebben, is het feit dat jij uit die cel verdwenen was, en dan nog zonder enige vorm van braak. Het is een mysterie dat hen lang heeft beziggehouden. Ik was dood, dat was nog het minste. Maar jij verdwenen? Uit de cel en uit het gebouw? Jij wordt niet voor moord opgespoord. Enkel voor ontvluchting, maar er werd nooit een proces-verbaal opgesteld. Het feit is trouwens allang verjaard. Niemand had namelijk enig benul van de manier waarop jij uit de cel en uit het gebouw was geraakt."

Nu zakte het bloed uit Stevens gezicht weg.

"Bedoel je... dat ik al die jaren... voor niets heb geleden?"

"Dat bedoel ik, Steven. Je bent nutteloos op de vlucht geweest. Nu moet je terug!"

"O, God!!"

Steven draaide zich om zijn as en greep de tralies met beide handen ter hoogte van zijn hoofd vast. Hij trok zich tegen de ijzeren pijlers en wilde er desnoods zijn hoofd tussen wringen.

"O, God... ellendig!! Ik voel me ellendig!!"

"Ga terug naar Rosenhelm, Steven."

"Ik voel me ziek... rotzooi, mijn leven is één grote rotzooi!"

"Stop met jezelf te beklagen! Wat voorbij is, is voorbij. Ga terug en leer daar met het verleden omgaan. Ontdek waar het echt om gaat!"

Steven bonkte met zijn voorhoofd tegen de tralies, de ogen hard dichtgeknepen. De afgelopen jaren flitsten voor zijn ogen voorbij. Alle staten die hij had aangedaan, alle dorpen die hij had bezocht. Al die keren dat hij meende dat de mensen hem doorhadden en hij daarom verdertrok. Al die nutteloze energie! Zoveel tijd verloren! Pijn schuurde als bijtende gal vanuit zijn maag door zijn slokdarm.

"Ga terug, Steven. Men verwittigt je nog wanneer!"

Steven reageerde niet. Hij bleef in diezelfde houding tegen de tralies gedrumd staan. Hij reageerde ook niet toen hij links van zich enkele slijmerige en zuigende geluiden opving. De stem van Lipp kwam niet meer terug. Hij wilde niet kijken om te zien of het waanbeeld weg was. Want dat moet het geweest zijn: een onmogelijk beeld, ontstaan uit zijn eigen fantasie. Zijn onderbewustzijn dat hem probeerde te vertellen dat hij toch nog goed bezig was. Dat was het! Hij probeerde zichzelf door middel van een projectie van beelden uit zijn verleden wijs te maken dat het allemaal niet zo erg was. Dat er eigenlijk geen enkele reden was om te blijven vluch...

"Steven! God... wat scheelt er!?"

Stevens ogen flitsten open. Op de gang, aan de andere kant van de tralies die hij zo krampachtig vasthield, bemerkte hij Marrion McKelly, geflankeerd door de knorrige flik.

4

"STEVEN... hoor je me niet?" Steven was nog niet volledig bekomen van zijn meest recente ontmoeting. Hij keek Marrion aan alsof ze een geest was. Misschien was hij niet langer zeker van *wat* hij zag. De agent opende, op eeuwig aandringen van Marrion, de celdeur. Hij gaf toe dat er mogelijk iets met de kerel aan de hand was, maar zei haar dat haar vriendje niet de eerste was die zotte kuren kreeg eens die opgesloten zat. Marrion wilde de kerel met een blik doden, maar bleef smeken om bij Steven te mogen gaan. De knorpot gooide de geldende regels overboord en opende de deur. Marrion twijfelde aanvankelijk over de manier waarop ze het zou aanpakken. Steven klampte zich aan de tralies vast alsof hij van iets doodsbang was. Uiteindelijk legde ze heel zacht haar handen op zijn verkrampte en opgetrokken schouders. Het duurde nog even, maar Steven kalmeerde en liet zich uiteindelijk door haar uit zijn verstarde positie wegleiden. Marrion sprak hem aan alsof ze een klein, bang kind benaderde. Buiten de cel bekeek de agent de zaak met opgetrokken wenkbrauwen. Er school duidelijk minachting in die blik. Marrion negeerde de man en concentreerde zich op Steven, naast haar op de zitbank. Ingezakte schouders, handen verscholen tussen samengeperste dijen, blik op oneindig. Het meisje legde een arm over zijn schouders en trok hem dicht tegen zich aan.

"Steven... ik ben het, Marrion... wat is er gebeurd?"

Steven antwoordde niet. Zijn lichaam rilde. Er klonk wat tumult in de burelen en luitenant Peter Build verscheen in de gang. Hij stapte tot bij de celdeur en gaf geen enkele reactie op het feit dat die open was en dat Marrion bij Steven op de bank zat. De knoragent had er blijkbaar geen erg in. Peter Build keek naar het meisje en vroeg:

"U bent?"

"Marrion McKelly. Stevens vriendin."

Een warme golf vloeide achter haar ribben toen ze zichzelf als zijn vriendin voorstelde.

"Aangenaam. Ik ben luitenant Build. Wat is er met Steven?"

"Ik weet het niet... we hebben hem zo aangetroffen."

"Neem hem mee naar huis. Verzorg hem, maar hou hem nog een tijdje in Sasabe. Wij hebben alles nagegaan wat hij heeft verteld. Jammerlijk genoeg klopt het. Milo is dood. De mensen van de brandweer hebben de hond ook gevonden. De garage is zo goed als uitgebrand. Een van de twee daders heeft al bekend. Steven gaat volledig vrijuit."

Peter Build richtte zich tot de agent.

"Hank, jij begeleidt deze mensen naar buiten?"

5

"**IK** wist dat ik niet veel in mijn marge had, maar ik voel me nog altijd niet opperbest."

Het was twee dagen na de nachtelijke actie in Sasabe. Maandag, de achttiende oktober 1994, even voor de middag. Steven zat in de keuken van de snackbar terwijl Marrion een bescheiden maar heel aanlokkelijke lunch klaarmaakte. Ze draaide zich naar de spreker en vroeg:

"Wat bedoel je?"

"In films lijkt alles zo stoer, zo macho. Al die actie. Vechtpartijen, achtervolgingen... ze laten het bijna als *plezierig* overkomen. Dat is het niet. Ik tril nu nog op mijn benen."

"Nog steeds zwak?"

Marrion had hem twee dagen eerder vanuit het politiekantoor naar haar huis gebracht. Ze had hem in zijn bed gedropt, diep ingestoken en nog even naar zijn onbegrijpelijk gemurmel geluisterd. Uiteindelijk was zijn ademhaling trager geworden en was Steven in slaap gevallen. Die slaap omhulde hem de ganse zaterdag. Zelfs de zondag sliep hij bijna de ganse dag.

"Ik voel me beter, maar ik dacht dat ik sterker was... dat ik meer aankon."

"Steven Schwarzennegger... Steven Stallone.... dat laatste klinkt nog goed."

"Je lacht me uit!" zei Steven glimlachend.

Marrion stapte tot bij hem, nam zijn gezicht tussen haar handen en drukte een korte zoen op zijn mond.

"Het is de enige manier om jou weer tussen de levenden te krijgen. Het is de eerste keer in dagen dat je lacht!"

Steven mocht haar. Meer nog... hij voelde werkelijk iets intens voor Marrion McKelly. Ze was eerlijk, spontaan en enorm verdraagzaam. Hij had de afgelopen dagen nagedacht. Hoe kon hij haar duidelijk maken dat zich een (tijdelijk) afscheid opdrong? Eigenlijk wilde hij dat niet. Steven had er alles voor over om in alle veiligheid bij haar te blijven, ver weg van Rosenhelm. Maar hij *moest* gewoon terug. De slaap had hem onbewust toegelaten zijn voorbije leven als een nuchtere observator te bekijken. Als iemand die - los van elke emotie en zuiver op basis van rede - het verleden als een bron van gegevens beschouwde, waaruit de toekomst werd gevormd. Steven had op die manier ontdekt dat hij zonder reden op de vlucht was geweest. Hij was niet gezocht voor moord, en ook niet (meer) voor ontvluchting. Er bestonden dus twee totaal verschillende realiteiten. Lipp was vermoord, verbrijzeld en leeggezogen. Maar Lipp was ook dood aangetroffen, gestorven ten gevolge van een natuurlijke hapering van zijn lichamelijk functioneren. Het *ding* had de tralies doen verbuigen en gedeeltelijk smelten, zodat Steven de cel kon verlaten. Maar de flikken hadden geen schade aangetroffen, ook niet aan het raam in de toiletten. De scheur in zijn wereld leidde naar een andere. Omgekeerd gold die vaststelling ook. Die scheur kon hem overal bereiken, waar hij zich ook bevond. Was het nu in Rosenhelm, in Sasabe of in Zimbabwe... wat weerhield er hem dan van om terug te gaan? Voelde hij de nood om uit te vissen wat Anderwereld, zoals Lipp die toestand noemde, eigenlijk was? Eindelijk te weten te komen waarvoor hij al die tijd nutteloos op de vlucht was? Stelde de oplossing voor de vragen hem dan gerust? Was de wetenschap van *ah, daar draait het allemaal om!* genoeg om die verloren jaren goed te maken en het gat dat in zijn bestaan gegraven was, op te vullen?

Voor het eerst in die periode ervoer hij het gevoel ergens *thuis* te zijn. In

Sasabe, op de grens met Mexico. Bij Marrion, op de grens van de liefde.

"Wat scheelt er, sul? Je zit me zo aan te kijken."

Steven dwarrelde uit zijn overpeinzingen terug op de aarde.

"Jaaaa.... je droomt overdag!"

"Ik heb dingen om over na te denken."

Marrion had zich ondertussen terug naar haar fornuis begeven en roerde in een steelpannetje. Haar stem klonk boven het sudderende gesis uit.

"Ah? Zoals wat?"

Nu kwam het. Steven vond dat dralen geen zin had. Hij haalde diep adem en de woorden kwamen er tegelijk met de zucht uit.

"Over het feit dat ik terug moet naar de plaats waar ik vandaan kom."

"Jouw ma?"

Eén en al spontaniteit, die Marrion.

"Rosenhelm."

Het meisje draaide zich niet naar hem om. Haar mondhoeken waren gezakt en in haar ogen lag een doffe blik. Dat zag Steven niet. Ze wilde niet dat Steven wegging. Dat kwam op hetzelfde neer als haar verlaten. Ze vond het heerlijk in zijn buurt te vertoeven. Het onplezierige vooruitzicht stemde haar onmiddellijk bedroefd.

"Ah... en, eh... waarom?"

"Ik heb daar zaken te regelen!"

"Kom je terug?"

Ze had er bijna *asjeblieft* bij gezegd. Ze vervloekte zichzelf. Waarom draaide ze zich niet om en zei ze hem gewoon dat ze van hem hield en dat ze niet wilde dat hij wegging? Wat weerhield haar in godsnaam daarvan?

"Ik weet het niet. Ik... er is iets wat ik moet doen."

"Mag ik weten wat?"

Achter haar rug klonk opnieuw een zucht. Dat kereltje zat in de problemen, zoiets was duidelijk. Het had iets te maken met wat in het voorbije weekend was voorgevallen. Had ze het recht meer uitleg te vragen? Kon zijn verklaring haar wrange gevoel trouwens ontkrachten?

"Het is heel ingewikkeld... ik begrijp er eigenlijk zelf helemaal niets van."

"Probeer mij eens. Ik liep tot m'n achttiende school."

"Je bent lief."

"Zeg dat niet... probeer het."

Steven dacht dat het niet verkeerd was haar de volledige toedracht te vertellen, hoe onwaarschijnlijk die ook in haar oren klonk.

"Goed, je vraagt erom. Laat me even denken... hoe begin je aan zoiets? Het is een gans verhaal. Het vraagt tijd."

Marrion draaide de knop van de kookplaat om. Het vuur doofde. Ze nam plaats aan de tafel en legde haar armen op het blad.

"Ik maak tijd. Vertel maar."

"Zegt de naam *Anderwereld* jou iets?"

"Ander wat?"

"Neen dus... goed... wel, eh..."

12
1994 – Chicago (Illinois)
Darian Shadborne

1

SOMMIGE activiteiten ontwikkelen zich soms op een totaal andere manier dan voorzien. Het was een levenswijsheid waar Darian Shadborne in de vroege uurtjes van de zestiende oktober van 1994 terdege kennis mee maakte. Hij was er zich goed van bewust - jarenlang al - dat het leven zijn eigen koers voer en dat hij daar niet veel aan kon regelen. Elke opdracht die hij verondersteld werd te volbrengen, werd door andere mensen heel secuur voorbereid. Tot op heden verliep alles zonder problemen.

De zestiende oktober liep het even mis. Op twee vlakken. Het zette hem aan het denken.

2

"HALLO, met Dave." "Morgen, elf uur, Rowbank Drive - de kiosk. We wandelen."

3

"HOE gaat het met Daureen?" Max Henderson keek onverstoorbaar voor zich uit. Hij had de vraag van Max gehoord, maar wachtte nog even. Tot ze het ongepast kleurrijk geklede toeristenpaar met hun drie jengelende kinderen gekruist waren. Overduidelijk Europeanen.

"Waarom begin je over Daureen?"

"Max... je bent m'n vriend... je bent de laatste tijd veranderd. De spontaniteit is er niet meer."

"Denk je dat zij daar iets mee te maken heeft?"

"Misschien is de verzuurde relatie tussen jullie de oorzaak."

Max Henderson ontweek met gemak een hoopje hondenpoep op het voetpad van Rowbank Drive. Het was even over elf. De ontmoeting aan de kiosk lag al meer dan vijf minuten in het verleden. Ze wandelden naast elkaar in de richting van Bowfinger Park. In al die tijd had Max niet veel gezegd. Daarom had Darian zelf het gesprek geopend.

256

"Mijn huwelijk? Verzuurd? Voel jij je geroepen om daar iets aan te doen?"
Darian haalde de schouders op.
"Dat denk ik niet."
"Goed... praat er dan niet over!"
"Sorry..."

Een grote Kenworth-vrachtwagen reed hen voorbij. Max wachtte tot het voorwereldlijke dreunen weggestorven was en zei toen:
"Excuses aanvaard. Luister... ik heb een opdracht."
"Altijd bereid."
"Het gaat over Yell Merrith. Klinkt dat bekend in de oren?"
"Vaag. Op het nieuws geweest?"
"Inderdaad. Is vrijgesproken bij gebrek aan bewijzen. Een zaak waar wij al maanden mee bezig zijn. Een doortrapte en sjoemelende drugsdealer. De gevaarlijke *Green Pills* zijn zijn specialiteit en minderjarigen zijn klanten. Enkel minderjarigen. Zijn product is extreem verslavend."
"Hij is toch niet de enige in Chicago?"
"Zeker niet! Wel de enige die in de afgelopen vijf maanden de dood van drie kinderen op zijn geweten heeft."
"Dat maakt een verschil uit."
"Een groot verschil. De klootzak werd voor de rechter gesleept, maar er kon hem niets ten laste worden gelegd. Geen getuigen, geen harde bewijzen. Werd vrijgesproken in het bijzijn van de ouders. In de rechtszaal lachte hij die mensen in het gezicht uit. Wij hebben één van hen ontvangen. Mensen uit de betere buurt. Zoals je ziet, is niemand vrij van zorgen. Wij hebben alles nagegaan en het klopt. Hij verdient de kogel."
"Geen probleem. Wanneer?"
"Zo rap mogelijk. Yell zet zijn handeltje gewoon verder. Alsof er niets gebeurd is."
"Komt in orde."
"Weet ik."
Het regende toen ze Bowfinger Park binnenstapten. Er hoefde niet veel meer te worden gezegd. Wat Max Henderson betrof, was de zaak al rond. Wat Darian betrof, was het zijn volgende opdracht, eentje bij de rest.

4

YELL Merrith was een rijzige veertiger, absoluut zeker van zijn onkreukbaarheid. Hij blaakte van zelfvertrouwen en was ervan overtuigd dat hij onbereikbaar en inviolabel was. Trouwens, niemand legde hem iets in de weg. Hij werkte met meerdere tussenpersonen, zorgde voor deftige alibi's en was blij met de manier waarop hij zijn leven in goede banen leidde. Dat enkele jonge klootzakjes eraan waren gegaan door de smeerlapperij die hij liet verkopen, lag niet op zijn maag. Yell vond dat dat hun eigen verantwoordelijkheid was. Hij handelde in kleine hoeveelheden. Als ze het opspaarden om, gulzig en ontevreden als ze waren, alles ineens te verbruiken, dan was dat hun probleem. Sommigen kregen er nu eenmaal nooit genoeg van. Op die manier leefde Merrith. De schuld lag altijd bij de anderen. Hijzelf had geen deel aan de miserie van zijn medemensen.

Eigenlijk was de zaak Merrith een kolfje naar de hand van Darian Shadborne. Het deed hem een beetje aan zijn eigen jeugd denken, toen de schuldigen van de moord op zijn ouders en broer nooit werden gevonden, laat staan gestraft. Naarmate hij zich in de nieuwe zaak in werkte, kwamen de frustraties naar boven. Hij besefte dat hij die best geen overhand liet nemen, omdat emotionele inmenging mogelijk voor fouten zorgde. Er waren geen haperingen of aarzelingen toegelaten in een job als die van hem.

Deze keer maakte Darian geen fout. Toch liepen er, volledig buiten zijn wil om, zaken verkeerd.

5

DARIAN had een onopvallende, blauwe Honda gehuurd om zich die avond mee te verplaatsen. Het was het laatste uur van de vijftiende oktober. Hij had zich meer dan voldoende in de zaak Merrith verdiept en was tot het inzicht gekomen dat Max Henderson volledig gelijk had: Merrith verdiende de kogel. Meer dan één zelfs. Daaromtrent bestond geen twijfel meer. Zeker als hij was van zichzelf, parkeerde Merrith zijn Lexus altijd tussen de andere wagens op de grote parking van de drinktent die hij iedere avond bezocht. Zomaar, net als elke andere burger die zichzelf niets te verwijten had. Het feit dat hij de grote luxekar daar zomaar tussen de andere wagens parkeerde, kwam waarlijk als een grove belediging over. Wat dacht die kerel dan wel? Dat hij onfeilbaar was? Als het enige wat hij verrichtte het doodmaken van kinderen was, verdiende hij niet langer op deze wereld rond te huppelen.

Maar blijkbaar was Darian Shadborne niet de enige persoon die er zo over dacht. Dat was het eerste wat die avond verkeerd liep.

DARIAN zat achter het stuur van de Honda en keek naar de zilverkleurige Lexus die iets verder tussen een vuile Volkswagen en een nog vuilere Ford-stationcar geparkeerd was. De dure wagen viel verdomd op. Darian had ruim zicht op de deur van *The White Owl*, de club waar Merrith zijn avonden sleet. Dat was waarschijnlijk ook de plaats waar hij contacten legde en waar hij misschien zijn geld telde. Darians idee was heel eenvoudig. Hij had zijn plan voor die avond ettelijke keren uitgeprobeerd. Het was dus niet de eerste keer dat hij zich op die plaats bevond, telkens in een andere wagen. Merrith verliet *The White Owl* op Singer Road meestal tussen halftwaalf en middernacht. Darian had het scenario al viermaal meegemaakt in de afgelopen twee weken. Vanavond werd het de laatste keer. Het was een openbare parking vol wagens, zelfs geen eigendom van de club. Darian vatte de komende minuten als volgt op: op het moment dat Merrith naar buiten komt, stapt hij uit de Honda. Afsluiten. Merrith stapt naar zijn Lexus, terwijl hijzelf in de richting van de voordeur van de club stapt. Ze kruisen mekaar, Darian vuurt tweemaal (met geluiddemper) in het hoofd. Merrith valt, Darian loopt gewoon verder en stapt in de daar vooraf geplaatste, donkerkleurige Volvo om er, zonder zich te haasten, mee weg te rijden. Niets aan de hand. De Honda wordt later door iemand anders opgehaald.

Darian overliep de verschillende stappen en vond het een goed plan. Niets op aan te merken. De parking was groot genoeg. Het duurde wel even vooraleer men het lijk aantrof, en wat dan nog, vijf minuten was meer dan genoeg. De Honda was één van de tientallen afgesloten wagens. Zeker niet verdacht als die binnen het halfuur na de moord werd verwijderd.

Het was twintig voor twaalf toen de opzichtige Yell Merrith met veel opvallende gebaren en luid gebral *The White Owl* verliet. Hij zwaaide naar de portier die de deur voor hem openhield en achter zijn rug dichttrok. Terwijl hij de trappen afdaalde, rochelde hij en spuwde een ferme klodder op de treden open. Yell keek niet om zich heen terwijl hij naar zijn wagen stapte. Hij had de autosleutels reeds uit zijn broekzak gehaald, nog voor hij zijn eerste stappen op de parking zette. Darian mocht de man niet. Hij vond het een drukdoener, iemand die graag opviel en gehoord werd. Iemand die vol lof over zichzelf en zijn daden was. Hij kreeg zijn verdiende loon, dat was zeker.

Darian was net van plan uit zijn Honda te stappen, toen iemand vanachter een witte bestelwagen verscheen. Het was een veertiger, net als Merrith. De man was gekleed in een chique blouson met broek. Schoenen, geen baskets. In het flauwe licht van de weinige lantaarns op de parking, merkte Darian dat de nieuwkomer zich in Merriths richting haastte. Een overvaller? Darian bleef zitten en vloekte. Dat kwam op een heel slecht moment. Darian besefte dat het niet om een overvaller ging, die gingen niet in dure kledij op stap. De man haalde iets uit zijn jaszak. Een klein pistool. Dit kon nog grappig worden. Stel nu dat iemand de job voor hem opknapte? Dat had Darian nog niet meegemaakt. Merrith had net zijn Lexus bereikt toen hij zich van de aanwezigheid van de andere man bewust werd.

Darian draaide zijn raam een lijntje open. Daardoor ving hij het gesprek op, nauwelijks tien meter van zijn Honda verwijderd. Merrith richtte zich op toen hij het pistool in de rechterhand opmerkte.

"Wat moet dit?" vroeg hij met een hoogdravende stem.

"Merrith? Yell Merrith?" vroeg de andere man.

"Gaat je geen reet aan wie ik ben!"

"Geef me de autosleutels!"

De man dreigde met het pistool vanuit de heup.

"Je bent niet meer dan een miezerige autodief? Ik maak me er niet druk om, ik ben verzekerd. Zonder dat pistool sla ik je verrot!"

"Geef me de sleutels!"

Merrith wierp de sleutels naar de man die ze opving. Met de afstandsbediening opende hij het voertuig.

"Ga achter het stuur zitten!"

"Kun je niet zelf rijden, klootzak?"

Merrith had een grote mond, maar stapte toch in de Lexus en nam achter het stuur plaats. De man keek om zich heen en stapte vervolgens aan de passagierskant in. Darian wachtte af. Nu hoorde hij niet langer wat werd gezegd. De Lexus startte even later en reed van de parking af. Darian vertrouwde de zaak niet en wilde zijn eigen taak niet verwaarlozen. Hij had een job te volbrengen, en dat was hij ook van plan. Hij reed vervolgens achter de Lexus Singer Road linksop. Beide voertuigen mengden zich in het drukke verkeer. Darian probeerde zijn blik vast te pinnen op wat in dat voertuig voor hem gebeurde én tegelijk het verkeer om hem heen in de gaten te houden. Ondanks het late uur - net voor middernacht - was het druk op de weg. Darian probeerde de Lexus niet uit het oog te verliezen. Hij vroeg zich af waarover de mannen in dat voertuig praatten, en wie de man met het pistool was. Veel tijd om naar antwoorden te gissen, kreeg Darian niet. De klassewagen reed blijkbaar doelloos enkele straten in en uit, draaide rond pleinen (soms tweemaal) en volgde een onzekere koers in de richting van de kust. Darian hield de nodige afstand. Hij wilde niet opgemerkt worden. Roosevelt Road werd een eindje gevolgd. Op het kruispunt met State Street werd linksaf gedraaid en zo reden ze de wijk Printer's Row binnen. Het oudste gedeelte van de stad.

Vervolgens ging het stapvoets door The Loop om uiteindelijk op Wacker Drive uit te komen, de weg die langs de Chicago liep, de rivier die in de haven in Lake Michigan uitmondde. De Lexus reed nu al meer dan een kwartier. Darian vroeg zich niet langer af wat het onderwerp van het gesprek in de wagen was; de uiteindelijke afloop van de zaak zat hem dwars. Dit was de eerste maal dat het niet volgens het plan verliep.

7

DEwagen voor hem reed de donkere parking van een jachthaven op Wacker Drive op en stopte helemaal aan de rand. Een lange, metalen brug boven de rivier de Chicago torende als een versteend monster boven het voertuig uit. Darian reed de parking niet op, maar stalde zijn Honda iets verder. Hij stapte uit, zorgde ervoor dat zijn vuurwapen schietensklaar was en sloop langs de omheining naar de gigantische pijlers van de brug. Hij bleef in de schaduwen, hield de verhullende duisternis als bondgenoot.

Ondertussen waren de twee mannen uit de Lexus gestapt. Darian werkte zichzelf zo dicht mogelijk, zonder risico om zelf gezien te worden. Van het verhitte gesprek dat werd gevoerd, ving hij niets op, maar uit de manier waarop de man het pistool hanteerde, besloot Darian dat die geen alledaagse handelingen uitvoerde. Om zijn betoog kracht bij te zetten, zwaaide de kerel met het pistool van links naar rechts, daarbij blijkbaar vergetend dat de loop aan de voorkant stak. Het onvermijdelijke volgde. Ineens sprong Yell Merrith naar voren en greep de man vast. Die had net beide armen opengesperd, als een agent die het verkeer staat te regelen. Blijkbaar wilde de kerel met dat gebaar iets bewijzen, maar het liep verkeerd af. Yell sprong vooruit en nog voor de onbekende man het pistool terug naar voren kon richten, lagen beiden op de grond. Er ontstond een heel kort, kluwerig worstelen, een warrig wriemelen van armen en benen, samen met een krampachtig hijgen. Tot een schot weerklonk. Een doffe knal, meer niet. De man richtte zich vliegensvlug op, Merrith bleef liggen. De kerel richtte het pistool op Merriths hoofd, maar haalde de trekker niet over. Hij uitte een schorre kreet, bleef het pistool vasthouden en zette het op een lopen. Hij holde de parking over, liep Wacker Drive op en liep in de richting van de kust weg.

Yell Merrith lag nog steeds waar hij gevallen was. Adempluimen kwamen in korte stoten uit zijn mond. Hij leefde dus nog. Darian wachtte en keek om zich heen. Blijkbaar werd het schot niet gehoord, want niemand kwam de parking op gerend. Hij verliet zijn uitkijkpost en liep tot bij het lichaam. Merrith lag op z'n rug. Met zijn ene hand klauwde hij aan de ene broekspijp, de andere hand lag in de buurt van de wonde in zijn buik. Een kogel door de lever. Van onder het lichaam vloeide veel bloed over het asfalt. De wonde in de buik was nauwelijks zichtbaar. Merrith staarde met glazige ogen naar de donkere, bewolkte hemel en haalde gejaagd adem. Het was ondertussen al bijna twintig minuten na middernacht. De zestiende oktober. Darian Shadborne stapte tot naast het lichaam op de grond.

"Merrith?"

De man reageerde door zijn ogen in Darians richting te draaien. Hij zag dat zich iemand naast hem bevond, misschien een edele persoon die hem kon helpen. Hij opende zijn mond en het kostte hem duidelijk moeite om de woorden naar buiten te krijgen.

"Ambulance... help me, bel ambu..."

"Yell Merrith?"

Opnieuw die blik. Een blik die vertelde: *hela, klootzak, wat sta je daar te gapen, je ziet toch dat ik gewond ben, haal er toch de medici bij, zorg dat ik gered word, doe iets, doe toch tenminste iets, sta daar niet zo te gapen...*

"Merrith... ja... ben ik... help me."

"Sorry... dat is niet de reden waarom ik hier ben."

Merrith hoestte. De schokkende beweging bezorgde hem pijn. Zijn gezicht, eigenlijk zijn ganse lichaam, vertrok.

"Help me, kloterige smeerlap..."

"Ik maak je koud, Merrith. Ik spreek niet veel met de mensen die ik afmaak, maar ik laat je weten dat ik dit doe in opdracht van de ouders van de kinderen die je gedood hebt."

Merriths mondhoeken rezen licht omhoog.

"Dan hebben ze... weinig vertrouwen in... jou."

Darian was verrast. Aan die mogelijkheid had hij niet gedacht. Wel stupide van die kerel om net vannacht uit te kiezen. Hij haalde vervolgens zijn schouders op en richtte zijn wapen op het gezicht van Merrith.

"Klootzak... ik ben... niet bang..."

"Ik lig er niet wakker van."

Darian haalde de trekker over. Er klonk enkel een korte, doffe knal. Nauwelijks waarneembaar. De gloeiende kogel drong in de hoek van het linkeroog, net naast het neusbeen, Merriths hoofd binnen, trok een vernielend spoor door de hersenen en sloeg een klein gat in de rechterachterkant van de schedel. Een gedeelte van de vernielde hersenen spatte naar buiten. Merriths benen trokken één enkele keer en dan lag het lichaam volledig stil.

Darian draaide zich om en liep in de richting van de metalen brug. Opdracht volbracht. Wegwezen. Het was bijna halfeen. Nog voor hij de brug had bereikt, ving hij geluiden op. Hij hield halt, maar draaide zich nog niet om. Darian liet de vreemde geluiden tot zich doordringen. De haren op zijn armen en nek veerden rechtop toen hij zich herinnerde waar hij die eerder had gehoord. Het bloed bruiste door zijn hersenen. Zijn geest reisde vliegensvlug terug naar het moment in zijn leven toen hij veel jonger was. Naar een andere plaats op deze planeet: Rosenhelm. Naar Freeman Avenue. Naar de plaats waar de Buick en zijn motorfiets in aanrijding waren gekomen. Naar de plaats waar hij door de zwarte dame in de zwarte Chevrolet Impala met het rode interieur werd opgepikt. Naar de plaats waar dat gruwelijke beest met het net van tentakels de rastakerel en de mutsdrager oppikte...

Darian draaide zich op loden benen om.

Een grot!? Dat was zijn eerste idee. Niet ver van de plaats waar de dode Merrith op de grond lag, was een gigantische grot ontstaan. Zijn mond hing open, maar dat kon hem geen ene moer schelen. Hij staarde naar de plaats waar het asfalt van de parking overging in een strand. Een gat in onze wereld? Zijn tweede idee. Zes meter hoog en zeker even breed. Rafelige randen die de grens van het gat uitmaakten, maar zonder duidelijke lijn overgingen in de donkere lucht van Chicago. In het gat was een breed zandstrand te zien. Verderop kolkte een woelige zee. Het stormde aan de horizon. Bliksems. Tegen het donkerblauwe uitspansel kleefde in die wereld een onregelmatig rooster van zwarte lijnen. Daar hing een monsterachtig groot wezen boven die woelige zee omgekeerd aan. Darian was heel klein en onbenullig. Een nietig mensje dat naar een onbegrijpelijk (en onmogelijk?) natuurfenomeen gaapte.

Hij deinsde zelfs achteruit toen het creatuur als een glibberige reuzenslang uit het water schoot. Eénmaal op het droge ontvouwde het gelede poten, hij telde er zeker tien. Het ding, zo groot als twee treinstellen achter elkaar, verhief zich op al die brede poten uit het zand en holde in sneltreinvaart op Darians wereld af. Het voorste deel van het wezen was een grote, zwarte bol, die openbarstte op het moment dat het gigantische beest uit 'het gat' naar voren dook. Het openbarsten was eerder een ontbolsteren, want een wansmakelijke, kwabbige, rode vleesmassa ontvouwde zich uit wat eigenlijk een zwarte, bolvormige bescherming was geweest. Het beest stopte en liet zijn pulserende vleeskop boven het lijk van Merrith bengelen. Enkele van de vleeskwabben kwamen in beweging en vormden stroperige slierten die uit het geheel naar beneden dropen. Bovenop het lichaam. Op het hoofd, de borst, de benen. Het rode vlees leidde een eigen leven en smeerde zich over Merrith uit. Het proces duurde hooguit dertig seconden. Daarop trokken de slierten zich terug naar de moederkoek en Merrith werd van de grond opgeheven. Het lijk schoot door de lucht omhoog en kwakte tegen de vleesmassa aan. Het beest trok zich terug. Op het moment dat het volledig in zijn eigen wereld was teruggekeerd, merkte Darian tot zijn grote verbazing dat Merriths ogen open waren. Ze keken in zijn richting. Ze zochten zijn aanwezigheid.

... hallo...

Een stem weerklonk tussen zijn beide oren. Darian sloeg beide handen tegen de zijkanten van zijn hoofd.

... hallo daar...

Het was Merrith die tot hem sprak. Dat was niet mogelijk!! Merriths lichaam was al voor de helft tussen de vochtige vleeskwabben in het hoofd van het ondier verdwenen. De zwarte, beschermende korsten groeiden al terug over het vlees heen.

... je moet terug...

Darian keek op. Hij keek naar het zich terugtrekkende monster en naar de restanten van Yell Merrith die nog te zien waren: één been, één arm, een stuk van de borstkas en het hoofd. De rest was reeds verzwolgen. Maar de dode ogen waren op hem gericht.

... je moet teruggaan, men zal je roepen ...

"Waarnaartoe?"

... jij was de eerste ...

"Wat?"

... zij heeft je gered ...

"Wie?"

... zij heeft je eruit gehaald, ga terug als men het je vraagt, herbeleef je verleden ...

De stem verzwakte omdat de zwarte lagen zich over de rode vleesmassa heen sloten. Enkele van Merriths hoofdharen waren het laatste wat Darian van hem te zien kreeg. Het monster tolde om zijn eigen as en rende halsoverkop terug naar de zee van waaruit het verschenen was. Zonder snelheid te minderen, rende het door de aanstormende golven in het water en verdween even vlug als het gekomen was. Aan de horizon bliksemde het nog steeds. Tegen de hemel verplaatste het wezen zich over zijn gespannen net. Darian keek, nog steeds met beide handen aan de zijkanten van zijn hoofd, hoe het gat in zijn wereld kleiner werd. Het kromp. De toegang tot de andere wereld werd steeds kleiner, tot er enkel nog een gaatje overbleef, zwevend boven de plaats waar daarnet het lijk van Yell Merrith lag. Daarop verdween zelfs dat kleine gat.

Darian Shadborne bleef alleen achter. De Lexus stond nog aan de kant, Merrith was verdwenen. Darian staarde nog een ogenblik naar de plaats waar die andere wereld tot een speldenkop was ineengekrompen en uiteindelijk was opgelost.

Nu pas besefte Darian dat zijn hersenen pijn deden. Iets dergelijks had hij nooit eerder ervaren. Hij wist niet onmiddellijk of hij moest handelen. Zijn opdracht had hij volbracht, daar bestond geen enkele twijfel over. Maar dat was niet zijn grootste zorg. Merrith was opgeruimd, dat stond netjes. Maar diezelfde Merrith had hem aangemaand terug te gaan, terug naar waar, naar wat?

Darian Shadborne vond het een vreemde situatie. Hij probeerde zichzelf wijs te maken dat hij niet wist waarover Merriths bericht handelde. Was hij er bang voor? Boezemde de gedachte aan het gebeurde in Rosenhelm hem angst in? Of wilde hij niet nog een keer in contact komen met de gruwelijkheden die in die andere wereld verborgen zaten?

... men zal je roepen ...

Wat werd daarmee bedoeld?

... zij heeft je eruit gehaald ...

Hij bedoelde die kleine, zwarte vrouw in de Chevrolet?

Darian liet Lexus waar die was en draaide zich met een hoofd vol verwarrende vragen naar de grote, ijzeren brug boven de Chicago. Met zijn ogen op de grond gericht, liep hij Wacker Drive op tot bij zijn Honda. Er waren die avond twee zaken verkeerd gelopen, twee zaken waar hij niet op had gerekend.

... herbeleef je verleden ...

8

MAX Henderson liep twee dagen later naast Darian Shadborne in de drukke winkelstraat. Een grote, wiegende mensenmassa stroomde langs hen heen. Max wachtte tot ze het open plein halverwege Pixon Street hadden bereikt. Daar kregen ze wat ademruimte.

"Je bent stil. Zo ken ik je niet. *Ik* heb redenen te over om stil te zijn. Jij toch niet?"

Darian zoog een grote hap lucht in en liet die samen met een lange zucht ontsnappen. Max reageerde onmiddellijk.

"Hola... zo ken ik je zeker niet. Wat scheelt er?"

"Ik denk dat ik een tijdje voor mezelf nodig heb."

"Je hebt behoefte aan rust?"

"Tja... zo kan je het omschrijven!"

"Het heeft toch niets te maken met de kerel die Merrith te grazen wilde nemen?"

"Helemaal niet, Max. Ik was nog van plan je dat te vragen."

"Ik vond het al vreemd dat je me er niet eerder over sprak."

"Ik had andere dingen aan mijn hoofd."

Max reageerde niet onmiddellijk. Hij was er zich van bewust dat het werk dat Darian deed, extreem belastend was. Veel huurdoders kregen vroeg of laat last van hun geweten en sloegen uiteindelijk door. Een mens is maar een mens, hoe goedbedoeld hun opdracht ook was. Darian was goed, heel goed, maar de druk kon wel eens te hoog worden.

"Rust is geen enkel probleem, Darian, je krijgt alle tijd van mij. Desnoods een gans jaar!"

"Zolang duurt het niet, denk ik."

"Ah, heb je plannen?"

"Nog niet onmiddellijk, ik moet... nog bericht krijgen."

"Laat me toch iets weten. Ik wil op de hoogte blijven."

"Wie was die kerel nu?"

Max Henderson lachte kort.

"Dat was één van de betrokken vaders. Hij vond dat wij te lang wachtten om actie te ondernemen en wist niet dat de deal die avond doorging. Hij koos het slechtste moment uit om zelf orde op zaken te stellen."

"Al bij al is het goed verlopen. Die kogel had *hem* kunnen treffen."

Er volgde een stilte. Ze keken naar de duizenden mensen die op de brede voetpaden van Pixon Street voorbijkwamen. Iedereen, elk van hen, had een verleden en een toekomst. Elk van hen kende momenten van verdriet en vreugde. Iedereen was iemand. Darian vroeg zich af hoeveel van hen al kennis hadden gemaakt met die andere wereld. Hij wilde er Max niet over spreken. Dat had volgens hem geen zin. Het was iets uit zijn eigen verleden, iets waar hij diende mee om te gaan.

"Als ik vertrek, laat ik het je weten, Max!"

"Goed..."

"Eén ding nog."

"Ik luister!"

"Het heeft niets met het werk te maken."

"Blij dat te horen. Ik was er al bang voor."

Deel Vier:

Het contact
Terug naar Rosenhelm

13
1994 – Fayetteville, Conway, Sasabe, Chicago
Het contact

1

DE vier betrokken mensen kregen allemaal hetzelfde bericht. Elk op een eigen, beklemmende manier die het laatste sprankeltje twijfel (*als* dat er nog was) liet wegebben. Het kwam erop neer dat ze een datum en een locatie kregen. De opdracht om terug te gaan, werd niet meer herhaald. Zij wisten waar het bericht over handelde. Geen van de vier had meer dan die gegevens nodig. Eigenlijk wachtten zij erop. Hun leven had jaren eerder al een ommekeer meegemaakt. Hun verstandelijke vermogens werden enkele dagen voor het laatste bericht nog eens gewezen op het bestaan van andere (buitenzintuiglijk waarneembare) zaken.
Dan kwam uiteindelijk het laatste contact zelf.
Er was geen ontkomen meer aan.
Er waren geen excuses meer mogelijk.
Er was maar één weg: naar Rosenhelm.
Terug naar het verleden.
Hun jeugd.

2

DE afzondering waarin Elliot Bornowski zich de afgelopen dagen te- rugtrok, had een erg emotionele uitwerking op zijn gemoed. Zijn flat op Hollow Avenue in Fayetteville bood hem genoeg comfort om er zich vier volle dagen in op te sluiten. Geen deurbel, geen telefonische oproepen, geen contact met andere mensen. Enkel zijn eigen persoon om rekening mee te houden. Tijd en ruimte genoeg voor de confrontatie met wat hem bewogen had om zichzelf te zijn. Het werd een harde, soms mentaal pijnlijke ver- werking van gegevens die onder de vorm van beelden en dromen voor zijn geestesoog verschenen. Hij nam zelf geen contact meer op met Peter Youtta. De zaak rond de Skulls kon hem gestolen worden. Het terugzien van Sandy had hem veel dieper geraakt dan hij aanvankelijk durfde toegeven.
Heremiet Elliot Bornowski durfde zelfs wenen. Om de verloren jaren, de verloren momenten en de gemiste kansen. Om de dood van zijn vader. Om zijn eigen weigering om in te zien dat hij eigenlijk een piste volgde die door de figuur van Sandy Wheeler werd uitgestippeld. Het inzicht dat zijn schijn- baar onverwoestbare inzet in zijn werk eigenlijk een afleidingsmanoeuvre

was, baarde hem zorgen. Misschien had hij een ander leven kunnen leiden, misschien had hij een ander mens kunnen zijn.

Het bericht kwam er om tien over acht in de avond van de éénentwintigste oktober 1994, na een eenzame opsluiting van vijf dagen. Elliot had net een lange, verkwikkende douche genomen (waarschijnlijk de zevende in die vijf dagen) en lag languit in de zetel. Hij zapte lusteloos op het televisietoestel en keek leeghoofdig naar de verschijnende beelden op het scherm. Reclamespot, film, documentaire, soap, sport, reclame, cartoon, film, reclame... tot zijn afstandsbediening niet meer werkte.

Het laatste beeld toonde een desolaat landschap. Een zich oneindig ver uit-strekkende weg in een totaal verlaten landschap. De horizon bestond uit lage heuvels. Het regende licht. Elliot duwde nog enkele malen op de knoppen van de afstandsbediening, maar het beeld veranderde niet meer. Hij keek naar wat hem werd aangeboden. Blijkbaar verplaatste de camera zich, want er kwam beweging op het scherm. Het was alsof de camera vooraan op een voertuig was gemonteerd, want er was niets anders dan het landschap en de betonnen strook te zien. Er werd voorbij een naambord 'gereden'. Een ijs-klomp brak in zijn maag open toen hij de weinige woorden op het bord las: *Rosenhelm, 20 miles*. Zijn keel slibde dicht toen hij zich rechtop zette. Er werd verder 'gereden', tot bij een tweede bord. Daar hield de camera halt. Elliot zag de letters op het bord, maar had aanvankelijk moeite om het bericht te begrij-pen. Hij besefte dat het voor hem bestemd was; hoe het op zijn televisietoe-stel verscheen, was hem een raadsel. Hij kon er zijn ogen niet van afhouden, de afstandsbediening gleed bijna uit zijn zweterige handen.

Rosenhelm
Autumn Road
The Lady's Blues' Inn
26.10.94 - 1000 hr.

Dat was erop geschreven. Het geschrift van een kind. *Sandy Wheeler*. Die naam brandde als een bliksemschicht door zijn hoofd. Hij perste zijn ogen dicht en hapte naar adem. Sandy had hem een bericht geschreven. Onmogelijk te negeren.

Elliot opende opnieuw de ogen. Op het televisiescherm was nog steeds het-zelfde beeld te zien. Niets dwong hem het geschrevene te noteren. Elliot be-sefte dat het in zijn hoofd was gebeiteld. Alles was op mentale leien gegrift, er waren geen tastbare notities nodig.

3

SHANYA Bellmer kreeg haar bericht op een manier die zij allerminst verwachtte. Net als Elliot kon zij er niet onderuit. Het kwam net één dag na het onthullende gesprek met haar levenspartner Gwen Holden in het Italiaanse restaurant op Tender Road, dat later werd afgerond in McElton Park. Die conversatie over haar verleden, over wat het haar had bijgebracht of bij haar had aangericht, bracht heel wat klaarheid in haar bewolkte bewustzijn. Het overlijden van haar vader en de confrontatie met zijn woorden, vijftien jaar later gevolgd door het overlijden van Laura Calloway en de confrontatie met *haar* woorden. Vreemde aangelegenheden, stof genoeg om over na te denken en te debatteren.

Om iets over acht op de éénentwintigste oktober luisterde Shanya naar haar vriendin. Gwen was even daarvoor met haar wagentje - een twaalf jaar oude Mitsubishi Colt - in een kleine aanrijding betrokken. Het gebeurde tijdens het boodschappen. Gwen kwam hun appartement met een verhit gezicht binnen. Shanya - net uit de douche - keek haar vanuit de deuropening van de badkamer met enkel een badhanddoek om haar druipende lichaam aan. Gwen deponeerde twee bruine tassen op de kleine keukentafel en mopperde onophoudelijk.

"Wat scheelt er?"

"Ik ben razend!"

"Dat zie ik, en de reden?"

"Een grove klootzak is tegen Bunny aangereden! Op de parking van Q-Market."

Gwen Holden noemde haar wagen *Bunny*. Een koosnaampje. Een reden heeft ze daarvoor nooit opgegeven. Bunny was *Bunny*, geen vragen, geen oorzaak.

"Je bent toch niet gewond?"

Gwen antwoordde niet op die vraag en stak met haar verhaal van wal.

"Ik stond er verdorie op te kijken! Met twee boodschappentassen in mijn armen loop ik over de parking in Bunny's richting."

Gwen spreidde haar armen ter ondersteuning van haar verhaal. Shanya bedwong een opkomende glimlach. Ze kende Gwen goed genoeg om te weten dat ze niet ademhaalde eer ze haar verhaal in geuren en kleuren had verteld. Dus bleef ze maar luisteren, de badhanddoek rond haar lichaam en haar natte haren in een kleinere handdoek gewikkeld. Het was bijna tien over acht.

"Je weet dat ik hem altijd veilig parkeer. Het liefst op een plaatsje waar er hopelijk niemand naast komt staan. Tijdens het lopen rijdt een oude Toyota - zo'n roestig vehikel - rakelings langs mij heen. Die hufter steekt zelfs nog z'n dikke vinger naar me op. Ik kon helemaal niets doen, ik had Rosenhelm twee zakken in mijn armen. Maar goed, die rammelkar rijdt verder en ik..."

Tien over acht. Shanya knipperde met haar ogen en fronste haar wenkbrauwen.

"... stap gewoon verder. Ik kijk hem wel na, want wat denk je? Die rijdt toch wel in de richting van Bunny! Het kon gewoon niet erger. Ik wil hem nog inhalen, maar vraag me af: waarom? Die kerel mag toch Rosenhelm rijden waar hij wil, zolang hij maar geen brokken maakt. Ik zie hem..."

Een koude rilling gleed over Shanya's natte rug.

"Wat... Gwen..."

"Wat?"

Shanya wees haar aan en merkte dat haar vinger trilde.

"Je zei... Rosenhelm..."

"Wat!?"

Gwen keek haar partner vreemd aan.

"Daarnet... halverwege je zin, zei je *Rosenhelm*, tweemaal reeds."

Gwen reageerde aanvankelijk niet, haalde dan haar schouders op en verhaalde haar avonturen verder.

"Dus... waar was ik gebleven? Ja... ik zie hem wat brokkelen om een parkeerplaats te vinden. Al die vrije plaatsen, en ja, wat denk je... ik zie het gebeuren: hij ziet een Rosenhelm, Autumn Road-plekje naast Bunny en begint..."

"Je zegt het weer!"

"... ernaartoe te rijden. Veel te rap, ik zie het aankomen, hij Autumn Road zit daar wat te rochelen en rijdt met z'n Jap achteruit, steeds..."

"Autumn Road? Wat bedoel je?"

"... maar dichter naar Bunny en ineens, ik zie het zo The Lady's Blues' Inn gebeuren, hij rijdt..."

Shanya's benen werden krachteloos. Gwen was zich er duidelijk niet van bewust dat er woorden weerklonken die zonder dat ze het zelf besefte, haar mond verlieten. Het opgewonden meisje vertelde ongestoord verder.

"... achteruit en knalt toch wel met z'n klotekar tegen Bunny op! Ik zie het zo gebeuren. Ik loop zesentwintig oktober om tien uur ernaartoe. De schurftige pad stapt uit en..."

Shanya opende haar ogen. Ze werd uit een donkere droom wakker en kwam tot de vaststelling dat zij languit in de zetel lag. De vochtige badhanddoek bedekte enkel haar schaamstreek. Gwen Holden zat naast haar en had een verontruste uitdrukking op haar gezicht.

"Gwen?"

"Je bent terug! Ben ik even blij.."

"Wat is er gebeurd?"

"Je viel flauw! Ik vertelde mijn verhaal en jij viel ineens flauw! Zomaar. Ik ving je nog net op. Je bent toch een volle minuut weggeweest!"

"Een minuut?"

"Dat is een hele tijd! Ik was doodsbang! Was mijn verhaal dan zo eng?"

Shanya ging rechtop zitten. Een waterval van luchtbellen denderde door haar hoofd.

"Oehh... alles draait..."

"Blijf zitten!"

"Ik ga nergens..."

Shanya besefte pas dat ze een poging had ondernomen om rechtop te staan, toen ze terug in de kussens viel. Ze wachtte even tot ze opnieuw helder zag en richtte zich toen naar haar vriendin.

"Gwen... tijdens je vertelling heb je... zaken verteld."

"Je hebt me inderdaad enkele malen onderbroken. Ik herinner me niet dat ik iets speciaals heb gezegd. Zeker niet over Rosenhelm."

"Je wéét het wel!"

"Hola... *jij* hebt dat gezegd, ik niet!"

"God... je gaf een adres in Rosenhelm op, de naam van een herberg en een moment in de tijd."

"Je droomde!"

"Zeker niet. Ik herinner me nog alles... geef me een stuk papier."

Gwen haalde haar schouders op, liep naar de kast en kwam terug met pen en papier. Shanya *rukte* het bijna uit haar handen en schreef alles op. Ze presenteerde het aan Gwen en zei:

"Dat heb je gezegd, tussen de andere woorden door!"

"Dat kan niet!"

"Dat kan wel!"

Gwen Holden liet een zucht ontsnappen.

"Schat... we hebben het er gisterenavond uitgebreid over gehad. Je hebt alles blijkbaar heel intensief herbeleefd, want je hebt afgelopen nacht nauwelijks geslapen. Ik denk dat je je alles ingebeeld hebt, waarschijnlijk ben je er onbewust nog mee bezig!"

Shanya toonde haar opnieuw het geschrevene en sloeg er met de vingers van haar vrije hand op.

"Bekijk dit, Gwen! Ik heb nog nooit van *The Lady's Blues' Inn* gehoord. Jij bent nooit in Rosenhelm geweest."

Gwen wist niet goed waar ze het had. Ze had haar vriendin nooit eerder in zo'n emotionele staat meegemaakt.

"Tja, dat klopt. Een *Inn*, dat klinkt als een herberg, maar ik..."

"Je hebt het gezegd! Ik heb het gehoord."

"Ik heb niets gezegd, ik vertelde over de aanrijding van Bunny en…"

"Toch wel!"

"Nee! Ik weet toch wel wat ik zeg!"

4

OP het moment dat Elliot Bornowski in Fayetteville lusteloos voor de televisie zat en Shanya Bellmer in Conway naar het verhaal van haar vriendin Gwen luisterde, bevond Steven Tatakarian zich in het politiekantoor van Sasabe. Hij was de eerste die de naam *Anderwereld* had horen vallen. Lipp, zijn dode kennis uit wat waarschijnlijk een vroeger leven was, vertelde hem die naam. Vier dagen lang trok Steven zich in Marrion McKelly's woning op Pecon Main terug. Er waren een aantal zaken om langdurig en intensief over na te denken. Wat de meeste aandacht vroeg, was het inzicht dat hij de helft van zijn leven nutteloos op de vlucht was… voor helemaal *niets*? Geen moord op zijn geweten, geen *ding* dat hem op de hielen zat? Jaren op de loop voor niets anders dan donkere, lege schaduwen uit zijn verleden?

Steven onttrok zich aan het zicht van iedereen, maar bezocht ook enkele malen de afgebrande *Milo's CRS* op Mexic Street. Hij respecteerde de linten die de politie errond had geplaatst. Eind oktober was het geen zomer meer. Maar op de plaats op de wereldbol waar hij zich bevond, was het nog steeds warm. Hij bevond zich daar weer de twintigste van die maand. In z'n eentje. Marrion hield moeiteloos haar snackbar open en had die dag zelfs voorgesteld om hem tot daar te vergezellen. Maar Steven had haar voorstel vriendelijk maar kordaat afgewezen. Als reden gaf hij op dat hij tijd nodig had om er alleen te zijn, het had niets met haar te maken. Alleen zijn om na te denken. Marrion liet de afgelopen dagen het levensverhaal dat Steven haar tot in detail had verteld, tot zich doordringen. Het kwam haar aanvankelijk verward en onzinnig over. Naarmate ze echter dieper in zijn verleden en gevoelens wegzonk, waren zijn belevenissen steeds minder onmogelijk. Niet dat zij alles onmiddellijk geloofde en ook niet dat zij hem nu om zijn verleden minachtte. Wat haar het meest opviel, was het verrassende feit dat zij meedeinde op de golfslag van zijn gevoelens. Steven Tatakarian vertelde zijn verhaal zó geanimeerd dat zij zijn pijn en angst *ervoer* en zijn verdriet *beleefde*. Marrion besefte dat – en dat spoorde haar tot verder nadenken aan – iemand met een dergelijk verhaal geen acteur was. Steven kwam haar namelijk gewoon *echt* over. Hij hoefde niet naar woorden te zoeken, hij hoefde niet na te denken over wat hij zei, hij hoefde geen plot of schema te volgen. Het vloeide er gewoon uit, woord na woord, zin na zin. Emotie na emotie. Blijheid, droefheid, verrassing en angst.

Verdriet en hoop. Verbittering.

Marrion liet hem naderhand met rust, ook toen ze aan de deur van zijn kamer luisterde en hem hoorde praten. Waarschijnlijk tegen zichzelf, tegen zijn vijftien jaar jongere ik misschien. Tegen de persoon die hij in werkelijkheid wilde zijn.

De dagen die volgden, keerde Steven zich in zichzelf. Hij sloot zich langdurig in zijn kamer op, wilde niemand zien, zelfs haar niet, wat haar enigszins verdrietig stemde. Marrion vond dat ze meer dan haar best had gedaan. Ze had geen vragen gesteld of reacties gegeven. Mogelijk was ze niet echt een klankbord geweest. Misschien dat hij om die reden toevlucht in zichzelf zocht. Of misschien had hij gewoon tijd nodig om dingen op een rijtje te zetten. Om vrij te ademen.

Steven Tatakarian had de wagen niet horen stilhouden. Hij had het dichtslaan van de bestuurdersdeur niet gehoord, ook niet de stappen van de man achter hem. Maar de stem ving hij wel op, het kon ook niet anders. Peter Build stond ineens naast hem.

"Niet heel fraai!"

Steven schrok op.

"Ah… hallo."

"Alles blijft in beslag gesteld tot het onderzoek volledig is afgerond."

Steven had niets gevraagd. *Milo's CRS* was er niet meer, Milo en Shaft waren er ook niet meer. Wat hem betrof, bleef alles voor altijd in beslag.

"Wat jij die avond hebt gepresteerd, is de naam held waardig, Steven."

Nu keek Steven opzij.

"Ik ben geen held, luitenant."

"Er bestaan geen helden. Dat is waar. Iemand onderneemt iets waar heel veel moed voor nodig is. Als hij zijn doel bereikt, wordt hij als held beschouwd. Gaat hij er aan ten onder, dan is het een dwaas. De titel hangt van het resultaat van de onderneming af, niet van de persoon zelf. Dus… laat het me anders formuleren: wat je die avond verricht hebt, noem ik een staaltje van pure heldhaftigheid."

"Dank u."

"Jammer voor Milo. Jammer voor de hond."

"Shaft."

"Vandaag hebben de beide broers bekend. Zij maken, samen met Milo, deel uit van een netwerk van dieven van gestolen auto's en auto-onderdelen. We hebben voor de twee broers daarenboven nog afpersing, dierenmishandeling, brandstichting en moord. Die gaan beiden zonder probleem voor minstens twintig jaar achter de tralies. Ik wilde je dit vertellen. Voel je je daardoor be ter?"

"Denk je dat ik me niet goed voel?"

Build haalde zijn schouders op.

"Je leeft de laatste dagen erg teruggetrokken."

"Heb jij daar weet van, luitenant?"

"Ik heb de snackbar van je vriendin enkele malen aangedaan in de hoop je daar aan te treffen. Ze zei me dat je je in je kamer had opgesloten. Je wilde niemand zien."

Steven glimlachte en knikte.

"Klopt. Flink van haar. Ik heb inderdaad tijd nodig."

"Geen probleem, Steven. Ik begrijp het. Maar ik heb *jou* nodig. Enkel wat administratie. Verklaringen en zo. Kan dat morgenavond?"

"Ik ben vrij... ik heb niet veel om handen."

"Goed, ik moet morgen de stad uit. Maar ik ben om zeven uur in de avond terug. We zien elkaar op het kantoor?"

"Ik zal er zijn."

"Prachtig. Tot dan!"

Luitenant Peter Build draaide zich om, liep naar zijn wagen en vertrok. Steven keek het wegrijdende voertuig na en draaide zich terug naar wat overbleef van *Milo's CRS*. Zwartgeblakerd, verwrongen, ingestort. Een totaal vernield gebouw. Een totaal vernield leven.

Steven vroeg zich af waarom hij hiernaartoe kwam. Wat deed het kijken naar de uitgebrande garage hem? Was het een spiegelbeeld van hoe zijn eigen leven was?

De afspraak met de luitenant werd stipt nageleefd. Steven deed dat om twee redenen. Enerzijds wilde hij compleet met de zaak Milo breken. Anderzijds was er het vertrouwen dat hij in het politieapparaat had opgebouwd. Build was geen slechte kerel. Weer zoiets waar hij kippenvel van kreeg: zijn halve leven op de vlucht voor de flikken die hem eigenlijk geen haartje op zijn hoofd wilden krenken. Hoe meer hij over dat gegeven nadacht, hoe slechter hij zich in zijn vel voelde. Om die redenen bevond Steven Tatakarian zich de éénentwintigste oktober van 1994 om zeven uur in de avond op het politiekantoor. Build was er nog niet. Die kwam er pas om twintig over aan. De man excuseerde zich voor zijn laattijdigheid. Steven ging daar moeilijk mee om. Een flik die hem zijn verontschuldigingen aanbood? Hoeveel zekerheden telde het leven nog?

Build wierp zijn jas over een stoel en ging aan de andere kant van de tafel zitten. Het kantoor zag er netjes uit. Waarschijnlijk een uitstekend oord om goed werk te leveren, vond Steven.

"Ik haat te laat komen."

"Geeft niet, luitenant, ik heb tijd."

"Ik wil die toch niet nutteloos gebruiken, Steven. Een afspraak is een afspraak. Ik ben de eerste om die na te komen."

Er werden nog wat excuses heen en weer uitgewisseld, maar uiteindelijk kwam Build terzake.

"Ik wil dat alles op papier komt van het moment dat je Milo hebt leren kennen."

"Ho... dat wordt een ganse boterham!"

"Het is noodzakelijk. Wij weten dat je helemaal niet op de hoogte bent van zijn malafide praktijken. Wij weten ook dat je er niets mee te maken hebt. Wij weten dat je bent moeten vluchten voor de broers die Milo hebben vermoord. *Wij* weten dat."

"*Wie* niet?"

"Het Openbaar Ministerie."

"Wat betekent dat voor mij?"

"Dat je je best moet doen om het zo gedetailleerd mogelijk op papier uit te leggen. Zij mogen geen eigen veronderstellingen meer kunnen maken waaruit ze eigen conclusies trekken, waar jij je dan moet tegen verdedigen."

"Ahzo... nu wel, dan is dat geen probleem. Maar..."

"Ik luister."

"Mag ik alles zelf schrijven?"

"Zelf schrijven?"

"Ja... als ikzelf schrijf, orden ik mijn gedachten veel beter. Ik kan niet zo goed dicteren."

Build glimlachte.

"Daar heb ik geen probleem mee. Ik haal de nodige formulieren en enkele balpennen. Gebruik gerust mijn bureel."

"Met plezier."

Build stond op, haalde de voorziene benodigdheden en spreidde alles voor Steven neer.

"U doet maar. Ik heb nog wat werk te doen. Als er iets is... ik ben niet ver!"

Steven Tatakarian knikte. Build verliet zijn kantoor. Steven boog zich over de papieren en nam een balpen ter hand. Hij vulde zijn identiteitsgegevens op de voorziene plaatsen in en keek vervolgens even naar het zo goed als lege blad voor zijn neus.

"Goed... hier gaan we dan."

Steven duwde de punt van de pen op het papier en schreef.

Hij schreef van twintig voor tot twintig over acht. Veertig minuten verwoed pennen. Hij ervoer zijn emoties en wierp die op papier. Zijn handschrift verried zijn gevoelens. Kwaadheid vertaalde zich in de vorm van grote, harde letters die diepe groeven in het papier maakten. Gevoelige emoties, zoals het vinden van Shaft en later ook Milo, vormden kleinere letters, langgerekt.

Pas toen hij de laatste woorden had afgewerkt, keek hij op. Het feit dat er naast zijn herinneringen nog een andere wereld was, het kantoor waar hij zich in bevond om maar iets te zeggen, bezorgde hem een rilling. Hij was zó in het neerschrijven van zijn verhaal opgegaan dat hij zich van alles om zich heen had afgesloten. Nu kwam de tastbare realiteit terug: de balpen die hij vasthield, de stoel waar hij op zat, de geur van het hem omsluitende bureel. Alsof hij het moment heel juist had gekozen, kwam luitenant Build naar binnen.

"En? Het vordert?"

"Ik ben klaar," zei Steven zonder zich om te draaien.

Build liep rond zijn kantoormeubel en ging in zijn zetel zitten. Hij nam de drie bladen vast die Steven hem aanreikte, liet zich achteroverzakken en las. Steven was de scholier die met een onzeker gevoel afwachtend in het rond gaapte, hopend dat de leraar zijn ingediend opstel naar waarde schatte. Build las heel aandachtig, soms met gefronste wenkbrauwen, soms met een lichte glimlach. Het duurde Steven allemaal veel te lang. Hij wilde weten hoe het zat. Hij wilde Build onderbreken en vragen wat hij ervan vond. Maar Steven hield zich in. Hij liet Build lezen. Uiteindelijk volgde het verdict.

"Goed... goed... heel bruikbaar. Een paar details kunnen later bijgevoegd worden. Maar..."

Toch iets?

"Er zijn zaken die ik niet begrijp."

De spieren in Stevens nek spanden zich. Er kriebelde iets in zijn onderbuik.

"En dat is?"

"Tot vijfmaal toe staat er een zin waarvan ik de noodzaak niet begrijp."

De kriebelingen groeiden uit tot lichte krampen. Hijzelf had geen benul waarover Build het had, maar zijn onbewuste besefte heel goed wat hij had neergeschreven.

"Ah?"

Build boog zich naar voren, draaide de bladen om en spreidde die op het tafelblad open. Hij wees de vijf zinnen aan. Geschreven in een handschrift dat totaal anders was dan de rest. Het betrof de naam Rosenhelm, een straatnaam, de naam van een herberg, een datum en een uur. Vijfmaal neergeschreven. Zomaar, temidden de andere woorden. Onsamenhangend. Steven plooide nu bijna dubbel van de pijn in zijn buik. Hij wist verdomd goed wat de woorden voor hem betekenden.

"Gaat het, Steven... je bent ineens zo bleek?"

Steven knikte. Het liefst was hij echter het bureel uitgerend en had hij boven de toiletpot letterlijk zijn maaginhoud uitgekotst. De woorden waren zijn hersenen binnengedrongen en hadden zijn lichaam terug via zijn rechterhand verlaten. De hand waarmee hij had geschreven. Het waren zijn woorden niet. Steven voelde zich verkracht, genomen. Iets had hem gebruikt om de gegevens die voor hem bestemd waren, neer te pennen.

"Het... gaat. Ik voel me ineens een beetje... mottig."

"Waarover gaat het hier? Wat betekenen die gegevens?"

Steven haalde met een verveeld gebaar zijn schouders op, hoewel hij had willen schreeuwen dat het hem ontzaglijk veel angst inboezemde. De manier waarop hij die gegevens te weten kwam, de opdracht zelf om terug naar Rosenhelm te gaan en wat hij daar mogelijk ontdekte. Maar hij zweeg en keek de luitenant met waterige ogen aan. Peter Build liet zich terug in zijn zetel zakken.

"Goed, wat mij betreft, is alles momenteel in orde. Zoals ik eerder zei: er zijn nog een paar aanpassingen nodig. Details. Kan ik nog eens beroep op u doen?"

"Eh... geen probleem, maar... niet na de zesentwintigste."

"Ah? U gaat weg?"

"Ik denk van wel... noodgedwongen. Naar Anderwereld."

Peter Build fronste niet-begrijpend zijn wenkbrauwen.

"Een andere wereld?"

Steven grijnsde om zijn onbegrip.

"Zoiets... ja..."

5

DARIAN Shadborne genoot in zijn appartement op Arlington Heights Road in Chicago van een verkwikkende douche op het moment dat Steven in het zuiden van de Verenigde Staten zijn verklaring in Builds kantoor neerpende. Net zoals Elliot Bornowski in Fayetteville had hij de afgelopen vijf dagen voor zichzelf gekozen. Geen contacten met Max, geen nieuwe plannen, geen zaken die hem afleidden van wat hem echt bezighield: zijn verleden en wat zijn herinneringen (waarvan hij aanvankelijk dacht dat die niet belangrijk waren) hem vertelden. Maar Darian had zich niet opgesloten. Hij genoot van de vrije dagen en wandelde in de heerlijke uitlatingen van een zonnige nazomer door de stad. Hij kuierde uren door de straten, parken en pleinen, en slenterde uren langs lanen en kaden. Observerend, zoals hij al altijd had gedaan. Darian betrapte er zich op buiten zijn willekeur naar tekens van die vreemde plaats - die zich nu al tweemaal aan hem had geopenbaard - te zoeken. Hij had gespeurd naar mensen of zaken die niet tot het normale, alledaagse decor behoorden. Hij had de lucht om hem heen bespied, loerend naar veranderingen in de lagen. Hij had niets opgemerkt, maar had zich... niet veilig gevoeld.

Het was even na achten op de eenentwintigste oktober dat hij van onder de douche stapte. De badkamerspiegel was volledig beslagen. Darian ging ervoor staan en droogde zijn haren met een grote, donkergroene handdoek. Groen was zijn lievelingskleur. Toen hij de handdoek in zijn handen herschikte om aan een tweede droogbeurt te beginnen, richtte hij zijn hoofd op. De spiegel was niet volledig meer beslagen. Er waren lijnen door de fijne damp op het glas getrokken. Dat was toch wat hij eerst dacht. Maar Darian merkte heel vlug dat de lijnen woorden vormden. Het adres van een herberg in Rosenhelm en een datum.

Darian verstarde. Nog voor hij het bericht las, dacht hij onmiddellijk aan inbrekers. Iemand was zijn woning én badkamer binnengedrongen. Iemand had het gewaagd iets op de spiegel te schrijven terwijl hij zich onder de douche bevond. Maar onmiddellijk daarop kwam het besef dat dat onmogelijk was. Het appartement was extreem beveiligd. En toen hij de tekst nogmaals las, besefte hij dat het bericht niet van iemand van deze wereld afkomstig was.

In een paniekreactie sprong hij naar voren en wreef de spiegel met de handdoek schoon. Vegen vocht verspreidden zich en de woorden verdwenen. Maar kwamen terug. Darian snakte naar adem en deinsde achteruit. Terwijl hij naar de spiegel keek, schreef iemand opnieuw dezelfde woorden. Hij zag de punt van een vinger aan de andere kant van het glas bewegen, letters schrijven. Die schreef dus in spiegelschrift, want hij las de tekst heel vlot. Zijn knieën knikten. Hetzelfde bericht. Hij sprong terug naar voor en veegde de tekst weg. Het schrijven herbegon. De vinger bewoog zich sneller, heftiger. De letters waren niet zo sierlijk meer. Vloekend veegde Darian ze weg. De vinger aan de andere kant van het glas was nu geen vinger meer, maar een ruwe stomp. Nieuwe letters, ruw, hard, schots en scheef, heel haastig. Darian veegde ze weg, maar voelde de druk van de vingerstomp door het glas heen. Hij gilde bijna. Wegvegen.

Dan kwam het krijsen... uit de stomp groeide een metalen nagel, lang en scherp. Nu werden de woorden niet meer geschreven, maar in de glaslaag gekrast. Letter na letter, woord na woord. Niet vlug meer. Maar traag, tergend traag, gruwelijk krijsend om volmaakte aandacht. Er was geen wegvegen meer aan. De spiegel vertoonde nu diepe voren die de letters vormden. Darian beschermde zijn ooringangen met beide handen. Het vernielde glas gilde binnenin zijn hoofd.

Dan hield het ineens op. Hijgend, en trillend op de benen staarde Darian met openhangende mond naar de gekraste woorden. Wat hij ook probeerde, de tekst brandde in zijn lenzen, graveerde zich in zijn brein. Het bericht was duidelijk.

Heel voorzichtig, de handdoek als nutteloze bescherming voor zijn naakte borst houdend, schoof hij tot net voor de spiegel. Door de gleuven die de letters vormden, bemerkte hij de andere wereld. Een donkere hemel. Een heuvelkam en een diep dal. Zijn hart sloeg veel te snel. Dit was onmogelijk. Aan de andere kant van de muur was de hall van zijn appartement. Toch keek hij naar het dal en de rivier die beneden stroomde. De koude lucht die zijn gezicht beroerde, rook niet onfris.

Beneden bewoog iets. Het was groot. Het was vies en smerig. Het kronkelde, slingerde en wrong zich een weg naar boven. Vlug. Verdomd heel vlug. Het kwam op hem af. Grote facetogen, voelsprieten en meerdere vleeslagen die door het dreunen waarmee ze op de grond neerkwamen, de omgeving deden daveren. Darian ving bonzen op en rook de stank van het in zijn richting snellende ondier. Ook het lawaai van een slijmerige ademhaling, hortend, hoestend, brullend... bereikte hem.

De letters vervaagden voor zijn neus. De strepen op de spiegel vernauwden zich tot dunne, zwarte lijnen op het glas en losten vervolgens volledig op. Het monster verdween uit zijn zicht. Het laatste wat van die ganse vertoning overbleef, was die rochelende ademhaling die achter de spiegel nog enkele seconden hoorbaar was.

Darian Shadborne durfde zich pas bewegen toen ook dat afschuwelijke geluid weggestorven was. Hij nam naakt op het toilet plaats en was zó onzeker, zó onmenselijk bang.

6

"HALLO, met Peter Youtta."
"Hoi, Elliot hier. Alles kits?"
"Ah... eindelijk! Waar heb jij je in 's hemelsnaam verborgen gehouden?"
"Thuis. Waarom?"
"Waarom? Je durft dat nog vragen? We hebben je hier nodig. Er is een gans nieuwe ontwikkeling rond de Skulls. Misschien kunnen we nu zelfs..."
"Peter..."
"... een aanhouding verrichten in de hoogste kringen rond Fred Peylstone, want..." ging Peter Youtta opgewonden verder.
"Peter..."
"... wij hebben ondertussen..."

"*Peter!*"

Stilte. Even maar. Daarna één voorzichtig uitgesproken woordje.

"Ja?"

"Ik ga er een tijdje vandoor."

Weer stilte. Peter kon niet onmiddellijk met die vreemde informatie overweg. Het waren woorden die hij van zijn collega niet gewoon was.

"Eh... waarnaartoe, ik bedoel, hoe... hoelang... ik verwacht dat de eerste aanhou..."

"Peter, het kan mij allemaal tijdelijk eventjes gestolen worden. Ik moet weg. Ik kan er niet onderuit."

Een gespannen stilte.

"Eh... tja... wij, eh... je belt als je terug bent?"

"Zeker!"

"Goed dan... goede reis."

"Dank je!"

Er werd aan beide kanten dichtgelegd. Peter bekeek de hoorn alsof het ding hem eeuwenoude geheimen had verklapt. Aan de andere kant van de lijn trilde Elliot Bornowski op zijn benen. Nu was het onmogelijk rechtsomkeer te maken.

7

"IK heb verlof genomen. Alles is geregeld." Gwen Holden had er moeite mee dat haar vriendin wegging. Ze voelde zich door dat idee nu al verlaten en alleen gelaten.

"Shanya... ik weet het... het is belangrijk voor jou... wees voorzichtig..."

"Natuurlijk. Ik hou ook van jou, dat besef je toch!"

"Ik zal je missen."

"Ik kom terug."

"Hoelang blijf je weg?"

"Om eerlijk te zijn... ik weet het niet."

"Doe me dat niet aan... bel me regelmatig op... ik mis je nu al, je bent nog niet vertrokken."

"Niet huilen, Gwen, straks jank ik ook."

"Ik kan het niet laten!"

"Ik kom terug, ik bel, ik beloof het."

"Ik wil niet dat je weggaat, ik heb een slecht voorgevoel."

"Dat is omdat je je ongelukkig voelt."

"Neen... er gaat iets gebeuren met jou. Ik voel het. Jouw vader... verbood je terug te gaan!"

Shanya zuchtte.

"Gwen... ik begrijp het zelf helemaal niet meer. Dat is nu net wat ik ga uitzoeken!"

"Wees voorzichtig!"

8

"**IK** ga mee!"
Steven Tatakarian keek op.

"Dat kan niet."

Marrion rechtte haar rug. Daardoor priemden haar stevige borsten naar voor. Ze zaten beiden op het bed en hadden net gevrijd. Steven vond het niet erg geslaagd. Het leek op een soort afscheid nemen. Waarschijnlijk had Marrion het net zo aangevoeld.

"En wie zegt dat?"

Steven zuchtte.

"Het is iets heel persoonlijks. Het is iets wat ik alleen moet doen."

"Toch ga ik mee!"

"Maar dat kan toch niet!?"

"Wie houdt me tegen?"

9

"**DAT** vertel je me nu?"
Max Henderson keek Darian geveinsd geërgerd aan.

"Ik dacht dat het een grapje betrof. In al de tijd dat ik je ken, heb je nog nooit afgehaakt."

"Ik haak niet af, Max. Er is gewoon iets wat ik moet doen."

"*Laat* het doen! We hebben je hier nodig."

"Kan niet. Ik moet het persoonlijk doen."

"Kom je nog terug naar Chicago?"

"Van zodra ik kan."

"Laat ons niet stikken, kerel!"

"Geen kans!"

"Maak dat je wegkomt!"

14
1994 – <u>Rosenhelm</u> (North Carolina)
<u>Terug naar Rosenhelm</u>

1

DE vrees voor het onbekende steeg torenhoog uit boven het onwennige gevoel dat het terugkeren naar de kindertijd bij hen verwekte. Naar Rosenhelm reizen hield in dat zij stappen naar het verleden zetten. Naar een periode waarin alles goed verliep, voor de meesten van hen toch. Voor de vier betrokkenen was het als een tweeledige ervaring waar geen van hen goed mee omging. De terugkeer naar de plaats van hun geboorte betekende enerzijds een stap in een totaal onbekend, zwart gat en anderzijds een (al dan niet) aangename heropleving van vervlogen herinneringen. Geen van de vier was erop gebrand in confrontatie te gaan met wat lang achter hen lag. Het betrof een potje met een deksel dat het liefst dicht werd gelaten. Geen kwade dromen losweken, geen beelden ophalen die al jaren achter de stoffige gordijnen van de geest verborgen lagen. Ze hadden een punt bereikt waarop men geacht wordt volwassen te zijn in de zin van: *er is niet veel meer dat mij kan raken. Er bestaan geen zaken waar ik mij nu nog aan erger en zeker geen angstbeestjes die ik uit mijn jeugd meesleep.*

Het betekende ook de vrees te moeten inzien en aanvaarden dat hun leven zich niet zo vlot had afgespeeld als zij in gedachten hadden.

Maar allen overwonnen ze de laatste sprankeltjes angst. Allevier slaagden ze erin hun gevoelens in bedwang te houden en de zaak nuchter te bekijken. Het was toch maar teruggaan naar de speelgronden waar ze hun jeugd hadden doorgebracht. *Waar ze het beleefd hadden...* die ene gedachte wriemelde als een halsstarrige kronkel in hun geest. De vier mensen slaagden erin hun grootste angst te overwinnen, maar dat ene haartje bleef kriebelen.

2

THE *Lady's Blues' Inn* op Autumn Road kwam als een gezellige, ouderwetse bar over. Dat was toch de eerste indruk die Elliot Bornowski kreeg toen hij om vijf voor tien uit zijn wagen stapte. De stad vinden bood hem geen enkel probleem. Vanuit Fayetteville volgde hij State Road 87 tot in Dublin. Daarna brachten de 410 en de 131 hem naar Whiteville. Van daaruit volgde Elliot State Road 130 verder zuidwaarts. In Rosenhelm aangekomen, vroeg hij een paar keer naar de juiste locatie van Autumn Road. Men verwees hem naar de buitenkant van het oudste gedeelte.

Hij hoopte dat hij genoeg vrije tijd kreeg om te bekijken wat tijdens zijn afwezigheid veranderd was. Hij wilde zonder verwijl te weten komen waar alles
om draaide, en dat deed hem voortmaken. Hij wilde niet langer dan nodig
rond zich heen gapen tijdens het rijden. Gewoon de weg vragen en ernaartoe
rijden.

Elliot sloot zijn wagen af en bekeek de omgeving. Hoewel hij dat heimelijk
had verwacht, was er niemand in de buurt die hij herkende. Eigenlijk had hij
tijdens het rijden naar Autumn Road heel weinig herkenningspunten aangedaan. De straten waren allemaal eender, de huizen weinig in het oog springend, net als de mensen trouwens. De herberg lag ingebed tussen een kleine
versie van een supermarkt en een self-carwash. Op de parking van het waren-
huisje waren enkele wagens gestald en liepen een paar mensen heen en weer
die volle of lege winkelkarren voor zich uit duwden. Op het terrein van de
carwash viel niemand te bespeuren.

Hij leunde even tegen zijn wagen en bekeek het gebouw waar hij twee minuten later binnen zou gaan. De politieman in hem vroeg zich af of alles misschien wel een geënsceneerd spel was, iets om hem in de ene of de andere val
te lokken. Maar de jongeman in hem, die mee naar de verdwenen Sandy
Wheeler had gezocht, was zich goed bewust van het feit dat dit niets met re-
alisme te maken had. Er was dan ook niets verdachts aan *The Lady's Blues' Inn*.
Achter een kleine veranda met daarin enkele gedekte tafels en hoge planten
in gigantische bloempotten, rees een hoger gebouw op dat deftig onderhouden was. Elliot onderscheidde binnen geen mensen en nam er geen enkele
beweging waar. Er restte hem maar één zaak: naar binnen gaan.

Hij duwde zich van zijn wagen weg, stak Autumn Road over en stapte de
veranda binnen. Toen hij de ingangsdeur had dichtgedaan, merkte hij dat
zich in de gelagzaal, waar ook de toonbank was, enkele personen bevonden.
De waard of waardin was nergens te zien. Elliot liep tot aan de toonbank en
nam op een van de krukken plaats. Omdat zijn ogen die van haar kruisten,
knikte hij in de richting van een jonge vrouw die alleen aan een tafeltje zat.
Enkel om die reden knikte hij. Elliot Bornowski was niet de man die zomaar
met totaal onbekenden contact zocht. De vrouw produceerde een voorzich-
tige glimlach en knikte terug. Naast haar benen stond een draagtas. Goed
gevuld. Een andere tafel was bezet door een ouder koppel dat zich uit een
discussie over het nakende middagmaal werkte. Een jonger koppel bezette
nog een andere tafel, dicht tegen de muur. Twee vrouwen kakelden in één van
de hoeken. In een van de andere hoeken van de zaal zat nog een vrouw. Zij
keek dromerig voor zich uit. Op de tafel vóór haar stond een kop dampende
koffie. Elliot merkte de omhoogkringelende rook.

"Goedemorgen."

Elliot hield op met zijn ogen over iedereen heen te laten gaan en draaide zich terug naar voren. De waard had ondertussen achter de toonbank plaatsgenomen. Het was een gezette vijftiger met een kolossale snor.

"Hallo."

"Wat kan ik schenken?"

"Het is nog vroeg... eh, een koffie?"

"Koffie komt eraan."

De man verdween door een ouderwetse klapdeur naar de keuken. Elliot draaide zich terug naar de zaal. Hij hield er niet van dat er ogen op zijn rug gericht waren. Eigenlijk was de situatie waarin hij zich bevond, heel vreemd. Hij was op de afspraak. Met wie? Waarom? Wat werd van hem verwacht? *Werd* er iets van hem verwacht?

Het jonge koppeltje was stil, een beetje bedrukt zelfs. Naast hun tafel stonden twee reistassen. Het oudere koppel was het nog steeds niet eens over wat ze die middag best aten. In een hoek taterden de twee vrouwen er lustig op los. Het slechte weer (Elliot had sinds zijn aankomst nog geen druppel regen gezien) was het nieuwe onderwerp. De bel tinkelde luchtig. Een leuk geluid. Elliot keek op. Een deftig geklede man kwam de zaak binnen. Vooraan de dertig. Sportief. Vlotte kerel. Hij keek even rond, als zocht hij iemand, en schoof zich vervolgens ook op één van de vrije krukken.

"Laat het smaken!"

Elliot draaide zich terug. De geur van de verse koffie bereikte zijn neusgaten. Heerlijk.

"Dank u."

"Op doorreis?"

Elliot betastte de buitenkant van de tas. Bloedheet. Nog even wachten.

"Nee, niet direct."

Hij had weinig zin om veel los te laten. De politieman in hem was daar de oorzaak van. Niemand vertrouwen. Dat was het veiligst in het prille stadium van deze onderneming.

"Eh... sorry..."

De man begreep het. Hij draaide om zijn as, ramde de klapdeuren en verdween in de keuken. Elliot had zin om met zijn rug tegen de toonbank te zitten, zodat hij de gelagzaal zag. Maar hij bedwong zich. In plaats daarvan boog hij zijn beide schouders iets naar voren en probeerde zijn handen om zijn tas te houden. Misschien, als hij zijn ogen op de binnenkant van de keuken hield, wist hij... Elliot had problemen met de mensen die zich achter zijn rug bevonden. De vrouwen taterden in de hoek. Het oudere koppel kwebbelde nog steeds over het eten. Dat vormde geen probleem. De mensen die zwegen, baarden hem meer zorgen. De twee vrouwen die elk alleen in een hoek zaten. Het stille koppel. Waar waren zij mee bezig? Wat ging er door hun hoofd? Hadden zij – of één van hen - iets met de zaak te maken? Of kreeg hij nu al last van een lichte aanval van paranoia? De vlotte kerel links van hem verroerde zich al evenmin. Elliot keek op zijn uurwerk. Het was tien over tien. Goed, dat wist hij dus ook. Hoelang nog wachten? En wachten op wat? Elliot werd nerveus. Kijken op het uurwerk. Elf over tien. De vrouwen kwebbelden. Nu over de supermarkt naast de deur. De man van het oudere koppel lachte met een klokkend geluid. De rest zweeg. Er hing een geladen sfeertje. Dertien over tien. Nippen van de koffie. Heet! Gerammel in de keuken. Een stapel van iets viel omver. Een gedempt vloeken. Nu lachte de vrouw ook. Veertien over tien.

Buiten op straat bewoog iets wat zijn aandacht trok.

Een ongelooflijk lange wagen hield voor de veranda op Autumn Road halt. Een pikzwarte Chevrolet Impala cabriolet, glanzend in het zonlicht. De grote planten in de veranda beletten het zicht op de persoon die, gezeten in een knalrood interieur, het voertuig bestuurde. *Oom Roger?* Dat was het eerste waar Elliot aan dacht. Die herinnering tolde vlug weg omdat een nieuwe beweging zijn aandacht trok. De vlotte kerel aan het andere uiteinde van de toonbank, het dichtst bij de ingang, richtte zich op. Boven het geluid van de lachende en kwebbelende mensen ving Elliot het dichtslaan van de zware autodeur op. Degene die de Chevrolet had bestuurd, was uitgestapt. De deurbel klingelde nogmaals. Iemand stapte de veranda binnen. Te veel grote planten. Het onmogelijk aantal slagen van zijn hart verklapte hem dat die nieuwe klant de reden van zijn komst naar Rosenhelm was. Het bloed klopte in zijn keel en op zijn polsen. Het zweet kwam onder zijn neus tevoorschijn. Die persoon... absolute zekerheid. De vlotte kerel was ondertussen van zijn kruk afgegleden. Het was helemaal oom Roger niet die in zijn gezichtsveld verscheen.

Een kleine, zwaarlijvige negerin stapte door de veranda en kwam de gelagzaal net niet binnen.

"Elma?"

Elliot voelde pas dat zijn benen bijna alle kracht verloren hadden toen hij besefte dat hij niet langer op de kruk zat. Hij sprak haar naam uit. Het zweet *stroomde* nu van zijn gezicht. Zijn hemd kleefde tegen zijn lijf aan. Hij zocht steun tegen de toonbank. De vrouw die alleen aan de tafel in het midden had gezeten, was opgestaan. Haar gezicht was asgrauw. Van het jonge koppel tegen de muur had de man zich opgericht. Zijn gezicht vertoonde een blik van totale verwarring en ontreddering.

De zwarte dame zette nog enkele passen naar voren en bleef weer staan. De ganse wereld concentreerde zich rond haar persoon, waardoor alle zintuigen van iedereen in haar buurt op haar werden gefocust. De kleine, mollige vrouw speurde vervolgens met een geveinsd gemene blik de zaal rond en sprak uiteindelijk met een zachte stem. Maar de woorden lieten bij de vier mensen die die stem herkenden, de zenuwen in de buikholte zinderen.

"Ik ben blij dat jullie gekomen zijn!"

3

ELMA Choshakian, gekleed in een jeansbroek en donkere blouse, oefende een onvoorstelbare aantrekkingskracht uit op een aantal personen die op dat moment in de drinkzaal van *The Lady's Blues' Inn* aanwezig waren. Ze bleef staan, maar de vier personen die de groep 'jullie' uitmaakten, schuifelden als marionetten in haar richting, als werden ze voortbewogen door een entiteit die hen aan touwtjes in haar richting leidde. Zij glimlachte als een moeder die haar kinderen van school thuis opving. De kracht die van de kleine, zwarte vrouw uitging, was zó imponerend dat de vrouwen in de hoek ophielden met kwebbelen en het oudere koppel stopte met discuteren. De vrouw die alleen aan een tafeltje zat, keek ook in de richting van de plaats waar Elma met gespreide armen stond. Allen keken ze toe hoe de twee mannen vanop hun kruk aan de toonbank gedwee in haar richting stapten. Ook merkten ze vol verbazing dat de vrouw die al een ganse tijd nerveus alleen aan dat tafeltje had gezeten, was opgestaan en eveneens in de richting van de nieuwkomer stapte. Zelfs de jongen van het koppel wrong zich tussen de tafel en de stoelen om tot bij haar te geraken. Het meisje dat daardoor alleen achterbleef, had een bange uitdrukking op haar gezicht. Ze hield haar hand voor haar mond.

Elliot besefte wel degelijk dat hij in haar richting slofte, maar iets in hem wilde dat liever niet doen. Waarom handelden die toffe kerel, die ene vrouw en die slungel op dezelfde manier als hij? Hij wilde niet, maar het was sterker dan zijn wil. Elliot bleef in haar richting stappen, het zweet parelde onder zijn oksels, het stroomde langs zijn lendenen naar beneden.

Uiteindelijk was hij een meter van haar verwijderd, tussen de vlotte kerel en de jonge vrouw. De ongeschoren kerel bevond zich aan de andere kant van de vrouw. Elma keek het viertal vol goedkeuring aan.

"Goedemorgen, Steven, Shanya, Elliot en Darian.... welkom in Rosenhelm!" Haar stem verbrak de betovering. Het viertal keek elkaar verbaasd aan. Elk van hen dacht dat hij of zij een unieke relatie met Elma Choshakian had. Niets was dus minder waar.

4

IN de veranda werden de planten opzijgeschoven, tot er plaats genoeg was voor zes stoelen rond een tafel. Elma vroeg het de waard, die onmiddellijk reageerde door planten te verschuiven, de tafel te verplaatsen en stoelen bij te halen. Terwijl de man zijn handelingen stelde, stond het viertal er beteuterd bij. De jongen zocht wat steun bij het meisje dat erbij was gekomen. De anderen keken verweesd en verward afwachtend toe. Uiteindelijk nam Elma plaats en wees naar de vrije stoelen. Niemand bewoog. Daarna stak ze haar hand op in de richting van de toonbank en riep:

"Waard, vijf... eh... zesmaal koffie? Koffie is goed voor iedereen?"

Omdat niemand onmiddellijk reageerde, ging Elma er niet verder op in en wees weer naar de vrije stoelen. Darian zat als eerste neer, aan Elma's rechterzijde. Shanya ging naast hem zitten. Marrion McKelly nam naast Shanya plaats en Steven zette zich uiteraard naast haar neer. Elliot nam de laatste vrije stoel, die aan Elma's linkerzijde. Elma keek hen allemaal aan, nog steeds met een blik van goedkeuring. Bij Marrion gleed iets van verwondering over haar gezicht.

"Behalve jou ken ik iedereen aan deze tafel."

Het klonk als een uitnodiging. Marrion nam die dan ook aan.

"Ik ben Marrion. Marrion McKelly. Stevens vriendin. Ik ben meegekomen omdat ik dat wilde. Ik vond dat Steven mijn aanwezigheid nodig had."

Elma glimlachte twee rijen parelwitte tanden bloot.

"Ik heb nooit beweerd dat je er niet bij mag zijn, je moet je echt niet verdedigen."

Marrion glimlachte niet. Zij worstelde met een ander gevoel. Zij had de indruk dat ze er niet echt *bij* hoorde. Zij worstelde met de indruk dat Elma slechts vier personen had verwacht, geen vijf.

Elma zweeg. Niemand anders had zin om te spreken. Daardoor daalde een netelige stilte in de veranda neer. In de gelagzaal ging alles weer zijn gewone gang. Het oudere koppel was een nieuw gesprek gestart, zij het nu iets gedempter. De twee vrouwen fezelden en de eenzame vrouw in de hoek stond op en stapte naar het toilet. De vijf leden van het gezelschap aan de ronde tafel in de veranda voelden zich niet echt goed. Ze keken elkaar niet aan, probeerden hun ogen van Elma af te houden en wisten daardoor niet goed waar ze hun blik moesten richten. De redding kwam er voor iedereen toen de waard met een dienstblad aankwam. Zes dampende koppen koffie. De man plaatste een onderbordje en een kopje voor iedereen en liep weg. Elma nam onmiddellijk haar kopje en nipte. Haar gezicht vertrok in een pijnlijke grijns.

"Heerlijk... maar ongelooflijk heet! Pas op voor de lippen en de tong!"

Iedereen glimlachte. Iets van de hangende spanning verdween. Geen van de vier genodigden vond de kracht om één woord over de lippen te krijgen. Hoewel ze met een hoofd vol vragen zaten, nam niemand het woord. Omdat ze de vreemde sfeer aanvoelde, hield Marrion dan ook maar haar mond. Ze vond niet dat het haar beurt was om initiatieven te nemen.

"Alles draait rond Anderwereld," zei Elma plotseling.

Hoewel ze de zin nauwelijks hoorbaar had uitgesproken, met gesloten ogen en haar mond verborgen achter het kopje, had iedereen het heel duidelijk gehoord. Tot diep in hun ziel... waar het even ijskoud werd. Behalve Steven Tatakarian had nog niemand over de term Anderwereld gehoord. Toch deed die benaming hen iets.

"Wat jullie als jonge snaak hebben meegemaakt, heeft alles met Anderwereld te maken."

Nog meer ijs. Elliot zag in een flits hoe Willy H. Kleihner in The Green Swamp zijn ingewanden uitscheet. Shanya zag haar dode vader in het mortu-arium van Methias Plunckett rechtop zitten. *Ik ben wel teruggegaan, pa... ik ben hier!* Steven zag het afschuwelijke blubberding langs de muren en het plafond op zich afkomen. Darian herinnerde zich een koploos, harig lichaam met brede vleugels dat boven het wegdek zweefde. Allevier knepen ze de ogen dicht en probeerden ze zich bij de realiteit te houden. Het was lang geleden. Nu waren ze hier, aan tafel, met een bloedhete kop koffie in hun handen.

"U bedoelt..."

Darian Shadborne was de eerste die het waagde te spreken. Hij schrok toen iedereen naar hem opkeek.

"Wat? Zegt u maar, Darian," spoorde Elma hem aan.

"Bedoelt u dat wij allemaal *iets* hebben meegemaakt?"

Elma knikte.

"Dat klopt. In 1979. Iedereen, behalve Marrion..."

"U was erbij... U reed toen reeds met diezelfde zwarte Chevy!"

Darian sprak de woorden uit terwijl hij naar buiten wees.

"Chevy?" vroeg Elliot, "je deed toch dienst bij de politie, hier in Rosenhelm?"

Darian keek vreemd op. Zeker toen Shanya het woord nam.

"Neen... je was assistente bij de begrafenisondernemer!"

"Taxichauffeur! Elma, je bestuurde een ... een groene... Buick!" haastte Steven zich.

Nu keken ze elkaar vreemd aan. Marrion hield zich afzijdig. Elma glimlachte achter haar kopje.

"Het is echt grappig om jullie zo bezig te zien. Inderdaad, jullie hebben mij die dag allevier ontmoet. Voor Elliot was ik inderdaad een agente. Ik hielp Shanya in het funerarium. Steven bracht ik met een groene Buick weg, dat weet je nog heel goed, Steven. En Darian... ik zat inderdaad aan het stuur van de Chevrolet nadat je die val met de motorfiets maakte."

Het was de nuchtere Elliot die meer uitleg wilde.

"Maar... na al die jaren, Elma... je bent geen haar veranderd, je bent nauwelijks ouder geworden."

"Dat ben ik ook niet!"

Elliot wreef zich boven de ogen.

"Ik heb altijd al problemen gehad met raadsels."

"Zoals ik al zei, in Anderwereld liggen alle antwoorden. Dat is ook de reden waarom jullie naar hier teruggekomen zijn. Om antwoorden op de vragen te vinden."

"Teruggekomen?" vroeg Elliot, "bedoelt u dat wij allemaal uit Rosenhelm afkomstig zijn?"

De vier keken elkaar aan. Niemand herkende iemand uit zijn jeugdjaren.

"Dat klopt, Elliot, iedereen... behalve Marrion uiteraard."

Dat was een volledig nieuw gegeven. Ze waren ineens meer bij elkaar betrokken, niet zo *vervreemd* meer van elkaar. Veel tijd om daar verder op in te gaan, hadden ze niet, want een van hen stelde bijna onmiddellijk de volgende vraag.

"Wat is Anderwereld? Een kennis van mij, Lipp, probeerde er mij over te spreken. Maar ik had de kracht niet om te luisteren. Het was hij die mij de raad gaf naar hier terug te keren. Maar hij was dood..."

Shanya reageerde onmiddellijk op wat Steven had gezegd.

"Net als Laura Calloway. Zij was ook overleden toen ze datzelfde zei!"

"Ik werd met diezelfde raad door een meisje benaderd. Een kind nog, het leefde, maar het kon er onmogelijk echt zijn."

Darian zei als laatste dat hij de woorden ook uit de mond van een dode had gehoord. Zijn naam was Yell Merrith. Een monster dat uit de zee kwam, verzwolg hem. Terwijl hij die woorden uitsprak, besefte Darian dat die enorm belachelijk klonken. Een monster uit de zee? Kon het nog simplistischer? Maar niemand lachte. Iedereen had genoeg vreemde zaken meegemaakt om niet aan zijn woorden te twijfelen. Als er een monster uit de zee was gekomen, dan *was* dat ook zo. Elma plaatste haar kopje op het onderbord. Ze stak beide handen in de hoogte.

"Minuutje, dames en heren. Sta me toe dat ik jullie even onderbreek. Ik begrijp dat het onmogelijk is te beseffen waarover het hier eigenlijk allemaal gaat. Daarnet heb jij, Steven, me gevraagd wat Anderwereld is. Als we daar nu eens mee begonnen? Het heeft nu nog geen zin om verhalen te vertellen.

Later, vanavond zelfs, kan dat allemaal."

Elliot verzette zich op zijn stoel. Er was iets wat knaagde.

"Mag ik een vraagje stellen, eer je aan de uitleg begint?"

"Tuurlijk."

"Ik heb de indruk dat jij hier alles hebt geregeld. Ik hoop dat ik... dat wij... eh, tamelijk vlug te weten komen waarom we hier zijn."

Er klonk een instemmend gemompel. Elma Choshakian glimlachte opnieuw.

"Beste mensen, ik begrijp jullie ongeduld. Maar vooraleer ik aan jullie opdrachten begin..."

"Opdrachten?" dacht Shanya luidop.

"Ja... is het nodig dat ik jullie iets over Anderwereld vertel."

"Heel zeker... wij luisteren."

Marrion McKelly had tot op dat moment enkel toegekeken hoe iedereen reageerde. Ze had ook goed geluisterd naar wat iedereen zei. Ze voelde zich een beetje opzijgeschoven, zelfs door Steven, maar dat vond ze niet erg. Blijkbaar was hij door iets gebeten waar hij niet onderuit kon. Net als de anderen trouwens.

"Anderwereld kan je het best vergelijken met een andere dimensie. Het is de plaats naar waar bepaalde doden de overgang maken. Eigenlijk is het uiterlijk bijna als dat van de wereld waarin ze leefden, maar er zijn andere wetten. Er leven ook andere wezens. Zelfs de tijd verloopt er niet zoals hier. Dat is de reden waarom ik in die, sorry, in *jullie* vijftien jaar, niet verouderd ben. Ik ben namelijk een van de personen die zomaar de overstap tussen de twee werelden kan maken. Het verschil in tijd tussen toen en nu bedraagt voor mij - schat ik - een week in jullie tijdsrekening."

"Het wordt moeilijk!" zei Shanya.

"Helemaal niet, meisje. Beschouw het gewoon als twee werelden die zich gelijktijdig afspelen, dwars door elkaar. Maar soms zijn er haperingen, waardoor de wanden tussen beide toestanden openscheuren en er mensen of andere entiteiten van de ene naar de andere wereld kunnen overstappen."

"Toestanden?" vroeg Elliot.

"Ik gebruik de omschrijving *toestanden* omdat elke wereld eigenlijk een opeenvolging van momentopnames is. De toestand van alles bepaalt het beeld van die wereld. Jullie zijn in zo'n kortsluiting terechtgekomen. Jullie waren er net op het moment dat zich een scheuring van de wanden voordeed. Jullie hebben een beklemmende ervaring meegemaakt omdat zich iets heeft voorgedaan waar jullie niet bij konden. Noch verstandelijk, noch mentaal. Jullie hebben zaken gezien die in jullie wereld helemaal niet mogelijk zijn. Die hebben zich in jullie hersenen geplant en in jullie ziel gebrand. Het heeft jullie hoofd vol vragen gestouwd. Ik ben er om te helpen. Het was heel gemakkelijk om jullie terug te vinden. Er vertrekken vibraties van dat heel klein beetje Anderwereld vanuit jullie ziel. Voor mij waren jullie lichtbakens, smekend om hulp, smekend om verlost te worden van het drama dat jullie is overkomen. Het volstaat terug te gaan naar die plaatsen waar alles zich heeft afgespeeld. Jezelf confronteren met wat toen is voorgevallen."

"Hoe kan dat gebeuren?"

"Dat is mijn taak, Darian. Zoals ik al zei: ik heb de eigenschap om zelf kruispunten te nemen. Ik kan de overstap maken en mensen zoals jullie begeleiden. Maar dat is pas voor morgen. Ik stel het volgende voor: ik heb inderdaad mezelf de vrijheid veroorloofd om alles eigenhandig te regelen. Ook de financiële kant rust volledig op mijn schouders. Het ganse project kost jullie geen cent. Jullie verblijven hier in dit gebouw, ik heb vier kamers voorzien. Ik heb tevens vier wagens gehuurd, die moeten hier elk moment aankomen. Vannamiddag, na het middagmaal, kunnen jullie vrijuit met die wagens door Rosenhelm rijden. Zoek, bezoek, rijd rond, wandel... doe wat jullie het best uitkomt. Vannacht slapen jullie hier en morgen, na het ontbijt, vertel ik de rest. Ik wil nog één zaak vragen. Terwijl jullie toch rondtoeren, wil zeker door Meridian Road rijden. Passeer er traag doorheen, kijk even rond en er valt jullie misschien iets op. Meer kan ik nu niet zeggen."

Darian keek de anderen aan en zei met een vriendelijke glimlach:

"Het klinkt allemaal heel fantastisch en ik vind dit al meer dan genoeg."

Daarmee was de toon gezet. Er werd nog wat gesproken over het warrige verleden waarin de vier hoofdpersonen probeerden te ontdekken of ze elkaar ooit hadden ontmoet. Iedereen vertelde waar hij of zij had gewoond, school had gelopen en nog meer van dat. Maar niets van wat werd gezegd, leidde tot enig punt van overeenkomst. Elma reageerde niet meer op pogingen om meer te weten te komen en handelde enkele praktische zaken af. Even voor twaalf stond zij op en nam afscheid.

"Ik zie jullie hier vanavond terug, laat ons zeggen om acht uur. Dan eten we samen en kunnen er opnieuw zaken besproken worden. Niet vergeten: Meridian Road."

Elma Choshakian draaide zich om en verliet het gebouw. Ze stapte in haar zwarte Chevrolet, zwaaide nog en reed vervolgens weg. Het vijftal keek van de oplichtende, amandelvormige achterlichten onder de brede vleugels naar vier donkergrijze Chrysler-personenwagens aan de overkant van de straat. Vier erg anonieme wagens. Mooi achter elkaar.

"Dat zijn jullie wagens voor vannamiddag. Mevrouw Choshakian zorgt blijkbaar goed voor haar klanten. Het eten is klaar, wenst iemand een aperitief of toon ik de kamers?"

De waard met de kolossale snor wachtte achter de planten een antwoord af. De vijf mensen bekeken elkaar, maar niemand nam een initiatief.

"Dan eerst de kamers. Wil straks deze tafel opnieuw vervoegen, ik serveer het middagmaal hier."

5

HET interieur van de kamers was verzorgd, de bedden netjes opgemaakt en het eten was voortreffelijk. Elliot stelde zich tijdens de maaltijd als eerste aan de anderen voor. Het koppeltje vormde één geheel, het meisje was diep in gedachten verzonken en de toffe kerel was volgens hem te behoedzaam. De anderen volgden zijn voorbeeld, maar Darian wendde - gezien Elliot Bornowski's beroep - een leugen om bestwil aan. Het feit dat hij een huurmoordenaar was, liet hij achterwege. Hij verklaarde dat hij verzekeringsmakelaar in Chicago was. Hij had het naar zijn inzien saaiste beroep uitgekozen, een bezigheid die de anderen geenszins aanspoorde om er vragen over te stellen. De gesprekken waren heel oppervlakkig. Iedereen meed de meest pakkende gebeurtenis waar alles om draaide. Het was daarvoor nog het juiste moment niet.

Na het eten trok iedereen zich in zijn of haar eigen kamer terug. Hooguit een kwartier later waren ze allemaal terug beneden. Van rusten was duidelijk geen sprake. Geen van hen had zin om nutteloos op het bed te liggen woelen, terwijl de speelterreinen van hun jeugd zich buiten die kamer uitstrekten. Er waren geen woorden nodig. Geen uitleg of verduidelijking. Iedereen wist wat de andere van plan was.

De contactsleutels van de vier Chryslers staken op het contactslot. Praktisch, vond Darian, maar in Chicago was zoiets onmogelijk. Hoe dan ook, Rosenhelm was Chicago niet. Maar goed ook. Elk stapten ze in een wagen en reden weg. Hun hoofd vol gedachten en verwarde beelden. Iedereen had zo zijn eigen idee over wie of wat Elma Choshakian was, maar geen van hen kon er goed mee overweg.

6

SHANYA kwam als eerste op de begraafplaats op Solid Boulevard aan. Eigenlijk wilde ze die plek aandoen van het moment dat ze die ochtend de stadsgrens was overschreden. Hoewel ze het graf van haar vader de afgelopen jaren meermaals had bezocht (Conway was nu ook zó ver niet verwijderd), hing er deze keer een speciale sfeer rond haar bezoek.

Gabriel Bellmer, geboren 12.3.1939, overleden 3.9.1979.

De epitaaf was niet veranderd. Zou ook nooit veranderen. Sommige zaken gebeuren en kennen geen keer. Shanya was zich daar pijnlijk van bewust. Terwijl ze daar voor de zerk stond, herinnerde zij zich wat ze de dagen na zijn overlijden had gevoeld. Tranen rolden over haar koude oktoberwangen toen ze opnieuw de onmacht ervoer wanneer ze met hem sprak. Over hoe ze eigenlijk in mekaar stak. Wat haar dromen en wensen waren. Waarom ze zo koppig was. Hoeveel verdriet het haar deed niet meer (nooit meer) in staat te zijn hem te vertellen dat ze dolveel van hem hield. Die pijnlijke herinnering sneed als een koude wind door haar buik heen, woelde rond haar maag en kneep haar keel dicht.

Shanya viste een zakdoek uit haar jas op en veegde haar wangen droog. Ze keek om zich heen en zag dat de nette kerel van hun groep - Darian was zijn naam (hij was degene die het minst zei) - eveneens de begraafplaats betrad. Hij knikte vluchtig in haar richting, glimlachte vriendelijk maar kort en stapte door. Hij had hier dus ook een welbepaald doel. Shanya hoopte dat hij haar niet had zien wenen. Ze keek terug naar het graf en zuchtte.

"Pa?"

Geen reactie. Behalve de wind die lelijk huishield in de laatste resterende bladeren van de grote treurwilg die zich verderop bevond, was er weinig geluid hoorbaar. Zelfs het verkeer van de Boulevard drong niet tot daar door.

"Pa, ik ben toch teruggekomen."

Nog steeds geen reactie. Shanya vroeg zich af of ze eigenlijk reactie verwachtte. Wat ze eerder had meegemaakt, leefde nog steeds heel levendig in haar onderbewuste. Het enge feit deed haar nu nog steeds twijfelen aan haar gezonde verstand. Als er nu een reactie was gekomen, dan...

"Ik ben teruggekomen omdat ik het wil weten, pa. Begrijp je dat? Je weet dat ik altijd alles anders deed dan jij het wilde, wel... eh... blijkbaar ben ik nog niet veel veranderd!"

Shanya glimlachte. Een schuldgevoel stak onmiddellijk de kop op. Men lacht niet op een kerkhof!

"Ik wil weten wat er toen is gebeurd. Met jou, met Laura. Jij verwittigde mij, maar zij vertelde mij het tegenovergestelde. Ik ben verward, pa. Nu nog steeds... daarom ben ik hier. Ik wil het weten."

Shanya keek op en merkte dat Darian verderop bij een groot graf stilstond. De knappe man hield zijn armen voor zich uit en zijn kin was tegen zijn borst gedrukt. Blijkbaar wilde hij - net als zijzelf – hier iemand begroeten.

"Goed... ik ga nu naar ma. Ik kom nog een keer, eer ik naar Conway terugga. Dag, pa!"

Shanya draaide zich om, zette enkele stappen en hield halt. Even bleef ze staan, draaide zich weer om en liep terug naar het graf. Ze haalde diep adem.

"Weet je... soms ben ik razend op jou. Omdat je mij alleen hebt gelaten. Ik hield verdomme van jou!"

Shanya Bellmer uitte een korte snik en liep haastig naar de uitgang. Ze keek niet meer om. Net toen ze met ogen vol tranen in haar Chrysler stapte, stopte een identiek voertuig aan de overkant. Het koppel - Steven was de naam van de jongen, Steven en Marrion - stapte uit. *Jezus*, dacht Shanya, *moet iedereen hier zijn?*

Elliot Bornowski bezocht eerst zijn moeder die nog steeds in de ouderlijke woning op Green Street woonde. De begroeting was heel hartelijk. Hoewel zij reeds van in 1972 weduwe was, was zij de tweeëntwintig jaar daarna alleen gebleven. Het gesprek handelde over haar en zijn gezondheid, over de familie en over zijn werk. Toen zijn moeder vroeg waarom hij terug in Rosenhelm was, zei Elliot dat hij enkele dagen verlof had, en dat hij hier nog enkele zaken te regelen had. Hij at met heel veel smaak een tweede stuk appeltaart die zij die voormiddag had gebakken. Ze vroeg hem of hij al een plaats had om te slapen. Hij antwoordde dat alles geregeld was. Ze zei ook dat ze hem miste. Elliot reageerde daar niet onmiddellijk op.

Darian keek op toen hij het geluid van voetstappen hoorde. Twee mensen. Het grind knerpte onder hun voeten.

"Hallo. Toeval of niet, maar ik meen dat ik daarnet Shanya heb gezien toen wij aankwamen."

Darian draaide zich opzij en zag Steven en Marrion. Hij knikte en keek voor zich uit.

"Dat klopt. Zij was hier."

Stilte. Er was nog niet echt een verbondenheid tussen de vijf.

"Eh... familie?" vroeg Steven, wijzend naar de grote grafzerk.

"Mijn beide ouders en mijn broer."

"Jammer."

"Samen in een brand omgekomen. De nacht van zes op zeven september. Ik was... er niet."

"Jakkes, dat moet... zeven september, zeg je?"

Darian draaide zijn hoofd opzij.

"Jawel. 1979. Betekent dat iets voor jou?"

Steven wreef over zijn gezicht.

"God ja... heel zeker. Ik heb die nacht in de politiecel doorgebracht en heb Elma als taxichauffeur ontmoet."

295

"Toeval?"

"Misschien..."

Omdat Darian er niet op inging, besloot Steven dat het gesprek best later verder werd gezet.

"Ik laat je... tot vanavond."

"Ja... aan tafel!"

Marrion en Steven stapten verder. Darian nam in totale stilte afscheid van zijn ouders en zijn broer en verliet zonder vertoon van enige emotie het kerkhof op Solid Boulevard.

Shanya reed traag door Meridian Road, zoals Elma hen had gevraagd. Die lag pal in het centrum van de stad. Shanya ergerde zich dat ze niet wist waarnaar ze moest kijken, waarop ze moest letten. Twee rijen huizen, bijna allemaal drie verdiepingen hoog, met bomen op de brede voetpaden. Niets speciaals. Aan het einde keerde ze haar voertuig en reed de straat nogmaals af. Er viel haar echt niets op. Schokschouderend reed ze naar het volgende punt op haar geheugenlijstje.

Steven ervoer weinig toen hij bij het graf van zijn vader stond. De man had zich in de ouderlijke woning op Milder Road in 1977 verhangen. Hij besefte dat er eigenlijk nooit een hechte relatie met zijn vader was geweest, laat staan met zijn moeder. Haar liefdesbetuigingen - *als* die er ooit waren geweest - hielden op toen hij tien was. Hij vond dat mensen zoals zijn ouders eigenlijk het verbod moest worden opgelegd zich over kinderen te ontfermen. Zij waren niet in staat iemand op te voeden, ze waren zelfs niet in staat zichzelf op te voeden. Er moesten volgens hem diploma's uitgereikt worden voor het ouderschap. Na het afleggen van testen. Na het volgen van lessen. Dat was ongetwijfeld in hun eigen voordeel, maar nog meer in dat van de kinderen die uit hun samenzijn voortvloeiden. Marrion haakte haar arm achter de zijne en duwde zich tegen hem aan.

"Gaat het?"

"Geen probleem. Laat ons weggaan."

"Heb je spijt dat we gekomen zijn?"

Steven haalde zijn schouders op.

"Een beetje. Het feit dat ik hier ben, weekt niets los."

"Dat betekent niet dat er niets zit."

"Ik was vijftien toen hij stierf. Dat is nu zeventien jaar geleden."

"Toch... de emoties die het langst blijven kleven, doe je als kind, vóór je zevende levensjaar, op."

Steven trok Marrion mogelijk nog dichter tegen zich aan.

"Ik ben blij dat je meegekomen bent."

"Dat is fijn. Het is de eerste maal dat je me dat vertelt."

"Het is de eerste keer dat ik het voel. Ik dacht eerst dat..."

"Ik een blok aan jouw been zou zijn?"

"Nee, helemaal niet... ik dacht dat ik dit alleen moest doen. Het was iets uit mijn eigen verleden, iets waar jij niets mee te maken hebt. Ik dacht dat ik jouw hulp niet nodig had."

"Je anticipeert te veel, Steven. Ik dacht dit en ik dacht dat. Niet nodig. Ik ben er enkel om steun te verlenen. Wordt er echt niets losgeweekt?"

"Waarom?"

Marrion richtte haar hoofd op en drukte een zachte zoen in zijn rechteroog-hoek.

"Het smaakt naar tranen."

Steven bracht zijn hand naar zijn ogen en wiste er het vocht uit.

"Misschien... een klein beetje."

"En mag ik weten wat?"

Steven haalde diep adem en liet een langgerekte zucht ontsnappen.

"Het valt niet mee mezelf te zijn. Ik heb dingen uitgespookt en draag daarvan de gevolgen. Naar hier terugkomen is voor mij een ware confrontatie met wat achter mij ligt, en dat is niet allemaal positief. Integendeel. Ik heb het gevoel dat men mij in een stoofpot steekt en het deksel er goed op vastschroeft. *Kijk, dit is de vergeetput van jouw verleden, blijf er nu maar in zitten. Kom er nooit meer uit, want aan wat je verricht hebt, is niets goeds, dus is het niet nodig dat je nog meer onheil uithaalt.* Ik had als kind een tamelijk positief beeld van de toekomst. Ik had zo m'n eigen idee op welke manier ik mezelf wilde ont-plooien. Maar daarvan is verdomme niets terechtgekomen. Ik voel me daar-door verbitterd. Het is zo ontrechtvaardig dat mijn dromen mij werden ont-nomen!"

Marrion drukte nog een zoen op zijn wang.

"Kom, we gaan weg."

Er was dus toch *iets* losgeweekt.

Elliot Bornowski vroeg zich af wat er zo speciaal aan Meridian Road was. Net zoals Shanya was hij er tweemaal stapvoets doorheen gereden, maar er was hem niets opgevallen. Een driehonderd meter lange straat met gesloten be-bouwing. Het ene huis niet veel verschillend van het andere. Geen speciale wagens. Niets wat in het oog sprong. Het was tijd om verder te rijden. Er wachtte hem een akelige plaats net buiten de stad.

Op Beach Boulevard was heel wat veranderd. Het ouderlijke huis van Darian

Shadborne bestond uiteraard niet meer. Op die plaats was een computerzaak uit de asresten opgerezen. Het schonk Darian niet langer een 'thuis'-gevoel. Beach Boulevard niet, gans Rosenhelm niet. Dit was niet langer zijn stek. Er was te veel veranderd. Volledige huizenrijen waren verdwenen. Appartementsblokken waren er uit de grond geduwd. Veel sites waarvan hij als kind had gedacht dat die nooit verdwenen, hadden plaatsgeruimd voor industrie en grootwarenhuizen. Locaties waar hij als kleine jongen had vertoefd, genietend van zijn onbezonnen jeugd in het zuidelijke gedeelte van de stad. De plek waar de rijken woonden. Darian besefte ineens dat hij als kind tamelijk naïef was geweest. Misschien was dat wel een gezond kenmerk van alle kinderen. Niets ging verloren, niets ging kapot, niets veranderde. Alles wat goed was, bleef bestaan, de rest viel gewoon te negeren. Maar de meeste volwassenen hadden de ervaring dat de werkelijkheid anders was. Alles ging verloren, alles ging kapot en alles evolueerde en veranderde. De wereld stond niet stil, de tijd vrat aan alles. Eenmaal zelf volwassen, kreeg Darian het moeilijk met wat de voorbije jaren aan zijn geboortestad hadden aangericht. Alles had met geld te maken. Waar speelden de kinderen? *Speelden* de kinderen nu nog? Hadden ze nog een specifieke omgeving waar zij zichzelf waren, of waren zij vandaag de dag enkel nog minivolwassenen, met alle kwalijke gevolgen vandien? Volwassenen die op latere leeftijd ontdekken dat ze niet echt kind geweest zijn, voelen dat tekort aan als bijna-lijfelijke pijn. Een ganse resem gevoelens en ervaringen hebben zij niet kunnen ontdekken. Een gedeelte van hun ziel heeft nooit geleefd.

"Wil je dat echt doen?"
"Ma, ik begrijp dat je verrast bent me te zien, het is allemaal heel vlug en echt onaangekondigd gegaan. Ik heb je niet kunnen verwittigen. Maar...ja... ik wil het doen."
"Maar je bent hier toch al veel geweest. Waarom wil je dat nu plotseling?"
Shanya kon haar moeder heel weinig uitleg geven. Zij werkte nog steeds als bibliothecaresse en leefde sedert enkele jaren samen met een nieuwe vriend in de grote, witte villa op Pilrow Avenue. Ellen ontving haar dochter heel hartelijk. Zó hartelijk zelfs dat Shanya haar bijna alles vertelde. Over wat in het funerarium was gebeurd en over wat zich enkele dagen daarvoor op Deathfloor van het Conway Sunflower Home had afgespeeld. Hoewel Shanya meende dat weggaan, volwassen worden en met iemand anders samenwonen automatisch inhield dat er een breuk met de ouders en de kindertijd ontstond, kwam ze nu tot de hartverwarmende ontdekking dat dat helemaal niet zo was. Ze ervoer een blijmakende gloed toen ze de aangename verbazing op haar moeders gezicht zag toen die de voordeur opende. Alle goede gevoelens van toen

keerden terug. Het liefst was zij haar moeder om de hals gevlogen. Het liefst had zij die vrouw dicht tegen zich aan getrokken. Maar die schroom, die verdomde terughoudendheid... Het liefst had zij haar moeder gezegd dat zij al sedert haar vijftiende levensjaar met dat afschuwelijke beeld in haar achterhoofd leefde. Het beeld van haar dode vader die rechtop op de tafel zat waar hij opgebaard lag. Een dode vader die haar ervoor waarschuwde niet terug te keren. Ze had (nogmaals) zijn advies en raad in de wind geslagen. Want het moest ongetwijfeld dit moment in haar leven zijn waarover hij had gesproken. Maar hoe wist hij toen reeds dat deze gebeurtenis zich zou voordoen? Was Ellen daarvan op de hoogte? Neen... had het dan zin haar ermee lastig te vallen? Nogmaals neen. De vrouw was blijkbaar al over het verlies van haar echtgenoot heen. Er was zelfs al een andere man in haar leven. Geheelde wonden werden best niet geopend.

"Er is veel veranderd, dat zul je wel merken."

Shanya Bellmer knikte.

"Ik ben blij dat jij er nog steeds bent, ma. Telkens ik naar Rosenhelm kom, is het voor jou. Er is niets anders wat me hier bindt."

"Behalve vandaag."

"Het is iets... wat ik moet doen."

Ellen Bellmer legde haar hand op de schouder van haar dochter, glimlachte en zei:

"Je bent oud en wijs genoeg, Shanya. Ik ben ervan overtuigd dat je ooit bereikt wat je wensen zijn."

"Ik hou van jou, ma!"

Shanya was heel blij dat de vrouw haar in haar armen nam en warm, intens en langdurig knuffelde.

"Wat doen we hier?"

Steven wees naar het gebouw op de hoek.

"Het politiekantoor. Dit is Newer Avenue. Kijk, daar zijn de toiletten, ik ben uit dat raam gesprongen. Elma bevond zich met haar taxi net op de hoek."

Marrions blik volgde de baan die Stevens vinger beschreef.

"Spannend!"

"Het is veel veranderd. Alles is zoveel ouder! Het gebouw was toen al een wrak. Nu is het een verlaten slachthuis."

"Heb je zin om binnen te gaan?"

Steven schrok bij die gedachte. Hij zag zichzelf in de gang van de cellen lopen. De celdeur viel achter zijn rug dicht. Dat idee bracht duidelijk iets onprettigs bij haar vriend teweeg.

"Je bent plotseling zo bleek! Wat scheelt er?"

"Ik schrok even. Ik dacht dat je dat meende."

Marrion draaide zich in zijn richting.

"Ik meende het ook. Misschien geraak je op die manier je kwade dromen kwijt."

Steven schudde zijn hoofd.

"Ik denk niet dat dit de confrontatie is die Elma bedoelde. Trouwens, misschien zijn er binnen verbouwingen gebeurd. Er werken ook heel wat andere mensen dan vroeger. En als ik binnenga... wat dan? Vragen of ik eens de cellen en de toiletten mag zien? Dit kan onmogelijk zijn waar Elma op doelde."

"Ik dacht dat zij het deze voormiddag toch op die manier omschreef."

"Daar heeft zij het inderdaad over gehad. Maar het doet me niets. Het is gewoon een gebouw. Misschien, als ik in de cel kon gaan, of de toiletten, dan... maar dat lukt me nooit."

Marrion haalde haar schouders op.

"Zijn er nog plaatsen waar we naartoe kunnen gaan?"

Steven startte de motor en reed van de stoeprand weg.

Er was niemand anders op het kerkhof langs Solid Boulevard. Elliot vroeg zich af of hij de enige van het viertal was die hierheen kwam. Of was hij misschien de enige die iemand verloren had? Daarnet was het licht beginnen regenen, maar dat had maar enkele minuten geduurd. Toch was er genoeg water uit het dikke wolkendek gevallen om alles met een vochtig vlies te bedekken. De wandeling tussen de graven leverde hem enkele verhelderende momenten op. *Tiens, ik ben nog steeds in leven! Ik loop nog rond, adem nog en kan nog zelf beslissingen nemen, deze mensen kunnen dat niet meer.* Werkte een bezoek aan een kerkhof dan inspirerend voor sommige mensen die problemen hadden met het inzicht dat zij hun eigen leven in handen hadden? Hij besefte dat alles wat zich in zijn leven afspeelde, dagelijks op hem afkwam. Hij onderging het en nam er spontaan aan deel. Zonder er bij stil te staan of hij het wel *wilde* doen. Of hij er die dag wel deel *wilde* van uitmaken. Elliot vermoedde dat het de meeste mensen zo verging. Hij was ongetwijfeld niet de enige persoon die zich soms verloor in dagdagelijkse beslommeringen. Hij vond het vreemd dat rondhangen op een begraafplaats in de miezerige regen hem met dergelijke existentialistische en onthullende ideeën opzadelde. Elliot was niet naar daar getrokken met de bedoeling over het leven na te denken. Misschien was het feit dat hij ineens ophield met over zijn bestaansredenen na te denken, wel *het* bewijs dat hij effectief aan innerlijke rust toe was.

Hij bereikte het doel van zijn bezoek. Elliot concentreerde zich op het moment zelf en alle beslommeringen deinden weg.

"Dag, pa!"

Terwijl Elliot de woorden uitsprak, vroeg hij zich af waarom de levenden altijd tot de doden spraken. Zou hij dat ook doen indien zich iemand in zijn buurt bevond? Het graf vóór hem was tweeëntwintig jaar oud.

"Het is lang geleden. Ik weet het. Ik heb... veel werk."

Een uitvlucht. Niet meer dan dat. Een doorzichtige verdediging. Niet nodig eigenlijk, maar Elliot was door zijn uitspraken geïrriteerd. Uitvluchten zijn er om gebruik van te maken. Hoe dan ook, Elliot besefte dat hij uit respect naar hier kwam. Telkens wanneer hij Rosenhelm aandeed, bracht hij een bezoek van enkele minuten aan het graf van zijn vader. Niet meer dan dat, niet langer. Enkele minuten. Uit nuchter respect. Geen gebed, geen prevelen, geen diepe gevoelens van verdriet om het verlies van een dierbare. Edward Bornowski kwam eind 1972 om het leven door een ongelukkig toeval. Elliot was ondertussen tweeëntwintig jaar ouder. Er was in die periode veel gebeurd, hij had veel andere emoties opgedaan. Niet allemaal even prettig om te ervaren.

Elliot merkte een beweging links voor. Hij draaide zijn ogen in die richting. Nauwelijks tien meter van hem verwijderd, in een evenwijdige rij, was een oude vrouw bij een graf aangekomen. Aan haar zijde bevond zich een vrouw die duidelijk een zwaarmentale en lichtfysieke achterstand had opgelopen. De vrouw had een kleine draagtas bij zich. Puffend en steunend, ondersteund door de zwakkere vrouw die waarschijnlijk haar dochter was, zakte de oude vrouw op haar knieën bovenop het graf. Elliot wilde zijn ogen afwenden, maar kon het niet. Er was iets in haar handelingen wat respect afdwong. Het kostte haar enorm veel moeite om op de knieën neer te zitten. Aan de uitdrukking op haar verkrampte gezicht te zien, bezorgde die beweging haar zelfs pijn. Toen ze dan neerzat, richtte de jongere vrouw zich op en zette enkele stappen achteruit. Haar moeder haalde een kleine borstel uit haar draagtas. Elliot hoorde haar zwaar ademen toen ze zich vooroverboog. Steunend op één hand, maakte ze met het borsteltje het graf schoon. Na enkele vegen snikte ze zacht. Dat geluid sneed door zijn borst. Halverwege de dekplaat richtte de vrouw zich met heel veel moeite terug op, haalde een zakdoek uit haar jas en veegde de tranen uit haar ogen. Vervolgens snoot ze luidruchtig haar neus en borg de zakdoek weg. Daarna zette ze haar nauwkeurige bezigheden verder.

"... gisteren was het kouder... er lagen ook meer bladeren..." mompelde ze.

Een ijsblok vormde zich in zijn borstkas. Kwam die vrouw alle dagen? Ondanks het feit dat het haar zoveel moeite kostte? Hij stond roerloos voor het graf van zijn vader, maar hield zijn ogen op de zwoegende vrouw gericht. Het ganse veegproces duurde zeker nog vijf minuten. Na de dekplaat, stofte

zij ook nog het rechtopstaande kruisbeeld, alle plastieken bloemen en ge-
denkplaten af. Ze *borstelde* niet echt, vond Elliot. Ze *streelde* de zerk met de
zachte borstel, bijna alsof ze het hoofd van haar zieke man op het sterfbed
streelde. Alsof ze wilde bewijzen dat ze er was, dat ze nog steeds van hem
hield. Strelen was het enige wat ze nog voor hem kon doen. Dat beeld sprong
ineens voor Elliots ogen. Een stervende man en zijn vrouw die zich, over-
mand door verdriet, over hem heen boog. Daarna - opnieuw ondersteund
door haar kroost - werkte de oude vrouw zich niet zonder moeite rechtop. Hij
meende dat hij haar heupbeenderen hoorde kraken. Ze borg het borsteltje
weg, trok haar kleren recht en maakte een kruisteken. De dochter deed hetzelfde. *Tot morgen*, hoorde hij haar zeggen. Daarna vertrokken ze. Het duurde
nog even eer hij haar piepende ademhaling niet meer hoorde.

Elliot wachtte tot ze uit het zicht verdwenen waren, tikte als afscheid tegen
het kruisbeeld op zijn vaders zerk en liep nonchalant tot bij het pasgeboende
graf. Volgens het opschrift behoorde het toe aan ene Gilbert Walters, geboren
in 1920 en overleden in 1981. Dertien jaar geleden. Dertien jaar lang, alle
dagen? Hoelang bleef de liefde na de dood bestaan? De ijsklomp in zijn borst
was gesmolten. Zijn oogranden vulden zich met het overtollige ijswater. Een
dergelijke inzet kon hij nooit voor iemand opbrengen, dat wist Elliot van
zichzelf. Beladen met een gevoel van schuld, keerde hij terug naar het graf van
zijn vader.

"Pa..."

Hij zweeg en keek om zich heen. Niemand in de buurt, niemand die zijn
schuldbekentenis opving.

"Ik weet het niet goed meer... er knaagt vanalles aan mij, binnenin, bedoel ik.
Ik sta hier terwijl ik eigenlijk op mijn werk had moeten zijn. De Skulls. We
hebben hen eindelijk te pakken gekregen en... ik weet het... dat is maar klein
grut, maar er zijn serieuze vertakkingen naar de groep van Fred Peylstone en
ik vermoed..."

Elliot stopte met praten. Zijn gedachtegang nam zijn spraakvermogen over.
*Wat sta ik hier eigenlijk te tateren? Peter Youtta regelt de zaak wel, of wil ik het
per se zelf doen, wil ik met de pluimen weglopen? Ik ben al een hele tijd bij de
politie en heb me duizend procent voor elke zaak ingezet, maar nu... komt dit
ertussen. Het moet verdomd belangrijk zijn... anders was ik hier niet. Ik heb al
die jaren mijn uiterste best gedaan om jou te behagen, net zoals elk kind dat voor
zijn ouders doet. Ik ben niet anders dan de anderen. Waarom denk je dat ik in
jouw voetsporen ben getreden? Ik aanbad je, weet je dat? Ik verafgoodde het werk
dat je deed en was ervan overtuigd dat jij fier zou zijn als ik zoals jij wilde zijn.
Ik doe mijn best, pa... Ik ben niet de vriendelijke, gemoedelijke straatflik die jij
bent geweest. Ik heb meer ambitie, enkel om jou te tonen dat ik nooit opgeef. Ik*

denk dat ieder kind zijn best doet om door zijn ouders aanvaard te zijn. Ik deed het door desnoods beter dan jij te worden. Ik… Praat ik nu tegen mijn vader of tegen mezelf? Waarom al die excuses? Stop met jodelen, Elliot! Je bent naar hier gekomen om orde op zaken te zetten. Trouwens, pa is er niet meer, wat sta je hier dan te leuteren?

Hij wreef met beide handen over zijn gezicht, wachtte tot het tintelen van het rondtollende bloed net onder de huid over was, keek vervolgens naar het graf en zei:

"Pa... ik ga weg. Ik heb zaken te regelen. Zaken van na jouw tijd. Tot dan!"

Meridian Road bracht Darian Shadborne absoluut geen verheldering. Eigenlijk leverde het rondtoeren door Rosenhelm hem weinig bruikbaars op. Er zat hem eigenlijk iets dwars. Die Elliot-kerel. Een flik. Hij zag er wel recht-schapen uit en niets aan hem rook naar corruptie. Maar toch... een flik? Hijzelf had gelogen over zijn bezigheden in Chicago. Wat wist Elma? Darian voelde zich niet zo opperbest meer. Wat als ze te weten kwamen dat hij de waarheid niet had verteld? Wat was de eigenlijke bedoeling? Neem nu deze straat. Aaneengesloten huizen die twee lange rijen vormden, elk aan één kant van de rijbaan. Bomen op het voetpad. Wat was daar nu zo speciaal aan? Waarom liet die zwarte vrouw ons hier doorheen rijden? Onopvallende auto's die langs de stoep geparkeerd waren. Mensen die op het voetpad wandelden. Deftige mensen. In zijn geest vormde zich het idee dat Elma een spelletje speelde. De vragen waren: wat was de reden? Wat trachtte zij te bewerkstel-ligen?

Darian was blij dat Meridian Road ten einde was. Er was niets wat hem had aangesproken. Niets wat meer dan een heel korte oogopslag waard was. Op het moment dat hij aan de ene kant de straat uitdraaide, draaide aan de an-dere kant een Chrysler met twee personen aan boord dezelfde straat in.

"Daar woont dus jouw tante Maud?"

Steven knikte. Hij liet de Chrysler halverwege Sultan Street staan. Hij was niet van plan opnieuw contact met haar te zoeken. De straat was omgetoverd tot een drukke bedoening. Toen hij vroeger in dat huis woonde, waren er niet zoveel woningen in de buurt. Nu was Sultan Street volgebouwd. De hele omgeving liet hem koud.

Naarmate de namiddag vorderde, besefte Steven dat hij met te hoge verwach-tingen (en vrees) hierheen gekomen was. Rondtoeren in Rosenhelm bracht weinig of geen emoties los. Het irriteerde hem uitermate.

Shanya twijfelde of ze het uitvaartcentrum wel wilde binnengaan. Ze had de

Chrysler op de lange oprit van haar ouderlijke huis laten staan en was tot op Lemon Avenue gewandeld. Wat dacht ze daar eigenlijk te zullen vinden? Terwijl ze naar het marmeren éénverdiepingsgebouw keek, vroeg Shanya zich af waar ze eigenlijk naar zocht. Ze herkende heel weinig. Haar ma had gelijk. Nieuwe gebouwen waren uit de restanten van de oude opgerezen. Veel glas en beton. Rosenhelm werd stilaan een welvarende en opzichtige stad. Het sympathieke van vroeger was er niet meer. Wat was de bedoeling van Elma? Hoofdschuddend duwde ze de dubbele deur open. De inkomsthall was vernieuwd. Rechts was er een kantoortje dat zij zich niet meer herinnerde. Een jonge vrouw, volledig in het zwart gekleed, stapte van achter haar kantoortafel en kwam op haar af.

"Hallo, ik ben Selena. Wat kan ik voor u doen?"

Heel vriendelijk. Geen lijkbiddergezicht.

"Eh... hallo, mijn naam is Shanya en ik..."

Wat?Wat kom ik hier doen? Er is hier niets wat mijn aandacht trekt!

"Ja?"

"Eh... kan ik meneer Plunckett spreken?"

Stomme vraag! Wat moet ik die kerel vragen? Wat sta ik hier verdomme te doen, zeg?

"Meneer Plunckett? Methias Plunckett?"

"Ja... de... eh... *uitbater*... van deze instelling?"

Het meisje keek haar vreemd aan.

"Meneer Plunckett was de vorige eigenaar. Toen hij in 1989 stierf, namen wij deze zaak over. U bent niet van zijn overlijden op de hoogte?"

Shanya Bellmer schudde het hoofd.

"Sorry... ik... voel me niet goed."

Zij draaide zich om en haastte zich naar buiten. Selena keek haar na, maar trok zich dan in haar kantoortje terug. Op Lemon Avenue hapte Shanya naar adem. Stom van haar om zoiets te willen doen, vond ze van zichzelf. Maar Elma had het hen opgedragen. Om dromen uit te bannen. *Sorry, Elma, maar uw methode werkt blijkbaar niet.* Integendeel, Shanya kreeg het met de minuut moeilijker. Rondscharrelen in de ruïnes van haar verleden bracht duidelijk geen verlichting. Misschien had haar moeder Ellen wel gelijk. Shanya haalde heel diep adem, liet een enorme zucht ontsnappen en maakte zich klaar om het allerlaatste adres van die namiddag aan te doen. Het was voor haar misschien wel het bezoek met de pijnlijkste gevoelens.

The Green Swamp zag er nu minder spectaculair en beangstigend uit. Elliot parkeerde de Chrysler vrijwel op de plaats waar vijftien jaar eerder de twee bejaarde dronkelappen George en Arnie hun jeep hadden achtergelaten. Het was nog een flink stuk stappen tot aan de vervallen loods, de plaats waar Sandy Wheeler haar belager Willy Kleihner te grazen nam. Als er iets te vinden was wat hem met het verleden in confrontatie bracht, trof hij het volgens hem op die plaats aan. De afgelopen uren kreeg hij met een groeiend gevoel van verveling te kampen. Rosenhelm was helemaal niet meer dat aangename dorpje om in te wonen. Of bekeek hij de zaak nu helemaal anders? Zag hij de huizen en de straten en alles wat er te zien viel, nu door de ogen van een volwassene, terwijl in zijn geest de jonge Elliot nog steeds de beelden van vroeger bekeek? De nuchtere, in confrontatie met de verwonderde. Twee tegenstrijdige gewaarwordingen, binnenin dezelfde persoon. Het conflict zorgde voor verwarring.

Elliot stapte gezwind door. Het kostte hem weinig moeite om de juiste locatie aan te doen, maar de ontnuchtering was enorm toen hij er aankwam. In 1979 was de opslagplaats een ruïne geweest, nu was er nog nauwelijks iets van te merken. De muren waren volledig ingevallen, het hout compleet weggerot. Met moeite kon hij zich voorstellen dat daar ooit een gebouw - of zelfs maar de restanten ervan - stond.

Elliot had geen zin om zich door het dichte struikgewas te wringen. Hij bleef enkele minuten in totale stilte op de plaats staan waar hij meende gestaan te hebben toen Sandy naar die andere wereld verdween. Vreemd gevormde bomen op een immense vlakte? Anderwereld.

Even kwam de opwinding van toen terug. Even maar. Toen hij zich die groene vlakte herinnerde. Gras of zee? En de luchtlagen die achter het meisje dichtgleden. Sandy Wheeler, van wie hij allang wist dat het geen mensenmeisje was. Maar het waren vluchtige herinneringen. Meer niet. De opwinding verdween even vlug als ze was gekomen. Een haastige golf, zich schielijk terugtrekkend. Op de plaats van de feiten staan beroerde hem minder dan de nachtmerries die hem af en toe bezochten. Hij wandelde nog even rond de plek waar de schuur moest gestaan hebben, hopend toch iets terug te vinden. Maar er kwam niets. Helemaal niets. De wind joeg door de bomen. Verderop blafte een hond.

"Tijdverlies!"

Elliot draaide zich om en stapte terug naar de Chrysler. Tijd om terug te gaan.

"Ik heb een vreemd gevoel met die Elma."

Steven keek opzij. Marrion had al een ganse tijd niets meer gezegd. Hij beschouwde dat als een moment van innerlijk bezig zijn. Hoewel hij haar nog niet door en door kende, besefte hij dat zij het onderwerp van haar overpeinzingen wel naar buiten bracht als ze er klaar voor was. Dit was blijkbaar het moment. Halverwege Meridian Road.

"Wat bedoel je daarmee?"

Marrion McKelly spreidde haar handen voor zich uit.

"Kijk om je heen, Steven. Wat doen wij hier in 's hemelsnaam?"

"Tja..."

Meer kreeg Steven er op dat moment niet uit. Het was reeds de tweede maal dat zij door de straat cruisden. Er was niets wat opviel en Steven had zich daarnet ook al afgevraagd waarom Elma hen had gevraagd hierdoor te rijden.

"Goed... dat is het juiste antwoord: tja! Wij verpatsen onze tijd, Steven. Dit levert niets op."

"Is dat jouw vreemde gevoel?"

"Iets in die aard. Het heeft allemaal geen zin."

"Misschien is er nog iets anders. Zij sprak toch over opdrachten. Meervoud."

Marrion dacht even na.

"Ja... dat klopt. Wat kunnen wij nu nog meer doen? Over welke opdrachten heeft zij het? En wat krijgen we als we slagen?"

Steven fronste de wenkbrauwen.

"Wat?"

"Grapje!"

Voor Darian Shadborne was de maat meer dan vol. De *24 Hoursnack* op Sun Avenue bestond niet meer. Die ruimte werd nu samen met enkele aanpalende gebouwen inbeslaggenomen door een gigantische winkel van auto-onderdelen. Twee verdiepingen hoog. Het had geen zin om naar Mei Ng Nyung te vragen. Niets liet vermoeden dat de vriendelijke Chinees nog in de buurt was. Nog één plaats wilde hij aandoen en daarom reed hij een eind op Freeman Avenue. Hij reed snel en opgejaagd. Vijftien jaar eerder legde hij dat traject met de motorfiets af. Maar zijn woede ebde weg naarmate hij zich steeds verder van Rosenhelm verwijderde. Er was niets wat hem deed terugdenken aan de ontmoeting met het zwevende wezen dat de moordenaars van zijn ouders en broer had 'opgeschept'. Hij trapte uiteindelijk op de rem, maakte rechtsomkeer en met een zwaar gevoel op de schouders keerde Darian terug naar *The Lady's Blues' Inn* op Autumn Road.

Steven Tatakarian beleefde er geen plezier meer aan. Het rondrijden verveelde hem. Alles was danig veranderd. Dit was dezelfde plaats niet meer. Specifieke plekjes waar hij zijn jeugd had doorgebracht, waren gewoon van de kaart geveegd. De junkyard van Wilde Tom. Weg. Het leegstaande station waar hij samen met dat roodharig meisje zijn eerste seksuele ervaring had opgedaan. Een volwaardige twee seconden durende tongzoen met... (vreemd dat elke man zich zijn eerste zoen blijft herinneren, vond Steven tussendoor. Betekende dat misschien het effectief openbloeien van een nieuwe fase in een mensenleven? Enkel de eerste... waren de volgende niet meer zo belangrijk?)... Steffie, Steffany... Mourant, zo heette ze. Afgebroken. Het multifunctionele sportveld achter de school op Free Road. Bedolven onder nog meer schoolgebouwen. Het kindvriendelijke speelplein op de hoek van Lint Avenue en Summer Road. Verdwenen achter een decor van een computerzaak. Afschuwelijk. Waar was alles heen? Waarom moest alles zo ingrijpend veranderen? Was het vroeger dan zo slecht?

En uiteindelijk, Milder Road.

Niet meer voor de minderbedeelden. Geen werkmanshuisjes meer. Geen armoezaaiers meer. Milder Road had een totale gedaanteverwisseling ondergaan. Nu was het een boulevard met grote alleenstaande villa's. Brede opritten, groene gazons, grote wagens. Brede voetpaden. Kinderen, honden...

"Steven, gaat het? Je weent?"

"Wat?"

"Er lopen tranen over je wangen!"

Steven liet de Chrysler halt houden, liet zich compleet achteroverzakken en kneep zijn ogen hard dicht.

"Dit is... was... ik bedoel, ik kom hier vandaan. In deze straat ben ik geboren."

Marrion keek verbaasd om zich heen. Weelde, rijkdom. Competitie. Prestige. *Kijk naar mijn grote huis, kijk naar mijn groene gazon, kijk naar mijn nieuwe wagen. Maar kijk dan toch!* Steven Tatakarian was zo niet.

"Hier!?"

Steven was zich bewust van de tranen die over zijn wangen rolden, hoewel hij de indruk niet had dat hij weende.

"Het zag er vroeger anders uit."

Even was er stilte.

"Kun je je nog herinneren waar je ouderlijk huis zich bevond? Ik bedoel: situeren?"

Steven trok zich aan het stuur rechtop en speurde de omgeving af.

"Ergens in het begin, maar alles is hier zo veranderd! De rijbaan is veel breder dan vroeger, de huizen staan nu waar toen onze tuin - of wat daarvoor doorging - was. De proporties kloppen niet meer. Het doet me zelfs een beetje pijn het zo te zien."

"Waarom?"

"Omdat het verleden daardoor overkomt als verkeerd en slecht. Wat vroeger

was, moet weg. Nieuwe zaken, betere zaken. Ik krijg de indruk dat een plet-
wals over de ganse buurt is gereden, niet alleen over Milder Road, maar over
de grote omgeving. Waar vroeger de minstbedeelden woonden. De spons
erover. Iedereen weg, geen smet meer op de stad. Zo komt het over. Alles wat
slecht is, moet verdwijnen. Door al die veranderingen voel ik me verstoten.
Een afvallige. Als ik dit hier zie, heb ik de indruk dat ik nu nergens meer
thuishoor."
Marrion legde haar ene hand op zijn dijbeen.
"Laat ons teruggaan, Steven. Ik heb niet de indruk dat je veel wijzer bent
geworden."
Steven plaatste zijn hand op de hare.
"Je bent lief, schat! Ik ben inderdaad niets wijzer geworden, ik voel me zelfs
een beetje rottig. Ik denk dat Elma ons inderdaad wat uitleg verschuldigd
is."

Van haar ouderlijke woning reed Shanya Bellmer rechtstreeks naar de
Rosenhelm Elementary School op Wilmington Avenue. Dat beschouwde ze
als haar laatste poging om iets van haar verloren namiddag te redden. De man
die haar ontving in het kantoor van waaruit ooit haar eigen vader diezelfde
onderwijsinstelling bestuurde, was opgeklopt vriendelijk. Hij herkende haar
onmiddellijk (wat haar enorm plezierde) want hij had haar zien opgroeien.
Elmer Ph. Lance was destijds, toen haar vader stierf, onderdirecteur en om
die reden tamelijk dichtbetrokken bij het gezin Bellmer. De ene zijn dood is
de andere zijn brood; een pijnlijk inzicht, hier nog maar eens bewaarheid. Hij
promoveerde uiteraard tot directeur en oefende die functie blijkbaar nog
steeds uit. Shanya merkte wel dat niet alleen de tijd invloed had op zijn verschijning. Ze herinnerde zich hem als een rijzige dertiger, rechtop, kordaat en
heel adequaat. Maar de man die haar zodanig bewierookte dat het aan hof-
makerij grensde, was een licht voorovergebogen vijftiger. De weinige haren
op zijn hoofd waren grijs en telkens wanneer Elmer Ph. Lance aan een zin
begon, smakte hij enkele keren, als wilde hij de woorden eerst proeven vooraleer ze uit te spreken. Proeven of er geen doornen in staken. Misschien dat
een taak in het onderwijs veel van de mensen vergde. Eenmaal de overvrien-
delijke plichtplegingen voorbij waren, vroeg Elmer naar de reden van haar
komst.
"Ik kom een gunst vragen, meneer."
"Elmer! Spreek me aan met Elmer, geen gemeneer hier!"
Shanya had geen zin om te glimlachen, en deed dat ook niet. Haar maag trok
samen toen ze dacht aan wat ze van plan was. Ze had veel moeite om de trillende zenuwen in haar buikstreek onder controle te houden.

"Mij goed... Elmer dan. Ik kom een gunst vragen."

"Hmm... en wat mag dat zijn?"

Shanya had zich tijdens het rijden voorbereid. Ze kon hem onmogelijk de volledige, ware toedracht vertellen, dus kwam ze met een verwrongen versie op de proppen. Iets waar hij, uit eerbied alleen al, onmogelijk tegenin kon gaan.

"Eh... ik heb het de laatste tijd moeilijk. Ik worstel met depressieve gevoelens en ik ben al enkele maanden met een tamelijk intensieve therapie bezig. Psychoanalyse."

"Hmm..."

"Ja... en... om een lang verhaal kort te maken: mijn analist heeft uitgedokterd dat ik de dood van mijn pa nog niet echt te boven ben gekomen."

"Tja... het was ook een heel dramatische ervaring."

"Inderdaad, ik heb daar problemen mee. Maar hij vertelde me dat verdriet een tijdloos gegeven is. Hij gaf me als voorbeeld een moeder die haar driejarig kind verloor bij een verkeersongeval, toen zijzelf aan het stuur zat. Het verdriet van dat verlies woelde de rest van haar leven door haar lichaam, en resulteerde uiteindelijk in de ontwikkeling van een lichamelijk mankement."

"Inderdaad, dat klopt, ooit was ikzelf..." begon Elmer, maar hield zich in. Hij wist wanneer hij iemand zijn of haar verhaal moest laten doen.

"Hij vroeg me of ik in staat was - gezien mijn aanwezigheid op het moment van zijn overlijden - terug te gaan naar de plaats waar het gebeurd is."

"De turnzaal!"

"Inderdaad."

"En als ik vragen mag... wat denkt uw analist dat u daar zal vinden?"

Shanya had niet de indruk dat Elmer de spot met de situatie dreef.

"Hij vermoedt dat een confrontatie met een echt voelbaar item van de gebeurtenis – eender wanneer die is gebeurd - essentiële gevoelens naar boven kan laten komen."

"Hmm... en dan?"

Shanya putte uit de cursussen die ze in haar opleiding had gevolgd.

"Ik ben nu ouder en meer volwassen. Er is, zowel in tijdsverloop als in emotionele rijpheid, toch al een serieuze ruimte tussen het heden en het feit zelf. Daarom is hij van mening dat ik nu met een nuchtere blik naar die gevoelens kan kijken. Ik zal volgens hem kunnen zien dat wat mij belaagt, het onverwerkte verdriet van het kind in mij is."

"En dat ben je niet meer!"

"Juist. Als er gevoelens losgeweekt worden, zal ik die - volgens hem - met de ogen en de rijpe geest van een volwassene zien. Die zullen eindelijk in het juiste perspectief worden geplaatst. Wat vroeger is gebeurd, mag eigenlijk nu geen directe reacties bij mij uitlokken. Mijn volwassen 'ik' zal in staat zijn die gevoelens bij het kind te laten."

Directeur Elmer Ph. Lance knikte goedkeurend en zei:

"Een hele opdracht!"

"Dat is mijn vraag naar u... Elmer. Kan ik in mijn eentje in de turnzaal?"

"Het zal veel tijd vergen om..."

"Niet alles gebeurt daarbinnen. De analist vertelde me dat het verwerkings-proces - of het omzettingsproces - enkele dagen duurt. Misschien zelfs weken. Het komt erop neer de gevoelens te laten binnendringen in mijn volwassen geest. Dat duurt hooguit een halfuur."

"Geen enkel probleem. De turnzaal is vrij. U kent de weg nog?"

"Heel zeker."

Shanya schudde de uitgestoken hand die zweterig aanvoelde.

"Ik vergezel u niet, Shanya, ik heb hier nog werk te doen. Neem gerust al de tijd die u nodig acht. Ik hoop dat u uzelf kunt helpen. Hopelijk zien we el-kaar ooit nog eens?"

"Misschien wel!"

Shanya Bellmer schonk hem een glimlach, draaide zich om en stapte het bureel uit. Het wandelen naar de turnzaal alleen al bezorgde haar kippenvel. Het was alsof ze een reus was die door de gangen liep, want in haar geest was alles veel kleiner. Kinderen zien de wereld in hun eigen perspectief, waardoor alles groter lijkt dan het in werkelijkheid is. Eenmaal volwassen, zijn de reële proporties aanwezig, waardoor alles kleiner dan vroeger lijkt. De geur was er nog altijd. Onveranderd. In de klassen heerste de normale drukte. Onderwijzers en onderwijzeressen aan het bord. Drukdoende en beheerste kinderen in de schoolbanken. Geroezemoes, lachen, af en toe een gilletje. Gerammel van schrijfgerei. Vallende meetlatten. Shanya glimlachte bij de gedachte dat ze door haar jeugd wandelde. Er was hier inderdaad weinig of niets veranderd. Toen ze uiteindelijk de ene kant van de dubbele deur openduwde en haar eerste stappen sinds haar vijftiende in de turnzaal zette, benam het uitzicht haar even de adem. Het podium was er nog. Er waren stoelen tegen de wan-den opgesteld. Het midden van de ruimte was volledig vrij. Shanya gleed tussen de deurspleet naar binnen, duwde de deur dicht en leunde er met haar rug tegenaan. Haar knieën trilden. Net zoals in de gangen daarnet, was de geur die in de turnzaal hing, nog steeds identiek. Een mengeling van stof en zweet. Er hingen andere gordijnen voor de ramen. De muren hadden nu een lichtgroene kleur. Er was ook voor nieuwe en betere lichtbronnen gezorgd. De grootste verandering was de vloerbedekking. De houten planken waren vervangen door cayennekleurige tegels. Op het podium bevonden zich, tegen de coulissen, enkele onderdelen die bij een toneel gebruikt werden. Een kasteel uit grote kartonnen platen en latten opgetrokken. Een manshoge poort met kantelen, eveneens samengesteld uit hout, karton en enkele grote, beschilderde dozen. Kleurrijke dekens, lakens en gordijnen lagen in de buurt van het kasteel. Alles in voorbereiding van of in afbraak na een voorstelling. Het podium zag er nog eender uit. Nog steeds aan beide kanten door acht treden geflankeerd.

Shanya haalde diep adem, duwde zich van de deur weg en stapte naar de ramen. Ze probeerde zich te herinneren waar ze die avond bezig was met het ophangen van ballonnen, toen een schreeuw vanop het podium weerklonk. Ze diende enkele stoelen te verplaatsen. Al haar spieren trilden toen ze dacht dat ze de juiste plek had bereikt. Ze draaide zich van het podium weg en sloot haar ogen.

De geur... die was er nog... maar dat was blijkbaar alles. Shanya poogde zich iets te herinneren. Het tumult van de organisatie, de stemmen, het geschuif van stoelen... niets van dat alles kwam terug. Ze hield het bijna een volle minuut uit, wat voor haar een uur leek. Enigszins gefrustreerd liep ze van die plaats weg. In een allerlaatste poging stapte ze van bij de ramen tot op het punt voor het podium waar haar vader lag. Op zijn rug, zijn hoofd in een afschuwelijke stand gedraaid. Ze schatte de afstand tot het podium en zakte toen op beide knieën. Zo zat ze naast haar vader en stak ze haar handen uit om hem aan te raken. Maar Marc Norris belette het haar. Iemand anders leidde haar van die plaats weg. Die iemand deed haar ook plaatsnemen op een van de stoelen. Stoelen die niet langer ordentelijk opgesteld waren. Kinderen weenden, ouderen gilden. Marc Norris die wegrende, waarschijnlijk om de ambulancedienst te bellen. Gejammer, gekerm. De ouderen weenden ook. Alle kinderen die kordaat werden weggeleid...

Shanya opende de ogen en merkte dat ze huilde. Zonder het zelf te beseffen, was ze opgestaan en op een van de stoelen gaan zitten, haar ogen nog steeds op die ene plaats gericht. Net als toen. Ze huilde en hapte met lange halen naar adem. Het was verdriet dat uit haar wegvloeide. Verdriet om verloren momenten, om tekortkomingen die nooit meer konden worden goedgemaakt, om verloren kansen. Het vloeide in zilte rivieren van glinsterend traanvocht uit haar kindertijd weg.

Ze had nooit mogen terugkomen. Veel te pijnlijke herinneringen, veel te intensieve gewaarwordingen. Laat het kind wenen, laat de volwassene vrij...

Shanya Bellmer weende zeker vijf minuten aan één stuk door, op een stoel in een lege turnzaal. Uiteindelijk verminderde de vloed en hield dan toch op. Ze veegde haar ogen droog en snoot luidruchtig haar neus. Ze borg haar zakdoek weg, legde haar handen in haar schoot en keek met een natte glimlach naar het podium.

"Dat was het dan!"

Ze stond op en liep naar de dubbele deur. Ze kwam hier nooit meer terug. Shanya was blij dat ze nog eens om haar vaders dood had kunnen huilen. Maar dat had niets veranderd aan wat binnenin nog steeds knaagde: wat hij had gezegd *na* zijn dood. Bij de deur hield ze halt. Ze draaide zich om, keek naar die plek voor het podium en zei heel rustig, het oprecht menend:

"... ik had zoveel respect voor jou..."

Daarna verliet ze de zaal. Bevredigd (en dan ook weer niet helemaal) verliet ze het schoolgebouw. Ze stapte in haar Chrysler en reed richting Autumn Road.

7

STEVEN en Marrion kwamen als laatsten aan. Ze parkeerden hun voertuig achter de drie andere wagens aan de overkant van *The Lady's Blues' Inn*. In de gelagzaal nuttigden enkele mensen een kleinigheid. Alleen of in groep. Er was niemand van hun eigen gezelschap aanwezig, dus trokken ze naar hun kamer. Toen ze voorbij de toonbank liepen, riep de waard hen na dat het avondeten om zeven uur in de veranda werd opgediend. Nog drie kwartier. Tijd genoeg om zich te verfrissen. Steven lag languit op het comfortabele bed. Marrion kwam uit de badkamer, haar natte gezicht met een handdoek bettend.

"Ik vertrouw haar niet."

Steven Tatakarian richtte zijn blik op zijn vriendin.

"Je hebt het er vannamiddag ook over gehad."

"Ja... het houdt me bezig. Er is iets aan haar wat ik niet kan plaatsen."

"En dat is?"

"Dat is net het probleem: ik weet het niet."

"Heeft het iets te maken met wat ze heeft gezegd?"

Marrion haalde haar schouders op, haar gezicht halfverborgen achter de handdoek.

"Eerder met *hoe* ze het zegt. Alsof ze het helemaal niet meent."

"Waarom zou ze dat doen? Ze wint er toch niets bij. Ze betaalt zelfs alles. Het eten, de wagens, ons verblijf hier."

"Niemand doet iets voor niets."

"Ik begrijp jouw wantrouwen niet, gewoon omdat ik me niet kan indenken wat zij eraan kan winnen."

"Misschien merken we dat pas later."

OMklokslag zeven uur op de zesentwintigste oktober kwamen de vijf personen aan de tafel in de veranda aan. Elma had de tafel geschikt, de stoelen gezet. Iedereen nam plaats op dezelfde stoel als eerder die dag. Darian had zin om haar onmiddellijk meer uitleg te vragen, maar bedwong zijn ongeduld. Hij wilde niet opvallen, niet in het bijzijn van Elliot. Dus zweeg hij en wachtte af. Net als Elliot. Die was ontevreden, maar te beleefd om zijn ongenoegen te uiten. Shanya twijfelde. Haar 'schoolbezoek' had haar iets bijgebracht, en daardoor was ze niet helemaal teleurgesteld. En Steven? Die kreeg geen tijd om te reageren, Marrion was hem voor. Haar directheid verraste hem.

"Elma... wij hebben een rotnamiddag gehad! Compleet tijdverlies!"

De zwarte, mollige vrouw glimlachte en knikte.

"Dat klopt," zei ze.

"Hoe, *dat klopt*!"

Elma draaide zich naar Elliot.

"Dat klopt... ik ben blij dat Marrion het op die manier naar buiten brengt. Heeft iemand een andere mening over zijn ervaringen? Darian?"

Darian Shadborne stak onmiddellijk van wal. Hij uitte zijn ongenoegen, maar bleef beleefd. Elliot, Shanya en uiteindelijk Steven volgden hem op en gaven Marrion gelijk met haar omschrijving *tijdverlies*. Elma Choshakian keek geamuseerd van spreker naar spreker en onderbrak niemand. Ze verdedigde zich ook niet. Niemand viel haar eigenlijk aan. Toen de ergernis bij iedereen was weggeëbd, stelde ze nog een vraag:

"En Meridian Road?"

Het kakelen begon opnieuw. Elma bedwong haar brede glimlach niet. Ze had geen zin om als moderator op te treden. Er was een woordenvloed waaruit ze meende op te maken dat het compleet nutteloos was er door te rijden. Niemand had iets speciaals opgemerkt. Toen de emoties waren afgezwakt en iedereen weer ordentelijk op zijn of haar stoel zat, hernam Elma:

"Jullie hebben allemaal gelijk. Ik ontken niets. Het rondrijden in Rosenhelm heeft niets teweeggebracht en Meridian Road leverde niets speciaals op. Ik had eigenlijk niets anders verwacht."

"Maar wat was jouw bedoeling dan?"

"Mijn bedoeling, Darian, was jullie te laten aanvoelen dat de manier die ik morgen voorstel, de enige correcte is om jullie hulp te bieden."

"En dat is?"

Elma keek Elliot begrijpend aan.

"Morgen... eerst eten en slapen."

"Met plezier... maar krijgen wij *iets*, één enkele hint maar?"

Elma dacht na en zei toen:

"Mij goed… eh, even denken... wat hebben jullie vannamiddag allevier gedaan?"

"Meridian Road?"

"Inderdaad, maar dat had ik jullie gevraagd. Ik bedoel iets vrijwilligs. Buiten het feit dat jullie allen - behalve Marrion - van Rosenhelm afkomstig zijn, is er nog iets wat jullie gemeenschappelijk hebben. Dat is vannamiddag duidelijk gebleken."

Elliot reageerde niet onmiddellijk. Hij keek de anderen aan in de hoop steun te vinden. Niemand gaf raad. Ineens richtte Shanya zich naar voor.

"Het kerkhof!"

Elma knikte. Er viel een ijzige stilte. Iedereen besefte dat Shanya gelijk had. Niemand wist echter *waarom* zij gelijk had.

"Dat is voor later! Eerst vertellen we verhalen. Dat heb ik jullie beloofd. Ik vraag dat jullie elk om beurt jullie verhaal vertellen. Daarmee bedoel ik van die keer dat jullie mij voor het eerst hebben gezien, en de manier waarop jullie werden gecontacteerd. Het is belangrijk voor de anderen. Hoe meer informatie wij verzamelen, des te sterker we gewapend zijn voor morgen."

"Morgen?"

"Straks, Elliot! Nu eerst vertellen. Jij begint!"

"Ik?"

"Waarom niet?"

Elliot kon daar niet onmiddellijk op antwoorden. Hij stak dan maar van wal en tijdens het avondeten zweeg Elma Choshakian. Ze liet de anderen hun verhaal doen. Elliot begon met zijn zoektocht naar het verdwenen meisje Sandy en haar terugkeer op het bureel. Shanya sprak over de dood van haar vader, iedereen werd stil toen haar oogranden zich met tranen vulden. De waarschuwing die hij haar had gegeven, liet ze achterwege, waarom wist ze zelf niet. Iets onduidelijks, iets wat ze zelf niet vatte, belette haar dat. Daarom schakelde ze maar over naar het bericht van de dode Laura Calloway op Deathfloor. Steven vertelde ronduit over zijn jeugd, over zijn misstappen en tegenslagen. Over zijn eerste avontuur in de cel en daarna over zijn tweede, bijna identieke ervaring. Darian had het iets moeilijker. Hij kon onmogelijk vertellen wat zich werkelijk had voorgedaan, hoewel hij de scène met de brand van zijn ouderlijke woning en de achtervolging per motorfiets in detail vertelde. Maar hij kroonde zichzelf tot getuige van een zware vechtpartij op een parking in Wacker Drive waarbij het dodelijk gewonde slachtoffer, Yell Merrith, door een wezen uit Anderwereld werd meegenomen. Weinigen smaakten het eten dat ze in hun mond propten, ze waren veel te ingenomen door wat er werd verteld. Niemand onderbrak de verteller. Niemand stelde vragen.

Er werd aandachtig geluisterd. Het was fantastisch, het had betrekking op iedereen.

9

DE nacht bracht geen soelaas. Integendeel. Ze woelden allen in hun slaap, worstelden met de donsdeken en hun eigen dromen. Wat enkele uren daarvoor werd verhaald, weekte blijkbaar nu diep ingegraven emoties los. Elliot wrong zich om drie uur in de ochtend uit bed voor een half slaappilletje. Darian checkte twee vuurwapens, legde zich op het bed maar vatte met heel wat moeite de slaap. Het was dan niet meer dan een wankel dobberen tussen wakker worden en weer tot net onder de grens wegzakken. Shanya viel na middernacht in slaap, nadat ze bijna twee uur opgekruld had liggen wenen, haar kussen omhelzend als was het het laatste restje realiteit waar ze zich *kon* aan vastgrijpen. Steven had Marrions lichamelijke toenadering afgewezen omdat hij het moeilijk had, zeker na wat hij die namiddag had gevoeld. Marrion had licht gefrustreerd gereageerd en gezegd dat het rondrijden hem dus toch iets had gedaan. Voor ze zelf - ook na middernacht - in slaap viel, liet ze hem nogmaals weten dat zij niet erg op haar gemak was in het gezelschap van die Elma. Er was volgens haar iets vreemds aan die vrouw, hoe vriendelijk en aangenaam zij ook in gezelschap was. Steven porde haar in haar zij en vroeg haar erover te zwijgen, hij probeerde te slapen. Ze zei dat hij een knorpot was en kroop dicht tegen hem aan. Toen ze haar ene hand zacht tussen zijn benen liet glijden, voelde ze zijn hardheid. Inwendig glimlachend sloot ze er haar hand omheen en bewoog die traag op en neer. Zijn vermoeidheid deinde weg en hij had geen moeite om zich over te geven aan wat zijn lichaam wilde.

Uiteindelijk banden ze allen de schrikwekkende scènes uit het verleden en zochten ze naar vaste raakpunten. Wat hadden ze vandaag zoal verricht? Waar waren ze geweest? Denken, beelden… allemaal dachten ze in een wirwar van dromen na over hun bezoek aan het kerkhof op Solid Boulevard. Allen zochten ze tevergeefs naar een oplossing. De dromen waren vluchtig, golvend, onmogelijk van elkaar te scheiden. Onvatbaar, als opdwarrelende herfstbladeren.

Deel Vijf:

Anderwereld

15
<u>1994</u> – <u>Rosenhelm</u> (North Carolina)
<u>Anderwereld</u>

1

DE ochtend van de zevenentwintigste oktober betekende een ware opluchting. Eindelijk opstaan! Gedaan met het wriemelen en draaien onder de dekens. Gedaan met de pogingen om ontspanning in de zwarte dimensie van de slaap te vinden. Het zich uit het bed werken was een welgekomen einde voor het zoeken naar oplossingen voor ongrijpbare problemen. Na de moeizame nacht maakte iedereen zich in stilte voor het ontbijt klaar. Om acht uur werden ze op de afspraak verwacht. Elma was er. Elliot had een conversatie met haar, die meer op een geanimeerd gesprek leek. Darian was er ook toen Steven, geflankeerd door Shanya aan de ene zijde en Marrion aan de andere, de veranda binnenstapte. Elma keek op en glimlachte. Die kleine, mollige en dolgezellige vrouw glimlachte veel. Het stelde de meesten gerust. Zij was zelf rustig en beheerst en toonde zich volledig meester over de situatie. Dat ze nog heel wat achter de hand hield, maakte haar gasten nieuwsgierig. Marrion McKelly vond dat ze op die manier het gezelschap eigenlijk in haar macht hield, maar ze zweeg daarover. Elma wees naar de vrije stoelen.
"Kom, wees gezeten. Het ontbijt komt er zo aan."
Het drietal nam plaats. Bijna onmiddellijk daarna verscheen de waard aan hun tafel.
"Zes stevige ontbijten, vermoed ik?"
Elma knikte. Ze wachtte tot de man terug naar zijn keuken vertrok. Dan richtte zij zich naar voren en plaatste beide ellebogen op het tafelblad.
"Goed... we zijn al zover. Waarschijnlijk heeft niemand van jullie een rustige nacht gehad?"
Er klonk geen spot in haar stem. Het was een heel logische (en trouwens terechte) veronderstelling. Het was niet haar bedoeling iemand te kwetsen. Aan de reactie van haar tafelgenoten merkte zij dat ze gelijk had.
"Daar komt na het ontbijt verandering in."
"Hoezo? Nog meer opdrachten?" vroeg Darian.
"Inderdaad. Eén welbepaalde, maar deze keer onder mijn begeleiding."
Darian had waarschijnlijk geen oog dichtgedaan. Shanya vond dat hij tamelijk kribbig reageerde. Maar eigenlijk had ze dat ook willen doen.
"Luister, Elma. Ik ben gisteren een volledige namiddag verloren. Ik heb vannacht heel slecht geslapen, bijna niet zelfs. Ik heb thuis een ganse resem belangrijke zaken af te werken en verlang naar een definitief einde voor die

raadsels en mysteries. Als er tegen déze middag niets concreets uit de bus is gekomen, neem ik mijn koffers en keer ik terug vanwaar ik kom."

Iedereen zweeg. Nochtans waren zij opgelucht dat wat op hun lever lag, naar buiten was gebracht. In de irritante stilte die op Darians woorden volgde, keken ze naar Elma en wachtten haar antwoord af. Darian wilde niet laten merken dat hij gespannen was. Hij vond dat hij daarnet misschien te direct geweest was. Het lag helemaal niet in zijn bedoeling Elma verbaal aan te vallen, maar toch was hij blij dat het eruit was. Te zien aan de gedragingen van de anderen, deelden die zijn mening. Ook hij wachtte nu de reactie van de gastvrouw af. Die verraste hem. Elma hield de ogen gesloten en sprak haar woorden heel traag en zelfzeker uit.

"Jullie zijn *allemaal* teruggekeerd naar de plaats waar jullie ooit vandaan kwamen. Ik begrijp echt dat niemand zomaar met deze situatie omgaat. Indien er geen voorafgaandelijke kennismakingen met Anderwereld waren geweest, hadden jullie mij waarschijnlijk al gek verklaard. Maar de feiten zijn anders. Jullie zijn onder de invloed van wat vroeger is voorgevallen. Maar wees gerust: vanmiddag zijn jullie compleet andere mensen."

"Is dat een belofte?"

Elma opende haar ogen en keek haar spreker aan.

"Dat beloof ik jullie, Elliot. Allemaal. Zoals ik gisterenavond al zei: in deze wereld is geen oplossing te vinden. Ik begeleid jullie straks naar de plaats waar de antwoorden op alle vragen klaarliggen."

"En dat is?"

"Anderwereld."

Het ontbijt kwam eraan. De koffie was heet en vers en verjoeg de laatste kwalijke ochtendhumeuren. Gebakken eieren. Jam, kaas, boter, warme broodjes. Voor elk wat wils. Er werd flink gegeten. En gezwegen. *Anderwereld*. Dat ene woord bezorgde hen koude rillingen. Tijdens hun stille ontbijt probeerden ze zich de beelden die zij reeds van die plaats hadden opgeslagen, voor de geest te halen. Het betreden van die plek kwam hen niet als een erg opbeurende bezigheid over. Maar het ontbijt was lekker en hun gemoed werd er alleen maar beter en sterker door. Het was uiteindelijk Elma die de doorslag gaf.

"Ik kan me jullie ongeduld inbeelden. Ik begrijp dat jullie de indruk hebben dat er gisteren niets werd verricht en bereikt. Maar neem even de tijd om de voorbije jaren te overlopen. Heel kort. Meemaken, doorstaan, gecontacteerd worden. Niet meer dan dat. Het kan allemaal in enkele minuten opgelost worden. Daarna zijn jullie vrije mensen."

"Wie ben jij eigenlijk, Elma?"

Shanya had die vraag gesteld.

318

"Probeer mij niet langer alleen maar als een mens te beschouwen, meisje. Ik ben een van de weinigen die de overgang zomaar kunnen maken. Het wordt allemaal heel duidelijk."

"Mogen wij nog één verduidelijking?"

"Vraag maar op."

Shanya keek om zich heen. Niemand had blijkbaar een bezwaar.

"Gisterenavond zijn we niet verder ingegaan op dat ene ding dat ons blijkbaar verbond."

"Het kerkhof!" sprong Elliot het meisje bij.

"Dat klopt. Ik ben jullie meer uitleg verschuldigd, hoewel ik betwijfel of jullie er blij mee zullen zijn."

"Geef maar op, Elma..."

Elma lachte naar Elliot en zei:

"Het is niet het kerkhof zelf dat jullie bindt. Wel degenen die daar begraven liggen... en dat zijn jullie vaders. Elk van jullie - Marrion uitgezonderd - heeft op vroege leeftijd zijn vader verloren. Maar er is nog meer, daar draait het net om. Die vaders... hebben ergens in het verleden ook kennisgemaakt met Anderwereld. Ook zíj hebben *iets* ervaren. Jullie krijgen nu van mij de mededeling dat hulp mogelijk is. Met hen waren wij dat ook van plan. Anderwereld zocht hen op, maar zij stierven voor wij hen bereikten. Daardoor kwamen wij ongewild bij de afstammelingen terecht. Dat zijn jullie. Toen de wanden tussen de twee werelden openscheurden, was Anderwereld naar jullie vaders op zoek. Met de bedoeling hen te helpen, hen binnen te laten om te verwerken wat *zij* hadden meegemaakt. In plaats daarvan maakte Anderwereld zogezegde 'nieuwe' slachtoffers. Wij hadden enkel goede intenties, maar creëerden nieuwe problemen, die we nu willen rechtzetten. Kunnen jullie volgen?"

"God... pa?"

Tranen welden onmiddellijk op, zo gevoelig was ze. Het idee kwam haar als totaal onmogelijk over. Dat kon gewoon niet!

"Inderdaad, meisje. Waarschijnlijk hebben ze er met niemand over gesproken. Dat deden ze niet, omdat ze - net als jullie - met duizenden vragen zaten. *Heb ik dat eigenlijk wel gezien? Heb ik dat wel meegemaakt? Wat was dat in 's hemelsnaam?Als ik het aan iemand vertel, word ik geloofd? Of voor gek versleten? Ik maak me belachelijk, ik zwijg er beter over, het gaat over, het slijt...* Ze hielden het - opnieuw zoals jullie - voor zichzelf."

"Wat hebben ze meegemaakt?"

Elma draaide haar hoofd in Stevens richting.

"Zij waren aanwezig bij een scheuring, een hapering tussen de twee werelden. Zij hebben een deel van Anderwereld gezien, zij hebben creaturen gezien die er verblijven. Net zoals jullie. Ik ken geen details. De interventies van

Anderwereld gaan automatisch van ouder op kind over. Beschouw het als een onzichtbare streng die ouder met kind verbindt. Een soort overdraagbaar virus dat zich in de genen heeft genesteld."

"Hoe heeft Anderwereld *ons* dan gevonden?"

"Die strengen, die virale infecties, hebben vibraties. Wij gaan op die trillingen af. Jullie lichtten als vuurkegels in het pikdonker op. Maar jullie waren de mensen niet die we zochten."

"Ongelooflijk!" zei Elliot, "is daar nooit iemand eerder mee naar buiten gekomen? Hoeveel krijgen er zo met Anderwereld te maken?"

"Oh... niet zo heel veel. De frequentie van de haperingen varieert. Er moet dan natuurlijk net iemand in de buurt zijn die het opmerkt. Trouwens, Anderwereld betreden kan zo maar niet. Je moet eigenlijk uitgenodigd worden en het vrijwillig doen. Anders werkt de scheur als een dodelijke barrière."

Darian dacht aan Muts en Rasta. Hun ogen smolten uit hun hoofd. Eerst dat, en dan het zwevende gruwelbeest.

"Maar waarom die monsters?"

Darian stelde die vraag omdat hij drie van die helse creaturen had gezien.

"Het is een andere wereld. Andere schepsels, vreemder, gruwelijk, dodelijk voor de mensen. Heel wat mensen die door Anderwereld geïnfecteerd zijn geweest - als ik het zo mag zeggen - ontdekken na hun dood dat ze daar opnieuw *ontwaken*. Laat me toe dat ik op dat gebied toch één waarschuwing geef: misschien zijn er wel ontmoetingen met iemand die jullie allang niet meer gezien hebben, als je begrijpt wat ik bedoel. Hoe vreemd het ook mag zijn, in Anderwereld is dat zo."

"Ik geloof dat mijn hoofd begint te tollen," zei Shanya.

Darian vroeg, niet zonder een zweem van spot in zijn stem:

"Goed... nu alles voor ieder van ons duidelijk is, haha... wat verwacht je concreet van ons?"

"Dat jullie mij in Anderwereld volgen, Darian. Ik begeleid jullie naar de respectievelijke plaatsen. De plaatsen waar jullie in contact zijn gekomen."

"Geïnfecteerd!? Dat was het woord dat je daarnet hebt gebruikt."

"Klopt, Darian. Daar zullen jullie de last van de schouders voelen afglijden."

"Hoezo?"

"Ik voel nog steeds een beetje vijandigheid, Darian. Meer kan ik nu niet zeggen. Na het ontbijt vertrekken we."

"Waarnaartoe?"

"Naar Meridian Road!"

2

ELMA bestuurde haar gitzwarte Chevrolet Impala met Shanya en Marrion naast zich op de vuurrode voorbank. De brede achterbank (van dezelfde kleur) was door Darian, Steven en Elliot inbeslaggenomen. Op Elma's bevel werden de Chryslers aan *The Lady's Blues' Inn* achtergelaten. Darian had ervoor gezorgd dat hij niet naast Elliot plaats moest nemen. Hij vertrouwde de politieman in die kerel niet helemaal. Hij had bovendien nog een andere reden.

De rit daarheen verliep in stilte. Er waren weinig mensen op de been. Degenen die de zwarte slee voorbij zagen rijden, schonken er nauwelijks aandacht aan. Hoewel het eind oktober was en de wagen een cabriolet, hadden de inzittenden geen last van de tocht. Elma reed trouwens aan een slakkengangetje. Het gaf de anderen de tijd om na te denken over dat nieuwe aspect. Het verrassende feit dat zij eigenlijk in de voetsporen van hun eigen vaders waren getreden. Het deed hen op een nieuwe en meer eerbiedwaardige manier naar die personen kijken. De man die tot op dat moment alleen maar hun *vader* was geweest, was nu plotseling een deelgenoot in hun mysterie.

"Dit is dus Meridian Road!"

"Ik ben benieuwd!" zei Elliot vanop de achterzetel.

Ongeveer halverwege de straat hield Elma tegen de stoep halt. Ze draaide de contactsleutel om en luisterde naar het tikkende geluid van de afkoelende achtcilinder. Ineens richtte ze haar hoofd op en op een vrolijk toontje zei ze: "We zijn er!"

De anderen keken om zich heen. Rijbaan, voetpaden met bomen, aaneengesloten huizen die meerdere verdiepingen telden. *Waar* waren ze?

"Ik zie enkel huizen!" zei Marrion.

"Klopt... maar zie je dat ene huis daar? Laat het me anders formuleren! Heb je dat ene huis, dat grijze, gisteren opgemerkt?"

Elma wees naar links, naar de overkant van de straat. Het smalle, grijze huis dat zij aanwees, telde drie verdiepingen en zat als het ware geknelt tussen twee andere bouwsels die opmerkelijk beter bewaard waren. Het bevond zich verder van de straat dan de andere huizen in de rij. Het manshoge struikgewas tierde welig in de onverzorgde voortuin tegen de rauwe, grijze gevels. Het was een huis dat helemaal niet opviel. Integendeel, je was er misschien al honderdmaal voorbijgekomen zonder het op te merken. Donkergroene, verticale strepen op de vuile, grauwe muren, daar waar de afvoer kapot was en het water al jarenlang naar beneden droop. Vieze vensters met afschilferende verf op de ramen. Hopen duivenpoep op de vensterbanken en dorpels. Het was een huis dat z'n best deed om uit de schijnwerpers te blijven. Omdat het smaller dan de andere was, liep je er ook vlugger voorbij. De voortuin van de beide buurhuizen bevatten grote sparren, zodat je weinig kans kreeg om in het voorbijrijden een blik te werpen op wat zich daartussen bevond. Het was een huis dat je absoluut niet wist staan, tot iemand je er attent op maakte. Dan zei je, net als Shanya, verwonderd:

"Dat huis heb ik nog nooit gezien."

Shanya keek naar de reacties van de anderen. Ondertussen waren ze uitgestapt en troepten als een groepje verdwaalde toeristen samen op het voetpad. Er werd vooral met het hoofd geschud. Niemand had het huis opgemerkt. Niemand had het ooit eerder gezien.

"Daar gaan we binnen," zei Elma.

"Ben je zeker dat we geen desinfecterende kledij nodig hebben?"

"Helemaal niet, Darian. Het uiterlijk is er enkel maar om te misleiden. Het laat zich niet zomaar betreden. Het huis is een omhulsel van een artificiële overgang. Het bestaan van deze doorgang houdt ook in dat zich hier in de buurt veel haperingen en scheuringen voordoen. Anderwereld is niet zo erg opgezet met deze 'niet-natuurlijke' doorgang. Die zijn zo oud als de wereld zelf en daarom hebben groeperingen zich in het verleden over het probleem van de 'haperingen' of 'kruispunten' gebogen. Men heeft dikke, zware boeken uit vervlogen tijden gebruikt. Daarin was het bestaan en het ontwerpen van kunstmatige doorgangen beschreven. Men gebruikte toen nog magie. Een wetenschap die vandaag de dag volledig verwaarloosd is. Hier, in Rosenhelm, werd eeuwen geleden zo'n doorgang gebouwd. Natuurlijk bestond deze stad nog niet.

Men heeft er wel altijd iets rond (of in de buurt ervan) gebouwd. Nu zijn het huizen of krotten zoals dit hier, het hoeft niet zo meer op te vallen. Vroeger waren het torens, tempels, kathedralen, piramiden. Alles wat imposant was en in het oog viel. In de loop van de geschiedenis waren die bouwsels bakens voor de mensheid. Sommigen plaatsten er grote, rechtopstaande stenen in een kring rond. Of immense stenen altaren. Jullie kennen die prentjes wel, en de meeste mensen zijn zelfs vergeten waar die voor dienden.

Rond sommige locaties werden ganse bedevaartsoorden opgericht. Het christendom was daar blijkbaar in gespecialiseerd. Wat men niet begrijpt, gaat men vrezen of aanbidden. Een verschijning (niet meer dan een scheuring die zich voordoet)… en het hek was van de dam. Onmiddellijk duizenden aanhangers, één voor één godsdienstige fanatiekelingen. Anderwereld heeft met godsdienst niets te maken. Kortom, de kunstmatige passages werden aangeduid. Anderwereld ging hier misschien wel niet mee akkoord, maar er was geen ontkomen aan. De doorgangen waren er en Anderwereld riposteerde door zich net dáár nog meer te manifesteren, als wilde hij bewijzen dat met hem niet te spotten viel."

"Je spreekt over Anderwereld alsof het een persoon is."

"Heel goed opgemerkt, Elliot. Meer uitleg volgt. Eerst gaan we binnen. We... eh... Marrion, het spijt me, maar hier houdt de reis voor jou op. Als je wilt, kun je met de Chevy terug naar de Inn rijden en daar wachten tot we..."

"Ik ga met Steven mee!"

Marrion McKelly's reactie was kort en hevig. Ze had zelfs een strijdvaardige stap naar voren gezet.

"Ik denk dat dat niet erg veilig is."

"Ik herhaal niet meer wat ik al gezegd heb, Elma. Ik blijf bij Steven."

Steven legde zijn hand op haar schouder.

"De mogelijkheid bestaat dat je letsels oploopt. Je bent niet een van de vier die..."

"Het kan me niet schelen, ik..."

"Marrion, liefje... ik apprecieer het echt dat je me wilt volgen, maar misschien...."

Marrion draaide zich met een ruk in Stevens richting.

"Ik laat je niet alleen gaan. Ik ben je tot hier gevolgd en blijf in je buurt hangen!"

Steven worstelde met een hevig gevoel van respect voor die vechtlustige Marrion McKelly en werd bang. Hij wilde niet dat haar iets overkwam.

"Ik heb je gewaarschuwd!" zei Elma kordaat.

Ze draaide zich om en stapte van het voetpad in de richting van de onverzorgde voortuin aan de overkant.

"Wacht even!"

Darian Shadbornes woorden klonken als een bevel. Iedereen draaide zich in zijn richting. Ook Elma. Darian haalde een zonnebril met donkere glazen uit de binnenzak van zijn jas.

"Marrion... deze is voor jou. Je moet die dragen."

Even vertrok Elma's gezicht toen ze naar Darian keek. Marrion nam de bril aan.

"Dank je, Darian. Waarom is dat nodig?"

"Iets van vroeger... enkel degenen die uitgenodigd of gevraagd worden om Anderwereld te betreden, hoeven niets te vrezen. Het gaat over de ogen. Draag de bril bij het binnengaan, zet die in geen enkel geval af."

Marrion glimlachte naar Darian en liep tot bij Steven. Nu lag er duidelijk een boze blik in Elma's ogen, en die waren op Darian gevestigd.

"Komaan! We verliezen tijd!"

3

VAN dichtbij viel de verwaarlozing van het huis op Meridian Road nog meer op. Tussen het struikgewas, dat veel van een minijungle had, stak een bijna doorrotte, houten paal uit de grond omhoog. Daar hingen de restanten van een brievenbus aan bevestigd, met daarboven op een houten plaatje het getal 36. Rosenhelm – North Carolina, 36 Meridian Road, kunstmatige doorgang naar Anderwereld. Het was zo onwerkelijk. Belachelijk bijna. Zeker toen ze samengepakt voor de woning en nerveus op Elma's volgende stap wachtten. Een nauwelijks begaanbaar pad leidde vanop het voetpad tot aan de twee trappen voor de deur. De voortuin was hooguit tien meter diep.

"Woont hier nog iemand?"

Elliot wees naar de scheefhangende voordeur.

"Er woont hier inderdaad iemand. Laat het me anders formuleren. Als een persoon van deze wereld hier aanklopt, opent een oud kereltje de voordeur. Hij stelt zich als Ronald E. Quilchane voor. Ronald is zó weerzinwekkend dat hij sommigen op de vlucht jaagt. Voor anderen, die niet zo vlug weggejaagd kunnen worden – flikken of andere ambtenaren die iets van hem of de woning willen bekomen – is hij een ongeletterde dwaas. Voor nóg anderen is hij onzichtbaar. Ik bedoel hiermee: Ronald Quilchane is een wezen dat in Anderwereld thuishoort en zich aan situaties aanpast. Hij valt niemand lastig, en het komt in niemand op hem lastig te vallen. Ronald is een Bewaker. Elke doorgang heeft er een. Het is altijd al zo geweest."

"Heeft men ooit geprobeerd door te dringen?"

Elma keek Elliot aan.

"Degene die het probeert, geraakt niet ver. Dit huis is niet wat het lijkt, en Ronald is er ook nog. Maar genoeg getaterd. Genoeg uitgesteld. We gaan binnen!"

Elma draaide zich om en stapte door de voortuin in de richting van de voordeur. De vijf mensen keken elkaar aan. De blik in de ogen ging van verwondering naar verwarring naar ongeloof. Uiteindelijk zette Shanya Bellmer de eerste stap door achter Elma aan te gaan. De rest volgde. Marrion McKelly had haar donkere bril opgezet.

Het was vijf voor tien.

Elma duwde de voordeur open. Die was duidelijk niet gesloten. Niemand wist wat hij of zij te verwachten had. Stond er iets klaar met de vermetele bedoeling hen te bespringen? Of wachtte hen een koude, vuile hall, met muren vol schimmel en rottend afval op de grond? Als men het uiterlijk van het huis bekeek, was dat laatste beeld nog het meest plausibele. Maar niets van dat alles. Het was een duistere, schijnbaar onmeetbaar lange gang, die vanaf de voordeur vertrok en tot in het oneindige leidde. Een muffe geur bereikte hun neusgaten. Darian meende dat zich op bepaalde afstanden aan beide zijden deuren in de donkere wanden bevonden. Hij huiverde. Dit huis was inderdaad helemaal niet zoals het zich aan de buitenkant presenteerde. Onwillekeurig bevoelde hij de twee harde metalen vormen onder zijn jas. Die bezorgden hem een veilig gevoel en daarom wilde hij in de Chevy niet naast Elliot zitten. Hij wilde dat die voorwerpen zolang mogelijk verborgen bleven.

"Iedereen is klaar?"

Elma wachtte niet op een antwoord en stapte de lange gang in. Opnieuw keken de leden van het gezelschap elkaar aan. Het was opnieuw Shanya die de eerste stappen zette. De anderen hielden hun adem in. Maar toen het meisje enkele meters ver was, draaide zij zich om.

"Komaan!"

Verderop in de gang stopte Elma, draaide zich ook om en keerde zelfs enkele stappen terug.

"Hola... nu niet meer aarzelen. Als de voordeur sluit, kan niemand meer binnen. Ik raad jullie aan voort te maken!"

Aangemoedigd door een dappere Shanya, betrad de rest van het gezelschap het bouwvallige huis op Meridian Road. Nauwelijks was Darian als laatste binnengekomen of de deur gleed achter hem inderdaad geruisloos dicht. In alle stilte, alsof het bericht nog volgde: *ik hoef me niet te haasten, jullie zitten toch reeds in de val.*

Een koude rilling ratelde langs zijn ruggengraat. Niet voor de eerste en ook niet voor de laatste keer vroeg hij zich af waar hij eigenlijk aan begonnen was. Er was echter geen terugkeer mogelijk. De anderen waren al enkele meters verder en het allerlaatste wat hij wilde, was achterop blijven. Darian wist niet hoe het de anderen verging, maar hij was opnieuw dat kleine kind, alleen in hun grote huis op Beach Boulevard, de avond dat zijn ouders naar een feest waren. Er stak eerst een windvlaag op, het regende even later en tot overmaat van ramp volgden nog donder en bliksem. Beneden was er een oppas, maar die hield zich hoofdzakelijk met zijn kleinere broertje bezig. Grote Darian, toen zeven, had zich die avond heel stoutmoedig gedragen. *Neen, hij was niet bang alleen. En neen, hij zag er niet tegenop om alleen naar boven te gaan. Neen, hij vond het niet erg om alleen in zijn kamer te blijven. Onweer? Oh... laat maar komen... Jaloersheid.* Dat was de hoofdzaak.

Nu besefte Darian Shadborne wat hem toen had gedreven om zo eigenzinnig en geveinsd kordaat te zijn. Zijn jongere broertje kreeg alle aandacht van die vriendelijke, jonge meid. Hij daarentegen werd wandelen gestuurd! Hij vond dat hij ook zijn portie verdiende! Hij wilde zijn boontjes alleen doppen! Maar als zevenjarige liet hij dat best niet merken. Hij wilde stoer zijn. De kleine Darian wilde niet dat het meisje zijn ouders verklapte dat hij een bangerik was.

Om die reden dwong hij zich naar boven. De brede, donkere trappen op. Daarom bleef hij op de overloop staan, hopend dat het meisje – hij was haar naam vergeten – hem toch achternakwam om te kijken of alles naar behoren verliep. Zij kwam niet, zij bleef bij de jongere Allan. Om die reden stapte hij met knikkende knieën naar zijn kamer, duwde de deur met bevende handjes open en wachtte af. Er bewoog niets, er sloop niets in het halfduister tussen het bed en de muur rond. Er hing niets met klauwen en roodopgloeiende ogen in één van de hoeken van het plafond. Hij stapte naar binnen, zijn onderlip trilde. Het liefst was hij naar beneden gerend. Het liefst had hij zich naast het meisje in de grote zetel genesteld. Maar Darian bezat toen reeds een soort fierheid. Hij holde naar zijn bed, sprong erop, trok de lakens en de dekens open en dook eronder. Zijn hartje hamerde, zijn longen pompten lucht naar binnen. Maar hij was veilig. Toch voor een tijdje. Ineens besefte hij dat hij de deur naar de overloop open had laten staan. Er kon dus iets zijn kamer binnensluipen. Opnieuw rilde zijn ganse lichaam. Maar Darian was slim. Hij bleef onder de lakens. Niets of niemand zag hem daar. Ongezien zijn was volgens hem veilig. Tot overmaat van ramp begon het te regenen. Te donderen en te bliksemen. De kleine Darian kromp ineen onder zijn lakens. Hij zocht steun bij een lichtbruine teddybeer die hij tegen zijn lichaam aandrukte. Buff was zijn naam. Buff zou hem helpen. Buff zou de monsters verslaan die hem belaagden. Darian herinnerde het zich niet meer, maar die avond weende hij zichzelf langzaam in slaap. Buff was sterker dan gelijk welk ondier dat de kamer binnendrong, Buff zou grommen en grauwen en…

"Wat bedoel je?"

Darian Shadborne schrok uit zijn dagdroom op. Hij bevond zich in een half-duistere gang. Marrion McKelly hield hem bij de arm vast en keek hem verward aan. Achter haar in de gang stonden de andere leden van het gezelschap. Ze wachtten op hen.

"Wat… heb ik gezegd?"

"Buff?" zei Marrion voorzichtig.

Darian hief zijn handen op en wreef over zijn gezicht. Hij schonk veel aandacht aan zijn ogen. Die waren nat. Had hij geweend? Was hij niet stoer geweest?

"Het was zó echt… ik was… weer in mijn ouderlijk huis en…"

Elma Choshakian wurmde zich tussen de anderen tot bij hen. Net als Marrion legde zij een hand op zijn arm.

"Darian… het is goed. Soms laat Anderwereld je dingen zien die diep in het geheugen verborgen liggen. Meestal uit de jeugdjaren, omdat je als kind tijdens je eerste levensjaren de meeste intensieve ervaringen opdoet. Ook de emoties dringen in die periode het diepst door. Een volwassene maakt veel meer mee, maar die heeft - in tegenstelling tot een kind - buffers. Bijvoorbeeld de ervaring om met emoties om te gaan of het verstand in te schakelen om alles door een nuchtere bril te bekijken. Het gevoelsleven van een kind is een spons die alles opneemt. Soms in een verkeerde vorm. Die zaken kunnen nu naar boven komen."

Elma draaide zich gedeeltelijk om en ging waarschuwend verder:

"Maar het is nog maar het begin, ik zeg dit voor iedereen hier. Dit is nog maar het voorportaal van Anderwereld, maar toch zijn de invloeden al voelbaar. Eenmaal je die effectief betreden hebt, worden alle registers opengetrokken. Het was tot nu al een reisje naar jullie verleden, maar pas later worden jullie geconfronteerd met wie en hoe jullie toen waren. Let wel… het zijn maar herinneringen. Weliswaar heel levendig, maar… komaan, we moeten verder."

De kleine, mollige Elma was de kleinste van de groep. Ze liet Darians arm los en wurmde zich terug naar voren. Nu liet ook Marrion de man los. Darian Shadborne wreef nogmaals over zijn gezicht. Alles was daarnet zo verdomd echt geweest! Nu nog reageerde hij als het kind dat zich in die kamer op Beach Boulevard onder de dekens verborg. Hij probeerde de krampen in zijn onderbuik te negeren.

"Hoever leidt deze gang?"

Elma meende dat Steven die vraag had gesteld.

"Dat is niet altijd dezelfde afstand. Het vraagt van Anderwereld tijd om binnen te dringen in de geest van degene die de gang neemt. Nu er meer dan één persoon is, duurt dat wat langer."

"En waar is die Ronald, die bewaker?"

Elma stak haar hand omhoog.

"Wees blij dat je die niet ontmoet, Shanya. Niet in deze richting. Niet in mijn gezelschap."

"Wat bedoel je daarmee?"

"Niets, niets… voortmaken. Komaan."

Shanya zocht naar een verklaring in Marrions ogen. Beiden haalden niet-begrijpend de schouders op. De voettocht door de naar schatting vier meter brede, donkere gang verliep langzaam. Hoewel er geen lichtbronnen aan het plafond of de muren hingen, bleef het schemerdonker. Darian, die nog steeds als laatste liep, keek af en toe achterom. Om te kijken of ze niet heimelijk gevolgd werden. De voordeur van de woning was allang niet meer te zien, waardoor de situatie waarin zij zich bevonden, eigenlijk een benauwende indruk maakte. Claustrofobisch bijna.

Ze passeerden de eerste deuren. Links en rechts. Vanaf dat punt bevonden zich om de twintig meter deuren in de muren. Deuren zonder krukken. Niemand had de behoefte Elma naar het nut van deuren zonder krukken te vragen. Het kwam hen tamelijk bizar over. Heel veel zaken waar zij geen vat op hadden. Niemand van hen *probeerde* er op dat moment vat op te hebben. Ze ondergingen nog. Ze zwegen en luisterden naar wat hun innerlijke stem hen vertelde. Enkel nog het geritsel van hun kledij en het gedruis van hun stappen op de stenen vloer weerklonken. Ze beseften dat ze zichzelf moed inspraken. Ze gaven toe dat zij zich in een ondenkbare situatie bevonden, dat zij echt niet wisten waar ze aan toe waren of waar ze aan begonnen waren. Buiten op straat was het allemaal zo logisch, maar nu ze er effectief mee bezig waren, was het onwerkelijk en beklemmend. De logica was volledig zoek.

Vooral voor Shanya Bellmer. Zij probeerde haar chaotische gedachtegang te ordenen. Zij liet de buitenwereld even voor wat die was en zocht een uitweg uit de daedalische warboel van haar geest. Zij keek tijdens het stappen naar beneden om zo weinig mogelijk invloeden in zich te moeten opnemen. Afstand nemen, innerlijke ruimte voor zichzelf scheppen. Ze ving enkel op wat de anderen veroorzaakten. Voetstappen en geritsel van kleren. Of was er meer? Was er daarnet een ander geluid? Een fluisteren? Shanya keek op en kwam tot de verrassende (en tegelijk adembenemende) vaststelling dat zij als laatste liep en dat er zelfs enige afstand was tussen haarzelf en de figuur die voor haar liep. Een van de drie mannen. Wie was het? Steven? Darian, of was het Elliot? De afstand was reeds zo groot dat zij het verschil niet zag. Ze kreeg het ineens heel koud in haar darmstreek en maakte zich daarom klaar om een tandje bij te steken en de groep te vervoegen. Opnieuw dat fluisteren! Shanya keek naar links. De deur die verderop in de muur stak, opende zich op een kier. Darian (of Elliot) was er net voorbijgestapt. Blijkbaar had die niets gehoord. Shanya slikte een gigantische brok door en besefte dat er voor haar niets anders opzat dan er voorbij te stappen. Door haar hoofd flitsten ineens angstaanjagende ideeën. *Wat indien die deur verder wordt opengetrokken, iets grijpt me vast en sleurt me naar binnen? Wat indien er iets of iemand naar buiten komt en me de weg verspert? Wat als dat fluisteren van daarbinnen komt?*

Voordat ze het eigenlijk besefte, bevond Shanya zich voor de deur. Onbewust duwde ze de deur een beetje verder open. Het fluisteren (en giechelen) dat haar zenuwen beroerde, kwam inderdaad uit de ruimte die zich daarachter bevond. Het was alsof de enerverende geluiden iets uit haar geheugen wilden losweken. En achter die deur... was er geen kamer. Shanya was aan de grond genageld. Haar mond zakte open. Er was niets aan haar lichaam dat in staat was te bewegen. Ze dacht er zelfs niet aan naar rechts te kijken, naar de anderen van de groep die zich steeds verder van haar verwijderden. Denken kon ze eigenlijk helemaal niet meer. Enkel kijken. Kijken naar het donkere, groene woud dat zich achter de deur bevond. *Onmogelijk*, gilde haar gezond verstand. Het was het bos waarin ze zich ooit, tegen de wil van haar ouders in, opgehouden had. Bomen waren bomen, overal in de wereld. Een bos is een bos, maar dit was hetzelfde bos. Het was onmogelijk, maar toch was het zo, absoluut zeker...

Ik ben er zeker van. Het was tijdens een van die uitstappen met mijn ouders. Ik herken het. Het begroeide pad. Jongens, ik was bijna vier. Een kleine, guitige spruit. Zondagnamiddag. Zonovergoten. Veel kinderen in de buurt, picknickmand op een opengespreide deken. Naast een grote boom. Mijn vader zei nog dat we voor de mieren moesten opletten. Moeder beaamde het en zei dat de mieren, vooral de rode, dat jaar heel agressief waren. Van een mierenbeet kreeg je lelijke ontstekingen. Moeder gaf vader in alles gelijk. Zelfs als kleine meid viel mij dat op. Het was niet in Rosenhelm, maar iets daarbuiten. We waren er met de wagen naartoe gereden. Het was een park. Niet echt een bos. Niet zo heel groot, maar ik was klein en voor kinderen lijkt alles heel groot. Het was tussen Rosenhelm en Middeltown. In Middeltown woonde mijn grootmoeder. Mijn vaders moeder. Ik heb die nog gekend. Ze stierf toen ik tien was. Ik heb mijn overige grootouders niet gekend, die waren voor mijn geboorte al gestorven. Mijn vader vertelde me ooit dat zijn... ...terug naar het bos. Niet afwijken. De picknick, op de deken. Geruit. Beige vierkanten met blauwe strepen ertussen. Het blauw was verkleurd door het wassen. Vader zei dat ik in de buurt moest blijven, niet weglopen! Moeder beaamde het, herhaalde het, zei het eigenlijk om de drie minuten. Maar ik zag al die andere kinderen hollen. Ik was klein en begreep het niet. Die anderen liepen vrij rond en ik moest naast die picknickmand blijven zitten. Opletten voor de mieren. Opletten dat je je kleedje niet vuil maakt. Opletten dat er geen wesp op je broodje zit. Ze sloten mij op! Ik was aanwezig in een park in openlucht en toch kreeg ik geen ademruimte. Ik wilde vrij rondlopen, in de buurt van de andere kinderen zijn.

Maar ik was braaf. Ik verroerde me niet. Ik at mijn broodje. Ik lette op de wespen, de mieren en de kleine diertjes die op de deken kropen maar er onmiddellijk door mijn moeder werden afgeveegd. Mijn vader knikte naar iedereen. Hij was toen reeds een belangrijk iemand. Iedereen knikte terug. Ik wilde niet op die deken blijven. De meeste kinderen liepen naar de rand van een immens bos. Gigantische bomen die een donkere (bedreigende) rand vormden. Blijkbaar waren zij niet bang. Zij voelden geen vrees, want ze liepen er lachend en roepend naartoe. Sommige kinderen waren reeds in de rand verdwenen. Ik wilde er ook heen. Uiteindelijk zei mijn vader dat hij naar de wagen moest. Hij wilde iets halen. Moeder zei dat het goed was. Dat zij bij mij bleef. Ik zat nog steeds bij de mand. Knipte de mieren van de deken. Streek ze vervolgens weer glad. Alle kinderen waren tussen de bomen verdwenen. Het stemde me verdrietig. Ik was waarschijnlijk het enige kind dat bij zijn ouders bleef. Vader ging weg. Moeder wandelde in mijn omgeving. Ze strekte haar armen en wreef over haar schouders. Ze lachte naar iemand die voorbijkwam. Iemand uit onze buurt. Ik keek nauwlettend toe hoe moeder stap voor stap in de richting van de vrouw liep. Om te babbelen. Verderop stapte vader naar de wagen. Ik kreeg slechts die ene kans.

Ik stond op, streek mijn kleedje recht en liep weg. Ik zorgde ervoor dat de grote boom waar wij bij zaten, tussen mij en mijn moeder bleef. Innerlijk gierde ik van plezier. Mijn zenuwen zinderden door mijn buikstreek. Ik moet geglunderd hebben, ongetwijfeld! Ik keek niet meer om en hoorde mijn moeder niet roepen. Waarschijnlijk had ze de verdwijning van haar spruit nog niet eens opgemerkt. Ik haastte me in de richting van de duistere bosrand. Een donkergroene muur die, naarmate ik dichter kwam, steeds hoger uit de grasvlakte omhoogrees. Hoger en dreigender. Ik hoorde de stemmen van de kinderen die zich ondertussen tussen de bomen verscholen hielden. Er was toch een beetje vrees in mijn hartje aanwezig - ik moet het toegeven - toen ik de rand bereikte. De bomen rezen hoog boven mij op. Wat was mijn plan nu? Ik was waar ik wilde zijn. Wat nu? Ik zag mijn moeder staan, nog steeds in gesprek met die andere vrouw. Mijn vader viel nergens te bespeuren. Dan... ik had te lang geaarzeld om het bos binnen te dringen... keek mijn moeder in mijn richting. Aan haar reactie zag ik dat ze mij herkende. Niet mijn gezicht, wel mijn kledij, het versgestreken, lichtgroene kleedje was van kilometers ver herkenbaar. Ik zag haar nerveus bewegen. Ze holde achter de boom, keerde terug en wees in mijn richting. Ze riep iets, maar ik begreep de woorden niet. We waren té ver van elkaar verwijderd. Er klonk iets hysterisch in haar stem. Ik was dan wel klein, maar haar vrees was ongetwijfeld tweeledig. Dat besefte ik toen reeds. Ten eerste angst omdat ik dreigde verloren te lopen en ten tweede een even gegronde angst om van haar man op haar donder te krijgen omdat ze mij uit het oog verloren had.

Ik aarzelde niet langer en liet mezelf één worden met het woud om me heen. Het eerste wat me opviel, was de stilte. Het was alsof alle geluiden van buiten het bos gewoon wegvielen. Net als de stemmen van de kinderen. Ik werd opeens bang. Dat was het woord. Dat was het gevoel. Ik volgde het overgroeide pad en drong dieper binnen. Toen ik achterom keek, was de rand al niet meer zichtbaar. Waar ik ook mijn ogen richtte, overal zag ik bomen en hoge struiken. De angst werd intenser en ik kreeg spijt van mijn avontuur. Net toen ik dacht dat gewoon rechts-

omkeer maken nog het veiligst was, ving ik het fluisteren op. Ik hapte naar adem, tevreden dat ik de andere kinderen had gevonden. Maar het was anders. Het was een hees, rauw fluisteren, gevolgd door gegiechel. Het kwam niet uit een kinder-mond. Het klonk van overal om me heen. Mijn darmpjes geraakten in een kramp. Het had nog het meest weg van het geluid van een dronken volwassene. Als het al een menselijk wezen was dat een dergelijk snuivend geluid maakte. Het klonk spottend. Alsof het een ding betrof dat wist dat dat kleine meisje met haar licht-groene jurkje toch in de val liep. Nog enkele stappen en het sloeg toe. Ongezien, hard, dodelijk. Niemand zou het zien gebeuren, niemand zou haar ooit terugvin-den, toch niet in één stuk! En als ik wegrende, kwam het als een donderende sneltrein achter me aan, om me te bespringen en te verpletteren, om alle botten in mijn lichaam te breken en de vrijgekomen ingewanden in het rond te slingeren. Een kind kon zich zo'n gruwelijke scène onmogelijk voorstellen, maar toch ge-beurde het. Met mezelf nota bene!

Ik kreeg waanideeën. Ik zag dingen bewegen die niet konden bewegen. De strui-ken waren geen struiken meer, maar beschuttingen of verhullende onderdelen van iets groters. Iets groots. Dat ene grote ding in het bos, dat mij belaagde. Ik hoorde het gorgelend fluisteren, prevelen nu.

"Kom dichter, meisje, kom dichter... kom bij mij in de buurt, zodat ik mijn lange, smalle nagels in je grote, blauwe ogen kan steken om je hersenen uit je kop te peuteren."

Ik bibberde op mijn benen. Achter mij ritselde iets. Stappen weerklonken, kra-kende takjes. Het kwam van achter mij. Ik dacht dat het zich voor mij verborgen hield, maar het was achter me opgedoken. Het kwam dichterbij, om opgeheven nagels, klaar om... een hijgende, schrapende ademhaling.

Toen het mijn schouders vastnam, schreeuwde ik het uit. Ik probeerde nog me vrij te vechten, maar het ding was te sterk. Ik probeerde me om te draaien, waar ik gedeeltelijk in slaagde, en zag het vuurrode gezicht van mijn vader. Hij was ra-zend. Zijn neusvleugels bewogen op en neer. Mijn moeder riep mijn naam. Haar stem klonk angstig en van ver.

"Shanya... Shanya..."

"Shanya... Shanya? Ben je van plan daar te blijven staan?"

Shanya knipperde met de oogleden. Ze draaide haar hoofd naar rechts, van-waar de stem had geklonken. Een ferm stuk verderop in de gang merkte ze Elliot op. Hij kwam op een drafje tot bij haar.

"Wat scheelt er? Je geraakt achterop!"

Shanya had moeite om de overstap naar de realiteit te maken. Haar lichaam reageerde nog steeds op de brutale aanraking. Ze kruiste haar armen voor haar borst en kneedde haar beide schouders. Met grote ogen staarde ze naar

Elliot. Van hem terug naar de deur.

"De deur... was open en ik... het bos..."

Elliot zette nog een stap dichterbij en volgde haar angstige blik.

"De deur is dicht... net als al de andere..."

"Wat?"

"Kijk zelf, Shanya."

Ze kneep haar ogen hard dicht, en toen ze die weer opende, bemerkte ze inderdaad dat de deur potdicht zat. Geen kruk, geen kier. Geen fluisteren. Ze schrok toen Elliot haar armen vastnam.

"Hola... ik doe je geen kwaad. Maar we moeten verder, Shanya... ik denk dat Anderwereld met ons gemoed speelt."

"Het was zo écht!"

"Komaan..."

Uiteindelijk - na nog een laatste blik op de gesloten deur - liet Shanya zich door Elliot Bornowski meetronen. Ze haastten zich en bereikten de groep die moedig doorstapte.

"Steven..."

De fluisterende stem van Marrion. Heel dicht bij zijn linkeroor. Hij keek opzij en zag dat zijn vriendin een teken gaf. Zij wilde blijkbaar dat hij met haar achterop bleef. Ze wilde hem iets zeggen wat niet voor iedereen bestemd was. Elma liep nog steeds als eerste, gevolgd door Darian Shadborne. Elliot kwam met Shanya achterop. Steven minderde snelheid en werd vlug ingehaald door de politieman en het meisje. Toen hij, met Marrion aan zijn zijde, als laatste liep, boog ze haar hoofd in zijn richting.

"Ik heb geen enkel vertrouwen meer!"

"Waarom? Wat bedoel je?"

"Net wat ik zeg, Steven. Vraag me niet hoe het komt. Ik voel het gewoon. In mijn buik, tussen mijn ribben, in mijn hoofd. Het klopt niet."

"Tot nu toe gaat alles toch goed?"

"We zijn pas begonnen, sufferd! Ik vertrouw Elma voor geen cent!" siste Marrion.

"Ssst... straks hoort ze ons."

"Het kan mij niets schelen."

"Ze helpt ons."

"Dat moet ik nog zien. Tot nu toe is nog niemand geholpen!"

"Ik begrijp niet dat Elma jou enerveert."

"Steven, denk na! Ik heb de zonnebril op mijn neus van Darian gekregen. Niet van haar! Waarom niet? Wat was haar bedoeling?"

"Ik weet het niet. De bril staat je goed."

"Lach niet, Steven. Ik voel me niet goed in de situatie!"

4

"WE naderen!"

Darian keek over Elma's schouder. In de verte was er inderdaad een lichtbron. Hij had er geen idee van hoelang ze eigenlijk al stapten. Het huis op Meridian Road kon onmogelijk zo diep zijn. Aan de donkere gang met de gesloten deuren scheen nu een einde te komen. Was Anderwereld dan genoeg over hen te weten gekomen? Het duurde toch zeker nog vijf minuten eer het gezelschap het ogenschijnlijke einde van de gang bereikte. Een cirkelvormige ruimte met een diameter van tien meter en acht deuren in de muren. Alles was egaal groen. Muren, deuren en plafond. Er waren geen vensters, er viel geen licht naar binnen. Elma liep naar het midden van de cirkel, draaide zich om en wachtte tot iedereen uit de gang was. Eerst Darian, vervolgens Elliot en Shanya. Steven en Marrion kwamen laatst. Elma spreidde haar korte, mollige armen en wees naar de omgeving.

"Hier nemen we tijdelijk afscheid."

Elliot keek naar de deuren. Die waren wel van krukken voorzien.

"Vanaf hier staan jullie er alleen voor."

"Wat betekent dat concreet?" vroeg Elliot.

"Dat betekent dat jullie elk een deur moeten nemen. Daarachter ligt opnieuw een gang die leidt naar de plaats waar jullie uiteindelijk moeten zijn. Daar bevinden zich de antwoorden op de vragen. Terugkeren is geen enkel probleem. Dat wijst zichzelf uit."

"Zien wij jou nog terug?" vroeg Darian.

Elma glimlachte en zei:

"Ik zal er zijn, Darian, wees daar maar zeker van. Eh... Marrion, je bent nog steeds van plan door te zetten?"

Marrion knikte enkel. Ze had geen zin nog meer woorden te verspillen.

"Goed, jij jouw zin!"

Elliot keek om zich heen.

"Welke deur hoort bij wie?"

"Daar kan ik geen antwoord op geven. Je neemt de deur die jou het meest aanspreekt."

De leden van het gezelschap keken elkaar aan. Hoewel ze nog maar een dag bij elkaar waren, hadden ze weinig zin om de bijna-voelbare verbondenheid tussen hen te verbreken. Het was alsof ze al jaren samenleefden, elkaars gevoelens kenden en deelden. Ze hadden allemaal iets met Anderwereld te maken, dat viel niet te ontkennen. Zelfs hun vaders waren bij iets van die aard betrokken geweest, de verbondenheid drong dus dieper dan enkel de eerste lijn. Het samenzijn schonk hen een gevoel van sterkte. Dat verbreken zou hen verzwakken. Niemand had er zin in. Het was Darian die de korte betovering verbrak door zich om te draaien en naar de deur te stappen die links van de gang lag die ze verlaten hadden. Het wond hem in hoge mate op, en hij hoopte dat de anderen het niet merkten. Hij klopte op de deur en zei:

"Ik neem deze."

Elma knikte. Elliot liep tot bij de deur aan de andere kant van de gang.

"Deze is voor mij bestemd."

Shanya keek om zich heen en twijfelde. Op het eerste gezicht was er geen enkele deur die haar aansprak. Marrion wachtte de keuze van Steven af. Achter de donkere glazen van haar zonnebril hielden haar ogen Elma in het vizier. Shanya stapte ineens naar voren en nam de deur die recht tegenover de gang lag.

"Ik wil deze." Elma knikte opnieuw. Nu nog Steven.

"Steven? Jouw keuze?"

"Ik weet het niet. Ik *voel* niets."

"Er zijn er nog vijf vrij. Keuze genoeg."

Steven Tatakarian vroeg zich af of hij de steun van Elliot of Darian kon gebruiken. In dat geval nam hij een gang naast die van hen. Hij keek opzij en glimlachte naar Marrion. Hij boog zich naar haar over en fluisterde in haar oor:

"Helemaal iets anders dan hamburgers bakken en klanten bedienen. Ik ben verdomme blij dat je erbij bent."

"Ik had het niet anders gewild. Zeker niet na wat wij al hebben meegemaakt! De afgelopen periode is de meest productieve in mijn ganse leven geweest. Kies nu. Ik wil voortmaken, we houden de anderen op!"

Steven had een goed gevoel in zijn maag. De deur naast die van Shanya, lonkte hem. Waarom wist hij niet. Hij had duidelijk geen behoefte aan steun van de anderen. Het gezelschap van Marrion betekende beduidend meer voor hem. Hij wees voor zich uit en stapte tot bij de deur. Marrion kwam achter hem aan. Nu bevond enkel Elma Choshakian zich nog in het midden van de kamer. Ze keek om zich heen, knikte goedkeurend en zei:

"Goed dan. Dat lijkt me een goede verdeling."

Iedereen wierp nog een blik op de anderen. Elliot opende als eerste zijn deur, keek wat zich daarachter bevond en ging naar binnen. Shanya knikte naar Steven en Marrion en deed hetzelfde. Darian was de derde van het gezelschap die achter 'zijn' deur verdween. Marrion trok aan de mouw van zijn jas. Hij vroeg Elma nog:

"We zien elkaar aan de andere kant?"

De vrouw knikte en zei:

"Je zal niet naast me heen kunnen kijken, dat beloof ik je!"

Steven glimlachte. Hij volgde Marrion die de deur voor hem openhield en zich reeds in de donkere gang had teruggetrokken.

Toen iedereen uit de ronde ruimte verdwenen was, ontdeed de kleine, zwarte Elma Choshakian zich in alle stilte van haar kledij en legde zich vervolgens volledig naakt op haar rug op de grond. Haar grote, platte borsten zakten opzij en rustten gedeeltelijk op haar mollige armen. Even gebeurde er niets. Een licht geruis werd hoorbaar. Waar het vandaan kwam, was niet duidelijk. Elma bleef onbeweeglijk liggen, ze knipperde zelfs niet meer met haar oogleden. Ze kon trouwens toch niets meer zien. Haar oogbollen lagen als verschrompelde, verdroogde uien in de donkere kassen. Het geruis werd gerommel. Toen de vier ongebruikte deuren door een onvoorstelbare kracht open werden geworpen, volledig overklapten en tegen de muren in splinters uiteenspatten, veranderde het gerommel in een oorverdovend gedonder. Voortgestuwd door een orkaanwind, stortten zich miljoenen vliegende, zwarte kevers uit de vier gangen de ronde ruimte binnen. Elma bleef onbeweeglijk liggen. De insecten bleven uit de gangen stromen tot de hall bijna volledig gevuld was. Een enorme zwarte en gonzende mist nam de ruimte in. Miljarden pootjes voorzien van scherpe klauwen schraapten over het lichaam van de liggende vrouw. Haar donkere huid schilferde af. De laag scherende beestjes trok honderden krassen in haar zwarte vel. Er vloeide geen bloed. Er spatte enkel wat korrelig stof in het rond. De langgerekte, losgekomen vellen droogden onmiddellijk op, fladderden even aan het lichaam, scheurden uiteindelijk toch af en werden als dorre bladeren door de wind in de carrousel van zwartheid meegesleurd. Steeds grotere stukken vel en uiteindelijk ook vlees braken uit haar lichaam los en joegen door de ronde ruimte. Dat vlees was niet vochtig en sappig. Het waren samengeperste lagen teer. De ene laag na de andere werd door de gierende wind en schrapende klauwen losgescheurd uit wat restte van Elma Choshakian. Er waren geen botten, geen spieren, geen bloedvaten. Enkel een droge, teerachtige substantie die uit mekaar werd gereten.

Het duurde hooguit tien minuten eer er niets meer van Elma op de vloer overbleef. Ze was in duizenden stukken, vellen en brokken gescheurd. Onder die vorm tolde ze tussen de zoemende insecten in een onvoorstelbare storm van rondvliegende zwartheid. Opeens, zonder enige vorm van afspraak, zogen de vier gangen elk een groot gedeelte van de inhoud van de zwarte wolk op. Het duurde niet langer dan vijf seconden voordat alles in één van de vier donkere gangen, die nu als immense stofzuigers werkten, was verdwenen. Er was niemand meer om het te horen, maar dat alles ging gepaard met een gierend gedruis, vergelijkbaar met het proefdraaien van vliegtuigmotoren.

Uiteindelijk stierf zelfs dát lawaai weg. Even later was de ronde ruimte leeg. Het was er muisstil.

5

NET als de anderen werd Elliot Bornowski niets gewaar van de orkaan die aan de andere kant van de deur waar hij tegenaanleunde, losbarstte. Hij liet zijn ogen aan het schemerdonker wennen en vroeg zich niet voor de eerste maal in de afgelopen vierentwintig uren af in welke nesten hij zich in 's hemelsnaam had gewerkt. Hoe zou hij zich voelen indien Peter Youtta hem nu bezig zag?

Net als de deur achter hem, waren de muren van de gang uit een ondefinieerbare substantie vervaardigd. Hij legde zijn ene hand tegen de rechterwand, maar trok die onmiddellijk geschrokken terug. Klef en warm. Als een bezwete huid. Er was heel weinig dat hem kon overhalen nogmaals contact te maken. Het duurde even voor hij zag dat de wanden ver voor hem op een spits uitliepen. Een ogenschijnlijk onbereikbaar punt in pure duisternis. Hij vroeg zich af of het de anderen ook zo verging.

Shanya Bellmer hield zich niet lang op in de buurt van de deur. Zij koos ervoor onmiddellijk op stap te gaan. Niet aarzelen. Daar blijven staan had geen zin en leverde niets dan tijdverlies op. Dus, van zodra haar ogen aan het schemerdonker gewend waren en zij zich bewust werd van haar benauwde omgeving, wilde ze niet ter plaatse blijven. Daarbij de enige richting volgend die mogelijk was: vooruit.

"Ik zie geen steek!"
"Wacht even... laat je ogen wennen!"
"Ik hoop dat we de anderen nog ontmoeten. Ik ben heel blij dat je bij me bent, maar nu we alleen zijn, mis ik hen al."
Marrion kneep in Stevens arm.
"Je bent lief. Je bent altijd al lief voor me geweest. Daarom ben ik je gevolgd. Ik ben wel blij dat Elma er niet meer bij is. Dit is een groots avontuur voor mij, begrijp je dat? Ik bak al jaren hamburgers voor klanten die even vettig zijn als wat ze in hun bek proppen. Ik heb nooit gedacht dat ik ooit iets anders zou doen, ik zag mezelf daar oud worden en verschrompelen. Maar dan kwam jij eraan. Die kleine zwerver, die sullige jongen. Jouw ogen zochten hulp... ik was volledig bereid daarop in te gaan. Nog veel meer zelfs. Dan kwam de rest erbij. Milo... de brand van zijn garage... jij in de cel..."
"Je babbelt ineens zoveel!?"
"Ik denk dat ik bang ben!"

Darian Shadborne had aanvankelijk moeite om de angst te boven te komen.

De angst van het alleen zijn. Die angst had hij in de eerste gang naar boven voelen komen in de vorm van een heel intensieve en opdringerige herinnering. Hij had net als Elliot letterlijke en figuurlijke steun bij de deur gezocht door er tegenaan te leunen. Maar uiteindelijk duwde hij zich daarvan weg. Hij bevoelde de voorwerpen onder zijn jas en besefte dat hij daar heel wat meer steun in vond. Waarschijnlijk lagen de antwoorden op zijn vragen aan de andere kant van de donkere gang, waar die ook uitmondde. Dat werd stappen, dus. Het duister week voor hem uit en sloot zich achter hem weer dicht. Hij bevond zich in een bel van licht, alsof hijzelf de oorsprong van de geringe klaarte was.

6

DE ergste manier om het bestaan van de levenden te verlaten, vond Elliot Bornowski, was de verdrinkingsdood. Het paniekerig snakken en happen naar adem, het spartelen met armen en benen om boven het wateroppervlak te blijven, de opengesperde ogen, het proesten bij het binnenkrijgen van het moordende vocht. Om uiteindelijk toch je longen met het verstikkende water te voelen vollopen. Hij vroeg zich af hoelang het duurde eer iemand in dergelijke omstandigheden de geest gaf en of het pijn deed.

De reden waarom hij zich dat allemaal afvroeg was heel eenvoudig de situatie waarin hij zich op een bepaald moment bevond. De duistere gang had zich al een tijdje daarvoor in een soort mist gehuld. Een nevel die uit de wanden, de vloer en het plafond kwam en steeds dikker werd. Aanvankelijk had hij met de handen gewuifd en daarbij voren in de rooklaag getrokken. Maar nu hielp het woeste zwaaien met beide armen zelfs niet meer. Er was ineens een immense mist opgekomen. Hij zag nu zelfs de wanden naast zich niet meer. De mist was heel vochtig en smaakte en rook naar eucalyptus. Het irriteerde zijn longen en maakte dat hij problemen kreeg met het vrij ademhalen. Omdat hij tot op dat moment nog geen enkel obstakel had ontmoet, vroeg hij zich af of hij het misschien beter op een lopen zette. Hollen om zo vlug mogelijk uit de mistbank te zijn, *als* het enkel maar een *bank* was. Misschien was de gang wel volledig gevuld. Elliot kreeg het benauwd. De vochtigheid nam nog meer toe en kleefde als een tastbare laag zweet op zijn huid en kledij. Hollen!! Elliot Bornowski zette het op een lopen. Zijn longen zwoegden naar verse lucht, maar het enige wat die binnenkregen, was een vochtige en prikkelende substantie. Hij kreeg zelfs de indruk dat hij in zijn bewegingen belemmerd werd. De grijze mist was zó dik geworden dat hij als het ware door water waadde...

Je bent een watje, Elliot...

Omstanders lachten. Om wat zijn vader zei, om wat hijzelf deed.

Je bent weer verkeerd bezig. Je wil het water kapotslaan! Concentreer je op je be-
wegingen, Elliot, als je wilt leren zwemmen...

Nog meer lachen.

... is er beheersing nodig. Zeker geen paniek!

Giechelen. Meisjes?

Elliot, een hondje zwemt beter dan jij! Bekijk jezelf! Je vecht met het water... mis,
je moet het gebruiken!

Edward Bornowski leerde de kleine Elliot zwemmen. Het kind had er zelf om
gevraagd. Zijn vriendjes zwommen al, en hij vond het een zware tekortko-
ming dat hij die vaardigheid nog niet onder de knie had. Hij was bang van
wat het water hem kon aandoen. Hem verzwelgen, hem naar beneden sleuren, weg van de huiselijke omgeving van zijn ouders, weg van zijn vader die
hem tot op dat moment had beschermd. Alleen, in die koude, donkere diepte!

Het was in het stedelijke zwembad van Rosenhelm op Willow Avenue. Het
was een uitstap op zondagnamiddag. Zwemlessen. Elliot had er zijn vader om
gesmeekt. Die had uiteindelijk toegezegd. Die welbepaalde namiddag vond
de eerste les plaats. Er waren per toeval een aantal klasgenootjes van hem
aanwezig. Jongens én tot overmaat van ramp ook meisjes. Zijn vader deed het
hem voor en liet hem vervolgens op zijn buik in het water liggen. Hij ondersteunde Elliots buik met zijn grote hand en liet zijn jongen de aangeleerde
bewegingen nadoen. De kleine jongen deed krampachtig zijn best, maar het
resulteerde inderdaad in een onhandig gespartel dat enkele reacties uitlokte.
Dat die toeschouwers net zijn klasgenootjes waren, vond Elliot helemaal niet
prettig. Ze lachten nog meer toen zijn vader hem eigenlijk om zijn onhandig-
heid bespotte.

Je doet het niet goed, je bent net een kikker in een vlot boter!

Zijn vader lachte hem uit in het bijzijn van zijn schoolkameraden die zijn
geklungel gadesloegen. Het gaf het kind een wrang gevoel, het deed hem
pijn. Hij had veel respect voor zijn vader en verwachtte van hem hetzelfde.
Hoewel Elliot nog klein was, was hij er zich toen al van bewust dat je best
nooit iemand uitlachte. Dat deed je gewoon niet. Maar nu deed zijn vader
het verdomme wél, en dan nog terwijl er anderen bij waren. Elliot haatte zijn
vader Edward op dat moment, nooit eerder en nooit meer daarna. Maar die
zondagnamiddag in het zwembad op Willow Avenue wel.

Je schopt al het water uit het bassin!

Mekkerend lachen van de jongens, kinderlijk giechelen van de meisjes. Elliot
zag doorheen het opspattende water dat ze naar hem wezen. Dat deed je niet.

Je stak nooit je vinger naar iemand uit. Dat was even erg als iemand uitlachen.

Wat Edward Bornowski daarna bezielde, is Elliot nooit te weten gekomen. Misschien dacht hij dat de ervaring de beste leerschool was; even kopje onder laten gaan, kon dus geen kwaad. Of misschien vond hij het prettig dat hij de andere kinderen nog meer aan het lachen kon brengen, zelfs ten koste van de gemoedstoestand van zijn eigen zoon. Hoe dan ook, hij deed iets wat Elliot hem nooit heeft vergeven. Vóór zijn achttiende levensjaar niet omdat het niet in hem opkwam, en na zijn achttiende ook niet, want dan was het te laat.

Edward trok zijn hand van onder Elliots buik weg! Elliot zonk als een steen. Spartelend en schoppend. Happend naar adem. Opengesperde ogen. De naar hem wijzende kinderen! Zijn vader lachte, boven zijn eigen gillen uit.

Een verzuipend speenvarken! Stop met schreeuwen... zo loopt het water in je keel!

Sterven door verdrinking was nog geen optie in de kinderlijke geest van de kleine Elliot. Hij besefte gewoon niet wat hem overkwam. Hij verloor alle houvast en zakte in de dodelijke dieperik. De anderen lachten om wat hem overkwam! Het was afschuwelijk! Pure, onversneden paniek overmande hem. Die beroofde hem van al zijn bekwaamheden om op een normale manier te functioneren. Elke handeling die hij daar in dat water stelde, was gericht op zelfbehoud, hoewel Elliot dat helemaal niet besefte. Zijn drang om boven water te komen (om te overleven) duurde uren.

Maar dan was daar ineens de reddende hand terug. Een halve seconde later stond hij rechtop, happend naar adem, verbaasd en wenend om zich heen kijkend. De anderen lachten nog, het gezicht van zijn vader droeg een glimlach. Hij had hem willen slaan, hij had willen krijsen dat hij hem haatte. Achteraf bleek dat hij slechts een fractie van een seconde had *gedreven* en dat hooguit zijn hoofd slechts tot net boven de oren onder water was verdwenen. Maar voor de kleine Elliot was het een ware doodsstrijd. Indien de reddende hand er niet was geweest, dan...

... sterf ik.

Elliot haalde nog nauwelijks adem. Hij strompelde door de gang en botste meerdere keren tegen de vochtige, warme wanden op. De mist was nu voelbaar. Alsof hij door zijde gleed, schreed Elliot met veel moeite verder. Hij ademde niet langer zuiverende lucht in. Een dikke, schurende en irriterende substantie gleed zijn keel en longen binnen. Ze prikte in zijn ogen.

Elliot dacht dat hij stierf. Verdrinken in een gang vol kleverige mist. Afschuwelijk. Hij duizelde en zakte op een knie. Hij richtte zich vervolgens moeizaam op en strompelde nog wat verder. Geen adem meer. Smerige mist!

Hij zag geen steek voor de ogen. Nog meer duizeligheid, zijn hoofd tolde door het schrijnende tekort aan verse lucht. Zijn beenspieren waren slap. Alle kracht verdween uit zijn gewrichten. Leeggezogen. Hij was compleet krachteloos. Gezwollen hersenen, ogen die waarschijnlijk uit de kassen puilden. Zijn hoofd had een blauwe kleur, het was gewoon zo. *Wat als ik me hier neerleg*, vroeg hij zich af, *dan houdt alles op, dan stopt de pijn in mijn hoofd, in mijn longen...*

Opnieuw een knieval. Nu had hij veel meer moeite om weer rechtop te geraken. Gierend probeerde hij te ademen. Steun zoekend tegen de natte wanden, hees hij zichzelf op. Hij bleef staan, wilde niet meer vooruit. Wilde - kon - zichzelf niet meer verplaatsen. Geen adem, stikkend...

Vervolgens werd de wereld om Elliot Bornowski één zwart omhulsel. Hij sloot zijn ogen niet, maar het blijvende tekort aan levensnoodzakelijke lucht eiste zijn tol. Hij viel voorover. Dan moest het zo maar zijn!

7

DE deur waarmee het voor Darian eindigde, was een kopie van die aan het begin van de gang. Hoeveel tijd was er sinds dat moment voorbijgegaan? Een halfuur? Een vol uur, of zelfs nog langer? Hij had deftig doorgestapt. Er had hem niets of niemand de weg versperd. Een volwassen mens stapt gemiddeld zo'n vier kilometer per uur. Bevond hij zich dan nog steeds in dat enge huis op Meridian Road? Hoe verging het de anderen intussen? Darian voelde zich bij hen betrokken, zelfs bij Elliot. Het was dan wel een flik, maar de kerel mocht er best wezen.

Darian aarzelde niet en plaatste zijn handen tegen de binnenkant van de deur. Klam en warm, net een levende materie. Hij duwde. De deur draaide zonder tegenpruttelen open. Er stroomde licht door de kier. Helder en klaar zonlicht. Het prikte hem in de ogen. Darian wachtte even en duwde de opendraaiende deur verder open. Hij stapte over de rand en kwam op een wegdek terecht. Hij snoof de geur van warm asfalt op.

Voor Steven Tatakarian en Marrion McKelly was er geen licht. Integendeel. Hun gang eindigde niet op een deur. Het werd steeds duisterder naarmate ze verderstapten. Tot ze uiteindelijk helemaal in het donker strompelden. Ze hielden zich als angstige kinderen aan elkaar vast, bang de andere kwijt te spelen. Het geluid dat ze opvingen, deed hen vermoeden dat ze niet langer in een gang waren. De duisternis had hen misleid. De gang was onzichtbaar overgegaan in een totaal andere omgeving die niet of nog niet zichtbaar was. Het geluid dat hen bereikte, was van iets wat veel pootjes had. Met die pootjes schraapte het over de plaats waar het zich bevond. Misschien was het niet alleen. Misschien waren er zelfs heel veel. Schrapende klauwtjes. Schuin tegen de wanden naast hen, hangend aan het plafond boven hen of zelfs op de grond, voor hen uit. Toch nog de gang? Angst snoerde zich als een tastbare mantel rond hen dicht. Vooral Steven kreeg daarmee te kampen. In het donker met ontelbare onzichtbare krioelbeesten om zich heen.

De gang waar Shanya Bellmer doorheen liep, veranderde gewoon van uiterlijk. Het werd iets klaarder. Een weinig maar, genoeg om te zien dat zich links en rechts deuren bevonden. Een flits van herkenning.
"Dit kan niet!" fluisterde ze.
Haar stemgeluid werd volledig geabsorbeerd door de omgeving. Het kon niet zijn, maar toch was het zo. Op het einde van de gang was nog een deur. Nu wist ze met alle zekerheid waar ze terechtgekomen was, hoewel ze zich onmogelijk kon inbeelden dat zoiets mogelijk was. De gang waar ze nu in het halfduister doorliep, was identiek aan de gang op *Deathfloor*. De deur op het einde leidde naar het mortuarium. Maar het was niet helemaal hetzelfde. Het was er niet proper. Het was er vervuild, onverzorgd, alsof het gebouw al jaren leeg stond. Het was bijna even donker als in haar wandelgang zelf, maar toch was er genoeg klaarte om zekerheid te hebben. Er stroomde wat licht van een vale maan door de ramen naar binnen. Erg griezelig, hoewel heel onwaarschijnlijk, want er staken geen ramen in de muren op *Deathfloor*. Enkel deuren. Het was dus enkel een erg aandoenlijke kopie van de werkelijkheid. Een verwrongen realisatie van hoe zij de echte gang in haar geest zag.
Shanya schrok op toen de deur aan het einde van de gang krakend opendraaide. Er verscheen iemand in de totaal donkere opening die door een dun laagje maanlicht overgoten werd. Voor Shanya te weinig om te zien wie het was. Maar toen de vreemde verschijning enkele woorden uitsprak, sloegen haar knieën tegen elkaar en geraakten haar darmen in een knoop.
"Shanya... ben jij dat?"

Elliot Bornowski ontwaakte. Of kwam bij bewustzijn. Het maakte weinig verschil uit. Hij opende in elk geval zijn ogen. De mist die hem naar het leven had gestaan, was verdwenen. De donkere gang waar hij in rondgestrompeld had, vrezend voor zijn leven, was er ook niet langer. Hij zag struikgewas. *Op mijn buik. Ik lig op mijn buik, mijn hoofd is naar links gedraaid en ik zie struikgewas. De kleur klopt niet. Het moet groen zijn, niet purper.*
Hij lag inderdaad op zijn buik. De grond onder hem bestond uit platgedrukt, heel vochtig gras dat een purperen kleur had. Hij richtte zich gedeeltelijk op, hij draaide zich op zijn zij. Elliot besefte dat hij nog te duizelig was om hele-

maal rechtop te zitten.

"Waar in 's hemelsnaam ben..."

Nog voor hij de vraag afwerkte, besefte Elliot reeds waar hij was. Dat plotse en heel intense besef zorgde voor het acute bevriezen van zijn onderste ingewanden. Hij werkte zichzelf volledig rechtop en veegde de mauve grassprieten van zijn kledij. Hoe meer hij om zich heen keek, hoe zekerder hij van zijn stuk werd. Het centrum van Rosenhelm lag achter hem. Elliot Bornowski glimlachte toen hij besefte wat de bedoeling was. Hij kende de weg daarheen, hij was er eerder geweest. Hoewel hij weinig zin had om ernaartoe te gaan, besefte Elliot dat daar waarschijnlijk een oplossing lag. Hij vroeg zich af of *zij* er ook zou zijn.

Steven Tatakarian hoorde zijn vriendin niet langer. Het donker en de krioelende beesten om hem heen hadden hem te pakken. Marrion probeerde hem nog uit die catatonische toestand te sleuren, maar daar slaagde ze niet in. Ze bleef het proberen hoewel zij ook heel bang was. De volslagen duisternis had haar in haar macht en zij hoorde het rennen van de beesten op alles en overal. Maar Steven was mentaal niet langer op de plaats waar zijn trillende lichaam zich bevond. Hij was weer zeven jaar en probeerde zijn vader te overtuigen...

"Neen, papa, niet in het hok, ik zal het nooit meer doen!"

Richard Tatakarian had weinig geduld. Hij had met zijn eigen ogen gezien hoe de kleine Steven stenen naar de kat van de buren gooide. Een van de stenen had doel geraakt en het dier had zich schreeuwend uit de voeten gemaakt. Waarschijnlijk hadden de buren - met wie hij op een niet erg vriendschappelijke basis leefde - het ook gezien. Zij deden ganse dagen toch niets anders dan door hun venster naar buiten gapen om te zien wat zich rond hun woning voordeed en of ze iemand zagen over wie ze iets smerigs konden zeggen. Hij besefte heel goed dat het hier om - heel toepasselijk - kattenkwaad ging, maar hij wilde niet dat de buren dachten dat hij geen gezag had. Die kat was helemaal niet gewond, enkel wat geschrokken. Maar hij kon het zó niet laten, al was het maar voor de schijn.

Richard greep Steven hardhandig bij de arm en sleurde hem in de richting van de plaats waar hij hem wilde opsluiten. Het Hok. De plaats waar de stoute kinderen ondergebracht werden. De voorbode voor de latere gevangenis. Opgesloten worden tot ze beseften wat ze hadden gedaan en berouw toonden voor hun zondige gedrag. Dat was de enige manier! De kleine Steven kende het Hok. Hij wilde er niet in. Niet deze keer, hij had niets misdaan. Hij had enkel die rotkat weggejaagd.

"Nee, papa... de kat wilde Greenie opeten!"

Op de vensterbank naast de achterdeur stond een kooitje met daarin een groengekleurde vogel. Een geschenk van oom William. Steven hield van Greenie. Hij wilde niet dat de kat Greenie te pakken kreeg. Het rotbeest waagde enkele sprongen, maar gleed telkens met schrapende klauwen langs de muur naar beneden. Steven sloeg de eerste aanvallen vanuit de woning gade, maar toen hij meende dat Greenie hulp nodig had, rende hij naar buiten. De kat was blijkbaar heel brutaal, draaide zich naar hem om en blies in zijn richting. Staart kaarsrecht, gekromde rug, haren rechtop, nagels uitgeslagen. Een klein monster. Steven liet zich, net als de kat, niet afschrikken. Hij raapte enkele stenen van de grond op en wierp die hard in de richting van het blazende dier. Misschien één steen kwam tegen haar zijkant terecht. Daarop liep ze weg.

Onmiddellijk daarna kwam zijn vader naar buiten rennen. Vloekend en ketterend. Zijn ogen afwisselend op hem en op het venster bij de buren gericht. Speelde hij toneel? Steven had zijn vader nog nooit zo kwaad gezien, en dan nog voor zo'n prul. Hij had toch ook reeds zijn ongenoegen geuit over de kattenpis en het enerverende janken 's nachts. En nu zo'n erge reactie?

Steven begreep niet dat zijn vader hem hardhandig vastgreep en meesleurde in de richting van het Hok. Hij verdiende het niet. Richard wilde niet luisteren. Het Hok, dat alleen telde blijkbaar. Een kleine, houten keet aan het einde van hun tuin. Tuin was de meest ontoepasselijke omschrijving die men aan dat stuk grond achter de kleine woning op Milder Road kon geven. Woestenij of Dorre Vlakte paste veel beter. Richard sleepte zijn jengelende zoon door het kniehoge gras en langsheen distels en brandnetels naar het Hok. Hij opende de deur, duwde Steven naar binnen en ramde de deur met een onvoorstelbare klap achter hem dicht.

"Tot je weet waarom je erin zit! Zolang blijf je daar!"

Zijn vader draaide zich vloekend om en ging weg. Waarschijnlijk terug naar binnen. Hij had al twee weken geen werk en blijkbaar werkte 'het thuis zijn' hem op de zenuwen. En als er dan als iets verkeerd liep, barstte hij uit zijn voegen. Steven was deze keer de kop van jut.

De jongen was tussen de nooit gebruikte hark en de bijna-haarloze borstel terechtgekomen. Hij bleef onbeweeglijk op de vuile, aarden grond zitten. Het Hok had namelijk geen bodembedekking waardoor het onkruid zich vrijelijk een weg boorde doorheen alles wat er ondergebracht was. En het was er donker, het was er muf en vochtig. Alles zat misschien zelfs onder een dunne laag schimmel. Steven wachtte tot zijn ogen aan het duister gewend waren. Tot hij merkte dat het daglicht toch tussen de spleten in de houten wanden naar binnen kwam en hem enige klaarte schonk. Maar daardoor zag hij... de beesten. Of toch hun grote, met vuil stof beladen zwarte spinnenwebben. Hij kon ze onmogelijk tellen. De harige, veelpotige eigenaars huisden in de donkere holen die niet meer dan met het vuile web omgeven gaten in het hout waren. Of in de spleten. Uit bepaalde van die holen staken spitse, gelede poten naar buiten. De spinnen. Ze wachtten. Tot hun prooi kwam. Steven haatte spinnen, meer nog... hij was er bang van. Er waren er miljoenen in het Hok. En niet alleen spinnen. Doordat er gras groeide, kwamen er nog meer soorten ongedierte binnen. Kevers. Torren en slakken. Steven maakte zich zo klein mogelijk, maar probeerde zich tegelijk zo exact mogelijk in het midden van het Hok te plaatsen. Voor geen geld ter wereld was hij van plan met zijn rug tegen een van de wanden te leunen. Ze waren geschrokken door de woestheid van Richards optreden, maar stel dat één van die gigantische spinnenmonsters zelf op jacht ging en in hem een smakelijk brokje zag? Hij wilde er niet aan denken. Toch dacht hij eraan. De krassende, harige poten die in zijn nek terechtkwamen, de gifbeet in zijn huid, het verdoven en wegrotten van het vel, het... stop het!!

Hij bleef zitten. Hij wilde niet huilen, hij wilde niet dat zijn vader merkte dat hij huilde. Want Steven was nog steeds van mening dat hij totaal ten onrechte was opgesloten. Hij had enkel Greenie uit de klauwen van die rotkat willen redden. Hoelang hij daar bleef zitten, wist Steven niet. Hij had geen enkel besef van het tijdsverloop. Naarmate Steven Tatakarian langer in het Hok opgesloten bleef en hij zich zo stil mogelijk hield, wenden de spinnen en de insecten aan zijn aanwezigheid. De jongen werd een van de attributen in het Hok. Niets om bang van te zijn. Dus gingen ze verder met wat ze deden, net voor vader Richard de deur met een woeste haal opentrok: ze kropen in het rond. Krassend, scharrelend, klauwend, sniffelend...

De haartjes op zijn armen vertelden het hem door rechtop te veren. Hij hoorde het ritselen in zijn buurt, hij zag de bewegingen in het duister aan het plafond, hij proefde de stof op zijn tong, iets – een webslier? – kwam tegen zijn wang terecht. Nu kwamen ook de haartjes in zijn nek rechtop. Vanuit zijn samengeperste darmen ontvouwde zich een gigantische brok die via zijn maag en slokdarm naar boven werd gestuwd. Al het bloed pompte zich naar zijn hoofd, waardoor het wilde exploderen, maar het enige geluid dat hoorbaar werd, was de schreeuw die als een oerbrul uit zijn opengesperde mond naar buiten werd gestoten.

Het kon hem niet meer schelen dat zijn vader het merkte. Het kon hem niet langer schelen dat hij niet stoer meer was. Steven wilde alleen maar uit het Hok weg. Maar toch kon hij niet opstaan. Er stak geen slot op de deur, hij duwde die zomaar open. Maar dat betekende bewegen. Zijn arm en hand uitsteken. Stel dat een van de spinnen de kans schoon zag om... stel dat er grote kevers vanuit dat struikgewas...

Ineens was er licht! Iemand trok de deur open. Iemand had hem horen roepen. Het licht barstte als een bliksem achter zijn ogen in flarden kapot. Verblind. Even maar. Hij zag niets en hief zijn ene arm op om zijn ogen te beschermen. Iemand kreunde. Was hij het zelf? Neen, want die iemand zei dat haar ogen pijn deden, het was een meisje...

"Ooh... mijn ogen!"

Steven Tatakarian hief zijn ene arm op om zijn ogen tegen het plotse licht te beschermen. Daglicht, afkomstig van TL-lampen aan een plafond. Waar in godsnaam was hij? Naast hem zat Marrion op haar knieën. Ze leunde voorover en had zich in een bol gedraaid, met haar beide armen als een bescherming om haar hoofd heen. Dat steunde op de grond.

"Aahh..."

Steven gaf zichzelf enkele klappen op de wangen en wreef vervolgens als bezeten over zijn gezicht. Hij was niet langer in het Hok. Hij was geen kind meer. Hij was ergens... en Marrion was bij hem. Ze leed pijn. *Hou je kop bij de zaken die tellen, sukkel!*

Steven schoof dichter bij haar en legde zijn arm over haar gebogen rug.

"Marrion... wat scheelt er?"

"Ooo... het licht... het licht floepte aan en mijn ogen..."

Haar stem klonk gedempt omdat het geluid van onder haar armen uitkwam.

"Je draagt je bril nog?"

"Jaa... dankzij Darian! Waarom heeft Elma mij daarvoor niet gewaarschuwd? Ik zei je al dat ze niet deugde. Mijn ogen, Jezus... alsof ze uit elkaar willen barsten. Het is onvoorstelbaar. Laat me even. Het gaat wel!"

Steven liet Marrion met rust. Hij ging naast haar zitten en keek om zich heen. Kale muren, een gang. Voor hem een metalen deur, en achter hem: *cellen*!?

8

NADAT hij enkele stappen in de nieuwe omgeving had gezet, keek Darian Shadborne achterom. Midden op de weg – het *was* Freeman Avenue – stond de zwarte rechthoek waaruit hij tevoorschijn gekomen was, rechtop. Een deur hing eraan vast en was open. Achter en naast de rechthoek liep Freeman Avenue verder.

Goed... en wat nu? Darian haalde zijn schouders op. Ter plaatse blijven had geen zin. De telefoonpalen bevonden zich aan zijn rechterkant. Daardoor verwijderde hij zich van Rosenhelm. Het was niet erg logisch gezien de situatie, maar die richting *voelde* gewoon juist aan. Hij wandelde vijf minuten op het asfalt toen hij zich omdraaide en merkte dat de deur en de gang verdwenen waren. Wat hem ook opviel, was dat de omgevingskleuren veranderd waren. De asfaltlaag onder zijn voeten was nog steeds donkergrijs. Maar het weinige gras in de stukken woestijngrond links en rechts van Freeman Avenue was bloedrood. Enkele vreemd gevormde bomen waren grillig over de peilloze vlakte verspreid. Het leken rechtopstaande reuzenhanden. Waar de nagels hadden moeten zitten, hingen lange slierten, die de grond niet raakten. Ze bewogen niet op het ritme van de wind, maar zwermden door elkaar rond de (pols) stam. De wolkenloze lucht was roze en bovenop de horizon lag een pikzwarte laag waarin het onophoudelijk bliksemde. Tientallen geluidloze ontladingen per seconde, over de ganse breedte van de zichtbare horizon. Het was een fraai lichtspektakel, vond Darian, maar wat hem betrof, bleef het best ver van hem verwijderd.

Hij stapte duchtig door. Op een bepaald moment betrapte hij zich op neuriën. Waarschijnlijk uit verveling, er was namelijk weinig afwisseling in het decor. De horizon bleef waar die was, het bleef bliksemen. Hij hield de bomen in het oog, want hij had de indruk dat die bewogen. Het kon gezichtsbedrog zijn, maar daar durfde Darian niet op verwedden. Het gevoel van vervreemding waar hij die dag al eerder mee af te rekenen had, stak ineens weer de kop op. Dit was de echte Freeman Avenue niet. Het was een kopie, een anders gekleurd afgietsel waarvan de aanwezigheid hem parten speelde. Net toen hij vond dat wat hij deed, eigenlijk totaal absurd en nutteloos was, kwam er verandering in zijn situatie.

Er lag iets midden op de weg, een ferm stuk van hem verwijderd. Het was een onduidelijke vorm, maar hij was er onomstootbaar. Het trok zijn aandacht. Darian besefte dat hij rapper stapte. Hij werd ook een lichte kriebeling in zijn onderbuik gewaar. Hij kon niet zien wat het juist was, maar in zijn achterhoofd luidden enkele alarmklokjes.

Darian had er zijn blik zó op gericht dat hij de beweging ver achter het voorwerp dat de beide rijstroken besloeg, nu pas gewaarwerd. Het was een stuk duisternis dat zich uit de donkere streep boven de horizon had losgemaakt en zijn richting uitkwam. Het was groot en het bewoog heftig, het was duidelijk gehaast. Toen hij het ding zag dat laag boven het wegdek zweefde, kreeg hij nog meer kriebelingen.

Zweefgrijper!

Dat was de naam van het gruwelijke ondier dat met majestueus trage bewegingen van de brede, lederen vleugels zijn richting uit kwam. Elma had het beest zo genoemd. Het was niet erg aangenaam om in de buurt te hebben en het was zeker niet aangeraden om het een handje te willen schudden. Darian vreesde dat het geen goede bedoelingen had en besefte ineens dat zijn leven in gevaar was. Maar toch ging hij vooruit, terwijl het creatuur hem tegemoetzweefde. Hoewel hij steeds meer aan een goede afloop twijfelde, was er iets in Darian Shadborne wat hem naar het voorwerp op de weg dreef. Hij stapte niet langer, nu *liep* hij. Hij kon onmogelijk schatten wanneer de Zweefgrijper hem zou bereiken, maar daaraan wilde Darian geen tijd verprutsen. Het hoofd koel houden, de ademhaling onder controle houden en zijn blik op het voorwerp fixeren. Het belangrijkste. Zijn hollende benen droegen hem steeds dichter bij zijn doel. Nu ving hij het gorgelend snuiven van het ondier reeds op. Hij herinnerde zich niet dat het de vorige keer enig geluid had gemaakt. Maar nu was het gierende snuiven er. Alsof er via een gedeeltelijk verstopte rooster lucht naar binnen werd gezogen.

Hoe dichter Darian bij het voorwerp kwam, hoe vlugger hij liep. In zijn hoofd probeerde zijn gezonde verstand hem te vertellen dat wat voor zijn ogen een duidelijke vorm aannam, onmogelijk was. Het was een droombeeld, iets uit zijn jeugdjaren, iets wat een hele tijd geleden had bestaan, maar nu het product van zijn eigen angst was. Darian Shadborne wist intussen dat er in Anderwereld geen sprake van gezond verstand was. Toen hij bij de Buick en de gevallen motorfiets aankwam, had hij het enorm moeilijk. Hij stond met beide handen op de knieën hijgend voorovergebogen. Het beeld van de over de twee rijbanen dwars staande oude wagen en zijn eigen motorfiets die ernaast op de grond lag, zorgde voor een begrijpelijke verwarring. Hij was als het ware terug in de tijd gegaan, terug naar een welbepaalde plaats in zijn eigen verleden. Het tijdsverschil besloeg gevoelsmatig geen volledige dag. Dat er in werkelijkheid vele jaren voorbij waren gegaan, was niet te zien aan de toestand van de twee voertuigen. De oude Buick stond nog steeds op bruikbare banden en de Honda-motorfiets lag nog steeds op z'n zij, exact op de plaats waar hij die had achtergelaten.

Het gorgelende lawaai klonk ineens van heel dichtbij. Darian schrok uit zijn overpeinzingen op. Hij had kostbare tijd verloren. Hij richtte zich op, net op tijd om te zien dat de Zweefgrijper zijn gigantische schaduw over de Buick wierp. Het net van kleverige tentakels gleed over de grond en toen Darian zich plat op z'n buik liet vallen, schraapten de tanden binnenin de honderden zuignappen over het koetswerk. Hij zag het harige, vlezige lijf van het zwevende monster boven zich. Het had nog het meest weg van een reuzenmantra, die heel statig boven de twee voertuigen zweefde. Trage slagen van de brede, lederen vleugels die een dik, zwartharig wormvormig lijf droegen. De vier onderste ogen beloerden hem tijdens het overvliegen. Nu pas zag hij de mond die in het midden van de onderkant stak. Was het eigenlijk wel een mond? Het was meer een aarsvormige opening waaruit een stuk rozegekleurde darm hing. Die opende en sloot zich, zoog op die manier lucht naar binnen en veroorzaakte daarbij het gierende snorkelen. Darian maakte zich zo klein mogelijk toen de tentakels verder over de Buick schraapten om dan bovenop de Honda terecht te komen. Hij uitte een korte schreeuw, scharrelde als een angstige kever over de grond en wrong zich onder de Buick. De dikke, kleverige darmen kledderden over het metaal, maar bereikten hem niet. De zuignappen gleden zoekend over de motorfiets, daarbij krassen in het metaal trekkend. *De volgende keer is het in mijn vlees*, ging het door hem heen.

De vier zwarte bollen aan de onderkant van de Zweefgrijper hielden zijn prooi in het oog terwijl hij zich verwijderde om verderop rechtsomkeer te maken. Op dat moment bedacht Darian dat het misschien wel tijd werd om gebruik te maken van de voorwerpen die hij al die tijd onder zijn jas verborgen had. Maar terwijl hij daarover twijfelde, was het zwevende monster al terug. Hij wrong zichzelf nog dieper onder de Buick en probeerde zijn oren af te sluiten voor het kleverige geschraap van het tentakelnet op het moment dat het overvloog en gretig zijn prooi trachtte te bereiken.

Ik moet iets doen! Ik moet hier weg. Overlevingsdrang. Darian verlangde opeens naar de anderen. Hij wilde bij hen zijn, hij wilde hen zijn ervaringen vertellen en horen wat zij als verhaal hadden. Hij wilde naar Rosenhelm. Van onder de Buick staarde hij met ogen vol angst naar het zich verwijderende monster. Het bezat blijkbaar geen poten, waardoor het zich waarschijnlijk niet kon neerzetten. Het was dus van plan heen en weer te blijven vliegen tot het hem te pakken kreeg. Schrapend en klauwend. Maar in Anderwereld wist je maar nooit. Wat als het poten uitvouwde en over het asfalt zijn richting uitkwam en de tentakels onder de Buick stak, tastend, zoekend en graaiend?

De Zweefgrijper had nog steeds geen rechtsomkeer gemaakt. Darian keek om zich heen. Lopen? Te riskant, te traag en te ver. Het monster zwenkte naar rechts. Niet veel tijd meer. Nadenken! Het snorkelen, afkomstig van de misselijkmakende luchtslurf aan de onderkant van het wormvormige, zwarte lijf, was weer hoorbaar. Hij wurmde zich van onder de Buick, nam het stuur van de Honda vast en wrong de motorfiets rechtop. Het stuur was licht verwrongen. Hij keek van het zich traag kerende gruwelbeest naar het voertuig. Nooit had hij gedacht dat hij het nog zou terugzien of ermee zou rijden. Wat hij zag, bezorgde hem een mengeling van angst en weemoed.

"Alsjeblieft… jij bent mijn enige kans!"

De sleutels staken nog in het slot. Zelfs de sleutelhanger in de vorm van een colafles was er. Hij wierp zijn ene been over het voertuig en nam op de zitting plaats. Hij was ineens weer twintig jaar oud. Het was alsof zijn billen zich pas gisteren van het leder van de zitting hadden verwijderd. Nu was de Zweefgrijper volledig gekeerd en kwam terug zijn richting uit.

"God… start! Laat me niet in de steek!"

Het vochtig snuiven klonk nerveuzer. Wist dat hellebeest wat hij van plan was? Darian draaide de sleutel om. Op het kleine dashboard flitsten alle lichten aan. Pure blijdschap stroomde door zijn aderen.

"Dank u… dank u…"

Het gorgelen ging over in grommen. Blijkbaar ging de Zweefvlieger niet akkoord met zijn vorm van protest. Misschien duldden de inwoners van Anderwereld geen tegenstand. De lichtjes op het dashboard doofden uit. Darian vloekte, ketterde. Het snuiven klonk heel dichtbij. Ook het slepen van het tentakelnet op het asfalt. De tanden schraapten over het wegdek.

"Alsjeblieft…"

Nogmaals de sleutels. De lichtjes aan… en… uit. Nogmaals. De motor sloeg aan. Diepe zucht. De Zweefgrijper was nog één meter van de Buick verwijderd. Van tussen de bovenste en de onderste ogen groeide een dikke, slijmerige slurf naar buiten. Die had een lange, verticale spleet en in het rode vlees blonken meerdere rijen gloeiende tanden. Dat was de mond!

"God…"

Darian keek niet langer opzij. Hij schakelde in de eerste versnelling, draaide de gaskraan volledig open en de motorfiets loeide. Hij probeerde zijn lichaam aan het licht verwrongen stuur aan te passen, maar het bleek allemaal nog mee te vallen. Het achterwiel gierde en slipte toen de motorfiets zich in beweging zette. Iets kleverigs kwam op zijn gezicht terecht. Speeksel? Was het beest hem dan zo dicht genaderd? Niet aan denken, niet omkijken! Darian Shadborne boog zich voorover en liet de Honda snelheid halen. Het gaf hem een zalig gevoel. Het vrijheidsgevoel dat hij als twintiger meermaals had ervaren toen hij met de motorfiets rondtoerde, zinderde op dat moment opnieuw door zijn aderen. *Laat dat beest maar zweven. Het kan onmogelijk zo snel als de Honda gaan.*

Hij schakelde niet vlug, bang dat hij iets zou forceren. Darian keek vluchtig achterom. De vleugelslag van de immense Zweefgrijper was opmerkelijk vlotter en krachtiger dan daarnet. Het dier scheerde nu erg laag. Boven het geluid van zijn motor ving hij het geklepper van de lederen vleugels op. Darian kreeg het benauwd. Wat indien hij de verkeerde beslissing had genomen? Wat indien hij ten val kwam… en wat als…

Er bewoog iets aan zijn rechterkant. Toen hij zag wat erop Freeman Avenue over de rode grasvlakte naderde, was Darian niet meer zo zeker van de 'zomaar' goede afloop van zijn vluchtpoging. Hij keek naar links en ook vandaar renden meerdere bomen – waarvan hij had gedacht dat ze zich bewogen en dat ze de vorm van een rechtopstaande hand hadden – in volle vaart naar de weg. Het was weliswaar voor hen nog een flinke afstand tot aan Freeman Avenue. Maar een kleine berekening leerde Darian dat hij samen met hen op ongeveer hetzelfde moment en dezelfde plaats zou aankomen. In de onderste regionen van zijn buik werd het ineens broeierig heet. Darian Shadborne draaide de gaskraan nog wat verder open. Hij had weinig andere bruikbare mogelijkheden. De keuze was gering. Teruggaan was onmogelijk, vooruit was de enige optie.

De bomen – hij noemde ze nog steeds *bomen*, hoewel hij besefte dat het gruwelijke monsters waren, net als dat creatuur dat hem op de hielen zat – hadden zich voorover op de grond gelegd. Op de zes brede takken (poten) hadden zij zich vervolgens opgericht en als gigantische krabben bewogen ze zich in de richting van de weg. De slierten wapperden achter hen aan. *Het moeten enorme dieren zijn*, bedacht Darian, *zeker zo groot als olifanten.*

Hij hoopte dat zijn Honda het niet begaf... dat er nog genoeg benzine in de tank zat... dat hijzelf niet panikeerde... dat... dat...

Darian wilde niet op zijn snelheidsmeter kijken. Hij wilde niet meer omkijken, zelfs niet opzij. Hij sloot zich mentaal af voor het gevaar dat hem uit drie richtingen naderde en concentreerde zijn blik op de enige plaats waar de vrijheid voorhanden was: recht voor zich uit. De grijze asfaltstrook die in de richting van Rosenhelm leidde. Het liefst had hij zelfs zijn ogen hard dichtgeknepen om zich volledig af te sluiten, maar dat deed hij niet. De 'bomen' naderden zienderogen. Hollende krabben op gelede poten. Hoe dicht de Zweefgrijper hem genaderd was, wilde hij niet eens meer weten.

Het punt van de samenkomst naderde. Er bevonden zich tientallen mensen aan de rand van de weg. De scène had veel weg van de aankomst van een wielerwedstrijd. Ze wachtten op het punt waar Darian en de boomkrabben elkaar zouden ontmoeten. Ramptoeristen? Waar kwamen ze vandaan? Darian had ze niet eerder opgemerkt. Boven het geloei van zijn motorfiets uit hoorde hij hen smalend lachen. Alhoewel dat vrijwel onmogelijk was, ving hij toch hun tergende reactie op. Was hij de bron van hun hilariteit? Vonden zij zijn hachelijke situatie grappig? Ze lachten *hem* uit. Hoe erg zijn toestand op dat moment ook was, er was daar opeens die schrijnende pijn in de borst. Hij werd uitgelachen! Darian had alle moeite om mentaal overeind te blijven. Wat ging er verdorie in hem om!? Die situatie maakte hem tegelijk pisnijdig en verdrietig. Hij begreep zichzelf niet, normaal deerde zoiets niet. Darian naderde de plaats met de lachende figuren van wie hij nu pas merkte dat die allemaal spiernaakt waren. De witte huid van hun lichaam was dooraderd met fijne, blauwe lijnen. Hun ogen waren witte bollen die uit hun hoofd puilden. Hij vreesde dat hij het niet haalde. Noch fysisch, noch mentaal. Er waren nu tientallen boomkrabben die zijn richting uitkwamen. Ze trokken grote wolken van stof achter zich aan. Dit kon niet... dit was onmogelijk. Het eerste monster dat bijna de zijkant van de weg had bereikt, was onmenselijk groot. Darian besefte dat hij het totaal verkeerd had ingeschat. Vijfmaal de omvang van een olifant was nog te weinig geschat. Een huid als de gekorste bast van een boom. Met zes gelede poten zo dik als pijpleidingen, vol stekels en haren. Met uitwaaierende slierten die op glibberige slangen leken. Het kwam achter de groep lachende doden terecht. Ze wezen in zijn richting.

Darian gilde toen de ellenlange vangarmen zijn richting uitzwiepten. Hij was iets vlugger, het beest had Freeman Avenue nog net niet bereikt toen hij op dat punt voorbijkwam. Maar het wierp zijn slangen naar voren. Sissend, grauwend, graaiend en glibberend. Darian drukte zijn lichaam zo mogelijk nog dichter tegen zijn voertuig aan. Net te laat? Het uiterste uiteinde van één van de langste tentakels kwam in het achterwiel van de Honda terecht. Even slipte de motorfiets, maar Darian wist zijn levensbelangrijke vervoermiddel in bedwang te houden, waarbij hij onophoudelijk schreeuwde. Uit pure paniek, uit pure doodsangst. Het uiteinde van de slang spatte tussen de spaken open. Vermangelde vleesklonters vlogen in een waaier van kleverig bloed en stroperig pus in het rond. De tentakel trok zich terug. Darian merkte het op toen hij vluchtig opzijkeek, en nam dat nieuwe gegeven in zich op. De doden links en rechts van Freeman Avenue lachten grof.

Laat ze maar lachen, vond Darian Shadborne, maar er ging diepe kwaadheid naar hen uit. Hij had het gehaald, dat was het belangrijkste! Hij gilde opnieuw, ditmaal van blijdschap. Zijn hersenen kookten onder zijn schedelpan. Hij waagde het achterom te kijken. Zeker drie boomkrabben hadden Freeman Avenue bereikt. Net voor hij zich terug naar voren draaide, kwam de Zweefgrijper boven de krioelende slangen tevoorschijn. Het vliegende monster klapwiekte hevig met de brede vleugels om hoogte te winnen. Het steeg steeds hoger, zweefde boven de krabben en zakte dan in een sierlijke glijvlucht terug naar het wegdek.

"Je kunt me niet bijhouden, klootzak!" schreeuwde Darian.

Toen hij steeds meer terrein op de Zweefgrijper won, uitte hij enkele woeste kreten waarmee hij zijn frustratie uitbrulde. Hij minderde snelheid. Nu geen risico's meer nemen. Achter dat ene ondier kwamen steeds meer boomkrabben op de weg aan. De doden waren nergens meer te zien. Blijkbaar gaven de giganten de strijd op, want geen van hen kwam zijn richting uit. Het kon Darian eigenlijk weinig schelen wat ze deden. De Honda hield stand en dat was het belangrijkste. In de verte ontwaarde hij de donkere gebouwen van Rosenhelm. Darian draaide de gaskraan opnieuw verder open. De motor gromde even, maar gehoorzaamde uiteindelijk toch. Een vluchtige blik achterom leerde hem dat de Zweefgrijper er niet meer aan te pas kwam. Het dier maakte op een bepaald ogenblik zelfs rechtsomkeer.

Darian glunderde als een kind toen hij bij de eerste huizen aankwam. Vóór zijn stemming weer omsloeg, besefte hij dat hij uit zijn avontuur van daarnet zeker één zaak moest onthouden. Die ene tentakel kwam tussen de spaken van zijn achterwiel terecht en moest het daardoor bekopen. Dat betekende dat – hoe afzichtelijk ze ook waren – de monsters konden verwond worden. Dat hield dan in dat ze volledig konden *vernield* worden. Hij drukte zijn armen tegen zijn lichaam en voelde de voorwerpen onder zijn jas. Darian was blij dat hij die nog niet had gebruikt. Misschien kwamen die later beter van pas.

De stad Rosenhelm die Darian Shadborne vervolgens stapvoets binnenreed, was uitgestorven. De huizen waren er, de straten lagen er. Maar geen geparkeerde en rijdende wagens. Er viel niemand te bespeuren. Er brandde nergens licht, alle gebouwen waren blijkbaar leeg. Alles was verlaten en lang niet meer onderhouden. De overheersende kleur was een vuil, stoffig en klam donkergrijs. Het beetje licht dat daarnet nog aanwezig was, was volledig verdwenen. Darian reed niet alleen een dorp maar ook een nacht binnen.

Hij meende dat verderop, nog nauwelijks zichtbaar door een vieze smog die tussen de duistere woningen hing, iets in het midden van de straat bewoog. Hij dacht dat hij twee personen kon onderscheiden, maar had daar geen zekerheid over. Hij was trouwens van niets meer zeker. Darian Shadborne draaide de gaskraan voorzichtig open en tufte in de richting van de enige bewegende entiteiten in zijn gezichtsveld.

9

SHANYA Bellmer probeerde haar hartkloppingen en ademhaling onder controle te krijgen. Buiten

bewustzijn geraken leverde niets op, daar was ze zich bewust van. De figuur aan het einde van de gang in de deuropening wenste haar blijkbaar geen kwaad toe, maar toch kon ze niet overweg met de mengeling aan gewaarwordingen die door haar lichaam raasden. Verwarring, angst, totale verbazing en vooral… ongeloof. Ze had de figuur horen spreken.

Shanya... ben jij dat? Ze herkende die stem. Afkomstig van een van de velen wier overlijden ze op Deathfloor had meegemaakt, van iemand die haar leven zowat ondersteboven had gehaald. *Laura Calloway*!! Maar dat was - net als de gang - onmogelijk. Laura was gestorven. Ze had het bed met haar lijk persoonlijk naar het mortuarium aan het einde van de gang gerold.

Maar daarna… sneerde een flits van pijn door haar hoofd. Ze zag zichzelf op haar knieën in een plas van haar eigen urine, starend naar de dode Laura die – zoals zezelf zei – de overgang maakte. Het behang dat op de muur golfde, de wereld die erachter lag, de mensen op de groene vlakte. Shanya besefte ineens dat zij nu *in* die wereld was. Zij was Elma gevolgd, had Laura's opdracht aanvaard en haar vaders waarschuwing in de wind geslagen.

"Shanya!"

Het meisje schrok op. Ze was terug in de vuile, naar schimmel ruikende gang. De verschijning wenkte haar. Laura Calloway zwaaide met een magere arm.

"Shanya… kom dichterbij, ik wil niet dat ze ons horen!"

Shanya stapte schoorvoetend in de richting van de figuur. *Het is een imitatie, dit gebeurt niet echt…* Maar Laura Calloway zag er anders heel echt en aanwezig uit. Ze droeg nog steeds haar lange, witte kleed waarmee ze de overgang had gemaakt. Maar ze was mager… en *dood*! Haar ogen hadden geen pupillen meer. Het waren witte bollen die uit de donkere kassen in haar hoofd puilden. Het onbedekte vel op haar lichaam was net onder de gelige huid dooraderd met dunne, blauwe slierten. Laura's haar was warrig, slordig, als door elkaar geweven grijze webben. Haar aanwezigheid boezemde Shanya een enorme angst in. Ze had al veel doden gezien, maar nooit eerder zoals Laura zich daar manifesteerde.

Op vijf meter afstand bleef ze staan. Ze waagde het niet dichterbij te gaan. Laura keek over haar linkerschouder. Daar was het mortuarium van *Deathfloor*. Voor Shanya was het nu enkel een donkere ruimte. Er lag een zweem van vrees op haar gezicht. Bestond er nog een reden voor een dode om bevreesd te zijn? Vervolgens sprak ze.

"De school, Shanya. Probeer de anderen te vinden en ga terug naar de school. In de turnzaal."

"Waarom?"

Haar stem trilde.

"Ik heb niet veel tijd. Luister naar me!"

Een sneer van woede kwam in het angstige meisje op.

"Ik *heb* geluisterd! Om die reden ben ik hier!"

"Het spijt me, Shanya… ik probeer het goed te maken. Toen ik stierf, maakte ik de overgang naar hier en ik was onmiddellijk onder allerlei invloeden. Jouw vader had gelijk, hij probeerde jou inderdaad te verwittigen. Maar ik vertelde het tegendeel, ik weet het, Anderwereld had mij onmiddellijk in de tang… het spijt me… ik was mezelf niet meer en …"

Laura keek weer om. Er voer een rilling door haar lichaam. Shanya voelde haar angst.

"Ze komen eraan!"

"Wie?"

"Ze weten dat ik hier ben en wat ik doe! Ga naar de turnzaal! Hij wacht daar op jou! Wij doen dit voor jullie allemaal!"

"Wie wacht er?" gilde Shanya bijna.

Achter Laura werd geritsel hoorbaar. Shanya kreeg kippenvel op haar armen.

"Kind! Luister! Doe nu wat ik zeg! Het is jullie enige kans! Ik probeer enkel iets goed te maken, ik heb jou op een verkeerd spoor gezet, het was een valstrik waar ik niets van wist!! Als ze weten wat ik doe, dan… ze komen…"

Shanya deinsde verschrikt achteruit toen het geritsel opdringeriger werd. In het mortuarium achter Laura kwam iets heel snel hun richting uit. De dunne spilarmen van Laura Calloway probeerden zich aan de stijl van de deur vast te haken. Er droop een smalle sliert speeksel uit haar ene mondhoek.

"Ga, Shanya… vlucht nu je nog kan!"

Shanya aarzelde. Ze had geen enkel vertrouwen in de vrouw en wilde geen tweemaal dezelfde fout maken.

"Laura... ik wil…"

Haar stem stokte toen ontelbare twintig centimeter lange duizendpoten (daar leken de beesten toch op) over de randen van de deur verschenen. Laura gilde. Ze krioelden over de grond, de muren en het plafond om haar heen. Het dode mens probeerde haar dooraderde voeten op te heffen, maar het duurde nauwelijks tien seconden eer de klauwende duizendpoten haar lichaam overspoelden. Ze kropen vliegensvlug over en onder haar witte kleed. Ze lieten zich bovenop haar hoofd vallen. Laura gorgelde toen onmiddellijk enkele van die grote veelpotigen zich in haar keel wrongen. Toch bleef de vrouw rechtop staan, zich aan de deurstijlen vasthoudend. Shanya schoof voetje voor voetje achteruit. Ze probeerde zich zo onopvallend mogelijk van het gruwelijke schouwspel te verwijderen. Ze gilde het opeens uit en draaide zich om toen de beesten zich dwars doorheen de huid over het volledige lichaam van Laura Calloway boorden, klauwden en vraten. Het laatste wat Shanya Bellmer zag, was dat Laura de stijlen losliet en vooroverviel. Van haar lichaam viel niets meer te herkennen, het was één immense hoop krioelende, ritselende en knagende duizendpoten. Halverwege de gang stopte Shanya en keek achterom. Dat had ze beter niet gedaan want ze zag tot haar grote afschuw dat beide wanden, het plafond en de vloer volledig bedekt waren met zich haastende insecten. Er waren er miljarden... en die kwamen achter haar aan.

Shanya gilde haar angst uit en holde de gang verder door. Op de echte *Deathfloor* was die zo lang niet. Er waren niet zoveel deuren. Ze moest allang het keukentje bereikt hebben waar zij en Betty hun koffie dronken. Terwijl ze met opengesperde ogen tussen de vuile muren liep, merkte ze dat de deuren zich één voor één openden. Er verschenen compleet naakte mensen op de gang, zover ze kon kijken. Haar keel snoerde dicht, maar toch bleef ze hollen. Het waren doden. Geen pupillen, dooraderde huid. Ze kende ze allemaal. Het waren haar patiënten geweest die zij had verzorgd, getroost en uiteindelijk finaal tot in de koude kamer aan het einde van diezelfde gang had begeleid. Shanya ving hun stemmen in haar hoofd op terwijl ze zich mogelijk nog meer haastte. Het waren de figuren die ze op de grasvlakte had gezien toen Laura Calloway de overgang maakte.

... Shanya... blij je terug te zien...

... Ken je me niet meer...?

... Blijf je bij ons...?
... Je weet het toch nog, we waren vrienden, échte vrienden...
De stemmen gonsden in haar brein, allemaal door elkaar.
... die altijd over de herfst sprak ...
... jij was de beste, Shanya ...
... wat doe jij hier ...?
Shanya Bellmer hield haar handen tegen de beide zijkanten van haar hoofd in
de hoop dat ze de stemmen kon buitensluiten. Maar dat lukte niet. De lijken
stapten verder de gang in en staken nu hun handen naar haar uit. Vluchtige
aanrakingen van koude, dode vingers. IJspegels die in haar huid prikten. Wat
meer was: ze belemmerden haar de vrije doorgang. Achter haar scharrelden de
insecten.
"Laat me los!" schreeuwde ze ineens.
Shanya worstelde zich uit de opdringerige aanrakingen. De gang was onmogelijk lang. Donker, vuil en koud. De insecten kwamen. De ijshanden klauwden. Men wilde haar tegenhouden, dingen zeggen.
... je was zo lief voor mij ...
... ik was blij dat jij er de laatste momenten bij was ...
...blijf bij mij...
...het is hier nog zo slecht niet...
Bijna hysterisch geworden, sloeg Shanya om zich heen. Maar de lijken trokken zich niet terug, integendeel, ze ondernamen intensere pogingen om haar
vast te nemen. Het meisje bezweek bijna toen de kolonie duizendpoten zich
op de eerste doden, die Shanya eerder gepasseerd was, wierpen. Het ene lijk
na het andere werd aangevallen. Er ontstond paniek. Het tumult bereikte de
plaats waar Shanya nu zo goed als stil stond, omgeven door zich opdringende
afgestorvenen. En ineens was ze weer vrij. De koude handen en klauwende
vingers gleden van haar af. Waarschijnlijk vreesden ze een overrompeling van
de dodelijke insecten want iedereen trok zich schielijk achter zijn eigen deur
terug. Achter de ene was een groen grasveld, achter een andere een blauw
strand met een felgele zee ertegenaan. De deuren werden dichtgeworpen.
Shanya Bellmer wachtte niet tot de wriemelende hoop beestjes haar bereikte.
Ze haalde diep adem en zette het weer op een lopen. Er openden zich geen
deuren meer. Daardoor haalde ze snelheid en bereikte ze de deur naar de trap.
Die had ik al veel eerder moeten bereiken! Ze ramde de deur dicht en sprong
met drie treden tegelijk naar beneden. Die waren glibberig en klam. Het was
er koud. Doods! Alsof Magere Hein zelf zijn rotte adem doorheen het ganse
gebouw had geblazen. Boven haar sloeg de deur open. Shanya werd het schar-
relen van de ontelbare pootjes onmiddellijk gewaar. Alle haartjes op haar armen veerden overeind. Vier treden per stap. Gevaarlijk. Met zwoegende

borstkas en een van pure doodsangst vertrokken gezicht, haastte het meisje zich zo vlug mogelijk de trappen af. Ze waagde het niet meer achterom te kijken. Ze was bang om te vallen. Uiterste concentratie.

Ineens regende het duizendpoten!! Die rotbeesten hadden zich over de rand gestort en kwamen als een waterval van krioelend ongedierte naar beneden. Zwaaiend met de armen en gillend als een varken dat wordt gekeeld, sprong Shanya de laatste trappen af. De klauwende poten haakten zich in haar kleren en haren. *Lopen! Lopen*! Door de lange gang naar de uitgang. Roepend, molenwiekend met beide armen, de ogen op de dubbele buitendeur gefixeerd. Nagels krasten over de huid van haar wangen. Het stortregende gigantische duizendpoten. Ze hoorde zichzelf niet meer krijsen.

Shanya stortte zich ondoordacht voorover, ramde de deuren open en tuimelde tierend buiten op het voetpad. Ze richtte zich onmiddellijk op, schopte paniekerig met de beide benen en klauwde met de handen over het asfalt met de bedoeling zo vlug mogelijk uit de buurt te geraken. Van haar gezicht viel niet anders dan onversneden angst af te lezen.

Als een manke krab kroop zij vliegensvlug door de lage mist tot halverwege de straat. Daar hield Shanya halt en keek achterom. Het gebouw waaruit zij zichzelf naar buiten had geworpen, was helemaal het Conway Sunflower Home in Conway, South Carolina, niet. Het was een lage, slechts één verdieping tellende winkel waar men vroeger elektronische apparaten verkocht. Er kwamen geen duizendpoten uit het donkere gat dat de ingang vormde. Die bestond trouwens maar uit één deur, niet uit de dubbele die ze daarnet in paniek had opengeworpen. De grote vitrine naast de toegangsdeur was stuk. Er liep een enorme barst door het dubbele glas van linksonder naar rechtsboven. De toestellen, in de vitrine tentoongesteld, waren verroest.

Hijgend probeerde Shanya te begrijpen wat er voorgevallen was. Ze herkende de winkel. Ze had er ooit een automatische tandenborstel gekocht. Toen ze veertien was. In Rosenhelm. Ze was terug in Rosenhelm... het was er donker, het was precies midden in de nacht.

Omgeven door een dunne mistlaag zat ze nog steeds op haar achterste, toen er links van haar iets door de donkere schaduwen langs de vuilgrijze gebouwen bewoog. Het kwam haar richting uit. De huid op haar lichaam trok samen. Het was een persoon die zich dicht tegen de muren verborgen hield en in haar richting sloop. Alle kracht tot verzet vloeide uit haar lichaam weg. Het was genoeg geweest. Meer kon ze niet aan. Shanya liep effectief leeg. De kracht en de zin om te leven, verdwenen als iets vloeibaars uit haar lichaam. Geen kracht meer om te vluchten, om zich te verzetten. Laat komen wat komt! Shanya liet haar tranen de vrije loop. Haar hoofd knakte voorover. Ze sloot haar ogen en hoopte op een vlugge afloop.

"Shanya, ben jij dat?"
Het meisje richtte totaal verrast haar hoofd op.
"... ik ben het..."

10

"GAAT het?" Marrion McKelly haalde heel voorzichtig haar handen van voor haar ogen weg.
"Oooo... wat een rotwijf!"
"Gaat het? Doet het pijn?"
"Het gaat... al veel beter dan daarnet! Ik denk dat ik geen ogen meer had indien ik de bril niet had gedragen. Als ik haar ooit terugzie, zal ze ervan lusten, dat zweer ik je!"
Steven had buiten Anderwereld geglimlacht om de strijdvaardigheid die hij van zijn vriendin niet gewoon was. Maar nu lukte het hem niet. Niet nu hij duidelijk zag waar zij zich bevonden. Dat beangstigende besef maakte dat hij het benauwd kreeg. Blijkbaar merkte Marrion de plotse verandering in de houding van haar vriend.
"Wat scheelt er?"
"We zijn in het politiekantoor."
"Wat!?" Er klonk enkel ongeloof in dat ene woord.
"Dit is de gang waar de lucht zich opende en het... *ding* naar buiten kwam."
Hij draaide zich om en wees naar de cellen.
"Daar heb ik opgesloten gezeten. Van daaruit ben ik ook ontsnapt."
"Dit kan niet. Het is een hallucinatie. Daarnet waren we nog in die andere gang."
"Dat is nu juist het probleem, Marrion. Blijkbaar gelden onze natuurwetten hier niet."
Marrion stond op. Het duizelde in haar hoofd.
"Gaat het?"
Het meisje knikte. Ze schikte de zonnebril op haar neus terwijl ze om zich heen keek.
"Ik ben Darian duizendmaal dankbaar. Ik voel enkel nog een lichte tinteling rond mijn ogen. Stukken beter dan daarnet. Goed... wat nu?"
Steven was niet onmiddellijk de persoon om vooruitstrevende initiatieven te nemen of met de meest bruikbare oplossingen voor de dag te komen. Hij haalde enkel de schouders op.
"Ik blijf erbij, dit is een hallucinatie. Ik denk dat Anderwereld ons laat zien wat in onze geest zit."

Nu stond Steven ook op.

"Daarvan ben ik niet overtuigd. Jij bent hier nooit eerder geweest. Jij kunt onmogelijk weten hoe het er hier uitziet. Trouwens, een hallucinatie kun je niet vastnemen!"

Hij liep tot bij de muur en sloeg erop.

"Heel solide. Het is er, wij zijn er en ik vraag me af wat we hier doen."

"Hier blijven heeft geen zin."

"Daar bevinden zich de verhoorlokalen!"

Steven liep naar de deur aan het einde van de gang. Nu pas viel het hem op dat ze heel waarschijnlijk alleen in het gebouw waren. Het was er vuil, alsof het gebouw al jaren leeg stond. Steven wachtte tot Marrion naast hem stond.

"Klaar?"

Het meisje knikte. Steven drukte de kruk naar beneden en opende de deur. Blauw zand. Dat was het eerste wat ze zagen. Geen verhoorlokaal met een ordinaire tegelvloer. Wel een breed strand met blauw zand. De zee verderop was bloedrood. Een zure wind bereikte hen van over wat zij vermoedden een gigantische plas water te zijn. De lucht was purper met dunne, gele lijnen als de sporen van voorbijtrekkende straalvliegtuigen. Het waren er zóveel dat ze een gigantisch web vormden dat het ganse uitspansel bedekte. Terwijl Steven en Marrion met openhangende mond in het rond keken, ontdekten ze tot hun grote verbijstering dat ze gelijk hadden. Wat hoog boven hun hoofden hing, was inderdaad een onmogelijk groot web. Een spinachtig wezen van cyclopische grootte bewoog er zich ondersteboven over. Hangend. Het kroop traag in de richting van de horizon waar het web visueel in de bloedrode zee verdween. De omvang van het dier was onmogelijk te schatten. Datzelfde schouwspel had Darian eerder opgemerkt. Toen dat zeemonster opdook om Merrith naast de grote brug boven de Chicago op Wacker Drive te grazen te nemen.

"Ik ga daar niet in," siste Steven.

De reden waarom hij na die woorden de deur haastig dichttrok, was wat onmiddellijk na die woorden gebeurde. De bovenste laag van het blauwe zandstrand golfde. Op verschillende plaatsen deden zich dezelfde bewegingen voor. Dingen kwamen onder het zand hun richting uit. Op enkele meters van de rand werkten zich per aparte locatie tientallen smalle poten uit het zand omhoog. Steven wachtte niet tot hij zag waar die aan vasthingen en ramde de deur dicht. Hij deinsde achteruit tot op de plaats van daarnet en staarde snakkend naar adem naar die onmogelijke vluchtweg.

"Niet daarlangs. Dus..."

Marrion wees naar de cellen. Steven herpakte zich. De nuchterheid van zijn vriendin had een positieve invloed op zijn verhitte emoties.

"Mij goed... maar er is daar geen uitgang. De gang leidt naar de toiletten. Daar heb ik een venster kapotgeworpen... "

Marrion knikte.

"We hebben wel geen andere keuze, Steven. Ik wil niet over dat zand lopen. Ik wil niet onder dat net stappen, terwijl dat monster boven mijn hoofd hangt!"

Daar ging Steven stilzwijgend mee akkoord. Hij draaide zich om en liep op de getraliede deuren af. Voor de cellen konden ze, zoals hij had voorzien, enkel naar rechts. Waar zich verderop de toiletruimte had moeten bevinden, eindigde de gang op een T-splitsing.

"Dat was zo niet. Wat nu?"

Marrion stapte tot op de splitsing en wierp een blik naar beide kanten. Ze haalde haar schouders op en wees naar rechts. Waarom niet? Op stap dan maar. Twintig meter. Tot op een volgende T. Daar naar links. Overal waren de gangen eender. Vuil en met muren onder de schimmel. Er waren geen deuren of deuropeningen en boven hun hoofden hing op regelmatige afstanden een pover lichtgevende TL-lamp. Nog een T. Naar rechts deze keer. Geen bochten, enkel hoeken en T-splitsingen.

Na meer dan tien minuten stappen, kwamen Marrion en Steven tot het vreeswekkende besef dat zij zich in een heus labyrint bevonden. Overal dezelfde muren, dezelfde vloeren en dezelfde lampen. Er was geen enkel herkenningspunt waar ze zich op konden oriënteren. Zij liepen nog enkele minuten door en proefden pas de smaak van oprukkende paniek in hun keel toen ze het slijmerige kletsen hoorden. Marrion McKelly ving het wansmakelijke geluid als eerste op. Het kwam van overal en nergens. Het was het lawaai van een massa vissen die op het natte dek van een boot spartelden. Toen Steven Tatakarian het opving, was hij opeens krachteloos. Een gruwelijke voorstelling bood zich zomaar in zijn geest aan. Het *ding* kwam eraan. Misschien niet in dezelfde vorm, maar het was er en maakte in deze smerige doolhof jacht op hem. Na al die jaren had het hem gevonden en was niet zinnens hem deze keer enkel maar te bekijken. Dit was dus het einde?! Het slijmerige lawaai kwam hun kant uit. Het kletste zichzelf door de gangen voort, haastig, opgejaagd. Hongerig. Van plan wraak te nemen. Ineens kreeg hij een dreun op zijn schouder. Steven tuimelde uit zijn verdoving.

"Vooruit... lopen!"

Marrion greep zijn arm en trok hem met zich mee.

"Er komt iets achter ons aan. We moeten *lopen*!"

"Het heeft weinig zin, Marrion, het haalt ons zó in."

Blijkbaar maakte dat haar kwaad. Ze rukte nu aan hem.

"Komaan! Ik geef mij niet gewonnen! Ik wil niet dat jij dat wel doet! Je houdt van me?"

Er verscheen een glimlach op zijn gezicht.

"Ik hou van je, Marrion, dat weet je toch?"

"Ik *voel* het! Ik wil het *blijven* voelen! Ik laat je hier niet achter... lopen..."

Marrion wachtte niet langer, draaide om haar as en rende weg. Steven liep achter haar aan. Het meisje keek om te zien of hij haar volgde en schreeuwde.

"Godverdomme... kijk!!"

Het gezicht van Marrion vertrok. Hij wierp een blik over zijn schouder en zag hoe het *ding* om de hoek verscheen. Er gebeurde iets vreemds met zijn hart. Het ene moment stopte het, waardoor hij dacht ter plaatse dood te vallen en het volgende moment raasde het als een losgebroken, woeste stier door zijn borstkas. De aanblik van wat hen volgde, bezorgde hem zelfs pijn in zijn hersenen. Dat zoiets leefde en zich bewoog was toch onmogelijk!? Maar het was er. Het was enorm groot en vulde de volledige gang. Geen vierkante centimeter ruimte bleef gespaard. Het deed hem nog het meest denken aan een immense hoop bloederige ingewanden die zich rollend, klodderend en pulserend voortbewoog. Rondtollende, purperen vleeskwabben tussen rode darmen die zich als kronkelende, blinde slangen zoekend langs de muren en over de vloer voortbewogen. Uitpuilende en zich weer terugtrekkende bollen die op gigantische, vochtige ogen leken. Wapperende lappen dikke huid die tegen de muren sloegen. Het zich voortbewegende geheel veroorzaakte dat slijmerige, vochtige kletsen. De gang was nu een kolossale stortkoker waarin tien grote containers slachtafval waren gedumpt. Maar het vormde één geheel, het leefde en het kwam achter hen aan.

Steven was blij met de kracht die Marrion op zijn arm uitoefende. Ze probeerden niet volledig in paniek te geraken en liepen zo hard hun longen het hen toelieten. Maar ze lieten elkaar niet los. Telkens wanneer Steven omkeek, merkte hij dat het *ding* de jacht niet stopzette. Gang na gang, links... rechts... T-splitsing... rechts... gang door, twintig, dertig meter... links... T, links... lange, rechte gang. Hijgend, zwoegende longen, smaak van bloed achterop de tong. Een stekende pijn in de rechterzij. Zweet prikte in Stevens ogen. Maar plotseling was er een verandering in het decor aan het einde van de lange gang. Het beest kwam vol inzet achter hen aan. Steven merkte voor zich iets anders dan de grijze, vuile muren die ze het afgelopen halfuur hadden gezien. Er waren verticale lijnen op het einde van de lange, rechte gang. Steven pijnigde zijn brein terwijl hij voortholde. Wat was dat nu weer?

Ineens was er het besef dat ze terug bij de cellen waren. De rechtopstaande lijnen waren de tralies. Marrion kwam tot datzelfde besef. Voorzover het hol-

len het haar toeliet, schreeuwde ze:
"We sluiten onszelf op!"
Steven vond het geen goed idee. Het leek hem niet veilig. Maar ze hadden geen tien minuten meer om een beslissing te nemen. Hij keek om. De rond-tollende, kabbelende massa zette er een enorme vaart achter.
"Elk een kant op! Ik naar rechts!" schreeuwde hij ineens.
Blijkbaar vertrouwde Marrion hem blindelings, want op de T-splitsing met de brede celdeuren vóór hen, spurtte Marrion naar links. Steven holde naar de andere kant. Het achteropkomende monster had een enorme vaart toen het op het kruispunt aankwam. Het ramde de TL-lampen tegen het plafond één voor één aan flarden. De glazen lichtbuizen versplinterden, maar werden onmiddellijk in de roterende vleesmassa opgenomen. Enkele van de kronke-lende darmen flitsten zoekend achter Marrion aan, en enkele andere kozen voor Steven. Maar de gigantische, vlezige en kolkende massa vleeskwabben denderde rechtdoor. Daar had Steven heimelijk op gerekend. De tralies van de cellen werkten als messen en gleden door de klodderende vleeshoop heen. Er klonk een hels brullen. De rondtollende stroom vleesklonters hield vanuit de lange gang aan en duwde op die manier het geheel steeds verder vooruit. Steven en Marrion deinsden elk aan hun kant achteruit. De slangendarmen die hun richting uitgekomen waren, werden nu teruggetrokken en verdwe-nen samen met de kop van het wezen door de tralies in de cellen. De metalen latten werden roodgloeiend. De stank van geschroeid vlees en bloed vulde hun neusgaten. De onvoorstelbaar grote en duwende vleesmassa ramde de achterste muur van de cellen met zo'n geweld dat die het uiteindelijk begaf. De scheuren in het plakwerk werden steeds groter en toen de cel volledig volgepropt zat, scheurde de muur open. De stenen werden uit de muur naar buiten geperst en daarmee gleed ook de volledige degoutante inhoud mee de cel uit. De massa ingewanden hobbelde door het ontstane gat. Steven keek argwanend naar de lange, rode slierten die als zoekende vangarmen nog iets stevigs probeerden vast te grijpen, maar toen die ook over de rand verdwenen, keerde de rust in de cellen terug. Hij keek met een dichtgesnoerde keel naar Marrion, die op haar beurt ook naar het grote gat in de muur keek. Zeker vier meter breed en de volledige hoogte van de celmuur. De randen waren bedekt met een kleverige substantie die van het plafond in lange, rekkende slierten naar beneden droop. Steven Tatakarian wachtte tot hij weer op adem was gekomen. Hij liep tot bij de tralies die volledig vernield waren. Ze gloeiden niet meer, maar waren totaal vervormd. Er was een opening ontstaan waar hij zonder problemen door kroop. Hij wierp een stille blik op Marrion en stapte in de cel tot bij de rand, er wel voor zorgend dat hij niet in de achtergebleven borrelende drab stapte. Hij verwachtte elk ogenblik dat één van de zoekende

vangarmen terug zou komen, maar er gebeurde niets. Steven liep tot bij de vernielde muur. Aan de andere kant bevond zich de buitenwereld. Een donkere straat met donkere huizen aan de overkant. Van de vleesworm viel niets meer te bespeuren en ook niet van de stenen die er ongetwijfeld hadden moeten liggen. Hij wenkte Marrion.

"Kom eens!"

Het meisje aarzelde niet en stapte tot bij haar vriend.

"Dit is onze uitgang!"

"Waar zijn we?"

Haar stem trilde een beetje. Het was inderdaad wat anders dan omgaan met lastige en boertige klanten. Steven zag het.

"Ik denk dat dit Rosenhelm is…"

"Ik wil hieruit weg!"

Steven stapte als eerste over de rand en plaatste zijn ene voet op het voetpad. Er volgde geen reactie. Hij probeerde geruststellend te glimlachen en presenteerde haar zijn hand. Ze nam de steun gretig aan en even later bevonden ze zich buiten op de stoep. De temperatuur was onaangenaam koud.

"Wat nu?"

"Ik weet het niet. Laat ons hier eerst weggaan!"

Steven wierp nog een laatste blik naar binnen, naar de donkere gang waaruit ze ternauwernood ontsnapt waren. Dan gingen ze op weg, ze kozen voor het midden van de straat. Steven herkende de plaats niet. De huizen waren verlaten, de straten waren leeg. De ganse stad was een dode bedoening, bedekt door het duister van een sterrenloze nacht. Door het fijne laagje mist dat tot aan hun knieën reikte, zag het geheel er nog desolater uit. Toen ze zich een vijftal minuten later nog steeds tussen de duistere huizen bevonden, de nabije omgeving nauwlettend in het oog houdend, vingen ze – boven het gezoem van de wind uit – een geluid op. Het klonk als een laag grommen dat steeds luider werd. Ze waren niet echt gelukkig met het besef dat het hun richting uitkwam.

11

HIJ bevond zich in een variant van wat hij zich herinnerde van The Green Swamp. Alleen was het struikgewas veel hoger en anders van kleur. Waar in de 'normale' versie overwegend groene bladeren de overhand hadden, was purper hier de overheersende kleur. De bladeren van de bomen, de stammen, het gras. Alles was hier met een variatie op purper getooid. Die onwerkelijkheid bezorgde hem pijn aan de ogen. Elliot Bornowski moest weinig moeite doen om de weg te vinden. Het gras vóór hem was platgetrapt, het pad was geëffend. Hij keek naar het lage wolkendek terwijl hij stapte. Aan de horizon klapwiekten gigantische dieren door de lucht. De idee dat daar draken vlogen, kwam onmiddellijk bij hem op en hij onderdrukte de kinderlijke neiging om zich plat op het gras te leggen. Elliot stapte flink door en kwam tien minuten later op de plaats aan waar hij de dag ervoor ook had gestaan. Dat was dan wel in de wereld waar geen draken rondzwierven en waar het gras groen was. Er was nog een heel groot verschil met wat hij voor werkelijkheid nam. Gisteren herkende hij nauwelijks iets van de vervallen houtschuur. Van de ruïne restte er niets meer.

Hier was het anders. Hier was de schuur zoals hij die als twintigjarige had aangetroffen. Weliswaar vervallen, maar enkele muren hadden het verval blijkbaar getrotseerd. Elliot zakte onmiddellijk terug in de beangstigende gewaarwordingen van toen hij vierentwintig was. Op zoek naar het verdwenen meisje Sandy Wheeler, begin september van het jaar 1979. Het kind verscheen toen uit het niets en verdween er zomaar terug in (of had dat 'niets' vanaf nu een naam?). Hij was degene die het kind op deze plek had teruggevonden. De twee ouderlingen Arnie en George hadden hem toen niet vergezeld en waren eerder naar hun ouwe, groene jeep teruggekeerd. Nu was enkel de kleur anders. Ineens was Elliot zo verdomd eenzaam en aan zijn lot overgelaten. Hij verlangde naar de andere leden van de groep. Hij wilde dat...

"Hallo!"

Elliot Bornowski schrok op. Het overheersende purper kwam opnieuw in zijn gezichtsveld. Iemand had *hallo* gezegd? Hij draaide zich in de richting vanwaar de stem had geklonken. Toen hij het naakte meisje zag, verkrampten zijn darmen. Zij *was* er dus! Ze zat bij een hoop verzaagde planken die met purperen klimplanten begroeid waren.

Sandy Wheeler. Zij was het ongetwijfeld. Zijn brein had moeite om de situatie te aanvaarden. Zij bevond zich daar zoals hij haar de vorige keer als kind had gezien: zeven jaar oud, kletsnat (hoewel het niet regende). Ze had er tweeëntwintig moeten zijn. Maar Sandy was niet ouder geworden en hernam haar poging om contact met hem te maken.

"Hallo... Elliot..."

"Ha... hallo."

"We ontmoeten elkaar dus nog eens!?"

"Eh... zoals blijkt, inderdaad."

"Ik wil dat je me volgt."

Een immens koude wind sneerde door zijn borstkas. Hij wilde haar niet volgen. Hij wilde niet bij haar zijn, Elliot wilde terug naar de anderen. Niet langer op zichzelf aangewezen. De zevenjarige Sandy voelde blijkbaar zijn reactie aan.

"Het is hier niet veilig. *The Green Swamp* is voor iedereen een gevaarlijk gebied."

"Ik wil terug naar de stad!"

Elliots stem klonk als die van een klein kind dat net niet weende. Een kind, nog kleiner en onmachtiger dan de naakte Sandy.

"Dat is net de bedoeling, Elliot. Ik breng jou daarheen."

"Maar... wie ben jij... het is zolang geleden..."

Er verscheen een glimlach op haar gezicht.

"Begrijpelijk. Ik ben een van de wezens die bij deze wereld horen. Ik nam ooit een doorgang en kwam bij jullie terecht. Ik was te stoutmoedig, verloor de weg en vond de doorgang niet meer. Daardoor kon ik niet terug en ik was dus verplicht om bij jullie te blijven, in afwachting dat ik een plaats vind om terug over te gaan. Ik nam de vorm van een klein onschuldig meisje aan dat door iedereen geliefd werd."

"Niemand wist waar je vandaan kwam."

"Klopt... en niemand weet naar waar ik vertrokken ben. De vorm die ik aannam, zorgde ervoor dat ik met de beperkingen van het lichaam te maken kreeg. Ik had anderen nodig om me over lange afstanden te verplaatsen. Ik heb Willy Kleihner kunnen overhalen om me naar hier te brengen. Ik wist dat zich hier een overgang manifesteerde. Soms overkwam me dat, maar ik heb er veel gemist omdat ik niet op de 'afspraak' geraakte, waardoor ik telkens verplicht was te blijven. De pedofiel was gemakkelijk te verleiden, hoewel hij dacht dat hij de touwtjes in handen had. Ik wilde de doorgang deze keer niet missen en liet mij naar hier brengen. Ik ging akkoord met zijn vieze voorstellen op voorwaarde dat hij zijn seksuele spelletjes op deze plaats verrichtte. Van ontvoering was er dus geen sprake, het was eerder omgekeerd. Jij kwam er net aan toen ik hem *bedankte* voor de lift en de overgang maakte."

Elliot slikte toen hij dacht aan de manier waarop zij de man *bedankt* had.

"Je doodde hem..."

"Ik heb een hele tijd in jullie wereld geleefd en heb ingezien dat er verschillende soorten mensen bestaan. Ik vond hem een walgelijke persoon."

"Ik heb jouw ware vorm gezien."

"Min of meer. Ik maak geen deel uit van jouw wereld, Elliot."

"Waarom wil je dan dat ik je volg?"

Het wezen dat de vorm van een naakt kind had, glimlachte nogmaals.

"Jij hebt geen slechte bedoelingen. Toen niet en nu ook niet. Ik breng je terug naar Rosenhelm en de anderen. Daar zul je het zelf moeten beredderen."

Elliot aarzelde nog steeds. De politieman in hem probeerde een waarschuwing door te sturen, maar haar woorden onderbraken de zending.

"Het is hier niet veilig!"

Sandy wees naar een plek achter Elliot. Hij keek om en waar zich daarnet nog een grote vlakte met purperen gras bevond, stroomde nu de Waccamaw River. Die bevond zich effectief in *The Green Swamp*, maar niet op die plaats. In Anderwereld dus blijkbaar wel.

"Ik heb het je toch gezegd!" zei Sandy achter hem.

Elliot Bornowski keek vol afschuw naar de vele dikke, witte wormen die zich uit de rivier op de oever hesen en in zijn richting kronkelden. Aan de voorkant gaapte een enorm gat waarin meerdere rijen tanden in het vlees verzonken zaten. De wormen maten zeker een volledige meter in doorsnede. Omdat ze onophoudelijk kronkelden, wilde Elliot geen schatting maken over de totale lengte ervan. Ze gleden door het purperen gras en kwamen vervaarlijk dicht in zijn buurt. De politieman twijfelde niet aan hun bedoelingen.

"Kom je nog?"

Sandy draaide zich om en verdween achter één van de met mauve klimgras begroeide muurrestanten. Elliot rukte zijn blik van de naderende wormen los en bereikte even later de plaats waar het meisje daarnet was. Achter de hoop houten planken lag iemand languit op de grond. De broek en onderbroek op de enkels. Het was een lijk in verregaande staat van ontbinding. Kleihner! Het kon onmogelijk iemand anders zijn. Elliot nam even de tijd. Het lichaam was volkomen zwart en zat vol gaten. Daarin zag hij dat van het rotte weefsel, ooit gezond vlees en stevige spieren, enkel nog gerafelde strengen restten. Net onder de flarden van de resterende huid krioelden duizenden kevertjes, zodat de vellen los op zijn lichaam lagen en als het ware door de wind golvende bewegingen maakten. Het hoofd van Willy Kleihner was opzijgezakt. De mond was wijdopen en binnenin die zwarte holte had een klein, stekelig dier zijn nest gemaakt. Het broedde op een massa kleine, witte eitjes.

Elliot keek op toen grommend lawaai weerklonk. Tot zijn grote schrik merkte hij dat de eerste wormen de ruïne hadden bereikt. Hij draaide zich om en liep achter Sandy aan. Het laatste wat hij van de omgeving zag, was de eerste worm die zich met opengesperde muil wierp op wat van Kleihner overbleef. Elliot wendde zijn gezicht af toen Kleihners ene been onmiddellijk van het bekken werd afgescheurd. Toen hij zich achter de muur begaf, ving hij het droge knakken van verdorde botten op.

"Waar ben je?"

Hij liep al enkele minuten langsheen hopen gestapeld hout, toen hij besefte dat hij Sandy uit het oog verloren was. De ruïne was onmogelijk zo groot. Er was nauwelijks iets van overeind gebleven, en toch had hij de indruk dat hij al een hele tijd rondstapte. Binnenmuren, stapels en nog meer stapels hout. Alles overwoekerd met purperen onkruid. Elliot kreeg de indruk dat de muren hoger werden. Zó hoog zelfs dat hij na een tijdje weer een dak boven zijn hoofd kreeg. Het was geconstrueerd uit naast elkaar liggende, houten planken die op een ingewikkeld gebinte van zware draag- en steunbalken bevestigd waren. Het licht van buiten bereikte die plek niet. Het was donker daarboven. Ongezellig donker. *Hoe groot is die verdomde loods wel?* Elliot worstelde met het weerspannige onkruid dat tussen hopen hout groeide. Hij worstelde ook met zichzelf. In zijn binnenste ontwikkelde zich een paniekaanval. Hij stapte niet langer, maar voelde dat hij liep.

"Sandy? Waar ben je?"

Zijn stem klonk gedempt en had een ongewenst effect. Nadat hij dezelfde woorden enkele malen had geroepen - zijn stem moet ongetwijfeld zijn overgeslagen - bewogen nog onduidelijke vormen in het zware, donkere gebinte boven zijn hoofd. Zijn schreeuwen had iets, dingen wakker gemaakt. Ze leefden blijkbaar in de complete duisternis daarboven. Net onder dakplaten, in het labyrint van zware balken. Elliot wenste dat hij niet geschreeuwd had. Hij wenste dat hij niet alleen was, dat anderen in zijn buurt waren. *De* anderen, de leden van de groep waarmee hij dit helse avontuur was gestart. Hij moest niet opkijken. Hoog boven zijn hoofd en vóór hem bewogen schaduwen zich in nog donkerder holen. Het waren grote beesten. Veel stekels of poten. Ze krasten over het gespannen hout, geërgerd door zijn aanwezigheid, opgeschrikt door zijn ongebruikelijk lawaai. Het slepen van ranke lijven langsheen hout en onkruid. Ze volgden hem, liepen over de balken met hem mee.

Hij zag Sandy niet meer. Misschien was ze er zelfs nooit geweest. Misschien was het een valstrik, misschien... deuren? Elliot was bijna buiten adem en vreesde voor zijn leven want boven zijn hoofd was het ondertussen een krassen en snuiven van jewelste, toen hij de deuren zag. Had hij het einde van de loods bereikt? Waar was het meisje?

Net toen de eerste zwarte dieren zich van tussen het donkere gebinte aan zwarte draden naar beneden lieten glijden, sprong Elliot - die de (gevleugelde?) schaduwen op zich zag afkomen - met zijn volle gewicht tegen de deuren. Die klapten open. Grommend tuimelde hij in een ander vertrek. Het was een verlichte toonzaal vol voertuigen. Elliot scharrelde enkele meters verder en verborg zich achter één van de wagens. Toen hij in de richting keek van waar hij gekomen was, staarde hij vol ongeloof naar een volle muur. Er staken geen deuren in. Er was geen doorgang naar een loods vol beschimmeld hout, onkruid en zwarte monsters.

"Jezus... "

Dat was het enige wat hij op dat moment kon uitbrengen. De zenuwen snierden in zijn keel. Hij liet zich op zijn achterste zakken en koos zelfs voor een ontspannende houding, met zijn rug tegen het koude metaal van een wagen leunend. Eigenlijk had hij zin om te wenen. Daar zat hij nu. De stoere politieman, de bestrijder van het kwaad. Alleen, bevreesd voor zijn leven, op een plek waar hij helemaal niet thuishoorde. Ook zijn dwanggedachten speelden hem parten. *Wat als de anderen elkaar reeds hebben teruggevonden? Ik blijf verdomme alleen achter. Wat als de anderen er samen reeds in geslaagd zijn terug de overgang te maken? Hebben zij me hier achtergelaten? Hoelang hou ik het op mijn eentje uit?*

Elliot stelde vast dat de wagens dateerden uit een periode van na de Tweede Wereldoorlog. Halverwege de vijftiger jaren. Het waren volumineuze wagens. Immense blokken metaal op wielen. Sommige met rugvinnen, andere met zijvleugels. Op geen enkel van de voertuigen was een merk of een verwijzing aangebracht. De grilles waren allemaal identiek, de wagens eigenlijk ook. Een toonzaal zonder vensters met compleet dezelfde wagens, volledig onder een laag grijs stof. Hij was er alleen. Elliot vroeg zich af of Sandy intussen misschien haar belofte had waargemaakt. Misschien had hij inderdaad Rosenhelm bereikt, hij besloot niet langer te talmen. Elliot stond op en wierp nog een laatste blik op de muur achter hem, maar er was niets veranderd. Hij had ook helemaal geen zin om de substantie van die plaats te bevoelen. Integendeel, het was vol overtuiging dat hij zich verwijderde, zich tussen de auto's door manoeuvrerend.

Het waren gigantische voertuigen, kleine schepen bijna. Elliot vroeg zich af of hij als kind dergelijke wagens ooit had zien rijden. De kilometertellers waren niet te zien, want behalve een stuur stak er niets in het dashboard. Hij zag ook dat er zich geen pedalen onder de stuurkolom bevonden. Het waren wagens zoals een kind die uit klei boetseerde: enkel de meest rudimentaire vormen. Voorkant, achterkant, wielen, een dak, voor- en achterzetels en een stuur. Meer hoefde blijkbaar niet. Al de wagens waren op die manier gepresenteerd. Geen details. Geen knipperlichten, geen antennes. Het waren auto's zoals een kind die vanuit zijn lage positie bij de grond zag. Het was een surrealistisch beeld. Waar het licht vandaan kwam, maakte Elliot niet uit, want hij nam nergens een lichtbron waar. Toch was het er klaar genoeg om duidelijk te zien dat de toonzaal immens groot was. *Zo groot als de loods van daarnet?* Elliot keek bij die gedachte onmiddellijk omhoog, en werd onmiddellijk gerustgesteld. Geen dwarsbalken, geen donker dakgebinte.

Elliot wilde daar weg. Hij ervoer opnieuw dat opdringerige gevoel van eenzaamheid en haastte zich om die reden tussen de auto's heen. Daarop gebeurde iets wat hij totaal onmogelijk achtte. De auto's werden groter! Ze groeiden!? Of werd hijzelf kleiner? Hij verloor tegelijk ook alle kracht om de zaken nuchter als volwassene te bekijken en zijn te overproductieve fantasie terug te dringen. Hij kromp, daar was geen twijfel aan. Naast de auto's werd ook de toonzaal groter. Het plafond verhief zich hoog boven zijn turende ogen en de muren verwijderden zich steeds verder. Elliot werd een miniatuur-volwassene die zijn weg tussen de metalen giganten trachtte te vinden. Het groeien van de voertuigen stopte toen hij nog net de bovenkant van de motorkappen zag. Hij vroeg zich af wat de bedoeling van dit alles was. De situatie was zó absurd dat hij dacht dat hij er wel kon om lachen.

Maar dat duurde niet lang toen het brullen zijn gehoororganen teisterde. Het overviel hem wanneer de motoren van de voertuigen aansloegen, hoewel er niemand achter het stuur zat. Wat aanvankelijk een slaperig grommen was, veranderde in een oorverdovend donderen. Het toerental van de motoren werd ongenadig de hoogte ingetrapt, waardoor de machines hun ongenoegen kenbaar maakten. Elliot probeerde zijn oren met beide handen te beschermen tegen het onmenselijke lawaai, maar dat lukte hem niet volledig. Hij strompelde tussen de wagens door, zijn hoofd naar de grond gericht. Pas toen de motorkappen van de voertuigen het dichtst in zijn buurt zich openden om dan enkele malen als de muil van een hongerig beest open en dicht te klappen, wist Elliot dat hij gek geworden was. Het was geen droom meer, daar had hij nog een beetje op gehoopt. Het was een verduiveld harde werkelijkheid. Zijn botten rammelden en telkens wanneer de motorkappen toehapten, flitste er een bliksem achter zijn ogen. De *kleine* Elliot Bornowski holde wenend van de ene naar de andere wagen en trok zich schielijk terug voor de dichtslaande motorkappen. Hij had vrijwel alle hoop opgegeven en gedroeg zich als een opgejaagd, klein kind, toen hij de deuren bereikte.

Grote deuren. Voor *grote* mensen. De kruk zat hoog in het hout. Elliot drukte zich tegen de deur en sprong meerdere malen omhoog om de kruk te pakken te krijgen. *Dit is een onmogelijke situatie*, ging het door zijn hoofd, *ik ben volledig doorgedraaid! Zie mij hier bezig! Te belachelijk om voort te vertellen!*

Achter hem verried het korte gieren van banden dat enkele van de voertuigen zich in beweging probeerden te zetten. Hij zag in de wagens niet langer de ordinaire vervoermogelijkheden waarvoor ze ontworpen waren. Het waren grote, monsterachtige gruweldingen die hem belaagden. Ze maakten een hels lawaai en hapten met hun grote, metalen muilen in zijn richting. In de ruimte waar normaal het motorblok moest zitten, wentelde zich in sommige voertuigen een tongvormige vleesklodder in een rode, modderige brij. Aan de randen van de motorkappen van enkele andere wagens verschenen naaldtanden, zodat het beeld van een toehappende monstermuil nu volledig was. Het waren die voertuigen die pogingen ondernamen om vooruit te rijden, wat gepaard ging met het kortstondig ronddraaien van de achterwielen. Even was er een wolk witte rook in de wielkassen, meer niet. De wagens schokten vooruit, maar geraakten niet tot bij hun doel.

De volwassen Elliot besefte misschien wel dat dit allemaal een erg kinderlijke fantasie was, maar de *kleine* Elliot ondernam uit pure paniek enkele wanhopige pogingen om de toonzaal te verlaten. Bezeten door onversneden overlevingsdrang, sprong hij met weinig sierlijke bewegingen langs de deur omhoog. Door de inspanning proefde hij zijn eigen bloed in zijn keel.

Maar het lukte! Zijn rechterhand haakte zich om de kruk die naar omlaag kwam. Elliot spartelde om met zijn andere hand een kier te vormen. Hij gleed langs het hout naar beneden, maar de deur draaide naar binnen open. Een klein stukje maar. Het brullen van de motoren, het geklap van de dichtslaande motorkappen en het gieren van de spinnende wielen was chaotisch. Eén van de wagens schoot opeens een heel stuk vooruit. Het was alsof hij zijn *snuit* naar beneden duwde, met de bedoeling Elliot te pakken te krijgen. De man schreeuwde het uit, trok de deur verder open en wrong zich naar buiten. Hij meende dat hij de adem van de wagen rook, zó dicht was die bij hem. Het stonk naar verrotting.

Elliot Bornowski holde wenend de straat op. Hij was nauwelijks vier meter van de deur verwijderd toen alle geluid ophield. De plotse stilte overviel hem. Nu werd hij enkel nog het hameren en het bonzen van de aderen in zijn hoofd gewaar. Toen hij om zich heen keek, zag hij dat hij zich in het midden van een donkere en lege straat bevond. De huizen vormden de horizon. Duistere, onverzorgde huizen zonder enige vorm van verlichting. Een doodse stilte, geen zuchtje wind. Niets. Het was het perfecte decor voor een film over een verlaten stad na de ene of de andere ramp. Iedereen uitgestorven. Enkel de gebouwen stonden nog rechtop. Een ijle mistlaag dreef boven de grond en reikte tot aan zijn knieën.

Elliot besefte dat hij weer zijn normale lengte had gekregen. De deur had zichzelf achter hem gesloten en had opnieuw een aanvaardbare hoogte. De kruk zat waar die moest zitten. Geen geld ter wereld kon er hem toe dwingen die nog eens aan te raken, laat staan te kijken of alles achter die deuren ook opnieuw normaal was.

Hij twijfelde er niet langer aan. Dit was een godverlaten versie van een nachtelijk Rosenhelm. Niets bewoog, er was geen enkel teken van leven. *Als* er ooit mensen in dit dorp hadden gewoond, hadden ze deze plaats lang geleden al verlaten. Dat laatste deed hem opnieuw dat enge gevoel van eenzaamheid ervaren. *Ze hebben me achtergelaten. Ik ben hier alleen, waarom hebben ze niet op mij gewacht?* Elliot vocht om zichzelf uit die neerwaartse mentale spiraal te krijgen. *Waar komen die depressieve gedachten vandaan? Ik ben toch zo niet, ik heb me nog nooit alleen of eenzaam gevoeld!* Hij masseerde zijn slapen terwijl hij terug naar het voetpad stapte. Onbewust bleef hij dicht bij de muren. Elliot herkende de straat niet waarin hij liep en had er ook geen enkel benul van waarom hij juist die richting volgde. Er waren geen ingevingen, geen instinct. Hij zette gewoon de ene voet voor de andere. Blijven stilstaan leverde niets op, dus koos Elliot Bornowski ervoor om in beweging te blijven. Hij vervloekte dat beklemmende gevoel van het alleen gelaten zijn dat zijn gemoed belaagde, want het belemmerde hem. Het zette een domper op zijn rede.

Elliot had er geen idee van hoelang hij zich reeds in de schaduwen van de huizen hield, toen hij aanvaardde dat hij gevolgd werd. Aanvankelijk schermde hij er zich voor af, maar de geluiden waren overduidelijk aanwezig. Hij *wilde* ze eerst niet horen, maar het mompelen en schuifelen was te opdringerig. Hij kon die geluiden niet blijven negeren. Elliot keek meermaals om, maar zag niet wie of wat de sinistere geluiden veroorzaakte. Hij voelde zich belaagd. Alleen en belaagd. Hij drukte zich zo mogelijk nog dichter tegen de vochtige, koude muren aan en sloop verder, zich afvragend wat hem nog allemaal wachtte. Net toen hij meende dat er meer afstand tussen zijn achtervolgers en hemzelf was, gebeurde er iets waardoor alle gevoelens van eenzaamheid als sneeuw voor de felle zomerzon verdwenen. Verderop klapte een deur open in de muur waar hij tegen liep. Een figuur tuimelde halsoverkop naar buiten en scharrelde als bezeten over de straat, weg van de ruimte die ze daarnet verlaten had. Een meisje. Ze was duidelijk bang en op de vlucht voor iets. Het deed hem denken aan de manier waarop hijzelf de toonzaal vol brullende automonsters had verlaten. Ze zat met haar verschrikte gezicht naar de deur gericht en kroop achteruit tot in het midden van de straat. Het meisje had een winkel verlaten waar ooit elektronische apparaten werden verkocht. De grote vitrine naast de toegangsdeur was stuk. Een loeier van een barst scheurde het dubbele glas van linksonder naar rechtsboven.

Toen hij zich, nog steeds verborgen in de schaduwen, dichter in haar richting begaf, ervoer hij een gevoel van enorme opluchting. Herkenning? Ze draaide haar hoofd in zijn richting. Van haar gezicht las Elliot enkel angst af. Verslagen liet zij haar hoofd zakken. Blijkbaar gaf ze ineens alle moed op.

"Shanya, ben jij dat?"

Het meisje richtte haar hoofd op. Elliot zag ogen vol tranen.

"... ik ben het..."

"Elliot?"

Een iel, nauwelijks hoorbaar stemmetje. Elliots gezicht klaarde op.

"Ja... *Jezus*..."

Het volgende ogenblik had veel weg van een goedkope scène uit een stroperige en weinig originele liefdesfilm. Shanya Bellmer vond de kracht om zich rechtop te hijsen. Elliot duwde zich van de muur weg en liep in haar richting. Nog voor hij haar had bereikt, kwam zij met opengesperde armen zijn richting uit. Eén seconde later hingen ze als een stel verliefden in mekaars armen.

Ze zoenden elkaar net niet, maar hun gezichten waren heel dicht bij mekaar.

"Ik was zo bang..."

"Ik voelde me zo alleen..."

"Ik wil hier weg..."

"Ik ben blij dat ik je gevonden heb..."

"Waar zijn de anderen?"

"Ik weet het niet.."

Het duurde even eer ze elkaar durfden loslaten. Het knuffelen gaf hen blijkbaar enorm veel moed en kracht. Uiteindelijk ontstond er toch een lichamelijke afstand. Elliot nam Shanya's hoofd tussen beide handen en drukte een korte zoen op haar wang. Shanya streelde zijn handen toen hij die terugtrok. Het volgende ogenblik werden ze beiden een mompelen en schuifelen gewaar. Verschrikt keken ze op. Van aan de rand van het voetpad voor de elektronicawinkel zagen ze enkel duisternis. Het duurde maar even. Shanya drukte zich weer tegen hem aan toen de figuren uit die donkere nevel verschenen. Het waren er een tiental, verspreid over de volledige breedte van de weg. Ze stapten in hun richting.

"O, God..." jammerde Shanya terwijl ze zich achter de man probeerde te verbergen.

Een plotse woede maakte zich van hem meester. De ontmoeting met Shanya Bellmer had hem laten inzien dat alles hier maar fake was, een grotesk toneel bedoeld om hun uithouding te testen. Innerlijk vloekte hij. Het was tijd om maatregelen te treffen. Elliot vond dat hij zich lang genoeg had laten doen. De figuren die hen naderden, waren traag. Het waren mensen, gekleed in een lang, wit kleed. Hun ogen waren grote, witte bollen in donkere kassen. Geen pupillen. Dooraderde huid. Elliot liep naar het midden van de straat en leidde Shanya met zich mee. Hij stelde zich wijdbeens in de mistlaag op, erg macho vond hijzelf, maar hij had er verdomd genoeg van. Shanya trok aan zijn arm, maar Elliot bleef staan.

"Kom, Elliot... we lopen..."

"Ik loop niet meer weg, Shanya. Dit is een decor, gebouwd om ons schrik aan te jagen. Meer niet. Dit is verdomme niet echt. Wij worden voortdurend gemanipuleerd. Hoelang ben je van plan te lopen? Ik ben het beu om te vluchten!"

Shanya luisterde niet naar zijn stoere woorden. Haar ogen waren op de naderende wezens gericht.

"Komaan, wegwezen!!! Het zijn doden... ik heb ze boven gezien..."

"Laat ze maar komen!" zei Elliot kordaat.

Hij opende zijn jas en haalde twee Glock-pistolen tevoorschijn die hij de ganse tijd al in een dubbele schouderholster meedroeg. Hij trok de beide schuiven achteruit en liet die terug naar voren schieten. Het geluid klonk hem aangenaam vertrouwd in de oren. Het liet het bloed door zijn aderen bulderen. Adrenaline werd met gutsende liters aangemaakt. Hij toonde de twee wapens aan het meisje en zei vol bruisende martialiteit:

"Het is hier verdomme tijd voor wat serieuze actie!!"

12

HET voorwerp dat het geluid veroorzaakte dat hen vanuit het mistige duister naderde, was een mechanisch aangedreven toestel. Daaromtrent bestond geen twijfel. Het boezemde hen niet echt angst in, maar toch was er dat ene enge angstbeestje dat in hun hersenen beet en er de melding '*ben je daar wel absoluut zeker van?*' achterliet. Marrion draaide zich als eerste om. Steven had meer zin om naar de rand van de weg te gaan, zodat ze, indien het nodig bleek, nog tussen de woningen konden vluchten. Maar het kranige meisje bleef staan, de mist tot halverwege haar benen.

Het toestel bromde steeds luider, maar er klonk geen kwaadaardigheid in het geluid. Uiteindelijk scheurden de nevels in uitwaaierende slierten uiteen en kwam iemand, gezeten op een motorfiets, hun richting uit. De twee mensen herkenden hun gevoelens niet toen ze Darian Shadborne opmerkten. Hij reed glimlachend tot bij hen, zette zijn ene been op de grond en draaide de contactsleutel om. Het geluid stierf weg. Het getik van de afkoelende motor was even het enige lawaai dat hoorbaar was.

"Hallo! Ik zie dat je nog steeds m'n bril op hebt?"

Hun reactie daarop was echt gemeend. Darian stapte van zijn Honda, legde die op zijn zij en spreidde zijn armen. Een gloed raasde door hun lichaam. Het geluk lag op hun gezicht toen ze samen in Darians armen vlogen. Letterlijk vliegen. Ze beseften nauwelijks dat ze zich hadden verplaatst. Het moet een vreemd beeld geweest zijn: drie mensen in een innige omarming in het midden van een lege straat, omgeven door lichtgolvende nevel.

"Jezus… ik ben blij dat ik jullie teruggevonden heb!" zei Darian toen ze elkaar loslieten.

"Het is hier eng! Heel eng! Waar kom jij vandaan? En die motorfiets? Is dat…"

Darian knikte. Ze hadden elkaar eerder alle verhalen verteld, zodat het bestaan van de Honda geen geheim meer was. Darian vertelde wat hem overkomen was. Over het beëindigen van de gang, het vinden van de Buick en de Honda en het vluchten voor de monsters. Hij vertelde het kort, zonder emotie, alsof hij beschreef wat hij op een televisiescherm had gezien. Dan vertelde

Steven hun verhaal. Over de gang naar de cellen, het labyrint en hun eigen ontsnapping. Er werden nog enkele veronderstellingen gemaakt en ideeën naar voren gebracht, maar uiteindelijk kwam het drietal tot de vaststelling dat ze echt niet wisten waar ze aan toe waren en hoe ze eruit geraakten. Plotseling dacht Darian aan iets.

"Eh… wat die bril betreft! Heb je die nog nodig?"

Marrions hand rees naar boven en bevoelde één van de armen.

"Ik weet het niet. Ik durf niet."

"Elma zei me dat er tijd nodig was om te wennen. Je hebt die toch nodig gehad?"

"Tuurlijk… zelfs met de bril brandden mijn ogen. Maar… ik wil het wel wagen. Ik draag normaal nooit een bril. Ik krijg er verdomme pijn van in mijn hoofd."

"Voorzichtig…" maande Steven haar aan.

Marrion kneep haar ogen hard dicht, trok daarbij haar neus en bovenlip in een komische beweging op en schoof de bril traag van haar neus. Ze omklemde die als eventuele bescherming, je wist maar nooit. Darian en Steven hielden hun adem in. Vervolgens liet ze bijna onmerkbaar traag de oogleden naar boven glijden.

"Ooo…"

"Zet hem terug op!" riep Steven.

"Wacht… wacht… het… gaat."

Even later keek Marrion McKelly glimlachend om zich heen. Ze gaf de bril aan Darian, die het voorwerp dichtplooide en wegborg. Ineens boog ze zich naar hem toe en knalde een dikke, luide zoen op zijn wang.

"Bedankt! Ik denk dat je mijn leven hebt gered."

"Met plezier!"

"Blijkbaar vergat Elma dat te vermelden!? Ik haatte dat kreng vanaf het eerste moment dat ik haar in het vizier kreeg."

Steven Tatakarian wilde net zeggen dat ze zich misschien best verplaatsten, toen het eerste schot weerklonk. Een droge, echoënde knal. Onmiddellijk gevolgd door een tweede. Steven en Marrion keken elkaar bevreesd aan. Maar wat hen echt verbaasde, was het feit dat Darian Shadborne zijn vest opende en van onder zijn beide oksels twee enorme pistolen tevoorschijn haalde. Hij merkte dat de twee hem met grote ogen aankeken en zei:

"Ik heb deze zolang mogelijk uit het zicht van iedereen gehouden. Ik heb ze bewaard tot het echt nodig was. Dit is waarschijnlijk het moment."

Iemand riep. Een man. Gevolgd door nog een schot. Een vrouw gilde.

"Dat is Shanya!!" verzekerde Marrion haar twee gezellen.

"Komaan!"

Darian liet de Honda liggen en waadde door de mist. Steven en Marrion gingen vol vertrouwen, zeker nu ze de vuurwapens hadden gezien, achter hem aan. Ver hoefden ze niet te lopen. Hooguit twee straten verder bevonden zich Elliot Bornowski en Shanya Bellmer, omgeven door mist en doden. Tientallen in een wit, lang hemd gestoken figuren belaagden het tweetal dat zich in het midden van de straat ophield. Shanya had zich aan Elliot vastgeklemd. Hij strekte beide armen voor zich uit en hield in elke hand een pistool. Darian grijnsde inwendig bij de gedachte dat hij niet de enige was die op het idee was gekomen om zich van vuurwapens te voorzien. Het drietal haastte zich naar de twee anderen, Shanya zag hen als eerste.

"Godzijdank!" riep ze, maar verliet haar plaats dicht tegen Elliot niet.

Elliot keek heel vluchtig om en de ergerlijke blik op zijn gezicht klaarde op toen hij de drie zag naderen. Hij keek wel met enige terughoudendheid naar de wapens die Darian heel professioneel in zijn handen hield, maar stelde vast dat Darian het manipuleren van dergelijke vuurkracht gewoon was. Twee Colt Levellers, extreem zwaar en professioneel materiaal. Zeker niet vrij in de handel verkrijgbaar. Elliot vermoedde dat de man geen verzekeringsagent was, zoals hij bij de voorstelling in *The Lady's Blues' Inn* had beweerd. Misschien kwam ooit het moment om hem daarover aan te spreken. Nu waren er echter andere problemen.

"Achter mij!" riep Darian.

Hij draaide zich met zijn rug naar Elliot, maar liet ruimte genoeg voor Steven, Marrion en Shanya om zich tussen hen te wringen. Vervolgens spreidde hij, net zoals Elliot, zijn armen schuin voor zich uit, zodat de vier vuurwapens naar de vier windrichtingen werden gericht. De doden dwaalden door de mistlaag en vormden een grote kring rond de vijf mensen. Ze haastten zich niet, ze vielen hen ook niet aan. Het waren er meer dan ze aanvankelijk hadden gedacht. Uiteindelijk hielden ze halt en belemmerden op die manier elke doorgang.

"Ik heb een paar keer in de lucht geschoten. Het lawaai volstond om hen tot staan te brengen."

"Ze vallen niet aan!" reageerde Darian terwijl hij van links naar rechts keek. De anderen hielden zich gedeisd tussen de twee gewapende mannen.

"We kunnen hier niet blijven staan!"

"Voorstel?" vroeg Darian.

Er volgde niet onmiddellijk iets. De eerste reactie kwam van Steven. Een reactie die iedereen verraste en een plotse wending aan de situatie gaf. Hij richtte zich vanuit zijn ineengedoken positie achter Darians rug op. Zijn stem kraakte een beetje toen hij dat ene woord uitsprak.

"Vader?"

13

EEN van de doden maakte zich uit de stilstaande groep los en stapte naar voren. Een kleine, gezette man in een lang, wit hemd, net als al de anderen. Zijn hoofd knakte in een vreemde positie naar voren. Elliot richtte zijn vuurwapens op de naderende figuur, maar Steven Tatakarian reageerde onmiddellijk.

"Niet doen... het is mijn... vader!"

Er sidderde een koude rilling door de leden van het gezelschap die zelf een vader verloren hadden. De man stopte pas toen de twee lopen op tien centimeter van zijn gezicht verwijderd waren. De witte oogbollen vormden een droge opvulling voor de donkere kassen. Het was een griezelige aanblik. Zijn stem klonk zanderig.

"Dag, Steven. Blij jou terug te zien."

"Vader? Ben jij dat echt?"

Steven had zich vrijgemaakt en liep tot naast de dode man. Elliot aarzelde om de pistolen te laten zakken. Darian trok zich niets van de nieuwe situatie aan, hij concentreerde zich op wat hij zag.

"Ik ben het. Heel zeker... we zijn gekomen om jullie te helpen."

"Helpen?"

Steven hief zijn hand op. Hij wilde de zekerheid dat de persoon naast hem echt zijn vader was. Hij wilde hem aanraken. Maar de man deinsde achteruit.

"Geen contact tussen de levenden en de doden. Dat loopt voor beide partijen slecht af," gaf hij als uitleg. Steven trok zijn hand geschrokken terug.

"Moeten jullie trouwens niet naar de school?"

Nu reageerde Shanya. Zij had het gesprek gevolgd. De school... daar moesten zij inderdaad heen. Het meisje wrong zich ook van tussen de twee ruggen en vervoegde Steven. Nu kwam ook Marrion erbij. Darian en Elliot bleven in dezelfde positie staan. Rug tegen rug, de vier pistolen schuin voor zich uit gestrekt.

"Ja, dat klopt. We moeten naar de school. Het werd mij opgedragen," zei Shanya.

Er ging geen dreiging meer uit van de doden. Elliot liet zijn wapens zakken.

"Wacht even, mag hier wat verduidelijking komen? Wat is dat met die school?"

Nu borg ook Darian de wapens weg en draaide zich naar het gezelschap om.

"Elliot heeft gelijk. Wat is er aan de hand?"

Daarop vertelde Shanya Bellmer over haar ontmoeting met de dode Laura Calloway en over de opdracht die ze van haar had gekregen. Haar verhaal werkte blijkbaar aanstekelijk, want ook Elliot vertelde zijn belevenissen, gevolgd door Darian. Marrion kwam als laatste. Steven hield zich afwezig. De confrontatie met zijn vader greep hem erg aan. Hij begreep nog steeds niet hoe hij zo kalm bleef.

"In de school krijgen jullie antwoorden op alle mogelijke vragen. Momenteel moet je enkel beseffen dat een groot aantal mensen, zoals ik, de overgang hebben gemaakt en nu *tegen* Anderwereld samenspannen, hoewel we er deel van uitmaken. Het is onze eerste taak jullie naar de school te begeleiden. Daar zijn jullie tijdelijk veilig. Wij spelen de rol van buffer."

"Tegen wat?" vroeg Elliot.

"Tegen alles wat jullie aanvalt."

"Dat klinkt niet erg geruststellend."

"Ik wil jullie ook niet geruststellen. Hoewel de afstand niet erg groot is, geraken we er niet zonder kleerscheuren. Ik stel voor dat we niet langer talmen."

"Geen probleem."

De dode man nam het voortouw en ging op stap. Het vijftal liet hem door en ging achter hem aan. Het ganse gezelschap van de doden zette zich ook in beweging. Elliot had veel zin om Darian te vragen naar de oorsprong van die wapens, maar zag er vanaf. Hier was hij geen agent, hier had hij die taak niet te vervullen. Marrion hield zich een beetje afzijdig. Ze hield haar blik op Steven gericht en probeerde zich in zijn gemoed en stemming in te leven. Hij was zich van haar aanwezigheid blijkbaar niet langer bewust, maar dat vond ze - gezien de situatie - heel begrijpelijk. Hij staarde bijna onophoudelijk met open mond naar de man in het witte hemd die beweerde zijn dode vader te zijn en liep om die reden zo goed als vooraan. De groep vorderde door de lage mist die de volledige breedte van de donkere straat besloeg. De donkere, vuile huizen waren enkel nog grijze muren die aan beide zijden hoog oprezen en overgingen in een sterrenloze, zwarte nacht. De maan was nergens te bespeuren.

Steven hield het niet langer uit. Zo kende hij zijn vader niet. Richard Tatakarian was een norse, in zichzelf gekeerde en soms heel agressieve man. Hij was een man die af en toe losse handjes had, zeker als hij gedronken had en het leven niet langer als een rooskleurig tijdverdrijf beschouwde. De dode die daarnet had gesproken, was meer ontwikkeld. Hij besefte nu pas dat hij lang met verwensingen aan zijn vaders adres had geleefd. Hij werd misselijk bij de gedachte dat hij zijn eigen vader als kind soms dood wenste. Hij kreeg het benauwd bij het besef dat hij na zijn dood nooit om het verlies had getreurd. Wat betekende dit? Steven wilde de waarheid kennen.

"Vader?"

"Eindelijk. Ik dacht dat je er nooit over zou beginnen."

"Ik begrijp het niet. Ik voel me compleet verward. Ik weet zelfs niet hoe ik moet reageren. Ik word de ganse tijd heen en weer geslingerd tussen lachen, wenen of schreeuwen. Ik word gek!"

"Helemaal niet, Steven. Dit is Anderwereld. Hier kom je na het gewone leven terecht... maar ik vertel al te veel. Wacht tot we de school hebben bereikt. Daar krijg je alle antwoorden."

"Maar... hoe komt het dat jij hier... ons helpt... ik... wie..."

"Heb je mijn briefje gevonden? Ik had het op de keukentafel gelegd."

Steven kreeg het bitterkoud, alsof iemand een laagje ijs op zijn huid legde. Het briefje. Hij herinnerde het zich heel goed. Hij had het zelf niet zien liggen, maar de politiemensen hadden het hem laten zien. Het gekreukelde, vettige papiertje met de nietszeggende woorden. Steven herinnerde zich dat hij het bericht niet begreep. Hij had zich zelfs nooit afgevraagd of er al dan niet een boodschap in stak. Hoe was het ook alweer: *Geen tweede keer*!?

Steven vermoedde dat er dus wel degelijk een reden voor het briefje was. Hij wilde zijn vader niet kwetsen. Het had geen zin om oude koeien uit de gracht te halen.

"Ik begreep de tekst niet en ook niet waarom je het gedaan hebt."

"Ik heb mezelf gedood om de reden die ik op het briefje heb geschreven. Geen tweede keer!"

"Geen tweede keer *wat*?"

"Anderwereld!"

Dat antwoord trof Steven Tatakarian als een slag in het middenrif. Alle lucht werd uit zijn longen geramd.

"Wij hebben ooit iets uitgespookt. Het feit op zich was niet erg en toch heeft het beslag gelegd op de rest van ons leven... en vervolgens ook op dat van jullie. Ik vertel eigenlijk al veel te veel. Het is mijn taak niet."

"Ik begrijp er nu helemaal niets meer van. Geef me toch uitleg!"

"Op school..."

Stevens reactie was kort en krachtig. Marrion McKelly had hem nog nooit zo opgewonden gezien.

"Nee! Nu! *Nu* wil ik antwoorden!"

De dode man draaide zijn voorovergeknakte hoofd opzij. Hij keek Steven met zijn levenloze ogen aan en zei heel rustig:

"Je bent veranderd, zoon. Ik herken je nog nauwelijks. Maar ik zal je de essentiële zaken vertellen. Ikzelf en enkele anderen hebben iets misdaan. We hebben Anderwereld uitgedaagd. We waren jong. Anderwereld kreeg ons niet te pakken, maar vertelde dat het ons wel zou vinden. En toen in mijn latere leven aan mijn deur geklopt werd, kon ik het niet aan. Geen tweede keer. Ik koos ervoor om er zelf een einde aan te maken."

"Zonder het besef dat je hier *toch* terechtkwam."

"Dat wist ik inderdaad niet!"

"We worden gevolgd!" zei Darian achter hen.

De levenden keken achterom. De doden stapten gewoon verder. Het deerde hen niet dat Darian gelijk had. De duistere nacht hield gelijke tred en net binnen de grens van de onpeilbare zwartheid bewogen er dingen. Laag bij de grond, maar ook zwevend door de lucht tussen de huizen. Net niet zichtbaar. Wel hoorbaar. Klauwtjes krasten, dingen gleden glibberig heen en weer en andere zaken veroorzaakten een ruisend klapwieken. Zolang de achtervolgers op een afstand bleven, deerde het Darian niet dat ze er waren. Hij drukte zijn armen tegen zijn lichaam aan en voelde de harde, onmiskenbare aanwezigheid van de twee pistolen. Vóór hem ving Steven weer het gesprek met zijn vader aan.

"Wil je weten wat ik heb meegemaakt? Hoe ik mijn leven heb geleid nadat jij er niet meer was?"

De dode Richard Tatakarian antwoordde niet onmiddellijk. De ganse groep sloeg op dat moment een hoek om. Het enige geluid dat hoorbaar was, was het geschuifel van de schoenen van de levenden en het geritsel van de hemden van de doden.

"Steven, ik heb spijt van de manier waarop ik mijn leven heb geleid. Ik ben nooit bekwaam geweest om het vaderschap op mij te nemen. Het enige wat ik kan doen om het goed te maken, is ervoor zorgen dat jullie veilig in de school aankomen. Ik ben nog steeds jouw vader, en dat betekent veel. Vertel me jouw leven, zoon, ik luister met plezier."

Steven koesterde het warme gevoel binnenin zijn borstkas. Hij wreef over zijn gezicht en stak van wal. Hij vertelde ronduit over zijn mislukte jeugd, over zijn eigen ontmoeting met Anderwereld en over zijn vlucht die daarop volgde. Op vlucht voor het *ding* en voor zichzelf. Daarna had hij het over de ontmoeting met Marrion en verhaalde wat in Sasabe was voorgevallen. Uiteindelijk had hij het over zijn terugkeer en de oversteek naar de plaats waar hij zich nu bevond.

Marrion hield zich al die tijd op de achtergrond. Het ontroerde haar dat haar vriend zich op die manier in het bijzijn van zijn vader gedroeg. Ze vroeg zich af wat door hem heen ging. Richard verhaalde de eerste gebeurtenis niet, maar vertelde op welke wijze Anderwereld hem had gevonden. Hoe hij het briefje schreef en zichzelf verhing in de kleine rijwoning op Milder Road. Hij had het over de lucht die openscheurde en over de dingen die net op de rand stonden en hem wenkten. Vieze, slijmerige wezens die hem graag over de rand hadden getrokken. Hij koos voor verzet, maar besefte dat hij niet krachtig genoeg was om zichzelf te beschermen. Maar Richard wilde niet opnieuw in confrontatie gaan, geen tweede maal, dus... koos hij voor de uitweg die hem als de meest logische en drastische overkwam.

Na die bekentenissen die tegelijk een biecht waren, bleef het stil tussen vader en zoon. Ze stapten naast elkaar, elk met zijn eigen gedachten worstelend. Dan stelde Steven een vraag. Hij had het volume van zijn stem gedempt.

"Zijn er nog... anderen aanwezig?"

"Wie bedoel je?"

"Andere... vaders?"

"Edward Bornowski en William Shadborne zijn er niet meer, als het dat is wat je bedoelt. Zij waren de hevigsten in het verzet tegen Anderwereld, maar behoorden dan ook bij de eerste slachtoffers. Shanya's vader, Gabriel, is zo'n beetje de leider van hen die zich niet zomaar laten doen. Hij is er nog steeds. We zijn er bijna."

Ze sloegen nog een hoek om en toen bleek dat Richard gelijk had. Verderop doemden de contouren van een laag, hoekig gebouw op. Het situeerde zich niet op de juiste plaats, maar daar maalde niemand om. Shanya was de enige van het gezelschap die zich innerlijk vragen stelde. De school zag er toch zo niet uit!? Alles *leek* slechts op de toestand zoals zij die had gekend. Was dit geen valstrik? In wie stelden ze hier zonder problemen hun vertrouwen? Blijkbaar hadden de anderen daar minder problemen mee. Ze zag dat er een zweem van afstand tussen Darian en Elliot was ontstaan, maar dat dat helemaal niet het geval was bij Steven en Marrion. Zeker van de kant van het meisje. Hoewel Steven zijn aandacht volledig op zijn vader had gericht - wat normaal was gezien de situatie - ervoer ze Marrions liefde die in bijna voelbare golven naar hem uitging. Iedereen had het dus druk met gevoelens. Het kon blijkbaar niemand wat schelen dat de school er niet echt uitzag. Misschien was het niet belangrijk, ze hadden heelhuids hun doel bereikt.

14

"JULLIE worden binnen verwacht. Wij blijven hier." Elliot richtte zich tot Richard, die hij blijkbaar als leider van de groep doden beschouwde.

"Wie wacht ons daarbinnen op?"

"Iemand die meer hulp kan bieden dan ik. Wij houden hier de wacht, om een militair jargon te gebruiken. Wij werden gevolgd en ik vond het al vreemd dat wij niet werden aangevallen."

Darian en Shanya hadden het gebouw al betreden toen Elliot in hun richting keek. Zij hadden dus meer vertrouwen in de situatie.

"Ga nu... er rest niet veel tijd."

Elliot, gevolgd door Steven en Marrion, liepen achter het tweetal aan dat in de donkere hall verdween. Toen de buitendeuren achter het gezelschap dichtvielen, was het even donker als in de hel.

"Wat nu?"

Het was Darians stem die het eerste geluid maakte.

"We zijn in de hall. Ik vind mijn weg hier wel. Een beetje licht is meer dan welkom," zei Shanya Bellmer.

"Zijn er rokers?" vroeg Steven.

Geen reactie. Geen aanstekers. Het verliep dus niet zoals in de meeste films. Dan maar op de tast.

"Ik haat het," siste Shanya.

Ze gleed langs de koude muur en meende dat de anderen achter haar hetzelfde deden. Ze werd enkel het schuifelen van voeten en de gejaagde ademhaling gewaar. Ze was dus niet de enige die zich opwond. Hoe kon het ook anders? In het pikdonker door een gebouw sluipen waarvan je niet zeker was dat het beantwoordde aan de voorstelling die je ervan had. Wat indien zich *dingen* verderop bevonden? Wat als ze verdwaalden? Wat als er niets klopte van wat Richard had gezegd? Opnieuw stak het verlammende wantrouwen de kop op. Wat als haar zoekende hand ineens werd vastgegrepen? *Stop het, Shanya... stop het, je maakt het jezelf alleen maar moeilijker.* Maakten de anderen dat ook mee? Vouwde vrees zich ook als een zijden web over hun ganse lichaam open? Hadden hun zenuwen ook de uiterste grens bereikt om bij de minste oprisping van emotie uit elkaar te spatten? Ze vervloekte het feit dat ze had voorgesteld om als eerste te gaan. Vermoedde zij iets? Hoopte zij iemand te ontmoeten? Was dat de echte reden waarom zij het ganse gezelschap met zich meetrok?

"Een deur!"

Shanya's hand trilde. Het hout voelde goed aan. Het droeg niet de koude in zich van de muren waar ze langs waren geslopen. Ze *moesten* gewoon daarbinnen zijn. Zonder een reactie van de anderen af te wachten, gleden haar vingers zoekend over het hout en sloten zich om de kruk. Gejaagde ademhaling, hoge verwachtingen. Er was weinig druk nodig. De kruk kantelde naar beneden en de deur draaide op een kier open.

"De turnzaal!"

Het was er niet helemaal donker. Waar het blauwe schemerlicht vandaan kwam, was niet duidelijk. Niets was duidelijk op Anderwereld! Niets was duidelijk wat hun toekomst betrof. De turnzaal bevond zich niet op de plaats in het gebouw die zij zich herinnerde. Shanya liet de deur verder openzwaaien.

"Wacht even!"

Elliot Bornowski drumde naar voren en kwam tot naast Shanya. Hij legde zijn hand op haar schouder en zei:

"Laat dit aan mij over!"

Shanya besefte dat ze te hard van stapel liep. Voorzichtigheid bleef geboden. Eigenlijk was ze blij dat Elliot, gewapend met een pistool, als eerste ging. Hij duwde de deur verder open. Ondertussen was Darian ook naderbij geslopen. Ook hij hield een van zijn wapens met beide handen vast. Darian stelde zich achter Elliot op, het wapen naar de grond gericht. De spanning viel te snijden. Shanya hield haar adem in, *weigerde* te ademen zelfs, niet wetend wie of wat hen wachtte. Achter haar drukten Steven en Marrion zich nog steeds tegen de donkere muur aan.

"Het ziet er veilig uit. Ik zie een soort opstap wat verderop."

"Het podium. Het is van daarop dat mijn va..."

Shanya zweeg. Ze wilde het er niet over hebben. Dat was net de plaats waar ze heen moesten. Het podium! Terwijl ze met haar rug tegen de donkere, vochtige muur leunde, liet ze nu ook haar hoofd achterovervallen. Er tuimelde een herinnering voor haar geest. Het podium! Verboden gebied voor kinderen. De coulissen: hoge, zware en donkere gordijnen die een andere dimensie verborgen, een plaats die door niemand behalve de acteurs en de naaste medewerkers werd betreden. Niemand anders was er toegelaten. Shanya herinnerde zich heel levendig het gevoel dat ze ervoor telkens wanneer ze het podium naderde. Niet te dicht, het heiligdom niet schaden. Het podium was op zichzelf eigenlijk al een andere plek, een locatie waar de realiteit niet meer aanwezig was. De acteurs leefden daar. Vandaar werden hun tot werkelijkheid geworden fantasieën aan de toeschouwers geopenbaard. Het was achter die zware gordijnen dat ze hun informatie en fantasie haalden, daar was Shanya als kind zeker van. Achter die dikke, stoffige buffers lag een compleet ander universum. Daar woonden zij wier verhalen op het podium werden verteld en uitgebeeld. Nooit klom Shanya op het podium, nooit waagde ze zich als kind achter de coulissen. Dat *mocht* gewoon niet, ze wilde het mysterie niet ontrafelen, niet verbreken.

"Ben je klaar?"

De stem van Darian verbrak de betovering. De link met het kind in Shanya Bellmer verbrak ogenblikkelijk. Haar hoofd veerde van de muur weg en ze keek met knipperende ogen naar de man voor haar. Darian zag er griezelig uit, beschenen door het blauwe licht uit de turnzaal.

"W... wat?"

"Ben je klaar, Shanya? De anderen zijn al binnen!"

Het meisje had de anderen helemaal niet zien bewegen of voorbijgaan. Ze duwde twee vingers in haar dichtgeknepen ogen en schudde met het hoofd.

"Ja... het gaat."

Darian draaide zich om en stapte de schemerdonkere zaal binnen. Shanya wilde niet alleen in de duistere gang achterblijven en haastte zich achter hem aan.

15

"**WE** moeten de trappen op."

Elliot, nog steeds met beide handen om zijn pistool geklemd, keek het meisje verbaasd aan.

"Waarom?"

"Ik *voel* het gewoon."

"Het ziet er niet echt veilig uit. Te donker, te veel duistere nissen. Ik vertrouw de zaak niet, we hebben geen lichtbron."

Steven en Marrion hielden zich op de achtergrond. Zij wisten helemaal niet waar ze aan toe waren en lieten de beslissingen aan de anderen over. Darian stapte tot bij Shanya en vroeg haar:

"Wat voel je, Shanya?"

"Ik ben hier gisteren ook geweest. Ik bedoel, in het echte Rosenhelm, toen we elk apart onze rit door de stad maakten. Ik heb daar ook de turnzaal bezocht omdat ik er mijn vader heb zien sterven. Het deed me iets daar te zijn, maar nu, hier, is het anders. Dit is de oude versie van de turnzaal die ik als kind heb gekend. Dit is verdomme een echt geworden beeld uit mijn verleden. Het podium, de plaats die ik nooit heb durven betreden, lokt me. Ik voel geen vijandigheid, integendeel."

Darian schonk haar een glimlach om haar gerust te stellen. Hij draaide zich om en liep – ondanks het gemor van Elliot – de acht trappen aan de linkerkant van het podium op. Hij richtte zijn wapen voor zich uit en verplaatste zich stap voor stap. Rustig ademend, uitkijkend, het pistool gestrekt voor zijn gezicht houdend, vinger op de trekker. De anderen hielden hun adem in en hoorden het schuifelen van zijn schoenen op het stoffige hout. Ineens zag Steven de planken onder zijn voeten openbarsten; lange, smalle dingen gleden uit de zwarte ruimte die zich daaronder bevond en trokken hem naar... *verbeelding*! Stevens bloed stremde in zijn keel. Het beangstigende spektakel had zich enkel in zijn geschokte fantasie afgespeeld. Hij wilde net schreeuwen toen zijn gezond verstand de ware toedracht registreerde: Darian schuifelde gewoon verder. Gelukkig maar. Hij verdween vervolgens tussen de gordijnen. Shanya had zich nooit zover gewaagd. Elliot zette enkele stappen naar voren en besteeg de trap tot halverwege. Zijn gezicht was gespannen.

"Darian... wees voorzichtig!"

Er volgde geen reactie.

"Darian?"

Niets. De man was volledig opgeslokt door de zwartheid die tussen de coulissen hing. Er bereikte hen ook geen enkel geluid meer. Elliot was net zelf van plan het podium te bestijgen toen Darian weer tevoorschijn kwam. Hij liep tot het midden van het podium, hij borg eerst zijn wapen weg, maakte vervolgens een lichte buiging en met een overdreven mimiek en zwaaiende armen dichtte hij:

"Ik heb het podium bezocht,
en naar weet-niet-wat gezocht.
Ik heb niets gevonden,
Hier zijn nog geen gewonden.
Er hangt hier wel een vreemd sfeertje,
Hoewel, er is hier geen enkel heertje.
Er is hier niets om u aan te binden.
Wat denkt u dan, mijn lieve Shanya, hier te vinden?"

Weer een flinke buiging. Hij spreidde zijn armen en keek de groep grijnzend aan.

"Mafkees!" zei Elliot.

"Je joeg ons de stuipen op het lijf!" lachte Steven.

"Het is mijn eerste live optreden sinds mijn kleutertijd! Ik had toch op een groter enthousiasme gehoopt!"

"Een rotgedicht!"

"Bedankt!"

Elliot nam hoofdschuddend de resterende trappen en stapte op het podium. Shanya ging glimlachend achter hem aan en Steven en Marrion volgden als laatsten. Met z'n vijven op een kluitje en onwetend waar ze aan toe waren, hoopte Shanya dat ze het niet bij het verkeerde eind had. Het kon niet anders, dit *was* de plaats waar ze verwacht werden.

"Er hangt hier inderdaad een sfeer. Voelen jullie dat niet?" vroeg Marrion.

"Ik voel me hier…" begon Steven.

"Veilig!" zei Elliot.

In Shanya's borst gloeide een gevoel van blijdschap op. Toch *iets*! Een gevoel van veiligheid, dat was het! Er verscheen een heel brede glimlach op haar gezicht. Iemand zei iets. De stem was niet van één van hen afkomstig.

"Het is hier een veilige zone, daarom ervaren jullie dat gevoel!"

Shanya's darmen kronkelden als vechtende slangen ineen. Steven en Marrion krompen van de plotse schrik in mekaar en Elliot en Darian draaiden zich bijna tegelijk met geheven wapen om. Darian was iets trager, hij moest zijn wapen terug uit de holster trekken. Tussen de gordijnen bevond zich iemand. Gekleed in een lang, wit hemd. Een dode. Zijn hoofd scheef op de schouders. *Onmogelijk*, dacht Darian, *ik ben zojuist op die plaats geweest, achter de gordijnen zijn er kleine, lege kamers.* Elliot hield de loop van zijn wapen op het gezicht van de dode gericht. Hij nam geen risico's.

"Wie ben je, wat wil je?" riep hij.

Shanya's maag wilde zich binnenstebuiten keren. Zij wist wie zich daar bevond, ze had zijn stem herkend. Hij was het waardoor ze tot deze plaats aangetrokken was. Shanya kreeg het moeilijk om adem te halen, werd duizelig en viel tegen Marrion aan. Samen met Steven ving zij het ineenzakkende meisje op en liet haar op de plankenvloer zakken. Elliot ving het tumult op, maar liet zich niet afleiden. Het wapen en de dreiging vóór hem waren op dat moment het allerbelangrijkste. Darians ogen flitsten even naar links. Shanya was flauwgevallen. Niets ergs! De dode voor hen bewoog. Hij stapte traag in hun richting.

"Het was mijn wens dat jullie naar hier kwamen. Ik hoop dat ik jullie kan helpen om Anderwereld te verlaten. Ik denk wel dat dat uiteindelijk een gezamenlijke bedoeling is?"

"Papa?"

Shanya's stem was zwak en vol tranen. De stem van een bang kind.

"Ja... ik ben het, meisje."

Gezeten op de stoffige plankenvloer barstte Shanya Bellmer in een meelijwekkende huilbui uit. Het werd een combinatie van schokkerig happen naar adem, hevig snikken en ontladend weeklagen. Haar blik was onophoudelijk op de naderende figuur gericht. Darian en Elliot lieten hun wapen zakken. Het intense verdriet van het meisje trof hen diep. Zij hadden ook een vader verloren. Zij konden zich een klein beetje inleven in wat door haar heen ging. Shanya huilde haar pijn naar buiten in langgerekte buien. Tranen rolden in goten over haar wangen en het snot en speeksel dropen over haar lippen en kin. Het kon haar niet schelen. Marrion had haar in haar armen genomen en veegde de smurrie rond haar mond af. Het was een klein, alleen gelaten kind dat weende.

Steven Tatakarian meende te begrijpen wat Shanya overkwam. Hij had zijn eigen vader ontmoet, die hen nu buiten opwachtte. Hij begreep de verwarring, en ervoer weer dat schuldgevoel. Hijzelf had nooit dergelijk verdriet laten zien, want de confrontatie met de vader weekte in één oogwenk alle gevoelens van toen - bij het overlijden - los. Blijkbaar moest het meisje er enorm hebben onder geleden. Hijzelf was er niet meer dan 'licht door geëmotioneerd'. Marrion ontfermde zich verder over de snikkende Shanya. Ze streelde haar rug en probeerde haar gezicht met de zakdoek proper te houden. Elliot startte het gesprek dat veel opheldering bracht.

"Je bent Shanya's vader?"

De dode man kwam nog dichterbij. Darian hees zijn pistool terug omhoog.

"Dat hoeft niet, jonge man, ik wens jullie geen kwaad toe, integendeel. Zoals ik al zei: ik bied mijn hulp aan."

"Waarom?"

"Dat is een vreemde vraag, afkomstig van wie wil geholpen worden en die hulp blijkbaar best kan gebruiken."

Tussen haar tranen door glimlachte Shanya, want zó herkende ze haar vader het best. Gabriel Bellmer, ex-schooldirecteur, bezat niet langer het decorum waarmee hij als levende alleen al puur respect afdwong, maar hij had Elliot heel rustig op zijn vreemde vorm van reageren gewezen. Net dát had hij zijn ganse leven gedaan. Geluisterd naar de mensen en gereageerd op hun manier van spreken of doen. Die belerende wijze van omgaan met anderen werd hem niet altijd in dank afgenomen. Zijn sententieuze uitspraken werden ook niet door iedereen geapprecieerd. Shanya ergerde zich meermaals, maar nu beschouwde ze dat enkel als een teken van herkenning. De man met het lange, witte hemd was inderdaad haar vader. Ondersteund door Marrion, stond ze op. Met ogen vol tranen, liep ze tot bij Elliot. Ze keek even in stilte naar de verschijning en zei toen:

"Pa? Dat is onmogelijk, je ... hier... "

"Dat is juist, meisje. Helemaal juist. Je was er zelfs bij, hier in deze zelfde turnzaal. Maar... niets is zoals wij het onze kinderen hebben wijsgemaakt. Er is geen hemel, en de beschrijving van de hel komt het dichtst in de buurt van Anderwereld. Er is inderdaad iets na het leven op aarde, dat wel. En je ontmoet er wie je tijdens je leven hebt gekend. Daar heeft men altijd gelijk over gehad. Maar *dit* hier is dat *iets* na de dood."

"Wat is het hier dan echt?" vroeg Darian.

"Dit is de plaats waar je naartoe gaat wanneer je gestorven bent. Iedereen maakt ooit de overgang naar hier. Iedereen dwaalt een tijd door Anderwereld, die opgebouwd wordt uit onze herinneringen... wij zijn..."

Gabriel Bellmer onderbrak zijn zin en zette enkele stappen achteruit. Met trage bewegingen van zijn armen gebaarde hij dat iedereen hem moest volgen.

"Ga met me mee naar een plek waar het helemaal veilig is!"

Hij verdween opnieuw tussen de zware gordijnen. Shanya verkilde bij de gedachte dat zij ook daarheen moest. Ze had het als kind nooit gemogen, het verbod zat in haar gestel gebakken. Maar nu vroeg haar vader - in welke toestand hij dan ook verkeerde - om het mysterieuze verbod te verbreken. Veel tijd om erover na te denken kreeg ze niet, Marrion troonde haar met de groep mee. Ze gleden tussen de gordijnen en kwamen in één enkele ruimte terecht. Geen deuren, geen ramen.

"Daarnet was het hier anders! Er waren meerdere kamertjes!" zei Darian.

Gabriel Bellmer draaide zich om.

"Ik wil het jullie helemaal uit de doeken doen. Er zijn een aantal zaken die jullie moeten weten, maar uiteindelijk moeten jullie eigenhandig de weg naar buiten volgen. Het podium is een veilige plek, maar hier, achter de coulissen, dringen de invloeden van Anderwereld niet onmiddellijk door. We hebben even de tijd."

Met z'n vijven vormden ze een halve cirkel rond de dode man. Darian, Steven, Marrion die Shanya nog steeds ondersteunde en Elliot naast haar. De wapens waren ondertussen weggeborgen. Een heleboel vragen raasden door haar hoofd, maar tegelijk borrelden heel wat onverwerkte emoties als luchtbellen op. De antwoorden op die vragen interesseerden haar wel, maar het verwerken van die gevoelens was voor haar van levensbelang. Ze liet haar vader praten - hij stond graag in de belangstelling - maar hoopte dat er ruimte was voor een persoonlijk gesprek. Het onmogelijke en tegelijk bizarre van de ganse zaak bezorgden haar rillingen. Het meisje was heel blij dat Marrion haar bleef omarmen.

"Anderwereld is een *toestand*. Het is een bundeling van alle slechte gevoelens die de mensen tijdens hun leven hebben ervaren of hebben geuit. Haat, jaloersheid, moordlust, machtswellust, overdreven hebzucht... alles wat het tegengestelde van goed is. Die hebben zich in deze toestand of dimensie - hoe je het ook wil noemen - geconcentreerd. Anderwereld wordt erdoor gevoed, want de emoties van wie nu in leven is, vormen de voorzieners van energie, het zijn de krachtcentrales... en ieder mens die sterft, *ontwaakt* hier. Een klein beetje van hem of haar heeft tot de uitbouw van Anderwereld bijgedragen, want niemand is vrij van slechte gedachtekronkels. Hier dolen wij rond. In een wereld die bijna die van ons is geweest, maar ook net niet. Het ziet er wel allemaal identiek uit, maar er zijn essentiële verschillen. Alles is één groot decor. Niets is constructief echt. Een huis *ziet* er enkel als een huis uit. Het zijn tastbaar geworden voorstellingen van hoe een kind zich een huis of een boom of een auto voorstelt. De kleuren kloppen zelfs niet. Alles wat wij rondom ons zien, hebben we ook als levende gezien. Hier woonden wij, dit is dus een vervormde projectie van beelden uit ons eigen brein. Ik zou bijvoorbeeld nooit in een versie van Wenen terecht zijn gekomen, want die stad ken ik helemaal niet.

Iedereen beweegt zich in een decor uit zijn eigen geest, vandaar dat we elkaar hier kunnen ontmoeten. Ik ontmoet om diezelfde reden ook nooit iemand die in Moskou heeft gewoond. Anderwereld is een pure krachtbron die onophoudelijk wordt gevoed met nieuwe slechte gevoelens, maar ook met herinneringen, dromen, verlangens en hoop. Onze geesten worden gescreend, en alles wat in de verschillende kamers van onze hersenen wordt aangetroffen, tref je hier in werkelijkheid aan."

"Die monsters?" vroeg Elliot.

"Klopt. Alle creaturen die je hier aantreft, zijn door mensen uitgedacht. Zij brengen de gebundelde kwaadheid terug naar buiten. Het zijn fantasiewezens die nooit echt hebben bestaan, maar die hier hun kans *wel* krijgen. Geschapen door regisseurs, schrijvers, cartoonisten, beeldhouwers... trouwens, iedereen heeft weleens dromen of fantasieën gehad over vreemde wezens. Elk kind heeft moeten leren omgaan met de wezens uit zijn nachtmerries. Die *kunnen* hier allemaal opnieuw aanwezig zijn. Het probleem is dat ze ons effectief kunnen ombrengen. Ik gebruik niet langer het werkwoord doden. Ik heb het liever over ombrengen of vernietigen."

"Ze kunnen zelf gedood worden."

Allen keken ze Darian aan en herinnerden zich het verhaal van de boomkrabben en zijn Honda.

"Juist. Ze zijn zelf niet onbreekbaar. Alle monsters zijn heel gevaarlijk, net omdat ze het leven zijn ingeblazen met gewaarwording van enkel en alleen pure slechtheid. Ze zijn er om ons te belagen. Wij hollen hier wat rond, tot een van hen ons te pakken krijgt. Maar meestal verloopt het anders. Wij dolen rond, wandelend door onze eigen herinneringen, want daaruit is alles wat je om je heen ziet, opgebouwd. Onze geest wordt leeggezogen met de bedoeling de decors waarin wij ons bewegen, voor onze ogen op te bouwen. Iemand die op ééznelfde plaats blijft, houdt het langer vol dan iemand die voortdurend op pad is. Want om de decors te bouwen zijn veel herinneringen nodig. Dat doet Anderwereld ons hier aan. Als ik hier blijf, is er rondom mij niets anders. Verplaats ik me, dan bouwt Anderwereld een scène uit mijn geest op. Ik blijf rondlopen tot mijn vat herinneringen volledig leeg is, en dan rest niets meer van mij. Enkel nog een verdorde peul die verdroogt of door de insecten wordt opgevreten. Hier word je ook opgejaagd tot je eraan bezwijkt, dat heb je misschien al aan den lijve ondervonden. Er is altijd *iets* wat achter je aanzit.

Toen ik hier aankwam en heel vlug doorhad wat er aan de hand was, besefte ik dat ik in het verzet moest gaan. Het zat gewoon in mij. Ik wilde me niet zomaar laten leegzuigen en afmaken. Nadat ik de ervaring van de overgang achter me had gelaten en mij aan deze nieuwe situatie had aangepast, ging ik op zoek naar anderen die mijn mening deelden. Ik ontmoette jullie vaders.

Wij zijn de reden waarom jullie hier zijn, maar dat leg ik later uit. Samen vormden we een soort ondergronds bondgenootschap. Onze groep breidde steeds verder uit. We boden kranig weerstand. William Shadborne en Edward Bornowski waren mijn meest begeesterde secondanten, maar - sorry dat ik het zo abrupt meedeel - ze behoorden tot de eerste slachtoffers. Zij waren te hevig, te onvoorzichtig en te enthousiast. Eén moment van onoplettendheid en Anderwereld kreeg hen onder de ene of de andere vorm te pakken. Wij tooiden ons in een lang, wit hemd, zodat de leden van wat ik Het Verzet noem, herkenbaar waren. De overige doden zijn helemaal naakt. Dat zijn degenen die zich van niets aantrekken of zelfs sympathie voor Anderwereld tonen. Zij zullen jullie tegenwerken en zelfs proberen te vernietigen. Eigenlijk is het nutteloos dat wij ons verzetten, wij kunnen hier toch niet uit weg, maar het geeft ons dat beetje zelfrespect terug dat wij als levenden hadden."

Shanya rilde toen ze zich de naakte doden met hun grijpende handen in de gang op Deathfloor herinnerde.

"Begrijp wel... de tijd volgt hier grillige regels. Shanya?"

Het meisje veerde op. Hamerende hartspier.

"Probeer even je gevoelens meester te blijven. Ik wil enkel een voorbeeld geven."

"Ik zal het proberen."

"Weet je nog wat ik gezegd heb in het funerarium op Lemon Avenue?"

Shanya snakte naar adem.

"Na... tuurlijk. Je zei '*Ga niet terug*'. Driemaal!"

"Dat zei ik inderdaad. Wel, op dat moment wist ik reeds wat Anderwereld was en waarom jullie zouden worden gecontacteerd. Ik kon je enkel maar waarschuwen. Anderwereld had op dat moment nog niet zoveel invloed op mij. Ik verzette me hevig en probeerde zoveel mogelijk uit de mentale klauwen te blijven. Anderwereld *gebruikt* ook de naakte doden. Zo heeft Laura Calloway jou gezegd dat je moest terugkomen. Juist?"

Shanya knikte. Het klopte helemaal. Het gebeurde toen de vrouw de overgang vanuit het mortuarium op *Deathfloor* maakte. Was zij dan reeds danig onder de invloed van Anderwereld?

"Hebben jullie al honger of dorst ervaren sinds jullie aankomst? Hebben jullie behoefte aan slaap? Moet er iemand van jullie naar het toilet? Heel waarschijnlijk niet. De tijd staat hier net niet helemaal stil. Het geeft Anderwereld alle kansen om onze geest af te tasten. Zijn er al herinneringen naar boven gekomen? Ik bedoel, iets wat jullie als kind het meest is bijgebleven, waarschijnlijk omdat het grote angst heeft opgewekt?"

Shanya stak haar hand op en voelde zich een schoolmeisje. Ze grinnikte om wat ze deed.

"Toen we door de gang van het huis op Meridian Road liepen, bleef ik bij een deur stilstaan. Ik heb me daar het voorval herinnerd dat zich heeft afgespeeld in het bos tussen Rosenhelm en Middletown."

"Dat je aan onze aandacht ontsnapt was, en het bos was ingetrokken?"

Een plotse bron warmte achter haar ribben! Hij wist het nog! Prachtig!

"Ja, dat is het, mijn aandacht werd getrokken toen een van de deuren op een kier stond. Ik werd ernaartoe getrokken en kon me niet verzetten. Ik meende een fluisteren te horen, ik duwde de deur open en zag iets wat er helemaal niet kon zijn... mijn gedachten dwaalden weg en ik was terug als kind in het bos. Ik verdwaalde en er was een gigantisch monster dat op de loer lag en..."

"Mijn vader leerde me zwemmen en ik werd uitgelachen omdat ik het niet zo denderend deed. Ik verachtte hem omdat hij toeliet dat de anderen me uitlachten! In plaats van erop te reageren, stimuleerde hij hen."

Elliot had de plotse stilte opgevuld nadat Shanya haar laatste zin had afgebroken. Steven schudde zijn hoofd en zei:

"Mijn vader stopte me ten onrechte in een smerig hok vol insecten! Ik haat die kruipende beesten."

"Ik werd doodjaloers toen de oppas volgens mij te veel aandacht aan mijn jongere broertje besteedde. Ik stelde me als grote jongen op en trok me in mijn kamer terug, waar ik stierf van de angst. Ik was er... alleen!" vertelde Darian als laatste.

"Daar hebben jullie het... ik vermoed dat Marrion dat niet heeft meegemaakt?"

Marrion McKelly knikte.

"Dat komt omdat jij over een enorm voordeel beschikt. Jij hebt voor vandaag nog geen enkel contact met Anderwereld gehad, jouw geest was nog niet gepeild. Jij kan straks een grote rol spelen."

"Ah? Wat moet ik doen?" vroeg het meisje verbaasd.

"Later, Marrion, later... laat me eerst nog zaken verduidelijken. Elk van jullie is in zijn of haar eigen angsten terechtgekomen, maar deze keer aangevuld door wat iemand anders heeft herbeleefd... datgene wat jullie daarnet hebben verteld. Probeer het te herinneren. Op die manier zul je je kunnen verweren tegen wat Anderwereld met jullie kan uitvreten!"

Shanya richtte zich tot Steven en vroeg:

"Steven, jij had het daarnet toch over krioelende beesten?"

"Ja, in dat hok, ik hoorde ze, ik zag ze, ze kwamen op mij af..."

"Wel, ik heb dat meegemaakt toen ik hier aankwam. Laura Calloway..."

Haar vader onderbrak haar.

"Ondertussen één van mijn verzetsstrijders!"

"Zij was het die ik ontmoette in een versie van de plaats waar ik werk. Zij was het die me zei dat ik hierheen moest komen. En dan kwamen de duizendpoten. Het waren er miljarden. Ze vraten Laura gewoon op en kwamen achter me aan!"

Steven trok Marrion bij de mouw van haar jas en wees naar Shanya.

"Wel, als dat zo is, dan kreeg ik jouw waanbeeld te verwerken. Ik kwam met Marrion in de politiecellen van Sasabe terecht. Het werd uiteindelijk een labyrint waarin wij verdwaalden en achtervolgd werden door een afgrijselijk beest."

Gabriel Bellmer keek geamuseerd toe. Zijn opzijgeknakte hoofd, ten gevolge van de gebroken nekwervels, wiegde heen en weer. Om zijn dode mond lag een zweem van een glimlach. Nauwelijks merkbaar. Hij genoot ervan dat zijn woorden resultaat hadden. Dat vond hij heel belangrijk. Enkel op die manier ontsnapten ze misschien aan de invloed van Anderwereld.

"Toen ik op de vlucht sloeg voor de Zweefgrijper op Freeman Avenue, kwam ik bijna in de klauwen van die boomkrabben. Een groot aantal naakte doden lachten me uit. Het maakte me razend. Dat doet me sterk denken aan jouw verhaal, Elliot!" zei Darian.

"En ik heb de meeste problemen gehad met eenzaamheid, met het alleen gelaten worden. Het kneep m'n keel dicht tot ik Shanya aantrof. Het was een gevoel dat ik nooit eerder zo opdringerig had ervaren. Jouw ervaring, Darian?"

Gabriel spreidde zijn armen:

"Daar heb je het! Anderwereld heeft de herinneringen door elkaar geworpen. Angsten en traumatische ervaringen die uit de diepzee van jullie geheugen werden opgevist, werden gewoon doorgegeven. Een kwestie van de vijand te verzwakken! Anderwereld speelt namelijk een gruwelijk spel met jullie gevoelens vooraleer definitief toe te slaan. Jullie hebben allen moeten hollen omdat iets jullie achternazat!? Dat heeft jullie opgejaagd, die ervaring heeft jullie doodsangst bezorgd. Dat was nog maar een spel, volledig onder de controle van Anderwereld die weldra ophoudt met spelen. Het amusante uurtje is voorbij.."

"Maar waarom? Waarom zijn we hier? Tot nu toe klopt niets van alles wat ons is verteld. Elma heeft gelogen. Sandy Wheeler heeft mij ook bedot. Wij verwerken hier helemaal niets, integendeel, we krijgen steeds meer af te rekenen met onze eigen demonen!" zei Elliot.

"Elma... daar zeg je me iets. De reden van jullie komst naar hier bespreek ik later, maar Elma... is slechts een tussenfiguur. Anderwereld beheerst de kunst om mensen zoals jullie te verleiden, en speelt daarbij op jullie meest emotionele facetten in. Daarvoor wordt gebruikgemaakt van voor jullie erg herkenbare en totaal onschuldige toestanden. Elma is zoiets. Het is een samenbundeling van een klein beetje kracht van Anderwereld in de vorm van een goedzakkige en vriendelijke vrouw die jullie een enorm rad voor de ogen heeft gedraaid, enkel en alleen om jullie hier te krijgen."

"Ik haat haar!" zei Marrion ineens.

"Dat klopt, Marrion. En daar heb je dan jouw voordeel weer: je bent niet onder haar invloed geweest! Eigenlijk is het verkeerd om over 'haar' te spreken. Ze is enkel een gebruiksvoorwerp. Elma werd geschapen, net als de zwarte Chevrolet, om het jullie gemakkelijk te maken. Om jullie gerust te stellen. Maar daardoor heeft Anderwereld een zwak punt. Bepaalde zaken moeten zó echt overkomen dat de echtheid ervan niet meer teniet kan worden gedaan. Het moeten zaken zijn die in beide werelden kunnen bestaan. De Chevy bijvoorbeeld. Als alles lukt, speelt dat voertuig net om die ene reden nog een grote rol in de afloop van deze geschiedenis! Elma heeft jullie feiten over Anderwereld gezegd die gedeeltelijk waar zijn. Ze gaf de indruk jullie te willen helpen. Ze wilde jullie zogezegd van de mentale gevolgen van een dramatische gebeurtenis uit het verleden afhelpen, maar haar uiteindelijke bedoeling was zaken af te werken. Jullie hebben allemaal iets meegemaakt… maar eigenlijk hebben jullie het verkeerd voor."

"Wat bedoel je?"

"Elliot bijvoorbeeld. Jij hebt de kleine Sandy niet gevonden, het was net omgekeerd. Zij heeft jou toen reeds naar hier gelokt, Elma kwam er om de kalmte in jouw gemoed te herstellen, net zoals bij de anderen. In 1979 werd het eerste contact reeds gelegd. Steven. Het Ding, zoals jij het noemde, greep jouw celgenoot eer hij jou nog meer – en onherroepelijke – schade toebracht. Het was nog jouw tijd niet om de overgang te maken. Jij paste in haar plannen, net als Darian… denk jij dat Elma daar toevallig aankwam op de plaats waar jouw motorfiets tegen die wagen gleed? Helemaal niet. Jij hebt Anderwereld betreden zonder het zelf te weten, zij heeft jou er terug uit geholpen omdat ze niet wilde dat de Zweefgrijper jou te pakken kreeg. Niemand komt hier op vrijwillige basis binnen, en…"

"Ik wel!" wierp Marrion er guitig tussenin.

"En dat is bewonderenswaardig! Zeker de reden waarom je dat hebt gedaan! Straks daarover meer!"

"Waarom *Anderwereld*?" vroeg Darian.

"De naam?"

"Ja… waarom noemt men deze plaats *Anderwereld*?"

"Dat is een naam die al in gebruik was toen ik hier aankwam. Het is een andere wereld dan waar wij vandaan zijn gekomen. Helemaal anders, maar niettemin relatief herkenbaar. Ik denk dat het om een persoonlijke opvatting gaat, want eigenlijk doorlopen wij in ons leven toch ook *andere* situaties. Wij hebben onze jeugdjaren, die een aparte wereld op zich vormen. Daarop volgen de overgangsjaren, en uiteindelijk de wereld van de volwassenen. Na de actieve volwassenheid - de periode waarin we effectief arbeid verrichten - komt de periode van rust en/of aftakeling. Elke periode houdt eigen manieren van leven in. De wereld van de volwassenen is een mysterie voor hun kinderen. Het is een domein waar zij geen vat op hebben. Voor hen is dat inderdaad een totaal ander universum. Andere mensen in een andere wereld. Eerst leven wij een tijdje en daarna... dit hier, opgebouwd uit substantieel geworden flarden uit ons eigen verleden. Ik vermoed dat men om die reden die naam is beginnen gebruiken. Het doet aan vroeger denken."

"Ik weet nog steeds niet waarom we hier zijn! Welke zaken moesten afgewerkt worden?" vroeg Elliot nukkig.

Gabriel Bellmer knikte.

"Zodoende komen we tot de kern van de zaak. Het waarom! Het...is eigenlijk..."

Gabriel liet zijn hoofd zakken. Het was alsof hij zich schaamde.

"Pa? Gaat het?" vroeg Shanya.

"Ja... eigenlijk is het hoofdzakelijk onze schuld dat jullie hier zijn. De oorzaak van jullie aanwezigheid in Anderwereld reikt terug naar een heel onschuldig feit waarbij de vader van elk van jullie – Marrion uitgezonderd – betrokken was. Dát en het feit dat wij voortijdig zijn overleden."

"Wat hebben onze vaders dan eigenlijk met Anderwereld te maken?" vroeg Darian vol ongeloof.

Een koude wind trok door de borst van de vier kinderen. Elma had het er bij het ontbijt ook al over, maar stak daar een totaal ander verhaal af. Ze vertelde niet dat zij de oorzaak van hun aanwezigheid hier waren. Steven was reeds door zijn vader voorbereid, maar toch troffen de woorden hem. Bij elk van hen verscheen de vader voor het geestesoog zoals ze hem als kind hadden gekend.

Darian zag de heel deftige, hoog in aanzien staande tandarts. Rechtop, brede schouders. Een zelfzekere blik als toonbeeld van zijn rotsvast karakter.

Elliot herinnerde zich de eenvoudige, mensvriendelijke politieman. Voornaam en gemoedelijk. Iemand bij wie men op z'n gemak was, iemand in wiens buurt men zich graag ophield.

Shanya had het moeilijker. Haar vader was in haar buurt en zij herkende hem als de iets te dominante schooldirecteur. Wel erg vriendelijk voor zijn medewerkers, maar heel correct en secuur. Hij had graag dat alles op school (en daarbuiten) volgens zijn wil verliep.

Voor Steven verscheen het beeld van de door het leven getekende mislukkeling wiens beste vriend de drank was. Tijdens de wandeltocht hierheen had de man er iets over losgelaten. Veel te weinig! Steven hoopte dat Gabriels verhaal veel verduidelijkte.

Niemand van de vier mensen had enig idee van de manier waarop hun vader zich met het bestaan van Anderwereld had ingelaten. Ze wachtten vol spanning op wat Gabriel van plan was te vertellen.

"Het komt misschien idioot over, maar ik moet het verhaal naar buiten brengen. Dat is nog een manier om klaarheid te brengen in de wijze waarop Anderwereld werkt. Wij hebben er met z'n vieren voor gezorgd dat jullie hier aanwezig zijn. Maar wij zijn er tegenin gegaan, wij hebben Het Verzet opgericht. Ik doe al het mogelijke om onze misstap recht te zetten. Zijn jullie er klaar voor?"

Iedereen knikte. Gabriel bereidde zich voor. Had hij het moeilijk om een *misstap* toe te geven?

"Goed dan… ik heb dit nooit eerder verteld en ik hoop dat ik niets vergeet. Hier gaan we: we waren jong, en er stak…"

16

WE waren jong, en er stak geen greintje gezond verstand in ons hoofd, wat typisch was voor de efebische periode waarin wij ons op dat moment bevonden. De meesten dachten er anders over, maar *net* door het gebrek aan verstandelijk inzicht begrepen we niet dat wij het bij het verkeerde eind hadden. In onze ogen gedroegen alle mensen die ouder waren, zich *oud* en aftands. Zij schikten zich volgens ons niet genoeg naar de nieuwe stromingen in de maatschappij en daarom vonden we dat wij de enigen waren die het bij het rechte eind hadden. Het was een egocentrisch denkpatroon waar we slechts uitgeraakten eens we meenden zelf de volwassenheid te hebben bereikt. Pas op latere leeftijd beseften we hoe idioot we ons toen gedroegen. We handelden op dat moment hoofdzakelijk in opdracht van onze emoties en de toekomst was voor ons helemaal niet van tel. Enkel het moment zelf was belangrijk. Enkel datgene wat we wilden doen of effectief deden, was onze aandacht waard.

Onze wereld bestond slechts uit wat Rosenhelm ons bood, en geloof me, dat was in die periode niet veel. Wij lieten op geen enkele manier blijken dat de jaren die in aantocht waren, ons boeiden. Maar wat wil je, we waren snotneuzen. Nauwelijks oud genoeg om alleen de straat over te steken. Wat ik ga vertellen, is op Halloween van het jaar 1950 voorgevallen. Ik was elf. Kun je je dat inbeelden? Elf jaar oud. Dat lijkt eeuwen geleden. Ondanks het feit dat ik me vrijwel niets meer uit die periode herinner, is wat we toen hebben meegemaakt, heel helder in mijn geest blijven hangen, zelfs nu ik eigenlijk niet meer besta.

We hadden plannen voor die welbepaalde avond. Laat het me anders formuleren: er waren twee iets grotere kerels die plannen hadden. Richard Tatakarian, Stevens vader, en ikzelf fungeerden enkel als meelopers, maar tot dat besef kwamen we pas als het te laat was. Ho... waren we stoer die avond!! Ho.. hadden we het goed op!! Pure huidtintelende opwinding, zuivere adrenaline bruiste door onze jonge bloedvaten. Richard was slechts negen. Een totaal onschuldig en compleet manipuleerbaar kind. Ik was niet beter, ik stond niet steviger in mijn schoenen dan de andere kinderen van mijn leeftijd. Maar Halloween was en is nog steeds een heilige avond, het lijkt wel alsof die nét in functie van het plezier van de kinderen werd uitgevonden. De nacht van éénendertig oktober op één november. Het was helder weer, dat weet ik nog heel goed. Ik weet alles nog heel goed... ik val in herhaling, maar indien Richard, Edward en William hier waren, vertelden zij net hetzelfde. Wat daar is voorgevallen, heeft ons de rest van ons leven beziggehouden. Die avond heeft onze toekomst – en daardoor ook die van jullie – bepaald. En alles om een domme weddenschap.

Wat hadden wij anders te doen? Rosenhelm was toen maar één vijfde van wat het nu is. Zowel in grootte als in aantal inwoners. Er was gewoon niets om de jeugd mee bezig te houden. De oorlog in Korea was in de maand juni van dat jaar uitgebroken, maar wat maalden wij daar om? Onze ouders rilden nog steeds van de naweeën van de stakingsgolf die de VS in het begin van dat jaar had geteisterd , maar – zoals ik al zei – dat boeide ons geenszins! Korea was een land dat voor ons niet echt bestond; alles in dat verband stonk naar politiek, wat ons al helemaal niet interesseerde en stakingen, tja, dat was voor volwassenen. Wij hadden weinig en kenden niets anders.

Daarom hield iedereen van activiteiten zoals Halloween. Trick or treat? Wat jullie niet weten, is dat er indertijd een speelplein bestond waar alle kinderen van Rosenhelm op afkwamen. Gesitueerd in Starr Street. Ik gebruik wel de verleden tijd, want begin van de zestiger jaren werd het ingepalmd en moest het plaatsruimen voor een voor die tijd gigantisch winkelcentrum. Het winstbejag en de drang naar meer inkomsten voor het dorp wonnen het van het voorzien in ontspanningsmogelijkheden voor de kinderen. In 1950 was Rosenhelm eigenlijk niet meer dan een uit de kluiten gewassen dorp. De gemeente spendeerde niet veel geld aan de attracties of aan een ordentelijk onderhoud van het plein zelf, daarom schakelden de ouders van de jongeren zichzelf in. Er werd een werkschema opgesteld. De meeste mensen staken een handje toe zodat het een veilig en verzorgd onderkomen voor hun kroost werd. Om die reden groeide het aantal bezoekers op het speelplein aan Starr Street zienderogen. Er kwamen kinderen uit alle lagen van de bevolking. Iedereen was er trouwens welkom. Het verschil in rangen en standen ontstond pas enkele jaren later. Toch zeker wat ons aanvoelen betrof. Misschien dat onze ouders reeds in dat ongezonde web van jaloersheid gevangen zaten, maar wij – de kinderen – hadden daar geen problemen mee. In alle onbezonnen eerlijkheid vonden wij dat de ene niet beter dan de andere was. Hij of zij was gewoon *anders*, daarom niet beter of slechter. En zeker niet om reden van afkomst of stand. Iedereen werd aanvaard op Starr Street. Er bevonden zich een groot aantal schommels, klimrekken, lage draaimolens, glijbanen en allerhande andere toestellen.

Ook de leeftijd van de bezoekers was niet belangrijk. Dat was de reden waarom Edward Bornowski, Elliots vader (die eventjes tweemaal zo oud als Richard was, achttien dus) en William Shadborne (de vader van Darian), toen zestien, in ons gezelschap vertoefden. Edward en William waren in mijn ogen zo goed als volwassen. Achttien en zestien. Dat lag voor ons ergens heel ver in de toekomst en zoals ik eerder zei: de toekomst lag een onoverbrugbaar tijdsverschil van ons verwijderd, achter een heel troebele horizon. Maar zij hadden die reeds bereikt. Zij waren groot en hadden blijkbaar ook *elkaar* gevonden. Het gevolg daarvan was dat wij, Richard en ik, onszelf als *klein* ervoeren. Kleine, onbenullige peuters die zich met kleine, onbenullige zaken bezighielden en opkeken naar de groten die zich met grote zaken bemoeiden.

"Halloween is voor kinderen! Daar is helemaal niets engs aan. Puur kinderspul."

Die woorden, uitgesproken door Edward Bornowski, hielden in dat wij gelijk hadden. Het was voor kinderen. Zij deden daar niet meer aan mee. Toch niet in de vorm die algemeen werd aanvaard: verkleed van deur tot deur gaan en snoep vragen.

"Wij gaan op Halloween naar *echte* spoken zien!"

Op het moment van de aanzet tot het gesprek dat leidde tot alles wat volgde, was het zaterdagnamiddag. Geen school. Wij bevonden ons, zoals meestal als we vrijaf hadden overigens, in Starr Street. Er draafden heel wat andere kinderen rond. Enkele ouders die hun kroost niet uit het oog wilden verliezen, hielden zich in de nabije buurt op. Het was even voor drie en de hemel boven onze hoofden was helderblauw. Een heerlijke wind streelde door onze haren, waarschijnlijk een allerlaatste poging van de heel zacht wegdeemsterende herfst van dat jaar. Het was geen decor om griezelverhalen te vertellen. Richard Tatakarian, de jongste van het gezelschap, was de eerste die reageerde.

"Spoken bestaan niet!"

William Shadborne snoof en trok zijn schouders achteruit. Op die manier gaf hij de indruk breder te zijn dan hij in werkelijkheid was.

"Wie zegt dat?"

"Mijn pa."

"Jouw pa is een debiel. Spoken bestaan *wel!*"

"Heel zeker!" viel Edward Bornowski hem bij.

Ik wilde er niet tegenin gaan. Richard Tatakarian was nu niet onmiddellijk mijn beste vriend, maar telkens ik Starr Street aandeed, hoopte ik dat hij er was. Hij deed niet dik, was geen pocher, en zeker geen blaaskaak.

"Volgende week dinsdag is het Halloween. Dan gaan wij – Edward en ikzelf – op zoek naar *echte* spoken."

"Op zoek? Dus heb je er nog geen gezien? Hoe weet je dan dat die bestaan?"

Het was eruit voor ik het besefte. Ik hoopte enkel dat de twee grote kerels niet met hun vuisten op mij inbeukten. Ik trok mijn hoofd tussen mijn schouders, maar er gebeurde enkel iets wat ons versteld deed staan.

"Gabriel, een kleine spruit met een grote mond. Als je toch de stoere kerel wilt uithangen, kom dan met ons mee."

Mijn darmen ondernamen pogingen om zich in nog meer kronkels te wringen. Dat had ik niet verwacht. Ik was niet stoer! Ik durfde niet meegaan, maar durfde ook geen nee zeggen. Ik zou uitgelachen worden.

"Wel? Ik wed er met Edward om dat jullie niet durven. Eén halve dollar per kloot, vier kloten, dat maakt twee dollar. Ik denk toch dat jullie ze nog allebei hebben?"

De kleine Richard keek mij vragend aan. De twee anderen grinnikten. Ik wilde niet dat wij de inzet van een weddenschap waren. Ik voelde mij een paard op de rennen. Lopen voor het plezier van anderen. Met het gevolg dat ik de krampen in mijn buik probeerde te negeren en mijn hoofd trots oprichtte.

"We gaan mee!"

"Een deal! We spreken hier af. Hoelang mag je van je ma buiten blijven?"

Algemene hilariteit. Door hun spottende gedrag werd ik kwaad. Nu was ik er zeker bij. Alleen al maar om hun gezicht te zien als ze hun ongelijk moesten toegeven.

"Afspraak om zeven uur!" zei ik kordaat.

"Goed, geen terugkeer meer mogelijk. Volgende week dinsdag! Om zeven uur. Jij bent er ook bij, Richard? Je kunt je vader dan vertellen dat spoken wel degelijk bestaan."

"Nietes!"

"Wat *nietes?* Kom je of kom je niet?" vroeg Edward Bornowski.

"Ik kom wel... spoken bestaan niet."

"Dat zien we dan wel!"

Edward en William Shadborne gingen weg. Ik bleef alleen met Richard achter. Ik was blij dat hij mij vergezelde, en zei hem dat ook. Hij reageerde daarop met een zin die mij aan mijn durf deed twijfelen.

"Maar ik wil niet gaan. Ik heb gewoon gezegd dat ik meeging om van hen af te zijn."

Blijkbaar moet hij mijn reactie hebben opgemerkt, want de volgende dinsdag om zeven uur in de avond was hij er toch. Hij zat verborgen onder een wit laken dat over de grond sleepte. De achterste rand zat onder het vuil. Waar zijn ogen in zijn hoofd staken, had zijn moeder twee gaten geknipt. Een zwarte band om zijn hoofd hield het geheel op z'n plaats.

"Ik heb gezegd dat ik met de anderen snoep wilde halen. Anders mocht ik niet weg."

"Ik heb net hetzelfde gedaan, Rich. Wat dacht je? Mijn ouders denken dat ik met mijn klasgabbers dicht in de omgeving van ons huis rondtrek."

"Gabriel Bellmer?"

Ik keek om toen iemand mijn naam fluisterde. Van achter de grootste schommel op het donkere speelplein naderde Edward Bornowski, met William Shadborne aan zijn zijde. Zij waren in het zwart gekleed. William gaf de kleine Richard onmiddellijk een duw.

"Wil je dat ze ons van vier straten ver opmerken? Doe dat stomme laken uit."

Richard probeerde er zich van onder te werken en keek bedrukt in mijn richting. Ik ging er niet op in. Ik had alle energie nodig om me stoer te houden. Het was de eerste maal in mijn jonge leven dat ik mij na zonsondergang op het speelplein in Starr Street bevond. De financiële toestand van de gemeente voorzag niet in het onderhoud, laat staan in het aanbrengen van een dure lichtinstallatie voor activiteiten in de late uurtjes. Ook de ouders zagen geen heil in het plaatsen van lichtmasten. Zij hadden hun kinderen liever thuis eenmaal de avond gevallen was. Het was er verdomd pikdonker. Het maanlicht schonk ons net genoeg licht om de toestellen te zien. De buitenste randen van het plein waren donkere holen of zwarte muren. Ik vond het *hier* al eng en besefte ineens dat ik eigenlijk helemaal niet wist wat wij eigenlijk van plan waren. Ik had me iets op de hals gehaald waarvan ik geenszins de draagwijdte vatte. Richard worstelde met zijn laken terwijl ik met mijn innerlijk vocht. Zijn ogen zochten de mijne in de hoop er steun te vinden, maar ik ben er zeker van dat hij er enkel vrees in zag. Zeker geen strijdvaardigheid. Zeker geen onverschrokkenheid.

"Wat ben jij een klungel!"

Edward stapte naar voor en sleurde het laken van Richards lichaam weg. Ik merkte toen reeds dat de twee oudsten van ons gezelschap zich niet optimaal in hun vel voelden. Alhoewel ik hoofdzakelijk met mezelf bezig was, viel het me op dat Edward en William nerveus waren. Ze gedroegen zich niet zo stoer als in normale omstandigheden. William keek de ganse tijd om zich heen, terwijl Edward zich haastig babbelend met de kleine Richard bezighield. Ze waren niet in hun gewone doen. Waarom? Ik kon het antwoord op die vraag nog niet krijgen. Ik beschikte niet over de nodige informatie en kende zelfs het doel van ons avontuur niet. Ondanks mijn jeugdige leeftijd had ik toen reeds graag iets in de pap te brokken en wenste ik niet langer in het onge-wisse te blijven.

"Waar gaan we naartoe?"

William schrok op. Hij knipperde met zijn ogen en keek mij aan.

"Wat?"

"Ik vroeg waar wij heen gaan."

"Dat zul je wel zien!"

Kort en afgemeten.

"Komaan, jullie weten goed dat wij niet heel lang weg kunnen blijven. Onze ouders komen ons straks zoeken. Is het hier ver vandaan?"

Edward Bornowski liet Richard met rust en nam naast zijn maat plaats. Achter hen doemde de donkere wilg als een gigantisch, donker monster uit de nacht op.

"Zeg het hen, Will. Ze mogen het weten."

William Shadborne keek opzij en woog de woorden van Edward af. Dan richtte hij zijn blik terug op ons en zei:

"Meridian Road."

Richard en ik keken elkaar aan. Meridian Road? Nog nooit over gehoord.

"Is dat in Rosenhelm?" vroeg Richard met een onnozel klinkend stemmetje.

De twee anderen barstten in lachen uit.

"Nee... waar dacht je dan? In New York!?"

Richard trok een vies gezicht. Er vormde zich een laagje vocht op de onderste rand van zijn ogen. Misschien besefte hij dat hij een domme vraag had ge-steld. Ik sprong voor hem in de bres.

"Ik ken die straat ook niet. Is het ver?"

Het lachen stierf weg. Richard zuchtte. Het was William die antwoord gaf. Hij was milder, blijkbaar had het lachen zijn zenuwachtigheid wat getem-perd.

"Hooguit tien minuten gaan."

"Wat is daar te zien?"

"Men zegt dat het spookt in het huis nummer 36."

"Wie zegt dat?"

"*Men*! Kerels van onze school. Naar het schijnt woont daar een rare kerel. Hij doet nooit open. Ik weet het van Lange Bernie."

Dat beloofde. Met een bron als Lange Bernie kon je er pap op zeggen dat er stront aan de knikker was. Lange Bernie – Bernard Unsworth – was reeds negentien, mat een bijna onmogelijke twee meter, maar was nog steeds niet van de middelbare school. Een uitstekende basketballspeler, maar dáár hielden zijn capaciteiten dan ook mee op. Iedereen kende hem als haantje-de-voorste om grappen en grollen uit te halen. Hij was ook de eerste om dingen te doen die anderen niet aandurfden. Als hij had rondgebazuind dat er iets vreemds aan Meridian Road 36 was, dan was dat best mogelijk. Lange Bernie had namelijk geen greintje fantasie (maar ook geen verstand) en alles wat hij vertelde, had hij dan ook effectief meegemaakt. Hij vertelde eigenlijk nooit leugens. Richard Tatakarian was nog te jong om van het bestaan van Bernard Unsworth af te weten. Maar ik kende zijn reputatie toch een beetje.

"Wat heeft Lange Bernie verteld?"

William grijnsde.

"Hmmm? Bang aan het worden?"

De grijns op zijn gezicht was niet echt. Het kwam over alsof hij stoer wilde doen en zijn eigen gevoelens op mij wilde projecteren. Begrijp wel dat ik me dat allemaal pas later heb gerealiseerd. Op dat moment in mijn leven was ik een kind dat ervaringen opdeed en opsloeg. Ik had geen enkele vorm van mensenkennis, maar wat ik had opgeslagen, bleef me bij. Zeker wat die avond betreft. Daarom kwamen al die beelden later, toen ik ouder werd, terug naar boven. Pas dan besefte ik wat de uitdrukkingen op hun gezichten betekenden. Nu kan ik er zo over vertellen, maar op het moment zelf onderging ik gewoon alles.

"Wel? Ben je bang aan het worden misschien?"

"Helemaal niet, ik wil gewoon weten wat Lange Bernie heeft verteld."

William keek op zijn uurwerk.

"Ik vertel het terwijl we daarheen lopen. Anders verliezen we te veel tijd."

Iedereen ging met dat voorstel akkoord en enigszins opgelucht dat we eindelijk onze spokenqueeste aanvatten, verlieten we het donkere, lugubere speelplein op Starr Street. De wind deed de ongebruikte toestellen wiegen en draaien. De geluiden die met die bewegingen gepaard gingen, bereikten ons vanuit een duistere wereld. Piepen, kraken en tikken. Ik vond het eng, maar ik wist op dat moment nog niet dat ik mij een paar uur later dolgelukkig zou voelen dat ik weer in zo'n veilige omgeving was.

In 1950 was de straatverlichting niet wat ze nu is. Zeker niet in Rosenhelm. Die bestond toen uit witte bollampen die om de tien meter hoog boven het midden van het wegdek hingen en voor onvoldoende licht zorgden, dat enkel de rijbaan verlichtte. De voetpaden en de voorkanten van de huizen bleven in het duister gehuld. Niet dat wij ons daar zorgen om maakten, het schiep gewoon een erg griezelige sfeer. De weg die William en Edward ons toonden, leidde ons van het echte centrum van het dorp weg. Daardoor liepen we niet in het zicht van de andere kinderen die zich met hun *kinderspul* bezighielden. Hun enthousiast krijsen was wel tot bij ons hoorbaar. Een bende wilden op strooptocht, danig veel lawaai maakten ze. Wij hielden ons zoveel mogelijk op het voetpad, want ik had de indruk dat William en Edward niet echt wilden dat we werden opgemerkt. Uiteindelijk, nadat we zeker vijf minuten in totale stilte door de donkere straten getrokken waren, liet William dan toch nog iets van zich horen.

"Lange Bernie zegt dat we via de achterkant moeten gaan."

"Is hij er al geweest?"

"Hij heeft een paar keer aan de voordeur aangeklopt."

"Heeft ie spoken gezien?" vroeg Richard Tatakarian.

"Niet aan de voorkant!"

"Waar dan wel?"

William snoof.

"Hij weet dat daar een heel vreemd kereltje woont. Niemand kent z'n naam, niemand heeft 'm ooit in het dorp gezien. Het lijkt alsof hij het huis nooit verlaat."

"Dat maakt van hem toch nog geen spook?!"

Nu stopte William. Iedereen stopte. Hij porde met zijn vingertoppen tegen Richards tengere schouder.

"Ben jij een kreng, zeg! Stop met stomme vragen te stellen en luister!"

"Sorry."

William deed alsof hij dat laatste woord niet had gehoord. Hij draaide zich terug en leidde ons verder op weg. Het was duidelijk dat hij de touwtjes in handen wilde houden.

"Lange Bernie zegt dat de man niet opendoet. Nooit! Sommigen hebben hem door de vensters gezien. Men moet werkelijk op het juiste moment aanwezig zijn. Het heeft iets met de inval van de zon te maken. Het licht valt dan onder een bepaalde hoek door de vensters en daardoor kunnen ze naar binnen kijken."

"Wie?"

Richard Tatakarian trok zijn hoofd tussen zijn schouders op het moment dat hij die vraag van één woord stelde. Hij besefte dat hij dom deed, dat William had gezegd dat hij zijn stomme bek moest houden. Maar William was te ver in zijn verhaal. Hij had de vraag niet gehoord.

"Dan zagen ze een kerel achter het glas. Hij stond daar maar rechtop. Deed

niets. Eerst dachten ze dat het een pop was, maar toen ie z'n hoofd draaide…
schrokken ze. Zelfs Lange Bernie schrok."

En dat laatste betekende heel veel. Bernard Unsworth was niet de kerel die
rap bevreesd was. Ik denk niet dat hij ooit van iets bang is geweest. Hij is
nooit vijfendertig jaar oud geworden. Iets aan zijn maag, als ik het mij herinner. Maar bang? Dat nooit. Als Bernard Unsworth dus schrok, moet het toch
wel erg geweest zijn. Maar… van een kerel die opzijkeek?

"Dus, die man van daarbinnen leefde. Lange Bernie trok er op klaarlichte dag
heen. Hij had een smoes verzonnen voor het geval de kerel de voordeur opende, maar dat gebeurde niet. Hij bonkte enkele malen op de voordeur, maar er
volgde geen reactie. Toen hij zich een beetje opzijboog om door het venster
naast de voordeur te kijken, zag hij de kerel staan. Die keek hem recht in de
ogen!"

"Jezus…"

"Het was een oude klootzak. Die bevond zich daar gewoon midden in een
kamer zonder meubelen. Bernie zegt – en ik geloof hem – dat zijn bloed in
ijswater veranderde op het moment dat de ogen van de klootzak in de zijne
keken. Die kerel bewoog niet, reageerde niet, ademde zelfs niet. Hij *keek*, en
dat was zowat alles. Hij was gekleed in een smerige jeansbroek met daarboven
een houthakkershemd. De armen hingen lusteloos langs zijn lijf. Bernie herpakte zich. Hij rukte zichzelf rechtop en haastte zich naar de overkant van de
straat waar de anderen op hem wachtten. Het zweet parelde op zijn bovenlip
en onder zijn ogen. Bernie *zag* er bleek uit. Dat waren ze van hem niet gewoon."

"Maar die kerel deed toch niets?!"

"Dat is het net, Gabriël. Die kerel deed *niets*. Wat doet een kerel die altijd in
het midden van een lege kamer staat? Waarom reageert een kerel niet als men
op zijn voordeur bonkt? Waarom doet een kerel niets als hij ziet dat iemand
door het venster naar hem kijkt?"

"Tja…"

"Lange Bernie zegt dat hij heel lang heeft getwijfeld om terug te gaan."

"*Zijn* ze teruggegaan?"

"Jezus, Richard, domme zak! Natuurlijk gingen ze terug. Hoe weet ik het
anders van de achterkant?"

Daar had je het weer. Richard was een domme zak, ik had een grote mond.
Zij deden niets verkeerd, zij waren niet verkeerd. Typisch. Even was er een
stilte. We liepen op het voetpad op Evening Street, tussen de huizen en de
geparkeerde voertuigen. Het lawaai van de van deur tot deur hollende kinderen verderop in het dorp klonk niet zo fel meer tot daar door. William ging
ongevraagd verder.

"Ze gingen terug. Maar niet meer via de voordeur. Lange Bernie besefte dat het huis ook een achteruitgang had. Dus, op een andere dag, nu net twee weken geleden, gingen ze op stap. Hij en een maatje van hem, ik ken z'n naam niet. Het is een hele omweg, heeft ie gezegd, maar er is een steegje in England Road. Daar moet je binnengaan. Het steegje loopt op een houten schutting dood. Daarachter ligt een braakliggend stuk terrein. Bernie en zijn maat waren al aan het einde daarvan gekomen en kregen net de achterkant van het huis in het oog toen het begon te stortregenen."

William vertelde niet verder. Hij boog zich naar Edward Bornowski en fluisterde iets in zijn oor. William viste een pakje West uit een van de zakken van zijn lederen vestje op en haalde er een sigaret uit. Edward presenteerde hem een doosje lucifers. William streek een lucifer aan. Het vlammetje verlichtte zijn gezicht. Heel ostentatief zoog hij de rook naar binnen, wachtte even met volle longen en opgetrokken schouders en blies vervolgens een grote wolk via zijn neusgaten naar buiten. Het oponthoud maakte mij nerveus.

"Ja... en?"

"En wat?"

"Wat gebeurde er toen?"

"Wat bedoel je, Gaby?"

"Wat deed Bernie!!?"

"Het regende pijpenstelen, ze zagen nauwelijks een meter voor zich uit. Ze zijn teruggekeerd naar de steeg. Daar konden ze schuilen."

"Dus hebben ze de achterkant van het huis niet gezien?"

"Slimme jongen! Maar wij doen dat wel! Wij zullen het spook *wel* zien! En wij – Edward en ikzelf – zijn Lange Bernie ditmaal voor."

Daar draaide het dus allemaal om. Machogedoe! Ze haalden er Richard en mij gewoon bij om later als getuigen te fungeren. Ik werd misselijk. Ik overwoog om terug te keren, maar toen ik omkeek en de donkere, verlaten Evening Street zag, had ik daar weinig zin in. Het was veiliger om in hun buurt te blijven.

"England Road is hier vlakbij!" zei Richard Tatakarian.

"Klopt. Hou nu even je kop. Ik wil dit in stilte doen!"

Net alsof de inwoner van Meridian Road 36 ons vanop zo'n afstand kon horen. Maar wij gaven William Shadborne zijn zin. Hoewel Edward nog twee jaar ouder was, hield William de touwtjes strak in handen. Wij sloegen de hoek van Evening Street om en kwamen zo op England Road terecht. Even stonden we op een kluitje, nauwelijks één meter ver in de nieuwe straat. Het was er verdomme nog donkerder dan in Evening Street. Nauwelijks de helft van de straatverlichting werkte. Er waren bijna geen voertuigen langs de stoep geparkeerd. Eigenlijk was dat niet zo vreemd, want in 1950 beschikten niet alle mensen over een wagen, laat staan twee per gezin zoals vandaag de dag. Maar de leegte van de straat riep gevoelens van verlatenheid op. Het enge beeld van een totaal lege, heel duistere straat (waar geen einde aan kwam, want verderop was alles gewoon zwart) had ons allevier te pakken. Het topje van Williams sigaret gloeide ineens op. Hij inhaleerde.

"Komaan!"

Hij verdween als eerste in het duister. Ik moet het hem nageven, dat was *durven*. Die kerel had moed. Ik had mezelf nooit in England Road gewaagd. Ik voelde me daar al beklemd, bekeken, belaagd. Ik had op die plaats reeds moeite om vrij adem te halen. We liepen op een holletje achter hem aan. Het duurde niet lang eer hij zijn beide armen zijdelings spreidde en niet langer verderstapte. We slopen op dat moment hooguit twee minuten in totale stilte langs de huizen.

"Hier is het," fluisterde hij.

We drumden om hem heen en zagen waar hij naar wees. Tussen twee vuile, grijze woningen was er een zwarte nis. Vier meter breed. Niet meer.

"Wat is dit?" vroeg ik.

"Dit, loeiend kalf, is Boxer Alley. Het steegje waar wij in moeten."

Dat was nu echt een stom idee. Het was er zó donker dat ik het niet voor een steeg aanzag. Ik zag enkel een zwarte strook tussen twee huizen. Er was niets wat erop wees dat die strook zich in de diepte uitstrekte. Het maanlicht bereikte de steeg niet eens. Richard Tatakarian moet ook zo gedacht hebben, want ineens greep hij mijn arm vast. Maar veel tijd om te reageren kregen we niet. William – wéér William – wierp zijn sigarettenpeuk op de grond, stapte erover en liep Boxer Alley in. Ik had de indruk dat zelfs Edward even aarzelde. Hij keek ons aan. Ik merkte het aan de manier waarop hij bewoog. Ik zag uiteraard zijn ogen niet, het was er te donker. Zijn bewegingen waren niet zo zelfzeker meer.

Maar hij liet zich niet kennen. Edward Bornowski, die later deel zou uitmaken van het politiekorps van Rosenhelm, draaide zich om en liep achter William aan. Richard en ikzelf keken elkaar met grote ogen aan, twijfelden geen ogenblik langer en holden achter het oudere tweetal aan.

Het stonk in Boxer Alley naar vet, urine en schimmel. Wij hadden geen zin om onze handen vuil te maken, dus liepen we – vermoedden we toch – in het midden van de steeg. Af en toe trapten we op iets wat zacht en week was. Ons gewicht duwde het plat. Vocht werd eruit geperst. Wij durfden er niet aan denken waar wij op stapten. Misschien enkel doorweekte matrassen, of natte kartonnen platen of… We zagen geen volle meter ver. Richard Tatakarian klauwde onophoudelijk aan mijn arm. Hij wilde niet loslaten. Ik had er geen problemen mee. Maar wie verleende mij steun?

"Prachtig!"

Ik maakte een vreugdesprong bij het horen van dat ene woord. William had de schutting bereikt. Zijn stem klonk vanuit het complete duister niet ver voor ons uit. Hij wachtte tot wij er allemaal bij waren.

"Die planken zijn zo rot als de tanden van m'n grootje! We hoeven niet te klimmen."

Edward grinnikte bij de gedachte aan de scheefgezakte, bruine tanden van Williams grootmoeder. Hij hielp zijn maat zonder veel omhaal een eerste, vervolgens een tweede en uiteindelijk een derde plank los te wringen. Het kraken van het hout en het schreeuwen van de kromtrekkende, roestige spijkers klonk als het brullen van een prehistorische mastodont in de paartijd. Ieder moment verwachtten wij dat er lichten op England Road zouden aanfloepen. Wij hielden ons muisstil tot de echo's uitgestorven waren. De duistere stilte daalde opnieuw op Boxer Alley neer. Niemand had de daden van vandalisme opgemerkt. Blijkbaar hield iedereen in deze buurt zich met z'n eigen zaken bezig.

"Vooruit, kruip hierdoor!"

Ditmaal ging ik als eerste. Ik schrok op toen mijn gezicht in de spinnenwebben terechtkwam en de twee ouderen lachten om het paniekerige zwaaien van mijn handen.

"Ze willen je enkel kussen, jaag ze toch niet weg!" riep Edward.

"Ik haat spinnen!" siste ik.

"Ik ook!" zei een flinterdun klinkend stemmetje achter me.

Richard Tatakarian – die later niet goed in staat was zijn leven vorm te geven – kwam achter me aan. Dan volgde Edward en als laatste spoedde William zich door het gat in de schutting. De maan kwam op dat moment weer tevoorschijn, of misschien kwamen wij uit Boxer Alley *in* het maanlicht terecht. Hoe dan ook, we zagen toch *iets*. Het braakliggende terrein dat tot aan de achterkant leidde van de woning die ons doel was, was enorm uitgestrekt. De overkant viel nauwelijks op. Het was weer William die het voortouw nam. Hij klopte Edward op de schouder en zei lachend:

"Komaan! Het spook van Meridian Road wacht op ons!"

"Zeg dat niet."

Ik was de enige die de woorden van Richard had opgevangen. Net als ik had hij waarschijnlijk al meer dan genoeg van het avondlijke avontuur. Teruggaan was onmogelijk, dat ontging hem niet, maar verdergaan kwam hem als heel moeilijk over. De fleurige opgewektheid van William Shadborne (al dan niet geveinsd, daar had ik nog geen zicht op) werkte niet aanstekelijk. Integendeel, het kwam als verwijtend over. Hij de grote onbevreesde, wij de kleine bangeriken. William stapte namelijk nonchalant neuriënd door het kniehoge gras, hoewel hij bij de aanvang van de queeste – op het speelplein in Starr Street – nerveus om zich heen had gekeken. Hoe dan ook, wij hadden geen andere keuze dan de kerel achterna te gaan. De overtocht van het terrein verliep zonder problemen. Er waren geen verraderlijke putten waarin we konden vallen, ook geen stukken ijzer waar we onze benen konden aan openhalen. We bereikten een groepje bomen met hoog struikgewas dat er niet helemaal ongevaarlijk uitzag.

"Hierdoor!"

"Netels! Ik ga niet!" kermde Richard.

"Jezus, Richy, je bent een melkmuil. Het zijn maar netels!"

"Ze bijten! Er staan er tussen die groter zijn dan ik!"

William keek om en zag dat de kleine Richard het bij het rechte eind had. Hij liep naar de dichtstbijzijnde boom, kraakte een oude tak af en hakte als een woesteling in de partij brandnetels. Ik hoorde hem vloeken, maar algauw had hij een breed pad platgewalst. Hijgend en zwetend kwam hij terug bij ons.

"Tevreden? Of moet ik je nog dragen ook?"

Hij draaide zich grinnikend om, droeg de tak als een zwaard met zich mee en liep naast Edward het pad op. Om de twee meter versloeg hij nog een netel of distel die het waagde te dichtbij te komen. Op die manier bereikten we samen gezond en wel het einde van het groepje bomen. Edward stopte als eerste bij een ondiepe gracht. Er ritselde iets laag bij de grond, het haastte zich vervolgens weg.

"Een rat!" zei Edward.

Over de gracht was het terrein, dat zo'n zes meter breed was, ook braakliggend. De maan schonk meer dan voldoende licht om ons de achterkant van de woning van Meridian Road nummer 36 te laten zien. Links en rechts was het perceel omzoomd door een gigantisch hoge haag.

"Daar is het!"

William Shadborne – toen een succesvolle tandarts in wording – wees naar de donkere muur. Er stak een achterdeur in, bovenop enkele trapjes. Naast die deur bevond zich aan weerszijden een raam. Op de tweede verdieping staken twee ramen in de muren, net als op de bovenste. Er brandde nergens licht. Er viel niemand te bespeuren. Er was ook geen berghok, garage of iets van die aard in de buurt van de woning. Het vuile perceel land strekte zich van bij de gracht tot aan de achterdeur uit. Ik schatte de afstand op hooguit dertig meter.

"Goed… wat nu?"

Edward keek zijn maat aan. Hij legde zich dus ook neer bij de wetenschap dat William de baas was.

"Nu werpen we enkele ruiten in! Dat lokt die klootzak wel naar buiten!"

"Ik ga weg!" siste Richard naast mij.

Blijkbaar had William het gehoord. Hij boog vliegensvlug opzij en greep de kleine jongen bij de arm. Hij schudde hem door elkaar en zei:

"Jij blijft hier, rottige boon! We zijn hier samen aan begonnen en werken dit samen af. Ik wil niet dat jij nu gaat vertellen waar we mee bezig zijn!"

Richard wrong zich los en jammerde:

"Ik zeg niets. Ik kan zwijgen!"

"Dik gelul! Komaan, zeg… ik heb nog dingen te doen vanavond!"

William Shadborne sprong losjes over de gracht en stapte zonder veel omhaal op het huis af. Ik was weer versteld door de moed die hij opbracht. Ik had het niet gekund. Wat bedoelde hij met *nog dingen te doen vanavond*? Was dit voor hem niet *het* van *het*? Was dit avontuur nog niet beangstigend genoeg? Was die kerel dan nooit bang? Ik sprong zelfs verschrikt in de lucht toen er opnieuw iets onder mijn voeten ritselde. Richard schrok omdat ik schrok. Hij gilde omdat ik gilde. William draaide zich om en gebaarde dat we stil moesten zijn. Edward sprong met mij over de gracht en samen hielpen we Richard erover. De jongen jammerde dat zijn benen te kort waren om over de gracht te springen.

Op het terrein voor het huis was het koud. Veel kouder dan daarnet, voor we de sprong uit het bosje waagden. Alhoewel het nog geen november was, was het een zachte nacht. Misschien was het onze opwinding die er ons van weerhield de koelte of de koude te ervaren, maar nu golden andere regels. De adem kwam in witte, kolkende wolken uit onze mond. De grond was keihard, als was die hard bevroren. Takken en dor struikgewas kraakten toen we erop trapten. Met William voor ons, stapten we met z'n drieën naast elkaar in de richting van de achterkant van het donkere huis. Af en toe boog William voorover en raapte een losliggende steen op. De tak waarmee hij de netelmonsters had gedood, had hij eerder achtergelaten. Op iets meer dan tien meter van de woning hielden we halt. In een nerveuze stilte keken we naar de donkere muur.

"Wie gooit als eerste?"

Edward Bornowski raapte een steen op, zwaaide zijn werparm naar achter en keilde de steen weg. Die kwam op het hout van de deur terecht. Er klonk een enorme, holle bonk. Het geluid echode achter het hout weg. Richard drukte zich tegen mij aan.

"Ik zei ruiten! Je hebt de deur geraakt, sufferd!"

"Als oefening, Will, als oefening."

"Ik toon hoe het moet, kijk toe!"

William Shadborne woog een grote kei in zijn rechterhand. Hij trok zijn arm naar achteren en wierp de steen van zich af. Op datzelfde moment veranderden mijn darmen in koude pap. Achter het venster waar de kei naartoe roteerde, verscheen een figuur. Ik gilde. Richard gilde. Edward gilde. William keek verschrikt. Hij was de enige die niet gilde. Het glas knalde uit elkaar. De figuur verdween, om tezelfdertijd op de eerste verdieping in het middelste raam te verschijnen. Dat was onmogelijk. Die kerel kon onmogelijk in een fractie van een seconde de trappen op zijn gehold. Edward wees met trillende hand naar boven.

"Kijk, Will, daar staat ie!"

We keken vol ongeloof naar de figuur achter het vuile glas. Een ouwe sul gekleed in een houthakkershemd. Z'n broek zagen we niet. Zijn armen hingen lusteloos langs zijn lichaam. Hij keek in onze richting. Het was heel duidelijk dezelfde kerel uit Lange Bernie's verhaal. Het licht van de maan viel op de achterkant van het huis, zodat het een vale kleur kreeg. De ouwe kreeg er een lijkkleur door. Een lijk, met zwarte ogen in donkere kassen. Z'n slordige haar hing in strengen en pieken langs zijn ingevallen gezicht vol zwarte stoppels. Daar was ons spook!

"Het is maar een oude klootzak!" riep William.

De adrenaline stroomde door z'n aderen. Hij raapte nog meer stenen op en gaf er enkele aan Edward en ook aan mij. Ik liet die onmiddellijk vallen. Ik was te verbouwereerd om aan het spelletje deel te nemen. Ik was geen angsthaas en ik wilde niet dwarsliggen. Ik had me mentaal van de situatie afgesloten en bekeek de ganse zaak enkel nog als compleet verbaasde toeschouwer.

"Ik werp al jouw vensters eruit, vuile..."

William deinsde toch terug (voor de eerste keer die avond) en hield op met schreeuwen toen de achterdeur langzaam opendraaide. De ouwe bevond zich daarnet nog op de eerste verdieping. De toegang tot de woning was pikdonker. Het maanlicht kreeg er om een onverklaarbare reden geen toegang. Richard gilde toen de ouwe knakker uit de duisternis tevoorschijn kwam en plotseling in het deurgat verscheen. Ik zag zijn benen niet bewegen. Ineens was de kerel er. Hij wees naar ons. Naast mij liet Richard Tatakarian enkele scheten. Onmiddellijk na het geluid ving ik de stank op. Het was alsof er geen ogen in de kop van de ouwe rukker staken. Het waren enkel donkere holen. Zelfs William was onder de indruk. Edward zei niets, hij keek met openhangende mond naar de beangstigende figuur in het deurgat.

Indien de ouwe niet had gesproken, was alles misschien anders verlopen. Misschien waren we dan zonder verder resultaat weggerend. Maar dat gebeurde niet, toch niet onmiddellijk. Het stemgeluid van de ouwe was weliswaar rauw, maar verbrak de betovering van zijn verschijning. Hij sprak met een stem afkomstig uit een put met ruwe, stenen wanden.

"Ga weg!"

De woorden klonken niet luid, maar golfden over het terrein naar ons toe. Het was zelfs alsof ze een stank voor zich uit duwden. Zoals ik al zei: de betovering was verbroken. Zeker voor William.

"Hij kan spreken!" gilde hij.

Misschien was het enkel om zijn tot stalen kabels gespannen zenuwen wat te kalmeren dat hij zo opgewonden deed, maar William maakte enkele danspasjes terwijl hij onophoudelijk riep:

"Het spreekt! Het spreekt!"

Wij voelden ons onbehaaglijk door zijn absurde gedrag. De ouwe liet zijn ene arm zakken en herhaalde zijn bericht.

"Ga weg... dit is geen plaats voor kinderen!"

William Shadborne hield ineens op met springen. Hij keek in de richting van de ouwe met een boze blik. *Niemand* noemde hem een kind! Hij deed enkele stappen naar de kerel toe en riep:

"Oh ja?"

"Ga weg, ga naar huis, nu jullie nog kunnen!"

"Je bedreigt ons, ouwe sul!"

De ouwe trok zich in het duister van de gang terug en de deur draaide dicht.

"Ik wil naar huis..." jammerde de kleine Richard.

"Rotzak! Wacht maar af!"

William gaf Edward de opdracht zoveel mogelijk stenen te verzamelen.

"We zien wel!!"

De eerste steen van de nieuwe lading suisde door het raam, rechts van de achterdeur. De reactie op het brekende glas beet in mijn onderbuik. Achter elk raam verscheen dezelfde figuur. Hij was ineens overal. Richard gilde weer. Edward Bornowski's mond hing nog steeds open. Hij zoog het over zijn kin druipende speeksel op en klapte zijn ondertanden tegen zijn bovenste. Hij wees naar de muur en jankte:

"Jezus, Will, kijk!"

Maar dat vreemde voorval zorgde er enkel voor dat de zestienjarige William zich nog heftiger tegen de situatie verzette. Hij gromde toen hij zijn werparm naar achteren strekte om de zware steen naar voren te slingeren. Dwars door een raam op de eerste verdieping. Het vloog aan diggelen. De ouwe smeerde zich vervolgens op de binnenkant van het glas van alle andere ramen open. Die indruk kregen we toch. De figuur van de oudere man was volledig verdwenen, maar door het glas merkten we beweging. Hij had zich tegen het glas in de ramen geduwd en algauw was niets herkenbaars meer te zien. Het was alsof iemand kronkelende ingewanden tegen het glas hield.

"God... ik ben bang..."

Edward Bornowski sprak die woorden met een overslaande stem uit. Wat op dat moment door mij heenging, weet ik niet meer. Ik herinner me alleen dat William nog meer gefrustreerd werd nu hij niet langer begreep wat er aan de hand was. Misschien wilde hij het niet begrijpen. Hij wierp de ene na de andere steen in de richting van de woning. Hij controleerde zijn bewegingen niet langer. De stenen troffen niet altijd het beoogde doel. Ze kwamen op de deur terecht, op de muren en soms ook in een venster. Maar waar het glas brak, puilden de *ingewanden* naar buiten. Ze dropen over de vensterbank en rekten langs de muren naar beneden. Op de grond vormde zich daardoor een klodderige brij waarin slangachtige dingen woest kronkelden. Ik was er getuige van dat zowel Richard Tatakarian als Edward Bornowski schreeuwden. Ik weet niet of ik geroepen heb, waarschijnlijk wel.

Dat was veel meer dan we hadden verwacht. Dat was verdomd meer dan het spook waar we toch heimelijk op hadden gehoopt. En de angstwekkende gebeurtenissen hielden maar niet op. Op de plek waar de achterdeur in de muur zat, spleet de woning open. Ik weet niet hoe ik het anders moet zeggen. Ik had nog nooit eerder iets dergelijks gezien. De deur en de muur eromheen hadden dezelfde vale, grijze kleur aangenomen om dan als het ware vloeibaar te worden. Alles werd week en begon naar beneden te glijden. Er verscheen een brede spleet in de rechtopstaande drab. De slangen op de grond krioelden door de smurrie om de gleuf heen en waren opgetogen door de verschijning. In de spleet merkten we een andere wereld, een ander landschap. Het ging er rustig en landelijk aan toe, maar de kleuren klopten niet. William Shadborne hield op met het werpen van stenen. Hij keek met openhangende mond naar het fenomeen. Hij was er duidelijk door aangetrokken, danig gebiologeerd staarde hij naar het tegennatuurlijk gekleurde grasveld dat zich visueel eigenlijk binnen de woning manifesteerde.

Richard liet mijn arm los en rende huilend naar de achterkant van het braakliggende terrein. Omdat hij niet in z'n eentje over de gracht kon springen, bleef hij er hulpeloos voor staan. Een klein, wenend kind dat bang om zich heen keek.

Tegelijk met een felle lichtflits barstte de stem in mijn hoofd open. De pijn was ondraaglijk. Ik kneep de ogen dicht en viel op mijn knieën. Ik probeerde mijn oren met beide handen af te sluiten, maar de rauwe stem werd daardoor niet gehinderd. Of zat die *in* mijn hoofd? Het geluid vibreerde door mijn hersenen, het brandde achter mijn ogen en droogde mijn mond en keel uit.

"Ga hier weg!!!"

De woorden waren gasbollen die in mijn mond tegen mijn wangen ontploften.

"Ga hier weg!"

Iemand stak naalden in mijn tandvlees, zo ervoer ik de tweede laag woorden. De pijn was niet te harden. Toen ik mijn ogen opende, zat William ook op z'n knieën. Edward lag languit op het dorre gras. Beiden drukten hun handen tegen de zijkanten van hun hoofd. Ik was dus niet de enige die de woorden opving. Ik weet nu nog steeds niet wie ze uitsprak, maar ik had de indruk dat de trillingen vanuit de dikke smurrie onderaan de trappen kwamen.

"Niemand daagt Anderwereld uit. Jullie hebben slecht zaad uitgeworpen. Ik vind jullie, waar en wanneer *ik* wil. Desnoods jullie kinderen of zelfs de kinderen van jullie kinderen. Jullie hebben de fout begaan mij op te zoeken, maar bij een volgende ontmoeting ben *ik* de bezoeker!"

De met bijna-voelbare woede uitgesproken woorden sloegen in ons lichaam als een lading hagel van een jachtgeweer. We tuimelden letterlijk en figuurlijk achteruit. We kronkelden alledrie over de koude grond, en eigenlijk was het Richard die ons verwittigde voor het dreigende gevaar. Ik registreerde zijn gillen met mijn oren. De stemmen waren niet langer in mijn hoofd aanwezig, maar mijn brein tolde nog door de naweeën van de impact. Ik lag op mijn rug De kleine Richard Tatakarian gilde nog steeds. Zijn hoog kinderstemmetje klonk als een ware openbaring. Ik leefde! Ik opende de ogen en keek naar de plaats vanwaar zijn stem weerklonk. Richard bevond zich nog steeds bij de gracht. Achter hem doemde het donkere bos op. Hij wees naar mij en gilde als een bezetene. Het duurde even eer ik besefte dat hij niet naar mij wees, maar boven mij, naar het huis. Ik draaide mijn gezicht naar de andere kant en merkte dat de slangvormige dingen vanuit de samengepapte smurrie onze richting uitkwamen. Ze bewogen zich niet als slangen, want er hadden zich tientallen pootjes aan de onderkant gevormd. Alle dunne slierten kromden zich ineens samen en vormden vele slijmerige bollen, alle ter grootte van een voetbal. Terwijl ik ernaar keek, werd het bovenste gedeelte keihard en pikzwart. De bollen wipten vervolgens vooruit, waarbij onderaan enkele lange, gelede poten zichtbaar werden. Ik zag het gevaar onmiddellijk in en scharrelde rechtop. William zat weer op z'n knieën, maar Edward Bornowski lag nog plat op de rug. Ik rende naar hem toe, schopte hem voorzichtig in de zij en riep dat hij op moest staan. Hij opende verschrikt de ogen en toen hij zag waar ik naar wees, begreep hij de noodzaak van mijn woorden. De bolinsecten wipten door het gras in onze richting. William Shadborne had ze ondertussen ook opgemerkt. Achter ons gilde Richard Tatakarian onophoudelijk dat we ons moesten haasten. Eigenlijk hadden wij zijn aansporing niet nodig. Net voor ik het op een hollen wilde zetten, zag ik dat William opnieuw in vervoering raakte door het aantrekkelijke landschap achter de verticaal golvende spleet. Er lag verdomme een gelukzalige glimlach op z'n smoel. De gigantische teken naderden. Ik beschouwde ze als teken of reuzenvlooien, want daar leken de springende beesten nog het best op. Aan de voorkant, onder de zwarte schilden die op die plaats een opening hadden, puilden vier scherpe stekels naar buiten.

"Will!" schreeuwde ik.

Omdat hij niet onmiddellijk reageerde, gaf ik hem een stomp op zijn arm. Hij reageerde verbolgen. Ik had de betovering verbroken, wat hij blijkbaar niet onmiddellijk apprecieerde. De jonge kerel keek mij kwaad aan. Toen zijn aandacht echter naar de naderende ondieren ging, veranderde de kwaadheid in zijn blik in angstige verbazing. Hij uitte een korte snik, draaide zich om en liep weg. Edward en ik volgden zijn voorbeeld. Ritselend gras achter ons. De springende beesten gaven het blijkbaar niet op. De afstand tot bij Richard was niet groot, zodat het weinig tijd vergde om onszelf in veiligheid te stellen. William sprong langs Richard heen over de gracht en liep het bos binnen. Edward en ik grepen de gillende jongen elk bij een oksel en sprongen achter William aan. Het bloed borrelde door mijn aderen, ik had me nog nooit zo opgewonden gevoeld. Richard kwam als eerste in het gras terecht. Ik struikelde en viel op een knie. Edward vloekte en ketterde en trok me bij mijn jas rechtop. We liepen als hijgende gekken tussen de bomen verder en hielden pas op toen we halverwege het braakliggende terrein waren. De maan bescheen een gierend ademhalend viertal jonge snaken met overvloedig geelachtig licht.

"Ze volgen ons niet!"

Dat waren de eerste woorden die iemand van ons zei. Edward Bornowski had ze uitgesproken, nadat hij een blik op de donkere bomen had geworpen. We waren blij dat we dat hoorden. Ze gaven ons een veilig gevoel, we kregen er weer hoop door.

"Ik wil hier niet blijven staan! Ik wil naar huis!" jankte de kleine Richard.

Ik vermoed dat iedereen dat idee koesterde. Niemand had zin om daar ter plaatse te blijven. Het groepje bomen zag er dreigend uit. Ik had geen idee hoever de monstervlooien ons hadden achtervolgd. Ik had er geen flauw idee van *wat* wij eigenlijk allemaal gezien en meegemaakt hadden. William bewaarde een dromerige blik in zijn ogen. Hij draaide zich stilzwijgend van ons weg en stapte naar de houten schutting die naar Boxer Alley leidde. Wij volgden hem in stilte. Er werd ook niet gesproken toen we door de steeg slopen. Het was er nog steeds pikdonker, maar in vergelijking met wat we hadden meegemaakt, was Boxer Alley de hoofdweg naar de hemel. Ik trapte opnieuw op de weke dingen die rondgestrooid lagen, maar het kon mij helemaal niets meer schelen. We bereikten England Road. Er brandde licht. Even weinig als daarnet, maar genoeg om ons het geruststellende gevoel te geven dat we terug in de bewoonde wereld terechtgekomen waren. Na England Road volgde

Evening Street. Nog meer licht. We voelden ons steeds beter. Richard bewoog zich heel wat opgewekter dan daarnet. Maar alles verliep in een complete stilte.

Tot we Starr Street bereikten. We betraden het speelplein even voor negen. We waren nauwelijks twee uren bezig geweest, hoewel het evenement waarschijnlijk tien jaar van onze zenuwen had gevreten. Edward nam op een schommel plaats en wiegde zichzelf voor- en achteruit. Hij haalde diep adem en liet vervolgens een langgerekte zucht ontsnappen.

"Hebben we dat nu echt beleefd?"

Richard en ik keken elkaar aan. Wat was dat nu voor een vraag?

"Natuurlijk!" zei ik.

"Ik kan het niet vatten! Als het om een grap gaat, dan is het een verdomd goede. Maar als alles echt gebeurd is, wat moeten we dan doen? Hé, Will? Wat doen we?"

William Shadborne keek nog steeds dromerig voor zich uit. Hij had op een draaimolen plaatsgenomen. Zonder weg te kijken van wat hij alleen zag, zei hij:

"Niets, Ed. Niets ondernemen we. Het landschap was prachtig. We laten het zoals het is."

"De stem... zei dat hij ons zal vinden! Wat bedoelde hij daarmee?"

William schudde zijn hoofd.

"Daar bedoelt hij niets mee, Ed. Het is allemaal gelul. Bangmakerijen."

"Maar we hebben toch alles met onze eigen ogen gezien! Dat is veel meer dan Lange Bernie had verteld!"

Die bijnaam bracht ons bij een volgend probleem.

"Vertellen we hem alles?" vroeg Edward.

Nu richtte William zijn hoofd op. Hij keek Edward lang aan - als dacht hij over het mogelijke antwoord na - en zei toen:

"We zeggen niets. We spreken met helemaal niemand over wat we hebben meegemaakt. Wij zijn daar nooit geweest. Als iemand ons iets vraagt, dan hebben we hier, op dit speelplein, Halloween gevierd. We hebben voorbijgangers bang gemaakt."

Hij keek mij en Richard aan.

"Lukt dat, Gabriel Bellmer? Lukt dat, kleine Richard Tatakarian?"

We knikten heftig. Wij waren niet plan ons geheim met iemand te delen. Want dat was het. Een geheim, dat beter toch niet verborgen bleef. Ik was zo verdomd eerlijk en menslievend. Ik wilde dat iedereen te weten kwam dat wat zich daar in dat huis bevond, gruwelijk was. Wat mij betrof, was het een gegeven waar beter iedereen weet van had. Ik wilde niet dat iemand daar binnendrong en te maken kreeg met wat wij hadden ontmoet. Maar erover zwijgen kwam toch als de beste oplossing over. Hoewel het net iets meer dan een kwartier geleden was voorgevallen, kreeg ik reeds problemen toen ik mij het gezicht van de ouwe man achter het glas probeerde voor de geest te halen. Als alles aan dat tempo bleef evolueren, zou ik mij binnen een week niets meer herinneren. Ik vermoedde echter dat die optie niet tot de mogelijkheden behoorde, het gebeurde had namelijk te véél impact gehad. Waarschijnlijk ervoeren de anderen ook iets dergelijks, ze waren heel stil. Het machogedoe van William en Edward was volledig weggevallen. Beiden waren duidelijk aangeslagen. We zaten nog wat in stilte bij elkaar, tot Edward als eerste opstond.

"Ik moet weg."

William reageerde niet. Maar toen Richard en ik ook aanstalten maakten om weg te gaan, zei hij, weer met die dromerige blik in zijn ogen:

"Hebben jullie dat land in die spleet gezien? Het was er fenomenaal!"

Ik knikte. Richard deed alsof hij die opmerking niet had gehoord, hij voelde zich waarschijnlijk onwennig. William wreef met beide handen over zijn gezicht en ging vervolgens staan. Het was geen grote, brede kerel meer.

"We delen samen een geheim, jongens. Beloof plechtig dat je er met niemand over praat!"

Edward beet op twee van zijn vingers en stak die op. Ik zei gewoon dat ik het beloofde. Richard knikte enkel.

"Goed dan, we zien elkaar later nog weleens!"

En daarmee zat onze Halloweenavond erop. William Shadborne en Edward Tatakarian verdwenen in het duister tussen de struiken. Richard raapte zijn witte laken op dat nog steeds in een bol aan de voet van een van de schommels lag, ontvouwde het en trok het over zijn hoofd. Ik hielp er hem mee en klopte op zijn schouders.

"Gaat het?" vroeg ik.

"Ik denk niet dat ik vannacht rustig slaap. Ik ben echt bang geweest!"

"Ik ook. Het was heel vreemd. Maar... mondje dicht. Dat is heel belangrijk!"

Hij duwde zijn dunne lippen op elkaar en knikte. Toen zijn laken goed zat, verlieten we het speelplein op Starr Street.

Ik denk niet dat één van ons ooit is teruggegaan. Van mezelf weet ik het zeker, want ik meed zelfs Meridian Road. William en Edward heb ik nooit teruggezien. Ze waren ouder en bevonden zich op een punt waar ze hun leven echt richting moesten geven. Ik weet wel dat William Shadborne het tot tandarts schopte en Edward voor een loopbaan bij de politie koos. Richard en ik waren nog te jong. Wij hadden geen plannen. Toen nog niet.

Wat in Richard omging, wist ik niet, maar ik leefde vanaf dat ogenblik met de concrete wetenschap dat er op deze wereld andere dingen bestonden dan de zaken die we dagelijks met onze eigen ogen zagen. Ik leefde vanaf toen dus ook met de wetenschap dat het ding dat zich *Anderwereld* had genoemd, ons zou opzoeken. Hoewel ik in de dagen, weken en maanden die volgden, vaak heb teruggedacht aan wat was voorgevallen, balanceerde ik meermaals op de scheidingslijn tussen werkelijkheid en verbeelding. Er waren momenten waarop ik absoluut zeker was dat wij het ons allemaal verbeeld hadden. We hadden elkaar warm gemaakt, William had het verhaal van Lange Bernie verteld onder het doorgaan, het was donker, het was Halloween, het was... het was... allemaal een perfect decor voor een uit de hand lopende fantasie. Misschien ging het allemaal om het invallen van het maanlicht, over bewegende schaduwen van wiegende boomtakken op de achterste muur van de woning. Misschien hadden we dingen gezien die er helemaal niet waren, misschien zagen wij ze enkel omdat onze verbeeldingskracht doldraaide.

Ik groeide net als de anderen op en kreeg soms ook af te rekenen met dagen waarop ik mij alles haarfijn herinnerde. Dan was ik ervan overtuigd dat in Meridian Road 36 iets kwaadaardigs huisde. Iets wat gezegd had dat het ons zou vinden. Waar en wanneer het daarvoor de tijd rijp achtte.

Die momenten maakten mij nog het meest bang. Omdat ik wist dat ik het met die visie bij het juiste eind had. We *hadden* alles beleefd. Alles op fantasie schuiven was enkel een poging om er goedkoop en veilig vanaf te komen, van verantwoordelijkheden te ontlopen, van niet te moeten omgaan met het angstbeest dat aan ons geweten knaagde en ons vertelde dat we beter uit onze doppen keken. Misschien was het in aantocht, misschien hield het ons in het oog.

Het lag inderdaad op de loer, maar het kwam voor drie van ons te laat. Edward werd in 1972 neergeschoten. Vijf jaar later kreeg Richard Tatakarian als eerste bezoek. Hij koos ervoor om het geen tweede keer te moeten meemaken. William en ikzelf maakten de overgang naar hier in 1979.

Misschien wachtte Anderwereld te lang, want na William en mezelf was niemand van het bewuste viertal nog in leven. Wij vonden elkaar hier terug. We besloten, gezien de gezamenlijke ervaring, het Verzet op te richten en vormden zo een tegenpool tegen Elma. Ik vermoed dat Anderwereld om die reden beslist heeft om onze kinderen aan te pakken. Maar nu samen, niet elk apart. De impact moest groter zijn. Op die manier kwam Elma bij jullie terecht.

17

DE stilte die op Gabriels verhaal volgde, was onbehaaglijk. Niemand had enig vermoeden dat hun vader ooit in staat geweest was om kattenkwaad uit te halen. Iedereen had het moeilijk zich een voorstelling van zijn eigen vader als jonge kerel te maken. Een jonge snaak die nog moest opgroeien en zichzelf vragen over zijn eigen toekomst moest stellen. Geen van hen heeft waarschijnlijk ooit gedacht dat hij in een *toestand* als Anderwereld terecht zou komen.

"Dat is het dus! Door ons toedoen en voortijdig sterven zijn jullie hier terechtgekomen. Anderwereld voerde zijn bedreiging die het op Halloween had geuit, wel degelijk uit."

Elliot Bornowski was de eerste die reageerde. Wat hij zei, huisde in de geest van alle andere aanwezigen.

"Goed... daar valt dus niets meer aan te veranderen. Wat gebeurd is, is gebeurd. Het volgende probleem is: hoe geraken wij hieruit?"

"Met wat geluk, een beetje hulp en vooral: met de Chevrolet!"

Iedereen keek verbaasd naar de spreker op. Een geamuseerde grijns gleed over zijn dode gezicht. De manier waarop hij glimlachte, kwam griezelig over.

"We moeten met tegenpolen werken. De tegenpool van de essentie van Anderwereld – de voedingsbron met andere woorden – is volgens ons *liefde*. Echte, pure, onversneden liefde tussen de mensen. Anderwereld wordt namelijk door haat gevoed. Liefde en respect moeten de grote draad door de ontsnapping worden. Het betekent absoluut geen zuivere vrijgeleide, maar het vormt een heuse buffer tegen de invloeden die Anderwereld over jullie zal uitstorten. Hulp krijgen jullie van ons, de doden met de hemden!"

Gabriel grijnsde opnieuw. Shanya wenste dat hij dat niet deed.

"En de Chevrolet? Waarom net een Chevy Impala?" haakte Darian in.

"Dat is een herinnering van een van jullie. Denk eens na!"

Dat hoefde Elliot niet te doen. Het beeld van de bar in *The Lady's Blues' Inn* op Autumn Road drong zich voor zijn geestesoog op. Hij wachtte daar op iets – op dat moment wist hij nog niet wat – toen de zwarte Chevrolet Impala voor de deur stopte. Zijn eerste reactie was teruggaan in de tijd, naar...

"Mijn oom Roger reed met zo'n wagen toen ik klein was. Zwart, met rood interieur. Hij was de rijke broer van mijn vader. Het was een heel imposante verschijning. Het deed mij telkens iets die glanzende wagen voor onze deur te zien stoppen. Ik denk dat mijn ouders een beetje jaloers waren."

"Daar heb je het. Elma heeft dat beeld uit jouw herinneringen geplukt, Elliot. Enkel een kwestie van gemoedelijk en geruststellend over te komen. De Chevrolet is – zoals ik reeds vertelde – bruikbaar in beide werelden. Gebruik het voorwerp, het kan onmogelijk een voertuig worden genoemd, dat zul je wel merken. In jullie wereld zag het er heel normaal uit, maar hier is het bruikbaar speelgoed. Die staat nu bij het speelplein op Starr Street. Daar moeten jullie heen. Neem de wagen en leg het parcours af dat wij hebben gevolgd. Meridian Road nummer 36 is jullie doel. Zoals jullie nu weten, is het niet echt een 'huis'. Rij via de achterkant binnen en blijf rijden tot je er aan de voorkant uit komt. Daar is jullie wereld."

"Dat lijkt leuk!" zei Elliot zuur.

"Dat lijkt *eenvoudig*!" voegde Marrion er grimmig aan toe.

"*Leuk* en *eenvoudig* zijn hier niet erg toepasselijk. Anderwereld zal alles in het werk stellen om jullie niet te laten ontsnappen. Een erezaak. De monsters, de naakte doden en nog van al dat fraais veroorzaken de meeste hinder. Onthoud goed: liefde overwint veel!"

"En vuurwapens ook!" verzekerde Elliot iedereen.

"Die kan je gebruiken als je dat wil."

Darian zette een stap naar voren.

"Dus, als ik het goed begrijp, moeten we nu naar dat speelplein om de Chevy op te halen en vandaar rijden we naar de achterkant van het huis op Meridian Road?"

"Dat is het. Onze mensen zorgen voor begeleiding tot op Starr Street, maar van zodra jullie de wagen hebben genomen, staan jullie er alleen voor."

"Wat als de Chevy er niet staat?"

"Die staat er! Het Verzet heeft daarvoor gezorgd. Het was een helse onderneming om de wagen vanuit jullie wereld naar hier te krijgen. Die bevond zich nog steeds aan de voorkant van het huis. Wij kunnen onze krachten enorm bundelen en concentreren, terwijl Anderwereld heel veel toestanden zoals dit Rosenhelm-decor in handen heeft. Het moet zijn energie verdelen. Op een speeltje als de Chevy heeft het niet gelet. De wagen zal er staan, en zal rijden."

Er viel opnieuw een stilte. De vijf mensen overwogen hun kansen. Het was een vreemd avontuur, maar wat hadden ze ertegenin te brengen? Wat konden zijzelf als oplossing voor hun probleem naar voren schuiven?

"Het wordt wel tijd om te vertrekken. Deze plek blijft niet eeuwig veilig!"

Shanya hapte naar adem. Ze wilde nog niet vertrekken, ze wilde achter de coulissen blijven, dat mysterieuze domein, de enige plek op Anderwereld waar ze zich beschermd voelde. Er was echter nog meer. Ze hoopte intens dat…

"Goed dan… we maken er het beste van! Eh… bedankt voor de hulp," onderbrak Elliot haar gedachten.

Hij draaide zich uit de groep weg en wurmde zich tussen de zware gordijnen terug naar het podium. Darian, Steven en Marrion knikten in Gabriels richting en stapten achter Elliot aan. Shanya Bellmer had de meeste moeite om haar ogen van haar vader los te rukken. Er waren nog zoveel…

"Shanya?"

"Ja?"

"Heb je nog even? Ik had je graag alleen gesproken."

Ze keek om. Marrion knikte begrijpend.

"We wachten beneden... doe maar!" zei het meisje.

Shanya's oogranden vulden zich met traanvocht. Het intense verdriet dat ze als kind had ervaren, vormde een bijna-tastbare klomp achter haar ribben toen ze zich terug naar haar vader keerde.

18

ZE hield het vroeger nooit voor mogelijk dat er ooit nog een persoonlijk gesprek met haar vader mogelijk was. In de 'normale' wereld gebeurde zoiets helemaal niet; met overledenen werd niet gesproken. Daarom was ze voor de eerste maal blij dat Anderwereld bestond. Het feit dat haar vader haar apart vroeg, deed haar longen bevriezen. Er waren nog zoveel zaken die onbesproken waren, zoveel misverstanden en waarschijnlijk ontelbare pijnlijke toestanden die helemaal niet uitgeklaard waren. Ze beseften beiden dat ze tijd te kort kwamen om *alle* plooien glad te strijken. Gabriel was verheugd dat hij er toch *iets* kon aan doen. Shanya was verrukt om de kans die ze kreeg om dingen te zeggen die ze vroeger wilde naar buiten brengen, maar waar ze nooit de kracht voor had opgebracht. Gabriel wachtte tot de anderen volledig buiten gehoorafstand waren. Shanya hoorde hen de trappen van het podium afdalen. Onmiddellijk daarna waren ze alleen, alsof een onzichtbare deur zich achter hen sloot. Dit was dus inderdaad een magische plaats in een magische wereld.

"Je bent groot geworden!" waren zijn eerste woorden.

Het meisje had moeite om niet onmiddellijk in tranen uit te barsten. De man die ooit haar vader was, nu als een dode in een lang, wit hemd voor haar, probeerde zelfs te glimlachen. Het feit dat zijn hoofd iets schuin naar achteren overhelde, vond ze niet erg. Hij had nog steeds dezelfde kraaienpootjes wanneer hij lachte. Nog steeds dezelfde diepe rimpels in zijn voorhoofd. Shanya herinnerde zich dat ze die rimpels grappig vond. Als jonge meid sprak ze over *canyons*, door zweet uitgeholde rivierbeddingen *in* de huid, niet er*op*. Als kind vond ze het grappig, als puber enkel nog ergerlijk.

Ze waren anderhalve meter van elkaar verwijderd. Een kleine afstand, onmetelijk groot echter voor mensen die elkaar wilden omhelzen. Eigenlijk was het een absurd beeld: een levende persoon in conversatie met een dode, handelend over de periode dat die laatste nog in leven was. Hoe absurd of onmogelijk het echter ook was, Shanya bevond zich tegenover haar overleden vader en kreeg daardoor een mogelijkheid die waarschijnlijk nog niemand anders had gekregen.

"Pa..."

"Ik weet het, popje... het doet me ook pijn!"

Popje! Shanya's hart bloedde. Haar vader had haar popje genoemd. Het troetelnaampje waarvan ze wist dat hij het met een oprecht gevoel van tedere liefde gebruikte. Hij had haar zo genoemd toen ze klein was en nog steeds van zijn liefde genoot. *Popje*! Nu liet ze haar tranen de vrije loop.

"Weet je waarom je weent, Shanya?"

De spieren trokken rond haar maag samen en wilden de inhoud naar boven persen. Ze werd misselijk door de turbulente emoties in haar lichaam, maar probeerde zich te beheersen. Ze had het gekund bij hun eerste ontmoeting. Blijkbaar had Shanya alles tot dit moment opgespaard. Ze was onmiddellijk in de ban van zijn verschijning, wat ze niet liet merken. Ze herkende die handelwijze als een uitvloeisel van haar puberale gedrag. Geen gevoelens laten zien, de koude kikker uithangen ook al voel je dat je verkeerd bezig bent.

Shanya Bellmer nam een ferme teug lucht, hield die even in haar longen vast en liet die vervolgens met een diepe zucht ontsnappen. Ze veegde de tranen van haar wangen weg, viste een zakdoek uit een van de zakken van haar vest en snoot er luidruchtig haar neus in. Glimlachend borg ze de zakdoek weg en keek haar vader vervolgens met vochtige ogen aan.

"Ik weet niet hoe ik het moet zeggen, maar... eh..."

"Wat gaat er door je heen?"

"Ho... spijt! Ik heb zoveel spijt."

"Denk je dat je iets verkeerd hebt gedaan?"

De dode, witte ogen van de man straalden geen gevoel meer uit, maar toch bood hij hulp aan. Zijn dochter had blijkbaar moeite om haar kwellende gevoelens in woorden om te zetten. Zijn mondhoeken rezen omhoog, wat ze als een glimlach - zij het dan een krampachtige - beschouwde.

"Ik was niet echt volwassen in de periode voor je... stierf."

"Dat kon toch nog niet, popje. Je was een puber, weliswaar een matige, maar niettemin een puber. Die *zijn* niet volwassen, dat volgt pas wanneer die moeilijke periode voorgoed voorbij is én de nodige levenservaring werd opgedaan. Eigenlijk heeft volwassenheid niets met leeftijd te maken. Sommigen worden het nooit. Elke mens moet het leven leiden op het moment dat hij het beleeft. Jonge mensen hebben veel energie, oudere mensen doen het rustig aan. Jonge mensen kunnen desnoods dagen na elkaar op de been blijven, mensen die al iets ouder zijn - en zichzelf respecteren - hebben veel rust nodig. Jongeren gedragen zich als jongeren, ouderen als ouderen. Maar pubers als pubers. Het is een universeel gegeven. Een vaststaand feit. Je hebt niets verkeerd gedaan, popje, het was op dat moment gewoon onmogelijk iemand anders te zijn."

Shanya schonk haar vader een glanzende glimlach. Zijn begrip bezorgde haar een prettige gewaarwording. Tegelijk kwam spijt als een rollende golf op en gleed over dat goede gevoel heen.

"Wij hebben veel ruzie gemaakt, pa."

"Ik weet het, popje, ik heb er ook schuld aan."

"Maar..."

"Wacht, laat me... ik wilde enkel het beste voor jou, maar liet dat misschien op de verkeerde manier zien. Uit liefde voor hun kinderen doen ouders soms zaken die niet helemaal opvoedkundig correct zijn. Ik wilde dat je een gelukkig leven leidde en daarom deed wat ik je oplegde. Op die manier controleerde ik of je het wel juist deed. Ik wenste je het allerbeste toe, Shanya, en ik hield zo intens diep van jou dat ik je onmogelijk vrij kon laten. Elke afwijking van het door mij vooropgestelde pad was een stap in de verkeerde richting, zo zag ik het toch. Ik kon het niet aan dat ik de touwtjes van jouw toekomst niet meer manipuleerde. Ik kon het niet aan dat je een eigen leven wilde leiden, een leven waar je jezelf in terugvond. Neem nu je kamer. Ik herinner me nog dat jij daar het liefst alleen was, nu pas begrijp ik waarom: het was jouw eigen wereldje. Je had het voor jezelf geschapen en je was er echt wie je wilde zijn. Zonder mijn inmenging. Eigenlijk beschouwde ik het leven dat ik leidde, als perfect en ik was ervan overtuigd dat jij ook diezelfde weg moest volgen, als jij ook echt gelukkig wilde zijn. Want dat was uiteindelijk mijn bedoeling: ervoor zorgen dat jij tot een gelukkig mens uitgroeide. Dat is naar mijn mening het meest essentiële doel van alle ouders. Toen je dan in de puberteit arriveerde en daar de kracht vond om jezelf van mij en je moeder op alle mogelijke manieren los te scheuren, keerde ik me uiteindelijk van je af. Niet opzettelijk, dat niet... maar je had de touwtjes doorgeknipt. Voor mij betekende dat een vernedering, het gaf mij het gevoel dat je niets meer met mij wilde te maken hebben. Hoewel ik alles met heel goede bedoelingen deed.

Nu begrijp je het beter, je bent ook ouder. Maar toen beschouwde je alles als een overdreven inmenging, betutteling of bescherming. Wat normaal was, ik weet het. Ik had moeite met de afstand tussen ons. We hebben moeilijke momenten gehad. Ogenblikken en situaties waarop we elkaar verwensten. Het eeuwige generatieconflict. Toen zaten jij en ik er middenin. Wij hadden de indruk dat er geen uitweg mogelijk was, dat het alleen maar erger werd. Nu zie ik het anders. Het was jouw strijd om jezelf te mogen worden en mijn strijd om mijn beschermende hand boven jouw hoofd te mogen houden. We hadden beiden extreem goede bedoelingen, maar die waren in strijd met elkaar. Vandaar die - soms - pijnlijke ruzies. Er bestond ongetwijfeld een gulden middenweg tussen de verbittering en de liefde die ik voor jou had. Een dergelijke middenweg is er voor alles, maar ik vond die niet. Ik was ook te trots om bij gespecialiseerde mensen hulp te vragen om op die middenweg te geraken.

Toen ik dan stierf, was het uiteraard te laat. Ik heb een slecht moment gekozen om weg te gaan, gezien de conflictsituatie waar we op dat moment mee te maken hadden. Ik kwam hier, in Anderwereld, terecht. Het was een compleet nieuwe manier van omgaan met mezelf en wat om me heen gebeurde. Maar toch had ik nog steeds verdriet.

Ik heb vaak willen zeggen dat ik van je hield. Ik kon het nooit, de woede zat in de weg. Ik heb zoveel malen je haren willen strelen, je in bed willen instoppen waar ik volgens jou toch zo bedreven in was, triviale spulletjes voor je willen meebrengen. Ik kon het nooit, de frustraties verboden het mij. Maar het was te laat, ik was er niet meer. En ik vervloekte mezelf dat ik - als levende mens - niet sterk genoeg was om die cirkel van wederzijdse pesterijen en gedragsstoornissen te doorbreken.

Ik slaagde er niet in te zien dat zich binnenin jou een eigen persoonlijkheid ontwikkelde. Ik zag je veranderen, maar was te blind om te weten wat er gaande was. Ik wilde mijn greep als vader niet verliezen. Ik had je je leven moeten laten leiden, Shanya, ik had er me moeten bij neerleggen dat jij ook *iemand* wilde zijn. En het liefst geen schaduwbeeld van mij. Maar ik kon het niet, het spijt me..."

Shanya viste haar zakdoek weer op en dipte haar ogen.

"Pa... je hoeft niet alles op jou te nemen... ik heb evenveel fout gedaan. We zaten samen in de situatie. Ik was een puber, goed, maar - en nu besef ik dat pas - indien ik echt had gewild, had ik jouw goede bedoelingen wel degelijk gezien. Maar dat weigerde ik pertinent. Ik zag in jou enkel een bemoeial en vooral een ouderwetse zak. Ik hield geen rekening met het feit dat je nog steeds mijn vader was."

"Ik ben het nog steeds, popje..."

"De omstandigheden zijn veranderd op het moment dat je stierf. Ik... ik... heb het moeilijk, maar ik..."

"Zeg maar..."

"Toen je stierf. Ik was erbij. De eerste dagen erna. Afschuwelijk. Ik werd verscheurd door allerlei gevoelens. Ik was kwaad omdat je me verlaten had. Maar dat was in strijd met het gevoel dat ik eigenlijk blij was eindelijk mezelf te kunnen zijn, wat dan weer voor schuldgevoelens zorgde. Complete warboel. Wat echter primeerde, was dat afgrijselijke gemis. Ik heb de foto's bekeken."

"De foto's?"

"Ja, familiefoto's. Herinner je je de schoenendoos bovenop mijn kleerkast nog? Je zei altijd dat ik het stof van het deksel moest verwijderen eer ik de doos terugzette."

Gabriel Bellmer maakte korte, op- en neerschuddende bewegingen met zijn hoofd.

"Een donkergroene doos."

"Heel juist, je weet het nog!"

"Ik weet nog heel veel zaken, Shanya. In Anderwereld heb ik meer dan voldoende tijd om over mijn korte leven na te denken. Ik heb onder andere ontdekt dat volwassen zijn ook niet alles is. Ik herinner me nu pas dat... - laat me het anders formuleren - ik durf het nu pas toegeven dat ik als volwassene vele malen met weemoed heb teruggedacht aan mijn eigen kindertijd. Aan de weelde van zorgeloosheid en toegelaten onverantwoordelijkheid waarin ik mij toen bewoog. Jammerlijk genoeg appreciëerde ik het toen niet. Ik dacht als jonge kerel dat volwassen zijn impliceerde dat gewoon alles was toegelaten. Dat de grenzen op elk gebied opengetrokken werden en dat je dan pas volledig vrij was. Het bleek echter totaal het omgekeerde. Volwassenheid bracht - verleden tijd, gezien mijn huidige situatie - plotseling een heleboel verantwoordelijkheid met zich mee. Dat en nog vele andere zaken waar ik in mijn jeugd nooit rekening mee hield. Ik denk dat vele volgroeiden daarmee worstelen. Ik beschouwde mezelf op een bepaald ogenblik als een mislukkeling omdat ik eigenlijk niet genoeg van mijn jeugdjaren heb genoten. Als ik zag hoe goed ik het toen had, verweet ik mezelf die stommiteit. Denken dat later alles beter wordt en niet genieten van het moment zelf is dus een volledig verkeerde ingesteldheid. Tijdens mijn periode hier heb ik veel nagedacht, Shanya, en niet alles wat naar boven kwam, is goed."

"Zeg dat niet, pa, je kunt er niets meer aan veranderen."

"Ik heb het toch geprobeerd. Door jou te verwittigen om niet terug te komen. Ik wist ondertussen wat Anderwereld was en wat die met jullie van plan was. Ik had al meerdere malen geprobeerd met jou in contact te komen als je met die oude vrouw, die Laura, bezig was. Maar ik was niet sterk genoeg. Dus zag ik maar één mogelijkheid: doen wat ik heb gedaan."

"Ik schrok me een aap, pa. Je zat daar rechtop, je was pas één dag dood en je sprak me aan!"

"Anderwereld wist dat ik iets had ondernomen. Elma werd op je afgestuurd. Enerzijds om je op te vangen, anderzijds om je te troosten en klaar te maken - voor te bereiden eigenlijk - voor de terugkomst."

"Ik ben toch gekomen... ondanks jouw verwittiging."

Opnieuw glimlachte de dode man.

"Het verheugt me te zien dat je prachtig uitgegroeid bent en dat alles goed me je gaat."

Tranen welden achter haar ogen op. De stem stokte in haar keel.

"Ik... wilde je enkel zeggen dat ik van je hield, maar ik... wilde je aanraken. Ik heb je van dit podium zien vallen. Je lag daar op de grond en... ik... iemand hield me tegen... ik... had ineens zoveel spijt van onze ruzies... ik wilde het allemaal nog vlug goedmaken..."

"Ik was reeds vertrokken, popje. Ik heb ook dingen goed te maken, dus probeer ik je nu te helpen. *Jullie* te helpen om buiten te geraken. Ik kan niet de ganse tijd in jullie buurt zijn, Anderwereld zou me dat toch op de ene of de andere manier verbieden. De wezens zouden me te pakken krijgen. Ik probeer op te duiken waar het echt nodig is."

"Je zei dat echte liefde de sleutel is!?"

"Anderwereld is gefundeerd op kwaadaardige gevoelens. Enkel pure liefde overwint dat. Die leidraad stelt jullie in staat Anderwereld te verlaten."

"Wat zal jij dan doen?"

"Ervoor zorgen dat de leidraad heel blijft!"

Het gesprek was bijna afgelopen. Er moest voortgemaakt worden. Al was dit een magische plek, Anderwereld kreeg er vroeg of laat toch weet van. Er zouden wezens op afkomen. Dan had verdergaan niet langer zin.

"Pa... betekent het nog iets als ik nu zeg dat ik toen van je hield?"

"Ik voel maar weinig meer, popje, maar de woorden klinken heel mooi. Ik heb altijd zoiets gevoeld, maar de laatste jaren van mijn leven was je door je puberteit niet in staat het effectief te tonen. Nu zie ik dat, toen niet. Ik lag zelf in de war met mijn gevoelens. Ik hield van je, dat stond vast. Dat *staat* vast. Het zijn die gevoelens die we samen nodig hebben!"

"Ik ben een heel slechte afscheidsnemer!"

"Ga, popje, ga eer ze het hier ontdekken. We zien elkaar terug, dat beloof ik je."

Shanya wilde niet vertrekken zonder het nog één maal te zeggen.

"Wat er straks ook gebeurt, onthoud dat ik je graag heb gezien."

"Met veel plezier... onthoud dat ik altijd fier op jou ben geweest."

"Zal ik doen, pa, als ik hier ooit uit kom, dan... leef ik verder met die verwarmende wetenschap."

"Popje, ga met de anderen mee naar Starr Street... ik ben er niet meer gerust in."

Shanya wilde haar vader wel in de schouder knijpen. Ze had het als kind heel veel gedaan, een vorm van fysisch contact die verdween van zodra ze ouder werd. Nu wilde ze het opnieuw doen. Contact maken, laten zien dat ze er was. Voelen dat hij er echt was. Dat was echter verboden. Geen aanrakingen. Ze had hem nog zoveel dingen willen zeggen, hem over zoveel dingen willen spreken. Over haar opleiding, haar werk, haar relatie. Ze had hem willen vertellen hoe ze haar leven leidde. Maar er was geen tijd meer. Gabriel Bellmer bleef wezenloos staan. Wat hem betrof, was het gesprek blijkbaar afgelopen.

Het was zijn manier van afscheid nemen. Shanya draaide zich om en stapte de anderen achterna. Net voor ze de trappen naast het podium afdaalde, zei Shanya nog voor een allerlaatste keer met een beetje boze aandrang:
"Ik hield van je, paps, als je dat maar weet!"
Ze vermoedde dat haar vader haar laatste woorden niet had gehoord. Toch droeg ze het verlossende gevoel met zich mee dat zaken die lang waren blijven hangen, eindelijk uitgesproken waren. Ze keek niet om, liep de trappen af en haastte zich naar de deur, die door Steven op een kier werd gehouden.

19

DE situatie was niet veranderd, maar er roerde heel wat in hun bovenkamer. Zaken en gevoelens die er vóór het gesprek met Gabriel Bellmer niet waren. Bij velen zeilde er tijdens de korte en duistere wandeling naar de uitgang van het gebouw heel wat door het hoofd. Iedereen was stil, verdiept in wat voor hem of haar belangrijk was.
Steven Tatakarian werd opnieuw met het briefje op de keukentafel in zijn thuis op Milder Road geconfronteerd. Na Gabriels verhaal begreep hij wat de aanvankelijk nietszeggende woorden betekenden. Er voer een mengeling van verdriet en medelijden door hem heen. Darian Shadborne vatte nu wat zijn vader bedoelde met de verwarde beschrijving van de plaats (zogezegd uit zijn dromen) waar hij naartoe wilde gaan. Het was voor Elliot Bornowski duidelijk waar zijn pa Edward het over had toen hij vertelde dat er zaken bestonden waar zelfs een politiemacht niet tegen opgewassen was. En Shanya... zij liet alles bezinken en deed tegelijk haar best om de uitgang in het pikdonker te zoeken. Toen ze uiteindelijk onder de donkere nachthemel van Rosenhelm terechtkwamen, werden ze door de groep doden opgewacht. Richard Tatakarian draaide zich om en vroeg:
"Is alles naar wens verlopen?"
Steven wist dat hij de doden best niet aanraakte. Dat was een barrière die hij niet kon doorbreken, maar hij had veel zin om zijn vader in zijn armen te nemen.
"Alles is in orde, vader. Alles!"
Richard begreep wat zijn zoon bedoelde. De glimlach op zijn dode gezicht was misplaatst, omdat de witte ogen niet langer datzelfde gevoel uitstraalden, maar de woorden die hij uitsprak, maakten veel goed. Ze begrepen *elkaar*. Daar waren weinig woorden voor nodig.
"Dank je, zoon!"
Hij wees met een stramme arm naar links. Hij kende de weg.
"Starr Street is die kant op!"

Het gezelschap zette zich in beweging. De vijf levenden en de tientallen doden, enkel gekleed in lange, witte hemden. De straten waar ze in stilte doorheen liepen, waren allemaal eender, net als de huizen. Geen huisnummers, geen straatnaamborden. Geen verkeersborden. Niets wat wees op een effectieve samenleving. Deze versie van Rosenhelm bestond werkelijk uit de meest elementaire elementen; een fantasie, gebaseerd op het beperkte voorstellingsvermogen van een onwetend kind. Niets kwam overeen met de werkelijkheid. Het was net het getekende decor van een goedkoop of ouderwets computerspelletje. Ze wisten niet hoelang ze al onderweg waren, maar op een bepaald moment kreeg Darian het op zijn heupen.

"Hoelang duurt dit nog? Voorzover ik het mij herinner, ligt Starr Street toch niet zover van de school verwijderd?"

"Nog enkele straten, we zijn er zo!" reageerde Richard kalm.

Het enige geluid dat tot dan toe hoorbaar was, was het schuifelen van de blote voeten van de doden en het klappen van de schoenen van de levenden. Maar nu werden daar geluiden aan toegevoegd. Het ritselen en knerpen links en rechts tegen de donkere muren, het fladderen van lederen vleugels hoog boven hen. Alles net buiten de zichtbaarheidgrens. Wat hen volgde, bleef in het donker. Maar het was er. Of beter: *ze* waren er. Hun groeiende aanwezigheid viel de groep uiteraard op. Steven merkte het omdat zijn vader beide kanten van de straat met nerveuze trekken van zijn hoofd in het oog hield.

"Wat scheelt er?"

"We worden gevolgd."

"Ja... maar daarnet, voor we de school bereikten, werden we ook gevolgd."

"Nu is het anders."

"Ze blijven toch op een afstand?"

"Niet lang meer."

Elliot Bornowski richtte zich tot Richard.

"Hoever is het nog?"

"Het speelplein ligt niet verder dan twee straten hiervandaan."

"Waarom denk je dat ze ons niet met rust zullen laten?"

"Ik voel het... Anderwereld neemt *altijd* wraak! Jullie kunnen niet zomaar - zonder slag of stoot - vertrekken! Het moet gevoeld hebben dat er in de school contact met het Verzet geweest is. Het heeft ongetwijfeld weet van plannen voor een ontsnapping. Het zal toeslaan, wetende dat we iets ondernemen."

"Wat stel je voor?" vroeg Elliot.

Richard keek nogmaals van de ene kant naar de andere kant van de straat. De over elkaar wringende wervels in zijn gebroken nek veroorzaakten een eng gekraak. Steven kreeg er kippenvel van.

"De Chevy staat er, daar heeft onze groep voor gezorgd. Ik stel voor dat jullie je haasten. Wij proberen een oponthoud te vormen, het is het enige wat wij kunnen doen."

"Vader, ik..." begon Steven, die op een *deftig* afscheid had gehoopt.

"Daar is geen tijd meer voor, zoon. Alles is vergeven, dat hoop ik toch?"

Tot meer dan een bijna onopvallend knikken met het hoofd was Steven niet in staat.

"Ga nu. Ren naar de Chevrolet en duw het gaspedaal tot op de mat in."

Elliot gaf het bericht door aan Shanya en Darian die verderop liepen. Steven verzette zich niet langer. Hij *moest* het gewoon doen - een gebaar van waardering - en raakte de dode hand van zijn vader aan. Een ijzige koude beet hem in de vingertoppen. De koude trok als een vrieswind door zijn arm en knauwde zelfs aan het gewricht van zijn schouder. Steven trok zijn hand schielijk terug en deinsde verschrikt achteruit. Op de plaats waar hij zijn vaders hand had aangeraakt, ontstonden drie brandplekken. De dode huid kleurde daar zwart en krulde smeulend op. Steven zocht met ogen vol schrik naar een reactie van pijn bij zijn vader, maar de man reageerde niet op de verwondingen.

"Ga nu, Steven. Wij doen wat wij kunnen!"

Steven knikte en draaide zich om. Hij merkte dat de anderen naar hem keken.

"Lopen!" riep hij.

Daarop gebeurde heel veel tegelijkertijd. Het was alsof de hel zelf in de donkere straat van Rosenhelm losbarstte. Anderwereld wist dat de ontsnappingspoging ingezet was en reageerde heel kordaat. De monsters bleven niet op een afstand en hielden zich niet langer in de duisternis verborgen. De grond achter de doden was ineens bedekt met duizenden kruipende wezens. De gedrochten leken op duizendpoten, kevers, torren, spinnen, mieren en meer van dat fraais. Het was één golvende zwarte laag - vloeibare asfalt, uitgespuwde lava - die achter de vluchtende groep aankwam. Maar de doden probeerden hen de weg te versperren. Er priemden zelfs ratachtigen door de muren aan beide kanten van de weg. Ze wurmden zich met hun zes klauwende poten per lichaam op verschillende hoogten uit de muren die als het ware uit deeg waren gevormd, tolden op de grond en vervoegden de aanstormende massa insectachtigen. Er *bleven* er uit de muren stromen. Tientallen, honderden. Sommige beesten holden net achter de muren, ze zagen de lijven met de hoge ruggen voortsnellen als bevonden ze zich onder een strakgespannen laken.

"Lopen! Lopen!" gilde Darian.

Hij had omgekeken en gezien wat hen op de hielen zat. De doden vormden een gemakkelijk te vernielen barrière. Wat als de Chevy er niet was? Dan wachtte hen enkel een zekere en pijnlijke dood. Anderwereld had blijkbaar heel wat in het getouw gedreven om hun ontsnapping tegen te gaan. Het krassen, tikken, tokkelen en wrijven van de voortsnellende insecten overstemde het klapwieken van de zware, lederen vleugels. Darian wist wat dat betekende. Hij besefte wat er aankwam, nog steeds verhuld door de duisternis boven hun hoofden. De krioelende beesten holden vervolgens over de doden heen alsof ze een te verwaarlozen hindernis waren. Veel konden ze niet verrichten. Hun weerstand werd onmiddellijk verbroken, maar het gevecht hield de kruipende monstertjes wel even op. De muur van lange hemden verdween in enkele seconden onder een golvende laag harige poten, glanzende rugschilden, dichtklappende scharen en rondzwiepende voelsprieten. Steven zag dat sommige van de hemden - ook dat van zijn vader - opzwollen alsof er lucht van onderen werd ingeblazen. Maar het was geen lucht die eronder terechtkwam; het waren de legers van Anderwereld die de lijven van de doden aanvielen. Hij durfde niet langer kijken, hij wilde niet zien hoe... maar hij zag het wel! Steven herkende zijn vader in de korte strijd niet. Het was een onoverzichtelijk molenwieken van vele armen. De doden vielen om en sommigen werden onmiddellijk door de grotere dieren overspoeld en aangevreten. Van de doden was niets meer te zien, hun lijven waren hooguit nog onregelmatige bulten onder het golvende geweld dat hen overspoelde, of dat er soms wel *door*vrat. Steven slikte een brok door. Eén van die bewegingloze hoopjes was zijn vader. De grootste massa van het krioelende ongedierte zette z'n strooptocht verder en kwam vervaarlijk vlug hun richting uit. Steven keek intussen weer voor zich en zette er, net als de anderen, vaart achter. Op dat moment sloegen ze een hoek om.

Halverwege de straat waren enkele huizen uit de rij verdwenen die plaatsmaakten voor een open vlakte. Het speelplein?! Dat was ongetwijfeld Starr Street. De Chevrolet Impala was er wel degelijk. De achterkant, met de gigantische horizontale vleugels op de koffer, naar hen gericht. Het vijftal holde als bezeten in de richting van het ellenlange, gitzwarte voertuig. De bewegende, zwarte massa kwam als een kolkende golf de hoek om. Met volle geweld beukte een groot gedeelte van de monsters tegen de muren van de huizen op. Het vale maanlicht weerkaatste op schilden en in facetogen. Shanya schreeuwde toen ze struikelde, maar gelukkig onmiddellijk rechtop veerde. Het was niet ver meer! Ze zag dat iedereen zich naar de wagen repte. Ze las pure angst van de gezichten af. Ze vroeg zich af of zij er ook zo erbarmelijk uitzag. Wanhopig bijna.

Elliot Bornowski schreeuwde kort en luid. Hij sloeg een enkel om en kwam op zijn rechterknie ten val. Hij rolde over de grond en probeerde zich met schoppende benen af te zetten tegen de vijand die hem nog niet bereikt had.

Maar de eerste kevers waren niet ver meer verwijderd. Met hun enorme scharen graaiden ze naar zijn vlees.

"Sta op!" schreeuwde Darian.

De vier anderen holden plotseling niet zo snel meer. Darian en Marrion maakten zelfs rechtsomkeer, grepen Elliot vast en wilden hem rechtop trekken. Elliot schreeuwde van de pijn toen hij zijn voet op de grond plaatste. Verrekt of gebroken! Maar toch niet opgeven.

"Komaan, Elliot, er nu niet onderdoor gaan!" siste Marrion.

Ze hield zijn ene arm vast en sleurde hem samen met Darian terug bij de groep. De klauwende torren kwamen eerst aan. Boven hen klapwiekte iets door de lucht. Niet ver meer! Nog enkele meters!

"We zijn er! Hou vol!"

Elliot kermde toen Darian en Steven hem tamelijk brutaal over de zijkant op de achterbank van de Chevrolet duwden. Plaats genoeg! Elliot, Steven en Marrion achteraan. Darian en Shanya vooraan. De startsleutel zat op het contact. Toen Darian die vastnam, maakte die eigenlijk deel uit van het contact. Van het ganse dashboard zelfs! Alles bestond uit één vaste materie. Geen duidelijke begrenzing tussen stuur en dashboard. Alles was zonder details uit een éénkleurige materie gevormd. Er was geen benzinemeter of snelheidsmeter. Enkel de impressie daarvan. Hij draaide de sleutel om en de motor maakte een hels lawaai. Het was niet het geluid van een gezonde automotor, maar eerder het brullen van duizend kinderen die een draaiende motor nadeden. Maar het was Darian een zorg. Ze moesten daar zo vlug mogelijk verdwijnen.

"Vooruit!!" gilde Shanya.

Darian trapte net het gaspedaal in toen iets uit de duistere lucht voor hen naar beneden dook. Een Zweefvlieger. Daar was hij zeker van: een gruwelijk, zwart monster met brede, lederen vleugels. Het was hen daarnet voorbijgevlogen, was verderop (waarschijnlijk heel gracieus) gekeerd en het dook nu bijna geruisloos op de voorkant van de Chevy af. Te laat om weg te rijden. Te laat om een wapen te trekken. Er restte hem enkel één mogelijkheid: de anderen waarschuwen.

"Duiken!" schreeuwde hij.

Hij greep Shanya bij de schouders en trok haar tegen het zitgedeelte van de brede voorzetel terwijl hij zich naast haar wierp. Steven en Marrion wisten niet wat er aan de hand was, maar volgden hun voorbeeld en doken naar beneden. Elliot wachtte iets te lang. De pijn in zijn enkel had hem minder alert gemaakt. Darian schreeuwde, de reden ontging hem. De anderen wierpen zich horizontaal... maar hij aarzelde... de voorruit spatte uiteen. Het gruwelijke beest zweefde over de wagen. De bologen aan de onderkant van het lange lijf keken hem aan. Het net van tentakels ramde de omlijsting en sloeg de rest van het glas van de voorruit aan diggelen. Scherven werden over de inzittenden gesproeid. Iemand krijste. Nu ving hij ineens het gierende zuigen van de aarsvormige opening in de onderkant van het wormvormige monster op. Het haalde nu pas opnieuw adem, het had de aanval in dodelijke stilte uitgevoerd. Het geluid bracht hem terug bij zijn positieven. Hij wilde nog reageren, maar het was te laat. Het kleverige net van tentakels gleed over de voorste zetels en sloeg zich rond hem, net toen hij de pijn in zijn enkel verbeet en zich opzij wilde werpen.

Elliot Bornowski wist niet wat hem overkwam toen de zware vleesarmen zich rondom zijn lichaam wrongen. Hij werd opgetild en achterwaarts over de rand getrokken. Schreeuwend van de schrik en de pijn gleed hij over het lange kofferdeksel, terwijl de zuignappen, voorzien van vlijmscherpe tanden, zich dwars door zijn kledij in zijn vlees vastbeten. Hij slaagde er niet in zich te verzetten, zijn wapen was buiten zijn bereik, hij kon *niets* doen om te overleven. De tentakels waren overal, het smerige vocht dat eruit vrijkwam, kleefde zijn ogen dicht en drong zijn mond binnen. Het smaakte afschuwelijk. Kokhalzend vocht hij vruchteloos om vrij te komen. Geen adem! Hij kon geen adem halen, de druk kneep zijn borst en longen dicht. Hij ving het schreeuwen van de anderen op en werd tegelijk opgetild. Hij zweefde boven de grond, opgehouden door de tentakels die zich aan hem hadden vastgezogen en vastgebeten.

Steven en Marrion hadden nog geprobeerd hem bij de spartelende benen te grijpen, maar waren daar niet in geslaagd. Ze zagen - terwijl ze hun frustratie uitschreeuwden - het bloed uit de ontstane wonden gulpen toen Elliot in de richting van de naderende golf insectachtigen werd gedragen. *Hij leeft nog*, meende Marrion. *Hij leeft nog, zijn benen bewegen nog.*

"Hij leeft nog!" schreeuwde ze.

"We moeten weg!" zei Darian die zich net als de anderen had opgericht.

"Maar... hij..."

"Elliot haalt het niet. En wij ook niet als we hier blijven staan!"

Darian draaide zich naar voren en veegde de scherven uit de voorruit van zijn benen en armen. Het glas smolt onder zijn aanraking als sneeuw voor de zon. De motor draaide nog. Het lawaai van de schreeuwende kinderen onder de lange motorkap vertelde het hem. Hij duwde op het gaspedaal en zij schreeuwden nog luider.

"We vertrekken!" riep hij.

"Kijk! Wacht!!" riep Marrion.

De Zweefgrijper liet zijn pakje vallen. Elliot gleed uit het kleverige web van tentakels en viel als een zak vodden - van niet heel hoog - op de grond. De schok van het neerkomen bracht hem terug bij zijn positieven. Zijn longen barstten opnieuw open en hij haalde gierend, bijna *schreeuwend*, adem. Hij zat rechtop en steunde met zijn ene hand op de grond. Daar bereikte de zwarte golf kruipende beesten hem het eerst. Voor de angstige toeschouwers in de wagen werd zijn arm plotseling breder en compleet zwart, te beginnen bij de hand. Elliot gilde opnieuw. Het besef dat hij aangevallen werd, verdreef de illusie van redding nadat de Zweefgrijper hem had losgelaten. Hij veerde rechtop, maar door de gewonde enkel struikelde hij onmiddellijk schreeuwend voorover. De beesten maakten daarvan gretig misbruik en kropen nu vrijelijk over hem heen. Een fractie van een seconde later was zijn lichaam volledig overdekt. Niet meer dan een gedempt paniekerig kreunen weerklonk. De insecten drongen zijn geopende mond binnen. Elliot Bornowski ondernam een laatste poging en bewoog toch nog. Hij sleepte zich in de richting van de Chevy.

"Wacht..." gilde Marrion.

"Hij is verloren, we vertrekken nu!"

"Wacht, hij komt hierheen!"

"En brengt de dood met zich mee!" riep Darian zonder zich om te draaien.

Elliot ondernam huilend pogingen om te ontsnappen. Hij zwaaide met de handen en probeerde de klauwende, bijtende, hakende en krassende beesten van zich af te houden. De golf monsters bestrek intussen de volledige breedte van de straat en waaierde hoog op tegen de huizen aan beide kanten van de weg. Elliot strompelde, maaide met de armen en sloeg met het hoofd. Hij viel uiteindelijk voorover op de knieën. Hij stak zijn armen naar voren om de val te breken en bleef op die manier toch nog een beetje overeind. Marrion en Steven gilden tegelijk toen iets met grote scharen uit de zwarte massa opdook. Het was groter dan wat ze tot dan toe hadden gezien. Het kwam als een gigantische, zwarte spin – zeker zo groot als een kalf – op tientallen poten van de linkermuur naar beneden gerend. Het stapte over alle andere insecten, wormen en anderen onbekende vormen en haastte zich overduidelijk in de richting van de plaats waar Elliot op handen en knieën zat. Zijn lichaam schudde en trilde op de plaatsen waar de kleinste kevers zich onder zijn huid boorden. Hij gorgelde omdat er zich beesten door zijn keel boorden. De anderen konden niets anders dan wezenloos toekijken. Toen het glanzend zwarte dier hem bereikte, greep het Elliot zonder omwegen in een van de drie grote scharen. Tussen de armen en de onderbenen, ter hoogte van het middenrif. Marrion wendde haar ogen af toen het de schaar dichtklapte. Elliots kreet werd abrupt afgebroken en vervangen door een blubberig gorgelen. De ruggengraat brak. Steven zag hoe de ingewanden in een waaier van vrijgekomen bloed uit de ontstane scheur in de buik werden geperst. Elliot werd gewoon doormidden geknipt. Het voorste gedeelte, hoofd, armen en borstkas, stuikte voorover. Het achterste gedeelte, waar de meeste ingewanden uit dropen, viel op de grond tussen de zwarte, krioelende beesten die zich onmiddellijk op de vrijgekomen lekkernijen stortten.

"God... O, God... kijk!!"

Nu was het Shanya die gilde en naar achteren wees. Darian draaide zich om en zag, samen met de anderen, dat de hel voor Elliot nog niet voorbij was. De twee delen die ooit samen een volledige mens vormden, richtten zich van tussen de massa op. Onder de huid kropen de torren, wrongen de wormen zich en beten de kevers. De armen duwden het ene deel van het lijf van de grond op. Aan de onderkant van de open borstkas hingen slierten van kapotgebeten ingewanden en aders naar buiten. Alles klonterde in een heel korte tijdspanne samen en vormde zich om tot drie langwerpige, gelede poten. Dat ene deel richtte zich nu op. Elliot hief ineens zijn hoofd op. Dat nieuwe gedeelte van zijn lijf keek hen aan. Grote, bloeddoorlopen ogen staarden met een onverholen haat in hun richting. De huid van het gezicht was gegroefd en uit elke wonde sijpelde bloed. De mond bleef in een pijnlijke grijs opengetrokken. Achter die gruwel richtte het gedeelte met de benen zich nu ook op. Ineens kwam het nieuwe stukje Elliot hun richting uit. De bebloede tanden in het opengebeten tandvlees klapperden op elkaar. Het was een afschuwelijk ding dat hen naderde, hollend op de twee armen en de drie nieuwe stakerige achterpoten, de achterkant hoog in de lucht geheven. Het vel onder de beide oksels puilde uit, barstte open en knalde in losscheurende flarden uiteen. Uit de ontstane opening groeiden zwarte, haakvormige aanhangsels die zich als dunne armpjes openspreidden. Daartussen ontvouwde zich een doorzichtig, kleverig vlies waardoor dat gedeelte van Elliot opgesmukt werd met een gigantisch, rechtopstaand vangnet. De opengetrokken vellen wapperden in de wind. Wat hen extreem veel krampen in de buikstreek bezorgde, was het feit dat ze in Elliots verminkte gezicht ook dat van Elma herkenden.

Darian had geen verdere aansporing meer nodig. Hij negeerde het gillen van de drie anderen en trapte het pedaal tot op de grond. Het lawaai ervan overstemde hun krijsen en de wagen schokte vooruit. Shanya knalde tegen het ruggedeelte van de voorzetel en de andere twee tuimelden bijna over de achterzetel op het kofferdeksel. Iedereen probeerde zich te herstellen en tegelijk het afschuwelijke beeld van het naderende monster te bannen.

Darian liet de wagen om de hoek met Evening Street slippen. Hij vermoedde toch dat het Evening Street was. Hij volgde de weg die Shanya's vader hen had opgelegd, hij herinnerde zich de route die hun vaders vierenveertig jaar eerder hadden gevolgd. Van zodra de meute die hen achternazat, uit het zicht verdwenen was, kalmeerden de drie passagiers van de dansende Chevrolet.

"Het is afschuwelijk... we kunnen niets meer voor hem doen!" zei Shanya terwijl ze hologig voor zich uit staarde. Vanop de achterzetel klonk zacht gesnik. Iedereen was onder de indruk van wat net gebeurd was.

"Elliot behoort nu tot Anderwereld. Hij is een van hen en zal ons zonder aarzelen doden. We kunnen niet meer terug, Shanya. Nu moeten we koste wat het kost doorzetten."

"Afschuwelijk!!"

"Ik weet het..." Darians stem klonk verslagen.

"Wat nu?" vroeg Steven.

Darian klemde zijn handen stevig om het stuur en hield zijn ogen op de weg gericht. De wind sloeg door de vernielde voorruit in zijn gezicht. Zonder zich om te draaien, zei hij:

"Het is simpel, Steven. We moeten doorzetten. Gewoon uitvoeren wat Shanya's vader heeft gezegd. Ik denk dat het de enige manier is om te overleven. Persoonlijk heb ik geen beter voorstel."

Het stilzwijgen op de achterbank deed Darian vermoeden dat Steven en Marrion akkoord gingen.

"Hoe zit het met onze achtervolgers?"

Marrion keerde zich op de zetel en tuurde in de duisternis.

"Het is er te donker. Ik zie enkel de straat en de huizen."

"Ze komen achter ons aan, het ganse gezelschap!"

Darian begreep heel goed wat Steven bedoelde. Als ze hen inhaalden, waren ze verloren. Hij wilde zijn best doen om zichzelf en de anderen uit deze dodelijke warboel te helpen. Onder het rijden drukte hij zijn armen tegen zijn lichaam en voelde de solide vormen van de pistolen. Het stelde hem enigszins gerust. Hij was niet van plan ook maar *iets* op te geven.

"Hou je vast, de straat loopt ten einde!"

De weg die ze volgden, liep inderdaad tegen een huizenrij dood. Er was geen aftakking naar rechts, enkel naar links. Darian had dus weinig mogelijkheden om uit te kiezen. Hij wrong aan het stuur en de achterkant van de wagen slipte over het wegdek. Door het stuur naar rechts over te draaien, herstelde de Chevy zich en reed de donkere straat binnen. Die was merkelijk smaller dan de vorige. Smaller en donkerder. De twee rijen huizen, voorgevels van huizen eigenlijk, strekten zich heel ver voor hen in een duister punt uit. En het regende er. Een miezerige, druilerige nattigheid die als een koude sluier over hen heen viel.

"England Road!" riep Steven, "het was op de muur geschreven!"

"Geschreven?"

"Ik heb het daarnet gezien, toen we indraaiden. In druipende letters op een van de huizen!"

"Gezellig."

Uit de deuren en vensters aan beide kanten van de weg verschenen de doden. De naakte doden. Ineens, zonder aanwijzing, zonder waarschuwing. Ze waren er plotseling en ze haastten zich England Road op, grijpend naar het voorbijrijdende voertuig. Shanya gilde toen bloedende vingers zich in haar haar haakten. In het dansende licht van de Chevy zagen de inzittenden duidelijk dat het niet de vriendelijke doden waren die hen bijstand hadden verleend. Het waren handlangers van Anderwereld. Geen lange hemden, geen rustige en vriendelijke pogingen om contact te maken. Het waren de échte doden, verminkt en in verregaande staat van ontbinding. Het waren de zombies uit hun dromen, de beelden uit de films. Grauwende, grommende doden. Afschuwelijk om te zien. Graaiend met besmeurde, vuile en gekromde vingers of vingerstompen. Lege oogkassen, loshangende stukken huid, gescheurde stukken vlees en spierweefsel dat aan flarden aan uitstekende botten hing. De hele santenboetiek uit de vele zombiefilms was aanwezig. Ook de stank. De vier hadden in hun jeugd allemaal met veel ondeugend plezier naar de idiote B-films gekeken en gehuiverd, wel beseffend dat het maar om een film ging. Maar nu zaten ze er middenin, werden ze door die figuranten van toen belaagd. Nu stond *hun* leven op het spel. De zwarte nagels graaiden naar hun ogen en lippen. De stank van het verrotte materiaal sloeg *hen* in de neus.

Darian sleurde het stuur van de Chevy van links naar rechts en terug in de hoop de aanvallende doden te mijden. Dat lukte even, maar bleef niet duren. Ze stroomden met tientallen gelijk uit de deuren en ramen van de donkere huizen en stortten zich de straat op. Het motregenen was overgegaan in een felle bui. Het water plensde de vier in het gezicht, maar dat was het minste van hun zorgen. De woedende massa doden baarde hen veel meer problemen. Er lag niet veel in hun mogelijkheden.

"Hou jullie vast!!" schreeuwde Darian.

Hij was het beu om slingerende bewegingen met het voertuig te maken. Het was te lang, te zwaar en de grond onder de slippende wielen was te vochtig. Darian had geen zin om tegen een woning op te knallen. Om die reden klemde hij zijn handen om het stuur, duwde het gaspedaal zo diep mogelijk en reed gewoon rechtdoor. Zijn actie had resultaat. De doden - mannen, vrouwen en kinderen – vertikten het plaats te ruimen en werden onvermijdelijk door de aanstormende wagen aangereden. Shanya's maag draaide zich om bij het horen van de vele inslagen van de Chevy op de dodenmassa. De doffe slagen wisselden vliegensvlug af met het kraken van ribben en beenderen. Sommige substanties waren al zodanig aan het verval onderworpen dat ze bij de inslag als overrijpe meloenen uit elkaar spatten. Steven en Marrion kregen op een bepaald ogenblik een regen van stinkende smurrie te verwerken toen een van hun belagers werd opgeschept door de inbeukende rechtervoorhoek van de Chevrolet. Het lijk tuimelde over de motorkap en werd uiteengereten door de nog gedeeltelijk rechtopstaande omlijsting van de voorruit. De borstkas scheurde open en de smerig stinkende inhoud kwam in meerdere stukken en brokken over Shanya heen op de achterzetel terecht. Het tweetal schreeuwde en maakte tegelijk kotsende geluiden. Er was geen achteruitkijkspiegel meer, anders had Darian er een heel vluchtige blik op geworpen. Waarschijnlijk waren Steven en Marrion angstvallig bezig zich schoon te maken, gebruikmakend van de stromende regen. Darian Shadborne liet het lawaaierige tumult op de achterbank voor wat het waard was – *je sterft toch niet van een rotte tomaat op je schoot* – en concentreerde zich op de baan voor hem. Hij ramde de doden die alle kanten opvlogen, wat gepaard ging met gekraak en stompe, doffe deuken in het wakke vlees. Hij reed over enkele anderen die ten val waren gekomen. De Chevy hobbelde over hen heen - wat ook gekraak veroorzaakte – of reed er gewoon dwars doorheen. Het hing af van de staat waarin ze verkeerden. Dan was er geen gekraak hoorbaar, enkel het geluid van een hele emmer opengeperst fruit.

"Duiken!!!"

De grote, zwarte vorm zeilde als een geluidloze schaduw over de daken van de huizen aan hun rechterkant, dook langs de donkere muren naar beneden en kwam hun richting uit. Darian nam de aankomende Zweefgrijper net op tijd waar. Het was niet meer dan een flits, een zwarte schemering in de rechterooghoek. Een waarschuwing, niet meer. Maar hij had er aandacht aan besteed. Hij liet zich onderuitzakken en schreeuwde naar de anderen dat ze naar beneden moesten duiken. Zij begrepen onmiddellijk wat Darian bedoelde. De Zweefgrijper gleed heel gracieus een paar meter boven het natte wegdek. Het maanlicht bescheen zijn vochtige, harige rug. Darian zag de golvende spieren onder de dikke huid en het op- en neergaan van de brede, lederen vleugels. De vele ogen bespiedden het naderende voertuig. Het net van tentakels spreidde zich zo wijd mogelijk open. Darian besefte dat een uitwijkingsmanoeuvre geen zin had. Hij hield het stuur zo mogelijk nog steviger vast. Het bloed trok uit zijn vingers weg. De rechtopstaande doden waren de eersten die in het net terechtkwamen. Hun spartelende lijven kleefden aan de vangarmen die er zich omheen wonden, nog voor het zwevende monster het voertuig had bereikt. Na de eerste dode, een grote, zwarte vrouw, werd een tweede het slachtoffer, en een derde… en toen de Zweefgrijper de aanstormende Chevrolet bereikte, droeg hij zeker acht doden in zijn slepende net met zich mee. Door de zwaarte dweilden de laatste doden over de natte grond.

"Jezus… dit wordt problematisch!!" riep Darian.

Daarop ramde de voorkant van de wagen de doden die onderaan in het net hingen en over het wegdek werden meegesleurd. De impact zorgde voor een hevige schok, waarbij Shanya, Steven en Marrion vooruit werden geworpen. De twee achteraan kwam weer onzacht tegen de achterzijde van de voorzetels terecht, terwijl Shanya vrijwel onder het dashboard op de vloermat rolde. Zij schreeuwde, achteraan schreeuwden ze. Een dode werd onder de wagen getrokken en twee andere doden, bijeengehouden door de kleverige vangarmen, werden over de motorkap gesleurd. Het stinkende, natte lijf van de Zweefvlieger kwam op hooguit tien centimeter boven Darians hoofd voorbij. De dikke, stekelige haren streken over zijn huid. De Chevy gleed onder het gruwelijke beest door. De spartelende doden rolden, tuimelden en hotsten over Darian, rugleuning, Steven, rugleuning en kofferdeksel heen. Iedereen hoorde iedereen gillen. De levenden kwam onwillekeurig in contact met de doden, hun wapperende huidflarden en vleesklonters, hun uitpuilende ingewanden, het kleverige vocht en de wansmakelijke, vluchtige aanraking van de glijdende vangarmen.

Het schreeuwen ging over in hysterisch tieren toen Darian de controle over de wagen verloor. Die slipte over het natte wegdek. De lange, gevleugelde achterkant zwaaide naar rechts, hobbelde op het voetpad en schuurde tegen de voorgevel van een van de woningen. Darian draaide in een tegenreactie het stuur naar links en bleef gas geven, waardoor de achterkant van de wagen naar de andere kant een sierlijke, maar voor enkele omstanders dodelijk zwaai van bijna honderdtachtig graden maakte. De brede koffer gleed op schuivende banden over het wegdek naar de andere kant van England Road. Een dode werd door de gigantische rugvinnen op het kofferdeksel geraakt en kwam enkele meters verder met een afschuwelijk gekraak tegen een muur terecht. Zijn linkerarm bevond zich niet langer aan zijn lichaam. Een zware, blanke vrouw werd geplet tussen een gevel en de inbeukende achterkant van de Chevy, toen die tegen de huizenrij aan de linkerkant terechtkwam. Haar lichaam knakte voorover, benen en ruggengraat finaal vermalen. Maar toch graaide ze nog met haar beschadigde armen naar Marrion, die het dichtst in haar buurt zat. Het meisje wipte opzij en ontweek daarmee net de vuile, graaiende nagels. Het gezicht van de dode vrouw, Marrion herkende er onmiskenbaar en tot haar grote schrik enkele trekken van Elma in, was hooguit een meter van haar verwijderd. De ogen – witte, dooraderde bollen – puilden uit smerige oogkassen. Het gelaat was onherkenbaar geworden. Door het vuil dat erop gesmeerd was, door de vele verwondingen, door het geronnen bloed dat er als zwarte vlekken op gekleefd hing. Haar tong was een dikke, gezwollen vleesmassa – zwart, schilferig en vol wormen – die zich tussen de weinig resterende tanden naar buiten perste.

Steven greep Marrion bij de schouders en trok het meisje dicht tegen zich aan, terwijl hij zich zover mogelijk van dat gruwelwezen verwijderd hield. Hij drukte zich tegen de rechterachterdeur van de wagen. De kruk duwde in zijn rug. Toen de Chevy weer vooruitschoot, werd de grommende vrouw door de linkervleugel doormidden gesneden. De onherkenbaar vermalen benen en heup gleden langs de muur naar beneden, terwijl de borstkas, armen en hoofd van het kofferdeksel op het wegdek tuimelden. Verzwaard door de vele lijken die in het net verweven zaten, gleed de Zweefvlieger laag over de grond verder. Het monster maakte ijselijke geluiden. Daarmee maakte het waarschijnlijk zijn ongenoegen kenbaar. Het slaagde er blijkbaar niet in rechtsomkeer te maken om een tweede aanval tegen de vluchtenden in te zetten. Pas toen Darian de wagen opnieuw op een recht spoor kreeg, had hij de indruk dat hij niet meer had geademd vanaf het moment dat het slippen was begonnen. Waarschijnlijk had dat ganse voorval hooguit twee seconden geduurd. Hij had echter de indruk dat hun leven een halfuur bedreigd was geweest. Dit was ook het moment dat Shanya vanonder het dashboard opdook. Ze werkte zich voorzichtig op de voorzetel en loerde met bange ogen om zich heen.

"Is… het weg?"

Darian gromde iets. Hij hield zijn ogen op een onbepaald punt in het duister gericht. Shanya waagde het nog niet volledig rechtop te zitten. Ze tuurde over de rand. Steven en een snikkende Marrion zaten in een hoek in elkaar verstrengeld. Ver achter hen, omsluierd door duisternis en in het lauwe maanlicht flikkerende regen, sleepte de Zweefvlieger het zwaarbeladen net achter zich aan.

"Afschuwelijk! Het is afschuwelijk."

Darian keek vluchtig opzij naar het meisje dat omkeek. Hij hoopte dat ze het volhield, net als de anderen. Wat ze meemaakten, waren geen normale, alledaagse situaties. Het was een strijd om te overleven. Hijzelf had er al enkele – zij het dan in natuurlijke omstandigheden – geleverd en het telkens goed gedaan. Zij hadden waarschijnlijk nog nooit lijfelijk om het behoud van hun leven gestreden. Het was inderdaad afschuwelijk. De tegenstanders waren *onnatuurlijk*, wat hun verzet enorm bemoeilijkte. Darian betreurde het verlies van Elliot en hoopte van harte dat er geen slachtoffers meer vielen. Hij zou zijn uiterste best doen om daar een stokje voor te steken. Het einde van England Road verscheen in het licht van de wagen. Het regenen nam in hevigheid toe. Voor hen was er een zwarte muur van pure duisternis waar zelfs de lichten van de Chevrolet niet binnendrongen. Maar verderop links was Boxer Alley, het laatste stuk van het 'gekende' Rosenhelm. Dat vermoedde Darian toch en hij draaide zonder bijkomend manoeuvre de steeg in, die breder was dan hij zich had voorgesteld. Links en rechts waren donkere deuren- en vensterloze muren, die hoog boven hen uit rezen. Het was er pikdonker. De beide wanden waren zeker nog twee à drie meter van hun zwarte Impala verwijderd. Dit was niet echt het steegje waar Gabriel Bellmer het in zijn verhaal over had. Darian vroeg zich net af of ze wel de juiste afslag hadden genomen, toen er iets opdook in het licht van de koplampen.

"Jezus!" siste hij en trapte op de rem. Het voertuig kwam tot stilstand. Shanya draaide zich, met kloppende aderen in de keel. Steven en Marrion lieten elkaar niet los, maar keken ook voor zich uit naar de plaats waar de doden hen opwachtten. Shanya herinnerde zich het verhaal van haar vader over het bezoek aan de achterkant van het huis. Op deze plaats vormde een houten schutting de grens tussen Boxer Alley en het braakliggende terrein erachter. Voor hen was de schutting verdwenen. Waar de huizenrij stopte, begon inderdaad een donkere woestijn die er allesbehalve aanlokkelijk uitzag. De lichten van de Chevy verjoegen de duisternis niet, want een ganse rij doden vormden een blokkade. Nu waren zij de schutting. Elk verminkte of halfweggerotte gezicht had iets wat hen trof: een verbazingwekkende gelijkenis met Elma.

"God… o, God… kijk, in het midden…" jammerde Shanya ineens.

De anderen hadden het ook gezien, misschien nog eerder dan Shanya, maar de gruwel van het beeld had hen de mogelijkheden tot reageren ontnomen. In het midden van de groep bevond zich een naakte vrouw. Uiteraard dood. De voorkant van haar lichaam was opengereten van tussen de volumineuze borsten tot in de schaamstreek. Wat ooit in de borst- en buikholte had beschermd gezeten, bungelde nu tussen haar kromme benen naar buiten. Ook het kind dat ze had gedragen toen ze nog in leven was. Een jongetje, bijna helemaal volgroeid. Het bungelde ondersteboven tussen de slijmerige ingewanden die in verregaande staat van ontbinding waren. De verrotte navelstreng – zelf verstrengeld in de wanstaltige last en enkele malen rond de nek van het kind gewonden – zorgde ervoor dat de gewurgde kroost bij de moeder bleef. Het regenwater droop en kroop in alle ontstane holtes in de lichamen en werd er later weer uit geperst. Verkleurd, vermengd met bruin pus.

Dat beeld was een pure aanslag op hun meest menselijke gevoelens. Hoe afschuwelijk het ook aan hen werd gepresenteerd, het benam het resterende viertal de kracht een onmiddellijke beslissing te nemen. Het bloed kookte in Darians hersenen. Er moest iets gebeuren! Hij hield zijn ogen niet van de dode vrouw met het kind af. Het was een smerig afleidingsmanoeuvre, iets wat hen deed twijfelen en daardoor tijd verliezen. Het bracht hun kracht en inzet aan het wankelen en bracht hen in verwarring.

Gelukkig had Marrion haar ogen afgewend. Gelukkig voor hen allemaal had ze zich walgend omgedraaid en haar hoofd naar achteren gedraaid. Daardoor zag ze wat in alle stilte tot halverwege de donkere steeg was geslopen. Het echte gevaar belaagde hen van daaruit. Voor hen was het dus inderdaad enkel maar een misselijkmakende afleidingspoging.

"Kijk!!" schreeuwde ze ineens.

Darian draaide zijn hoofd naar achteren. Alles wat zich op de grond en de muren bevond, bewoog in een dodelijke stilte. Het maanlicht golfde over een slepende, kruipende en sluipende massa ongedierte. Maar in totale stilte. Dat was op dat moment hun enige voordeel. Stekelige poten staken uit het geheel, scharen en tangen werden opgeheven. Het licht liet facetogen flikkeren en het druipende vocht op slagtanden glinsteren. Hij meende zelfs de nieuwe vorm van Elliot te herkennen. Hij was één van de vele gedrochten die er, beschermd door de gutsende regen, aankwamen.

Blijkbaar hadden de voorsten van de dodelijke gelederen vastgesteld dat ze niet langer onopgemerkt waren en zagen ze niet langer het nut van hun stille opmars in. Darian richtte zich terug naar voor, en trapte het gaspedaal in op het moment dat achter hen het oorverdovende lawaai van de aanstormende meute losbarstte. Grommen, gillen, sissen, klappende scharen, schrapende klauwen. Shanya gilde toen de wagen in rechte lijn op de vrouw met het bengelende kind inreed. De lichten van de Chevy lieten weinig smakelijke details zien. Shanya greep het kletsnatte dashboard vast en bereidde zich schreeuwend op de afschuwelijke aanrijding voor. Darian draaide vloekend het stuur naar links, net voor hij de vrouw bereikte. De aanrijding met drie mannen naast elkaar zorgde voor een heus tumult. Het drietal werd aan alle kanten omvergeworpen. Eén van hen kwam onder de wagen terecht. De twee anderen knalden tegen de zijgevel van de laatste woning. Van één van hen spatte de achterkant van de schedel op. De Chevy zwiepte opzij en knalde onder andere tegen de dode vrouw aan die door de impact achterovertuimelde. De loshangende buik- en borstingrediënten vormden samen met het dode kind even maar een afschuwelijke waaier van verrot vlees en ingewanden. Vochtig verlicht door de maan.

Iedereen in Darians buurt schreeuwde. De ijskoude regen sloeg hem in het gezicht. Zijn kleren waren doorweekt. Achter hen was de moorddadige meute op enkele meters genaderd. Hij wrong het natte stuur terug naar rechts in de hoop dat de slippende wagen niet tegen de muur zou oprijden.

De Chevrolet gleed zijdelings nog enkele meters door, ramde nog enkele doden die wanhopige pogingen ondernamen om het voertuig de doorgang te beletten, en hobbelde vervolgens voorbij het allerlaatste stukje Boxer Alley.

En plotseling was er licht.

20

DE zwarte Impala kwam niet onmiddellijk tot stilstand. Darians handen waren druipnat en hij verloor elk gevoel met het natte stuur. Het wrong zichzelf alle kanten op, als had het een eigen wil, wat hij wel degelijk mogelijk achtte. Maar dit was het geval niet. Iedereen gilde nog steeds. De grote wagen hobbelde, schudde en danste over de grond. Darian had er niet langer controle over. Maar plotseling hield de aardbeving op. De Chevy schudde nog even op de wielen, wat in zacht wiebelen overging en dan in volledige stiltand.

En er was licht.

De duisternis was volledig verdwenen. Het viertal keek elkaar verbaasd hijgend en naar adem snakkend aan. Darians ogen flitsten naar de plaats waar ze vandaan kwamen. Boxer Alley. Hij meende dat de meute hen nog steeds achtervolgde, maar tot zijn grote verbazing was dat niet het geval. Hij zag een houten schutting die een wankele afscheiding vormde tussen het terrein waar zij zich nu op bevonden, en de steeg zelf. Geen belemmerende doden, geen aanvallende monsters.

Het viertal liet zich niet helemaal gerust in de zetel terugvallen. Wat ze ook hadden vastgegrepen, lieten ze nu pas los. Er was ineens een heleboel veranderd. Het was klaar, het regenen had ook opgehouden en alle restanten van de opgeschepte en vermangelde doden die in de rode zitruimte van de wagen waren terechtgekomen, waren verdwenen.

"Waar zijn we?"

Steven was de eerste die sprak. Hij richtte zich op en keek met halfdichtgeknepen ogen om zich heen. Het landschap zag er futuristisch uit. Vooral de kleuren. Het was niet alleen de plotse overgang van donker naar licht die hem (en ook de anderen) pijn aan de ogen bezorgde, maar ook de felle kleuren waarin de omgeving was gehuld. De wagen draaide stationair (de kinderen neurieden), de voorkant naar de plaats waar ze vandaan waren gekomen. Om hen heen was de grond één grote grasvlakte. Rood gras. Felrood. De schutting tussen de twee muren op Boxer Alley was het enige wat hem aan daarnet herinnerde. De muren van de huizen gingen zonder enige belemmering over in een metershoge wand die uit dezelfde substantie bestond. Het betrof geen stenen, wel een vaste, rubberachtige samenstelling. De muur strekte zich zowel naar rechts als naar links onmetelijk ver uit. Achter de schutting was het pikdonker. Niet dat een van hen zin had om terug te keren. Rechts van hen was er de rode grasvlakte. Behalve enkele vreemd gevormde bomen zag Steven, bijna onmogelijk ver, niets anders dan een horizon met lichtglooiende heuvels. Hij had de indruk, maar durfde er niet op zweren, dat boven die heuvels gigantische wezens zweefden. Het konden ook donkergrijze wolken zijn, maar wolken dreven nooit tegen elkaar in. *Als* het dan effectief dieren waren, dan moesten die – gezien de afstand vanwaar zij zichtbaar waren – onwerelds groot zijn.

Links van het voertuig – Steven zag dat de anderen nu ook rondkeken – eindigde de grasvlakte ongeveer tweehonderd meter verder in een gele zee. Goudgekleurde golven rolden onder een lichtgroene lucht het rode grasstrand op en lieten bij het terugtrekken een borrelende laag geel schuim achter. De schuimstrook siste en de openbarstende luchtbellen spetterden en knetterden. Een flink stuk zee-inwaarts sneed een strook land (blauwe bomen, blauwe struiken, blauwe wezens op een blauw strand) als een gebogen arm een stuk van de horizon af. Steven keek verwonderd naar de kleurenpracht. Het intrigeerde hem omdat het geheel een levend geworden prent uit een kleurenboek was. Een diklijnige tekening die door een kind met potloden werd ingekleurd. Net binnen de lijnen, ongeacht het potlood dat het had vastgenomen. Zeker niet natuurgetrouw, en absoluut niet volgens de heersende wetten van wat volwassenen als *normaal* beschouwden. Er bestonden volgens Steven geen blauwe stranden, geen gele zeeën en geen bloedrood gras. Dit was verdomme het decor dat een kind opbouwde, met de materialen en kleuren die het ter beschikking had.

"Voorbij England Road en Boxer Alley… en dat betekent voor mij al heel wat!"

Steven was vergeten dat hij een vraag had gesteld, zodanig was hij door de omgeving opgeslokt. Hij stelde vast dat hij rechtop stond en zich aan de leuning van de voorzetel vasthield. Het geluid van Shanya's stem bereikte hem van ergens onder hem.

"Het is hier prachtig!"

"Noem jij dit *prachtig*?" vroeg Darian.

"Het is helemaal anders dan daarnet, dat wel, maar als *prachtig* omschrijf ik het nu ook niet!"

Steven keek opzij naar Marrion. Hij begreep haar visie en besefte dat hijzelf als kind ook op die manier binnen de lijnen van de tekeningen in het boek kleurde. Zomaar een potlood grijpend, geen rekening houdend met de werkelijkheid, zonder zin voor harmonische natuurgetrouwheid. Net binnen de lijnen. Felle, schreeuwerige en onsamenhangende kleuren. Als het maar net was en opviel. Misschien trok de omgeving hem daarom dermate aan, blijkbaar een flink stuk meer dan de anderen.

"Hou je vast, we kunnen hier niet blijven!"

Darian duwde het gaspedaal voorzichtig in. De motor gromde een waarschuwing, maar dan zette het logge voertuig zich in beweging. Steven liet zich –

nog steeds met openhangende mond – achteroverzakken. Hij kwam naast Marrion terecht.

"Héla? Gaat het? Je was… *weg?*"

"Ja… geen probleem… ik vind het hier gewoon…"

"Prachtig?"

"Subliem!"

"Nog beter. Heb jij enig idee van wat we hier eigenlijk uitvreten? Niets van wat werd beloofd, is waargemaakt. Elliot is er niet meer en wij moeten zelf voor ons leven vechten. Het is een uitstapje waar we beter niet aan begonnen waren. Heb je die gezichten daarnet gezien? Iedereen had iets van Elma over zich."

Omdat Steven nog steeds in dromenland was, reageerde Shanya.

"Ik vond dat afschuwelijk. Het was niet de eerste keer dat ik iets dergelijks heb opgemerkt."

"Het is zoals jouw vader heeft verteld, Shanya. Elma is de verpersoonlijking van Anderwereld. Op die manier komt ze een beetje herkenbaar over. Haar verschijning boezemt ons angst in, ik denk toch dat dat de bedoeling is. Ik vermoed ook dat wij nog niet het laatste van haar hebben gezien. Ze heeft het trouwens beloofd. Ik hoor het haar nog zeggen. Herinner je je haar woorden nog? "Je zal niet naast me heen kunnen kijken, dat beloof ik je!" Ik was al op 'mijn' gang toen ik haar woorden opving, en voelde toen al dat het bedreigend overkwam. Waar wij ook heengaan, het zal…"

"Het is hier prachtig!" onderbrak Steven Darian.

Marrion stompte met een elleboog in Stevens zij.

"Heb je al gezien waar we eigenlijk naartoe moeten?"

"Wat?"

Een rilling glibberde langs zijn borstbeen en Steven schrok uit een zweem van verwarring op. Moeten!? *Moeten* ze iets doen? *Ik wil hier niet weg, kunnen we hier blijven?*

"Wat? Hier blijven?"

Steven besefte niet dat hij die laatste vraag luidop had gesteld. Hij keek verbaasd en tegelijk verschrikt opzij en zag dat Marrion hem aanstaarde.

"Hier blijven?" herhaalde ze, "wat bezielt jou in 's hemelsnaam? Wat wil je hier uitspoken?"

Steven vroeg zich af of het zin had het uit te leggen. Hij was daarnet eventjes teruggezakt naar zijn prille kindertijd. Naar de momenten waarop hij een onbezonnen leven leidde en deed wat hij wilde doen, zonder rekening te houden met wat anderen van hem verwachtten. Toen handelde hij nog naar zijn eigen zin en gebruikte hij de kleuren die hem aanspraken. Niemand becommentarieerde zijn gedragingen, niemand vond dat hij verkeerd bezig was.

Door op die plaats terecht te komen, was het even alsof hij als volwassene de overstap had gemaakt naar die periode, even de tijdstram had genomen naar een vroeger leven.

Het had geen zin. Nu niet. Nu – en dat besefte hij bij het zien van de plaats die hun eigenlijke doel was – eisten andere zaken zijn aandacht op. Marrion wees voor zich uit, want Darian was er intussen in geslaagd de Chevy een draai van honderdtachtig graden door het glibberige, rode gras te laten maken.

"Jezus…"

"Die woont er niet, vermoed ik, maar daar moeten we inderdaad heen!"

Darian sprak de woorden met ironie uit. Hij had enkele geldige redenen om het gaspedaal niet onmiddellijk tot op de vloerplaat in te duwen. Het waren redenen, zich opdringende gevoelens, die de drie andere inzittenden voluit begrepen: schrik, moedeloosheid en pure onmacht. Vooral dat laatste primeerde. Was er een andere uitweg? Achter hen bevond zich de versperde doorgang naar Boxer Alley. Links van hen de heuvels en rechts golfde de gele zee. En vóór hen: de achterkant van Meridian Road.

Net zoals het kind in Steven gebruik had gemaakt van de voor handen zijnde potloden om de omgeving in te kleuren, zo zag het kind in elk van hen de gruwelijke omgeving waar hun aandacht werd op gevestigd. Recht voor hen uit manifesteerde zich onomstotelijk het huis. Links en rechts daarvan – tot aan de heuvels links en tot in het schuimende water rechts - was de doorgang versperd door een ondoordringbaar woud van monsterachtig struikgewas vol doornen. Metershoog. Het was een kolkende wirwar van gigantische distels en kronkelende, door elkaar verweven rozenstengels, voorzien van centimeterlange naalden. Eén donkere, dodelijke en vooral afschrikwekkende barrière. Bepaalde van de stengels bewogen, gleden over elkaar, schuurden over de grond of wonden zich om andere. Daar waren de toeschouwers van overtuigd. Ze werden glijdende, kleverige en knappende en krakende geluiden gewaar. Die barrière lééfde. Ongetwijfeld.

Er was slechts één enkele doorgang. Nauwelijks breed genoeg voor de wagen. Die leidde hen naar het huis: een zwart, smerig en verrot krot. De ene muur die zichtbaar was – de achterste wand – bood hen geen aantrekkelijk schouwspel. Vuil, afschilferend, dichtgetimmerde ramen waarvan de planken niet heel goed meer vastgenageld zaten. Over de muren gleden – als tastten ze de vochtige stenen af op zoek naar voedsel – dunne, slangachtige uitlopers van de barrière. Met hun doornen schraapten ze in de voegen op jacht naar zich verbergende insecten. De doorgang leidde over een kort, braakliggend stuk grond naar een dubbele deur die, net als de ramen was dichtgetimmerd. Het geheel zag er niet erg robuust meer uit. De planken die voor de beveiliging moesten zorgen, hingen gedeeltelijk los en door de spleten in het hout van de kromgetrokken deuren had het viertal zicht op niets anders dan puur kwaadaardige duisternis.

Wat het geheel visueel nog erger maakte, was de hemel boven de doornbarrière, het huis en waarschijnlijk de volledige Meridian Road daarachter. Zij bevonden zich in het licht. Veel licht, afkomstig van een niet-zichtbare zon. De lucht was weliswaar lichtgroen, maar behoudens enkele schaapwolkjes van lichtblauwe kleur was die volledig open. Waar de barrière begon, vloeide het lichtgroen over in vuil-vlekkerig grijs, dat naarmate dieper werd gegaan, overging in donkergrijs en vervolgens zwart. Gigantische donderwolken kolkten door elkaar heen, bolden op, ontploften en krompen terug ineen. Het was een erg angstaanjagend schouwspel. En dat was de plaats waar ze naartoe moesten?

Er was niemand die onmiddellijk reageerde. Eerder verslagen dan opgewonden, keken ze vanuit de nog steeds stationair draaiende Chevrolet naar het decor dat hen opwachtte. Het was Marrion McKelly die haar gevoelens van angst opzijzette en met verstandelijk inzicht op de proppen kwam. Het duurde even vooraleer de anderen diezelfde gedachtegang volgden, maar intussen gebeurde er iets wat hen alle mogelijkheid tot verder oponthoud ontnam.

"Het is té spookachtig, jongens. Het is een decor uit een ouwe griezelfilm uit de jaren vijftig. Anderwereld heeft het uit onze eigen geest geplukt. Als kind was ik bang van doornstruiken, voor mij waren het levensgevaarlijke monsters die zich stilhielden, wachtend tot er iemand dicht genoeg in de buurt kwam om hun doorntentakels uit te werpen!"

"Ik was bang van donder en bliksem. Ik was bang van de jagende wolken. Ik dacht altijd dat die op ons huis dreigden neer te storten!" voegde Shanya eraan toe.

"De angsten uit onze kindertijd zijn in dat decor samengebundeld. Ik kreeg vroeger nachtmerries van oude, bouwvallige huizen. Het probeert ons te laten twijfelen, onze volwassenheid aan het wankelen te brengen en ons terug te drijven naar de bange dromen die we als kinderen beleefden. Anderwereld probeert ons niet meer weerbaar te maken! Steven, zie je iets wat jij als…"

Steven Tatakarian keek niet langer naar het spookdecor. Zijn hoofd was naar rechts gedraaid en hij hield zijn blik op iets gericht.

"Ik denk dat we hier best niet lang meer blijven! Decor of niet… we moeten hier weg. En wel heel vlug, verdomme!!"

Darian en de twee vrouwen keken nu ook in de richting van de gele zee. Wat ze zagen, bezorgde hen heel wat meer angst dan het majestueuze griezeltoneel waar ze – willen of niet – heen moesten. Het eerste monster was al enkele meters ver op de grasvlakte en haastte zich in hun richting. Het tweede, identieke, werkte zichzelf uit de zee van geel, kleverig slijm. Niemand van hen had als kind ooit iets dergelijks gezien, het was geen beestje dat zich onder hun bed verstopt hield. Het deed Darian een beetje denken aan het creatuur dat hij op de parking van de jachthaven aan Wacker Drive in Chicago had gezien. Het ding dat Yell Merrith had meegenomen nadat hij hem had afgemaakt. Het was – net als die twee nieuwe monsters – ook uit een soort zee tevoorschijn gekomen. Maar deze twee reuzen waren toch anders. En nu betekenden ze een reëel gevaar voor hem en de anderen.

Ze bemerkten een gigantische regenworm, ter grootte van een heuse goederentrein. De lange, gesegmenteerde achterkant sleepte over het rode gras. De kop was een grote, opgezwollen en dooraderde bol. Achter de kop hielden zes gelede poten een gedeelte van het lange lijf als een gigantische bochel omhoog, zodat de kop naar beneden bungelde. De mond onderaan die kop was een afschuwelijk geheel van ver naar buiten puilende ingewanden die even later terug werden ingezogen, om terug uit te puilen, terug te worden ingezogen, uit te puilen... Naast die wanstaltige mond bevonden zich links en rechts dodelijke grijpers. Die zwarte, uiterste vervaarlijk uitziende chitinescharen waren meterslang en voorzien van erg letale weerhaken.

Rechts van hen de naderende wormpotigen. Vóór hen het gruweldecor. Darian keek nog naar links, in de minieme hoop dat de vlakte naar de heuvels hen enige vorm van ontsnapping bood, maar zijn hoop werd vlug tenietgedaan. Vanuit het westen naderden ook gigantische dieren. Dat vermoedde Darian toch. De heuvels die hij daarnet als horizon had aanzien, kwamen nu en masse hun richting uit. Hij hield het niet voor mogelijk, maar toch was het zo. Het duurde nog even voor hij besefte wat daar aan de hand was, maar ineens drong de realiteit tot hem door. Er bewogen zich wezens *onder* de grond. *Zij* kwamen hun richting uit. Hun graven veroorzaakte de bewegende heuvelruggen. De aardkorst werd brutaal omhooggeduwd en gedeeltelijk omgeploegd en viel achter de wroetende beesten terug neer. Hij dacht dat hij het donderen van de aardbevingen, veroorzaakt door de verplaatsingen van de dieren, kon opvangen. Darian had geen zin om te wachten tot ze dichtbij genoeg waren om hun ware grootte te zien of naar hun intenties te peilen. Rechts van hem uitte Shanya een schorre kreet. Zij hield haar ogen op hun rechterkant gericht.

21

"HOOG tijd om te vertrekken!" Darian voegde de daad bij het woord en trapte het gaspedaal in. De motor van de Chevy loeide luid en de achterkant slipte.

Shanya greep het dashboard vast. Steven en Marrion klemden hun handen om de bovenste rand van de zetel voor hen. De heuvels waren nog ver van hen verwijderd, maar de eerste worm moest enkel zijn scharen dichtklappen. Bruingeel slijm borrelde tussen de uitpuilende ingewanden die de mond vormden. De achterkant van de wagen gleed van links naar rechts over het gras, telkens gecorrigeerd door een hevig aan het stuur sleurende Darian Shadborne die daarbij grommende keelgeluiden maakte. Shanya hield zich stevig vast, terwijl Steven en Marrion zich op de achterbank aan elkaar vast-klampten. Met hun benen schoorden zij zich tegen de binnenkant van de wagen.

"Hier gaan we!!"

Darian liet de snelheid opdrijven. De zwarte Chevy denderde over de gras-vlakte in de richting van de donkere, zwaarbewolkte omgeving van Meridian Road. Niemand keek nog achterom, niemand was nog langer geïnteresseerd in de beesten die hen volgden. Vóór hen was de toekomst. Of eindigde hun leven. Naarmate ze dichterbij kwamen, werd de stolp van duisternis boven hun hoofden meer en meer dichtgetrokken. Het werd ook kouder. Het licht verdween langzaam en maakte plaats voor een ongezellig, vochtig schemer-donker.

"Het is te smal!" schreeuwde Shanya.

Darian zag wat ze bedoelde. De barrière! Daarnet was hij er nog van over-tuigd dat er zich geen probleem zou voordoen. Nu was hij daar niet langer zeker van. Hadden de doornstruiken zich intussen dichter naar elkaar ge-werkt? Hoe dan ook, er was nu toch geen terugweg meer mogelijk. Het had niet langer zin te twijfelen of nutteloze vragen te stellen.

"Te smal!!"

Twintig meter. De motor schreeuwde luid. Iemand vloekte op de achterbank. Darian klemde zijn vingers om het stuur. Te smal? Of niet, net niet? Of toch? Maar tien meter meer. De Chevy danste over de grond. Vijf. Drie… de doornstruiken groeiden aan beide kanten naar elkaar toe en probeerden de doorgang te blokkeren. Shanya gilde. Darian tierde terwijl hij de wagen ei-genhandig probeerde vooruit te duwen.

De voorkant van de Chevrolet raasde in de dichtslibbende doorgang. Links en rechts graaiden, zwaaiden en haakten vingerlange naalden en doornen in hun richting. Ze wilden zich in hun ogen boren; ze wilden hun huid, vlees en spieren aan rafels scheuren. Iedereen, behalve Darian, liet zich gillend onder-uitzakken. Ze hoorden (en voelden) hoe de naalden diepe voren in de beide zijkanten van de voorbijsnellende wagen trokken. Het schreeuwen van het openscheurende metaal klonk boven hun eigen krijsen uit. Het duurde niet lang. Maar het was afschuwelijk. De wagen hotste door de dichtgroeiende, aanvallende doornbarrière en kwam op het braakliggende stuk grond terecht.

"Gelukt! We zijn er!" schreeuwde Darian.

Hij duwde op de rem en de wagen kwam slippend tot stilstand. Met z'n allen keken ze onmiddellijk om. De doorgang sloot zich volledig af. Teruggaan was onmogelijk. Achter de door elkaar krioelende stengels bewogen de wormpotigen zich onrustig. De vier inzittenden draaiden zich tegelijk naar voren en zagen wat op hen wachtte. De afstand tot het huis bedroeg hooguit twintig meter.

"Telkens wanneer we een deel hebben afgelegd, worden achter onze rug deuren gesloten. We kunnen zelf niet kiezen waar we heen willen," merkte Steven op.

"Ik vermoed dat we ergens naartoe *gedreven* worden!"

"Goed... maar we zijn op dit moment hier. Wat nu?" vroeg Shanya.

Marrion wees naar de achterkant van het huis.

"Daarheen!"

"Laten we de wagen hier?" vroeg Steven.

"Helemaal niet! Shanya's vader zei dat we in het voertuig moesten blijven. Het is het enige wat ons mogelijk bescherming biedt."

"Waarom denken jullie dat haar vader het zomaar bij het rechte eind heeft?" Shanya draaide zich naar Steven. Ze begreep waarom hij die vraag stelde, maar tegelijk spoelde een golf van woede door haar hoofd.

"Omdat we het bewijs al enkele malen hebben gezien, Steven."

Zijn gezicht gloeide rood op. Hij had het niet op die manier bedoeld, hij wilde niet dat Shanya zich slecht voelde.

"Sorry... ik wilde enkel..."

Ze herinnerde zich ineens de woorden van haar vader toen hij haar bij het afscheid vertelde dat ze elkaar nog terug zouden zien. Dat hij er voor haar zou zijn. Even twijfelde ze omdat ze haar vader nog *niet* terug had gezien, omdat ze tot op heden voor alles zelf hadden moeten zorgen. Hij had wel iets over liefde gezegd. Liefde, geen onmin. Ruzie was het allerlaatste wat ze hier konden gebruiken. Shanya schonk Steven een gemeende glimlach.

"Het is goed, Steven... ik weet evenmin als jij wat ons daarbinnen te wachten staat. Maar mijn vader heeft inderdaad gezegd dat we dit voertuig moeten gebruiken omdat het het enige voorwerp in gans Anderwereld is dat in beide werelden kan bestaan. Het heeft ons bescherming geboden, meerdere malen reeds!"

Darian had het gesprek niet echt gevolgd. Hij hield zijn ogen op de deur voor hen gericht.

"We rijden er dwars door!" zei hij ineens.

"God… wat als…"

"Ik weet het ook niet, Steven, niemand van ons beschikt over voorkennis. Ik herinner me dat Shanya's vader daar ook iets over heeft gezegd."

"Dat klopt! Ik dacht dat hij een grapje maakte!" zei Marrion.

"Ik vrees van niet. Het voelt ook niet als een grap aan. Geen haar op mijn hoofd dat eraan denkt een stap uit deze Chevrolet te zetten."

Darian wees op de beide zijkanten van het stuk grond waar de doornstruiken zich als muren hadden opgetrokken. Hij slikte en wees naar de grond naast het voertuig.

"Niet schrikken!"

Voorzichtig brachten Shanya, Marrion en Steven hun hoofd over de rand van het voertuig. Net ver genoeg om de grondlaag onder het voertuig te zien.

"Jezus!!!!" gilde Shanya en trok zich schielijk terug.

Wormen. Miljarden ellenlange wormen die in een slijmerige, blauwgekleurde drek door elkaar krioelden. Op die laag bevond zich de wagen. Zwarte, grijze en blauwe wormen. Kruipworpen met poten, boorwormen met tanden, zaag-wormen met haakjes vooraan op de mondopening. Een wanstaltige poel van draaiend en wringend, langgerekt slijm. De wagen zakte langzaam in de zee van wormen weg.

"Wegwezen!" schreeuwde Darian.

Hij duwde het gaspedaal voor de zoveelste maal tot op de vloer in. De motor gehoorzaamde gelukkig maar uitte toch luid zijn ongenoegen. De achterste wielen groeven zich eerst nog dieper in de smurrie, maar kregen uiteindelijk toch ergens grip op. De opspattende wormen werden tegen de binnenkant van de wielkassen geworpen, wat een kledderend geluid veroorzaakte. Toen de Chevy vooruitwipte, spatten honderden wormen van onder de wielen naar achteren. Een breed uitwaaierende fontein van opengesmeerde wormenlij-ven.

Darian concentreerde zich op de deur vóór hem, hooguit twintig meter. Daardoor zag hij niet wat de anderen zagen: dat de uiterste zijkanten van de laag waarop zij reden, wegzakten. Van bij de muren van dodelijke doornstrui-ken zakte de *grond* aan beide kanten weg, als stortte de aarde zelf in. Er klonk een vochtig gerommel onder hen. Vloekend zag Darian nu ook wat er ge-beurde en begreep waarom Shanya naast hem gilde. De inzakking van het terrein vorderde naar het midden toe, naar de plaats waar zij reden. Darian vervloekte de beangstigende situatie. Hij reed aan topsnelheid. De grond bleef wegzakken. Hij wierp een vlugge blik op de afgronden die ontstaan waren en geloofde nauwelijks wat hij zag. De laatste vijf meter legden ze op een strook wormengrond af die hooguit de breedte van de wagen zelf had. Links en waarschijnlijk ook rechts, maar dat zag hij niet, gaapte een diepe afgrond die volgens hem recht naar de hel leidde. Naast hem liet Shanya een piepend geluid horen, wat zijn vermoeden van daarnet bevestigde. Daarbeneden, waar en hoe diep dat ook was, heerste duisternis. De wanden waren schuin en glibberig, maar dat bleek geen beletsel voor de afschuwelijke creaturen die zich vliegensvlug een weg naar boven – naar hen toe – werkten. Hij keek niet lang, maar lang genoeg om honderden poten te zien. Gezwollen, harige of blinkende lijven met veel poten, veel tanden, haken en kaken. Dat kwam er uit de afgrond op hen af. En daar gingen zij naartoe als hij niet rechtdoor bleef rijden. Tussen de omhoogkruipende monsters herkende hij delen van mensen, stukken lichamen die een eigen leven leidden. Afgerukte armen, voorzien van spinnenpoten en kapotgeslagen hoofden waaruit dunne tentakels gegroeid waren die zich aan andere bewegende creaturen vasthielden. Er werkten zich ook naakte doden in hun richting.

Op de achterbank klonk gejammer. Shanya Bellmer staarde hologig voor zich uit. Haar lippen waren kleurloos, zoals de rest van haar gezicht. Darian zweette ineens. Hij wilde het stuur niet loslaten. Nog even. Enkele meters. Boven de houten deuren zakten de zoekende tentakels over de muren naar beneden. Maar daar had Darian geen oog voor. De grond onder de wielen kalfde verder af. De kleine wormen gleden de afgrond in, de kruipende dood klom steeds hoger. Diep in zijn maag vormde zich een brok woede. *Niet nu, niet nu we er bijna zijn!* De brok gleed door zijn slokdarm naar boven, raakte zijn stembanden en deed die trillen. Het werd een brutale schreeuw die rauw uit de keelholte werd geperst. De drie anderen wierpen zich plat op de zetels, maar hij zakte enkel een beetje onderuit. De Chevy legde de laatste twee meters hotsend en slippend door de wormen af, begeleid door een aanhoudende, oorverdovende schreeuw uit Darians wijdopengesperde mond.

De voorkant van de Chevrolet ramde zonder aarzeling de wankele deuren die nauwelijks weerstand boden. Daarvoor waren ze te vermolmd. Er klonk een enorm gekraak. De slecht aangebrachte planken, de eigenlijke deuren en de dwarsbalken aan de binnenkant spatten door de impact in duizenden splinters en stof uiteen. Darians schreeuw hield aan tot de Chevrolet volledig uit de wormpoel geraakt was en samen met de inzittenden de achterkant van het huis op Meridian Road was binnengereden.

22

GELUKKIG brandden de lichten van de wagen nog. Darian had daar niet eens over nagedacht. De aanrijding had blijkbaar geen blijvende schade aan de Chevy toegebracht. Hijzelf was, net als de drie passagiers, onder een stof- en splinterlaag

bedolven. Maar dat vond niemand erg. Hier was de grond tenminste vast. Hier zakten ze niet weg. Hier was het enkel…

"Donker!" siste Marrion vanop de achterbank terwijl ze het stof van haar armen wreef.

Ze wist niet tegen hoeveel druk haar zenuwen nog bestand waren, maar ze was niettemin verheugd dat ze het laatste stuk hadden gehaald. Ze schrok nogmaals op toen Darian de wagen abrupt tot stilstand bracht. De lichten wierpen een vertroebeld schijnsel in een smalle, donkere tunnel. Die was net breed genoeg voor de Chevy. Er was zelfs geen mogelijkheid om de deuren te openen. Darian probeerde het niettemin, maar hij forceerde slechts een opening van nauwelijks vijf centimeter. De zijkant van de deur kwam in een sponsachtige materie terecht en perste er een zuurruikend vocht uit. Haastig trok hij de deur weer dicht. Hij wilde niet naar de oorsprong van de stoffering van de muren gissen. Het had geen zin. De donkere, lage gang strekte zich schijnbaar ver voor hen uit. En aangezien er maar één mogelijkheid was, liet Darian zijn voet van het rempedaal glijden en plaatste die boven op het gaspedaal. Een kleine beweging die voor de vier inzittenden een wereld van verschil uitmaakte. Hoe eng hun plaats ook was, ze werden er tenminste niet aangevallen. Door tergend traag vooruit te rijden, beseften ze allemaal dat ze weer op pad gingen, alhoewel ze niet wisten wat hen verderop wachtte. Niemand sprak. Darian was nog steeds bestuurder van de gehavende Chevrolet. Vooraan volledig ingedeukt, de voorruit verbrijzeld en de raamomlijsting verwrongen of verdwenen. De beide zijkanten waren met blikopeners of metalen haken bewerkt. Shanya had haar benen opgetrokken en haar armen rond haar knieen geslagen. Haar ogen gericht op de flauwe vlek die voor het voertuig over de stoffige vloer gleed. Op de achterzetel hielden Marrion en Steven elkaar vast. Ook zij keken voor zich uit, hoewel de duisternis achter hen evengoed allerhande vormen van dodelijk kwaad verborgen kon houden. De donkere ruimte achter de wagen belaagde hen als een ijskoude rugwind. Op meerdere plaatsen puilden de muren naast hen als opbollende zweren uit, alsof een ferme klodder geel schuim zich naar buiten wilde persen, om vervolgens weer door de muur te worden opgezogen.

"Daar staat iemand!"

Darian trapte op de rem. Hoewel de wagen niet rap reed, kwam hij heel abrupt tot stilstand. Iedereen deinde naar voren. Darian zag, net als de twee personen op de achterzetel, wat Shanya als eerste had opgemerkt. In de gang was inderdaad iemand aanwezig. De lichten van de Chevrolet beschenen hem niet voluit, maar toch was het duidelijk dat het een volwassen persoon was die rechtop en bewegingloos in het midden van de gang had plaatsgevat. Gekleed in een afgetrokken, gevlekte jeansbroek met daarboven een lang houthakkershemd dat overduidelijk, zelfs vanop die afstand, zijn beste tijden lang geleden had doorgemaakt. De armen van de man hingen lusteloos naast het lichaam, de handpalmen naar binnen gericht, de vingers gedeeltelijk geplooid. Het gezicht was dat van een oude man. Lusteloos, afgeleefd en zonder enige emotie. Ongeschoren, lang niet gewassen of gekamde, grijze haren, grote, zwarte kringen onder de doffe ogen, beide mondhoeken naar beneden gericht.

"Ronald."

Shanya sprak het woord - de naam - zonder gevoel uit. De letters vormden zich in haar hersenen tot een woord. Het meisje bracht het in een automatisme, onder de vorm van klanken, naar buiten. De figuur voor hen kwam exact overeen met het beeld dat zij zich van de bewaker van het huis had gevormd, nadat haar vader zijn eigen verhaal had verteld. Haar stemgeluid bezorgde de andere inzittenden in de wagen koude rillingen. Het was inderdaad een griezelige verschijning. De oude kerel bleef daar maar staan. Het was niet de persoon die je opzocht om een gezellig babbeltje mee te slaan. Het was eerder het type straatzwerver voor wie je een ommetje maakte.

"Rij hem aan flarden!" siste Marrion vanop de achterbank.

Darian Shadborne kreeg er genoeg van. Dit spelletje had al veel te lang geduurd. Hij had op Starr Street eigenlijk in de Chevrolet willen stappen om zonder enig oponthoud dwars door dit huis te rijden en er aan de andere kant uit te komen. Zoals Shanya's vader had vooropgesteld. Maar van bij het speelplein tot hier was er verdomme al heel wat gebeurd. Ze waren onder andere Elliot kwijtgespeeld. Nu dit nog!? Wat wachtte hen nog allemaal? De kwaadheid in Marrion McKelly's stem spoorde hem aan om er inderdaad vlug komaf mee te maken.

"Met veel plezier! Hou jullie vast!"

Darian trapte het gaspedaal in. De wagen gromde eerst (als vroegen de gillende kinderen: *is dat nu echt nodig?*), maar schoof toen ineens vooruit. De gang was zó smal dat de zijkanten onophoudelijk tegen de licht pulserende muren aanbotsten. Op meerdere plaatsen barstte bij de aanrijding de net opbollende zweer open en gulpte er geelgroen pus uit de gaten. Met het pus kwam een verpestende geur vrij die hen de adem benam. Zoiets had geen van hen ooit geroken. De walgelijke walm inademen betekende onmiddellijk tranende ogen en barstende hoofdpijn. In de gaten van waaruit het pus en de stank kwamen, kronkelden kleine wormen die zich in een papperige substantie wentelden. Was de gang waarin ze reden, wel degelijk een gang? Of bestonden de wanden uit rottend vlees?

Ronald bleef onverstoord staan, steeds duidelijker belicht door de aanstormende wagen. Het licht groeide om hem heen op de vloer, de muren en het plafond. Darian was van plan de kerel gewoon omver te rijden als die geen plaats ruimde. Trouwens, indien hij zich tegen de muur duwde, werd hij toch door de zijkant van de Chevy geraakt. Er was, volgens Darian, voor die ouwe, goeie Ronald geen uitweg mogelijk. Maar Darian dacht er waarschijnlijk niet aan dat Ronald deel van Anderwereld uitmaakte.

Om dat duidelijk te maken, gleed de kerel open. Dat was toch wat het viertal zag. Zijn borstkas en buikholte waren ineens zichtbaar, alsof de huid en het vlees dat de buitenste rand van het menselijke lichaam vormde, als slappe deuren opengeworpen werden. Zelfs zijn gezicht spleet open. De lichten van de snel naderende Chevrolet beschenen wat in de ontstane wonden zat: een krioelende massa vlezige, darmvormige dingen die opeens allemaal tegelijk naar buiten sprongen. Shanya gilde toen ze het afschuwelijke schouwspel bekeek. Van de figuur van Ronald was niets meer te bemerken. Uit zijn opengebarsten hoofd, borst en buik gleden, doken, wipten en tuimelden steeds meer slangachtige wezens, die echter met het oorspronkelijke lichaam verbonden bleven. Sommige wentelden zich tegen het plafond, andere kronkelden over de muren of tuimelden op de vloer. Sommige hadden kleine, honderden pootjes die op zwarte puntjes eindigden, andere hadden vlezige zuignapjes. Hoe dan ook, die draaiende, kolkende en wentelende draden, darmen of slangen, kwamen allemaal hun richting uit. Nu gilde Marrion ook.

Het volgende moment reden de voorwielen over de eerste slangachtige dingen. Vanuit het rechtopstaande karkas van Ronald klonk een ijselijk krijsen. "Rotzak!" gilde Darian.

Op het moment dat alle tentakels zich van het plafond lieten vallen, zich van op de muren afduwden of vanop de vloer opsprongen om de Chevy te omvatten, reed het voertuig zonder inhouden in op wat van de eigenlijke Ronald overbleef. Iedereen gilde om hem heen. Waarschijnlijk gilde hijzelf ook. De impact zorgde voor een afschuwelijk spektakel. De bovenste helft van Ronald knakte voorover en sloeg met een klap op de motorkap. De onderste kant verdween onder de wagen. Alle slangendingen werden teruggetrokken en sloegen ofwel tegen de wanden of het plafond ofwel kwamen ze onder de wielen terecht. Het krijsen van het wezen pijnigde hun gehoororganen. Smerig, kleverig, bruin spul bleef op de motorkap achter toen Ronald volledig onder de wagen werd gesleurd. De Chevy hobbelde over het wezen en de vier inzittenden merkten tegelijk dat hun maag zich omkeerde. De stank van de vrijgekomen onderdelen was afschuwelijk. Kronkelende tentakels probeerden met haakjes en zuignapjes nog greep op de wagen of de inzittenden te krijgen, maar het lukte hen niet. Net voor de Chevrolet de duistere gang verder inreed, zag Shanya dat het stinkende, bruine vocht *in* de motorkap brandde.

De achterwielen rolden over het wezen Ronald dat nu enkel nog een uitgesmeerde hoop draderig vlees en een massa in bruin slijm wriemelende, aalvormige wezens was. De lichten van de Chevy schenen nog steeds, maar drongen niet door de duisternis die ze net binnengereden waren. Naast het gonzen van de motor, het doodsgerochel van het wezen achter hen en het knetteren van het bijtende vocht dat zich door de motorkap heen vrat, klonk het pulseren van hun slagaders ook tot in hun hoofd door. Was dit nog het einde niet?

Nu reden ze door een totale duisternis. Iedereen zweeg en zat in zijn of haar eigen gedachten verzonken. Darian besefte dat het absoluut geen zin had om *niet* verder te rijden. Hij moest nauwelijks sturen en liet de wagen zowel links als rechts tegen de wanden schuren. Blijkbaar werd de gang niet breder. Het krijsen van de vermangelde Ronald werd steeds minder hoorbaar. Hun reis door de complete duisternis was angstaanjagend en enorm beklemmend. Marrion en Steven zaten dicht tegen elkaar in het midden van de achterbank en ook Shanya was tot tegen Darian aangegleden. Wat uren duurde, nam in werkelijkheid hooguit drie minuten in beslag.

"Daar!" riep Darian.

Voor hen uit was er licht. Een klein vierkantje uitnodigende klaarte. Oneindig ver voor hen uit. Het einde van de tunnel.

"Eindelijk!" viel Shanya hem bij.

Het licht was een geschenk uit de hemel. Nu pas beseften ze allen wat het verdwijnen van het gezichtsvermogen teweegbracht. Onzekerheid en pure angst. Darian Shadborne dreef de snelheid automatisch op. Ook hij wilde uit de duisternis geraken, en wel zo vlug mogelijk. Het gaf hem een gelukzalig gevoel het donker te kunnen verlaten. Naarmate ze de lichtbron naderden, werd het vierkant groter. Nu werden ook de wanstaltige, pulserende bulten met hun druipend pus weer zichtbaar. Even later reed de Chevrolet met een gezellig snorrende motor de duistere gang uit en kwam in een ronde, felverlichte kamer terecht. Ze waren terug op de plaats waar ze elk een deur hadden gekozen en waar Elma Choshakian van hen afscheid had genomen. De egaalgroene kleur was vervangen door felwit. Er restte dus nog één etappe. Darian liet de wagen doorbollen tot net in het midden en duwde het rempedaal vervolgens zachtjes in. De Chevrolet Impala kwam tot stilstand.

23

ZE voelden het allemaal. Het einde van de reis was binnen hun bereik, want ze waren bijna terug op de stek waar alles begon. Door het aanwezige licht bemerkte Darian nu pas ten volle de schade die de rit aan het voertuig had aangericht. Vooraan in de motorkap was een gat gebrand. Door de opening was een installatie te zien die ruwweg op een automotor leek. De voorruit was al veel eerder verbrijzeld, maar nu waren ook de resterende, rechtopstaande raamstijlen verdwenen. De beide zijkanten waren op meerdere plaatsen opengereten. Het knalrode interieur was nog het minst aangetast. Uit pure gewoonte wilde hij naar de benzinemeter kijken, maar hij besefte dat het dashboard geen zichtbare meters bevatte, enkel impressies daarvan. Hij herinnerde zich dat de wagen niet echt een wagen was, hoewel hij zijn hoofd niet wilde breken over de vraag hoe een dergelijk object zich dan effectief verplaatste. Blijkbaar was hier veel mogelijk.

"Goed, we zijn toch al zover!" zei Shanya.

Zij was uitgestapt en bevond zich tussen het voertuig en de geopende deur. Klaar om er opnieuw in te springen. Blijkbaar beschouwde zij de Chevy - hoe erg die ook toegetakeld was - nog steeds als een veilige haven.

"Let toch op!" waarschuwde Marrion haar.

Shanya keek om zich heen. Ze voelde dat er niet onmiddellijk gevaar loerde. De grond onder haar voeten bestond uit solide tegels en de deuren die ze eerder - hoeveel uren geleden? - hadden genomen, waren dichtgemetseld, voorzien van stalen luiken of dikke, over elkaar heen getimmerde planken. Het plafond - de lichtbron - was helderwit, maar erg oneffen. De vormen die er als het ware tegenaan gekleefd hingen, zorgden voor een griezelige aanblik. Alles was nochtans in hetzelfde helwitte schijnsel gekleurd. Er was slechts één richting die ze uitkonden: voorwaarts. Daar was de gang met de vele deuren waar ze samen te voet doorheen waren gekomen. Op het einde van die gang zag Shanya de voordeur van het huis. Daarachter lag de *normale* wereld. Er verscheen een glimlach op haar gezicht.

"We zijn er bijna... daar is de voordeur!"

Darian opende het brede portier en stapte ook uit. Hij waagde zich niet ver van de wagen en liet de motor stationair draaien. Uiteindelijk werkten ook Marrion en Steven zich uit de Chevy. Alles bleef rustig. Darian stapte tot voor de wagen en keek de betegelde gang naar de voordeur in. De vele deuren waren dicht. Toen hij omkeek, zag hij dat de anderen zich strekten. Dit oponthoud was dus effectief een rustpauze. Marrion en Steven liepen naar de linkerkant, bekeken de schade en bedekten vlug hun mond en neus. Want het koetswerk (dat eigenlijk uit een soort keiharde rubber of klei bestond) was ook besmeurd met allerhande onwelriekende smeerlapperij, afkomstig van alles wat zij tot op dat moment hadden aangereden. Vooral de brede grille was beplakt met een veelkleurige en stinkende laag blubberige smurrie. Shanya was ter hoogte van de koffer en Darian had intussen enkele stappen in de gang gezet. Het *zag* er veilig uit, maar hij stelde geen enkel vertrouwen in wat hij zag. Hij had te veel meegemaakt om onvoorzichtig te zijn. Hij draaide zich om en liep naar de achterkant tot bij Shanya.

"Wat denk jij? Rijden we het laatste stuk?"

Shanya keek van Darian naar de omgeving. *Leek* het enkel rustig of was het gevaar ook effectief geweken? Kon ze haar gevoel vertrouwen? Teruggaan was uitgesloten en de andere deuren waren afgesloten. Trouwens, haar vader had de uittocht via de gang vooropgesteld. Wat hield hen tegen om verder te rijden?

"Ik denk dat dat het enige is wat we *kunnen* doen. Met of zonder de wagen?"

"De Chevy heeft ons tot hier toe tegen al die rotzooi beschermd. Ik heb weinig zin om de wagen hier achter te laten. Jouw vader heeft toch gezegd dat we moesten doorrijden?!"

"Klopt."

"Een geldige reden... laat ons vertrekken."

Darian richtte zich naar Marrion en Steven aan de bestuurderskant van de wagen toen het ineens heel wat minder klaar werd. Het was alsof er iets voor de lichtbron schoof. Een donkere wolk voor de zon. Een rauwe stem die ze allemaal kenden, zei vervolgens:

"Dat gaat zomaar niet!!"

24

DE woorden ratelden als ijskoude messen langs hun ruggengraat en ribbenkas. De raspende geluiden daalden van boven op hen neer. Met z'n vieren keken ze tegelijk op. Wat ze zagen, benam hen de adem, hun benen voelden op slag als boter aan. Hun huid trok over hun vlees samen en ze kregen het ijskoud.

Wat Shanya daarnet als oneffenheden tegen het plafond had beschouwd, waren in feite helemaal geen vervormingen van het plakwerk. Het was een gruwelijk creatuur dat tegen het plafond gekleefd hing en de omgevingskleur had aangenomen waardoor enkel de vormen zichtbaar waren. Nu had het die beschutting laten wegvallen en toonde het zich onbeschermd aan het viertal. In het midden van het plafond, van waaruit vele andere onderdelen in alle richtingen vertrokken, plakte een gigantisch, zwaarvervormd gezicht. Zonder twijfel dat van Elma. Voor elk van hen onmiddellijk herkenbaar. Bloeddoorlopen ogen, zo groot als schotels, een kromgetrokken neus met wijde, diepe gaten en een gapende holte die de mond moest voorstellen. Uit die mond bungelden lange, kwalachtige dingen in hun richting. In de dikke laag vlees die de wangen en het voorhoofd uitmaakten, bevonden zich ontelbare gaten waarin dikke, bruine arachniden zich in hun geweven netten wentelden. Vanuit de randen van het platte 'hoofd' vertrokken tientallen poten die gedeeltelijk dichtgevouwen lagen. Elma's nieuwe vorm bedekte op die manier het grootste gedeelte van het plafond. Het weinige resterende licht was afkomstig van de nog vrije plekken. Het was een afschuwelijk monster dat boven hun hoofden hing. Uit de oogkassen droop vocht op de grond en de wagen. Waar het terechtkwam, siste de substantie eronder onmiddellijk. Blauwe rook steeg op. Elma bewoog enkele van haar vele gelede poten waardoor het ganse plafond golfde. Veel kleiner, parasitair ongedierte viel van tussen de stekels en haren op de poten en kwam onder andere op Darian terecht. Hij schrok op, veegde de veelpotige en rondscharrelende kakkerlakachtigen van zijn kledij, en deinsde achteruit.

Tot hier zijn we geraakt, dacht Steven Tatakarian, *maar hier sterven we*. Hij staarde gebiologeerd en met open mond naar het wezen. Naast hem stond Marrion - net als Steven - versteld van het dodelijke gevaar dat overduidelijk van Elma in haar echte vorm uitging. Waarschijnlijk vocht zijn vriendin ook tegen haar defaitistische gedachten. Haar ogen traanden, haar handen beefden. Ineens drong iets haar hoofd binnen. Het was Elma's stem, zoals zij die tot gisteren had gekend. Maar toch een beetje blubberig, niet echt menselijk.

... Marrion...

Het had geen zin haar spreekorganen te gebruiken. Dit ging niet om het overbrengen van woorden, wel van gedachten. Was de tijd plotseling stilgevallen? De anderen stonden stil, alsof ze in beelden veranderd waren. Darian met de armen langs zijn lichaam, Shanya verschrikt omhoogkijkend, Steven met openhangende mond starend naar het plafond. Waarom bewogen zij niet meer? Wat gebeurde er in 's hemelsnaam?

... Marrion ...

... ja ...

... wat denk je er nu van ...?

... ga je ons doden ...?

... oh, als ik het plafond loslaat, kom ik bovenop jullie terecht, het kost mij weinig moeite...

... ik ...

... jij hebt destijds de verkeerde beslissing genomen, meisje...

... ik ...

... jij had thuis moeten blijven. Steven is het niet waard om gevolgd te worden...
Marrion keek vluchtig opzij. Steven keek nog steeds naar boven. Zijn onderlip trilde bijna onzichtbaar traag, de tijd liep dus toch verder. Was hij het echt niet waard? Ze keek op naar de gruwelijke, bloederige ogen die haar aanstaarden.

... ja, kijk maar, hij is het niet waard. Hij zal jou nog veel pijn bezorgen. Jij bent de enige die niets met mij te maken had, waarom ben je met hem meegekomen...?

... ik... hou van hem...

... houden van? Een gevoel, puur gebaseerd op eigenbelang. 'Nodig hebben,' bedoel je. Men houdt van iemand om wat men van hem of haar op allerhande vlakken kan krijgen. Maak van 'ik zie je graag' en 'ik houd van jou' een samentrekking en het klopt: 'Ik houd je graag!' Het is dus een zuiver egoïstische aangelegenheid, die om behoeftebevrediging en het opvullen van persoonlijke tekortkomingen en onvolmaaktheden gaat. Als beloning voor wat men krijgt, doet men iets (wat de andere graag heeft) terug... en de cyclus herbegint. Tot de nuchterheid de bovenhand haalt, tot men de inmenging beu is, tot men weer ruimte voor zichzelf wil. Tot de andere meer (of minder) doet dan wat je van hem verlangt. 'Houden van' staat synoniem met 'tijdelijk gebruiken', en dat alles onder de noemer van een term die liefde heet. Een woord met een inhoud die even vluchtig, onduidelijk en verraderlijk als mist is. Het is een overkoepelende omschrijving van wat voor beide geslachten een eminente behoefte is...

...ik voel dat Steven me respecteert...!

Elma nam er haar tijd voor. Marrions gemoed manipuleren was één methode om de ontsnapping uit Anderwereld tegen te gaan. Het was geen domme meid. Ze dacht na. Ze was luisterbereid en stond voor andere meningen open. Daarom liet Elma haar niet gaan. Verder 'bewerken'!

...je 'hoopt' dat hij je respecteert, dat is het. Luister, meisje, ik ben er al even lang als de mensheid zelf. Het kan ook niet anders. Liefde, zoals jij dat noemt, handelt niet over geven en nemen, maar over een kwestie van al dan niet 'blijven krijgen' en 'nodig hebben'. Bij de aanvang loopt alles gesmeerd. De bron lijkt onuitputtelijk. Na een tijdje (voor sommigen weken, anderen jaren) raakt de bron uitgeput. Er ontstaan problemen omdat behoeftes niet meer worden vervuld. Met een grote kans dat de ganse bedoening van het begin af aan opnieuw start, zoekt men de vervulling dan maar bij iemand anders. Daarom zijn de hoeren en de minnaressen er voor de man zoals de psychiaters en de minnaars er zijn voor de vrouw. Sommigen hebben noch het uiterlijk, noch de centen om zich een van die vier substituten te veroorloven. Dan kunnen zich opdringende gevoelens in een nuchtere context geplaatst worden door het al dan niet aanwezige en correct gebruikte verstand. Beschikt men niet over het nodige verstand, of is men niet in staat het op de juiste manier aan te wenden, dan zijn er 'gevoelensverdovende' middelen zoals drank, medicatie en drugs. Verliezen die na verloop van tijd hun verwachte uitwerking, kan men in extremis nog altijd voor de dood kiezen. Dan zijn er geen gevoelens en behoeftes meer.

Of men wordt het samenzijn gewoon. De ene maakt vanaf dat moment enkel nog deel uit van het leven van de andere. Men legt zich bij de situatie neer, men wordt mistroostig en depressief. Waar men naar verlangt, krijgt men niet meer. Zolang de bevrediging blijft, ziet men de mindere kantjes door de vingers. Men legt er zich bij neer. Maar van zodra behoeftes niet langer ingevuld worden, stapelt de ergernis zich op....

...Steven is zo niet. Hij zal...

...niets anders doen dan elke andere man. Zij bezitten allemaal de aangeboren drang om zich voort te planten. Elke vrouw verlangt ook naar respect en genegenheid. Het zijn genetisch bepaalde feiten die niet te ontkennen zijn, maar die men tot een geestesverruimend gevoel tracht te verheffen. Waarschijnlijk omdat de huidige mens meer wil zijn dan datgene waar hij voor op de wereld is gekomen. Overleven en voortplanten, de rest van de handelingen zijn overbodige nevenactiviteiten. Jullie zijn maar één klein onderdeel van de evolutie. Jullie komen en gaan, net als de dinosaurussen, net als bepaalde andere diersoorten en planten. Voortplanting, daar gaat het in de natuur om. Ik noem liefde een veredelde en zwaar eufemistische dekmantel voor seks en aandacht. Jij wil niet langer alleen zijn, dus maakt hij wel kans. Kijk diep in je binnenste. Steven is bruikbaar, hij komt goed van pas. Hij lijkt een goede keuze om jouw leegtes op te vullen. Dat wordt zijn taak! Tot hij die niet meer naar behoren uitvoert. Of tot jij hem voor bepaalde behoeftes niet langer kunt bevredigen. Dan gaat hij weer weg. Je blijft achter, hongerig en opnieuw alleen. Is het echt dat wat je wil? Altijd maar die onzekerheid? Zal hij blijven? Zal hij weggaan? Laat hem vallen, Marrion. Of hou je genoeg van hem om je leven op te geven? Anderwereld houdt daar rekening mee. Ik bied jou een kans...

... een kans...?

... om in leven te blijven...!

... waarom ik? Waarom de anderen niet...?

... met jou heb ik niets te maken. Jij hebt geen voorgeschiedenis die met mij verbonden is...

... je hebt gelogen...

Marrion ving een kort gegrinnik op. Darian, Shanya en Steven bewogen heel, héél traag. Voor hen verliep de tijd normaal, voor haar gruwelijk traag. Dit was een afschuwelijke situatie. Ze was alleen met Elma, compleet van de anderen afgesloten.

... ik had zaken met hen te regelen. Ik heb getracht jou ervan te beletten om mee te komen, maar je wilde van geen woorden weten, jouw egoïstische gevoelens hielden jou in bedwang...

... ik ben niet bang...

... lul niet, meisje. Je bent wel bang, je bent bang om te sterven. Iedereen is bang om te sterven. Jij bent niet anders dan de rest...

Haar dichtgeknepen longen schreeuwden om verse lucht. Elma had gelijk. Ze was wel bang, afschuwelijk bang. Het liefst wilde ze in een onbeheersbare huilbui uitbarsten en als een geslagen kind ineenkrimpen, zich tegen de muur voor de werkelijkheid terugtrekken. Elma had zelfs gelijk wat Steven betrof, zij kon zijn aanwezigheid inderdaad goed gebruiken, dat was de grootste drijfveer om...

... wat stel je voor...?

... ah, ik stel voor dat jij met de Chevrolet vertrekt. Jij alleen. Je stapt in, rijdt weg en voorbij de deur kom je in je eigen toestand terecht...

... en de anderen...?

... denk alleen aan jezelf, Marrion. Je hebt enkel deze kans...

Marrion keek naar het pulserende gezicht aan het plafond. De dikke poten gleden over elkaar, steeds meer ongedierte viel naar beneden. In de gaten in het 'gezicht' zogen de spinnen de zachtste delen van een gevangen prooi uit.

... laat me los, ik wil tijd om erover na te denken...

... ik heb weinig zin om hier nog lang te hangen, Marrion. Hou het kort ...!

... laat me los en ik doe jouw zin...

... dat hoor ik graag...!

Ineens was de verbinding verbroken. Marrion McKelly was terug in het normale tijdsverloop. Darian en Shanya veegden angstvallig het vallende ongedierte uit de lucht weg en Steven gaapte nog steeds - compleet uit zijn lood geslagen - naar het aan het plafond klevende monster. Veel tijd had ze niet. Ze keek naar de wagen met de stationair draaiende motor. Ze zag het stuur en het dashboard. Alles in een felrode kleur. Ze keek de gang met de deuren in. De vrijheid. Ze twijfelde niet. Ze had nooit getwijfeld. Darian keek in haar richting. Hun ogen vonden elkaar.

"Heb je je speelgoed nog?" vroeg ze hem.

Omdat hij zijn wenkbrauwen fronste, duwde ze haar armen tegen de zijkanten van haar lichaam zoals ze hem een paar maal had zien doen. Darian begreep wat ze bedoelde en grijnsde. Hij knikte.

"Ik rij!" zei Marrion.

Het volgende moment gebeurden er enkele zaken in een heel vlug tempo. Marrion gaf Steven een stomp en duwde hem langsheen het stuur op de voorzetel.

"Doorschuiven!!" riep ze.

Steven hapte naar adem en schoof haastig verder. Marrion dook achter het stuur. Darian trok zijn vest open en viste met een machtige zwaai de twee zware Colt Leveller.50-pistolen uit de holsters onder zijn beide oksels. Shanya sperde haar ogen open en dook over de zijkant van de Chevy op de achterzetel. Er klonk een kleverig kraken toen één van de poten zich van het plafond losscheurde. Blijkbaar zag Elma in dat haar onderhandelingspoging niet het gewenste resultaat opleverde. De kwalachtigen in de holte van haar mond trilden. Een gierend gillen teisterde hun oren. Darian werkte zich naast Shanya op de achterbank en leunde ver achterover. Alles gebeurde werkelijk in dezelfde seconde. Marrion trapte het gaspedaal in op het moment dat Darian zijn armen naar boven stak en de twee lopen op het krampachtig van woede vertrokken gezicht van Elma richtte. Tussen de twee lopen door zag hij de haat in de ogen van het monster dat zich van het plafond loswerkte.

"Niet zomaar!" schreeuwde Darian.

Hij haalde beide trekkers over. Er klonken twee luide knallen en het resultaat was evenredig met het lawaai. Shanya keek omhoog. Waar de gloeiende projectielen insloegen, spatte de harde huid onder het linkeroog open. Klonters papperig vlees en bloed werden door de impact van de kogels in het rond gesproeid. Het Elma-monster loeide van de pijn en trok zich uit alle macht verder van het plafond los. Ondertussen dook de voorkant van de Chevy de donkere gang in. Op weg naar de voordeur, op weg naar de vrijheid.

Marrion bestuurde het voertuig alsof ze nog nooit iets anders had gedaan. Steven hield zich naast haar aan het dashboard vast en wist niet waar hij eerst moest kijken. De voordeur heel ver voor hen uit, het monster dat achter hen aankwam of zijn vriendin die met blijkbaar het grootste gemak het voertuig door de smalle gang loodste. Achter hen, in de ronde ruimte, kwam Elma op haar gelede, harige poten op de vloer terecht. Daardoor leek ze op een enorme spin. Het lijf bestond enkel uit het gigantische, platte hoofd. Marrion keek niet om toen Shanya gilde. Zij concentreerde zich op wat vóór hen lag. Ze waren al enkele van de deuren voorbijgereden. Wat achter hen gebeurde, was Darians verantwoordelijkheid. Elma zette onmiddellijk de achtervolging in. Er voltrokken zich veranderingen in het monster. Elma's 'gezicht', het eigenlijke lichaam van het beest, zwol op tot een vormloze klomp. De mond werd die van een volwassen haai, compleet met drie rijen gekartelde, naar binnen geplooide tanden en een diepe, rode keel. Het wormdragende tandvlees puilde uit, telkens wanneer Elma haar tandenrijen met een angstwekkend lawaai op elkaar liet klappen. Ze wrong haar lijf grommend in de gang en holde achter hen aan. De meeste naaldklauwen op het einde van haar vele poten krasten over de vloer, maar er waren er ook die zich op de muren naast haar vasthaakten. Bloed gutste nog steeds uit de wonden onder het linkeroog. Omdat ze liep, bengelden er spinnen uit de gaten in haar huid. Het was een afschrikwekkend beeld dat Shanya bijna een beroerte bezorgde. De open- en dichtklappende haaienbek, de onmogelijk grote, trappelende spinnenpoten, het afschuwelijk vervormde en verminkte gezicht. De haat die het aanstormende creatuur uitstraalde.

Darian besefte dat zijn hulp nodig was om voor een goede afloop te zorgen. Hij manoeuvreerde zich op zijn knieën en liet zijn achterste op zijn onderbenen zakken. Hij zat daardoor rechtop en richtte op die manier beide Levellers vrijelijk voor zich uit op de achtervolgende Elma. Hij had al eerder ervaren dat de wezens van Anderwereld sterfelijk waren en besefte dat Elma evenmin tegen zijn krachtige handvuurwapens bestand was. Hij haalde opnieuw beide trekkers tegelijk over. De knallen waren oorverdovend. Eén kogel in een poot en de andere opnieuw onder het linkeroog. Elma maakte afschuwelijke geluiden, maar zette de achtervolging niet stop. Integendeel, Shanya had de indruk dat de verwondingen haar nog woedender maakten. Nogmaals vuren. Raak! Een van de gloeiende hulzen tuimelde tegen Shanya's wang. Opnieuw in een poot en ergens onderaan de haaienbek. Bloed en geel pus gutsten uit de wonden. De inslagen lokten een fel grauwen uit. De driehoekige tanden in het gezwollen, paarsrode tandvlees klapten samen. De poten roffelden voluit en droegen het afschuwelijke, opgezwollen gezicht met zich mee.

Darian vloekte en richtte zich op. Nu zat hij rechtop, met zijn dijbenen tegen de leuning van de achterzetel gedrumd. Net toen hij opnieuw wilde vuren, voer er een schok door het voertuig. Steven riep en Marrion schreeuwde.

"Doorrijden!"

Dat was Steven.

"De deuren, godverdomme! De deuren!!"

Marrions overslaande stem. De Chevy ramde de eerste deur die werd opengeduwd. Die versplinterde wie niet maakte dat hij of zij wegkwam, deelde in de brokken. Een naakte, dode man. Hij werd door de aanrijding tegen de muur geworpen en kwam onder de rondvliegende splinters terecht. Voor hen uit werden meerdere deuren geopend. Steven schreeuwde dat ze moest doorrijden. Alles aan flarden rijden. Shanya drukte zich tegen de achterkant van Marrions zetel en vroeg zich niet langer af of ze het haalden. Gewoon ondergaan. Ze hoorde een onophoudelijk en oorverdovend kraken. Dat van de houten deuren en de botten van de doden die tussen de aanstormende wagen en de wand terechtkwamen. Darian richtte zijn wapens terug naar achteren en begon zonder ophouden te vuren. Hij gromde toen de gloeiende kogels op verschillende plaatsen in het lichaam van Elma insloegen. Het vlees werd aan rafels gereten. Het rechteroog werd getroffen en barstte als een bol vol slijm open. Darian Shadborne genoot van de verwoestende kanonnade. Hij schreeuwde van genot. Aders spatten uiteen, stukken bot versplinterden uit de stakerige poten en tanden werden uit de bek geschoten. Brokken vochtige vleesklonters spetterden in het rond. Bloed stroomde in beken uit het verhakkelde lijf dat echter bleef krijsen, happen en aanvallen. De tanden in de gigantische bek werden smaller en langer en richtten zich meer naar voren. Het werden dikke naalden - zolang als zijn onderarmen - die schots en scheef uit het dooraderde tandvlees groeiden. Darian bleef Elma onder vuur nemen. Elk pistool bevatte een lader met zeventien patronen. Vierendertig inslagen mogelijk. Hij miste niet. Telkens wanneer hij de trekker overhaalde, trof de kogel het gewenste doel. Maar het gruwelijke monster met haar trappelende, schrapende en trommelende poten bleef achter hen aankomen. Het ene goede oog staarde hem met vleesverterende haat aan. Alle wonden persten nu bruin pus naar buiten. Het droop over het verwrongen gezicht en rekte in lange slierten achter haar aan.

Shanya drukte zich zo dicht mogelijk tegen de achterkant van de voorzetel aan en hield haar handen tegen de zijkanten van haar hoofd. Ze probeerde haar geest voor het tieren van het razende wezen af te sluiten. Het krijsen en alle andere geluiden die het produceerde. Steven keek voor zich uit, naar wat hen opwachtte. En Marrion... zij probeerde haar zenuwen de baas te blijven. Haar handen klemden zich om het stuur en hoe graag ze ook om had gekeken naar de strijd die daar aan de gang was, toch concentreerde ze zich op de gang en de deuren links en rechts. Die werden geopend, maar nog voor er iemand tevoorschijn kwam, reed ze die aan splinters kapot.

Ze vond het vreemd dat de voordeur aan het einde van de gang steeds even ver van hen verwijderd bleef. Het rijden had helemaal geen zin, de deur bleef waar ze was... onbereikbaar. De gang strekte zich steeds verder voor hen uit. Achter haar donderde het onophoudelijke vuren van de twee zware wapens. Wat als de munitie opgebruikt was?

De gang werd smaller. Steven zag het ook. Waar daarnet nog een halve meter tussen het voertuig en de muren vrij was, was er nu maximum nog tien centimeter. En het werd steeds minder.

Darian Shadborne vroeg zich af waarom ze ineens stopten. Hij had de wagen niet voelen vertragen. Het Elma-monster bleef ook staan, op zo'n tien meter van de achterkant van de wagen. Darian wierp een heel vlugge blik op Shanya die naast hem ineengedoken achter Marrions zetel zat. Wat was er aan de hand? Hij waagde het niet zich om te draaien, maar was net van plan Marrion om uitleg te vragen toen Elma's stem in zijn hoofd resoneerde.

... Darian, je doet me pijn met je speelgoed ...

Hij hapte naar adem. Het horen van die rauwe stem binnenin zijn hoofd bezorgde hem een beangstigend gevoel. Het was alsof een deel van dat afgrijselijke creatuur bij hem naar binnen was gedrongen. Hij voelde zich verkracht. De woorden weergalmden door zijn hoofd en botsten tegen de binnenkant van zijn schedel.

... je doet me pijn, zeg ik ...

Darian was niet van plan zich te laten intimideren. Hij concentreerde zich en 'zei' heel kordaat:

... dat is de bedoeling...

Net zoals Marrion voor hem, antwoordde hij met gedachten. Liep de tijd voor hem niet verder? Darian hield de wapens op Elma gericht.

... op deze manier bereiken we niets ...

... wij willen hier enkel uit weggeraken ...

... dat kan ik niet toelaten, ik heb een rekening met jullie te vereffenen ...

... wij hebben jou niets misdaan...!

... jullie vaders wel, die hebben het aangedurfd deze doorgang te belagen...

... ik ben fier op hen...!

... en hier gaan ze dan nog samen tegen mij in het verzet? Ik roei jullie ganse familie uit, of had je het nog niet door? Shanya's vader stuurde jullie hier natuurlijk heen, het is de enige manier om mij te verlaten. Ik heb ervoor gezorgd dat jullie hier arriveerden! Weet je het nog? De deuren sloten zich na elk stuk dat jullie aflegden; geen terugweg mogelijk. Ik wilde jullie hier hebben om jullie desnoods eigenhandig af te maken, als anderen van mijn geledeten er nog niet in waren geslaagd...

...laat ons gaan en ik laat jou bestaan...

...ho, neen! Jullie blijven hier...!

... dan schiet ik jouw lelijke teringlijf verder vol gaten...

... ahzo, dan... o, ja, ik vergat het bijna... ik heb een verrassing...!

...daar hou ik niet van...!

Darian schrok op toen zich twee figuren uit de zwarte muur links van hem losmaakten. Het was alsof zij zich niet zonder moeite loswerkten uit de substantie die de muur vormde. Ze kwamen tussen hem en Elma staan. Achter hen bewoog zich nog een derde, donkere figuur. De herkenning bezorgde hem een schok. Rastakapsel en Muts. Hij liet de twee wapens niet zakken.

... hallo, sukkel, ken je ons nog ...?

De twee negers, naakt en dood, grijnsden hem met hun lege oogkassen aan. Daar waar de Zweefvlieger hun lichamen had getormenteerd, waren gruwelijke, diepe sporen in het vlees te zien. De randen van de wonden waren gerafeld en zwartverkleurd.

... kijk eens wie we hebben meegebracht ...

Het tweetal schoof uit elkaar. Samen grepen ze de derde figuur vast en sleurden hem tussen hen in. Darian Shadborne kreeg het erg koud in zijn borstkas. Hoewel hij nog steeds niemand in de gepresenteerde figuur herkende, benam de confrontatie hem de adem.

... vertel ons niet dat je je eigen vader niet herkent, sukkel, daar is hij niet erg blij mee ...

Darians ogen brandden plotseling. Hij kneep die kortstondig dicht. Pa? Was dat gekorste wezen dat ze tussen zich in hielden, zijn vader? Zwartverbrand en onherkenbaar verminkt? Armen en benen in onmogelijke, spastische standen vertrokken. Waar de dikke korsten opengescheurd waren, puilden roze ingewanden naar buiten. Was dit wat van zijn vader overbleef? Rasta en Muts hielden hem elk bij één verkreukelde arm rechtop. Darian haalde gejaagd adem en probeerde zich te beheersen. Dit kon eender wie zijn. Het was een zoveelste smerige poging om hem uit zijn lood te slaan. Ineens richtte het wezen zijn schuinstaande hoofd op. Het opende de ogen waarbij de oogleden als roetbrokken uiteenvielen en keek hem aan.

Darian schreeuwde. Het waren de ogen van zijn vader. Onmiskenbaar! Veel tijd om er over na te denken, kreeg Darian niet. Muts stak zijn vingers tussen de dikke korsten op de borst van zijn vader, klauwde in de ingewanden en gaf er ferme rukken aan. Wat restte van wijlen William Shadborne – tandarts in Rosenhelm – kreunde en probeerde zich aan de pijn te onttrekken. Darian beheerste zich niet langer. Schreeuwend sprong hij van de zetel op het kofferdeksel, gleed er in een vloeiende beweging af en kwam op beide voeten op de grond achter de wagen terecht. Hij holde de vijf meter naar het drietal en las in de angstige blik van zijn vader dat hij verkeerd had gehandeld. Hij was inderdaad in de val gelopen. Darian bereikte hen niet. Uit de wanden aan beide zijden flitsten zwarte dingen tevoorschijn, het waren delen van de muren zelf die uitpuilden. Nog zwart dicht tegen de muur, maar geel waar ze hem bijna bereikten. Gigantische zweren die opbolden en openbarstten. Wolken van bruin, stinkend vocht overspoelden de schreeuwende Darian Shadborne aan twee kanten. Hij hield onmiddellijk halt, liet beide wapens vallen en besefte niet onmiddellijk wat er gebeurde. Rasta en Muts grinnikten. Tussen hen in keek William Shadborne zijn zoon met een droevige blik in de ogen aan. Darian zag die blik niet langer. *Er ligt een laagje vocht op mijn ogen*, dacht hij. Maar de werkelijkheid was veel erger. Het bruine sap brandde zijn ogen kapot en vrat zich dwars door zijn kledij in zijn huid, vlees en spieren. De pijn was ondraaglijk en viel zijn kronkelende lichaam als een onbevredigbaar monster aan. Het sap vrat als een sterk bijtend zuur en verteerde binnen de eerste tien seconden alle weke onderdelen van Darians lichaam. De man zakte op zijn knieën en schreeuwde tot het zuur zijn stembanden en longen kapotbeet. Hij zwaaide nog even met de armen om het brandende gevoel van zich weg te vagen, maar zakte vervolgens gewoon in elkaar. Toen zijn bovenlichaam de vloer raakte, spatte het als een overrijpe meloen uiteen. Een afschuwelijke stank steeg van de onherkenbare smurrie en blubber op en trof het reukorgaan van een totaal ontredderde Shanya.

Darian was verdwenen. Ze hapte naar adem toen ze ineens merkte dat de man zich niet langer naast haar in de wagen bevond, maar erachter op de grond op zijn knieën zat. Het volgende moment viel hij voorover en dan was hij er niet meer. Een verpestende stank sloeg haar in het gezicht. Heel even maar meende ze een paar figuren midden op de gang te zien bij de dampende, borrelende poel die op de grond opengespreid lag. Het volgende moment dreunde het Elma-monster dwars door wat van Darian overbleef heen en kwam weer achter hen aan. Shanya had de grootste moeite om te aanvaarden dat Darian Shadborne er niet meer was. Een afschuwelijke gedachte.

25

STEVEN Tatakarian en Marrion McKelly wisten helemaal niet wat zich achter hen ontwikkelde. Zij hadden

andere zaken om rekening mee te houden. Zoals de groep doden (met hemd) verderop in de gang, blijkbaar op een plaats waar die ineens breder was en waar zich geen deuren in de wanden bevonden. Het waren er een hele hoop en ze gingen opzij om de Chevy, die nu trager reed, door te laten. Marrion zag dat ze stapvoets langs de vele doden reed. Mannen, vrouwen en kinderen. Alle leeftijdscategorieën waren aanwezig. Hoewel ze dacht dat ze tegen zo'n tweehonderd kilometer per uur door de smalle gang was geraasd, bleek dat ze nauwelijks vorderde. Of waren er naast de tijd *nog* andere zaken in Anderwereld die niet klopten?

Achter de wagen stroomden de doden terug naar elkaar, zodat een buffer ontstond tussen de achterkant van de wagen en het Elma-creatuur. Steven keek om en stelde vast dat enkel Shanya nog op de achterbank zat. Het meisje keek met holle ogen voor zich uit.

"Darian?" vroeg hij.

Shanya Bellmer knipperde met de oogleden, produceerde een pijnlijke glimlach en schudde met het hoofd. Er rolden tranen over haar bleke wangen.

"Weg! Dood!"

Een korte en brute boodschap. Net zoals Darian was gestorven. Steven vloekte en draaide zich terug naar voor. Hij liet zijn hand hard op het rode, bestofte dashboard neerkomen. Het deed Shanya opschrikken. Ze staarde verbaasd om zich heen, alsof ze de doden nu pas voor het eerst zag.

"Kijk!" riep Steven.

Voor hen, verderop - waar bleef die verdomde voordeur? - versperde nog één enkele man de doorgang. Hij droeg een hemd. Al de anderen vormden achter hen de buffer. Shanya veerde naar voren.

"Stop! Marrion... stop!" gilde ze.

Toen Marrion Gabriel Bellmer in de figuur herkende, liet ze haar voet van het ene naar het andere pedaal glijden. De man stapte opzij en keek toe hoe de wagen stopte. De drie inzittenden keken hem verwonderd aan. Een gloed van tastbare blijdschap gloeide door haar borst. Ze beantwoordde de glimlach van haar vader. De man hees zichzelf vervolgens over de zijkant van de wagen en nam naast zijn dochter op de achterbank plaats. Hij keek naar de meute doden achter de Chevrolet, richtte zich terug naar voren en zei heel laconiek: "Chauffeur? Rijden, a.u.b.!"

Marrion grinnikte en duwde op het gaspedaal. De wagen rolde de gang verder in.

"De Chevy heeft al heel wat doorstaan, zie ik. En maar met z'n drieën meer?"

Shanya knikte.

"Darian en Elliot zijn er niet meer."

"Ik hoopte dat jullie het allemaal tot hier haalden. Ik slaagde er niet eerder in hulp te bieden. Wij hebben omwegen moeten maken om in deze gang te geraken. Het was altijd ons plan jullie te helpen bij de definitieve uittocht, het stuk waar Anderwereld zich het meest zou verzetten."

"Ik vind het afschuwelijk van Elliot en Darian. Zij verdienden dit niet."

Gabriel Bellmer keek zijn dochter aan. Het was een fraaie meid geworden, zelfs ondanks de stress en de angst die van haar gezicht af te lezen vielen.

"Darian heeft Elma blijkbaar ernstig verwond. Het vertraagt haar enorm. Maar nu hebben jullie geen wapens meer en is enkel wat ik reeds vermeld heb, jullie enige verweer."

Shanya speurde haar herinnering af. Wat had haar vader verteld?

"Liefde! Echte, oprechte genegenheid! Respect! Allemaal diepmenselijke waarden! Enkel die kunnen jullie bijstaan. Ze hebben Marrion daarnet geholpen bij het maken van een keuze. Elma is nog niet vernietigd, ik denk niet dat dat ooit kan gebeuren. Anderwereld is net zo aanwezig als de wereld van de levenden. Elma is enkel vertraagd, maar blijft komen. Nu moet ze zich door de buffer werken, maar dan is ze er terug. Wees daar maar van overtuigd!"

"Waarom blijft die gang duren? Wij moesten die verdomde voordeur allang bereikt hebben," siste Marrion.

"Optisch bedrog, meisje. De deur is er pas echt als de mentale losscheuring van Anderwereld volledig is. Met onze hulp lukt dat wel! Elma is in staat het ons omringende decor te manipuleren. Deze wagen is ook onder haar controle, gelukkig maar voor een klein deel. Trouwens, ze heeft nu andere zorgen aan haar kop! Haar invloed kan niet overal tegelijk zijn! Dat is in ons voordeel!"

Het brullen bereikte hen als een rollende donder. Marrion keek voor zich uit. Steven, Shanya en haar vader draaiden zich om en waren daardoor getuige van een gigantische slachting. Elma spuwde, beet, haakte en sloeg zich een weg door de bende dode mensen. De vele poten vertrappelden wie overeind bleef. Het gekraak van botten en het geluid van openscheurend, droog vlees bereikten de wagen en maakten dat de inzittenden misselijk werden. Steven vond het een afschuwelijk schouwspel. Die mensen - of ze nu dood waren of niet - offerden zich zomaar voor hen op!? Zij kenden hen niet. Hun inzet stemde tot nadenken.

Als een om zich heen stampende tank op dikke, stekelige poten wrong het Elma-monster zich door de massa. Ze hapte met haar enorme haaienbek en beet hele stukken uit doden die ze te pakken kreeg. Elma had ondertussen ook lange, draadvormige tentakels ontwikkeld die uit langwerpige spleten op het gigantische gezicht groeiden. Die wriemelden zich onmeetbaar vlug om een slachtoffer en drongen in alle openingen binnen. Eenmaal diep genoeg gewriemeld, zetten de draden enorm uit zodat het lichaam van de man eerst opzwol, om uiteindelijk open te barsten. Daarna zochten de draadtentakels een ander slachtoffer.

Het was een gruwelijk, spinachtig monster dat er opnieuw aankwam, denderend door de gang, schurend tegen plafond en wanden.

"Rijden maar, Marrion!" zei Gabriel toen hij zich naar voren draaide.

Zijn stem klonk niet meer zo zeker als daarnet. Misschien had hij een langer oponthoud gewenst. Misschien had hij gehoopt dat de groep Elma meer schade had toegebracht.

"Rijden maar!" zei hij met nog meer aandrang.

Shanya bekeek de man naast zich. Hoewel hij ontegensprekelijk dood was, ervoer ze zijn angst. Hij - haar vader - was bezorgd! Gabriel draaide zijn schuinhangende hoofd in haar richting. Het meisje had nog steeds moeite met de witte oogbollen.

"Ja?" vroeg hij.

"Ik... wat vrees je, pa?"

Gabriel glimlachte. Zijn dochter had een zachte, lieve stem. Nog zoiets wat hij haar vroeger nooit had verteld.

"Ik vrees... ik hoop dat jullie het halen."

"Wij? Ik bedoel... en jij dan?"

"Ik kan niet uit Anderwereld weg, Shanya, dat begrijp je toch."

Shanya hapte naar adem.

"Ja, dat wel, maar ik dacht..."

De wagen haalde snelheid. Marrion en Steven voelden het. De gang werd iets breder. De opbollende zweren die nog steeds tevoorschijn kwamen, waren verder van de zijkanten van de wagen verwijderd. De motor bromde luid, maar haalde het niet bij het schrapende, kloppende en trommelende geluid dat de achtervolgende Elma maakte. Daarbij klonk af en toe het gorgonische dreunen van de open- en dichtklappende bek.

"Niet denken, Shanya. *Voelen*! Dat moet je doen. Probeer je verstandelijke vermogens opzij te zetten en leef vanuit je gevoel! Hier is dat belangrijk," zei Gabriel.

Shanya verzette zich tegen de opwelling om over de bank tegen haar vader aan te schuiven en in de bescherming van zijn armen ineen te krimpen. Hij wilde hen helpen. Dat was zeker. Shanya besefte dat ze, nu de vuurkracht van Darians wapens verdwenen was, nieuwe hulp nodig hadden. Elma haalde hen zienderogen in. De wonden op het 'gezicht' waren grotendeels geheeld, de gelede poten schraapten langs de wanden en roffelden op de vloer, de bek klapte open en dicht en de vlezige, lange voelsprieten werden in hun richting uitgestrekt. Waar zich in de wanden deuren openden om naakte doden doorgang te verlenen, stopte noch de Chevy, noch Elma. De deuren werden versplinterd en de doden vermangeld door ofwel de wagen, ofwel het aanstormende monster. Het lawaai van beide impacts was telkens oorverdovend.

"Rijden, Marrion, rijden!!" gilde Shanya.

"Ik doe wat ik kan!"

Verderop verschenen nog enkele doden met hemd op het toneel. Ze wurmden zich uit de deuren, terwijl anderen een kort gevecht met insectachtige wezens leverden die hen het betreden van de gang wilden beletten. Maar de deuren werden dichtgeworpen en de gang was afgesloten. Een twintigtal wachtten de komst van de Chevy af.

"Dat zijn de laatsten!" zei Gabriel, "het is onze laatste kans!"

"Haast je, Marrion!" siste Shanya vanop de achterzetel.

Elma won vlug terrein. De Chevy slingerde tussen de wanden heen en weer omdat Marrion zich niet meer concentreerde. Ook zij werd de niet-negeerbare geluiden van het naderende monster gewaar. Waar de wagen de wanden raakte, scheurden die open. Uit de zich openrekkende wonden tuimelden duizenden wriemelende, gele vleeswormen naar buiten.

"Haast je..."

"Laat me rijden!" gilde Marrion.

Ze wiste het zweet van haar gezicht en klemde het stuur vast. Verderop wachtten de doden. En daarachter... de voordeur? Eindelijk!? Een sprankeltje hoop. De deur bleef waar ze was. Verloor Elma haar greep op hun gemoed? Marrion glimlachte. Steven merkte het. Hij schoof dichter naar haar toe, maar respecteerde haar bewegingruimte. Zij was trouwens verantwoordelijk voor de enige manier om hier levend uit te geraken.

Het kofferdeksel van de Chevy veranderde in een bewegend spinnenweb toen de lange draadtentakels van onder Elma's ogen erop terechtkwamen. Zo dicht was het monster hen al genaderd. De draden wriemelden door elkaar en trokken diepe voren in de twee horizontale vleugels bovenop het deksel. Gekartelde gleuven waaruit een stinkende rook opsteeg. Nog even en Elma kroop op de Chevy zelf. De haaienbek klapte net achter de bumper dicht. Een afschuwelijke stank omgaf Shanya als een verstikkende mantel.

Voor hen splitste de groep zich. Marrion loodste de Chevrolet tussen hen in en zonder dat zij het hadden verwacht, wierpen de doden zich en masse op Elma, die grauwend verwoede pogingen ondernam om haar greep op de wagen niet te verliezen. Maar dat lukte haar niet. Marrion gaf zo mogelijk nog extra gas en de wagen schoot uit de aanraking van de draadtentakels los. Shanya zag dat de doden - ditmaal gewapend met messen en stokken – zich tot het uiterste inzetten om afstand tussen hen en Elma te scheppen. En dat lukte!

"Haast je, Marrion, kijk niet om en rij dwars door de voordeur naar buiten!" legde Gabriel uit.

"Ik kijk niet om!"

Steven vroeg zich af waar Marrion al die wilskracht vandaan haalde. Zelf was hij niet in staat te presteren wat het meisje tot op dat moment reeds had bewerkstelligd. Hij keek haar aan en las pure spanning en concentratie van haar gezicht af. Hij wilde iets zeggen om haar opmerkelijke moed te ondersteunen, maar vond de juiste samenstelling niet. Hij had vele woorden klaar, maar vatte er geen om een zin mee te vormen. Hij wilde dat ze het haalde, hij was namelijk niet van plan in die gang te sterven. Achter hen was de veldslag op z'n hevigst. Elma verweerde zich als een duivel in een wijwatervat, maar de doden haakten, staken en sloegen als bezetenen op haar in. De naaldtanden beten in het vlees, de haken op de poten scheurden het open. Steven schraapte z'n keel en zei zo rustig mogelijk:

"Doe maar, Marrion… je doet het goed!"

Heel eenvoudig. Het meisje wierp een vluchtige, maar heel aangename blik op Steven, glimlachte en keek naar voren. Steven ervoer een geruststellend gevoel. Marrion had het bericht begrepen. Hij merkte hoe ze glimlachte, door haar neus ademde en de lucht via de mond liet ontsnappen.

"Wat doe je!?" gilde Shanya ineens.

Steven keek om. Gabriel Bellmer werkte zichzelf op het kofferdeksel van de rijdende wagen.

"Nee, pa… doe het niet! Doe dat niet!"

Gabriel keek zijn dochter aan. Er rolden tranen over haar wangen. Jammer dat hij niet meer kon wenen, hij zou het ook gedaan hebben. Om alles wat hij als vader verkeerd had gedaan. Om die toestanden die er eigenlijk niet hadden mogen zijn en om de niet aangegrepen kansen om het goed te maken. Maar er was geen nieuwe mogelijkheid meer. Het leven liet zich niet herbeleven. Men droeg de gevolgen van hoe men had geleefd met zich mee. Gabriel besefte dat hij zijn dochter tekort had gedaan en veel te weinig liefde had gegeven. Hij had er met haar op het podium over gesproken. Nu hoopte hij enkel nog dat zijn dochter in leven bleef, dat zij allen samen de voordeur bereikten.

"Pa, asjeblief… doe dat niet!"

Gabriel Bellmer probeerde te glimlachen, maar het lukte niet zo goed. Een brok in zijn keel belette het hem. Zij voelde zijn verdriet, maar tegelijk ook de liefde die nog steeds als lava in zijn binnenste vloeide. Hij hield van haar, zonder woorden, zonder daden. Maar hij *hield* van haar! Shanya besefte dat hij fier op haar was. Hij apprecieerde haar om wie ze was geworden.

"Ik verblijf al veel te lang in deze hel, popje. Hier neem ik afscheid. Het ga je goed, het ga jullie allemaal goed. Laat jullie door niets meer afleiden. Zorg voor mekaar!! Het beste!!"

"Nee…" huilde Shanya.

Ze strekte haar armen naar de man die zich van het kofferdeksel liet glijden. Hij keek niet meer om maar holde door de donkere gang naar de plaats waar het afschuwelijke gevecht aan de gang was en raapte onderweg een lang, puntig voorwerp van de grond op. Een achtergelaten mes. Marrion miste het spektakel, maar Steven en Shanya zagen het wel gebeuren.

Op het moment dat het hevig bloedende Elma-wezen uit vele wonden smerig pus rondspoot, zich door de massa aanvallers werkte en aanstalten maakte om de doorgang volledig vrij te maken, bereikte Gabriel Bellmer haar. Net voor hij opsprong, schreeuwde hij: "Voor mijn popje!!"

De man wierp zich vervolgens languit op het gezicht, werd onmiddellijk door de draadtentakels omwonden, maar stak gillend meerdere malen in de beide ogen van het monster. Elma krijste het uit. Een stinkende, zwarte brij puilde uit de gaten. De naaldtanden klapten dicht en zijn rechterbeen werd net boven de knie afgebeten. Shanya liet zich huilend op de achterzetel vallen. Ze kon het niet meer aan. Steven bleef kijken.

De dikke, groene draden drongen vliegensvlug Gabriels lichaam binnen. Elma scheurde nu een stuk uit zijn heup. De trillende draden vonden nieuwe openingen in de open aders en tussen de fladderende vleesklonters. De man loeide maar bleef met het mes in de ogen boren, steken en wringen. De andere doden hielpen hem nog zo goed als mogelijk. Zij bewerkten de vele poten, waardoor Elma nauwelijks vooruitgeraakte.

"Haast je, Marrion…" jammerde Steven.

Eén oog was volledig vernield toen de schreeuwende Gabriel Bellmer door de uitzettende draden binnenin zijn lichaam eerst als een ballon opzwol om dan uit elkaar te spatten. De weke flarden en hardere stukken klodderden tegen de wanden en het plafond. Steven Tatakarian was blij dat zijn dochter daar geen getuige van was. Elma's tweede oog was een puinhoop. Zij was nu een bezeten monster. Trappelend. Huilend, tierend, happend en kappend. Smerig bloed, groen pus en andere stinkende brij spatten alle kanten op. De doden werden zo goed als vermalen, vermangeld of uit elkaar gescheurd. De klauwen aan het einde van haar poten trokken nu zelfs voren in de muren, in het plafond en de vloer. Elma zette alles op alles.

"We zijn er bijna, hou jullie vast!!" zei Marrion terwijl ze hard in het stuur kneep.

Elma barstte uit haar laatste belager los en denderde blindelings door de gang achter hen aan. Ze had haar handelingen niet langer onder controle. Huilend van woede en pijn hamerde, beet en haakte het wezen in alles wat in haar buurt kwam.

"God, ze is los... ze komt eraan!" siste Steven.

"Het is niet ver meer!!"

Marrion slaagde er niet in de wagen rapper te laten rijden. De gang was te smal, ze knalde links en rechts tegen de muur vol zweren en vond dat ze nauwelijks vorderden. Het was nu toch niet ver meer? Elma was verzwakt. Kon zij hen nu nog inhalen?

... Shanya ...

De rauwe stem van Elma drong binnen bij het meisje dat nog steeds plat op de achterzetel lag, opgekruld, de pijn in haar borst en buik met beide armen omvattend.

... laat me met rust, laat ons met rust ...

... luister, als je aan het stuur rukt, boort de wagen zich in de muur en...

... laat me met rust ...

... luister! Ik breng jouw vader terug. Ik laat jou in leven en dan kunnen jullie hier samenblijven, voor eeuwig...

Shanya bleef liggen en reageerde niet onmiddellijk. Het beeld van haar vader doemde voor haar geestesoog op. Was dat mogelijk? Bij haar vader? Voor eeuwig? Ze keek op en zag dat Steven naar Marrion keek. Hij hield van haar, ze zag het in zijn blik. Shanya vocht tegen de warboel in haar gedachten. Niet denken... voelen!! *Voor mijn popje!!* Dat had haar vader gezegd. Net voor hij stierf. In deze hel?! Zo had hij deze plaats genoemd. Een hel. *Popje...* hij hield van haar... ongelooflijk veel... van diep in hem, uit wie hij als vader was... de tranen rolden over haar wangen. Shanya trok haar knieën tegen haar borsten en probeerde zich zo klein mogelijk te maken. *Popje...* zijn liefde en respect voor haar gingen door de dood heen. Het deed bijna pijn!!! Shanya wilde daar niet meer zijn, ze wilde met haar eigen gevoelens zijn, ze wilde genieten van het hemelse gevoel dat de liefde van haar vader haar schonk.

... laat me met rust...

Ineens was de stem er niet meer. De kamer in haar hersenen waar de stem van Elma zich had gemanifesteerd, was leeg. Elma bereikte haar niet langer, ze had zich achter haar buffer verscholen. Shanya liet haar gevoelens de vrije loop. De tranen stroomden uit haar ogen. Het was niet erg... het was toegelaten... vanaf nu was alles toegelaten...

"Bijna!!" gilde Steven.

Zij naderden de voordeur. Achter hen verplaatste zich het monsterlijke, kwade Elma-gedrocht, het hapte en haakte nog steeds woest om zich heen. De wanden van de gang werden aan repen getrokken, deuren werden ingetrapt, vloer en plafond werden opengereten. Uit alle spleten puilde klodderig, geel pus. Marrion keek angstvallig voor zich uit, maar ving het chaotische lawaai van de vernielingen wel op. Steven keek af en toe haastig om en vond dat de gang waar ze doorreden, steeds minder een deel van een huis was. Echte muren 'spleten' niet open, uit barsten in een 'echt' plafond droop geen sidderend vet. Het resultaat van de vernielingen die de hysterisch grauwende en bewegende Elma aanbracht, gaf hem de indruk dat ze door een enorme slokdarm reden.

... Marrion...

O, nee... dacht het meisje. Ze hapte naar adem en negeerde de plotse koude achter haar ribben. *Niet nu de deur binnen bereik is. Geen afleiding!*

... Marrion, kijk even opzij...

Marrion McKelly wilde daar niet op ingaan. Ze wilde zich niet uit concentratie laten brengen. Elma's rauwe stem drong bruut bij haar naar binnen.

... kijk opzij...!

Pijn! Afschuwelijke hoofdpijn! Marrion kneep haar ogen hard dicht, hapte opnieuw naar adem, opende haar ogen en keek opzij. Eerst naar links, vervolgens naar rechts en dan weer voor zich uit.

... God, neen...!

... toch wel. Als je nu stopt, bespaar ik jullie wat jullie te wachten staat ...

... neen ...

Steven wist niet wat in Marrion omging. Het meisje werd lijkbleek en kromp achter het stuur in elkaar. Haar ogen waren wijdopengesperd en hij las er enkel angst in. Pure, onversneden angst voor wat onvermijdelijk kwam. Maar vóór hen was toch enkel de voordeur!? Zag zij iets wat hij niet zag?

... stop de wagen en zij verdwijnen...!

... oooo...

Steven zag het inderdaad niet. Maar voor Marrion bestond de gang niet langer. Links en rechts waren de wanden verdwenen. Nu reden ze op een smalle, betonnen strook. Net breed genoeg voor de wagen. Ver voor hen uit een blauwe horizon met heuvels. De lucht was een wolkeloze, grijze deken. Naast de betonnen rijstrook lagen aan beiden zijden tien meter brede vlaktes bruin-rood gras. Daarin waren de kanalen uitgegraven die evenwijdig liepen met de strook waarop zij reden. Twee kanalen vol groen water waarin de meest afzichtelijke monsters rondspartelden die zij ooit had gezien. Eén per kanaal. Onmogelijk grote octopusachtige creaturen die even snel in de richting van de wagen vorderden. Ontelbare kronkelende, wriemelende en door elkaar wringende tentakels, vol van tanden voorziene zuignappen, lieten het groene, dikke vocht waarin de vlezige lijven zich voortbewogen, hoog opspatten. Twee paar grote bologen hielden haar in de mot, spotten met haar. Lachten haar uit. En hadden daar nog reden toe ook.

Want – dat was voor Marrion het ergste – verderop (de veelbelovende voordeur was er in het geheel niet meer) weken de kanalen van hun rechtlijnige vorm af en werden naar elkaar toe geleid. Net op de plaats waar de twee kanalen in een soort meer samenkwamen, dook ook de betonnen strook. Hun toekomst zag er weinig rooskleurig uit. De twee giganten zagen er dodelijker uit dan alles wat ze op hun weg reeds hadden ontmoet. Het spartelende beest links van haar liet slechts één van de vele openingen aan de onderkant van het vadsige lijf zien. Van tussen honderden naaldtanden flitste een gevorkte tong naar buiten. Het uiteinde ervan was voorzien van benen klauwen.

Marrion verloor alle moed. Een confrontatie met iets dergelijks overleefden ze onmogelijk. Laat staan met twee van die walgelijke dingen. De kanalen kwamen steeds dichter in hun buurt. Straks kregen ze hen te pakken nog voor de wagen het meer indook.

Misschien was het beter te stoppen!? Misschien kwamen ze er gemakkelijker vanaf als ze het rempedaal induwde!? Die gedachten wriemelden zich in Marrions hoofd.

… kies, Marrion! Daarnet heb je niet naar mij willen luisteren. Je koos voor de vlucht. Dit is jouw allerlaatste kans. Stoppen of een afschuwelijke dood tegemoetgaan. Zij zetten zich aan elke vierkante centimeter van je lijf en beginnen bij je ogen. Aan de rest besteden ze soms uren, meestal dagen. Het hart, de hersenen en alle andere vitale delen houden ze intact, waardoor je pas sterft als zij het willen. Maar de pijn blijf je voelen, elke seconde. Je voelt het peuteren aan je vlees, het kauwen aan je botten en het zuigen aan de vezels van je spieren. De keuze ligt enkel bij jou…

Het meisje werd misselijk door haar inwendige strijd. *Waarom niet? Waarom wil ik doorrijden? Ik heb geen zin om aan rafels gereten te worden! Ik… waarom niet…?*

Marrion was ineens enorm moe, het was haar allemaal te veel… Ze plaatste haar rechtervoet op het rempedaal.

… prachtig…

Elma's stem zei in haar hoofd dat het prachtig was wat ze deed. Het was waarschijnlijk wel het beste, het kon nu toch niet zo erg meer…

De plotse warmte op haar rechterdijbeen had de vorm van een hand. Het was een gezellige, aangename warmte die door de stof van haar jeansbroek drong. Niet opdringerig, enkel aanwezig. Marrion schrok op. De omgeving om haar heen vervaagde, maar twijfelde tussen de gang en het decor met de twee kanalen. Steven zat rechts van haar, dicht in haar buurt. Hij had zijn ene hand op haar dijbeen gelegd. De kanalen vervaagden steeds meer, maar nog niet helemaal.

… stop de wagen…

Elma deed nog een nieuwe poging. De monsters waren er weer. Marrion ving het geluid van een stem op. Een echte, warme stem. Die van Steven. Ze keek opzij en zag de gang. En Steven. Hij keek haar heel vriendelijk aan, zijn hand rustig op haar dijbeen. Zonder zich op te dringen. Niet zoals Elma wel deed. Zijn stem klonk *echt* in haar oren, niet in haar hoofd.

"Marrion? Gaat het? We zijn er bijna, hou nog even vol, we moeten hier uitgeraken! Nog even… je doet het heel goed…"

Helend! De klanken waren zó eerlijk en vriendelijk dat ze zuiverend werkten! En toen ze in Stevens ogen keek, verdween opeens alle vermoeidheid uit haar lichaam. De jongen vroeg niets van haar. Hij steunde haar en respecteerde haar inzet. Hij wilde niets verkrijgen, hij *gaf*. Elma was verkeerd, liefde betekende ook belangeloos *geven*! Hij wilde er niets voor terug! Dat deed Steven.

… ik zal jullie meesleu…

Verder kwam Elma niet meer. Het kanalendecor verdween compleet. Marrion smolt toen Steven naar haar glimlachte. Zo verdomd eerlijk! Zo verdomd eenvoudig! Gabriel Bellmer had gelijk. Een vulkaan van energie barstte in haar buik open. Ze schonk Steven een radieuze glimlach terug, draaide zich naar de voordeur verderop, zette zich schrap en zei:

"Dit is het, Steven! Hou je vast!"

Hij keek nog even om en zag dat het verminkte monster heel dicht genaderd was, dicht genoeg om toe te slaan en een stuk uit de wagen te happen. *Niets van laten merken*, dacht hij. Steven draaide zich naar Marrion, grijnsde, kneep even in haar dijbeen en greep vervolgens met beide handen het dashboard vast. Elma's krijsen klonk van heel dichtbij. Shanya rook de verpestende stank van het ondier, maar ervoer niet langer de invloed ervan. Er lag iets defaitistisch in haar krijsen. Er was verandering op til. Shanya richtte zich net op tijd op. Ze haakte zich aan de leuning van de voorzetel vast, keek opzij en bemerkte de afschuwelijke poten naast de achterkant van de wagen. Ondersteund door twee stekelige voorpoten, wrong het Elma-gezicht zich op het koffer-deksel. De haaienbek vol bloederige tanden gaapte boven haar open, klaar om dicht te klappen. Klodderig bloed en smerig pus spatten alle kanten op. Elma wilde Shanya toch nog te pakken krijgen. Het meisje drukte zich tegen de voorzetel en gilde:

"Vooruit... nu *niets* meer!!!"

"Doe maar, Marrion... ram die verdomde deur!" schreeuwde Steven.

Marrions vingers kromden zich om het stuur toen ze met opengesperde ogen ademhaalde. Dan blokkeerde haar ademhaling. De zwaargehavende Chevrolet legde de laatste meters van de donkere gang met twee schreeuwende mensen aan boord af. Marrion hield het stuur vast alsof haar leven ervan afhing. Steven kneep zijn vingers in het dashboard kapot en schreeuwde luider dan Shanya die zijn schouders had vastgegrepen. Achter hen stootte het Elma-monster klaaglijke geluiden uit.

De voorkant van de Chevy raakte de voordeur. De gigantische bek klapte net achter Shanya dicht en miste haar op een haartje na. Ze drukte zich nog dich-ter tegen Steven aan. De houten planken van de voordeur versplinterden onmiddellijk, wat met een hels gekraak gepaard ging. De uiteinden van de draadtentakels sloten zich om Shanya heen en tastten naar de openingen in haar lichaam. De bek opende zich opnieuw. De stank uit de keel was afgrijse-lijk. De zijkanten van de Chevy schraapten tegen de muren. Anderwereld ondernam nog een allerlaatste poging om hen het naar buiten rijden te belet-ten. Hij kneep de doorgang dicht. Nu gilde Marrion ook. Ze liet de ingehou-den adem ontsnappen. De uiting van een ontegensprekelijk overwinningsge-voel. Het werd een langgerekte schreeuw die aanhield tot de achterkant van de schurende wagen voorbij de deurstijlen was. Nogmaals klapten de mon-sterlijke kaken dicht. In het ijle.

Het plotse daglicht barstte in hun ogen. De draden die zich om de schreeu-wende Shanya hadden gewonden, lieten los.

De Chevrolet werd als het ware uit de doorgang geperst, hotste over de vuile voortuin en kwam dwars op Meridian Road tot stilstand. De wagen nam de beide rijstroken in.

De drie inzittenden bleven gillen, zelfs terwijl ze als gekken uit de wagen sprongen. Ze gilden nog toen ze verdwaasd om zich heen keken en het op een lopen zetten. Ze bleven naast elkaar hollen tot ze om de hoek verdwenen waren.

Het huis op Meridian Road met het nummer 36 stortte in elkaar. Het maak-te een enorm lawaai, als een korte, rollende donder. Als er iemand in de buurt was geweest, had hij vreemde echo's gehoord. Het donderen galmde als het ware ook in een andere, onzichtbare wereld. Een enorme grijze stofwolk kolkte boven de ravage omhoog en werd door de wind opzijgeduwd.

Uit enkele nabijgelegen huizen liepen mensen naar buiten, gealarmeerd door het helse lawaai. Sommigen wezen naar de wagen die de weg versperde, terwijl anderen in de richting van het ingestorte huis liepen.

Iemand greep de telefoon en drukte enkele toetsen in.

Het was vijf over tien.

Niemand had het drietal zien rennen.

Niemand had enig besef van wat was voorgevallen.

Maar toch werd er later veel beweerd.

Epiloog

Artikel op de voorpagina van de avondeditie van *The Rosenhelm Chronicles*

Datum: *Woensdag, zevenentwintig oktober.*
Verslaggeefster: *Maddy L. Wackenhutt (Lokaal).*

ONBEGRIJPELIJKE GEBEURTENIS OP MERIDIAN ROAD. POLITIE STAAT VOOR EEN COMPLEET RAADSEL.

Een rijwoning werd totaal vernield, niemand werd tussen het puin aangetroffen en een wagen die eigenlijk een speelgoedauto op ware grootte is, werd achtergelaten. Dat zijn de raadsels waar de vaststellende politiemensen zich over buigen. Zij werden deze voormiddag even over tien uur opgeroepen voor een zwaar verkeersongeval in onze stad, ter hoogte van de woning nummer 36, gelegen op Meridian Road. Bij hun aankomst troffen ze dwars over de weg een zwaarbeschadigde Chevrolet Impala (oldtimer) aan ter hoogte van de woning met het nummer 36, die blijkbaar was ingestort. Het gealarmeerde brandweerkorps kwam onmiddellijk ter plaatse. Het was middag eer de bevestiging kwam dat er geen slachtoffers te betreuren vielen. Er lag niemand onder de brokstukken van het oude huis. Maar dan rezen de vragen. Er viel *helemaal* niemand aan te treffen! Het raadsel werd nog groter toen enkele buren meldden dat zij tien minuten daarvoor diezelfde Chevrolet, in perfecte staat, voor de woning hadden zien stoppen. Zes personen waren uitgestapt en de woning in kwestie binnengegaan. Ineens was de wagen zomaar verdwenen(?). Tien minuten later stortte het huis in en bevond diezelfde wagen (maar nu zwaar toegetakeld) zich dwars over de weg(?). De buren zijn daarover formeel. Een onbegrijpelijke toestand die dan nog erger werd toen men de wagen zelf aan een onderzoek onderwierp. Wat midden op straat achtergelaten was, was eigenlijk geen auto, maar een voorwerp dat er heel goed op leek. Enkel de meest rudimentaire elementen waren aanwezig: de vorm, de vier wielen, de voor- en achterzetel, en een stuur in een volledig massief dashboard. Er stak enkel een impressie van een motor in het vooronder. De motorkap kon, net als de koffer, niet worden geopend. Eigenlijk kon een dergelijk voorwerp niet zelfstandig rijden, het was in feite een ferm uit de kluiten gewassen Matchboxwagentje. De voorruit en de omlijsting waren verdwenen, de zijkanten waren ingedeukt, geramd, geschaafd en zaten vol gaten, alsof iemand die met metalen haken had bewerkt. Het meest gruwelijke was het feit dat de grille van de wagen vol menselijke resten hing. Hierover zijn degenen die er het eerst bij waren, heel formeel.

Het voorwerp, dat volgens een woordvoerder van de politie moeilijk een wagen kon worden genoemd, werd toch in beslag genomen. Wat hebben de buren dan eigenlijk gezien? Hoe is dat 'voertuig' daar terechtgekomen en wat heeft het te maken met de vernieling van het huis? Er waren bandensporen vanuit de ruïne, door de voortuin tot op de straat zelf. Waar zijn de zes mensen die de buren datzelfde huis, tien minuten vóór de instorting, zagen betreden?

Ongetwijfeld heeft de politie nog een ferme kluif aan wat zich op een gewone weekdag in Meridian Road heeft afgespeeld.

(MLW)

DE drie mensen die de strijd met Anderwereld overleefd hadden, holden uit Meridian Road weg alsof hun leven ervan afhing. Daar waren ze de eerste momenten na de ontsnapping nog steeds heilig van overtuigd. Het kon hen niet schelen wat er met het huis gebeurde. Het kon hen niets schelen dat de Chevrolet zomaar de ganse breedte van de rijbaan innam. Het belangrijkste op dat moment was dat ze zo *vlug* mogelijk zo*ver* mogelijk uit de buurt geraakten. Dus holden ze als zat de duivel hen op de hielen.

Maar ze hadden het verkeerd voor. Van zodra ze met de wagen de voordeur van het huis nummer 36 waren voorbijgereden, hield de invloed van Anderwereld op. Van zodra de wagen op Meridian Road in het echte Rosenhelm terecht was gekomen en op het wegdek stilstond, sprongen Shanya Bellmer, Steven Tatakarian en Marrion McKelly gillend en halsoverkop uit de wagen. Over hun eigen voeten struikelend, happend naar adem, met opengesperde ogen en in de keelholte kloppende bloedbanen holden ze weg. De richting waarin ze liepen, was hen eender, het kwam er voor hen enkel op aan zover mogelijk verwijderd te geraken van dat vervloekte huis en het achtervolgende Elma-monster. Het duurde even voor ze beseften dat ze terug in het *echte* Rosenhelm waren. Het duurde even voor ze beseften dat niets meer achter hen aankwam. Geen Elma, geen duivel. Het duurde heel lang eer ze totaal buiten adem op een grasperk neerploften. Er waren wandelaars die naar hun vreemde handelingen keken. Hun krampachtig lachen dat in gemeend huilen overging, hun bange ogen die de omgeving afspeurden alsof er van achter elke hoek iets tevoorschijn kon komen dat hen naar het leven stond. Het vreemde feit dat zij zich gillend aan elkaar vastklampten telkens wanneer iemand in hun buurt hoestte of telkens wanneer er een voertuig voorbijreed dat meer lawaai dan een ander maakte. Die toeschouwers begrepen niet wat het drietal daarnet had meegemaakt. Zij *konden* het ook niet begrijpen.

Het duurde uren eer Steven, Marrion en Shanya tot het - toch nog niet volledige – besef kwamen dat ze veilig waren. Ze zaten dicht tegen elkaar in het natte gras. Het was een klein park waarin ze terechtgekomen waren. Ze vonden nergens een straatnaambord, maar dat vonden ze niet erg. Hun gemoed bedaarde en ze lieten indrukken toe. Invloeden die er hen van overtuigden dat dit Anderwereld niet was. Er waren mensen in de buurt. Mensen en wagens, rijdende wagens, échte, brommende en vervuilende automobielen die mechanisch veroorzaakt lawaai maakten. Het wegdek waarop de wagens reden, bleef een wegdek, het veranderde niet van vorm en substantie. Er waren mensen die hen bekeken, en mensen die knikten. Vriendelijke mensen. Mensen met honden. *Echte* honden. Tegen de hemel vloog een glanzend straalvliegtuig dat twee witte strepen door het blauw trok. Een *blauwe* hemel.

Met echte wolken, die door de wind in één richting werden voortgedreven. Het bleef duren. De indrukken bleven hen bestoken maar bezorgden hen een goed gevoel. Een gevoel dat aan veiligheid grensde. Pas toen ze echt rustig waren (het werd donker en ze kregen het koud), aanvaardden ze het besef dat zij Anderwereld hadden overleefd. Enkel zij. Elliot Bornowski en Darian Shadborne niet.

Geen van hen had zin – of *dacht* er zelfs maar aan – om terug te keren naar Meridian Road. Ze wisten trouwens toch niet waar in Rosenhelm zij zich bevonden. Nadat de Chevrolet zich door de voordeur had geboord, hadden ze wel een enorm lawaai opgevangen. Ze hadden niet meer omgekeken. Geen van hen dacht eraan terug te gaan om te zien wat zich in feite ontplooid had. Elma kwam niet achter hen aan en dat was het belangrijkste. De rest kon hen gestolen worden. Elliot en Darian waren verloren, er was voor hen geen hulp meer mogelijk. Ze wisten niet dat het huis met veel geraas was ingestort en dat enkele uren later de Chevy weggesleept werd. Bo 'The Viking' Vickanan takelde op vraag van de politiemensen het vreemde voorwerp en plaatste het tussen alle *andere* wagens die door het gerecht van Rosenhelm in beslag waren genomen. De Chevrolet kwam zo in een grote loods op Cider Road terecht. Uiteindelijk zagen ze in dat het park niet de plaats was om te blijven ronddolen. Het kostte hen veel kracht en moed om een taxi te roepen. Maar het eerste effectieve contact met een levend wezen uit de gewone wereld verliep erg vlot. De besnorde Mexicaan die de wagen bestuurde, grapte voluit over het feit dat de man met twee toffe meiden op stap was en dat hij om die reden wel een heel gelukkig man moest zijn.

The Lady's Blues' Inn op Autumn Road was er nog steeds. Er was niets veranderd. Hoe kon het ook anders? Dit was de *normale* wereld. De vier Chryslers die ze daar de avond ervoor (het leek dagen geleden!) hadden achtergelaten, waren verdwenen. Gelukkig maar, liefst hadden ze geen enkel contact meer met iets wat hen aan Anderwereld deed denken. Na de rit met de taxi kostte het hen nog meer moeite om de Inn binnen te gaan. Het was uiteindelijk Marrion die de taak op zich nam. De waard was heel vriendelijk en overhandigde haar de sleutels van de gevraagde kamers. Marrion haalde Shanya's spullen en die van hen op (liet de goederen van Elliot en Darian met rust) en verliet met een ontlast gemoed de herberg. Geen haar op hun hoofd dat eraan dacht in *The Lady's Blues' Inn* te overnachten.

Dezelfde taxi bracht hen naar een motel op Provincial 130, net buiten de stad. Shanya durfde niet alleen in een kamer blijven en bracht de nacht samen met Steven en Marrion door. Zij namen het bed, Shanya sliep op de sofa. In het bed werd tijdens het slapen gewoeld, maar ze vonden aan elkaar een houvast. Op de sofa werd geweend. Shanya bedankte met tranen haar vader om zijn hulp.

Tijdens die nacht herbeleefden Steven en Shanya hun belevenissen. Ze herbeleefden wat ze in hun jeugd hadden meegemaakt, de contactname, de ontmoeting met Elma Choshakian, het bezoek aan Rosenhelm, de overtocht naar Anderwereld en de uiteindelijke ontsnapping. Telkens opnieuw. Zelfs in hun slaap beseften beiden dat de herinnering niet bij deze ene nacht bleef. Ze beseften dat de ervaringen die ze de afgelopen dagen hadden opgedaan, hun gemoed en stemming op de meest onmogelijke momenten als donkere wolken zouden belagen.

Shanya had toch *iets* verwerkt, namelijk het verloren lopen in het bos tussen Rosenhelm en Middeltown toen ze vier jaar oud was. Haar ouders waren eigenlijk niet kwaad geworden, enkel bezorgd. Voor het eerst zag het meisje de glimlach op hun gezichten nadat zij haar hadden teruggevonden. En Steven had het zijn vader vergeven dat die hem in het hok had opgesloten nadat hij Greenie tegen de kat wilde beschermen. Er was toch één pad uit hun jeugd geëffend.

De volgende ochtend kwam als een verademing toen ze vaststelden dat alles nog was zoals de avond ervoor. Ze namen een uitgebreid ontbijt in een bar niet ver van de plaats waar ze, ongestoord door demonen maar wel door duistere dromen, de nacht hadden doorgebracht. Daarna dwaalden ze nutteloos in de buurt rond, tot ze na de middag beseften dat er eigenlijk niets meer te zeggen viel. De tijd was aangebroken om afscheid te nemen. Ze wisselden elkaars adres en telefoonnummer uit, hoewel ze aanvoelden dat ze elkaar waarschijnlijk niet zouden terugzien. Ze hadden elk hun eigen leven, de spoken uit het verleden waren opgeruimd. Elkaar opnieuw ontmoeten zou alleen maar wonden openrijten. Elk van hen droeg de herinneringen aan Anderwereld, Darian Shadborne en Elliot Bornowski, op zijn of haar eigen manier met zich mee. Geen van hen sprak over sterven en elkaar na de dood toch terugzien. De tijd dat ze nog te leven hadden, wilden ze niet aan de dood en de gevolgen ervan denken, want nu hadden ze een volwaardige reden om bevreesd te zijn. Ze bevonden zich aan een busstation aan de rand van de 130. Shanya knuffelde eerst Marrion en vervolgens Steven.

"Ik haat afscheid nemen!" zei Shanya.

Haar onderlip trilde, haar ogen prikten. Ze wilde die twee mensen met wie ze zoveel had meegemaakt, niet verlaten, maar tegelijk wachtte Gwen haar thuis, in Conway, op. Ook Bett vroeg zich waarschijnlijk wel af waar ze bleef. Het werk op Deathfloor ging door. Shanya wist dat ze er tegenop zag om daar nog een stap binnen te zetten, maar Gwens liefde hielp er haar wel bovenop. Liefde tegen haat, liefde tegen alles wat slecht is. Die stelling had haar kracht bewezen. Shanya besefte daardoor dat ze uit de liefde van haar levenspartner kon putten.

"Mijn moeder woont hier nog steeds. Ik vermoed dat haar bezoeken de komende maanden voor problemen zullen zorgen! Ik heb namelijk weinig zin om Rosenhelm ooit nog te *naderen*, laat staan te bezoeken."

Steven beaamde wat Shanya zei:

"Hier blijven te veel slechte herinneringen hangen. Er rest mij in deze stad niets meer, ik denk niet dat ik nog terugkom."

De bus kwam eraan en stopte bij de halte. De deuren gleden met het bekende hydraulische gesis open. Dit was *hét* moment. Shanya duwde nog vlug een kus op Marrions en Stevens wang, draaide zich snikkend om en holde de twee metalen trappen op. Ze liep naar het midden van de bus en nam aan het raam plaats. De deuren gleden dicht. Ze weende nu voluit, maar zwaaide nog éénmaal toen de bus met veel kabaal vertrok. Het afscheid nemen deed blijkbaar iedereen pijn. Steven slikte een brok door en Marrion bette haar ogen.

"Ziezo, dat was het dan!" zei Steven.

"En nu?"

"Wat bedoel je?"

Marrion keek de wegrijdende bus na. Ze was zeker van het antwoord, maar hoorde het graag uit zijn eigen mond.

"Wij blijven over en nu is het aan ons. Nemen wij hier ook afscheid?"

Steven glimlachte en legde beide handen op haar schouders. Ze genoot van de warmte van zijn aanraking. Steven bracht zijn mond tot tegen haar linkeroor en fluisterde:

"Ben je nog steeds op zoek naar een hulpje voor het werk in de keuken?"

Van dezelfde auteur:

Erfenis (1999) - Roman - ISBN: 90-75212-18-6

... na de plotse dood van zijn vader keert Frank Rowland terug naar Rowland Mansion, de ouderlijke woning in Milltown (Kentucky) waar nog andere bewoners blijken te huizen. Zij gebruiken de donkere zolderruimten om Franks wereld én leven vanuit hun eigen dimensie te betreden. Het zijn de Lathorianen. Zij laten Frank 'nog' een erfenis na. Hun bedoelingen zijn echter desastreus. Frank wordt met zijn gezin in een angstaanjagende draaikolk van gruwel meegesleurd. Er volgen ijzingwekkende gebeurtenissen die escaleren tot een bloedstollende climax...

Het Pact (2000) - Roman - ISBN: 90-75212-24-0

... in Culverton (Oregon) bevindt zich een ondergronds complex, angstvallig afgeschermd van de buitenwereld. Vorsers verrichten er reeds sinds de vijftiger jaren wanhopig – en vruchteloos - onderzoek naar middelen om tijdens oorlogen militaire verliezen in te dijken. Ten einde raad sluit men in alle onwetendheid een verbond met het grootste Kwaad dat de wereld ooit heeft gekend. Dat houdt zich echter niet aan de afspraken en start een verwoestende en nietsontziende veroveringstocht...

Twijfelzone (2001) - Novellenbundel - ISBN: 90-75212-32-1

Twijfelzone

... in *Twijfelzone* wordt door de mensen die op de plaats van 'de feiten' aankomen, helemaal niet getwijfeld. Winnie Shankar wordt echter geconfronteerd met een gans andere invulling van diezelfde feiten.

Nachtloper

... Bill Corff ontmoet in *Nachtloper* een heel ongezellig creatuur dat hem vergezelt tijdens zijn nachtelijke rit door een duister woud.

Kinderfantasie

... de onderwijzeres AnnaBelle Sloathe straft in *Kinderfantasie* een pestkopje en opent daardoor poorten naar de wereld waar verlangens en fantasieën werkelijkheid worden. Er zijn beloningen, niet voor iedereen echter.

Heaven's End

... *Heaven's End* is een stoffig en onbelangrijk dorp waar in een ver verleden aan 'iemand' iets werd beloofd. Op een goede dag wordt die belofte waargemaakt, en dat zullen de huidige inwoners van Heaven's End weten.

Westhaven (2002) - Roman - ISBN: 90-75212-42-9

... het dorpje Westhaven (Kansas) wordt door een jonge meid bezocht die zich als Sela Wincer voorstelt. Ze steelt de harten van tal van inwoners en slaagt erin zich permanent te vestigen. Van bij haar aankomst krijgt het dorp te maken met onregelmatigheden die, naarmate haar aanwezigheid blijft duren, steeds hallucinantere en dodelijkere vormen aannemen. Uiteindelijk blijkt dat Sela niet is wie of wat ze beweert te zijn. Ze heeft een welbepaald doel en ontziet niets of niemand om dat te bereiken. Door haar toedoen krijgen de nietsvermoedende dorpelingen af te rekenen met een onvoorstelbaar kwaad dat zich op verrassende manieren in Westhaven verspreidt en een heus cataclysme dreigt te worden. Iedereen reageert op zijn of haar eigen manier...

Thanathor (2003) - Roman - ISBN: 90-75212-49-6

... reeds meerdere eeuwen is er een verwoed gevecht aan de gang tussen twee oeroude rassen. Die gruwelijke oorlog blijft verborgen voor de hedendaagse mens, die het bestaan van de rassen allang vergeten is. Tot twee nuchtere en onwetende politiemensen in Harronville (Minnesota) bij de eindstrijd betrokken geraken. Hun inzet betekent een dramatische confrontatie met wat zij niet begrijpen en nauwelijks aankunnen. Hun aanpak wordt een krampachtig gevecht om in leven te blijven...

Acht jaar later (2004) - Verhalenbundel - ISBN: 90-75212-55-0

1. *Churchyard memories*
2. *De waterput*
3. *De biechtstoel*
4. *Lievelingswagen*
5. *Via de kinderen*
6. *Ballade van Alice*
7. *Frenchie's wraak*
8. *Acht jaar later*
9. *Over gezag en monsters*
10. *Eenrichtingsverkeer*
11. *Er zijn deuren...*
12. *Alleen de doden*
13. *Helleweefsel*
14. *Over de man die horror schreef*

GEMEENTELIJKE P.O.B.
ACHTERSTRAAT 2
9450 HAALTERT
TF. 053/834474